어른은 권력이다

초판 1쇄 찍은 날 2018년 7월 20일
초판 1쇄 펴낸 날 2018년 7월 27일

지 은 이 ｜ 김범석 외
엮 은 이 ｜ 한국추리작가협회
펴 낸 이 ｜ 서경석

펴 낸 곳 ｜ 도서출판 청어람
등록번호 ｜ 제387-1999-000006호
등록일자 ｜ 1999. 5. 31
어람번호 ｜ 제10-0024

주소 ｜ 경기도 부천시 부일로 483번길 40 서경B/D 3F (우) 14640
전화 ｜ 032-656-4452 팩스 ｜ 032-656-4453
http://www.chungeoram.com
E-mail ｜ chungeorambook@daum.net
NAVER CAFE ｜ http://cafe.naver.com/goldpenclub

ⓒ 한국추리작가협회, 2018

ISBN 979-11-04-91793-6 03810

GOLDPEN CLUB NOVEL 019

2018
올해의
추리소설

어른은 권력이다

김범석 김재성
김재희 김주동
김주호 박상민
양수련 윤자영
장우석 정가일
조동신 한이

황금펜 클럽

GOLD

::차례::

어른은 권력이다

그리고 의뢰인만 남았다

김범석

「찰리 채플린 죽이기」로 〈계간 미스터리〉 2012년 여름호 신인상을 받아 등단했다. 한국추리작가협회 소속 회원으로서 꾸준히 소설을 써왔다. 발표한 단편 미스터리로는 「찰리 채플린 죽이기」, 「죽마고우」, 「챔피언」, 「골목의 살인미수사건」, 「왕산장사건」, 「역할 분담 살인의 진실」, 리디북스에서 출간한 한국추리 중단편선에 실린 「일각관의 악몽」, 「오스트랄로의 가을」, KBS 라디오 독서실에서 라디오 드라마로 만들어진 〈저주받은 흉가의 탄생, 혹은 종말〉, 제1회 노블엔진 단편제에서 금상을 수상한 「휴릴라 사태」 등이 있다. 최근 웹소설을 준비 중이다.

1

2018년 늦봄 오후.

김편도의 탐정 사무소에 한 여자가 찾아왔다. 김편도보다 나이가 열 살쯤 많은 여성이었다. 그녀는 문가에서 멈칫했다. 김편도는 응접용 테이블 앞에 앉아 짬뽕을 우걱우걱 먹고 있었다.

"김편도 탐정 사무소… 맞나요?"

"아, 어서 오십쇼."

김편도는 손에 묻은 고추기름을 쪽쪽 빤 뒤 자리에서 일어났다. 일단 수습을 해야 했다.

"음, 식사는 하셨습니까."

"아, 아뇨. 실은 의뢰를 하나 부탁드리려고……"

"그러셨군요. 잠시만 기다려 주십쇼."

김편도는 테이블을 정리해야 했다. 신문지와 짬뽕 국물이 담긴 그릇을 책상 위로 옮겼다.

"자아, 앉으십시오. 커피와 녹차 중에 어떤 것을⋯⋯?"

"커피로 부탁해요."

김편도는 재빨리 커피 두 잔을 타고 환기를 위해 창문을 열었다. 그리고 완전히 다 녹지 않은 커피 알갱이가 떠 있는 두 개의 커피 잔을 테이블 위에 올려놓았다.

"어떤 일로 오셨습니까?"

"저어, 이 탐정 사무소가 살인사건 전문이라고⋯⋯."

"전문까지는 아닙니다만, 지인 중에 누가 돌아가셨나요?"

김편도는 상대가 그렇다고 말할 경우, 경찰에게 맡기라고 대답할 준비를 마쳤다. 형사사건은 철저하게 경찰에게 맡기는 게 상책이다. 하지만 김편도의 예상과는 달리, 그녀는 갑자기 울음을 터뜨렸다.

2

일가족 참살.

단어 자체에서 참혹한 피비린내가 풍긴다. 더군다나 도심에서 멀리 떨어진 아름다운 숲속의 2층짜리 별장에서 발생한 일가족 참살은 특히 끔찍했다.

5월 15일 오후 2시경. 한 집안의 가장과 아들과 딸이 무참하게 살해당했다. 경찰은 사건을 수사 중이었다.

사건 발생으로부터 일주일 뒤인 오늘, 한 대의 자동차가 그 참살의 현장으로 향하여 숲속을 달리고 있었다.

의뢰인이 운전하고 탐정을 조수석에 태운 자동차는, 수풀이 차체의 옆면을 때리는 비포장도로를 마구잡이로 달렸다. 운전석의 의뢰인과 조수석의 탐정 모두 표정이 좋지 않았다.

별장으로부터 수십 미터 떨어진 숲의 출구에서 자동차는 정차했다. 사립 탐정 김편도와 의뢰인 이정애는, 도착했어요, 운전하느라 수고하셨습니다, 따위의 말도 없이 바로 차에서 내렸다. 두 사람은 차 옆에서, 먼발치의 별장을 가만히 바라보았다.

"저기가 사건 현장이군요."

"네."

이정애는 긴장을 드러내며 손톱을 물어뜯었다. 그럴 수밖에 없다. 그녀는 참혹한 일가족 참살 현장을 최초로 발견한 사람이다. 그리고 그 일가족은 이정애의 남편 김중식과 아들 김경준, 딸 김경희였다. 이정애와 김중식은 수년 전 성격 차이의 이유로 이혼했으나, 교류를 아주 끊지는 않았다고 한다. 만나봐야 중요한 이야기를 한 적은 없었다. 서로 빨리 가줬으면, 하는 분위기로 가득 찬 주기적인 모임. 그 모임은 부모 자격, 유산 상속, 괜한 짜증, 예의 없음 등의 말다툼으로 끝났다. 그리고 다시는 만나지 않을 것처럼 헤어졌고, 김경준이나 김경희가 이정애에게 문자나 전화를 걸어 다시 오라고 구슬렸다. 아버지하고만 외딴 별장에서 살려니 갑갑하다면서.

하지만 일주일 전, 5월 15일 오후의 연락은 김경준이나 김경희가 아닌, 남편 김중식이 했다. 내용도 심상치 않았다.

—당신, 빨리 좀 와줘. 급한 일이야.

5월 15일 오후 1시 55분. 남편 김중식은 이정애에게 그렇게 말했었다. 그리고 그것이 김중식의 마지막 목소리였다. 이정애가 불안한 마음으로 별장에 도착했을 때, 김중식과 자식들은 별장 곳곳에서 모두 죽어 있었다. 이정애는 즉시 경찰에 신고했다.

늘 짜증 부리고 싸우기만 했던 남편과 자식들이 참혹하게 죽어버렸다는 사실을 이정애는 받아들일 수 없었다. 사건의 진실을 한시라도 빨리 알고 싶었던 이정애는, 경찰이 수사 중이라는 말만 듣고 기다릴 수 없었다. 그래서 강북구에서 제법 유명한 탐정 김편도에게 사건 조사를 따로 의뢰했던 것이다. 처음에는 거절하려던 김편도는 눈물을 흘리는 이정애를 보고 조건부로 의뢰를 맡았다.

"조건이 하나 있습니다. 저는 추리를 하려면 사건 현장을 직접 눈으로 봐야 합니다. 사건 현장으로 직접 데려다주시겠습니까?"

의뢰인은 납득했다.

그렇게 탐정과 의뢰인은 비포장도로를 달려서 이곳, 별장 앞에 도착한 것이다.

김편도와 이정애는 별장 쪽으로 천천히 걸어갔다. 별장은 좌우로 넓고, 위아래로 좁은 모양이었다. 김편도는 별장 안에 들어가면 천장이 조금 갑갑할 정도로 낮을 것 같다고 생각했다.

별장과 숲의 중간 지대는 탁 트인 연두색 잔디밭이었다. 잡초는
많지 않았다. 하지만 정체 모를 날벌레들이 많았다. 무서울 정도로
크고 날갯짓 소리가 큰 날벌레들이었다. 벌레만 없었다면 탁 트인 공
간이 참 좋다고 생각하며 주위를 둘러보던 김편도는 의뢰인에게 질
문했다.

"그래, 경찰은 뭐라던가요?"

"수사 중이라는 답변밖에는……"

의뢰인 이정애는 수심이 깃든 표정을 지었다.

"그럼 몇 가지 질문을 더 하기 전에 제가 의뢰인님께 들은 내용을
잠깐 정리해 보죠."

이번 사건의 희생자는 총 3인.

가장 김중식, 장남 김경준, 장녀 김경희. 이렇게 세 명이었다.

그들은 다음과 같이 죽음을 맞이했다.

가장 김중식은 자신의 서재에서 수면제가 잔뜩 든 위스키를 마시
고 죽었다. 발견 당시 위스키 병을 손에 쥐고 있었고 책상 옆에 쓰러
져 있었다. 누군가가 김중식에게 위스키를 강제로 먹인 흔적은 없었
고, 위스키 병을 강제로 쥐어준 흔적도 없었다. 위스키 병은 비어 있
었으며 김중식 본인이 스스로 전부 마신 것을 부검으로 확인했다.
위스키 속에 들어 있던 수면제는 아들 김경준이 병원에서 처방받은
수면제로 밝혀졌다. 그리고 김중식의 2층 서재 책상 위에는 수렵용
라이플과 탄환이 놓여 있었는데, 라이플의 지문은 누군가에 의해
고의적으로 지워져 있었다.

장남 김경준은 라이플 탄에 맞아 사망했다. 총탄은 등을 통해 심장에 박혔다. 죽은 곳은 별장 1층 피아노실 창문의 바로 바깥이었다. 1층 피아노실은 2층 서재 방 바로 아래에 위치했다. 김경준은 신발을 신고 있지 않았는데, 어째선지 얼굴에는 베개가 얹혀 있었다. 김경준의 몸에 박힌 총탄은 김중식의 서재에서 발견된 라이플에서 발사된 것으로 확인되었다.

장녀 김경희는 두개골 골절과 뇌출혈로 인해 사망했다. 누군가가 둔기로 김경희의 뒤통수를 가격한 것이었다. 김경희의 뒤통수에는 단 하나의 좌열창(挫裂創)이 매우 뚜렷하게 보였으며, 범인은 단 일격으로 김경희를 살해한 것이 명백해 보였다. 그리고 그 둔기는 김중식의 시체가 손에 쥐고 있던 위스키 병이었음이 밝혀졌다. 시체는 김중식의 서재 문가에서 두어 걸음 안쪽이었다. 다른 외상은 팔꿈치와 정강이의 가벼운 찰과상이었다. 언제 어디서 생긴 것인지는 알 수 없었으나, 사건 발생 직전에 생긴 것으로 추정되었다. 단, 이것이 사건과 직접적으로 관련이 있는 찰과상인지는 알 수 없었다.

"범인은 누구일까요? 누가 내 남편과 자식들을······."

이정애가 별장을 바라보며 중얼거렸다. 탐정은 답변을 주는 대신 질문했다.

"부검 결과, 세 사람의 사망 추정 시각은 어땠습니까?"

"경찰 말로는 세 사람의 사망 추정 시각은 대동소이하다고 하더군요. 어쩌면 30분도 안 되는 짧은 시간 사이에 세 사람 모두 죽은 것으로 보인다고 했어요. 크게 도움이 되는 정보는 아닌 것 같은

데……."

"그렇군요. 세 사람 모두가 30분 이내의 짧은 간격을 두고 모두 사망했다고 가정해야겠군요. 이런 참혹한 짓을 저질렀을 만한 의심 가는 사람이 있습니까?"

"제 남편은 사업할 때 원한을 많이 지긴 했어요."

"그 사실을 경찰에게 말했습니까?"

"네. 그래서 경찰은 조사를 했지만, 과거에 남편과 다툰 사람들은 모두 알리바이가 있었습니다. 심지어는 저의 알리바이까지도 조사했지만, 저 또한 알리바이가 있었고요. 그리고 이 별장의 위치 자체가 외진 곳이고, 사업상의 옛 직원들이나 친구들에게는 알리지 않았어요. 이 별장의 위치를 아는 사람은 사실상 저 말고는 없습니다. 게다가 외부인의 침입 흔적은 발견되지 않았다고 경찰이 말했어요."

"그렇다면……."

탐정은 천천히 고개를 끄덕였다.

"설마, 벌써 사건의 진상을 알아내신 건가요?"

"아직 아닙니다. 일단 세 사람이 각각 어디서 죽었는지, 죽은 세 사람의 주변 상황은 어떠했는지 알아둘 필요가 있겠습니다."

김편도가 별장으로 걸어가며 말했다. 이정애는 조금 망설였다. 아직 별장에 들어가기에는 마음의 준비가 덜 되어 있었기 때문이다. 하지만 탐정이 추리를 하도록 돕기 위해서는 따라가야 했다. 이정애는 김편도를 별장 내부로 안내하기로 했다.

별장 내부에서 김편도를 안내하면서, 이정애는 몇 번이나 숨을 헐떡이고 흠칫거렸다. 이정애는 걸음을 걸을 때마다 괴로운 기억을 떠올리는 것 같았다. 김편도는 이정애를 이따금씩 흘깃거리며 반응을 살폈다.

김편도는 두 손을 허리에 뒷짐 지고 걸으며 설렁설렁 별장 안을 돌아다녔다. 이따금 흐음, 하는 콧소리를 내곤 했다. 이정애의 귀에는 탐정의 콧소리가 진실에 대한 어떤 영감이 떠올라서라기보다는, 이 별장에 살던 사람들의 형편을 구경하고 품평하는 것 같은 콧소리로 들렸다.

탐정이 허리에 뒷짐 지던 손을 풀고 발걸음을 멈춘 지점들이 1층에 두어 군데 있었다. 1층 주방, 김경준의 방이었던 1층 피아노실, 김경희의 방이었던 1층 구석방이었다.

"주방은 깔끔하군요."

주방을 둘러보며 탐정이 말했다. 냉장고와 찬장이 큼직큼직한 것이 김편도의 취향에 맞았다. 김편도는 냉장고를 열어봤는데, 냉동고에는 식재료가 가득했고, 찬장에는 인스턴트식품들도 많았다. 한꺼번에 저장해 놨다가 조리해 먹기 좋아 보였다.

탐정은 한 박자 늦게 주방의 이상한 점을 깨달았다.

"음? 그런데 주방에 식탁이 없네요?"

"남편이 저하고 이혼하고 치워 버렸다는군요. 4인용 식탁이 꼴 보기 싫었나 보죠."

"식탁이 없으면 식사는 어디서 합니까?"

"세 사람 모두 각자 방에서 한다고 들었어요. 그리고 남편은 저랑 별거하기 훨씬 전부터 자기 방에서 식사했어요."

"혼자 말입니까?"

"남편은 제가 잔소리를 시작하거나 자식들이 용돈 더 달라고 징징거리면, 말없이 자리에서 일어나 자기 밥그릇 들고 서재로 올라가곤 했어요. 그리고 언제부턴가 식사 시간에 불러도 나오지 않기 시작했어요. 자기 몫의 식사는 자기가 직접 요리해서 가지고 올라가 먹곤 했죠. 그러고는 설거지거리만 슬쩍 싱크대에 내려놓고 다시 올라가 버리고. 지금 생각해 보면 그게 제일 짜증 났어요. 자기 먹을 것만 요리할 거면 자기 설거지도 자기가 하든가."

"그랬군요."

탐정은 묘하게 납득했다.

"이전부터 직접 요리를 해서 자기 방에서 혼자 먹었다면 적어도 독살 기회는 없다고 봐야 하나……."

"무슨 의미죠?"

"아무것도 아닙니다. 그보다 이 좋은 집에 식탁이 없다니. 일부러 치울 필요까진 없었을 텐데 말입니다."

탐정과 의뢰인은 주방을 떠나 자리를 옮겼다. 두 사람은 김경준의 방에 들어갔다.

"여기가 김경준 님의 방이군요."

김경준의 피아노실은 1층에서 가장 넓은 방이었고, 피아노 연습용 방이면서 동시에 침대와 책상 등이 있는 거주용 방이었다. 경찰이 한차례 조사를 해서인지 깨끗했다. 방 한쪽을 차지한 그랜드피아노는 아주 오래전에 귀찮은 장식품이 되어버린 게 분명했다. 김편도가 건반 뚜껑을 열어보자, 건반 위에 올려놓은 와인 빛깔 커버 위에 먼지가 뽀얗게 쌓여 있었다. 피아노 뚜껑을 덮어놓은 채 장식용으로 오랫동안 사용해 온 것 같았다.

"김경준 님의 직업은 피아니스트였나요?"

"설마요."

이정애는 퉁명스럽게 답변했다. 탐정은 더 자세히 묻지 않았다. 대신 미닫이 창문으로 가서 창밖을 잠깐 내다보았다. 1층 피아노실 창문 바로 바깥이 김경준이 죽은 장소였다. 탐정은 1층 창문 밖으로 몸을 내밀고 김경준이 죽어 있던 곳을 바라봤다. 엄청 질긴 부추를 연상시키는 두꺼운 풀들이 비죽비죽 자라 있었다. 그리고 풀잎 사이로 갈색의 핏자국이 남아 있었다.

탐정은 미닫이 창문을 열었다 닫았다 해보았다.

"창문이 크고 넓군요."

"네에……."

"경찰이 이 방에서 어떤 수상한 물건이나 흔적을 발견하진 못했습니까?"

"음, 수면제요. 예전에 서울에서 살 때 처방받은 수면제와 신경안정제가, 통 안에 잔뜩 있더군요. 먹지 않고 고의로 모아둔 것 같다고 했어요."

"수면제 잔뜩이라… 알겠습니다."

탐정과 의뢰인은 다른 방으로 이동했다. 두 사람은 김경희의 방에 들어갔다.

"그리고 여기가 김경희 님의 방이군요."

김경희가 거주하던 구석방은, 구석방이라는 이름에서 느껴지는 분위기와 달리 유난히 화려하고 사치스러웠다. 방 곳곳에는 전신 거울과 의미를 알 수 없는 그림들이 여러 개 배치되어 있었다. 다만 구석방이라는 이름답게 1층의 가장 구석진 곳에 위치해 있었다. 창문도 작았고, 1층의 피아노실과는 달리 크기가 작고 햇빛이 잘 들어오지 않았다. 좁은 방인데 어느 화가의 것인지 모를 그림들이 여럿 걸려 있어서 숨이 더 갑갑해지는 방이었다.

"정신이 무척 산만한 방이군요."

김편도가 말했다. 이정애는 몹시 부끄러워했다.

"경찰이 조사했을 때, 이 방에서는 특별히 뭐 찾은 건 없나요?"

"네에. 적어도 이번 사건과 관련된 건 없었어요. 다만 대마초가……."

"대마초요?"

"네. 어디서 구한 건지. 침대 밑에서."

이정애는 고개를 숙였다.

"범행 당일에도 피웠답니까?"

"…그런 것으로 보인다고, 경찰이 말했어요."

"어땠답니까?"

"네?"

"김경희 님은 대마초를 피우면 잠이 드는 체질이었나요? 아니면 반대로 정신이 각성되는 체질……?"

"그, 그런 것까지는 모르겠어요."

"의뢰인님께서는 따님이 대마초를 피우는 걸 알고 계셨습니까?"

"사건과 관련이 있는 일인가요?"

이정애는 조금 화난 얼굴로 김편도의 얼굴을 노려봤다.

"그렇습니다."

김편도는 느긋하게 말했다.

"김경희 님은 도심으로 외출을 자주 하셨나요? 대마초를 구하려면……."

"네."

이정애는 짧게 말했다.

"팔꿈치와 다리에 찰과상이 있다고 하셨는데, 경찰은 뭐라던가요?"

"어디에 긁히거나 넘어진 것 같다고 한 것 같기도 하고. 사실 경찰은 뒤통수에 생긴 좌창상?"

"좌열창 말입니까?"

"네. 그것에만 신경을 쓰더라고요. 그래서 말인데요, 탐정님. 이건 제 상상인데."

"말씀하십쇼. 사소한 거라도 좋습니다."

"범인과 싸우다 생긴 상처 아닐까요? 가령……."

"아닐 겁니다."

탐정은 딱 잘라 말했다.

"범인과 싸우던 도중에 죽었다면, 김경희 님의 팔꿈치와 다리에는 그 정도의 가벼운 찰과상 정도로만 끝나지 않았을 것이며, 뒤통수에만 단 일격이 가해지지도 않았겠지요."

탐정이 똑 부러지는 말투로 말하자 의뢰인은 입을 다물었다.

"그럼 이제 2층을 보러 가보죠."

탐정이 별장 내에서 가장 긴 시간을 할애한 곳은 2층의 서재였다.

탐정은 2층 서재를 찬찬히 보았다. 서재의 여닫이문은 북쪽을 보고 있었고, 서재 안쪽의 서쪽과 동쪽 벽에는 위압적일 정도로 높은 서가가 늘어서 있었는데, 서가 안에는 희귀한 장서들로 빼곡했다.

서재 중앙에 책상이 있었다. 책상 앞에는 의자가 있었는데, 소위 말하는 '회장님 의자'로서 등을 눕히면 등받이가 편안하게 침대처럼 펴지는 고급 가죽 의자였다. 그 의자의 뒤편, 즉 남쪽에 널찍한 여닫이 창문이 있었다. 창문의 좌우에는 커튼이 있었는데, 붉은색 기가 도는, 두터운 갈색 암막 커튼이었다. 탐정은 커튼을 관찰했다.

"김중식 님은 생전에 늘 커튼으로 창문을 가리던 분이셨나요?"

"아뇨. 평소에는 늘 열어뒀어요. 남편은 형광등 불빛보다는 등 뒤 창문에서 들어오는 햇빛으로 책을 보는 걸 좋아했거든요. 그런데 5월 15일에 제가 남편 전화를 받고 왔을 때는 커튼이 쳐져 있었죠."

"왜 그랬을까요? 그날따라 햇빛이 유난히 강했기 때문일까요?"

"글쎄요. 저도 잘 모르겠군요. 남편이 창문에 커튼을 치는 건 드문 경우였는데."

의뢰인은 고개를 갸웃거렸고, 탐정은 미닫이 창문을 열고 창밖을 내다보았다.

단단하고 널찍한 창틀에 두 손을 얹고 편안하게 서자 울창한 숲이 눈에 한가득 들어왔다. 창틀 위치에서, 정면에 해당하는 곳에 회색 바위 하나가 툭 튀어나와 있는 것이 보였다. 울창한 숲에 툭 튀어나온 회색 바위라 탐정의 눈에 띄었다. 멀리 있는 회색 바위와 탐정의 눈높이가 딱 맞았다.

탐정은 창밖으로 고개를 내밀고 주위를 둘러봤다. 2층 서재 바로 아래쪽은 1층 피아노실이었다. 그리고 그 1층 피아노실 창문 바깥에서 김경준이 등짝에 총을 맞고, 얼굴에는 베개를 얹은 채로 죽어 있었다.

"과연."

김편도는 혼자 고개를 끄덕이다가 이정애 쪽을 보았다.

"몇 가지 질문이 있습니다."

"하세요."

"일단 범인이 아드님이신 김경준 님을 살해하는 데 이용한 흉기인 사냥용 라이플 말입니다. 어떤 종류였죠?"

"아, 이름은 기억했는데 까먹었어요. 하여간 스코프가 달린 볼트 액션 방식이었습니다."

"사냥용 총기류는 평소에 경찰서에 보관하고 사냥 시즌에만 꺼내올 수 있는 것으로 알고 있습니다만."

"네. 아무래도 제 남편이 불법으로 구매한 것 같아요. 총은 그렇다 쳐도 총알이 더 문제라던데… 경찰이 저한테도 물어봐서, 저는 아무것도 모른다고 했어요. 이혼한 사이라고 하니까 경찰은 크게 추궁하지 않더군요."

의뢰인은 거기까지 말하고 잠시 머뭇거리다가 고개를 숙였다.

"저, 사실은 남편이 사냥용 라이플을 가지고 있는 걸 알고 있었어요."

"과연."

"오해하지 말아주세요. 이상한 의심을 받기 싫어서였어요. 우리나라에서는 남편이 죽으면 아내를, 아내가 죽으면 남편을 가장 먼저 의심하잖아요?"

"우리나라뿐만 아니라 다른 나라도 비슷할 겁니다. 그나저나 그 사냥용 라이플은 어디에, 어떤 식으로 보관되어 있었죠?"

"남편은 주로 1층 창고에 총기를 보관해 두곤 했죠. 비밀번호식 자물쇠가 담긴 보관함에. 비밀번호는 우리 가족 모두가 알고 있었어요. 1234였으니까."

"그럼 가족 구성원 중 누구나 총기함에 손을 댈 수 있었군요?"

"네."

"총기는 하나뿐이었죠?"

"네. 정말로 라이플 하나뿐이었어요. 경찰은 제 말을 믿었는지 안 믿었는지 별장 주변을 샅샅이 뒤졌는데, 발견된 총기는 흉기로 이용된 사냥용 라이플 하나뿐이었습니다. 제가 알던 그대로, 남편은 다른 총을 따로 갖고 있지는 않았어요."

"그럼 이 별장에 관한 질문입니다. 혹시 비밀의 방이나 통로 같은 게 있습니까?"

이정애는, 지금 농담을 하는 건가, 하고 김편도의 얼굴을 들여다봤다. 김편도의 얼굴은 진지했다.

"제가 아는 한 그런 건 없어요. 그나마 이 별장에 가장 큰 비밀이 있다면 그건 창고의 총기함과 사냥용 라이플 정도예요. 별장 자체에는 딱히 비밀이 없습니다."

탐정은 선선히 고개를 끄덕였다. 그리고 다른 질문을 했다.

"가족분들을 마지막으로 만났던 것은 언제입니까?"

"사건 발생으로부터 정확히 일주일 전, 그러니까 지금으로부터 2주

전쯤이군요. 자식들 얼굴이나 한번 보려고 왔죠. 제가 자식들 얼굴 보러 올 때면 남편은 2층 서재에 틀어박혀 있곤 했는데, 그날은 남편도 거실로 내려왔더라고요."

"주로 무슨 이야기를 하셨죠?"

"돈 이야기였어요. 거실로 내려와서 무슨 이야기를 하려 그러나, 하고 있자니 남편이 죽고 남길 유산 이야기를 하더군요."

"음? 김중식 님의 나이는 아직 젊지 않았습니까?"

"건강이 좋진 않았어요. 몇 시간씩 걸려서 병원도 자주 오가고. 그날, 남편은 대뜸 재산 기부 운운하는 이야기를 꺼냈어요. 정말이지 들으라는 듯이 말했었죠."

"왜 그랬을까요?"

"사실 남편은 이전에도 그랬어요. 남편은 기분이 나쁘면 돈을 다 쓰고 죽을 거라는 둥, 한 푼도 너희들에게는 안 남겨줄 거라는 둥 하는 소리를 입버릇처럼 해댔죠. 유산 받고 싶으면 자기 기분 맞추라는 식이었어요. 다만 그날은 조금 달랐어요."

"어떻게 달랐습니까?"

"이전과는 달리 죽기 전에 기부를 한다고 했고, 조금 더 내용이 구체적이었죠. 남편이 자주 다니는 대학 병원 쪽에 전 재산을 분할 기증할 예정이고 구체적으로 알아보고 있다는 식으로. 5월 중순부터 조용하게 분할 기부할 거라고 했어요. 자기 재산을 미끼 삼아 가족들한테 비위 맞추라는 태도는 지긋지긋해서 안 들으려고 했어요. 하지만 그날은 남편의 말투가 으름장 놓는 말투가 아니었어요. 조만간 있을 일을 담담하게 말하는 말투였죠. 그래서인지 자식들은 남편의 말을 다르게 받아들였죠. 아들 김경준은 돈 이야기가 나올 때마다 막 보란 듯이 눈을 섬뜩하게 뜨고, 딸은 고3 때처럼 히스테릭해지고… 내 자식들이지만 무섭더군요. 그날은 분위기가 좀 섬뜩했어요."

"그랬군요. 돈이라. 돈은 강한 살인 동기가 될 수 있죠."

탐정은 씁쓸하게 웃었다.

"다음은 세 사람의 직업이나 생활 습관 등에 관한 질문입니다. 전부 솔직히 말씀해 주십시오."

"글쎄요… 말씀드렸다시피 제 남편은 은퇴한 사업가였어요. 취미는 서재에서 독서, 그리고 혼자 위스키 홀짝거리며 마시기 정도일까요. 남편은 2층 서재에서 위스키를 홀짝홀짝 마시며 독서를 하다가 오후 2시 무렵에 그대로 의자를 눕혀서 낮잠을 자는 습관이 있었어요. 그 밖의 취미는… 예전에는 아주 가끔 딸과 사냥을 나가곤 했었죠. 그리고 TV를 보거나, 가족들과 대화를 많이 나누거나 하는 사람은 아니었습니다. 그리고 의심이 쓸데없이 많은 성격이었죠. 혼자 서재에 있을 때는 방문을 꼭 잠그는 습관이 있었고, 밥을 먹을 때도 자기 먹을 밥만 쟁반에 담아서 2층 서재로 올라가 먹고 했으니까요. 그러고서는 서재 책상에 설거지거리가 쌓이면 그제야 게으른 엉덩이를 들고 싱크대에 묵은 설거지거리를 내놓곤 했었죠. 제발 밤늦게 설거지거리를 모아서 내놓지 말라고 몇 번이나 말했었는지… 그럴 거면 자기가 직접 하든가."

이정애는 말하다 말고 가슴이 갑갑하다는 듯이 숨을 몰아쉬었다. 그리고 죽은 남편과 자식들에 대한 미스터리를 조사하라고 탐정을 고용해 놓고 설거지 관련된 푸념을 두 번이나 반복한 자신에 대해 부끄러워했다. 하지만 김편도는 의뢰인의 심정을 이해했다. 혼자 사는 김편도는 묵은 설거지를 할 때마다 타임머신을 만드는 상상을 했다. 타임머신을 타고 과거로 가서 묵은 설거지거리를 만들고 방치한 과거의 자신을 목을 조르는 상상을 하며 설거지를 하곤 했다.

김편도가 공감 어린 시선으로 계속하라고 하자 의뢰인은 남편에 대한 이야기를 계속했다.

"남편 이야기는 이쯤 하죠. 더 말할 것도 없고요. 앞서 말씀드렸다시피 남편은 이런저런 원한을 많이 사기도 했어요. 그래서 일찍 은퇴하고 이런 숲속 별장에서 조용히 살기로 마음먹었다고 하죠."

이정애는 낮아서 천장의 결이 훤히 보이는 갑갑한 천장을 바라보며 곰곰이 생각했다.

"그리고 아들인 김경준은 아마추어 피아니스트였는데 실상은 백수죠. 어렸을 때는 피아노를 잘 쳤지만 막상 서울 떠나 별장으로 오고 난 뒤로는 연주를 거의 안 했어요."

"이유가 뭡니까?"

"재능이 없다는 걸 깨달은 것이거나, 아니면 자연 속에 혼자 덩그러니 앉아 피아노를 치려니 흥미가 차갑게 식은 거겠죠."

이정애는 그랜드 피아노를 사달라고 떼를 쓰던 김경준을 떠올리며 한숨을 내쉬었다.

"아들 김경준은 자신의 내면이 차갑게 식어간다는 것을 느끼고, 어떻게든 피아노에 대한 열정을 되살리려고 노력했어요. 그 결과가 피아노실의 그랜드피아노죠. 비싼 피아노를 사면 그걸로 자극받아 다시 피아니스트가 될 수 있을 거라고 생각했나 봐요."

"잘 안 되었나 보군요."

"네. 결국 아들은 스트레스 때문에 불면증이랑 우울증, 환청 증세가 조금 생겼죠. 그러고 보니 그 무렵 제가 남편에게 별거하자고 이야기를 꺼냈군요… 지금 생각해 보면, 남편에게 별거 이야기를 꺼내야지, 꺼내야지 하면서도 망설이고 있었는데, 그렇게 말할 결심을 한 것은 제 아들이 정신적으로 무너져 가는 모습을 봤기 때문인지도 모르겠군요."

"김경준 님이 불면증과 우울증, 환청을 겪었다고 하셨는데, 심각한 거였나요?"

"그게, 아주 심각하진 않았어요. 그냥 세상 사람들이 다 자기를 무시하는 것 같다는 식으로 푸념을 하더군요. 통원 치료를 몇 번 받고 수면제랑 우울증 약을 처방받았나 본데, 자세한 것은 아들에게 일부러 묻지 않아서 정확히는 모르겠어요."

"그렇습니까? 공격성을 보이거나 한 적은 없나요?"

"그게… 한 번 난동을 피운 적은 있어요. 이전에 살던 집에서."

"난동이라. 구체적으로요?"

"폭발이었죠. 집 안에 있는 물건들을 휘두르고 던지고 부수고… 그러다가 집을 나간 뒤, 다음 날 아침에 돌아왔어요. 그리고 가족들에게 사과하더군요. 그 이후에 우리는 이 별장으로 이사 왔고요."

"그, 난동을 피운 구체적인 이유는요?"

의뢰인은 곤혹스러운 표정을 지었다.

"잘 모르겠어요. 사실 그 애가 그렇게 난동을 부릴 이유는 없었어요. 용돈도 충분히 주었고요. 친구가 없긴 했지만, 가족들이 딱히 그 애를 무시하거나 한 적도 없거든요."

"혹시, 난동을 피운 이유가 뭐냐고 물어보시진 않았나요? 의뢰인 님이나 다른 가족분들이?"

"그러진 않았어요."

"왜 그랬느냐고 한 번 물어보시지 그러셨습니까."

"물어봤다면, 이런 비극은 일어나지 않았을까요?"

"그런 의미는 아니었습니다."

"후우… 조금 매정하지만 저는 아들의 정신 문제로부터 도망친 게 맞는 것 같아요. 하지만 저도 무척 힘든 시기였거든요. 어쩔 수 없었어요."

"힐난하려는 의도는 아니었습니다. 그럼 김경희 님의 경우는 어땠습니까?"

"마지막으로 딸 김경희의 경우에는."

김경희 이야기를 하던 이정애는 입을 꼭 닫았다.

"뭡니까? 말씀해 주십쇼."

"조금 무서운 아이었어요. 성격이 조금 표독스럽고, 실은 범죄 경력이 있는 아이었습니다."

"범죄 경력이라면 어떤 범죄입니까?"

"사소한 절도와 폭행. 애가 미성년자 시절이니까 벌써 10년 전이군요. 그리고 대마초도 피웠지만, 이건 의외로 걸리지 않았어요."

"구체적으로 말씀해 주시겠습니까? 아, 대마초 말고 절도와 폭행 부분 말입니다."

"김경희는 고등학생 때, 편의점에서 물건들을 슬쩍했어요. 그러다 아르바이트생에게 걸려서 붙들렸죠. 아르바이트생은 경희에게 부모님을 부르거나 경찰을 부르거나 둘 중 하나를 선택하라고 으름장을 놓았대요. 그랬더니 이성을 잃고 아르바이트생의 목을 졸랐죠."

"목을? 그냥 대놓고 말입니까?"

"그래요. 그냥, 정면에서 갑자기 아르바이트생의 목을 조른 거죠. 아르바이트생은 김경희보다 키가 작은 보통 여대생이었는데, 다른 손님이 뜯어말리지 않았다면 큰일이 났을 거예요."

"도대체 왜 그런 짓을 했답니까?"

"이르지 못하게 하려고 그랬대요. 아르바이트생을 죽이려고 한 게 아니라, 아르바이트생이 다른 사람에게 이르지 못하게 하려고. 그 말을 듣고 기가 막혔죠."

"음……."

"겨우겨우 합의가 되긴 했지만, 설마 딸애한테 그런 면모가 있는 줄은 몰랐죠."

이정애는 한숨을 내쉬었다.

"하지만 그날 이후로 그런 일은 또 없었어요. 약간 사치를 부리는 버릇, 이따금 대마초를 조금 하는 것 말고는 얌전했어요. 그나마 나한테 얼굴 좀 보자고 문자 보내주고 생일에 축하한다고 전화해 주는 건 딸밖에 없었죠."

"의뢰인님께서는 자식들과 불화는 없었습니까?"

"저와 자식들 사이는 그래도 괜찮았어요. 일부러 시간 내서 만나는 사람은 우리 자식들뿐이었죠. 남편은 끔찍하게 싫었지만."

"그밖에 가족에 관해 더 특별히 말씀하실 게 있으신가요? 좀 더

통틀어서."

"가족이라."

이정애의 얼굴은 그 어느 때보다 안 좋았다.

"더는 말씀드릴 것이 없군요. 어렵게 결혼한 남편이고 힘들게 낳은 자식들인데, 더 이상 할 말이 아무것도 없어요. 지금 돌이켜 보면 내 가족들, 그 사람들은 누구였는지도 모르겠어요."

3

2층 서재 앞 복도에서 탐정의 질문이 이어졌다.

"그럼, 의뢰인님이 사건 현장을 최초로 발견했던 당시에 관해 질문드리겠습니다."

탐정은 수첩을 꺼냈다. 그러자 이정애도 자기 수첩을 꺼냈다. 이정애는 미리 경찰을 만나서 궁금한 것들을 물었고, 경찰이 들려준 것들과 자신이 기억하고 있는 것들을 수첩에 미리 정리해 두었다.

"김경희 님이 사망한 장소는 2층 서재 문가 앞이었고, 사망 원인은 둔기에 뒤통수를 가격당해서라고 했는데요. 그리고 그 둔기는 위스키 병이라고 했고요."

"맞아요. 그래서 경찰은 제 남편이 딸을 위스키 병으로 후려쳐 죽인 게 아닌가 의심하더라고요. 위스키 병에서는 제 남편의 지문이 발견되었고, 딸 김경희의 혈흔이 발견되었다고 합니다."

"김중식 님이 자기 딸 김경희 님을 살해했다면, 라이플로 살해하지 않은 이유가 뭘까요?"

"네?"

"김중식 님의 서재에서는 라이플과 탄환이 발견되었다고 했습니다. 굳이 죽이려면 그걸로 죽이는 편이 나았을 텐데, 왜 하필 위스키 병으로 뒤통수를 후려쳐 살해했을까요?"

"글쎄요… 이유가 뭘까요?"

"그리고 김경준 님의 경우 피살된 장소가 이상하더군요. 죽은 장소가 1층 피아노실 창문 바로 바깥이었는데, 신발은 신고 있지 않았고 얼굴 위에는 베개가 얹혀 있었던데. 그 이유는 뭘까요?"

"그것도 모르겠어요. 경찰도 그 이유를 짐작하지 못하더군요."

"마지막으로, 김중식 님은 죽기 직전에 왜 당신에게 전화를 했을까요?"

"워낙 다급한 상황이라 부를 사람이 저 말고는 없던 거 아니었을까요? 남편은 믿을 만한 친구도 없고, 부모나 친척도 없어요."

"정말 다급하다면 차라리 경찰을 부르지 않았을까요? 그런데 왜 하필 성격 차이로 이혼한 아내를 불렀을까요?"

"듣고 보니 그렇군요. 남편이 굳이 저를 부른 이유를 모르겠어요. 탐정님은 혹시 이유를 짐작하시겠어요?"

"몇 가지 의문점에 대해서는 대충 알 것 같습니다. 하지만 딱 한 가지 의문점이 풀리지 않았습니다."

"그렇다면 알아내신 것부터 알려주세요."

"그럼, 크고 작은 의문점들에 대한 추리를 시작하죠."

김편도는 탐정답게 뒷짐을 진 자세로 변죽을 울렸다.

"이번 사건에는 의문점들이 많습니다. 크게 보자면, 그들을 죽인 범인은 누구인가, 범인은 그들을 왜 그렇게 죽였는가, 범인은 어떤 방식과 순서로 그들을 죽였는가, 범인이 그들을 죽인 동기는 무엇인가."

탐정은 의문점들의 열거를 잠시 멈추었다.

"작은 의문점들을 살펴보기 전에 짚고 넘어가야 할 부분이 있죠. 가장 먼저 살필 것은 범인은 외부인인가, 내부인인가 하는 점입니다. 이 외딴곳에 누군가 일부러 와서 일가족을 살해하려 했다면, 그게 가능한 용의자의 수는 극히 줄어듭니다. 그렇게 따지면 의뢰인님도 사실 그 용의자에 포함될 겁니다."

"범행이 일어난 오후 2시에 저는 알리바이가 있었어요. 친구와 점심 식사를 마치고 막 헤어지던 참에 전화가 왔으니까요. 그건 경찰이 이미 확인한 문제입니다!"

"알고 있습니다. 흥분을 가라앉히십시오. 만약 의뢰인님이 범인이라면, 굳이 경찰에 신고하거나 탐정을 고용할 이유가 없겠죠. 아예 별장에 불을 질러서 증거를 깡그리 인멸한 뒤에 경찰에 신고하거나, 아니면 더 대담하게 방치해 버리는 수도 있겠죠. 이 별장은 정말로 외딴곳이니까요. 다시 말해, 의뢰인님이 범인일 가능성은 아주 낮습니다. 완전히 동떨어진 외부인이 범인이 아니고, 한때 가족이었던 의뢰인님 또한 범인이 아니라고 한다면……."

탐정은 잠시 말을 멈췄다가 선언했다.

"범인은 내부인일 가능성이 높습니다."

"내부인이라면……."

"다시 말해 죽은 세 사람 중에 범인이 존재한다는 겁니다."

"아아······!"

이정애는 탄식하며 눈을 감았다.

"예상하고 계셨죠?"

"어느 정도는요."

"계속 조사하길 바라십니까?"

"물론입니다. 진실을 알지 못하면 더 괴로울 것 같아요."

"지금 의뢰인님의 반응을 보아하니, 의뢰인님께서 정말로 알고 싶은 건 '세 사람 중 누가 범인인가?' 라는 부분일 거라 생각합니다."

"네, 맞아요. 하지만, 셋 중 하나가 범인이라고 해도 말이 안 되기는 마찬가지예요. 세 사람은 모두 죽어버렸어요. 세 사람 중 한 명이 범인이라고 가정한다면, 그 마지막 한 명까지 죽어버렸다는 걸 어떻게 설명하죠? 한 명이 나머지 둘을 죽이고, 그 한 명은 자살로 죽었다고? 탐정님은 어떻게 생각하세요?"

"자살··· 로 보긴 어렵죠. 일단 범인이 두 사람을 죽이고 자살했다고 가정한다면, 그 가정에 부합하려면 김중식 님이 범인이어야 합니다."

탐정의 지적은 합당했다. 김경준은 1층 피아노실 창문 바깥에서 '등짝'에 총을 맞고 죽었다. 또한 김경희는 2층 서재 방 바로 안쪽에서 '뒤통수'를 위스키 병으로 가격당해 죽었다. 그리고 김중식은 수면제가 든 위스키를 한 병 다 마시고 죽었다. 세 사람의 사망 원인을 봤을 때, '한 사람이 둘을 죽이고 자살이라는 형태'가 성립되는 경우는 김중식이 범인인 경우뿐이다. 사람이 자기 등을 총열이 긴 사냥용 라이플로 쏠 수는 없으며, 위스키 병으로 자기 뒤통수를 단한 방에 죽일 정도로 세게 후려치는 건 어렵기 때문이다.

"하지만 김중식 님은 유서를 남기지도 않았고, 굳이 자식들을 죽일 동기도 없었죠. 그냥 자식들이 꼴 보기 싫어서 살해했다고 가정한다면, 굳이 이혼한 전부인, 즉 의뢰인님께 전화해서 오라고 할 이유가 없습니다. 즉, 김중식 님이 범인이고 아들 김경준 님과 딸 김경희 님을 살해했다고 보기엔 미심쩍은 점이 많습니다."

"그럼 누가 범인이죠? 아들 김경준? 딸 김경희?"

"셋 중 하나가 범인이라고 가정해도 작은 의문점들은 여전히 그대로입니다. 김경준의 등을 쏜 라이플은 김중식의 것인데 정말로 김중식이 김경준을 살해했는가? 김중식의 라이플은 김중식의 서재 방 책상 위에서 발견되었는데 왜 지문이 지워져 있었는가? 김중식의 위스키에 들어 있던 수면제는 원래 김경준의 것인데 정말로 김경준이 김중식을 살해할 목적으로 넣었는가? 김경희의 뒤통수를 가격한 위스키 병은 김중식의 것인데 정말로 김중식이 김경희를 살해했는가? 김경준은 왜 하필 1층 피아노실 창문 바깥, 2층 서재 창문 아래에서 등짝에 총을 맞았는가? 그리고 왜 얼굴에 베개가 얹혀 있었는가?"

탐정은 고개를 천천히 가로저었다.

"뭐부터 의심해야 좋을지 모를 정도로 자잘한 의문점들이 혼재되어 있습니다. 사망 추정 시각을 분 단위로 좁혀서 '살인의 순서'를 추정할 수 있다면 추리가 수월했겠지만, 부검이라는 게 그 정도로 정밀한 것은 아니니 하는 수 없죠. 일단 가장 의심스러운 사람부터 따져보도록 하겠습니다. 먼저, 위스키 속에 김경준이 예전에 처방받은 수면제가 들어 있다는 말을 들었을 때, 저는 김경준이 가장 의심스러웠습니다. 김중식이 자살했을 가능성, 즉 김중식이 스스로 자신의 위스키 병에 김경준의 수면제를 넣어서 마시고 자살했다고 보기는 어려우니까요. 왜냐하면 김중식이 위스키 속에 다량의 수면제를 넣어 마신다고 해도 100% 죽음에 이른다는 보장이 없기 때문이고, 사냥용 라이플을 턱 밑에 놓고 쏘면 더 빠르고 확실히 자살할 수 있으니까요. 그래서 저는 김경준이 김중식을 살해할 목적으로 수면제를 넣었을 가능성을 방금 전까지도 계속해서 생각했습니다."

"그, 그래서요? 아들이 범인인가요?"

"김경준 님이 김중식 님의 위스키 병에 수면제를 다량 넣었고 어떤 이유에서인지 김중식 님이 수면제가 든 위스키 병을 텅 빌 정도로 빠르게 다 마셨다면, 김중식 님은 의뢰인님께 어떻게 전화를 걸어서 빨리 와달라고 할 수 있었을까요? 죽거나 죽어가는 중이었을 텐데요. 당시, 전화기 너머의 김중식 님 목소리는 잠에 취한 목소리였습니까?"

"으음… 오히려 신경이 곤두서고 숨을 헐떡거리는 목소리였어요."

"즉, 김중식 님은 먼저 의뢰인님과 전화 통화를 하고, 그다음에 수면제가 든 위스키를 모조리 마셨단 뜻입니다. 이렇게 생각하면 김경준 님이 김중식 님의 위스키 병에 몰래 수면제를 넣은 건지, 아니면 김중식 님이 김경준 님의 것을 훔쳐서 스스로 넣은 건지, 아니면 제3자가 넣은 건지 알 수 없게 되어버리죠. 하지만 이 시점에서 우리는 김경준 님의 얼굴을 덮고 있던 베개와 죽은 장소를 떠올려야 합니다."

"그러고 보니 김경준은 왜 신발도 없이 1층 창문 밖에서 총에 맞아 쓰러진 걸까요? 그리고 얼굴에 베개가 얹혀 있던 이유는?"

"김경준 님의 등에 있던 총상과 베개에 관해 두어 가지 묻겠습니다. 혹시 김경준 님 부검 결과 중에 총상에 관한 기록이 있습니까?"

"총상······? 아, 네."

이정애는 수첩을 맨 뒷장으로 넘겼다.

"이건 부검의의 부검 결과를 담당 형사님이 알려준 내용입니다. 에··· 제 아들 등에 난 총창을 통해 발사 거리 및 방향을 추정했는데, 원거리에서 사냥용 라이플을 통해 발사된 원사였다고 했어요. 그리고 총탄이 등짝을 뚫고 들어간 사입부는 있지만 총탄은 심장에 박혔기 때문에 총탄이 뚫고 나간 사출부는 없었습니다. 그리고 발사 거리는, 이 부분은 특히 부정확한데, 100미터 정도로 추정하더라고요. 그리고 발사 각도는 거의 수평이었다고 했어요."

"수평······!"

김편도는 잠시 팔짱을 끼고 고개를 숙였다.

"으음, 그렇다면 잠시만 여기서 기다려 주시겠습니까?"

"어디 가시려고요? 그럼 제가 안내를······."

"아니, 괜찮습니다. 뛰어갔다 올 테니 5분에서 10분이면 됩니다."

"네에······."

김편도는 이정애를 두고 계단을 우당탕 뛰어 내려갔다.

김편도는 2층 서재 창가에서 본 회색 바위로 달려갔다. 서재에서 본 것보다 훨씬 멀었고, 훨씬 컸다.

"허억, 허억······."

빼곡한 나무와 나무뿌리 때문에 걷기 힘든 오르막길을 오르며, 김편도는 숨이 턱에 찼다. 이정애를 데리고 오지 않기를 잘했다고 생각했다.

김편도는 회색 바위 위에 올라섰다. 그리고 숨을 좀 헐떡인 뒤 엎드렸다. 회색 바위는 넓적해서 엎드려 있기 편안했지만 표면은 매우 거칠었고, 햇볕을 받아서 조금 뜨거웠다. 이 위에 오래 있어야 한다면 팔다리에 화상을 입거나, 생채기가 생길 수 있었다. 김편도는 엎드린 자세로 스마트폰을 꺼내서 카메라 기능으로 2층 서재 창문을 보았다. 그리고 줌을 최대한 당겨보았다.

"가능해."

김편도는 스마트폰을 주머니에 넣고 사격 자세를 취해 보았다. 가상의 라이플을 오른쪽 어깨에 견착하고 오른손 검지는 방아쇠에 걸었다. 왼쪽 팔꿈치를 바위에 세운 뒤 왼손으로 총열을 떠받쳤다. 자세만 취해 보였을 뿐인데도 묵직한 무게감이 느껴지는 것 같았다. 김편도는 가상의 라이플에 달린 스코프에 눈을 댔다. 2층 창문은 정확히 수평으로 보였다.

"타앙."

입으로 소리를 내며 가상의 총기 반동을 재현해 보았다.

"아얏……!"

김편도는 팔꿈치에 통증을 느꼈다. 얇은 옷을 입고 있었다면 팔꿈치가 쓸려서 상처가 났을지도 모른다.

김편도는 주위를 둘러보고 오른쪽을 보았다. 별장을 바라보는 위치에서 회색 바위의 우측에는 내리막길이 있었다. 김편도는 회색 바위에서 내려간 뒤, 그 내리막길을 따라 내려갔다. 나무와 나무뿌리가 바리게이트와 같이 얽혀 있었다. 김편도는 허리를 숙인 자세로 끙끙거리며, 바닥을 시선과 발길로 훑으며 내려갔다.

"찾았다."

유난히 튀어나온 나무뿌리 밑에, 황동색 빛깔을 자랑하는 탄피가 있었다. 김편도는 그것을 스마트폰으로 사진 찍었다.

"어쩌면 이게 유일한 증거겠지."

김편도가 다시 별장에 돌아갔을 때, 이정애는 주방에 선 채로 술을 마시고 있었다. 달콤한 맛이 나는 리큐르였다. 이정애는 얼른 술병을 치웠다.

"더, 더우시죠? 뭐 마시겠어요?"

"아, 찬물 있으면 부탁합니다."

이정애는 유리잔에 찬물을 따라 주었다.

"뭔가 알아내셨나요?"

"죄송하지만 아직 질문이 안 끝났습니다."

"아, 하세요."

"그럼 그 라이플과 총탄에 대한 질문의 연장입니다."

김편도는 찬물을 단숨에 들이켰다.

"김경준 님을 살해한 총탄은 분명히 김중식 님의 라이플에서 발사되었고, 본래 창고 총기함에 들어 있었어야 할 그 라이플은 김중식 님의 서재 책상 위에서 발견되었죠. 어째선지 지문은 다 닦인 상태였고. 맞습니까?"

"네. 맞습니다."

"그리고 김경준 님의 베개 말입니다. 혹시 베개가 유난히 구겨지거나 뜯어진 부분이 없었습니까?"

"있었어요. 베개 한쪽 귀퉁이가 조금 뜯어졌더라고요."

"과연."

"…탐정님. 진실을 다 알고 계시다면 이제 변죽 좀 제발 그만 울리고 진실을 밝혀주세요."

"순서가 있는 법입니다. 자, 도대체 누가 김경준의 등을 라이플로 쐈을까요?"

"몰라요. 전혀 모르겠어요."

"생각해 보십시오. 라이플을 다룰 줄 아는 사람이 누구입니까?"

"사냥용 라이플은 남편 물건이니까 아마도……."

"김중식 님이라고요?"

"네."

"김경희 님은 라이플을 다룰 줄 모릅니까?"

"음… 경희는 예전에 자기 아버지랑 사냥을 같이 나가곤 했으니까… 아마 총도 몇 번인가 쏴봤을 거예요."

"그럼 김경희 님이 김경준 님의 등을 쐈을지도 모르겠군요."

"그, 그럴 리가 없어요. 경희와 경준이 사이는 나쁘지 않았는걸요. 그리고 경희가 유산을 빨리 받고 싶어서 아버지를 살해한다면 모를까, 자기 오빠를 죽여서 어떤 이득이 있겠어요? 경준이 등에 총을 쏜 건 제 남편, 김중식이 분명해요."

"어째서 말입니까?"

"가령, 2층 서재에 있던 남편이 1층 피아노실 창문 바깥에 있던 아들을 술에 취해 충동적으로 쏴버렸다든가."

"김중식 님이 자기 아들의 '등'을 총으로 쏘는 건 불가능합니다. 상식적으로, 발사 각도가 나오지 않으니까요. 2층 서재에서 아래 1층으로 수직으로 총을 쏘면 김경준 님의 머리, 정수리에 총탄이 박히겠죠."

"혹시 경준이는 엎드려 있던 것 아닐까요? 1층 피아노실 창문 바깥 잔디밭에 엎드려 있었고, 그 등짝을 2층에서 제 남편이 쏜 거죠."

"그렇다면 100미터 이상의 거리에서 총을 쏜 것으로 추정된다는 부검 결과가 오류라는 뜻인가요? 게다가 2층에서 1층으로 수직으로 쐈다면, 그 정도의 근거리라면 총탄은 김경준 님의 등짝을 뚫고 몸을 관통하여 잔디밭에 박혔을 겁니다. 게다가 시체는 '누운 자세로 얼굴에 베개를 얹은 채' 발견되었죠. 엎드린 자세가 아니라."

"하지만 이게 가장 현실성 있는 가능성 아닌가요? 총탄이 관통하지 않은 건, 음, 라이플이나 탄환이 불량이라 위력이 감소한 거고, 경준이가 누운 자세로 발견된 것은 즉사하지 않아서, 고통으로 몸을 반 바퀴 돌려서 누운 자세로 발견된 거죠. 그리고 경희가 2층 서재에서 죽은 것은, 총소리를 듣고 놀란 경희가 아버지를 찾아 2층 서재로 뛰어올라 갔다가, 서재 안쪽에 숨어 있던 남편이 위스키 병을 휘둘러 경희의 뒤통수를 때렸다. 그리고 자식들을 죽인 남편 김중식은 갑자기 회한이 찾아와 전 마누라였던 저에게 전화를 걸고, 아들의 수면제를 자신이 좋아하는 위스키 병에 털어 넣은 뒤 모조리 마시고 자살했다. 어때요?"

의뢰인 이정애는 어떻게든 자기 남편이 범인인 것으로 정리하고 싶은 것 같았다. 탐정 김편도는 고개를 저었다.

"김경준 님은 평소에도 잔디밭에 눕거나 엎드려 있곤 했습니까? 베개를 잔디밭 위에 깔고 말입니다."

"제가 알기론 없었지만 날씨가 좋아서 변덕을 부릴 수 있는 것 아닌가요?"

"날벌레 투성이인데요? 잔디밭이라고 해도 도심 고급 주택가의 잔디밭이 아니라 깊은 숲속 별장의 잔디밭입니다. 벌레들이 장난 아니죠. 그리고 경찰은 분명히 라이플이나 탄환에 대해 확인했을 텐데요, 경찰은 그것들이 불량이라고 했습니까?"

"그, 그건 물어보지 않았지만······."

"라이플이나 탄환이 불량이었다면 경찰이 말을 했을 겁니다. 그리고 김중식 님이 느끼기에 위력이 감소한 것 같다 싶으면 여러 발 발사했겠죠. 하지만 김경준 님의 등짝에 생긴 총창은 오직 하나였잖습니까."

"그럼 어떻게 된 거죠?"

"결국 이 사건을 해결할 수 있는 유일한 경우의 수는 하나뿐입니다."

탐정은 잠시 말을 멈추었다. 그리고 의뢰인에게 질문했다.

"정말로 진실을 원하십니까?"

의뢰인은 잠시 숨을 멈췄다. 별장의 낮은 천장을 잠시 올려다봤다. 숨이 막혀 죽을 것 같은 기분이 미스터리가 풀리기 직전의 기분과 비슷하다고 생각한 의뢰인은 자기도 모르게 고개를 끄덕였다.

"네. 진실을 말해주세요."

4

"범인은 세 사람 전부입니다."

탐정은 단언했다. 의뢰인은 아무 반응도 보이지 못했다.

"세 사람이 서로를 죽인 겁니다. 단, 세 사람은 공범이 아닙니다. 우연과 살의가 겹쳐서 서로가 서로를 죽이게 된 겁니다."

탐정의 말에 이정애는 잠시 입을 벌린 채 가만히 있었다.

"무슨 뜻이죠?"

"지금까지 논한 여러 의문들을 동시에 하나로 묶을 수 있는 가능성은, 지금 말씀드리는 가능성 하나뿐입니다. 세 사람이 서로를 순차적으로 죽였다."

이정애의 입매에 웃음 같은 것이 걸렸다 떨어졌다. 이정애의 입매는 물에 젖었다 마른 종이처럼 울었다.

"말도 안 돼요. 셋이 서로를 죽인다뇨? 셋이 시간을 맞춰서 서로 죽이기로 결정했단 말인가요?"

"명백한 우연이겠죠. 아마도. 김중식 님은 생전에, 5월 중순 이후에 분할 기부하겠다고 선언했죠, 아마? 김중식 님이 이전에 했던 기부 발언이, 5월 15일에 계획적으로 살인을 결심한 김경준과 김경희의 행동 트리거 역할을 했겠죠. 그리고 순차적인 죽음에는 상당한 우연이 개입되어 있습니다."

"우연이라니, 무슨 의미죠?"

"아, 우연이라는 표현이 오해를 살 수도 있겠군요. 하지만 다른 표현이 떠오르지 않습니다. 세 사람은 상당한 우연에 의해, 서로를 죽이게 되었습니다."

"이보세요, 탐정님. 알아듣게 설명해 보세요. 나는 말이 되는 추리를 기다리고 있단 말입니다. 한참 동안 이것저것 캐묻고, 별장 곳곳을 돌아다니면서 질문을 퍼부어놓고선, 정작 추리를 한다는 게 우연 때문이라고 말하는 건가요? 그런 건 받아들일 수 없……!"

"받아들이기 어려우시겠지만, 불가능한 경우를 제외하고 남은 것, 그것이 아무리 받아들이기 어려울지라도, 그것이 진실입니다. 일부러 의뢰인님을 혼란스럽게 할 의도는 아니었습니다. 지금부터 최대한 납득하실 수 있도록 추리를 전개할 것이니, 침착하게 들어주십시오."

김편도는 이정애가 호흡을 고를 수 있도록 잠시 기다렸다. 이정애는 고개를 끄덕여 보였다. 김편도는 추리를 전개했다.

"김중식 님의 위스키 병에, 김경준 님이 처방받은 수면제가 잔뜩 들어간 사실을 보죠. 김중식 님이 스스로 목숨을 끊으려고 넣었을 가능성은 앞서 말씀드렸듯이 극히 낮습니다. 무엇보다 총이 있으니까요. 그렇다면 김중식 님의 위스키 병에 어떻게 김경준 님의 수면제가 들어갔는가? 간단합니다. 김경준 님이 자신이 처방받은 수면제를 들고 2층 서재에 들어가 김중식 님의 위스키 병에 직접 넣은 겁니다. 아마 처방받은 수면제를 먹지 않고 모아뒀다가 위스키 병 속에 모조리 섞어 넣었겠죠."

"어떻게요? 제 남편은 2층 문을 늘 잠가두고 살았어요. 자기가 있을 때는 물론이고, 잠을 자러 갈 때도 문을 잠가뒀다고요."

"하지만 창문은 아니었을 테죠."

"창문……."

"김경준 님은 사건 발생 이전에 미리, 남들이 모두 잠이 든 오전이나 새벽에, 1층 피아노실 창문을 통해 2층 서재로 올라간 겁니다. 이 별장은 크기 자체는 넓지만 높이는 높지 않죠. 1층 창틀을 밟고 올라가, 상체를 곧게 세워 2층 창틀을 손으로 잡는 건 어렵지 않습니다. 그렇게 해서 김경준 님은 2층 창문을 통해 서재 안으로 들어갑니다. 그리고 김중식 님의 위스키 병에 수면제를 섞어두는 거죠. 위스키는 맛 자체가 쓰니까, 수면제를 다량 섞어놓아도 금방 맛의 차이를 알아차리진 못할 겁니다."

"하지만 뭣 때문에요?"

"실제 살인을 위해서죠. 수면제는 어디까지나 김중식 님을 잠들게 하기 위함이고, 실제 살인은 김경준 님이 자기 손으로 저지를 생각으로 수면제를 섞어둔 겁니다. 물론, 수면제가 든 위스키는 자기 아버지를 살해한 후 화장실 변기 따위를 통해 처분할 생각이었겠죠. 시간 순서대로 설명하자면 일단, 5월 15일 이른 아침이나 새벽 무렵에 김중식 님의 위스키 병에 수면제를 미리 섞어둔 김경준은 다시 1층으로 내려갑니다. 그리고 때를 기다립니다. 김중식 님은 점심 식사 후 서재에서 책을 보고 위스키를 마시다가 그대로 의자에 드러누워 낮잠을 잔다고 했죠? 그리고 그 시각은 보통 오후 2시 무렵이고."

"네, 맞아요."

"바로 그 오후 2시 무렵을 노려서, 김경준 님은 살인용으로 쓸 베개를 입에 물고, 오전에 했던 방법 그대로 2층 창틀을 붙잡고 창문을 통해 2층으로 올라가려 합니다. 베개 한쪽이 조금 뜯어진 것은 범행 당일뿐만 아니라 평소에 방 안에서 살인 예행연습을 혼자 할 때 입에 베개를 물고 버텼던 연습 흔적이었겠지요. 두 손으로 창틀을 붙잡으려면, 베개를 입에 무는 수밖에 없으니까요."

김편도는 베개를 입에 물고 두 손으로 창틀을 붙잡는 시늉을 해 보였다. 그리고 마저 추리를 전개했다.

"김경준이 하필 베개를 이용해 아버지를 죽이려 한 이유는 간단합니다. 베개로 입과 코를 눌러 질식시켜 죽이는 경우, 검시관이 오랫동안 관찰해도 그 흔적을 찾기 어려울 정도로 흔적이 남지 않습니다. 얼핏 보면 위스키를 마시고 누워 자다가 자연사한 것으로 보입니다. 김중식 님은 수면제가 든 위스키를 마셨지만, 그거야 법적으로 장남인 김경준 님이 부검을 원치 않는다고 강하게 밀어붙이면 영원히 들키지 않을 문제죠. 김경준 님은, 겉으로 봐서 외상이 없는 베개를 이용한 살해 방식을 써야만 한 집에 사는 자신과 자기 여동생이 의심받지 않으리라 판단한 거겠죠."

"어떻게 그렇게 단정 짓죠?"

"김중식 님의 위스키에 김경준 님이 처방받은 수면제가 들어간 점, 그리고 김경준 님의 얼굴 위를 베개가 덮고 있었던 점은 이렇게만 설명 가능합니다."

"말도 안 돼. 만약 정말로 내 아들 경준이가 남편을 살해하려 했다면, 오히려 경준이는 왜 죽은 거죠? 그리고 탐정님은 경준이의 등짝에 생긴 총상에 대해서는 설명하지 않으셨어요."

"지금 하려고 했습니다. 추리를 시작할 때 말씀드렸던, 그 '우연'이 가장 강하게 작용하는 부분이니 진정하고 들어주십시오."

탐정은 심호흡을 했다. 의뢰인도 따라 했다.

"…하필 그날, 그 순간, 김경희 님 또한 김중식 님을 살해하려 했습니다."

"네? 어떻게요?"

"바로 라이플을 이용한 저격 말입니다."

탐정은 2층 서재의 창문 밖을 가리키며 말했다.

"저기 숲에 튀어나온 회색 바위 보이십니까?"

"네."

"아마 저기가 저격 포인트가 아니었을까 생각됩니다."

탐정은 의자를 가리켰다.

"오후 2시, 아마 김중식 님은 의자에 드러누워 창문을 등 뒤로 한 채로 낮잠을 잤겠지요? 그 경우 정수리가 자연스럽게 창틀에 닿을 듯 말 듯하게 됩니다. 그렇게 누워서 자는 사람 머리통은 수박 크기의 움직이지 않는 표적이죠. 김경희 님은 사냥 경험이 있다고 했죠?"

의뢰인 이정애는 입안이 바싹 말랐다. 고개를 끄덕일 수밖에 없었다.

"김경희 님은 그날, 식사를 일찍 마친 뒤 자기 방으로 갑니다. 긴장을 풀기 위해 대마초를 한 대 피웁니다. 사람에 따라 대마초를 피우면 잠이 오거나 환각 증세에 빠지기도 하지만, 김경희 님의 경우에는 긴장이 풀리고 마음이 침착해지는 타입이 아니었을까 합니다.

그 상태에서 김경희 님은 창고에 가서 사냥용 라이플과 탄환을 몰래 챙긴 채 잠시 별장을 나섭니다. 그리고 숲으로 들어가 저격 준비를 하죠. 그리고 오후 2시, 아버지가 습관대로 낮잠을 자는 타이밍을 노려 대기합니다."

탐정은 가상의 스코프 달린 저격 소총을 어깨에 견착하고 조준하는 시늉을 해 보였다.

"그리고 적절하다고 생각되는 타이밍에 방아쇠를 당깁니다. 방아쇠를 당겨 격발하는 순간, 김경희 님의 팔꿈치와 정강이에 상처가 생깁니다. 평상복을 입은 채 표면이 거친 회색 바위 위에 엎드려서 수렵용 라이플을 쏘았기 때문입니다. 김경희 님은 아픔을 느꼈겠지요. 그리고 총탄이 발사된 바로 그 순간!"

탐정은 손뼉을 딱 소리 나게 쳤다.

"1층 피아노실 창틀에서 2층 창틀로 펄쩍 뛰어오른 김경준이 있었습니다. 그리고 발사된 총탄은 그의 등에 박힙니다."

"말도 안 돼!"

이정애는 바싹 마른 목으로 소리쳤다.

"그런 우연이 있을 리가 없어요!"

"있습니다."

탐정은 단언했다.

"왜냐하면, 이 가능성을 제외하면, 신발 없이, 베개를 입에 물고 뛰어오른 김경준 님의 등에 생긴 총창을 설명할 방법이 전혀 없기 때문입니다."

탐정의 단언에 이정애의 눈동자가 빠르게 움직였다.

"어, 어쩌면 그런 우연에 입각한 설명 말고, 다른 설명이 가능할지도 몰라요."

이정애가 덜덜 떨리는 입으로 말했다. 남편이 범인이라는 추리는 참아도 아들과 딸도 범인인데 딸이 아들을 죽였으며 그것도 우연의 일치 때문이라는 추리는 감당하기 어려웠다.

"가령, 어떤 범인이 있고, 범인이 내 아들 김경준을 1층 피아노실 창밖으로 불러낸 다음 베개로 질식시켜 기절시킨 뒤 창가 앞에 세워 두고, 먼 곳에서 라이플로 김경준의 등을 쐈을 가능성도 있지 않을까요?"

"그 가능성이 사실이라면, 김경준 님의 시신에는 범인의 공격에 저항한 흔적이 있어야 합니다. 그리고 외부인이 범인일 가능성을 배제했으니, 김경준 님을 그런 식으로 죽일 수 있는 범인은 김중식 님과 김경희 님 두 사람이 공범이거나 둘 중 하나인 경우입니다. 그 사람들이 범인이라면 굳이 그런 복잡한 방식, 즉 1층 피아노실 바깥으로 맨발의 김경준 님을 불러내서 번거롭게 베개로 기절시킨 뒤 세워 두고 멀리 가서 다시 총으로 쏴서 죽일 이유가 없죠. 그냥 1층 피아노실에 들어가 살해하면 되니까요. 김경준 님은 분명히 1층 피아노실 창문 바깥에서 죽어 있었습니다. 시체를 이리저리 옮긴 흔적이 없다는 것은 경찰로부터 설명을 들은 의뢰인님이 더 잘 알겠죠."

이정애는 다른 반박을 하려 했다. 경찰이 모르는 방식으로 김경준의 시체를 옮긴 경우, 김중식에게 위력이 다른 제2의 라이플이 있는 경우, 누군지 모를 저격수의 스코프가 햇빛에 반짝인 걸 본 김경준이 아버지를 구하러 뛰어올라 등짝으로 대신 총탄을 받아낸 경우… 그리고 그 밖의 다른 경우를 고려해 봤다.

하지만, 김중식의 위스키 병 속 김경준의 수면제, 창틀에 흔적을 남기지 않기 위해 맨발이었던 김경준, 얼굴을 덮은 베개는 입에 물고 있던 베개, 김경준의 등에 생긴 단 한 개의 총창 등을 한 번에 설명 가능한 추리는 탐정의 추리뿐이었다.

의뢰인 이정애는, 자신의 아들이 자신의 남편을 죽이려는 순간, 자신의 남편을 죽이려는 자신의 딸의 손에 죽었다는 탐정의 추리를 받아들여야 했다. 망연자실했다.

"계속하세요."

의뢰인은 말했다. 이정애는 자기 목에서 나온 소리가 다른 사람의 목소리처럼 여겨졌다. 탐정은 고개를 끄덕였다.

"어디까지 했죠? 아, 김경희 님의 저격까지 했죠. 가장 놀란 사람은 아마 김경희 님이었을 겁니다. 김경희 님은 저격수답게 스코프 너머로 보이는 김중식 님의 정수리를 노려 정신을 집중하고, 호흡을 조절하고, 방아쇠를 당겼을 겁니다. 그런데 갑자기 스코프 아래에서 다른 사람이 튀어나와 총탄을 대신 맞았으니 놀랄 수밖에요. 김경희 님은 깜짝 놀라 잠시 스코프에서 눈을 떼고, 다시 스코프를 들여다보면서 상황을 파악했을 겁니다. 자신이 오빠를 쏴 죽였다는 사실을. 그리고 어째선지 베개를 얼굴에 덮고 있다는 것을. 사실 그 베개는 김중식 님을 살해하기 위해 김경준 님이 입에 물고 있던 것이지만, 총에 맞고 창틀에서 떨어지면서 절묘하게 얼굴을 덮게 된 거였죠."

탐정은 의뢰인을 보았다. 의뢰인은 창백한 얼굴로 손을 들었다.

"제 딸은, 어째서 라이플로 제 남편을 살해하려 한 거죠? 딸이 아버지를 저격해서 죽이려 들다니, 보통은 그러지 않잖아요?"

"으음, 살인 동기를 물어보신 거라면 동생과 마찬가지로 유산 때문이었겠죠. 왜 하필 라이플을 흉기로 삼은 거냐는 의미로 질문하신 것이라면, 여자의 몸으로는 그게 가장 확실하다고 판단한 게 아니었을까요? 사실, 사람이 사람을 죽일 때는 계략이나 악의보다는 완력과 담력이 훨씬 중요하죠. 가까운 거리에 선 사람을 흉기로 죽이는 건 쉽지 않습니다. 특히 그 사람이 아무리 정이 없다 할지라도 피가 통한 아버지라면 더더욱 쉽지 않겠죠. 하지만 김경희 님이 라이플로 저격하는 경우 그런 걱정은 할 필요가 없습니다. 2층 서재에서 의자에 기대어 낮잠 자는 아버지의 정수리를 쏘는 것은, 김경희 님의 입장에서는 오히려 여자 특유의 합리적인 살인 방법이었던 게 아닐까요. 아, 물론 총성의 문제가 있지만 이곳은 깊은 숲이라 다른 사람이 없죠. 오빠 김경준이 문제가 되지만, 두 사람 사이는 나쁘지 않았고, 철저하게 '우리 몫의 유산을 받기 위해서'라는 명분을 제시하면 의외로 김경준 님은 김경희 님에게 동조해서 상황을 꾸몄을지도 모르죠. '총소리가 들려서 여동생과 함께 2층에 갔더니 아버지가 총에 맞아 죽어 있었다!'라고 증언하면 되니까요. 또한, 총에 의한 살인의 경우 경찰이 민감하게 대응하겠지만, 설마 딸이 원거리 저격으로 아버지를 죽였을 거라고는 생각하기 어렵고, 경찰이 출동하기 전에 흉기인 사냥용 라이플만 완벽하게 처분하면 크게 걱정할 일이 없죠. 왜냐하면 그 사냥용 라이플은 불법적으로 비밀리에 구매한 물건이므로 처분하면 그만이죠. 갑자기 불법 판매자가 정의감에 불타서 자수하고 경찰에게 판매 기록을 넘겨주지 않는 한 말입니다. 정리하자면, 대낮에 총으로 사람을 쏴 죽이는 건 상당히 위험하고 대담한 방식인 건 사실이지만, 목격자가 없는 숲속 별장인 데다 표적이 창문 열고 낮잠 자는 습관이 있는 경우 의외로 확실한 살인법이죠."

의뢰인은 줄줄 말하는 탐정을 향해 질렸다는 표정을 지었다. 하지만 고개를 끄덕여 계속하라는 신호를 보냈다.

"한편, 귀를 찢는 총성과 총에 맞은 김경준 님의 단말마, 김경준 님의 몸이 2층에서 1층으로 등부터 떨어지는 소리에, 김중식 님은 잠에서 깨어납니다. 수면제가 든 위스키를 한 잔 마셨으니 정신이 몹시 몽롱했겠지만, 창밖으로 고개를 내밀어 아들이 죽어 있는 모습을 보고 잠이 확 달아났겠지요. 평소에 원한을 많이 쌓아두었던 김중식 님은, 상황 판단을 제대로 하기 전에 누군가 총으로 자신을 죽이러 왔다고 생각하고 겁을 먹습니다. 김중식 님은 얼른 커튼을 쳐서 저격수로부터 자신을 감춥니다. 이것이 평소와 달리 서재에 커튼이 쳐져 있던 이유입니다. 그리고 김중식 님은 공포 속에서 생각합니다. 이제 와서 별장 밖에 나가 숲으로 무작정 도망쳐도 암살자의 숫자가 몇인지 알 수 없으니 살아남기 힘들고, 자동차가 있는 곳까지 뛰어가다가 저격수에게 당할 가능성이 높다는 것. 그래서 김중식 님은 서재 안에서 무기를 찾습니다. 두꺼운 책들이 많으므로 그것들을 무기로 쓸 수도 있었겠지만, 손에 딱 맞는 둔기가 있었죠. 그렇습니다. 바로 위스키 병입니다. 묵직한 고급 위스키 병은 제대로 휘두르면 위력적이죠. 김중식 님은 무기를 챙긴 뒤 서재 문 뒤편에 숨습니다. 그리고 서재 문을 일부러 살짝 열어둡니다. 잠가둘 경우 암살자가 잔뜩 경계할 것이기 때문에, 차라리 문을 살짝 열어 자신이 없는 것처럼 한 겁니다."

"그리고… 제 딸이 온 거군요."

의뢰인은 공허한 눈빛으로 중얼거렸다. 그녀의 눈에도 사건의 진상이 눈에 그리듯 보이기 시작했다. 탐정은 고개를 끄덕여 보였다.

"그렇습니다. 저격 지점에서, 커튼으로 시야가 막힌 김경희 님은 냉정한 판단을 내립니다. 어차피 자신이 오빠 김경준을 살해했고, 자기 아버지 김중식이 그것을 확인했다고 말입니다. 사실 김중식 님의 경우에는 수면제 섞인 위스키의 후유증으로 제대로 확인을 한 상태는 아니었겠지만… 하여간 김경희 님은 아예 이번 기회에 아버지를 살해해서 본래 목적을 달성하기로 결심하죠. 그래서 총을 들고 별장 안으로 들어갑니다. 1층 어디에도 아버지의 흔적을 찾을 수 없었던 김경희 님은 2층으로 올라갑니다. 그리고 2층 서재의 문이 살짝 열려 있는 것을 보고, 자신의 아버지가 이미 먼 곳으로 도망쳤다 생각하며 안으로 들어섭니다. 그리고 그 순간!"

탐정은 다시 한번 손뼉을 딱 소리 나게 쳤다. 공허한 눈빛을 하던 이정애는 소리에 놀라 비틀거렸다. 김편도는 잔혹한 일인극의 주연이 클라이맥스에 도달한 것처럼 열기가 올랐다. 김편도는 가상의 위스키 병을 쥔 채 손을 들어 올렸다.

"문 뒤에 숨어 있던 김중식 님은 암살자가 자기 서재에 들어오는 것을 보고 냅다 위스키 병을 휘둘러 김경희 님의 뒤통수를 칩니다!"

김편도는 허공에 손을 휘둘렀다.

"이 순간, 위스키 병에는 김경희 님의 혈흔이 묻습니다. 공포와 필사적인 심정으로 휘두른 일격에, 김경희 님은 쓰러집니다. 김중식 님은 그렇게 단 일격에 자기 딸인 김경희 님을 살해합니다."

이정애는 눈을 감았다.

"쓰러진 김경희 님이 일격에 사망했다는 사실을 확인한 김중식 님은, 그제야 진실을 깨달았을 겁니다. 100%는 아닐지라도, 자신을 죽이러 온 정체불명의 암살자 따위는 없었고 다만 아들과 딸이 자신을 죽이려 했다는 사실을요. 김중식 님은 허탈함과 슬픔을 견딜 수 없었을 겁니다. 그래서 김중식 님은 한 가지 결심을 하고 이혼한 자신의 전부인, 즉 의뢰인님을 부릅니다."

"어째서일까요? 어째서 경찰이나 119를 부르는 대신 나를 부른 거죠?"

"으음, 추리를 하면서 저도 떠오를 줄 알았습니다만."

탐정은 자신 없다는 듯이 어깨를 으쓱해 보였다.

"저도 모릅니다."

"네?"

"확실히 몰라요. 왜 불렀는지. 김중식 님이 왜 마지막 순간에 의뢰인님을 불렀는지, 그것만은 알 수 없습니다. 몇 가지 가능성뿐이죠. 마지막 순간 위로가 필요했을까요? 마지막으로 사랑했던 사람의 얼굴을 보고 싶었을까요? 아니면 참극이 발생한 현장을 단지 보여주고 싶어서였을까요?"

탐정은 몇 가지 가능성을 열거하곤 다시 어깨를 으쓱해 보였다.

"김중식 님이 죽기 전 무슨 심정으로 의뢰인님을 부른 것인지, 그것만은 제가 알 수 없습니다. 제가 아는 분명한 사실은 김중식 님이 의뢰인님, 당신을 불렀다는 사실뿐. 이것만은 오히려 제가 의뢰인님께 여쭈어봐야겠군요. 의뢰인님, 의뢰인님께서는 김중식 님이 죽기 전 당신을 부른 이유를 짐작하시겠습니까?"

그러자 의뢰인은 그 어느 때보다 더 지치고 괴로운 표정을 지었다. 탐정은 자신의 의뢰인을 추궁하는 것을 그만두고 빨리 추리를 마무리 지어야겠다고 생각했다.

"이정애 님께 전화를 걸고 난 뒤, 김중식 님은 얼른 총의 지문을 닦습니다. 이 이유도 다소 모호합니다. 딸의 범행을 감추기 위함인지, 불법 총기를 지니고 있다는 사실이 들통났을 때 곤란하여 지문을 닦은 뒤 파기하려는 생각이었을까요? 어쨌건, 총기의 지문을 닦은 김중식 님은, 가만히 이혼한 아내가 오길 기다리려니 진정이 되지 않았습니다. 그래서 술을 마십니다. 자신의 딸 뒤통수를 가격한 그 위스키 병 속에 든, 수면제가 든 위스키를 말입니다. 그것을 병째로 벌컥벌컥 마시며 혼란스러움을 달래고 있었을 겁니다. 극도의 스트레스 속에서 위스키를 마시다 보니 한 병을 다 마시고 맙니다. 위스키 속 수면제와 알코올을 급하게 잔뜩 섭취한 김중식 님은 그대로 쓰러집니다. 극도의 스트레스 상황에서 알코올과 수면제를 과다 복용했기에 그대로 사망에 이르게 됩니다. 형식적으로는 물론 자살이거나 사고이겠지만, 이것을 김경준 님과 김경희 님이 김중식 님을 살해한 것으로 해석할 수도 있습니다. 어쨌거나 김경준 님과 김경희 님은 김중식 님을 분명히 살해하려 했죠. 비록 그들의 베개와 저격 총은 실패했지만 그들이 세팅해 둔 수면제와 극도의 긴장감은 김중식 님으로 하여금 치사량의 술과 수면제를 급히 삼키도록 했으니까요."

탐정은 한숨을 토해내고, 마지막 부분을 말했다.

"잠시 뒤 이정애 님, 당신이 사건 현장에 도착합니다. 사태를 확인하고 즉시 경찰에 신고합니다. 이상이 사건의 전말입니다."

별장에 정적이 찾아왔다. 햇살은 따사로웠고 풀벌레 소리가 들려왔다.

"그 추리가 사실이라는 것을… 입증 가능한가요?"

"논리적 추론만으로는 다소 비현실적으로 들리는 게 사실입니다. 하지만 범인이 내부인이라는 가정하에 전개하는 제 추리가 유일한 진실입니다. 그래도 보다 물질적인 입증이 있기를 원하신다면, 경찰에 김경희 님의 옷에서 초연 반응이 있었는지 확인해 보십시오. 아마도 경찰은 김경희 님이 라이플을 쐈을 가능성을 따져보진 않았을 겁니다. 그리고 저 창밖의 회색 바위를 중심으로 돌며 탄피를 찾으라고 해보십시오. 라이플 탄피가 딱 하나 그 근처에 있을 것입니다."

김편도는 스마트폰으로 찍은, 나무뿌리 밑에 들어간 탄피 하나를 의뢰인에게 보여주었다.

"아예 회수할까 했는데, 탐정이 주워서 주면 증거 능력이 떨어질 것이 분명했기에 그냥 뒀습니다. 물론, 이것과 더불어 김경희 님의 팔꿈치에 생긴 상처를 다시 한번 신중히 봐달라고 하십시오. 그리고 김경준 님의 베개에서 뜯어진 부분에서 김경준 님의 치아나 타액의 흔적이 있었는지를 집중적으로 검사해 보라고 해보십시오. 그것들은 제 추리가 옳다는 간접 증거가 되기에 충분할 겁니다."

"그렇군요."

의뢰인은 한숨을 내쉬었다.

"이제 알 것 같아요."

"뭘 말입니까?"

"남편이 나를 부른 이유, 그리고 총기의 지문을 닦은 이유."

"뭘까요?"

"아마 남편은 나를 총으로 살해할 계획이었을 거예요. 그리고 그 총을 내 손에 쥐어줄 생각이었겠지요. 그리고 모든 책임을 나에게 덮어씌우고 자기만 쏙 내뺄 생각이었겠지요. 총만 닦고 위스키는 닦지 않은 이유는, 위스키는 자신이 어차피 마실 거니까 다 마시고 난 뒤 닦을 생각이었겠죠. 수면제가 잔뜩 들어 있다는 사실을 눈치 못 챘기에 마시고 죽었지만."

"어째서 김중식 님이 의뢰인님을 죽이려고 했다고 생각합니까?"

"평소에 남편은 가족 같은 거 키워봐야 아무것도 남는 게 없다고 입버릇처럼 말했어요. 사업은 하면 돈이 남지만 가족은 남는 게 없다고. 그것 가지고 몇 번 논쟁을 벌이기도 했었지요. 아마도 그이가 마지막 순간 나에게 전화를 걸어 불렀던 것은, 자기 말이 맞았다는 것을 증명하기 위해, 내 눈에 보여주기 위해서였다고 생각해요. '봐라, 가족이고 뭐고 키워봐야 아무것도 없어. 결국엔 다 뒈지는 거야'라는 것을 직접 보여주려고. 그다음 저에게 그 사실을 납득시키고, 죽였을 거라 생각해요."

탐정은 의뢰인에게 '그럴 수도. 어쩌면 아닐 수도' 하는 표정을 감추지 않으며 어깨를 으쓱했다.

"저는 의뢰인님의 의뢰에 따라 의문 가득한 사건의 진실을 논리적인 추론을 통하여 밝혀냈다고 생각합니다. 이것으로, 탐정으로서의 제 역할은 다했다고 생각합니다."

김편도는 말한 직후, 자기 자신의 말투가 지독하게 싸가지 없게 느껴졌다.

"그렇군요."

의뢰인은 탐정의 예의 없는 태도를 나무라지 않았다. 김편도는 말라붙은 입술을 한 번 핥았다.

"이만 물러가도 되겠지요?"

"차도 없으시면서."

의뢰인이 설핏 웃었다. 탐정은 딱딱하게 굴었다.

"그냥 천천히 걸어서 숲길을 나가볼까 합니다."

"그래요. 어차피 나는 술을 한 잔 마셨으니 운전할 수 없지요. 저는 술 깨면 알아서 가겠습니다."

"예, 그럼."

탐정은 의뢰인에게 고개를 숙여 보였다. 그리고 고개를 들면서 빙글 돌아 현관으로 걸어갔다. 그때, 의뢰인이 탐정을 불러 세웠다.

"잠깐! 마지막으로 한 가지만 더 물을게요."

탐정은 발걸음을 멈췄다.

"무엇입니까?"

탐정은 등을 보인 채 되물었다. 의뢰인은 누구에게라도 묻고 싶었다.

"도대체 돈은 뭐고, 가족은 뭘일까요? 가족끼리 돈 가지고 죽일 거면 애초에 왜 같이 사는 거죠? 제 남편은 자식 없이 혼자서 살 수도 있었을 텐데."

"예리한 질문이군요. 가족이 사이가 나쁘다면 같이 살 이유가 없지요. 그럼에도 사이 나쁜 가족은 넘쳐납니다. 지긋지긋하지만, 막상 서로가 없으면 아쉽기 때문이죠. 그래도 의뢰인님, 너무 실망하지 마십시오."

"실망하지 말라고요? 어째서죠?"

"사이가 좋은 가족이건 나쁜 가족이건 결말은 비슷합니다. 가족은 어떤 식으로든 반드시 죽거나 떠나는 법이고, 한 가족이 살던 집은 결국 텅 비게 됩니다. 그게 가족의 결말이죠. 다만."

탐정은 한숨을 내쉬었다.

"의뢰인님 가족의 경우, 그 결말에 도달하는 과정이 아주 약간 더 불행했을 뿐입니다. 제 추리가 위로가 되었기를 바랍니다."

탐정은 그 말을 남기고 사건 현장을 떠났다.

파티마 문신 살인사건

김재성

추리 작가, 아동문학가, 치과 의사. 경찰청 과학수사대 자문 위원으로 활약하며 제주도와
서울을 오가면서 추리소설과 동화를 쓰고 있다. 2009년 추리작가협회 등단, 2014년
소천 아동문학상 신인상 수상, 2015년 푸른문학상 수상. 저서로는 〈제주도에 간 전설의 고양이
탐정 시리즈〉, 『불멸의 탐정 셜록 홈즈』, 『경성 좀비 탐정록』, 『경성 새점 탐정』,
『천상열차분야지도』, 『드래곤 덴티스트』, 〈치과 의사가 쓴 치과 동화 시리즈〉 등이 있다.

전 세계의 시선이 바티칸시국의 시스티나 성당을 향하고 있었다. 그곳에서는 서거한 교황의 후임자를 정하는 콘클라베(교황 선출 비밀회의)가 열리고 있었다. 수많은 사람들이 성 베드로 광장에 설치된 대형화면으로 시스티나 성당 굴뚝을 바라보았다.

교황 선출 회의가 시작된 지 6시간이 지나서야 굴뚝에서 검은 연기가 피어올랐다. 군중 속에서는 아쉬운 탄성이 쏟아졌다. 전 세계 6개 대륙 52개국에서 온 추기경들이 첫 투표에서 교황을 결정하지 못한 것이었다.

진홍색 옷을 입은 추기경들이 잠시의 휴식을 취한 후 다시 시스티나 성당에 들어갔다. 성당의 문이 굳게 닫히고, 가톨릭 세계를 이끌고 갈 교황을 선출하기 위한 비밀회의가 다시 시작되고 있었다.

샌프란시스코의 관광 부두인 '피어 49(Pier 49)'에서도 아쉬운 탄성이 흘러나왔다.

바닷가 레스토랑들과 해안 산책로에 가득한 사람들은 티브이 화면을 보며 새로운 교황을 기다리고 있었다.

커다란 찜통에 삶은 대게를 안주 삼아 맥주를 마시던 남성, 늦은 점심을 주문한 여행객 가족들이 모두 아쉬운 표정을 지었다.

금발 타투이스트 티파니도 '돌핀 타투 숍'에서 티브이로 교황 선출 생중계를 보고 있었다. 그녀의 타투 숍 벽면에는 수많은 타투 사진으로 도배되어 있었다.

두정부에 칼이 꽂힌 해골, 중세 마법의 주술 문자들, 피를 흘리는 장미 문양.

그중에서 가장 눈에 띄는 것은 어린 소년과 소녀가 키스하는 문신이었다. 그림의 밑에는 티파니와 카를로스라는 이름이 새겨져 있었다. 그 사진은 티파니의 왼쪽 팔목에 새겨진 문신의 사진이기도 했다.

타투 숍의 주인인 티파니는 푸른 눈동자에 수줍음이 가득 담긴 보조개를 지녔다. 샌프란시스코의 부두에서 문신을 새기는 타투이스트에게 어울리는 인상은 아니었다.

티파니는 분주한 오전을 보낸 뒤 늦은 점심을 막 먹은 뒤였다. 나른한 식곤증에 몸을 맡기고 창밖을 내다보았다.

그녀가 바다를 내다보는 유리창에는 분주히 날갯짓하는 갈매기들이 어른거렸다. 항구의 목조 가교 위에서 윤기 나는 검은 가죽을 번뜩이며 물개들이 일광욕을 즐겼다. 퍼덕거리는 앞 지느러미 위로 태평양의 햇살이 부서져 내렸다.

그녀는 텅 빈 타투 숍에서 걸어 나와 생기에 찬 관광객들을 바라보았다.

구름은 높았고 태평양을 건너온 미풍이 그녀의 긴 금발을 애무했다. 진한 코발트빛 바다가 발아래 펼쳐져 있고 항구를 향해 흰 거품이 끝없이 밀려들었다.

티파니는 바다와 관광객을 번갈아 바라보다 강한 햇살에 눈을 감았다.

"카를로스! 나의 카를로스!"

그녀가 카를로스의 이름을 연달아 불렀다. 사랑하는 사람을 소환해 줄 주문이라도 되는 듯 애절했다.

그녀는 왼쪽 팔목에 새겨진 소년과 소녀의 문신을 애무하듯 어루만졌다. 그녀가 10년간 해온 주술과 같은 행동이었다. 저 푸른 바다 위를 당장에라도 성큼성큼 걸어와 자신을 안아줄 카를로스를 상상해서인지 그녀의 얼굴에서 황홀한 빛이 넘쳐났다.

동갑내기 티파니와 카를로스는 샌프란시스코만이 내려다보이는 고아원에서 함께 자랐다. 철이 들기 시작할 즈음 사랑에 빠진 두 사람은 18세가 되자 함께 고아원을 나왔다. 두 사람이 함께 일을 시작한 곳은 바로 '돌핀 타투 숍'이었다. 이곳에서 일을 배운 티파니와 카를로스는 은퇴하는 주인에게서 가게를 넘겨받았다. 두 사람에게 안정된 삶이 시작되려는 순간이었다. 그런데 바로 그때 카를로스가 티파니를 떠나간 것이다.

티파니가 다시 커다란 눈을 뜨는 순간 뚜렷한 이목구비를 가진 남자가 그녀를 향해 성큼성큼 걸어오고 있었다.

"아, 저 사람은!"

티파니는 먼발치에서 그 남자를 바라보며 말을 맺지 못했다.

검은 사제복을 입은 근육질 남자. 그의 얼굴은 매부리코를 가진 어느 이태리 성악가를 닮았다. 수많은 인파 속에서 나와 그녀를 향해 다가오는 그는 티파니의 삶에 가장 큰 의미를 지닌 사람이었다.

"카를로스?"

티파니는 그의 모습을 바라보면서도 자신의 눈을 믿지 못했다.

그녀의 오랜 바람이 현실이 되는 순간이었다. 티파니는 그가 타투 숍까지 걸어오는 것을 기다릴 수 없었다. 그녀는 카를로스를 향해 달렸다.

"카를로스, 당신 카를로스 맞지?"

티파니는 그를 안고 뜨겁게 키스했다.

"티파니, 보고 싶었어."

두 사람은 주변의 시선을 아랑곳하지 않고 뜨거운 키스를 나누었다.

"얼른 숍에 들어가자."

티파니는 열정에 찬 손으로 카를로스를 이끌었다.

오랜만에 타투 숍에 들어선 카를로스는 감회에 젖은 눈동자로 가게 안을 둘러보았다.

10년 만에 마주하는 타투 숍 내부는 생경하기까지 했다. 10여 년간 티파니가 사람들의 표피에 새겨온 문신 사진들이 가게 구석구석을 장식하고 있었기 때문이다.

하지만 여기저기 정신없이 흩어진 잡동사니들은 그때나 지금이나 여전했다. 그녀가 비벼 끈 듯한 담배꽁초가 크리스털 재떨이 위에 수북이 쌓여 있었다. 한쪽 구석에 쌓아둔 택배 상자들도 눈에 익었다. 정리 정돈과 거리가 먼 티파니다운 모습이었다.

잠시 가게 안을 둘러본 카를로스는 서둘러 셔터 문을 내렸다.

"카를로스! 아직 문 닫을 시간이 아닌데……."

"알아. 티파니, 하지만 나는 쫓기고 있어."

그의 얼굴은 창백했다. 전신에서 식은땀을 흘리고 있었다.

티파니는 심상치 않은 상황을 감지했다.

"소파에 앉아서 쉬고 있어."

티파니는 나머지 셔터들을 내리고 유리문을 안에서 잠갔다.

그제야 카를로스는 안도의 숨을 내쉬며 소파에 무너졌다.

"카를로스! 귀향한 것을 환영해!"

티파니는 냉장고에서 아이스 버킷을 꺼내며 말했다.

직접 2×4 각목을 박아 만든 선반에서 위스키 병을 내려 잔에 따랐다. 위스키 잔에 얼음이 띄워져 카를로스에게 건네졌다.

카를로스는 싱긋 미소 지으며 유리잔을 받아 들고 두세 번 돌렸다. 얼음이 부딪히는 소리가 경쾌하게 울리며 유리잔 안에 작은 소용돌이가 일었다.

카를로스는 자신도 모르게 잔을 잡은 손가락에 힘을 주었다. 매끄러운 글라스 위에 그의 지문이 희게 새겨졌다가 이내 지워졌다.

"아무 생각 말고 일단 들이켜!"

티파니는 카를로스의 구겨진 얼굴을 보며 말했다.

그녀의 말에 카를로스가 위스키를 입안에 털어 넣었다. 그가 들이 켠 한 잔의 투명한 액체가 강철처럼 단단했던 긴장을 녹여주었다.

다음 순간, 흐트러진 머리를 소파 뒤로 젖히며 그는 사제복의 칼라를 풀기 시작했다.

"카를로스, 너무 보고 싶었어. 그런데 신부가 되어버린 거야?"

티파니는 소파에 다가가 앉으며 안타깝게 말했다.

카를로스는 말없이 티파니를 끌어안아 자신의 무릎에 앉히고 떨리는 손으로 윗옷을 벗겨 내렸다. 보랏빛 브래지어 위로 탄력 있는 가슴이 삐져나왔다. 브라를 벗기고 젖무덤에 코를 박았다. 그의 까칠한 수염이 그녀를 불타오르게 했다.

"사제복을 입은 모습이 나를 달아오르게 해. 내가 나쁜 여자일까?"

"너는 전에도 나쁜 여자였어!"

알몸이 된 두 사람은 얼싸안고 소파 위로 넘어졌다. 몇 년간의 공백을 채우기라도 하듯 두 사람은 격렬하게 서로를 흡입했다.

피어싱된 그녀의 혀를 빨아들이던 그는 여자의 온몸에 입맞춤했다.

그의 혀는 습기 찬 자취를 남기며 느릿느릿 기어가는 달팽이와 같았다. 그녀의 온몸에 소름이 돋고 이륙하기 직전 비행기 엔진처럼 심장이 울려댔다. 사제와의 섹스. 자극적인 금기였다. 그녀는 꿈속의 번지 점프처럼 아찔한 만족을 맛보았다.

셔터가 내려진 타투 숍의 이른 오후. 흥건히 땀에 젖은 카를로스는 깊은 잠에 빠졌다가 소스라치게 놀라며 일어났다.

"안 돼! 내 타투는 안 돼!"

가위에 눌린 듯 카를로스가 발버둥 쳤다.

티파니는 타월을 가져다 그의 이마를 닦아주었다.

이마를 지나 카를로스의 등을 닦던 티파니는 크게 심호흡을 해야 했다. 카를로스의 등은 검은 문신으로 가득했다.

10년 전까지 티파니와 카를로스는 샌프란시스코에 있는 피어 49 항구에서 함께 타투 숍을 운영했다. 젊고 감각적인 타투이스트였던 두 사람은 태평양이 내려다보이는 타투 숍에서 같이 생활했다. 직업상 타투를 했지만 카를로스는 자신의 몸에 타투를 새기는 것은 거부했다.

그러던 카를로스가 등에 검은 문신을 가득 채우고 돌아온 건 놀라운 일이었다.

티파니는 커다란 두 눈을 둥그렇게 뜨고 문신들을 자세히 내려다보았다. 그것은 하나의 거대한 문신이 아니라 수백 개의 정교한 문신들이 모여 하나의 메시지를 전달하는 것 같았다.

가장 크고 눈에 띄는 문신은 톱날처럼 생긴 바위에 앉아 있는 검은 마리아의 초상이었다. 그 밑에는 세 명의 어린이들이 무릎 꿇고 기도하는 그림이 있었다. 두 그림 아래로 수많은 라틴어가 새겨져 있었다.

그중 Memento Prophetia(예언을 기억하라)로 시작된 많은 라틴어는 굵게 강조된 필체로 새겨져 있었다. 그리고 깨알과 같은 수천 자의 암호 문자들이 그 밑에 새겨져 있었다. 암호들은 이집트의 상형문자와 고대 문자들이 뒤섞인 것 같은 난해한 글자들이었다.

"티파니, 내 문신을 보고 놀랐지?"

그는 티파니의 창백한 얼굴을 바라보며 물었다.

"아니. 그저 너답지 않다는 생각을 했을 뿐이야. 넌 문신 새기는 걸 싫어했으니까."

"그건 맞아. 이 문신은 내가 원해서 새긴 게 아니야."

카를로스는 주위를 둘러보다가 말했다.

"그럼 누가 너를 꽁꽁 묶어놓고 타투를 했단 말이야?"

"그런 셈이야. 그리고 이 문신 때문에 쫓기고 있어."

"뭐라고? 도무지 누가 너를 쫓아온단 말이야?"

"세상에서 가장 큰 미스터리를 지키려는 자들이야."

어이없어하는 티파니에게 카를로스가 대수롭지 않게 대답했다.

티파니는 그런 카를로스를 내려다보며 다시 한번 그의 문신을 살펴보았다. 항상 사려 깊고 자신의 말에 책임을 지던 그였다. 그런 그가 더 이상의 설명을 하지 않는 데에는 분명 타당한 이유가 있을 것이다.

"나는 그 미스터리를 세계에 알리려고 해. 그것이 세계를 구할 수 있는 유일한 방법이야!"

카를로스는 발치에 벗어 놓은 양복을 집어 들었다.

"정말 이해하기 힘든 말만 하는구나!"

티파니가 멍한 표정으로 카를로스를 바라보았다.

하지만 카를로스는 아랑곳하지 않았다. 그는 갑자기 억센 두 손으로 소파 위에 벗어두었던 양복의 안감을 잡아당겼다.

"지금 뭐 하는 거야?"

티파니는 양복을 찢는 카를로스에게 소리를 질렀다.

"자, 이걸 봐!"

카를로스는 양복에서 뜯어낸 안감을 티파니 앞에 펼쳐 보였다.

"오 마이 갓!"

티파니는 눈앞에 펼쳐진 신비한 그림을 보고 비명을 질렀다.

안감 내면에는 카를로스의 문신과 일치하는 그림과 암호들이 가득 그려져 있었다.

"이건 네 등에 있는 문신과 흡사한 그림들이야. 하지만 암호 글자들은 많이 달라!"

안감의 그림과 카를로스의 문신을 번갈아 보던 티파니가 나직이 말했다.

"그런데 왜 그림을 양복 안감에 그렸어? 그리고 이걸 왜 지금 내게 보여주는 거야?"

티파니는 두 눈을 크게 뜨고 카를로스를 바라보았다.

"티파니, 부탁이 있어. 이 그림들을 너의 등에 새기고 싶어."

"무슨 소리야? 너는 내 질문에 대답을 하지 않고 있어. 그리고 다짜고짜 내 등에 문신을 새긴다니?"

티파니는 입을 크게 벌리고 카를로스와 안감 그림을 번갈아 쳐다보았다.

"너, 제정신이니? 이렇게 많은 문신들을 내게 새기겠다고?"

티파니는 놀란 표정으로 말했다.

하지만 카를로스는 말없이 고개를 끄덕일 뿐이었다. 그의 얼굴은 바위처럼 차갑게 굳어 있었다. 두 사람 사이에 한참 동안 침묵이 흐른 뒤 카를로스가 입을 열었다.

"이 그림을 등에 새겼던 신부가 어제 살해되었어. 내 문신과 이 그림이 함께 존재해야만 세상의 멸망을 막을 수 있어."

"하하! 정말 황당하구나!"

카를로스의 말에 티파니는 목젖을 드러내며 깔깔 웃었다.

"설마 농담이겠지?"

하지만 카를로스의 표정이 바뀌지 않았다.

티파니도 불안해지기 시작했다.

"너 이게 무슨 장난이니? 10년 만에 돌아와서 이상한 소리나 지껄이고?"

티파니는 더 이상 참을 수 없었다. 그는 카를로스의 넓은 가슴을 두 손으로 두드리며 소리쳤다.

"티파니, 미안해! 하지만 지금 세상을 구할 사람은 너뿐이야!"

카를로스는 티파니의 두 눈을 바라보며 말했다.

"좋아. 그것이 10년 만에 나타난 네가 원하는 일이라면."

마침내 티파니는 매끄러운 등을 카를로스에게 돌려주었다.

카를로스가 주저 없이 타투 건을 손에 잡았다.

그는 안감에 그려진 그림을 보며 티파니의 등에 타투를 새겨 나갔다.

어깻죽지 위에 날카로운 톱니 바위가 새겨질 때 그녀가 오르가즘을 경험하듯 움츠러들었다. 고통과 쾌감에 대한 인체의 반응은 놀랍도록 흡사했다. 타투를 새기는 건 에로틱한 의식인지도 몰랐다.

톱니 모양 바위 위에 걸터앉은 검은 마리아. 두 손 모아 경배하는 세 아이들 모습이 양 어깻죽지에 새겨질 때 그녀의 등에 식은땀이 흥건했다. 세 아이 중 하나는 사내였고 나머지 둘은 여자아이였다. 양쪽 어깻죽지 아래로 Memento Prophetia로 시작된 라틴어 문장이 새겨졌다. 그리고 수천 글자의 뜻 모를 문자들도 새겨졌다.

두 시간이 지나지 않아 카를로스의 거침없던 손동작이 멈추었다. 마침내 문신이 완성되었다.

"휴!"

카를로스는 타투 건을 놓으며 길게 숨을 내쉬었다.

"정확하게 잘 새겨졌어."

카를로스는 창백한 얼굴로 티파니의 등을 가득 채운 문신들을 돌아보았다.

"고마워! 카를로스. 나도 이제 지구 영웅의 자격이 생긴 건가?"

티파니가 억지 미소를 띠며 말했다.

"당연하지."

카를로스는 엄지를 추켜올렸다.

"그런데 티파니! 할 말이 있어!"

카를로스가 굳은 얼굴로 티파니의 얼굴을 바라보며 말했다. 그의 목소리에 어두운 그림자가 드리워져 있었다.

"도대체 무슨 말인데?"

티파니도 조심스럽게 물었다.

"방금 내가 새겨준 문신은 중요한 비밀을 가지고 있어. 네 목숨이 위험할 수도 있어."

"내 목숨이 위험하다고? 그런 위험한 문신을 왜 내게 새겼어?"

티파니가 얼굴을 붉히며 소리 질렀다.

"너를 이 일에 끌어들여 미안해. 지금 상황에서는 너만이 이 일을 감당할 수 있어. 아까 말했듯이 세계가 멸망하는 것을 막을 수 있는 것은 너뿐이야."

카를로스는 알아듣기 힘든 말을 쏟아놓았다.

"네가 하는 말들을 지금 다 이해할 수는 없을 것 같아. 하지만 나중에 차분히 설명해 줘."

"티파니, 나는 지금 샌프란시스코 대성당에 다녀와야 해. 당장 해결해야 할 일이 있어."

"그래. 먼저 급한 일부터 처리하고 와. 그리고 꼭 돌아와야 해."

그녀의 두 눈에 눈물이 맺혀 있었다.

"티파니, 내가 돌아올 때까지 이 타투 숍을 떠나 있어. 지금 당장. 그리고 이 숍이 보이는 길 건너편 커피숍에서 만나. 만약 오늘 안으로 내가 돌아오지 않으면 네 등에 새겨진 문신이 너의 길을 안내해 줄 거야."

이른 새벽 카를로스는 안개 낀 샌프란시스코의 피어 49를 떠났다.

카를로스가 떠난 뒤 티파니는 여권과 귀중품을 챙겨 타투 숍을 나왔다. 그리고 길 건너편의 커피숍에 자리를 잡았다.

새벽 바다에 나갔던 작은 어선들을 바라보며 그녀는 커피숍에 앉아 있었다. 러시안 작가 고골의 단편집을 읽으며 한쪽 입술로 뜨거운 모카를 빨아들였다.

어느 날 아침 일어나 보니 마차를 타고 달아나 버린 자신의 코를 찾는 9급 관리의 이야기였다. 찾아보니 코는 자신보다 높은 5급 관리의 옷을 입고 있었다.

티파니는 롤케이크에 커피 한 잔으로 항구에서의 아침 식사를 즐겼다.

모카커피와 생크림 롤케이크가 혀에 휘감기자 카를로스와의 섹스가 떠올랐다. 코코아와 커피, 진한 우유의 맛이 어우러진 모카처럼 달콤하고 부드러운 섹스였다. 아찔했던 어제의 추억이 어깨에서 허리로 흐르는 문신의 고통을 잠시나마 잊게 해주었다.

"휴!"

그와의 순간을 떠올리며 그녀는 긴 한숨을 내쉬었다.

'어제는 정말 많은 일들이 있었어. 정말 엄청난 일들이!'

그녀는 창밖을 내다보며 혼자 중얼거렸다.

늦은 아침이 되자 부둣가에서 어릿광대와 초상화 화가들이 관광객을 맞이하기 시작했다.

두어 시간이 지나자 그녀의 케이크 접시가 비워지고 태양은 하늘 복판으로 올라갔다. 다시 허기를 느끼며 그녀는 매장에서 샌드위치 하나와 라테를 주문한 뒤 노트북 앞에 앉았다.

반나절이 지나도 카를로스는 돌아오지 않고 있었다.

그때 카를로스가 떠나며 하던 말이 생각났다.

"만약 내가 오늘 안으로 돌아오지 않으면 문신이 네 길을 안내해 줄 거야."

그의 말이 귓전을 울리자 문신의 의미가 궁금해지기 시작했다.

그녀는 먼저 왼쪽 어깻죽지에 새겨진 검은 마리아와 톱니 모양 바위를 생각해 보았다.

숯불을 부어놓은 듯 화끈거리는 등의 통증을 잊기 위해서라도 문신의 미스터리에 정신을 집중했다.

인터넷에서 구글에 접속한 뒤 '톱니 바위'와 '검은 마리아'를 검색했다. 수많은 정보가 올라왔다.

검색 결과로 떠오른 사진 중에서 기괴한 바위에 둘러싸인 사원의 사진을 클릭했다.

그것은 스페인 남부에 있는 몬세랏 수도원이라고 했다.

톱니 모양의 바위산 정상에 은둔자처럼 자리한 수도원이었다. 이 수도원에 검은 마리아상이 있다고 했다. 수도원은 스페인 올림픽이 개최되었던 바르셀로나에서 기차로 한 시간을 간 뒤 케이블카로 올라가야 하는 험준한 산속에 있었다.

—여러분, 곧 교황청에서 중대 발표가 있겠습니다.

티파니가 한참 검색에 몰두하고 있을 때 티브이에서 중대 발표가 시작되었다.

그녀는 카페의 벽면에 달린 대형 티브이에 시선을 고정시켰다.

화면에는 교황을 선출하는 바티칸 시스티나 성당 모습이 나타났다. 그리고 성당 굴뚝이 클로즈업되었다.

시스티나 굴뚝 위로 연기가 피어나는 것을 많은 사람들이 숨죽이고 바라보고 있었다. 선출에 실패했다는 검은 연기거나 새 교황의 탄생을 알리는 하얀 연기를 기대하고 있었다.

"아악!"

그런데 굴뚝 위로 올라오는 연기를 바라보던 사람들이 비명을 질렀다. 굴뚝 위로 솟은 연기는 검은색도 흰색도 아니었다. 시스티나를 둘러싼 많은 카메라와 관중들 앞으로 피어오른 연기는 피처럼 붉은 연기였다.

바티칸에 비상사태가 발생한 것이었다.

"안 돼!"

"오, 하느님!"

겁에 질린 비명 소리들이 거리를 가득 채웠다.

티파니도 손에 들었던 샌드위치를 테이블에 떨어뜨리고 붉은 연기를 망연히 바라보았다.

"교황청에 무슨 일이 생긴 거지?"

순간 티파니의 머릿속에 검은 사제복을 입은 카를로스의 모습이 떠올랐다.

"카를로스가 아직도 나타나지 않아! 카를로스에게 무슨 일이 있는 것은 아닐 거야."

티파니는 무겁게 내리누르는 불안감으로부터 벗어나기 위해 몸부림쳤다.

꽈꽝.

그때 지축이 흔들리며 섬광이 번뜩였다.

영화에서나 봤던 모습이 티파니의 눈앞에서 펼쳐지고 있었다. 그녀가 카페에서 마주 보는 부두에서 검붉은 불길이 일어나고 있었다.

"안 돼!"

티파니는 폭발에 산산이 날아가는 건물을 바라보며 비명을 질렀다. 붉은 화염에 휩싸인 것은 티파니의 타투 숍이었다.

그녀는 넋을 잃고 자신의 숍이 불타오르는 것을 지켜보았다. 경찰의 사이렌 소리와 앰뷸런스 소리로 '피어 49'가 가득했다.

티파니는 티브이로 시선을 돌려보았다.

이제 티브이 화면을 채운 것은 붉은 연기를 올리는 시스티나 성당이 아니었다. 티브이 화면에서 티파니의 타투 숍이 불타고 있었다.

다음 순간 타투 숍 위로 한 장의 사진이 오버랩되었다. 그것은 신부 복장을 한 카를로스의 사진이었다.

—등가죽이 벗겨져 살해된 신부

라는 자막이 사진 아래로 천천히 흘러가고 있었다.

"안 돼! 카를로스!"

티파니는 비명을 지르며 자리에 주저앉았다. 그러고는 두 손으로 얼굴을 감싼 채 흐느끼기 시작했다.

얼마나 시간이 흘렀을까?

실제로 흐른 시간은 일 분도 되지 않았지만 티파니에게는 영겁과 같은 시간이었다.

티파니가 정신을 추스르며 일어서는 순간 그녀를 향해 누군가가 다가오고 있었다.

수많은 관중 속에서 카페를 향해 걸어오는 이들은 검은 양복을 입은 두 명의 남성이었다. 각이 진 턱에 거북이 등처럼 등이 굽은 남자가 앞섰다. 갸름한 인상의 사내는 그의 뒤를 따라 걸어왔다.

티파니는 눈물을 훔치며 카페에서 달려 나갔다. 그녀는 미친 게임의 한복판에 내던져 있었다.

"이 문신이 네가 갈 길을 안내해 줄 거야!"

지금은 다른 세상에 속한 카를로스의 음성이 들려오는 것 같았다. 이제 그녀는 등에 새겨진 문신이 안내하는 대로 게임을 진행해 가야 한다. 게임에 진 대가는 되돌릴 수 없는 혹독한 것일지도 모른다.

그녀는 카페 앞으로 지나가는 노란 택시를 멈춰 세웠다.

"빨리요. 공항으로 달려줘요."

복잡한 시내를 벗어난 택시는 샌프란시스코 남쪽에 있는 국제공항을 향해 달렸다. 뒤를 돌아보니 검은색 포드 한 대가 그녀를 따라오고 있었다. 검은 선글라스를 쓴 두 남자가 차 안에 있었다. 폭발 현장에서 그녀를 향해 걸어오던 사람들이었다. 각진 턱을 가진 사내가 핸들을 잡고 있었다.

"속도를 더 내주세요. 누군가가 쫓아오고 있어요."

"네! 아가씨!"

고개를 돌려 추격자들을 확인한 운전사는 페달을 힘껏 밟고 차선을 지그재그 바꿨다. 거대한 화물 트럭 앞으로 끼어든 다음 유조차를 따라잡아 곡예운전을 했다.

"봄베이에서는 이런 운전이 흔하죠."

인도에서 이민 온 검은 피부의 운전사는 향신료로 누렇게 변색된 이를 드러내며 말했다.

"좋아요!"

티파니는 두 엄지를 치켜세웠다.

"아저씨! 공항을 지나쳐 실리콘밸리로 달려주세요."

그녀는 추격자들을 완전히 따돌린 뒤 다시 공항으로 돌아와 비행기를 탈 생각이었다.

샌프란시스코 국제공항을 지나친 택시는 10여 분을 남쪽으로 달려 팔로알토에 도착했다.

'큰 나무'라는 뜻을 가진 실리콘밸리의 한 도시였다.

창고에서 HP를 비롯한 수많은 벤처기업이 태동한 동네였는데 스페인 개척자들이 처음 이곳에 도착했을 때 커다란 레드우드를 발견하고 붙인 지명이라고 했다. 운전사는 발리우드의 음악을 연상케 하는 곡조를 흥얼거리며 팔로알토에 대한 이야기를 게거품처럼 토해냈다. 그가 이야기하는 동안 속도가 약간 줄었는지 검은색 포드가 바로 뒤에 바짝 붙어 있었다. 속도로 그들을 따돌리는 데는 한계가 있어 보였다.

"아저씨, 다음 출구에서 내려주세요. 그리고 동네 길을 이리저리 운전해서 저 차를 따돌려 줘요."

잠시 후 운전사는 고속도로를 벗어나 팔로알토로 진입했다. 그들의 차는 스탠포드 대학 골목골목을 누비고 다녔다. 잠시 후 그들의 뒤를 추격하던 차는 완전히 시야에서 사라졌다.

"수고하셨어요. 이제 공항으로 달려주세요."

티파니는 손수건으로 이마의 땀을 닦아내리며 말했다. 백미러에서는 검고 순박한 힌두교도의 눈이 미소 짓고 있었다.

'스페인 에어'에 탄 티파니는 캔 맥주를 들이켜며 길게 한숨을 내쉬었다. 등에서는 아직 통증이 계속되고 있었다. 카를로스가 마지막으로 선물한 타투가 자신의 존재를 알리는 신호였다.

승무원에게 맥주를 한 캔 더 주문한 그녀는 거품에 뒤섞인 액체를 한숨에 들이켰다.

"아하!"

알코올 기운이 통증을 어느 정도 완화시켜 주었다.

술기운이 돌수록 감정의 갈피를 잡을 수 없었다. 참혹하게 죽은 카를로스 생각에 그녀는 조용히 흐느꼈다.

샌프란시스코의 한 고아원에서 함께 자란 그녀와 카를로스는 남매 이상의 애정을 지니고 있었다.

'티격태격했지만 그때가 가장 행복했어.'

티파니는 타투 숍에서 함께 일하며 사랑을 나누던 순간들을 칼레이도스코웁(만화경)처럼 들여다보았다. 이제는 흩어진 추억의 조각들만을 이리저리 맞추고 있었다.

피어 49에서 함께 일하던 카를로스는 어느 날 자신을 찾아 떠나가겠다고 했다. 너무 뜻밖의 일이라 하늘이 노래졌다. 굳게 닫힌 그의 입에서 나온 한마디는 혼자서 세상을 돌아보고 오겠다는 말이었다.

어렸을 때 스페인에서 미국으로 입양되었던 그는 자신의 뿌리를 찾고 싶었는지 모른다. 티파니 역시 그 심정을 이해했기에 그를 떠나보냈다. 하지만 그 여행은 너무 오래 걸렸다. 10년의 시간이 지나서야 카를로스는 검은 사제복을 입고 나타났다. 하지만 그녀와 한 번의 사랑을 나누고 타투를 새겨준 뒤 영원히 그녀를 떠났다.

그는 타투 때문에 쫓기고 있다고 했다.

그는 두려워했다.

그리고 그 두려움의 실체가 신속히 드러나기 시작했다.

바티칸 시스티나 성당 굴뚝에서 붉은 연기가 올라왔다.

피어 49 타투 숍이 폭파되었다. 자신과 카를로스의 삶의 터전이 화염 속에 날아가 버렸다.

"카를로스! 오! 카를로스!"

그녀는 거칠게 흐느꼈다.

그녀는 죽은 카를로스를 위해서라도 타투의 비밀을 풀어야 했다. 그리고 자신의 생존을 위해서도 등에 새겨진 타투의 비밀을 풀어야 했다.

그녀는 눈물을 추스른 뒤 화장실로 들어갔다. 웃옷을 벗고 보랏빛 브라를 내렸다. 카를로스가 좋아하던 색상의 레이스 브라였다. 다시 솟구치는 눈물을 닦고 자신의 등을 거울에 비춰보았다. 그러고는 거울에 비친 타투를 하나씩 수첩에 옮겨 적었다.

똑! 똑!

긴 시간 동안 화장실을 점령한 것에 대한 항의였다.

그녀가 옷매를 다듬고 문을 열자 화장실 앞에 긴 줄이 형성되어 있었다. 그녀는 얼굴을 붉히며 화장실에서 나왔다.

스페인 바르셀로나에 비행기가 도착했다.

입국 수속을 마친 그녀는 몬세랏 수도원을 향해 기차를 탔다.

강한 태양이 올리브 밭 위로 빛났다. 포도밭과 지중해식 주택들이 창밖을 스쳐 지나갔다. 그녀는 메모장에 그려진 타투를 한 장, 한 장 살펴보았다.

그녀는 첫 번째 그림을 단서로 삼아 기차를 탄 것이었다. 그 그림이 몬세랏 수도원이라는 것을 알아내고 그곳으로 가고 있었다.

하지만 다음에는 어디로 간단 말인가? 그리고 누구를 만나 어떻게 도움을 청한단 말인가?

그녀는 첫 번째 그림을 다시 한번 바라보았다.

톱니 바위 위에 앉은 검은 마리아. 왕관을 쓴 그녀의 한 손에 작은 상자가 그려져 있었다. 한 면에 커튼처럼 천이 드리워진 작은 상자였다.

한 시간 정도 지나자 기차가 목적지에 도착했다.

기차에서 내린 그녀는 케이블카를 타고 톱니처럼 생긴 바위산 정상에 올랐다.

정상이 가까워지자 그녀의 입에서 탄성이 흘러나왔다.

기괴한 베이지색 암석이 병풍처럼 둘러싸인 수도원이 눈앞에 나타났다. 누가 무슨 이유로 이런 수도원을 지었을까? 의문과 경탄에 가득찬 그녀는 케이블카에서 내렸다.

발아래 펼쳐진 계곡에서 시원한 바람이 올라와 그녀의 드레스를 감싸 올렸다.

"블랙 마리아는 어디에 있나요?"

그녀는 케이블카에서 내리자마자 안내 요원에게 물었다. 20대 초반으로 보이는 여자 안내원이 그녀에게 친절하게 안내를 해주었다.

티파니가 기념품 가게와 레스토랑을 지나자 언덕 기슭에 있는 전시관에 들어설 수 있었다.

"검은 마리아를 보러 온 사람들이 이렇게 많다니?"

티파니는 긴 관광객들의 행렬 뒤에서 한참을 기다린 뒤에야 검은 마리아상을 볼 수 있었다.

검은 마리아상은 오른손에 구슬을 들고 있었다.

하지만 티파니의 등에 새겨진 검은 마리아는 구슬이 아닌 커튼이 드리워진 상자를 들고 있었다.

'구슬과 상자의 차이점은 무엇일까? 커튼이 쳐진 상자는 무엇을 상징하는 걸까?'

하지만 티파니는 그 자리에 오랫동안 서 있을 수 없었다. 끊임없이 올라오는 관광객들에게 떠밀려 내려와야 했다.

'그 상자의 정체가 무엇일까?'

그녀는 골똘히 생각에 잠겨 전시관 밖으로 나왔다. 하지만 밝은 햇살이 비추자 구겨졌던 얼굴에 매력적인 미소가 가득 퍼졌다. 깨달음의 미소였다.

'성당에서 커튼이 쳐진 상자라면 고해소일 거야!'

그녀는 수도원 본관으로 들어갔다. 그리고는 커튼이 쳐진 고해소에 들어가 앉았다.

"전능하신 하느님과 신부님께 내가 범한 모든 죄를 고백합니다."

"고백을 시작하십시오."

늙은 수도승의 목소리를 기대했던 그녀는 젊고 낭랑한 목소리에 놀라고 말았다.

"저는 등에 문신을 새긴 죄를 회개하러 왔어요. 톱니 바위에 검은 마리아가 앉아 있는 문신을요."

티파니는 고등학교 때까지 제2외국어로 배워둔 스페인어로 또박또박 말했다. 캘리포니아에는 라틴계 주민이 많아서 스페인어가 제2언어나 다름없었다.

"검은 마리아상 문신이요?"

신부의 목소리가 고해소를 울렸다.

"자매여, 주님의 성소에 오신 것을 환영합니다. 저는 로베르토 신부입니다."

잠시 후 신부가 모습을 나타냈다.

갈색 수염을 가진 푸른 눈의 신부 하나가 그녀를 뚫어질듯 바라보았다.

"저는 티파니라고 해요. 카를로스 신부의 친구죠."

"반갑습니다, 티파니. 카를로스 신부의 일은 뉴스로 보았어요. 정말 안된 일입니다. 그의 뉴스를 본 순간 누군가 찾아오리라 생각했어요."

신부는 석회석처럼 푸석푸석한 입꼬리를 올리며 말했다.

고해소에서 나온 두 사람은 몬세랏 성당 뒤편 바위산 정상을 향해 걸어 올라갔다. 발아래로 정상을 향해 올라오는 케이블카와 계곡을 파고드는 황토빛 강물이 내려다보였다. 정상에 가까워지자 두 개의 거대한 톱니 바위 사이에 맷돌 모양의 둥근 바위가 눈에 띄었다. 로베르토 신부는 그 바위를 한쪽으로 밀어냈다.

"자! 안으로 들어가시지요."

티파니는 섬뜩한 심정으로 검고 좁은 동굴 안으로 들어섰다. 바위 동굴 안에서는 칙칙한 양초 그을음 냄새가 났다. 하지만 동굴 안을 걸어가자 내부가 점점 더 넓어지며 밝아지기 시작했다. 벽면에 서

너 개의 양초가 밝혀져 있고 광장처럼 넓은 동굴 중앙에 두 명의 신부가 서 있었다.

"환영합니다. 자매여."

늙은 신부가 손을 내밀어 그녀에게 악수를 청했다.

"반갑습니다, 신부님. 티파니라고 해요."

"자매님 등에 검은 마리아의 문신이 있다고 합니다. 카를로스 신부가 새겨주었다고 해요."

로베르토 신부가 긴장된 얼굴로 말했다.

"카를로스 신부가 문신을?"

두 신부가 나지막이 중얼거렸다. 노년과 중년의 남자들이었다.

"그럼 비밀의 문신이 자매님께 옮겨졌다는 말이군요?"

동굴 천장을 올려다보며 신부들이 묵주를 세었다.

"자매님이 이곳에 오시는 동안 큰 사건들이 일어났습니다."

"카를로스가 죽고 교황청에 붉은 연기가 올라간 것을 말씀하시는 건가요?"

티파니가 머리가 벗겨진 노수도승에게 물었다.

"그렇습니다. 하지만 다른 사건들이 계속 터지고 있어요."

"다른 사건이라뇨?"

"교황청에서 새로 선출된 교황이 납치됐어요. 그리고 24시간 안에 범인들의 요구 사항을 들어주지 않으면 교황을 살해하겠다고 했답니다."

침통한 표정으로 노수도승이 말했다.

"그럼 카를로스와 제가 이 납치사건에 연관되어 있다는 말입니까?"

티파니가 미간을 모으며 수도승에게 물었다.

"맞아요. 하지만 자세한 이야기를 나누기 전에 자매님의 문신을 보여주셔야 합니다."

노신부가 당당하게 말했다.

티파니는 이처럼 당혹스러운 적이 없었다.

'수도승이기는 하지만 처음 보는 남자들 앞에서 옷을 벗어야 한다니.'

그녀는 잠시 동안 망설였다.

하지만 문신의 비밀을 풀기 위해서는 다른 방법이 없었다.

티파니는 크게 심호흡을 한 뒤 뒤로 돌아 드레스를 벗었다.

드레스가 신발 아래로 흘러내리자 브라와 팬티만이 남았다. 티파니는 잠시 망설인 뒤에 보랏빛 레이스 브라를 벗었다. 뽀얀 살결 위에 검붉게 새겨진 문신이 남자들 앞에 모습을 드러냈다.

"오, 하느님!"

"자매님에게 주님의 축복이 있기를……."

사내들의 두런거림이 등 뒤에서 들려왔다.

잠시 후 티파니의 등이 따뜻해졌다.

그녀가 뒤돌아보니 양초를 든 손이 그녀 등 가까이 다가와 있었다.

"자매님, 맞습니다! 비밀의 문신이 맞아요!"

"그렇다면 이 문신이 교황님의 납치와 어떤 관계가 있는지 말해주세요."

옷을 추스르며 티파니가 물었다.

"1981년에 네덜란드에서 항공기 납치사건이 있었습니다. 그 납치

사건의 범인이 요청한 조건은 문신과 관련된 비밀을 공개하라는 것이었습니다. 그러니까 당신 등에 새겨진 문신은……"

노신부는 꿀꺽 침을 삼키며 거대한 비밀을 말하기 시작했다.

"멈춰!"

그때 다급한 음성이 동굴 입구 쪽에서 울려왔다.

슈욱!

낮은 바람 소리가 동굴을 가로질렀다.

"아악!"

노신부가 갑자기 목을 붙잡고 자리에 쓰러졌다.

노신부의 목에서 검붉은 피가 쏟아졌다.

"신부님!"

동굴 안에 날카로운 비명 소리가 울려 퍼졌다.

동굴 입구에는 검은 선글라스를 낀 두 남자가 서 있었다. 그들의 손에는 긴 소음기가 달린 피스톨이 들려 있었다.

슈웃.

총탄이 공기를 가르자 또 한 명의 신부가 쓰러졌다.

"자, 뒤편 통로로 달려요."

로베르토가 티파니를 반대쪽 출구로 밀어냈다.

"빨리 달아나요!"

로베르토가 티파니를 가로막으며 소리쳤다.

티파니는 정신없이 반대편으로 달렸다.

동굴에서 빠져나오니 케이블카가 앞에 있었다.

"잠깐만요!"

티파니는 출발하는 케이블카에 간신히 올라타며 뒤를 돌아보았다.

"로베르토 신부님!"

그녀는 멀어져 가는 정상을 바라보며 흐느꼈다.

'등에 새겨진 문신 때문에 살인이 일어나고 있어. 빨리 문신의 미스터리를 풀어야 해!'

티파니는 케이블카 유리창에 이마를 대고 입술을 깨물었다.

'다음 암호의 비밀은 뭐지?'

티파니는 어깨에 멘 가방에서 수첩을 꺼내 들었다.

케이블 선에 매달린 공간 안에서 그녀는 다음 퍼즐을 풀어나갔다.

수첩 두 번째 장에는 세 명의 아이들이 그려져 있었다.

세 명의 양치기 아이들 밑에 루치아, 프란시스코, 하친타란 이름이 쓰여 있었다. 케이블카에서 내린 그녀는 기념품 가게로 들어갔다.

"잠시만요! 잠시만 인터넷을 쓰게 해주세요."

그녀는 점원에게 10유로를 쥐어주었다. 머뭇거리던 점원은 자신의 컴퓨터를 넘겨주었다.

그녀는 검색 사이트에 문신에 새겨진 세 사람의 이름을 입력했다.

마침내 그녀는 세 이름이 언급된 자료를 찾을 수 있었다.

'파티마로 가야 해! 포르투갈에 있는 파티마로.'

티파니는 출력한 문서를 손에 들고 가게를 나섰다.

기념품 가게에서 나온 그녀는 기차역으로 달렸다.

기차를 타고 다시 바르셀로나로 간 그녀는 포르투갈 리스본행 비행기를 탔다.

그리고 리스본 공항에서 파티마로 가기 위해 버스를 타고 2시간을 달려야 했다.

분홍색 꽃을 단 아몬드 나무숲, 유칼리나무들이 차창을 지나갔다. 넓은 밀밭과 올리브 밭을 지나자 베드로 광장 두 배 넓이의 파티마 광장이 나타났다.

1917년 5월 13일 파티마의 들판에서 양을 치던 세 아이 앞에 성모 마리아가 나타났다.

아이들 옆 참나무 위로 밝은 흰빛을 뿜으며 나타난 성모 마리아는 아이들에게 그 후로 5개월 동안 같은 날 같은 장소에 나타나겠다고 했다. 아이들과 약속한 대로 5개월 동안 5번 모습을 나타낸 마리아는 아이들에게 많은 예언을 들려주었다. 그런데 예언을 들은 세 아이 중 프란시스코와 하친타는 얼마 지나지 않아 병으로 죽고 루치아라는 아이는 수녀가 되어 97세에 숨을 거두었다.

로마 교황청은 이 이야기를 사실로 인정했고 파티마에는 거대한 성당이 건축되었다고 한다. 그런데 마리아가 아이들에게 한 예언 중 다음과 같은 두 개의 예언은 교황청에 의해 공개되었다.

첫째 예언은 1차세계대전이 종결되는 것이었다.

둘째 예언은 2차세계대전의 발발과 볼셰비키 혁명, 소련의 몰락에 관한 것이었다.

하지만 세 번째 예언은 공개되지 않았다.

다만 세계가 멸망하는 구체적인 과정에 대한 예언이라는 소문만이 떠돌았다.

사람들은 세 번째 예언을 알고 싶어 했고 예언의 공개를 요구하는 비행기 납치사건까지 일어났다.

티파니는 루치아, 프란시스코, 하친타, 세 아이에 관한 문서를 다시 읽어보았다.

세 아이들은 파티마의 목동 아이들이었다. 그렇다면 그녀는 파티마 성당에서 누구를 만나야 한단 말인가?

그녀는 수첩의 그림들을 다시 살펴보았다. 무릎 꿇은 소녀, 루치아의 그림 앞에 십자가 형태의 묘비가 그려져 있었다.

파티마 성당에 도착한 티파니는 대리석으로 치장된 거대한 건물에 압도되었다. 그녀는 먼저 성당에 있는 묘지를 찾았다. 문신에서 보았던 묘비가 생각난 것이다.

"루치아 수녀의 묘지가 어디 있습니까?"

티파니는 지나가던 수녀에게 물었다. 나이가 지긋하고 부드러운 미소를 머금은 수녀였다.

수녀는 굽은 손가락을 들어 묘지의 위치를 알려주었다.

루치아 수녀의 묘는 대성당의 오른쪽에 자리 잡고 있었다.

'아! 이곳이 전설과도 같은 루치아 수녀님의 묘지야!'

묘비 앞에 멈춰 서서 묵념을 한 뒤 티파니는 눈을 들어 주위를 둘러보았다.

루치아 수녀의 묘 뒤쪽으로 고해소가 있었다.

"수녀님, 고해성사를 하고 싶어요. 신부님을 불러주세요."

티파니는 수녀에게 부탁했다.

잠시 후 티파니는 고해소 안에 앉아 있었다. 고해소의 작은 창문이 열리자 그녀가 고해성사를 시작했다.

"전능하신 하느님과 신부님께 내가 범한 모든 죄를 고백합니다."

"고백을 시작하십시오."

나지막한 바리톤 음성이 흘러나왔다.

"신부님, 저는 등에 세 목동 아이를 새긴 죄를 회개하러 왔습니다."

"네? 세 목동 아이 문신을요?"

고백소 안의 커튼이 열리며 오십 대로 보이는 반백의 신부가 모습을 나타냈다.

"자매여, 기다리고 있었습니다."

그는 티파니를 루치아 수녀의 무덤으로 데려갔다. 그가 묘비에 자신의 금 십자가를 얹자 바닥이 열리며 지하로 통하는 계단이 드러났다.

"으흑!"

티파니는 매캐한 곰팡이 냄새에 코를 잡고 비명을 질렀다.

노신부와 티파니가 들어선 곳은 좁은 지하 방이었다.

"어서 오세요."

지하실의 구석에서 그녀를 기다리고 있던 것은 한 노파였다. 그녀의 긴 머릿결이 낮게 달린 전등에 은빛으로 빛나고 있었다.

"나는 루치아 수녀입니다."

"네? 루치아 수녀님은 돌아가신 걸로 아는데요."

티파니는 놀라움으로 입을 다물지 못했다.

"맞아요. 세상 사람들은 다 그렇게 알고 있지. 얼마 전에 교황청에서 보낸 사람이 나를 죽이려고 했어. 그래서 죽은 셈 치고 지하실에서 숨어 지내지."

"왜 교황청에서 수녀님을 죽이려 하나요?"

"나는 교황을 빼고 파티마의 세 번째 예언을 아는 유일한 사람이야. 교황청은 세 번째 예언을 영원한 비밀로 만들고 싶은 거야. 그 비밀이 밝혀지면 교황청은 멸망하고 말거든."

백 년의 세월이 남긴 주름진 얼굴에 허탈한 미소가 떠올랐다.

"수녀님, 혹시 제 등에 새겨진 문신이 파티마의 세 번째 예언이 아닌가요?"

티파니의 물음에 잠시 놀라움의 표정이 노파의 얼굴에 감돌았다.

"맞아. 교황청은 두 사람의 사제에게 문신을 새겼지. 한 사람에게는 제3의 예언을, 그리고 다른 사람에게는 예언을 해석하는 암호를. 그런데 두 사제가 교황청을 배반하고 세계에 비밀을 공표하려 했어. 그래서 암호를 가진 사제가 살해되고 카를로스 신부는 도망을 갔다가 당신에게 그 암호를 새겨주었을 거야."

노파는 힘겹게 백 세의 노구를 움직이며 말했다. 지하 공간에 갇힌 100세 노인의 인지력은 놀랍도록 날카로웠다.

티파니는 그 인지력의 원천을 금방 파악할 수 있었다.

지하 방의 한쪽에 있는 티브이에서 뉴스 방송이 진행되고 있었다. 커다란 책꽂이에는 온갖 종류의 신문과 잡지들이 꽂혀 있었다.

"아, 그랬군요. 그런데 교황을 납치한 사람들은 왜 제3의 예언을 발표하라고 하나요? 예언이 그들에게 그렇게 중요한가요?"

"그럼, 예언에는 지구 멸망의 구체적인 시간과 방법이 들어 있지. 그것을 미리 알고, 막고 싶었을 거야."

루치아 수녀는 수정 구슬을 가리키듯 굽은 집게손가락으로 허공의 한 장소를 가리켰다.

"교황이 납치범들에게 비밀을 밝히면 교황청에서 더 이상 우리를 추적하지는 않겠죠?"

"그것은 우리의 순진한 바람이야. 교황은 자신의 조직을 와해시킬 비밀을 밝히지는 않을 거야."

루치아 수녀가 주름진 뺨 위로 씁쓸한 미소를 지었다.

바로 그때 천장에 달린 둥그런 뚜껑이 열렸다

"침입자다!"

루치아 수녀가 소리쳤다.

"너는 3년 전에 죽었어야 할 사람이야."

천장 입구에서 굵은 목소리가 울려왔다.

두 여자가 올려다보자 선글라스를 낀 두 남자가 입구에 서 있었다. 그중 턱이 각진 사람이 피스톨을 발사했다.

쉬익.

공기를 가르는 탄환이 노파를 안락의자에서 쓰러뜨렸다.

"안 돼! 루치아 수녀님!"

티파니는 쓰러진 수녀를 안고 소리쳤다.

"우리와 함께 갈 곳이 있어!"

피스톤을 발사했던 사내가 티파니의 두 손을 결박하듯 붙잡았다.

"안 돼!"

하지만 그녀의 비명은 입안을 빠져나오지 못했다.

다른 사내의 손이 젖은 손수건으로 그녀의 입과 코를 단단히 틀어막고 있었다.

그녀는 달콤하고 톡 쏘는 가스에 정신이 아찔해졌다.

강력한 마취제인 클로로포름이었다.

두 사내는 축 늘어진 티파니를 부축해 지하 방을 빠져나왔다.

파티마 성당 위로는 백색 헬기가 선회하고 있었다.

"아! 머리야!"

티파니는 깨질 것 같은 머리를 붙잡으며 비명을 질렀다.

"이제 정신이 드시나요?"

어디선가 부드러운 음성이 들려왔다.

"아! 여기는 어딘가요?"

티파니는 화들짝 놀라며 자리에서 일어서려 했다. 하지만 현기증
이 일어 비틀거리다가 자리에 주저앉고 말았다.

"무리하지 마세요. 이곳은 교황 집무실입니다."

그 순간 티파니는 두 남자에게 습격을 받은 것을 기억해 냈다.

"제가 왜 교황 집무실에 있는 거죠? 루치아 수녀님은요?"

"자매님은 먼 여행을 하셨습니다. 루치아 수녀님은 주님의 품에서
안식을 취하고 계십니다. 그러니 너무 염려 마십시오. 참, 제 소개를
해야겠군요. 저는 새로 선출된 교황 성 베드로 3세입니다."

70대로 보이는 풍채 좋은 교황이 말했다. 그의 집무실에는 교황
의 권위를 나타내는 휘장과 황금색 조각 장식들이 가득했다.

"신임 교황님이요? 교황님은 납치되셨다고 들었는데요."

티파니는 자리에서 천천히 일어서며 말했다.

교황의 법의를 입은 살찐 노인이 티파니에게 손을 내밀어 악수를

청했다.

"납치범들은 모두 사살되었어요. 이제 세계에는 평화가 찾아왔어요."

"다행이군요. 무사히 구출되셔서요."

티파니는 목소리에 진심이 어려 있었다.

"감사합니다, 티파니 씨. 그런데 당신의 문신을 보고 싶군요."

그제야 티파니는 그녀가 교황과 단둘이 있다는 걸 알아차렸다.

"꼭 보여 드려야 하나요?"

티파니가 쭈뼛거리며 말했다.

"자! 어서요!"

교황은 자애로운 미소를 머금고 말했다. 하지만 그의 손동작은 완강하게 재촉하고 있었다,

그녀는 길게 숨을 들이쉬었다. 그러고는 단번에 드레스와 브라를 벗었다.

"음, 정말 아름다운 몸매군요. 그리고 훌륭한 문신이에요."

교황이 벽에 걸린 풍경화를 감상하듯 말했다.

티파니는 자신도 모르게 귓불을 붉혔다.

"자매여, 하지만 당신의 문신은 이제 의미를 잃어버렸어요. 당신의 문신이 해독해야 하는 암호를 내가 갖고 있으니 말이오."

교황이 벽면을 바라보았다. 벽면에는 황금 테두리를 한 유리 액자가 걸려 있었다. 액자 안에는 수많은 암호들로 가득한 양피지가 들어 있었다.

"몬세랏 수도원 카를로스 신부의 등가죽이오. 카를로스의 등에

는 제3의 예언이 새겨져 있었어요. 그리고 당신의 등에는 그 예언을
풀 수 있는 문신이 새겨져 있지."

"네? 저것이 카를로스의 가죽이라고요? 안 돼!"

티파니는 자리에 주저앉아 울음을 터뜨렸다.

"당신은 종교로 위장한 살인자야!"

티파니가 교황을 향해 소리쳤다.

"세상을 구하기 위해서 누군가는 희생되어야 하는 거요. 그런 의
미에서 성직자도 살인자가 될 수 있겠지요."

교황의 얼굴에 차가운 미소가 드리워졌다.

"……."

티파니는 교황의 말을 믿지 못하겠다는 듯 고개를 가로저었다.

"악몽을 꾼 것으로 생각하고 모두 잊어버려요. 이제 파티마의 제3예
언은 세상에 존재하지 않으니까."

교황청에서 나온 티파니는 혼자서 베드로 광장을 가로질러 걸었다.

세상의 멸망은 언제 어떤 모습으로 다가올까.

도둑이 오듯 예고 없이 오는 걸까?

하지만 티파니의 세계는 이미 허물어지고 있었다.

그녀는 세상의 멸망을 실감하며 한 걸음씩 내디뎠다.

허기에 찬 비둘기들이 그녀를 향해 날아올랐다.

*이 글은 실존하는 파티마 예언을 바탕으로 한 창작으로, 교황청에 관한 사항들은 모두 허
구임을 밝힙니다.

고래의 꿈

김재희

연세대학교 졸업, 추계예술대학교 문화예술경영대학원 영상시나리오학과 석사학위를 받았다. 디자이너로 일하다 시나리오작가협회 산하 작가교육원에서 수학하였다. 시나리오작가협회 뱅크공모전 수상, 엔키노 시놉시스 공모전에서 대상을 받았으며 강제규 필름에서 시나리오 작가로 활동하였다. 2006년 데뷔작 『훈민정음 암살사건』으로 '한국 팩션의 성공작'이라는 평가를 받으며 베스트셀러 작가가 되었다. 역사 미스터리에 몰두 『백제결사단』, 『색, 샤라쿠』, 『황금보검』 등을 출간하였다. 낭만과 욕망의 시대 경성을 배경으로 시인 이상과 소설가 구보가 탐정으로 활약하는 『경성 탐정 이상』은 그해 한국추리문학 대상에 선정되었다. 『봄날의 바다』로 범죄 피해자, 가해자를 소재로 한 서정스릴러를 썼으며 『경성 탐정 이상 2』를 2016년에 발표하였다. 2017년 저스툰에서 『유랑탐정 정약용』을 연재하였고, 『경성 탐정 이상 3』을 발표하였다. 현재 한국추리작가협회에서 회원으로 활동하고 있으며, 〈김성호 프로파일러 시리즈〉 『섬, 짓하다』 후속작 『이웃이 같은 사람들』과 『유랑탐정 정약용』을 2018년 냈다.

구보는 심심했다. 글을 쓰다 말고 원고지를 덮고 상의 얼굴을 봤다. 아무리 집필 중이라도 조금은 말도 걸어주고 작품을 보면서 코멘트를 던져주던 친구가 오늘은 조용했다. 구보는 상에게 다짜고짜 물어봤다.

"상이, 왜 바깥 풍경만 보는가?"

"그럼 자네 얼굴을 보아야 하는가?"

구보는 어이없어 웃음을 터뜨렸다.

"깊은 생각에 잠겨 있는 거 같아서 말이지."

"그런 게 아니라 그냥 그래."

"나 일 좀 보고 오겠네."

상은 구보의 말에도 유리창 너머를 볼 뿐 대답도 없었다. 상은 요즘 우울해 보였다. 무슨 말을 걸어도 대답이 없고 혼자만의 세계에 빠져 있었다. 역시 그에게는 사건이 필요했다. 무료한 나날을 보내는 그는 권태의 늪에서 헤어나지 못하고 있었다.

"구보, 나간다더니?"

상은 침묵을 깼다. 말을 듣고는 있었나 보다 싶었다.

"그게 저. 바쁜 것은 아닌데."

"나도 따라가도 되나? 산책이나 하려고."

"그러세."

구보는 미쓰코시 백화점 건너편의 경성우편국에 들러 친척에게 편지와 돈을 부치려 했다. 어머니가 부탁한 심부름이었다.

"참으로 무료한 계군. 우편국도 따라오고."

구보는 상을 보면서 중얼거렸다. 우편국은 르네상스 양식의 웅장한 건물로, 외관이 붉은색 벽돌로 지어졌다. 중앙에는 현대적인 세련된 돔을 얹고 창틀마다 아치형의 장식들이 있었다. 구보가 좋아하는 경성의 신식 건물 중 하나였다. 우편국은 오전이라 그런지 한가했다. 전신환을 부치고 나서려는데 배가 싸하니 한기가 느껴졌다.

"상, 상, 잠시만."

아침에 먹은 음식이 안 좋았는지 배가 스르르 아팠다.

이럴 수가, 볼일은 항상 아침에 다 보고 나오는데.

"나 잠깐 화장실 좀 들르겠네."

상은 미소를 짓고 손가락으로 화장실을 가리켰다. 구보는 걸음을 바삐 했다.

구보는 화장실에 들어가기 전에 깨끗한지 확인해 보았다. 관공서라 그런지 깨끗했다. 일을 보면서 벽을 보니 각종 낙서가 있었다.

"이완용 바보, 이완용 나쁜 놈!"

"대한 독립 만세! 이 어리석은 사람들아, 먹고사는 데만 신경 쓰지 말고 독립에 힘쓰자."

"제국일본 타도!"

"신도 부처도 재판장도 모두 돈 돈 돈! 돈으로 판결을 내리는가?"

절반은 지워진 것 위에 다시 써놓았다.

구보는 볼일을 마치고 나오는데, 문 하단의 낙서가 눈에 띄었다.

"구보 선생, 이상 선생. 도와주시오, 살려주시오. 나는 배홍동이라는 사람인데 나를 구하고 싶으면 종로의 열대 수족관을 찾아오시오."

구보는 의아했다. 고개를 갸우뚱하다 밖으로 나왔다.

"상! 이상한 낙서를 발견했네. 나와 자네 이름이 적혀 있어."

"뭐?"

상은 화장실로 들어가 낙서를 읽고 나왔다.

"배홍동이라는 사람이 대체 누구야? 그리고 열대 수족관이라니?"

"그 수족관이라면 알고 있네. 열대어들이 아름다워서 한참 본 적이 있었지. 날도 좋고 무료한데 수족관에 가볼까?"

하여간 상이란. 장난에 낚여서 수족관을 기어이 찾아가려는 저 집요함은 대단했다. 가끔 그가 사건을 추리하는 이유는 정의를 구현하는 것보다 호기심 때문 같았다. 항상 궁금해 마다하지 않는 것. 그것은 상이 사건에 뛰어들게 하는 원천이었다.

종로 거리로 바삐 돌아와 열대 수족관을 갔다. 수족관은 종로 5정목 근처의 연지동 골목에 있었다. 가게는 허름하고 작았지만, 대형 어항에는 수백 마리의 화려한 물고기들이 유유히 헤어치고 있었다. 색

색들이 수초들이 나부끼고 물살은 부드러운데 빨갛고 노랗고 파란 열대어들이 뒤엉켜서 여러 방향으로 움직였다. 구보는 화려한 색색의 향연을 한참 보았다.

"어떻게 오셨습니까? 안으로 들어오세요."

구보는 여인의 목소리에 휘둥그레 놀라면서 고개를 들었다. 둥그런 눈에 단아한 얼굴의 젊은 여성이었다. 여성은 하얀 블라우스에 검은색 스커트를 입고 있었다. 자그마한 체구였지만 단단해 보였고 표정에서 자신만만함이 엿보였다.

"저희는 열대어를 주로 판매하지만 각종 어항과 관련된 기기들도 판매하고 있죠."

구보는 머뭇거리는데 상이 성큼 발을 들여놓았다. 둥그런 어항이 자그마한 크기에서부터 구보의 몸보다 긴 사이즈도 있었다. 가게 안은 의외로 길쭉하니 넓게 터 있었다. 어항에서 열대어가 화려한 지느러미를 펼쳐서 우아하게 헤엄쳤다.

"두 분 마중 나온다고 예쁜 모습 보여주네요."

구보는 마음이 흐뭇했다.

"안녕, 안녕! 바보 신사!"

여인이 헤벌쭉 웃었다. 구보는 깜짝 놀랐다. 감히 이런 말을 나에게 하다니. 여인은 손가락으로 천장을 가리켰다. 파란색 앵무새가 구보에게 짹짹댔다.

구보는 물고기들에 시선을 집중했다.

"지느러미가 환상이죠? 베타라는 물고기예요. 작은 어항에서도 기포장치 없이 잘 살죠. 하지만 두 마리를 한 수조에서 키우면 안 돼요. 암수 한 쌍도 서로 싸워 반드시 한쪽이 죽죠. 그래서 한 마리만 둔 거예요. 그 옆의 물고기가 구피죠. 번식력이 어마어마한데 먹을 거리가 적으면 자기 새끼도 잡아먹어요. 그래서 어린 새끼는 따로 분리해요. 어떤 분들은 번식력에 지쳐서 방치해 두는데 안 되죠. 그 옆의 물고기들이 수마트라예요. 몸체에 호랑이처럼 굵은 줄무늬가 있어서 '호랑이 미늘'이라고 별칭이 있어요. 사나워서 수마트라끼리만 키워요. 여기는 해파리와 문어, 고둥. 이것들도 찾는 분이 계시죠. 다루기 힘들지만요. 해파리는 이름이 미뇨이고 문어는 꼬꼬리타예요. 그 옆 수마트라는 루시고요. 베타는 이름이 순심이, 순덕이처럼 한국식으로 지었어요."

"아니, 물고기들이 이름이 있습니까? 저 앵무새라면 몰라도."

앵무새는 구보를 보고 바보, 라고 했다.

"후후, 그럼요. 모두 다른 애들인데요."

"참 신기하군요. 저한테는 먹을 것에 지나지 않은데, 모두 애완용이라니요."

구보는 유영하는 해파리를 찬찬히 봤다. 환상 속에 볼 법한 자태였다. 하늘거리면서 헤엄치는 그 모습이란. 문어는 특이하게도 파란 빛을 선명하게 발했다. 상도 어항 속 수초나 자갈돌 등을 지켜보다 질문했다.

"물고기들을 어디서 들여오는 겁니까?"

"일본에서 오죠. 일본에는 전 세계 상인들이 열대어를 들여오고요. 배에 실어서 최대한 살아 있는 상태로 데려오느라 힘든 작업이죠."

구보는 상이 말을 꺼내기를 기다렸다. 여기 온 목적은 물고기 구경이 아니니까.

"물고기들을 구경하느라 인사가 늦었습니다. 나는 종로에 사는 이상, 이 친구는 구보라는 친구입니다."

"저는 수족관을 운영하는 배진주라고 해요. 저도 인사가 늦어서 죄송해요."

"배홍동이라는 분을 압니까?"

여인의 표정이 굳었다.

"저의 아버지신데 왜 그러시죠? 열대어를 사러 오신 분들이 아니시군요."

"그렇습니다. 이렇게 이야기를 하면 굉장히 우스울지 모르지만, 경성우편국 화장실에 우리 이름이 적혀 있고 배홍동이라는 사람이 살려달라고 했습니다. 그리고 이 가게에 와서 자신을 찾으라고 했죠."

배진주는 굳은 표정을 하고 고개를 저었다.

"아버지는 실종되신 지 2년이 넘었어요. 그 낙서가 최근에 써졌을 리가 없어요."

"낙서는 분명히 우편국에서 지우니까 적어도 최근에 써졌을 겁니다. 혹시 실례가 안 된다면 실종된 연유에 대해 듣고 싶습니다만. 우리는 탐정인데, 사실을 알아보고 싶습니다."

배진주는 인상을 썼다.

"제가 왜 가족의 비극을 처음 보는 사람들에게 말해줘야 하죠? 돌아들 가세요. 어서요!"

배진주는 상과 구보를 가게에서 쫓아냈다.

"우리에게 할 말이 있으면 종로 거리의 제비 다방을 물어서 찾아오시오."

상의 말에 배진주는 가게 안쪽에 깊숙이 들어가 들은 척도 안 했다.

"상이, 가지. 우리는 의뢰된 일만 하자구. 이 일은 아무래도 안 되겠어."

다방으로 돌아온 상은 아침보다는 활기찬 행동을 보였다. 금홍에게 간식으로 무엇 무엇을 내오라고 지정을 해주었고 보통 때보다 많이 먹었다. 게다가 구보의 소설을 읽고 코멘트도 자세하게 하고, 모차르트의 음악을 들으면서 지휘를 했다.

구보는 코웃음을 쳤다. 우편국 화장실에 적힌 배홍동의 살려달라는 메시지, 그리고 열대 수족관 주인 배진주의 방어적인 태도는 상을 자극했다.

역시 그는 미스터리한 일에 흥미를 느낀다.

그날 저녁 구보가 원고지와 만년필을 챙겨서 일어나자, 상은 확신하듯이 중얼거렸다.

"분명히 내일이나 모레는 전화가 올 걸세."

다음 날 상은 다방에 전화가 올 때마다 고개를 들고 누군가 싶어 귀를 기울였다. 직접 받으러 나가기도 했다. 하지만 번번이 자리 예약 전화였다. 상은 실망하는 기색 없이 생생했으나 저녁에는 피로해 보였다.

"상이, 나 집에 가네."

"저어기, 어머니가 우편국에서 뭐 부치라는 것은 또 없나?"

"전혀. 내일 보세나."

다음 날 구보는 원고지에 쓴 소설을 붉은 펜으로 수정하는데 전화가 왔다. 금홍이 받더니 상을 불렀다. 상은 부리나케 프론트로 가서 잠시 통화하고 난 후 자리로 왔다.

"구보, 어서 수족관으로 가세나. 배진주에게서 전화가 왔네."

"무슨 전화인데?"

"도와달라는 것이지. 오랜만에 사건 의뢰가 들어왔다네. 어서 가자구."

상과 구보는 다방을 나와 재빠르게 종로 거리를 걸었다. 그들은 오래 걸리지 않아 수족관에 도착했다. 배진주가 나와 있다가 정중하게 인사를 하고 안으로 같이 들어갔다.

"지난번에는 죄송했어요. 선생님들이 갑작스레 이야기를 꺼내시는 바람에 불안해서 화를 냈어요."

"괜찮습니다. 이해를 합니다. 자세한 말씀을 듣고 싶습니다. 대체 아버님께 어떤 일이 일어나신 겁니까?"

"먼저 저와 아버지가 가게를 어떻게 꾸려왔는지부터 말씀드릴게요."

구보는 상과 함께 배진주가 건네는 차를 받아 들었다. 입술을 약간 축이고 이야기에 집중했다.

"어릴 때 합천에 정착해 살았어요. 그 이전에는 여기저기 떠돌았어요. 아버지는 수중 생물에 관심이 많아서 저를 데리고 채집 여행을 다니셨죠. 저는 따라다니면서 물고기 기르는 법을 배웠고요."

"합천이라, 거기에서 얼마나 사신 겁니까?"

"제가 한 아홉 살 정도였는데 1년 넘게 살았고 집이 없어 황영수님 댁에서 살았죠. 그 후에는 서울 종로에 정착했어요."

"황영수 님이요?"

구보가 질문을 던졌다.

"네. 합천에는 황영수 박사님이라고 어류 전문 박사님이 사시는데, 우리가 수족관 열 때도 도움을 받았어요. 혹시 아버지가 합천에서 은거하고 계신 것은 아닐까 하는 생각이 들어요."

"왜 유독 합천이라고 생각하는지요?"

상이 날카로운 눈빛으로 물었다.

"아버지가 워낙 술을 좋아하시고 인사불성이셔서 친구분들이 거의 없으세요. 물고기들과 어울리는 것을 좋아하셨고요. 마땅히 정착했던 데가 없어 다른 데는 생각 안 나요. 거기 가봤어야 되는데, 가게를 비울 수가 없어요. 물고기들을 밥 주고 생활환경을 맞춰야되는데 사람이 없었어요. 부디 두 분이 내려가 살펴봐 주세요."

"황영수 박사님과는 연락이 닿습니까?"

"네, 제가 전화를 드려서 다리를 놓을게요. 제 친어머니는 어릴 때 돌아가시고, 아버지는 3년 전에 결혼하셔서 새어머니가 계시는데 아버지가 실종되시고 떠나셨어요. 근데 그분 말씀이 아버지는 의도적으로 자취를 감춘 것 같대요. 방랑벽이 있으셔서 물고기를 구하러 간다고 하곤, 안 들어온 지 5개월이 지날 때도 있었거든요."

"아버지가 집에 돌아오실 때에는 손에 열대어가 들려 있었나요?"

"네, 어디 다녀오시는지 모르겠지만. 사실 그럴 필요는 없죠. 열대어는 공급업자가 따로 있는데요. 워낙에 독선적인 분이어서 그런가 하고 넘어가요. 따지면 저도 새엄마처럼 얻어맞으니까."

배진주는 소매를 내렸다. 구보는 그녀의 손목에 있는 상처를 놓치지 않았다.

"어릴 때 심부름을 제대로 해내지 못하면 담배로 지지셨죠. 보기 흉하죠?"

구보는 한숨을 쉬었다. 배홍동은 못된 사내인가 보다. 찾을 가치가 있을까. 배진주는 소매를 더 끌어내리며 말을 이었다.

"어머니는 단순가출로 보셨지만, 우편국의 낙서도 그렇고 걸리네요. 사실 우편국 남자 화장실을 들어가 봤어요. 선생님들이 다녀가신 후예요. 남장을 하고서 층마다 다녀봤지만, 아버지가 남겼다는 낙서는 없었죠. 페인트칠이 되어 있었어요."

배진주는 비록 그들을 돌려보냈지만, 아버지의 일이 걱정됐던 것이다.

상은 배진주의 의뢰를 받았다.

다음 날 그들은 경성역으로 가서 경부선에 몸을 실어 대구역에 도착했다. 택시로 갈아타고 합천 용주면에 도착했다.

상과 구보는 지나가던 소달구지를 타고 노인과 이야기를 하면서 황영수 박사의 집을 찾아갔다.

구보는 더위에 재킷을 벗어서 가방에 넣었다. 눈에 아름다운 풍광이 들어왔다.

경남 합천 용주면 가호리는 황강이 둘러싸고 강 너머 의룡산과 악견산이 자리 잡고 있었다. 산은 나무들이 들어찬 가운데 안개가 중턱을 어스름히 가리고 있었다.

"여깁니더. 어서 내리소, 욕봤심더."

노인이 내려준 곳은 가호리 논밭 한가운데 위치한 한옥 앞이었다.

기와집은 제법 너른 터에 자리 잡고 있었다. 지주가 살았을 법한 집으로 보였는데 가까이 다가가 보니, 기와집의 위용에 비해 대문이나 담벼락이 군데군데 손질이 필요했다.

상과 구보는 아귀가 맞지 않아 열린 문 안을 들여다봤다.

"어르신, 계십니까?"

구보가 정중하게 인사를 했다. 잠시 뒤 백발노인이 단정한 적삼에 홑조끼 차림새로 나왔다.

"게 뉘시오."

"저희는 경성에서 내려왔습니다, 어르신."

상이 먼저 인사를 올렸다. 그리고 자세한 내막을 설명했다. 노인은 황영수라고 이름을 밝히며 고개를 갸웃했다.

"배진주한테 연락은 받긴 받었는디, 배홍동 씨 그 양반 워쩐 일로 그러시는데예?"

"그분이 실종된 지 2년이 지나, 사건을 조사하려 합니다. 저희는 탐정들입니다."

"거참, 실종이라니? 술을 솔찬히 자셔서 쪼매 걱정은 가는 양반이었데예. 진주는 잘 있는교? 이만키로 작을 때 우리 집에 와서 살았는데."

"배진주 씨가 지금은 수족관을 운영하는데 아버님을 걱정합니다. 합천에 있을 거 같다는 정보만 얻었습니다."

"일단 누추하지만 들어오이소."

황영수의 집은 너른 마당에 대형 어항이 들어차 있었다. 어항에는 오색의 수초들이 너풀거렸고, 조약돌과 모래가 깔려 있었다. 문어, 해파리, 조개, 게들과 각종 어류가 유유히 헤엄쳤다.

"쪼까 신기한 게 많지라. 하나둘 잡아서 연구하다카이 이렇게 식구가 늘어삔 기라."

"참 어여쁘네요."

"어르신, 배홍동 씨가 최근에 오셨던 적이 있습니까?"

"없소. 여기 진주를 맡겨놓고도 동가식서가숙하던 양반임니더."

상은 배홍동이 합천에 머물 때 가던 곳이 있는지 물었다. 황영수가 우물에서 물을 퍼서 구보와 상에게 건넸다.

"그 양반이 술 자시고 올라가던 서낭당이 있응게 가보이소. 높은 까까절벽에 있는 곳이니께니 단디하이소."

상과 구보는 황영수의 집에서 하룻밤을 신세 지고 새벽에 서낭당에 올라가기로 했다. 산꼭대기의 서낭당은 산길을 곧장 가면 있다지만, 해발 600여 미터가 넘는 산은 부담이 됐다.

그날 저녁 황영수는 삶은 감자와 옥수수를 내오고 잠자리를 건너 방에 펴주었다. 상과 구보는 밤늦도록 물고기들의 헤엄을 보다 잠자리에 들었다.

다음 날 아침, 상과 구보는 황영수가 일러준 길로 들어 마을 뒷산으로 올랐다. 산 중턱에 오르니 오색기들이 나풀거리는 서낭당 머리가 설핏 보였다. 힘을 내서 정상을 향해 발을 디뎠다.

정상에 오르니 절벽 부근에 큰 당산나무가 있고 오색 천들이 드리워 있었다. 그 밑으로 돌탑이 여러 개 있었다. 구보는 돌탑을 조심하면서 서낭당에 다가갔다. 자그마한 초가에 다 떨어져 나간 창호지 문살이 보였다. 구보는 문을 열어보기 꺼려 주변을 둘러보았다. 당산

나무 뒤로 허수아비 여러 개가 있었다.

사람들은 허수아비 몸속에 돈을 넣고 서낭당 근처에 버린다. 병을 쫓기 위함이다. 그러면 가난한 소년이 돈을 갖고 허수아비를 버린다.

이른바 '귀신들린 재물'을 갖고 가는 소년은 병도 가져갈지 모른다. 구보는 어릴 적에 병으로 간 소년의 집 앞에 밥을 차리고 돈도 두었던 것을 종종 봤다. 가족들이 으스스하게 곡을 하는 가운데 이웃 아이가 그 돈을 몰래 훔쳐다 군것질을 했다. 아이는 부모에게 붙들려 엄청 혼났다. 귀신들린 재물을 함부로 손대면 안 된다는 공공연한 의식이 있었다. 아무리 굶더라도 저승길 노자는 손대지 않았다.

서낭당 주변에는 임자 없는 무덤들도 서너 개 있었다.

상은 서낭당 문을 열어봤다. 호랑이를 무릎에 둔 신선이 긴 수염을 쓰다듬으며 거대한 장죽을 들고 바위 위에 앉아 있었다. 옆으로 머리를 틀어 올린 동자 두 명이 웃었다. 초상화는 손을 본 듯, 곳곳에 물감을 덧칠했다.

상은 신발을 신고 성큼 들어가서 제단에 걸린 종이들을 살펴봤다.

종이에는 '합격 기원', '질병과 재앙으로부터 구해주소서' 등의 소원을 바라는 기원문이 적혀 있었다. 상은 종이들을 뒤적거렸다.

"어이, 상이. 나오게나. 귀물을 만져서 좋을 것 없다네."

"구보, 들어와서 이 기원문을 보게나."

"왜 무슨 일인데?"

구보는 꺼림칙하여 발길을 들여놓지 않다가, 상이 재촉해 서낭당에 들어갔다.

"이 종이에 쓰인 말을 보게나."

종이에는 '아비의 나쁜 짓에서 보호를 해주세요, 만약 아비가 나쁜 짓을 멈추지 않는다면 제게 아비를 용서할 힘을 주소서. 주님의 어린 양' 이라고 예쁜 글씨로 적혀 있었다.

"이게 뭐지? 교회 기도문 같은데?"

"특이하군. 어린아이 글씨 같은데 기도를 적어서 서낭당에 놓다니."

"상, 종이가 10년은 넘은 오래된 기원문일세. 선교사들은 초기 선교부터 무작정 유일신을 강조하기보다는 토착 종교를 인정해 주었지. 나무 한 그루, 부엌 아궁이에도 신이 깃들어 있다는 것을 받아들일 수 없었겠지만. 그래서 어린 신자는 이렇게 혼동을 했는가 봐."

구보는 수백 장의 종이를 찬찬히 뒤져보는 상이 대단했다. 그는 조사를 하면 무척 꼼꼼하고 차분했다. 평소에 무슨 일이 없을 때 불안한 것과는 정반대였다.

그들은 서낭당을 조사하고 기도문을 제자리에 뒀다. 그리고 산을 내려와 황영수의 집으로 돌아왔다.

"잘 다녀왔습니꺼?"

"네, 어르신."

"어르신은 무신, 그냥 할배라 편하게 부르소. 밥은 묵었는지예?"

"저, 이 근처에 교회당이 있는지요?"

상은 황영수에게 질문을 했다.

"교회당은 뭐한다꼬예? 아, 예수교를 믿는 양반들이구만. 거야 저어기 의룡산 산꼭대기에 있심더."

"산꼭대기라뇨? 교회는 보통 마을에 있지 않습니까?"

"합천에 내려온 선교사가 절은 산속에 있다 카면서 교회도 산속에 있어야 사람들이 온다꼬 그따가 세웠다 합니더. 거 갈라면예 길이 머니 밥 묵고 가이소."

황영수는 대청마루에 밥상을 차려주었다. 나물 몇 가지와 잡곡밥이 전부지만 정갈했다. 그러고 보니 일을 돕는 사람이 없었다.

"혼자서 사십니까?"

"쪼매 제자들이 찾아올 때도 있고 허지만, 거의 혼자 살지예. 배홍동 그 양반이 얼라 데리고 들어와 1년간 같이 살았던 때도 있고."

"그때 배진주 씨가 수족관 일을 배운 겁니까?"

구보가 되물었다.

"하믄요. 아홉 살 때도 어찌나 키가 쪼매난지. 그게 지금은 다 컸응께."

"여기에서 배홍동 씨는 왜 사신 겁니까?"

"어느 날 타지 사람이 어린 딸년을 데꼬 들어왔는데, 갈 데도 없다 카고 내가 손이 필요하니 여 집에 살았다 안 캅니꺼."

"무슨 일을 도왔습니까?"

"수족관 청소하고, 쟈들 먹이 주고, 강에서 생물 채취하고 그랬지예. 진주 가시나가 일은 더 잘했다 안캅니꺼. 아가 워낙 싹싹하고 바지런혀서 나무랄 데 없었지예. 예수교도 다녀서 교회당도 하루에 한 번은 올라갔다 왔꼬, 강에 들어가서도 맨손맹키로 잽싸게 장어, 잉어, 빠가사리, 모래무지도 잡아채 뿌리지예."

상과 구보는 그가 안내한 길로 올라, 정상을 향해서 쉬지 않고 갔다. 날이 저물지 않게 다녀와야 했다.

산 중턱을 넘어서자 산 정상에 기와집 머리가 조금 보였다.

"상, 저게 교회당인가? 아니, 이 꼭대기까지 어떻게 자재를 날랐을까? 헉헉. 난 오르는 것도 힘든데."

"절을 짓는 데도 절벽까지 나무 기둥과 기와를 날라야 하지. 것보다 교회당이 산속에 있다는 게 더 놀라워."

상은 주변을 둘러봤다. 절벽 아래로 너른 황강이 보였고 주변으로 논과 밭이 멀리 보였다.

"아이구, 좀 앉았다 가자구. 학학, 죽겠네. 상, 저어기 저 밭은 무슨 농사를 짓기에 잎사귀가 푸른가?"

상이 허허 웃었다.

"예끼, 산에 오르느라 머리가 어떻게 됐는가? 먼 밭에 무슨 작물이 자라는지 어찌 보이나?"

구보는 숨을 몰아쉬면서 대꾸했다.

"힘드니까 좀 쉬엄쉬엄 가자구 대충 물어본 거야. 자네는 유명한 탐정이니 추리를 해서 알아내야지. 안 보인다구 대충 넘어가나? 이맘때면 강낭콩 아닌가 싶은데?"

"글쎄, 안 보인다니까. 해 지기 전에 돌아와야 해. 어서 가자구."

"아이구 힘들어. 상! 이거 깨금나무 아닌가. 우리 깨금이라도 하나 따서 까먹을까?"

"깨금 꽉 깨물었다가, 자네가 무서워하는 도깨비라도 나타나면 어떡해. 어서 올라가자구! 자아!"

"도깨비들이 도망가고, 방망이 얻어 단숨에 산에 갈 수도 있지. 그나저나 교회당에 왜 가보자는 거야?"

"구보, 이 좁은 마을에서 배홍동이 숨어 있다면 황영수 눈에 안 띌 리 없지. 아마도 교회당 같은 데 숨어 지내거나, 아니면 다른 지역에 있을지 몰라."

"그러면 자네만 가지, 나는 어르신 댁에서 늘어지게 자면 좀 좋은가."

구보는 입씨름을 하며 힘을 다해 올랐다. 드디어 꼭대기에 도착했는데 기와집이 나왔다. 옆으로 넓게 뻗은 2층 건물이었는데, 주변에 사람들이 보이지 않았다. 벽은 황토색으로 칠했고 건물 전면에 널문을 꼼꼼하게 배치했다. 1층 가운데 정문은 열려 있었다.

구보가 다가가자 머리에 쪽을 지고 남색 개량 치마에 하얀 저고리를 입은 중년 부인이 나왔다.

"어디서 오셨어예?"

"저희는 경성에서 왔습니다."

구보가 얼결에 말했다.

"경성 교회당에서 오셨어예? 들어오이소. 식사 후에 강연이 시작됩니더."

"네?"

구보가 되물었지만 상이 조용히 하라고 입가에 손가락을 댔다. 구보는 상이 뭔가 캐는가 싶었다.

안으로 들어가자 기다란 복도가 나왔는데 1층에는 복도 안쪽으로 방들이 있었다. 머리기와만 한식이지 건물이 2층으로 되어 있고, 안쪽으로 장지문이 달린 여러 개의 방은 전형적인 일식 구조였다. 여자는 왼편의 계단을 올라 2층으로 올라갔다. 구보는 출출하기도 해서 열심히 따라갔다.

"식당에 손님이 많아가 두 분은 정자에서 드이소."

2층 복도 중간의 널문을 활짝 열고 나가자 신기하게 절벽이 나왔다. 넓게 터를 다진 마당 저쪽은 낭떠러지였고, 정자가 외따로 지어 있었다. 그리고 전망대에는 거대한 돌계단을 놓아두었다.

"절경 구경 먼저 하시겠습니꺼?"

여자가 돌계단을 앞장서 오르면서 손짓했다. 구보는 홀리듯 손으로 계단을 짚으며 힘겹게 올랐다. 절벽 아래 구름 사이로 울창한 숲과 강물이 흐르는 광경이 보였다. 대단한 풍경이었다. 구보는 순간 난간이 없는 걸 깨닫고 몸서리를 쳤다.

"낭떠러지에 서면 무섭지 않습니까?"

여자는 구보에게 천연덕스럽게 답했다.

"왜 무서운데예?"

"떨어질까 봐서요."

"그래예? 좋겠네요? 산들이 포근해 보이는데 떨어지면 아프기나 하겠어예?"

"뭐라고요?"

여자는 배시시 웃었다.

"농담입니더. 내려오이소. 식사는 정자에 차려져 있심더."

여자는 돌계단을 빠르게 내려갔다. 구보는 그 모습을 보고 아찔했다. 올라올 때도 두 손으로 계단을 기다시피 올라왔는데 내려다보는 것은 더 두려웠다.

저 계단을 내려가야 한다니, 거의 80도 경사에 왜 난간도 없는 것이야?

구보는 돌계단을 밟는데 다리가 후들후들 떨렸다. 두 손으로 짚어 뒤로 내려가려 해도 각이 나오지 않았고, 앉아서 내려가려 해도 엄두가 나지 않았다. 상이 내미는 손을 잡고 엉덩이를 계단에 걸쳐 내려갔다.

"안내하는 분이 경성 모던걸보다 적극적이고 내외하는 게 전혀 없네. 신기하지?"

"상, 무지막지한 계단과 난간도 없는 단상에 올라 절벽 아래를 감상한 게 기적 같네."

"어서 정자로 가서 요기나 하세나. 이 꼭대기에서 뭘 얻어먹으리라 생각도 못 했네만."

그들은 팔각정으로 가서 밥을 먹었다. 나물 몇 가지, 국과 밥 정도의 간소한 상으로 식어 있었다. 그 옆에도 작은 상에 똑같은 찬과 밥이 차려 있었다.

구보는 산을 고되게 올라와 그런지 허겁지겁 먹어치웠다. 아지노모도(일본의 식품 기업)에서 만든 조미료 신문 광고가 떠오를 지경이었다. 그 광고에는 가장이 조미료를 쓰지 않은 밥상을 뒤엎는 모습이 그려 있었다. 그 조미료를 쓰나 싶을 정도로 밥이 맛있었다.

기와집으로 이동하면서 말을 나눴다.

"대체 무슨 강연을 하기에 이토록 사람들을 불러 식사 대접하면서 기다리게 하지?"

"나도 궁금하네. 유명한 목사님이라도 불러다 강연을 하는지 들

어나 볼까? 그러다 보면 서낭당의 기도문에 대한 단서를 알아낼 수
있겠지."

"상, 그게 걸리던가?"

"응, 경성우편국 화장실의 낙서 그리고 배홍동, 배진주가 살던 가
호리, 기도문, 교회당, 모든 게 연결돼 있을 거 같단 말이지."

"그래? 난 별로인데?"

"배홍동이 숨을 만한 곳으로 이곳이 제격 아닌가?"

"여기는 십자가도 없고 일반 교회 같지는 않아. 사이비 교주에게
끌려왔다면 어쩔 텐가?"

"구보, 것보다는 화장실 낙서와 기도문 글씨를 비교하면 어떤가?
기억을 더듬어보게."

구보는 기도문과 낙서를 떠올려 보았지만, 머릿속으로 비교하는
게 불가했다.

"사진 찍어야 비교 가능하지. 모르겠네."

상은 주머니에서 기도문을 꺼냈다.

"그렇지? 기도문은 가지고 왔어."

"뭐어? 벌 받으려고."

"후후, 이런 걸로 벌을 받으면, 난 이미 발로 걸어 다닐 수도 없지."

"하긴 그렇긴 해."

"강연에 늦지 말자."

상은 기와집의 열린 문으로 들어갔다.

어디선가 수런거리는 소리가 났다. 구보가 가스등이 매달린 복도
안쪽으로 들어갔다. 방을 가르던 장지문이 모두 열려 오십 명 정도

의 남녀노소가 옹기종기 앉아 있었다. 청중 앞에는 실크해트를 쓰고 갈색 턱수염을 길게 기른 서양인이 연미복을 입고 있었다. 남자가 원고를 보았다. 그 옆에 양복을 입은 30대의 잘생긴 남자가 목청을 돋웠다.

"안녕하십니까. 이번 주의 명사 강연은 미국에서 연구를 하신 후, 조선에 오래도록 머물러 여러 박물에 조예도 깊고 특히 지리와 해양 생물에도 박식하신 스탠우드 교수님이십니다. 매우 훌륭하시며 나이도 많지 않습니다. 이런 분을 모신 것은 우리 교회의 영광입니다. 환영해 주십시오."

박수가 터져 나왔고 강사가 인사를 했다. 구보와 상은 맨 뒷자리에 앉았다. 옆에는 하얀 두루마기의 중년 남자와 상투를 튼 노인이 있었다. 경성과 달리 거의 모든 사람이 한복을 입었다. 애를 업은 아낙네, 머리를 땋아 내린 소녀들도 있었다.

스탠우드는 젊은 여인이 건넨 대형 두루마리를 펼쳤는데 걸개그림이 나왔다. 괘는 거대한 고래 그림이었다. 남자는 능숙한 조선어로 강연을 시작했다. 청중들이 조용해졌다.

"저는 주립대학에서 지리학을 전공했습니다. 지금은 연구 목적으로 이곳에 살아 말이 능숙합니다. 오늘은 혹등고래에 관해 강연하고자 합니다. 이 대형 고래는 이름이 '테이' 입니다. 실상 몸체가 12미터에 달하는 대형 고래입니다. 12미터는 약 40자에 이릅니다."

청중들이 탄성을 냈다.

"1883년 11월에 스코틀랜드 테이 강과 바다가 만나는 곳에서 수컷 혹등고래 한 마리가 잡혔죠. 영국의 포경선원들이 22시간의 사투를 벌인 끝에 놓쳤지만, 일주일 후에 스톤헤이븐 앞바다에서 이 고래가 등에 작살 세 개가 꽂힌 채 잡혔습니다. 이 고래의 이름은 테이 고래가 됐고, 고래 기름 상인 우즈가 226파운드에 낙찰받아서 던디 항구로 인양해 들여옵니다. 70톤의 대형 크레인에 단단히 동여맨 고래가 사람들에게 공개가 됐죠. 역사상 가장 불쌍한 고래 이야기를 시작하려 합니다. 이것은 실제 사진입니다. 보시지요."

스탠우드가 구석에 놓여 있던 이젤을 가져와 흰 천을 끌어 내렸다. 2절지 크기의 사진 액자였다. 사진 속 고래 앞에 아주 작은 사람들이 인산인해를 이루었다.

"19세기에는 신체가 특이한 사람들을 전시해 돈을 받았죠. 심지어 일부러 신체를 변형해 전시를 했죠. 사람들은 곧 신기한 괴수에 눈을 돌렸고, 테이 고래는 30마리 말이 모는 수레에 묶여 육지로 이동했습니다."

스탠우드의 이야기는 구보의 관심을 끌었다. 그는 자신도 모르게 상체를 숙여 사진에 집중했다. 다음 사진은 고래를 100명이 손을 잡고 둘러싸고 있었다.

"죽은 것일까요?"

강사의 이야기는 이어졌다.

"고래는 죽은 채 잡혔고 부패하고 있었습니다. 죽은 고래를 구입한 우즈는 집 마당에 고래를 부리고 입을 연 채 고정시켜 돈을 벌었죠. 지방에서 열차를 타고 오도록 여행권 패키지를 팔았고 자그마치 5만 명의 관람객이 다녀갔습니다. 고래가 썩자 배를 갈라 내장을 제거하고, 박제를 해 수레에 실어서 순회 전시를 합니다. 7개월에 걸쳐서요. 그 후 뼈를 발라내 박물관에 안치합니다. 이게 그 사진입니다."

스탠우드가 보여주는 사진에 배를 갈라 해체하는 모습, 박물관에 뼈만 세워 전시하는 모습, 크레인에 꼬리가 걸린 모습 등이 있었다. 관객들은 사진을 흥미롭게 주시했다.

"몸길이 12미터에 달하는 혹등고래는 미지의 괴물이 지닌 공포를 사람들 눈앞에 재현해 시선을 끌었습니다. 혹등고래는 포경에 의해 멸종했고 이제는 뼈로 남아 사진으로 접합니다. 백두산 호랑이가 국권 침탈 이전에 멸종한 것과 같은 이치죠. 여러분은 어떤 생각이 드십니까?"

스탠우드의 강연이 끝났고 청중들은 박수를 쳤다. 손수건으로 눈물을 훔치는 아낙도 있었고 재미난 이야기에 상기된 청년도 있었다. 구보도 이야기에 끌려 들어갔다. 그는 전기수처럼 말을 잘했다.

스탠우드는 턱수염을 만지고는 청중들에게 두루두루 인사하고 끝마쳤다.

상은 스탠우드에게 다가가 통성명을 하고 말을 나눌 것을 청했다. 스탠우드는 강연장 뒷자리에 앉았다.

"궁금하신 게 있습니까?"

상은 합천까지 내려오게 된 계기를 말하고 탐정이라고 밝혔다.

"배홍동이라는 분은 모르지만, 기억나는 소녀는 있습니다. 지금부터 10여 년 전에 저는 이곳에서 선교사 일을 도왔죠. 그리고 조선의 지리와 생물 등에 대해 연구를 했습니다. 그때 즈음 한 소녀가 여기 교회당을 다녔습니다. 그 소녀는 다른 조선 여인들과 다르게 용감하게 고민을 토로했죠."

"소녀의 이름은 뭡니까?"

"이름은 기억이 안 납니다."

"어떤 고민을 토로했습니까?"

"소녀가 묻기를 아버지가 죽으면 이 고통이 사라지느냐였죠. 저는 과학자로서 이렇게 말했습니다. 죽은 물질은 다른 장소로 이동해 순환한다고요. 소멸하는 게 아니라 영원히 순환하는 거라 했습니다. 괴담에는 동서고금을 불문하고 비슷한 패턴이 있죠. 그런 관점에서 그렇게 말한 겁니다. 그게 다입니다. 소녀가 기도문을 서낭당에 둔다고 했던 것 같습니다. 여기 교회당에는 기도문을 보관하지 않거든요."

"그런데 괴담에 패턴이 있다뇨?"

구보가 의아하여 물었다.

"각별한 친구가 중병을 얻어서 요양원에 입원했습니다. 그런 지 6개월이 지났는데 어느 날 잠결에 선득한 느낌이 들어 눈을 떠보니, 장지문 앞에 친구가 웃으면서 돈을 내밉니다. 빌린 돈을 갚으러 왔다고 하는데 손이 무척 차갑습니다. 친구는 그러고 나서 항상 쓰고 다니던 털모자를 쓰고 방을 나섭니다. 다음 날 일어나 보면 친구가 준 돈도 없고 꿈인가 싶지요. 하지만 그는 오전에 전화를 받습니다. 친구가 요양원에서 간밤에 죽었다고요."

구보도 비슷한 이야기를 들은 적이 있었다. 망자가 다녀간다는 이야기. 자신의 원수나 친한 친구에게. 혹은 이웃에게 맡겨진 자녀에게.

환자가 다녀갔다고 하지만, 어김없이 그날 밤에 환자는 병원에서 죽었다고 했다.

스탠우드는 진지한 표정으로 말을 이었다.

"저는 괴담에는 어느 정도의 사실도 포함된다고 봅니다. 과장도 있지만요. 영혼이 물질의 한 형태라면 그 물질이 다녀간 것입니다. 그런데 선생들은 누구시기에 이 일을 묻고 다니시는지요."

구보는 그간의 일을 간략하게 말했다. 스탠우드는 고개를 끄덕였다.

"그렇다면 탐정 일 하시기 전에는 작가셨다고요? 마침 두 분께 부탁이 있습니다. 이곳에서 며칠 머무시면서 강연도 들으시고 특이한 체험을 하시죠."

"체험이라니요?"

"제가 하는 연구가 있습니다. 조선과 일본의 괴담을 채취하고, 실제로 그런 일이 벌어지는지 연구하는 중입니다."

구보는 깜짝 놀랐다.

"실제 벌어지는지 연구하다뇨?"

"괴담은 사회적 상황과 시대정신을 나타냅니다. 이는 최남선 선생의 생각도 동일합니다. 그분의 강연에서 들었어요. 괴담은 이유 없이 파생되어 떠돌지는 않습니다. 원인 결과가 분명히 있죠. 테이 고래도 인간을 잡아먹는 괴수라는 이야기가 돌아 전시가 성공했죠. 저는 괴담의 상황을 연출한 후에 그런 일이 실제로 일어나는지 관찰합니다."

구보는 의아했다. 서양에서는 심령학, 악마주의를 대단하게 연구한다는데 그런 건가 싶었다.

스탠우드는 으스스한 괴담을 연달아 말했고, 괴담은 괴이한 물질로 순환한다는 논리로 말을 끝냈다. 그러고 나서 이렇게 말했다.

"부디 두 분이 저를 도와주세요. 저도 일을 도와드리겠습니다."

당황하는 구보와 달리 상이 흔쾌히 답했다.

"그러죠. 저희도 배홍동 씨의 행방을 캐면서 며칠 묵죠."

"고맙습니다. 저는 괴담과 범죄 발생을 새로운 각도로 보고 있죠. 괴담은 사람 모이는 곳, 즉 도시에 많습니다. 미제사건 뒤에는 수많은 괴담이 따라붙죠. 그 괴담 중에는 터무니없이 과장된 것도 있지만, 잘 들여다보면 진실을 캘 수 있어요. 죽첨정 영아 시신이 발견된 사건도 서양인들이 약으로 쓰려 했다는 괴담이 많았죠. 그러나 이웃이 아이의 병을 구완하려 무덤에서 파낸 겁니다. 아이 시신으로 병을 낫게 하려는 미신이 괴담이 됐고, 수사의 근거를 마련해 범인을 잡은 거죠."

스탠우드는 상과 구보와 갖가지 토론을 한 후, 2층에 가장 안쪽 방에 안내했다.

구보가 창문을 여니 낭떠러지가 어슴푸레한 어둠 속에 보였다. 식사를 했던 정자와 경사가 가파른 계단이 보였다. 까마득한 절벽에서 밥을 먹고 계단을 올라 다녔다니 놀라웠다.

"참으로 이상한 곳일세. 과연 교회당인지도 의심스럽군."

"절벽에서 절경 감상과 특이한 강연, 맛있는 음식까지 먹을 수 있다니 괜찮지 않은가."

그날 밤 그들은 느지막이 잠이 들었다. 구보는 한밤중에 눈을 문득 떴다. 상이 없었다. 대체 어디로 간 것일까?

구보는 몸을 일으켜서 방을 나갔다. 조심스레 계단을 내려가 밖에 나가려 했다. 하지만 문이 열리지 않았다. 잠가둔 모양이었다. 아래에 자물쇠가 걸려 있는 게 눈에 들어왔다. 구보는 몸을 돌렸다. 희미한 신음이 들렸다. 덜컥 겁이 났다.

"게 누구요?"

작게 소리를 냈지만 고요한 복도 저편에는 신음 소리 외에 인기척이 거의 없었다. 다만 복도 저편으로 불빛이 보였다. 구보는 조용히 걸었다. 삐걱거리는 나무판자 소리가 귀에 거슬렸다.

1층 저 끝 어둠 속에 있는 구석진 방에서 소리가 들렸다. 구보는 열린 문틈으로 훔쳐봤다. 전등불 아래 한 남자가 수술대 위에 묶여 신음을 냈다. 그 앞에서 스탠우드 교수가 남자의 다리를 혁대로 졸라매었다. 남자는 고통에 겨워했다.

구보는 문 뒤에서 벌컥 나와 소리를 질렀다.

"스탠우드 교수! 이게 무슨 짓이오? 사람에게 고문을 가하다니 말이오!"

그는 구보를 돌아보고는 반가운 기색을 띠었다.

"마침 잘 나타나셨습니다. 저의 실험에 동참해 주시지요. 거대한 고래는 사람들 사이를 다니면서 고통을 겪고 아픔을 감수하면서 결국에는 괴담의 소재가 됐죠. 제가 강연의 소재로 삼을 정도로 영원한 상징물로 남았잖습니까?"

"박사! 이게 무슨 짓이냐구요?"

"왜 괴담이 생성되는지 아십니까? 물질은 돕니다. 콜레라, 이질 같은 역병은 다른 사람에게서 옮죠. 오래전부터 중국에서는 천연두를 예방하려고 종두법을 실시했습니다. 감염으로 병이 는다는 걸 알았죠. 고래도 작살을 맞아 죽은 게 아니라 괴이한 물질에 감염되어 죽은 것이죠. 사람과 접촉해 서로 간에 물질이 전이되었어요. 물질 순환 때문이죠."

"그게 이 남자를 괴롭히는 것과 무슨 상관이오?"

"괴롭히다뇨? 서양도 미개한 시대에는 병이 악령이 침투해 생기는 거라 했지만, 이제는 미세생체물질에 의해 옮는 것으로 봅니다. 이 사람도 괴질에 걸려 내 도움을 받는 중입니다."

스탠우드는 갑자기 수술용 나이프를 들고 남자에게 다가갔다.

"이봐요! 당신 의사 아니잖소?"

"의사도 못 고쳐 나에게 왔고, 마취약도 없는데 잘 참고 있으니 괜찮습니다. 다리를 압박해 피를 장기에 모아서 괴질 물질이 한 번에 모였을 때 제거 수술을 하려 합니다."

구보는 어안이 벙벙했다. 왜 이렇게 황당한 소리를 한단 말인가? 그리고 상은 대체 어디로 갔는가?

스탠우드는 구보와 시선을 맞추고는 의중을 읽었다.

"구보 선생, 이상 선생도 괴질에 옮아 차례를 기다리고 있어요."

"뭐요?"

"지체하면 이 환자는 괴질 물질이 장기를 녹여, 흐물흐물한 피가 온몸의 구멍으로 흘러나오게 됩니다."

구보는 당최 믿을 수 없었다. 그는 스탠우드의 손목을 잡고 강하게 압박했다.

"일단 안 됩니다. 경성의 병원에 보내시오. 그리고 상에게 안내하시오!"

"거기서도 포기했다니까요!"

으아아, 남자의 신음은 거칠었고 구보는 스탠우드와 대치하고 몸싸움을 했다. 이러지도 저러지도 못했다.

스탠우드가 갑자기 진정하고 나이프를 내리더니 한숨을 쉬었다.

"구보 선생, 당신의 몸에 역병이 있소. 나의 수술을 받으시오!"

"뭐라고? 저, 저리 가!"

"구보 선생, 안 아파요. 금방 잊혀요. 테이 고래처럼 불멸의 상징으로 남읍시다."

구보는 뒤도 안 돌아보고 달려 나갔다. 복도의 어두운 구석에 숨었는데 온몸에 무언가 스치는 기분이 들었다. 실제로 느낀 감각은 아닌데 뭔가 지나간 느낌이었다. 뼈 마디마디가 시리고 통증이 왔다. 구보가 눈을 크게 떠서 어둠 속을 보는데, 스탠우드의 광기에 찬 얼굴이 코앞에 보였다.

"구보 선생!"

구보는 아아아 소리를 질렀지만, 가위에 눌려 목소리가 안 나왔다. 꿈을 꾼 시간은 살아온 평생보다 더 긴 시간이 흐른 것처럼 여겨졌다. 온몸이 긴장되고, 털이 곤두서고, 소름이 돋았다. 손가락 하나 까딱할 수 없었다. 비명도 지를 수 없는 공포감이 들었다. 입이 조금씩 열려 말문이 텄다.

"상, 상이."

옆에 반듯하게 누운 상은 미동도 없었다. 구보는 새벽부터 겁에 질려 다시 잠에 들지 못했다. 아침이 되자 어제 안내한 여자가 왔다. 그녀는 정자에 차려준다고 했지만, 구보가 거절했다. 잠시 후 간단한 조식이 방으로 들어왔다. 구보는 밥을 뜨는 둥 마는 둥 했다.

"절경을 보며 먹는 것도 마다하고 왜 그런가? 하루 사이 수척해 보이네."

"나 배홍동이 왜 실종됐는지 알겠네."

"응?"

"여기 분위기가 안 좋아. 일단 마을로 내려가 경성으로 올라가세나."

이때 노크 소리가 들렸다. 에흠, 헛기침 소리가 났다.

"들어오십시오."

스탠우드였다. 구보는 그의 얼굴을 보자마자 꿈이 생각나 소름이 쪽 끼쳤다.

"식사는 잘 끝마치셨는지요?"

"네. 그렇소."

"어째 구보 선생님은 불편해 보입니다."

"잠을 설쳐서 그래요."

"악몽을 꾸셨습니까? 제가 나왔습니까?"

구보는 소름이 끼쳤다. 뒷덜미가 서늘했다. 무심코 고개를 끄덕였다.

"역시 그렇군요. 제 실험은 선생에게도 듣는군요. 괴담과 물질의 순환, 역병에 관련한 꿈을 꾸셨지요?"

"맞습니다."

"괴담은 사람들의 심리에 또 다른 사고의 씨앗을 남겨서 발전하고 떠돈다는 물질순환설에 부합합니다. 실험이 성공했네요."

구보는 화가 왈칵 솟았다.

"어제 이야기는 모두 우리를 실험하려 한 거요?"

"궁금하시면 제 방으로 오세요. 1층의 구석에 있습니다."

스탠우드는 그 말을 던지고 나갔다.

"상이, 배홍동이고 뭐고 내려가자구, 더 얻을 게 없어."

상은 씩 웃었다.

"아니, 조금은 호기심이 생기는데? 가보자구."

상은 성큼성큼 앞장서서 문을 드르륵 열고 방을 나갔다. 계단으로 내려가 1층 구석에 있다는 방 앞에 상이 먼저 가 섰다. 구보도 마지못해 뒤따라가서 섰는데, 상이 안으로 들어섰다.

구보는 상의 어깨너머로 방의 풍경을 보았는데, 신기하게도 꿈에서 본 실험실과 비슷했다. 다른 점은 수술대 대신 중앙에 의자가 있었고, 그 주변으로 여러 기계가 있었다. 방바닥은 다다미였지만, 실험 기계로 서양의 실험실 같은 분위기였다.

"들어오시죠."

스탠우드의 목소리가 울렸다. 구보가 주변을 둘러보니 저쪽 벽의 문으로 그가 들어왔다. 방 안에 또 다른 공간이 있는 모양이었다. 문을 닫으니 벽지로 마감되어 있었다. 누가 봐도 문이 있는 줄 모를 터였다.

"의자에 앉으시죠."

구보는 얼결에 스탠우드가 권하는 중앙의 의자에 앉았다.

"저는 이 기계로 사람의 성격과 체질을 파악할 수 있습니다."

상은 지켜보았다.

스탠우드는 구보의 머리와 손발에 기계와 전선을 이었다. 그는 기계의 레버를 당기고 버튼을 누르는 등 요란하게 행동했다.

"구보 선생, 나와 같이 미국으로 건너갑시다. 재단에서 연구비는 무상으로 대줄 것이오. 선생의 특이한 체질과 지적 능력은, 조선과 미국의 괴담 비교 연구와 관련해 인종적으로 특이기질이 순환되는 걸 증명할 수 있소."

구보는 남자의 말을 들을수록 귀신이 나락 까먹는 것처럼 괴이하게 들렸다.

"아니요. 호의는 고맙지만 이제 상과 함께 배흥동 씨를 찾으러 산을 내려갈 것입니다."

구보는 전선을 다 떼어내고 분연하게 일어섰다. 스탠우드는 이전까지 지어본 적 없는 험악한 얼굴을 했다.

"세인트루이스 전시회라고 들어보셨소? 거대한 고래를 이용하던 미개하고 비용이 드는 전시는 끝났지. 죽은 고래로 무슨 돈을 벌겠어? 1877년부터 1912년까지 자그마치 20번이나 넘는 대박 흥행 전시회가 파리에서 열렸어. 그 전시회는 바로 인종 전시회야. 에스키모인, 남미인, 코사크인, 소말리아인, 카리브 인디언, 인도인에 이르기까지 전 세계 다양한 인종을 구경거리로 삼았지. 난 말이지, 그보다 큰 전시회를 기획하고 있어. 조선인 중에 남녀노소, 그리고 당신들 같은 지식인도 전시해서 다채로운 볼거리를 만들 거야."

구보는 아연실색했다. 눈앞의 박사인 척하는 남자는 인종 사냥꾼이자 노예상인에 불과했다.

"무, 무슨 말을 하는 거야! 어서 내보내 줘."

"난 눈앞에 들어온 사냥감은 죽기 전에는 돌려보내지 않아."

스탠우드는 갑자기 뒷문을 열었다. 건장한 남성들이 들이닥쳐서 그들을 붙들었다.

"클로로포름은 위험하지만 이것보다 확실한 것은 없지."

남자들이 팔을 붙들고 주사를 놓으려는 찰나, 상이 대차게 물었다.

"배홍동 씨도 당신이 납치한 것인가?"

"난 건강하지 않은 사람에게는 관심 없어. 자네들 말을 들어보니 건강한 종자는 아니었던 것 같던데. 자네들이야말로 인종 전시회 상품에 제격이야. 자, 어서 마취하도록."

구보의 팔에 주사기를 대는 순간, 상은 붙든 남자의 팔 안쪽으로 두 손을 들어 올려 결박을 풀었다. 그런 뒤 남자의 목덜미에 수도를 내려쳤다. 남자가 고꾸라지자 이번에는 구보를 결박한 사내에게 주먹을 날렸다.

"상이, 이제 어쩌지?"

"뭐 어째? 어서 도망쳐!"

상과 구보는 즉시 스탠우드를 밀치고, 사내들이 들어온 문으로 뛰쳐나갔다. 어두컴컴한 통로가 이어지면서 계단이 나왔고 지하 통로가 드러났다. 상과 구보가 통로를 헤쳐 나오자 빛이 문틈으로 살포시 보였다. 상이 오른 어깨로 나무문을 쾅 부딪쳐 밀어내자, 환한 바깥세상이 나왔다. 정자가 보였다. 구보는 상을 따라나섰다.

뒤에서 웅성대며 사내들이 쫓는 소리가 났다.

"어떡하지? 상이! 절벽에서 뛰어내려야 하나?"

"무슨 큰일 날 소리."

구보가 깎아지른 절벽을 내려다보는데 상이 재촉했다.

"여기 밑에 계단이 있어!"

상은 절벽을 파서 만든 계단을 가리켰다. 구보는 아찔했으나 상을 따라 돌계단을 미친 듯이 내려왔다. 다행히 줄이 매달려 있어 손으로 붙잡고 내려왔다. 사내들은 더 이상 쫓아오지 않았다. 산길을 몇 미터 앞두고 구보는 돌계단에서 발을 헛디뎌 굴렀다. 상이 부축해 간신히 일어났다.

"어서 가지."

구보와 상은 그렇게 산을 내려가 간신히 황영수의 집으로 돌아왔다.

그들은 황영수의 도움을 얻어서 근처 주재소 순사들에게 신고했다. 하지만 날이 늦어 다음 날에야 순사들이 왔다. 의룡산에 순사들과 같이 오르니 정상에 위치한 교회당은 텅 비어 있고 세간살이와 요란한 기계 같은 것만 몇 남겨져 있었다.

구보는 도무지 의아했다. 어떻게 하룻밤 만에 다들 어디론가 사라졌는지 궁금했다. 그리고 그날 이후, 마을에 몇몇 청년과 소녀들이 실종됐다는 소문만 무성했다.

그 사건은 그렇게 끝나고 구보와 상은 이틀을 더 머물렀다. 내일은 경성으로 소득 없이 돌아가는 날이 되었다.

황영수는 밤에 부침개와 막걸리를 대접했다. 툇마루에 앉아 음식을 먹는데 비가 조금씩 왔다. 황영수는 술을 한두 잔 걸치더니 달을 보고 부슬부슬 내리는 비를 손으로 받으며 노래 한 자락을 뽑았다.

인생 일장은 춘몽이고 세상 공명은 꿈 밖이로구나
생각을 하니 인생 가는 거 서러워 나 어이 할까요
이리 가도 십 리요, 저리 가도 십 리요
좌우 십 리에 님을 만나, 님의 손을 내가 잡고, 나의 손은 님이 잡아
님이 울면은 내가 울고 나도 나 울면은 님도 운다

황영수가 〈수심가〉를 구슬프게 뽑았다. 노래를 마치고 나직한 목소리로 말을 이었다.

"아바이가 좋은 인간은 아니다카이. 술에 절어 살면서 비가 오면 미친 사람인 것처럼 산이고 강이고, 천지사방 뛰다니고 진주가 걱정했다. 아비가 천지삐가리로 돌면서 빚을 져갔고. 숨어지내고 돌아다니꼬 우리 집이 젤루 오래 있었지. 진주 가시나가 아깝제."

그렇게 밤을 보냈다. 다음 날 그들은 경성에 올라왔다. 경성에 온 이후부터 상은 구보에게 말도 남기지 않고 어디론가 쏘다녔다. 분명히 무언가를 알아보는 중이었다.

어느 날 저녁, 다방에 들어앉아 글을 쓰던 구보에게 상이 문 열고 들어와 외쳤다.

"구보, 전신국에서 교환원이 통화 시간을 재기 위해 의도치 않게 감청하는 걸 들어본 적 있나?"

"어? 정말 그런가? 이런! 불륜 상대와 전화하는 남자들은 조심해야겠군. 남이 듣는다는 걸 알면 함부로 말은 못 하겠지."

"알아낸 사실이 있네."

"배홍동 씨가 계시는 곳을 알아냈단 말인가?"

"아니. 장소는 모르지만, 상태가 어떤지 대충 감이 왔단 말이야. 어서 수족관으로 가보세."

상은 구보를 일으켜 세워 다방을 나가 재빨리 걸었다. 구보는 상의 빠른 걸음을 따라잡았다.

"이게 다 무슨 일인가?"

"가서 물어봐야 될 게 있네. 조치는 취해놓았네."

"조치라니?"

"가보면 알아."

그들은 바삐 뛰듯이 걸어 열대 수족관에 도착했다. 유리문 안으로 들여다보니 물고기들에게 밥을 주는 배진주가 보였다. 상은 문을 열고 들어갔다. 배진주가 미소를 띠었다.

"이상 선생님, 구보 선생님. 오셨어요?"

배진주는 굳은 표정을 지었다.

"아버지 일을 알아내셨나요?"

상은 고개를 저었다.

"다른 걸 물어보러 왔습니다. 전신국에서 교환원들이 고객 통화를 감청한다는 사실을 알고 있습니까?"

배진주의 얼굴이 하얗게 변했다.

"타인의 사생활을 엿듣는 것은 안 되죠. 하지만 교환원은 통화 시간을 알아내 요금을 판단해야 하기에 감청하죠. 교환원을 찾아가 열대 수족관 전화번호를 주고 감청한 사실이 있는지 물어보았소. 당신은 배홍동이라는 사람이 무연고자 묘에 들어왔는지 일주일마다 한 번은 물어봤지. 합천 경찰서가 관할하는 무연고자 묘지 사무소에 말이오. 그것도 가호리 부근을."

배진주가 상체를 덜덜 떨다가 입술을 지그시 깨물었다.

"당, 당연한 거죠… 실종됐으니 걱정되어서 그런 거잖아요."

"하지만 실종되고 나서 바로 물어보았으니 의심이 될 수밖에. 교환원은 2년 전부터 주기적으로 걸려오는 당신의 전화를 기억했지.

게다가 전보가 잘못 배달돼 다시 돌아간 것도 알지."

"뭐, 뭐라고요?"

"글자 수에 따라 전보 요금을 받기에 보통 사람들은 어떻게든 글자 수가 적어지기를 원하지. 그래서 실수가 생기고. 종로의 2정목에 다른 수족관이 있소. 종로 수족관이라는 데지. 그곳으로 전보가 잘못 보내진 적이 있지. 사실은 여기 수족관에 보내져야 되는 거였지. 종로 열대 수족관으로. 당신이 하도 무연고자를 수소문하니, 무연고자가 나오자 전보가 보내진 거지. 내용은 합천 가호리 지역에 시신이 발견돼서 확인하러 오라는 것이었어. 〈받는 이 종로 수족관, 합천 무연고사망자 확인 요망.〉 합천 묘지 관리사무소에 전화를 했다가 전보 반송을 확인하고 전신국에 가서 알아보고 온 길이오."

배진주가 손을 덜덜 떨었다.

"그, 그래서 어, 어쩌자는 건데요. 무연고자 시신이 우리 아버지라도 되는 거예요? 그걸 알려주려 온 거예요?"

"아니, 전화로 알아보니 그 시신은 인근에 사는 사람이 인수해 갔소. 왜 그렇게 아버지가 시신으로 발견되는 걸 알아보려 한 건지 궁금하오."

"말씀드렸잖아요! 실종돼 걱정되어서 그랬다고요!"

배진주의 격앙된 목소리에 상은 차분하게 물어봤다.

"대체 합천에서 아버지와 무슨 일이 있었소?"

배진주가 사색이 됐다.

"2년 전 무슨 일이 있었소?"

배진주는 말을 잇지 못했다. 상은 결심한 듯 입을 열었다.

"아비를 용서할 힘을, 주님이 어린 양에게 내려주셨습니까?"

상의 도발에 배진주는 화들짝 놀랐다.

"네? 뭐라고요?"

상은 조용히 종이를 내놓았다.

"이 기원문을 뒷산 서낭당 제단에서 가져왔소. 당신이 쓴 것이 아니라면 가련하고 핍박받는 소녀가 쓴 기도문이겠지."

배진주는 누런 종이를 받아 들었다. 그녀는 종이를 구기고 두 손으로 얼굴을 가렸다.

"저를 땅바닥까지 끌고 내려가는군요. 다방으로 전화를 드리지 말았어야 했죠. 흐흑."

배진주는 오열했다. 상은 잠시 기다렸다. 구보는 배진주의 입에서 무슨 말이 나올까 자못 궁금했다.

"아버지는 합천에 있습니다."

구보가 놀라 되물었다.

"네? 황 박사님 댁에 묵고 계시나요? 우리가 내려갔을 때는 안 계셨어요."

배진주는 고개를 저었다.

"아뇨. 강물에 쓸려 내려가셨어요. 어, 어디로 가셨는지는 저, 저도 모, 모르겠어요."

배진주는 온몸을 떨면서 긴장을 했다. 상이 어깨에 손을 얹고 진정을 시켰다.

"꿈속에서 바다로 가 떠돌고 계셨어요, 정말로 바다에 계신 걸까요?"

"자세하게 말하시오."

"전, 전화가 먼저 왔어요. 뜸하게 이어지는 목, 목소리……."

2년 전 일이었다. 배홍동은 집을 나간 지 수개월이 지났다. 연락도 안 됐다. 배진주는 새어머니에게 물어보았으나 모른다는 말뿐이었다.

배진주는 잊으려 했으나 뒷골을 당기는 무언가가 편하게 해주지 않았다.

그러던 어느 날 가게로 전화가 왔다.

—진… 진주야… 합, 합천에 있다…….

그였다.

'왜 그는 사라지지도 돌아가지도 않는 걸까. 왜 끈덕지게 붙어 있는가.'

배진주는 지옥에서 걸려온 전화를 받은 것 같았다. 끔찍하게 싫었다.

가슴속에 오래도록 뭉친 것이 꽉 막혔다. 음식을 못 먹었다. 혹은 밤에 솥째 밥을 퍼먹으며 폭식을 했다. 속에 든 이 말을 그 남자에게 꼭 해주고 싶었다.

'우리는 이제 다른 길을 가야 됩니다. 저는 다 컸습니다. 서로 도움이 되지 못하고 억누르는 억압된 관계라면 해방되어야 합니다. 이보세요, 세상에 공짜는 없어요. 대가를 치러야 합니다. 그런데 그럴 수 없으니 제발 사라지세요.'

그녀는 수없이 가슴속으로, 머리로 되뇌었지만 답답했다. 얼굴을 보고 해줄 말이었으나 그럴 수 없었다.

배진주는 그를 찾고자 했다. 다음 날부터 전화를 기다렸다. 그러나 전화는 한 달이 지나도 없었다. 배진주는 그를 찾으러 가고자 결심했다.

"아버지를 찾아서 여름철에 합천으로 내려갔어요. 왜 그랬을까 기억을 더듬어 보자면 운명이라는 말밖에 할 말이 없어요. 저는 물고기 먹이를 주고 관리해야 되는 의무감으로 아버지를 한 번도 찾으러 나서지 않았어요. 하지만 여름에 정말 장맛비가 하늘이 뚫린 듯이 쏟아지고, 마음은 천방지축으로 뛰놀고 일도 손에 안 잡혔죠. 간신히 사람을 구해 가게를 맡기고 합천에 내려갔어요. 노숙을 해가며 험한 여정이었죠. 황 박사님은 여행을 가셨는지 집이 비어 있었어요. 느낌이 있었어요. 아비는 장맛비에 뛰쳐나온 물고기들을 노획하러 황강으로 갔을 거라는 느낌. 비가 거세면 물고기들은 바위 밑에 숨어 있죠."

배진주는 눈을 위로 뜨고 허공에 시선을 두었다. 기억을 생생하게 더듬으며 손을 올려서 서서히 흔들었다.

"미친 듯이 황강으로 내달렸어요. 가는 데가 있어요. 둘이서 고기를 잡던 곳. 그곳으로 내쳐 달렸어요. 비가 온몸을 휘감아 돌았죠. 도착했을 때, 강에 아버지가 있는 것을 보았어요."

배진주는 온몸을 떨다가 가까스로 진정을 했다.

"강으로 홀린 듯이 들어갔죠. 하늘이 뚫려 비가 무진장 왔어요. 소낙비가 내리면서 우레가 치더니 황강은 엄청 불었죠. 아버지와 저는 강 속에서 오도 가도 못 하고 점차 떠내려가듯이 밀려났어요. 아버지가 손을 내밀었죠. 다른 한 손에는 여전히 어망을 붙들고요. 저는 오른손으로 가까스로 떠내려 오는 나무둥치를 잡았어요. 그리고 다른 손을 내밀었죠, 그의 손이 잡힐 듯 말 듯했어요. 손가락이 잡히려는 순간, 이 손을 거두고 그를 가게 하고 싶다는 욕구가 치밀었어요. 그러면 나는 해방이다. 물고기들도 내가 모두 기를 수 있다. 무엇보다 아버지로부터 영원히 해방이 된다."

배진주는 잠시 말을 멈췄다. 그리고 심호흡을 한 다음에 천천히 이어나갔다.

"그, 그래서 손을 놔버렸죠. 저는 나무둥치를 잡고 떠내려 오다 강둑에 닿아 살아났어요. 저는 아버지를 놔주었습니다. 강물에."

배진주는 말을 멈추고 골똘히 생각했다.

만, 만약.

'우리는 이제 다른 길을 가야 됩니다. 저는 다 컸습니다. 서로 도움이 되지 못하고 억누르는 억압된 관계라면 해방되어야 합니다. 이보세요, 세상에 공짜는 없어요. 대가를 치러야 합니다. 그런데 그럴 수 없으니 제발 사라지세요.'

이 말을 그 앞에서 해버렸다면 벗어났을까. 그러면 다시는 얽매이지 않고 훌훌 털고 걸어나갔을까. 그가 죽어서도 벗어나지 못하는데, 그 살아생전 이 말을 했으면 벗어났을까? 그럴까?

배진주는 깊은 생각에서 현실로 왔다.

"왜 내가 낙서를 남겨 두 분이 절 찾아오게 했는지 궁금하시죠?"

상은 의중을 찔린 듯 놀란 얼굴로 봤다. 그녀는 즉답을 피하고 화제를 돌렸다.

"모든 예쁜 것들은 독이 있죠. 장미에 가시가 있듯이. 파란고리문어는 앙증맞고 화려한 색감을 지녔지만, 복어의 독과 같은 독을 피부, 이빨, 먹물에 가지고 있어요. 제가 왜 이 아이들을 좋아하는 줄 아세요? 누가 건드리지 않으면 절대로 먼저 해치지 않는다고요."

배진주는 맨손을 어항 속에 넣어서 해파리와 문어를 잡으려고 했다.

"그만두시오."

상이 나직하지만 강하게 말했다.

배진주는 고개를 저었다.

"안 죽을 수도 있어요. 오히려 복어의 독에 중독되어서 복어만 따라다니는 물고기들도 있다니까요. 궁금하지 않으세요? 저는 가끔 인생이 무료할 때는 얘들을 만져요. 죽을 수도 안 죽을 수도 있는 러시안룰렛에 불과하니까."

배진주는 푸른빛을 발하는 문어를 꺼내서 구보에게 내밀었다. 구보는 주춤 물러났다.

"예쁘지 않나요? 서양인들은 문어를 기피하죠. 성경에 비늘이 없는 물고기는 먹지 말라고 적혀 있어서. 다른 이유도 있어요. 문어 같은 두족류는 수컷이 채 자라지 않은 미성숙한 암컷과 교미를 해요. 참으로 음흉한 요괴들이죠. 그러니까 이 문어가 발하는 오묘한 빛은 독을 의미하죠. 만져봐요."

"밖에 경찰들이 와 있소. 그만두시오."

상이 말하자 배진주는 미친 듯이 문어를 거세게 바닥에 내동댕이

치고, 뒷문으로 달렸다. 그러나 뒷문에 경찰들과 군중들이 에워싸고 있었다.

언제 소문이 났는지 자신의 아비를 숨지게 한 딸을 보러 사람들이 모여 웅성댔다.

기무라 형사가 다가와 수갑을 채우려는데 배진주가 발악을 했다.

"당신들 중에 단 한 사람도 아비의 폭정에 분노한 사람이, 단 한 사람도 없소?"

군중들은 배진주에게 진흙과 개똥을 던졌다.

배진주를 따라 나온 구보가 제안했다.

"어서 수갑을 차고 경찰서로 이동합시다. 여기 있다가는 위험해요."

"아뇨. 난 당당해요. 아버지는 저를 건드렸어요. 짐승입니다. 그렇게 한 게 정당해요! 당신들 중에서 저에게 공감하는 사람이 없나요?"

여인네 중에 하나가 눈물을 터뜨리고 앞치마로 훔쳤다. 배진주는 희미한 안도감을 느끼면서 수갑을 받았다.

구보는 배진주가 자신에게 연민을 느끼는 아낙네의 위로를 받았다고 생각했다.

배진주는 눈물을 흘리며 기무라에게 진심으로 물었다.

"형사님, 제가 잡혀가면 이 물고기들은 누가 돌볼까요?"

군중들이 야유를 보내며 돌을 던졌다.

"돌봐줄 사람을 알아보겠으니 걱정 마시오."

"제발 아무 데나 싼값으로 처분하지 마세요. 제가 돌아올 수 있을지 모르지만, 잘 돌봐줄 사람을 구해주세요. 이 아이들은 살아 있는 것만으로도 존중받을 가치가 있어요."

누군가 고함을 쳤다.

그깟 물고기가 아버지보다 중하냐? 네년은 살인자다! 아비를 죽인 살인자! 근데 물고기 생명은 중하냐!

구보는 흥분하는 군중 속에서 경찰차에 오르는 배진주를 심란하게 봤다. 그녀의 어깨는 축 처졌고 옷들은 오물에 뒤덮였다.

그동안 죄책감으로 얼마나 힘들었을까. 아버지를 실종으로 만든 후 2년 동안 열대어와 앵무새, 문어와 해파리 등의 생물들 사이에서 허우적대고, 위로를 받으면서 고독했을 것이다.

'그 심연의 바닷속을 누가 들여다볼까. 그 상황에 처하지 않으면 절대로 모르는 것을.'

법의 잣대로 재단해 형벌을 부과하는 인간이 해줄 것은, 연민의 눈물 한 방울조차 없을 수도 있다.

한 달 후 전해 들은 소식으로는 배진주는 존속살해 혐의로 사형이 구형됐으나, 배홍동의 시신이 없는 이유로 살해 혐의를 입증할 수 없어 종신형으로 감형됐다고 했다. 배진주는 여전히 재판 과정 중이라고 들었다. 그리고 배진주가 주장하는 배홍동의 폭력과 성폭력 등도 조사 중이라고 했다.

재판정에서 진실이 밝혀질까 궁금하기도 했다. 화장실 낙서에 재판은, 신도 부처도 재판장도 모두 돈 돈 돈이라던데.

구보와 상은 오랜만에 관훈정에 가서 화랑에 걸린 그림들을 구경했다. 그림을 감상하던 중에 구보가 질문을 던졌다.

"배진주가 배홍동에게 당한 폭력이 입증되면 정상 참작이 되어 감형되겠지? 그리고 단지 손을 놓은 것이지 않은가."

상은 의미심장한 미소를 지었다.

"강물에서 손을 놓은 것이라는 것도 배진주의 말일 뿐이야. 진실은 모르지. 게다가 배진주의 친모는 안 계시니, 어릴 적 학대도 어느 말이 진실일지 아무도 모르지. 하지만 지금 검사는 배진주가 수족관을 빼앗기 위해 배홍동을 죽였다는 데 집중하고 있네. 부녀간의 재산 다툼으로 인한 범죄를 입증하려 해. 아버지 밑에서 5년이나 직원으로 근무하다가 실종 상태로 만들고, 2년간은 자신이 사장으로 있었다니 의심은 되지."

"만약에 그렇다면 말이야. 배진주는 왜 아버지의 가게를 탐냈을까. 자신을 폭행했던 사람 밑에서 일한다는 게 이해가 되지 않아. 선교사 집안의 하녀로 들어가도 급료는 제법 나올 터인데."

"난 그녀가 생명체들을 사랑했을 거라 보네. 독립해서 차리기는 힘드니 그런 일을 실행할 수밖에. 거기에 온 신경이 꽂혀 있으면 그걸 해내지 않고는 못 배기지. 나라면 다른 수족관의 직원으로 일할 텐데. 생명체들을 떠나기에는 너무도 사랑했겠지. 우리가 보기에는 다 같은 물고기라도 그녀에게는 모두 다른 개체일 테지."

구보는 고개를 갸우뚱거렸다.

"배진주가 당한 일은 우리가 상상하는 것보다 큰일이 아니었을까? 그 아비는 정말이지 죽어 마땅한 자이고 말이지."

상은 나직한 목소리로 말했다.

"자네, 스탕달 신드롬을 아는가?"

"스탕달이 귀도 레니가 그린 베아트리체 첸치의 초상화를 보고, 순간적으로 정신을 잃는 충격을 받았다는 것 말인가?"

"그렇지. 이후 스탕달 신드롬이라는 말은 예술 작품을 보고 받는 정신적 충격을 의미하게 되지. 요는 말이야. 16세기 귀족의 딸 베아트리체 첸치는 아버지에게 성폭행을 당해, 아버지를 살해하고 처형됐다는 전설이 전해졌지. 초상화는 사형장에 끌려가기 전이라는 말도 전해지고. 확실한 내용은 아무도 몰라. 베아트리체와 그 아버지 말고는 말이지. 배진주가 말하는 것만으로는 배홍동에 관한 걸 증명해 줄 수는 없어. 우리는 범인을 잡는 것에 그치고 진실은 영원히 드러나지 않을 수 있다는 말을 하고 싶어."

구보는 아리따운 소녀의 초상화를 보면서 고개를 끄덕였다. 화가가 말하는 진실은 소녀의 눈빛 한 자락에 담겨 있으나, 그것을 확실하게 아는 사람이 얼마나 될까. 다만 느낌으로 짐작해 나갈 뿐.

몇 개월이 지난 후, 상은 다방에 나온 구보를 재촉했다.

"어서 나설 준비를 하세나. 가봐야 될 곳이 있네."

"어디인데?"

"가보면 아네."

상이 다급하게 택시를 불러 간 곳은 서대문형무소였다. 무엇을 하러 이곳에 왔나 의아했다.

"내가 면회 신청을 했지. 처음에는 거절하더군. 그러다 허락했어. 그게 오늘이야."

구보는 상을 따라 교도관이 열어주는 문 안으로 들어갔다. 거대한 철문 안에 또 다른 세상이 있었다. 너른 운동장 벌판이 있었지만 뛰어노는 이가 없었다. 붉은 벽돌의 건물이 위압적으로 다가왔다.

저 안에 복도식 감방이 있고 안에는 수많은 사람이 있다. 죄를 지은 사람도 있지만, 독립투사, 정치범들도 많다. 억울한 사람들. 구보는 그들에게 죄스러운 마음뿐이다.

한편으로 상이 오자고 한 이유도 알 것 같았다. 그는 진정으로 진실이 궁금한 것이다.

면회실은 한 평짜리 방이었다. 온통 벽돌로 마감된 창 없이 꽉 막힌 방은 심리적 고문을 하듯이 가슴을 옥죄었다. 잠시 후 철문이 열렸고 배진주가 들어왔다. 의자에 앉아 마주 본 배진주는 몇 달 사이 매우 여위고 안쓰러웠다. 교도관이 배석한 가운데, 말을 나누게 됐다.

"힘들지는 않습니까?"

"참을 만해요."

구보는 일제가 문화정치를 표방하면서 조선 시대의 고문 형틀 사진에 최신식으로 지은 경성재판소와 서대문형무소의 깔끔한 시설 사진을 비교하는 포스터를 본 적 있었다. 일제는 교도 행정이 발전했다고 선전했다.

하지만 곤장만 치지 않을 뿐이지 서대문형무소에 고문실이 있고, 중세 시대의 고문 기구도 있다는 것은 잘 알려진 사실이었다. 형무소의 거대한 위용으로써 인간의 정신을 압박하고 분위기로 울분이 쌓이게 만들었다. 배진주는 매우 힘들 것이고, 상은 혹 자신이 잘못 판단해 억울한 사람이 이 안에 있는지 압박을 느꼈을 것이다.

"물어보고 싶겠죠. 아비가 제게 어릴 적 못된 짓을 했는지요."

배진주는 두 손을 떨면서도 침착하게 말했다. 추워 보였다.

"그렇소."

"재판에서는 범행의 동기는 중요하지 않았어요. 계획한 건지 집요하게 물었어요. 제가 일부러 아비를 황강으로 불렀다며 계획적 살인이라고 하더군요. 저는 우연히 만났고 손을 놨다, 라고 했지만 믿지 않았죠. 판사는 시신은 없지만, 정황적 증거로 종신형 판결을 내렸죠. 저는 상급 재판에 항소하지 않고 형을 받을 겁니다."

배진주는 담담했다. 그러나 눈빛에서 어둠이 엿보였다.

"저도 잘 기억이 안 나요, 유년 시절이. 불행했어요, 아버지로 인해서. 죽을 만치. 그런데 아버지가 기르던 생물들을 보면서 마음을 삭였죠. 전국을 따라다녔죠. 어항에 채취한 아이들을 넣어줄 때가 가장 행복했어요."

배진주는 과거를 더듬었다. 술 먹고 화를 내는 아비, 손찌검을 하는 아비, 때로는 만져서는 안 될 곳도 만지는 아비. 하지만 가장 싫었던 아비의 모습은 뒷모습이었다. 산에, 들에, 강에 걷기 힘들다고 우는 배진주를 남겨두고 바삐 걸어서 사라지는 아비. 배진주는 미친 듯이 아버지, 아버지 하고 목이 쉬도록 불렀다. 그래도 돌아오지 않는 아비. 배진주는 마을에 홀로 내려와 울부짖으며 아비를 찾았고, 주막 같은 데서 술고래가 된 그의 손을 붙들었다.

버려지는 두려움과 소외감은 느껴보지 못한 자는 알지 못한다. 하물며 기억이 있는 대여섯 살 어린 나이부터 겪은 일은 평생 사무쳤다.

아비가 밖을 잘 돌아다니지 못하자, 배진주는 가장 먼저 이제 버려지는 아픔은 없겠구나 하는 생각이 들었다. 삶이 아이러니하다고 여겼다. 배진주가 그를 떠나고 싶어졌다.

배진주는 기억을 곱씹고 말을 뱉었다.

"아비는 술고래가 되어서 방구석에서 주정을 부렸고 저는 수족관을 이어받아서 진정한 행복을 느꼈죠. 근데 그거 아세요? 아비가 힘이 없어지자 유년 시절의 지긋지긋한 불행이 머리를 잠식하더니, 참을 수가 없었어요. 잘돼도 그의 탓, 못돼도 그의 탓이었죠. 장사가 잘되어도 아비가 발목을 붙잡을까 염려됐고, 물고기가 아프고 하나둘 죽어나가면 나 없는 사이 물에 술을 탔나 의심했죠. 별안간 행방불명돼서, 잠깐 숨을 돌렸지만 마음속에 무언가가 저를 잠식했어요. 뜬눈으로 밤을 지새웠죠. 집에 들어온 날은 심장이 쿵 하고 내려앉고 철렁했어요. 뭘 해도 아비가 제 마음속의 돌무지가 되어서 울화병으로 고생했죠. 그는 형무소 건물만큼이나 큰 무게가 되어서 짓눌렀어요. 비교할 대상을 몰랐는데 여기서 보니 알겠어요."

구보는 배진주의 심리를 이해했다. 어쩌면 그녀가 한 일은 닫아걸은 마음의 빗장이 열려 버려 그렇게 되지도 몰랐다.

"이 말은 재판에서도 변호사님한테도 못 한 말입니다. 하지만 두 분께 말씀드리고, 마음의 짐을 덜고 싶었어요. 저는 술 취한 아비를 강으로 인도해 손을 놓았습니다. 살인자 맞습니다. 두 분 선생님들 탐정으로서 위상은 소문으로 접했어요. 경성우편국 남자 화장실에 아비를 사칭하여 도와달라고 낙서를 한 것은, 두 분이 사건의 진상을 알아내고 저의 비밀을 들을 기회를 만들지 않을까 싶어서였죠. 이런 날이 올까 예상했고 그렇게 됐습니다. 다방에 전화를 한 것을 후회한다고 말씀드렸죠?"

잠시 배진주가 입을 다물었고 무거운 침묵이 흘렀다.

"아뇨. 낙서를 제 손으로 직접 한 것도 절대 후회하지 않아요. 안 그랬다면 여전히 짓눌려서 숨도 못 쉬고, 내 손으로 물고기들의 생명을 빼앗거나 같이 죽는 비극적 결말이 있을지도……."

배진주는 뜸을 들인 후 떨리는 목소리로 이었다.

"제가 아버지에게 부녀간의 인연을 끊자고 하고 돌아섰다면 이렇지는 않았을까요……."

상은 담담하게 답했다.

"말한다고 끊어지는 게 아니듯이, 돌아선다고 끊어지는 것도 아니겠죠. 마음에서 해방되는 게 가장 빠른 길입니다."

배진주는 어두운 표정으로 고개를 숙였다가 다시 들었다. 얼굴에 희망이 언뜻 스쳤다.

"고맙습니다. 마음의 짐을 덜었어요. 아버지는 그렇게 갔지만 저는 자유롭지 못했습니다. 진정으로요."

"수족관 물고기들은 잘 있습니다."

수족관을 인수할 사람이 나타나 보살펴 주었다. 그녀는 입가에 미소를 지었다.

"이제 됐어요. 결과를 받아들일 거예요."

그때 배진주의 얼굴은 환하게 빛이 났다. 햇빛이 들어오지 않는 곳인데 해가 그녀의 얼굴을 비추는 것처럼 밝았다.

더불어 상의 얼굴에서도 그늘이 가셨다. 상의 마음이 편해진 것으로 보였다. 면회를 마치고 나서는 길에는 만추의 해가 뜨겁게 내리쬐었다. 운동장에는 수감자들이 나와서 운동을 했다. 빡빡 깎인 머리,

날 선 눈빛의 그들에게 진실을 토하고자 하는 욕망이 가득해 보였다.

"이제 편해졌는가?"

교도관이 열어주는 철문을 나서며 구보가 물었다.

"조금은. 그녀가 편하다니 다행이네."

"과거의 폭정에서 벗어나고자 아버지를 그렇게 했지만, 그래도 저질러서는 안 되는 범죄 아닌가?"

"그렇지. 차라리 배홍동이 폭정을 계속 저질렀으면 못 했을 거야. 도망쳤으면 도망갔지. 하지만 아버지가 힘이 빠지니 배진주는 그 모습이 더욱 싫었을 거야. 초라한 아비이고 버려진 아비인데도 마음속에 꽉 막혀서 압박을 하니 자유를 찾고자 어마어마한 일을 벌인 게지."

구보는 고개를 흔들었다.

"사람과 어울려 그런 아픔을 소통했다면 저렇게 되지는 않았을 텐데. 아무리 물고기를 보고 즐거워한다지만, 마음속의 아픔을 진정으로 토해낼 수는 없었겠지. 곁에 이해할 사람이 없었다는 게 걸리는군."

상은 고개를 끄덕였다.

"고민이 있으면 털어야 짐을 내려놓는 것인데 안타까워."

"오늘 면회로도 그녀는 내면의 진실과 고통을 나눌 수 있어 홀가분했을 거야."

"고통을 끌어안는 것은 큰 나무나 가능하지. 덥고 추운 환경을 고스란히 감수하고, 비바람이나 우박을 감내해 봄에는 꽃눈으로 아름다운 꽃을 피워내지. 하지만 사람은 식물처럼 강하지 못해. 사람과 어울려서 슬픔을 털어내야 건강하게 활동할 수 있는 법이야."

구보는 주변의 나무를 봤다. 백일홍 나무가 짙은 분홍빛을 뽐내고 있었다.

저렇게 100일 넘게 꽃을 피워내다니. 봄부터 가을까지 그 꽃들을 피우기 위해 얼마나 많은 고통을 감내했을까. 나무의 인내심에는 고개가 숙여졌다.

"큰 고래가 되려 했을 거야. 배진주는 말이지. 테이 고래처럼 인간에게 잔인하게 잡혀서 해체되고 뼈만 남아서 구경거리가 된, 그런 고래가 되고자 했을 거야. 모든 진실을 묻고. 그 운명을 따라가고 지향한다면 누가 말릴 수 있겠는가. 그렇게 될 수밖에 없고 본인도 그토록 원하는데."

구보는 손을 뻗어서 백일홍 나뭇가지로 손을 뻗었다. 100일이나 지속되는 꽃의 향은 어떨지 궁금했다. 상이 구보가 향을 맡을 수 있도록 나뭇가지를 잡아끌어 내려주었다. 은은한 향이 났다. 스치듯이 잔잔하게 퍼지는 향. 오로지 그 향이어야만이 100일을 견딜 수 있는 힘을 내게 한다. 진하고 순간적으로 사라지는 향이 아닌, 오랜 억압과 고통, 그리고 인내 속에서 생겨난 향은 은은하고 오래간다.

*고래에 관한 이야기는 〈경향신문〉 2016년 8월 13일 자 〈콜미 이슈마엘: 최명애의 고래 탐험기〉에서 참조했습니다.

위험

김주동

〈계간 미스터리〉에 「동성로」로 데뷔한 이후 「강박관념」, 「불안」, 「조합인간」 등
비슷하지만 다른 이야기들을 발표해 왔다.

좋은 일이라도 생기려 하면 내 기억은 종종 이 년 전 그때로 돌아갔다. 그날은 바람이 몹시도 불던 밤이었다. 모 출판사에 원고를 보냈는데 평가가 좋아서 그날 저녁, 나는 기쁜 마음으로 친구들과 술을 마셨고 마음껏 취했다. 술 취한 내가 걱정된다며 친구 하나가 굳이 나 대신 내 차를 운전하려고 덤벼들었다. 그 친구 역시 취하긴 마찬가지였지만 나보다는 덜 취한 상태였다. 그러다가 예기치 않은 일이 터져 버린 것이다. 술을 마시고 차를 몬 것이 애당초 잘못이었다. 누군가 차에 들이박은 뒤 쿵하고 바닥에 떨어졌고 그 뒤로 나는 기억이 없다. 그저 눈앞은 깜깜해지고 얼어붙어 버릴 듯한 공포를 느낀 것 이외에는. 나는 본능적으로 친구에게 차를 세우라고 소리쳤지만 친구는 사고 현장을 벗어나기에만 급급했다. 그 사건 이후 내 차를 몰았던 친구와 나는 만나는 것을 피했다. 서로 만나면 그 일을 떠올릴 것이 틀림없었기 때문이다. 서로 만나지 않음으로써 기억 속에서 지우는 것이 최선이었다.

나는 금방 모 출판사 편집위원인 P에게서 전화를 받았다. 그는 두 달 전에 내게 청탁을 부탁했고 나는 보름 전에 그에게 장편 소설을 보냈다. 그는 내 원고에 대해 긍정적으로 반응했고 나는 떨리는 마음을 주체할 수 없었다. 내일 오후 그와 모 카페에서 만나기로 약속을 정하고 전화를 끊었다.

그런데 그와의 전화를 끊고 난 뒤, 나는 이 년 전 그때의 일을 떠올린 것이었다. 그것은 내 의지와는 무관하게 떠올랐다. 기쁜 감정 후에는 여지없이 떠오르는 악몽 같은 기억. 그 기억은 나를 불안하게 했다. 그 기억이 죄의식의 발동임을 나는 잘 알고 있었다. 친구의 행위를 비난할 수만은 없기에 생긴 죄의식이었다. 왜 나는 그때 차를 세우자고 친구에게 좀 더 강하게 주장하지 못했을까. 과연 뺑소니만이 최선의 길이었을까. 그런 의문이 들 때마다 나는 괴로웠다. 사고 차를 폐차한 다음부터 차를 몰지 않는, 아니, 몰지 못하는 것도 내 죄의식의 발현에 다름 아니었다.

다음 날 오후, 약속 시간에 맞추어 나는 P와 약속한 카페 안으로 들어섰다. 바텐더가 내게 멍한 시선을 던졌다. 검은 정장을 차려입고 무스를 바른 바텐더는 우울한 낯짝으로 고개를 쳐든 채 나를 빤히 바라보고 있었다. 바텐더 뒤에는 카페 내부를 비추는 대형 거울이 부착되어져 있었는데 조용히 대화를 나누는 사람들의 모습이 담겨 있었다. 천장에 길게 늘어진 오렌지색 조명들이 해수면 위를 떠다니는 불빛처럼 거울에 반사되어 여기저기서 빛났고, 그림자들은 바닥을 거무스름하게 물들였다. 부드러운 선율의 재즈 음악이 떠도는 실내는 대체로 들뜬 분위기였다.

천천히 카페 안을 둘러보던 나는 혼자 담배를 피우고 있는 남자를 발견했다. 그는 뭔가를 읽고 있었다. 내가 찾고 있는 사람이 그 남자라는 생각이 들었다. 때마침 남자가 고개를 들었다. 둥그스름한 얼굴에 뾰족한 코, 검은 티셔츠에 정장을 걸친 남자였는데, 별로 특이할 것도 없는 그저 그런 사십 대 남자였다. 그는 유심히 나를 바라보고 있었다. 나는 천천히 남자 쪽으로 걸어갔다. 남자 앞에 선 나는 그가 읽고 있던 것을 보았다. 내 원고였다.

내가 앉자 남자가 내 원고를 자기 쪽으로 끌어당겼다. 남자는 간단히 자기소개를 했다. 종업원이 주문을 받고 사라지자 그가 무겁게 입을 열었다.

"신인 작품치고는 괜찮았어요."

그렇게 시작된 그의 평은 꽤 들을 만했다.

"하지만……."

그가 잠시 말을 끊었다. 본론이 나올 모양이다. 나는 긴장한 얼굴로 그를 보았다. 무슨 말을 하려는 것인가.

"하지만 당신 글은 어디선가 본 듯했어요."

"그게 무슨 소립니까?"

나는 순간 반발했다. 그러자 P는 천천히 내 쪽으로 몸을 기울이며 말했다.

"이두영이라고 내가 아는 사람이 있는데, 그 사람 소설과 당신 글이 상당히 비슷했어요."

"그럴 리가요! 난 그 사람이 누군지도 모릅니다!"

"당연히 그렇겠죠. 그렇다고 이렇게까지 흥분할 필요는 없는데."

P는 의자에 몸을 기대며 나를 달래려는 듯이 느긋하게 덧붙였다.

"우연이겠죠."

나는 침울한 얼굴로 대꾸도 하지 않았다.

그런 나를 보고 P가 씩 웃으며 말했다.

"실망이 큰 모양입니다. 하지만 이야기란 게 원래 그렇지 않습니까? 세상천지 새로운 것은 없으니까요."

P가 잠시 뜸을 들인 뒤 말을 이었다.

"어쨌든 당신은 재능이 있는 듯해요. 당신의 다른 작품을 보고 싶은데… 빠른 시일 내에 다른 원고를 보내주면 고맙겠는데……."

그날 밤 나는 저녁 식사도 거르고 침대에 누워 고민에 빠졌다.

소설을 완성시키고 났을 때의 감정이 떠올랐다. 해냈다는 뿌듯한 감정이 나를 사로잡았었다. 그런데 그 감정은 몇 시간 전 산산이 깨져 버렸다. 나는 침대에서 일어났다. 가만히 누워 있을 수가 없었다. 내 소설의 독창성이 완전히 짓밟혔다는 생각을 쉽게 지울 수 없었다.

"당신 글은 내가 아는 사람의 것과 비슷해요."

나는 P의 말에 괴로웠다. 그는 나를 비웃었을 게 틀림없다.

나는 책상 의자에 앉았다. 이 현실을 어떻게 받아들여야 하는가? 그의 말처럼 다른 소설을 보내야 한단 말인가? 순간 P의 말이 의심스러웠다. P에게 그가 언급한 소설을 보자고 했어야 했다. 그러다가 문득 책장에 꽂혀 있던 책 한 권이 눈에 띄었다. 근저에 날 흥분시켰던 책이었다.

수많은 이야기들의 보편적인 규칙을 찾기 위해 이 도시 저 도시로 모험을 떠나는 사나이의 이야기였다. 사나이는 오디세우스가 귀향 도중 처했던 위험들과 비슷한 일들을 겪는다. 그는 모험 중 어느 마을에 도착한다. 그 마을에서 사나이는 마을을 지배하는 위대한 책을 발견한다. 그는 이 책 역시 수많은 책들 중 한 권의 책에 불과하고, 자신이 찾아내려는 규칙에 틀림없이 적용될 것이라고 마을 사람들에게 호언장담한다. 다음 날 그는 싸늘한 시체가 되어 초라한 여관에서 발견된다. 위대한 책을 모욕한 당연한 결과였다.

나는 그 책을 펼쳐 들었다. 책이란 원래 다른 책들과 연결되어 있다는 상호텍스트성에 관한 문구들로 잔뜩 쓰여 있었다. 나 역시 이런 문구들에 푹 빠져들었었다.

하지만 지금의 경우는 달랐다. 내가 만일 다른 사람들의 글과 생각들을 의도적으로 가져와 짜깁기를 했다면 그건 분명 쾌재를 부를 일이었다. 그 탐나던 문구들과 생각들을 내 의도하에 수(繡)놓을 수 있다는 건 당연히 즐거운 일이다. 그리고 혹 내가 훔쳐낸 글들에 대해 누군가가 날 비난한다면 난 나의 정당성에 대해 당당히 항변할 수 있다.

그런데 지금 난 완전히 당한 것이다!

내 독창적인 글과 비슷한 사고를 한 자에게 말이다. 갑자기 그가 나와 똑같은 취향과 생각을 가진 자는 아닐까 하는 불쾌한 생각이 들었다. 다시 P의 비웃는 눈초리와 웃음이 내 주위를 떠돌았다. 내 자존심은 금이 갔다.

그랬기에 상호텍스트성과 관계된 문구들은 지금의 나에게는 전혀 위안이 되지 않았다. 오직 나는 내 글과 비슷한 글을 썼다는 그자를 만날 생각뿐이었다. 그래서 비교해야만 했다. 혹 내 글이 그의 글과 비슷하다 할지라도 어떻게든 차별성을 찾아내야 했다. 내가 우월하지는 못할망정 그와는 다르다는 차별성을 발견해야만 했다.

나는 악몽 같은 밤을 보내야 했다. 자동차가 두꺼운 책과 충돌했다. 책갈피들이 자동차 앞에서 흩날렸다. 책갈피들은 도로 곳곳에 흩어져 있었다. 이른 아침 나는 잠에서 깨어났다. 너무도 생생한 꿈에 나는 놀랐다. 식은땀이 베개에 흥건했고 찬물을 들이켜야 할 정도로 몸은 후끈거렸다.

몇 시간을 멍하니 누워 있었다. 그제야 P 생각이 났다. 나는 지체 없이 그에게 전화를 걸었다. 그는 다행히 전화를 받았다. 나는 다급히 말했다.

"당신이 말한 그 소설을 직접 봐야겠습니다. 내 글과 비슷하다던 소설을."

P가 말했다.

"그 소설을 보다니요? 난 그 소설을 가지고 있지 않아요."

"그럼 당신은 어떻게 그 소설을 봤습니까?"

"내가 그 사람 집에서 본 겁니다. 나는 감탄해서 말했지요. 이 글을 출판하자고. 그러자 그는 무슨 이유에서인지 찬성하지 않았어요."

나는 막막한 생각이 들었지만 그건 잠깐이었다.

"그럼 내가 직접 그를 만나야겠습니다!"

그러자 P가 나를 말렸다.

"그건 좀 힘들 겁니다. 그는 자신의 사생활이 남에게 노출되는 것을 상당히 꺼리니까. 나 역시 어렵게 만났어요. 밖에서 만나자고 해도 분명 거절당할 겁니다. 그는 자신의 작업실을 나오는 경우가 거의 없으니까."

"그래도 만나야겠습니다. 당신이 한 말의 진위를 가리기 위해서라도……"

P는 잠깐 말이 없다가 나직하게 말했다.

"지금 날 의심하는 겁니까? 당신 글은 그 사람의 글과 아주 흡사해. 당신이 그 글을 본다고 해도 변하는 건 없을 거요."

"난 내가 직접 본 것 이외에는 그 누구의 말도 믿지 않습니다."

나의 강경한 태도에 P는 주춤했다. 잠시 한숨 소리가 흘러나오더니 그가 망설이는 투로 말했다.

"정 그를 만나야겠다면 다른 사람을 통해서 만나는 게 좋을 거요. 그 사람의 주소를 가르쳐 드리죠."

"그 사람이 누굽니까?"

"그의 제자요."

다음 날 오후 시각, 내 앞에는 낡은 5층 아파트가 서 있었다.

나는 종이에 적힌, P가 가르쳐 준 주소를 한 번 더 들여다보았다.

분명 여기가 맞았다.

햇살은 아파트를 비스듬히 가르고 있었다. 나는 곧이어 아파트에 가려 그림자가 어둡게 져 있는 곳에 닿았다. 바로 앞이 현관이었다. 아파트 내부는 침침했다. 내가 찾아갈 집의 우편함을 봤는데 텅 비어 있었다. 나는 계단을 밟아 나갔다. 벽에는 시커먼 얼룩들이 여기저기 찍혀 있었고 바닥엔 구겨진 광고 전단지가 구르고 있었다. 복도 창문틀엔 먼지가 무겁게 앉아 있었고, 정체 모를 퀴퀴한 냄새가 코를 찔러댔다.

3층에 이른 나는 내가 서 있는 곳에서 오른 편에 위치한 문 앞의 벨을 꾹 눌렀다. 묵직한 벨 소리가 집 안을 떠돌았다. 인기척이 들리지 않았다. 다시 한번 더 눌렀다. 응답이 없기는 마찬가지였다. 빈집 앞에서 기다릴 수도 없고 해서 아파트 밖으로 나왔다. 여기서 기다릴지 아니면 다른 날 다시 찾아올지 갈등이 생겼다. 하지만 다른 날 온다고 해서 그날 집주인이 있으리라는 보장이 없었다. 오늘은 특별히 할 일도 없으니 온 김에 기다리는 편이 나을 듯도 싶었다.

잠깐 이 아파트 주변을 돌아다녔다.

5층이 고작인 저층 아파트는 지어진 지 꽤 오래된 듯싶었다. 회색의 벽면은 먹구름이라도 낀 듯이 거무칙칙했다. 이두영이라는 자를 만나려던 성급함이 점점 기다림에 지쳐갔다. 천천히 걸어 원래의 아파트 앞에 섰다. 기다린 지 거의 한 시간쯤 된 듯싶었다. 커피 한 잔 후의 말끔한 정신으로 찾아왔는데 안개가 낀 듯이 흐릿해져 버렸다. 도대체 이 음습한 아파트 단지 내에서 내가 무슨 짓을 하고 있는가 싶었다. 어쩌면 그저 비슷한 상황 설정과 스토리일 수도 있었다. 따지고 들면 비슷하지 않은 글이 세상에 어디 있단 말인가. 내가 너무 민감하게 반응하는 것인지도 모른다. 좀 비슷하다고 해서 큰일이 나는 것도 아닌데 너무 호들갑을 떨고 있는 것일 수도 있다. 바보 같은 짓 그만하고 그냥 돌아가는 게 좋을 듯싶었다.

그런데 그때 마흔이 조금 넘은 자그마한 여자가 내가 서 있는 아파트 현관 가까이로 다가왔다. 머리는 단정하게 빗어 넘겼고 이마는 조금 튀어나와 있었다. 홀쭉한 얼굴은 발그스름하게 피어 있었다. 빨간색 셔츠에 청바지를 입고 있었다. 나는 그 여자를 죽 지켜봤고 여자는 몇 번 힐끔거리면서 아파트 안으로 들어갔다. 내가 기다리던 사람이 금방 들어간 여자일 수도 있다는 생각이 번쩍 들었다. 그러자 그냥 돌아가자는 생각은 단번에 없어졌다. 나는 잰걸음으로 여자 뒤를 따랐다. 때마침 여자는 내가 한 시간 전쯤 벨을 눌렀던 바로 그 현관문 앞에 서 있었다.

여자가 수상한 눈초리로 나를 보았다.

"저기 혹시 이두영 선생님이라고……."

나는 그렇게 말을 흐렸다.

여자는 찬찬히 나를 훑어보더니 가라앉은 목소리로 물었다.

"이두영 선생님을 아세요?"

"예."

"어떻게 오셨죠?"

나는 어찌 말해야 좋을지 몰랐다. 사실대로 말하려니 설명하기가 힘들었다. 이두영을 만나려는 실제 이유가 이 여자에게 납득이 갈지 확신이 서지 않았기 때문이다. 나는 거짓말을 했다.

"출판사에서 나왔습니다. 그런데 그분을 뵙기가 힘이 들어서 이렇게……."

여자는 가만히 날 보다가 말했다.

"좋아요. 여기까지 찾아오신 손님인데 그냥 보낼 순 없겠죠."

열, 대여섯 평은 될까. 거실이라고 할 수 없는 거실로 나는 들어섰다.

거북할 정도의 짙은 향수 냄새가 코를 밀고 들어왔다. 꽉 닫힌 창문엔 짙은 갈색 커튼이 무겁게 늘어져 있었다. 힘없는 햇살이 거실에 머물러 있었지만 대체로 어두웠다. 여자는 커튼을 젖히고 조그만 소파에 그득히 쌓인 책들을 옆으로 치우고서 내가 앉을 자리를 하나 마련했다. 이름도 들어보지 못한 잡지에서 유명 계간지들까지 다양한 책들이 보였다.

"매달 오는 것들인데 처리할 곳이 마땅치 않아서……."

여자는 양해를 바란다면서 얼굴을 찌푸렸다. 나는 멀뚱히 서 있었다. 여자가 앉으라고 말했다. 방으로 들어갔다가 나온 여자는 내게 차라도 마실 거냐고 물었다. 나는 사양했다. 여자는 두 번은 묻지 않았다. 어색해진 나는 괜한 헛기침을 했다. 여자는 소파 팔걸이에 걸터앉으며 뚫어질듯 나를 보다가 냉랭한 목소리로 말했다.

"이두영 선생님을 찾아가도 별 소득은 없을 거예요. 선생님은 자신이 쓴 글을 출판하지 않아요."

"출판할 생각이 없는데 왜 글을 쓰는 겁니까?"

내가 반문했다.

여자가 답답한 얼굴로 대꾸했다.

"시장에 글이 나가는 순간 그건 죽은 글이 되는 거죠. 선생님은 자신의 글이 상품으로 되는 걸 원치 않아요."

"그럼 어떻게 살아갑니까?"

내 물음에 여자가 코웃음을 쳤다.

"요즘 세상에 글만 써서 먹고 사는 사람이 몇이나 된다고 그런 말을 하는 거죠?"

순간 말문이 막혔다.

여자의 말이 그렇게 틀린 말은 아니었던 것이다.

"선생님은 할아버지로부터 유산을 받으셨어요. 평생 돈 걱정은 안 하셔도 되는 거죠. 참… 운이 좋으신 분이에요."

여자의 말엔 부러움이 스며 있었다.

나는 이 여자의 삶을 한번 유추해 보았다. 여자는 무명 작가든지 아니면 작가 지망생일 것이다. 최근 글들의 동향을 파악하기 위해 문예지를 받아보면서 자신의 작품 세계에 대해 회의하며 고민하는 여자. 그런 사람이 어디 이 여자 하나뿐이겠는가. 어쨌든 여자는 자신의 세상에서 나오지 못하고 있는 것이 틀림없었다. 여자가 살고 있는 이 좁고 어두운 아파트가 여자의 현 상태를 반영하고 있다고 생각한다면, 터무니없는 생각일까.

나는 여자에 대한 내 유추를 잠시 접고 여자에게 물었다.

"그렇다고 해도 남이 읽어주지 않는 글이 대체 무슨 가치가 있는 겁니까?"

내 물음에 여자는 아무런 대꾸도 없이 손바닥으로 얼굴을 괸 상태로 나를 보았다. 나를 유심히 들여다보고 있는 여자의 눈길에 나는 슬그머니 시선을 다른 곳으로 돌렸다. 여자가 잠긴 목소리로 말했다.

"선생님은 당신만을 위해서 글을 쓰세요. 그게 잘못되었다고 말할 권리는 어느 누구한테도 없어요."

오로지 자신만을 위해서 글을 쓴다? 나도 한때는 그런 것을 꿈꾼 적이 있었다. 하지만 그건 다 지나간 일이다. 지금은 어떻게든 내 글을 팔기 위해 안달이 나 있다. 그렇기에 내 글은 다른 작가들의 글과는 달라야만 했다. 글이 상품으로서 빛나기 위해서는 오로지 새로워야만 하는 것이다. 특색 있는 문체와 내용 속에서 저자는 유령처럼 소리 없이 드러나야 하는 것이다. 다른 누구도 아닌, 오로지 자신만이 쓸 수 있는 글을 써야 하는 것이다. 그런데 새로워야만 할 내 글이 이두영이란 작자의 소설과 닮았다니. 나에게 이것은 청천벽력과도 같은 선고였다. 나는 절대로 인정할 수 없었다.

"당신이 선생님을 찾아가도 얻는 것은 없을 거예요."

여자의 그 말은 이두영을 찾아가려는 내 계획을 좌절시키기는커녕, 더욱 부채질할 뿐이었다. 내 고집에 여자는 포기한 말투로 말했다.

"선생님한테 여쭤본 다음에 연락을 드리도록 할게요. 이제 됐죠?"

나는 내 연락처를 적어 여자에게 건넨 다음 그 집을 나왔다.

나는 집으로 돌아온 뒤 곧장 욕탕으로 직행했다.

옷을 벗고 뜨듯한 물속으로 몸을 밀어 넣었다. 이제야 좀 살 것 같았다. 긴장이 완전히 풀어진 탓으로 눈꺼풀이 무거워져 왔다. 천천히 수면 아래로 몸이 절로 미끄러져 들어갔다. 갑작스레 숨이 막힌 나는 눈을 떴다. 꿈을 꾸긴 했는데 무슨 꿈을 꿨는지는 알 수 없었다. 나는 지끈거리는 머리를 손으로 압박하며 몸을 일으켰다. 다리 사이로 물이 출렁거렸다.

욕탕을 나온 나는 책상 앞에 앉아 나의 현재 심리 상태에 대해 생각했다. 지금처럼 작가라는 것에 회의가 든 적이 없었다. 내 독창적인 세계와 상상력이 정체 모를 누군가에 의해서 위협받고 있는 것이다. 글 이외에는 특별히 잘하는 것도 없는 내게 그것은 무서운 위협이었다. 나는 오로지 내 자신을 지켜야 했다. 세상으로부터, 경쟁자들로부터. 이두영의 글이 내 글과 정말로 흡사하다면.

한편으로 그의 소설을 본다는 것이 두려웠다. 하지만 또 한편 그의 글을 봐야 한다는 끈질긴 생각이 거머리처럼 달라붙었다. 나를 파멸시킬 수도 있는 글이었지만 결국 그 글을 보는 쪽으로 생각을 굳혔다.

그로부터 며칠이 지났다.

여자에게서 연락이 왔는데, 이두영이 나를 만나겠다는 것이었다. 며칠 동안 초조함으로 아무 일도 못 하고 있던 차에 이 소식을 접하고 보니 가슴이 쿵 내려앉는 기분이었다.

나는 지하철을 탔다. 이두영은 종점에 살고 있었다. 그곳은 한때 개발 붐이 불어 건물들이 한창 지어졌지만 현재는 경기 침체로 공사가 중단된 곳이었다.

지하철역을 나온 나는 텅 빈 도로 앞에 섰다. 간간이 몇 대의 차가 지나갈 뿐 너무나 조용한 도로였다. 도로가에는 나무들이 서 있었다. 비쩍 마른 가지들이 볼썽사납게 허공에 뻗어 있었다. 나는 차가운 바람에 옷깃을 여미며 인도를 걸어 나갔다.

하늘은 흐릿했다.

발길을 서둘렀다. 짓다 버려진 건물들이 내 시선을 붙들었다. 건물들 주위는 을씨년스러웠다. 멀리 불 꺼진 십자가가 보이기 시작했고 간간이 개 짖는 소리도 들렸다. 이두영이 사는 동네에 다 온 모양이었다.

동네에 들어섰을 때 후줄근한 옷을 입고 하늘색 모자를 쓴 사람들이 몇 명 눈에 띄었다. 그들은 어깨에 힘을 뺀 채 주변을 어슬렁거리고 있었다. 거리가 먼 탓에 그들의 얼굴 형태와 신체는 모호하게 보였다.

나는 찡그린 얼굴로 주머니에서 이두영의 주소가 적힌 종이를 꺼내 펼쳤다. 하지만 이 주소로는 그가 살고 있는 집을 찾기가 힘이 들었다. 종이에 적힌 주소는 가정집이었다. 그런데 이 동네엔 문패가 달린 집도, 그렇다고 문에 주소가 적힌 집도 없었다. 하는 수 없이 나는 동네 길목에 자리 잡고 있는 점방으로 들어갔다. 점방은 중년의 자그마한 여자 혼자서 지키고 있었다. 문을 열고 들어가도 멍하니 쳐다볼 뿐이었다. 멋쩍어진 나는 담배를 달라고 했다. 담배를 살 생각은 없었지만 아무것도 사지 않고 물어보면 여자가 제대로 답을 해줄 것 같지 않았다. 계산을 치른 뒤 나는 주소가 적힌 종이를 내밀었다.

"혹시 여기가 어딘지 아십니까?"

여자는 내가 내민 종이를 건성으로 보다가 말했다.

"골목 안으로 들어가다 보면 이 층 양옥집이 있을 거예요"

나는 고맙다는 인사를 한 뒤 점방을 나왔다.

골목을 지나치다가 가끔씩 동네 아이들이 호기심 어린 눈으로 나를 바라보았다. 등 뒤로 그들의 따가운 눈초리가 느껴졌다. 나는 얼마 가지 않아 이 층 양옥집 앞에 도착했다.

대문은 열려져 있었다. 마당으로 들어섰다. 현관문 앞에 낡은 개집이 있었지만 개는 보이지 않았다.

"계십니까?"

조용했다. 나는 천천히 현관 쪽으로 걸음을 옮기다가 현관문이 열려져 있는 것을 발견했다. 문을 열고 안으로 들어갔지만 차마 거실로 들어서지는 못했다.

"아무도 안 계십니까?"

그때서야 정면 방 안에서 누군가가 나타났다. 헐렁한 회색 체육복을 입은 노파였는데 작은 키에 볼이 쏙 들어갔고 비쩍 말라 있었다. 노파가 조심스럽게 물었다.

"누고요?"

"이두영 선생님을 찾아왔습니다."

그는 의심스러운 눈초리로 나를 한 번 훑어보았다.

"뭐 좀 물어볼 게 있어서 왔습니다."

내 말에 그가 느릿느릿한 말투로 대꾸했다.

"지금은 없어. 산책 나갔는데 곧 돌아올 거요. 그렇게 서 있지만 말고 들어와."

내가 거실로 들어서자 노파가 물었다.

"어디서 온 거요?"

"출판사에서 왔습니다."

나는 무심결에 답했다.

"음. 그럼 그 사람 방에서 기다리면 되겠구먼."

노파는 스스로 자신이 누구인지를 밝혔다.

"난 그저 집안일을 돌보는 사람이니 신경 쓸 거 없어."

그러면서 노파가 나가려고 하는 것이었다. 내가 어디 가느냐고 묻자 노파가 답했다.

"귀한 손님이 왔으니 술상이라도 봐야지."

노파가 나가고 난 뒤 나는 혼자가 되었다. 거실은 썰렁했다. 말이 거실이지 소파 하나 없었다. 바닥도 맨 나무 바닥 그대로였다. 뻐꾸기시계에 달린 추만이 왔다 갔다 좌우로 흔들거렸다.

나는 안방 문을 조용히 열었다. 텔레비전과 농, 그리고 깨끗한 바둑판이 놓여 있었다.

나는 이두영의 작업실이 보고 싶어졌다. 혹시 내가 보고자 하는 소설이 있을지도 모른다는 생각이 들었다. 일 층에 있던 다른 문을 열었는데 그곳은 화장실이었다. 그럼 그의 방은 이 층에 있다는 말이었다.

이 층 복도에 섰을 때 방은 두 개가 있었다. 한쪽 방은 책이 잔뜩 쌓여 있는, 창고 역할을 하는 방이었다. 그리고 나머지 한 방.

그 방문을 조심스럽게 열었을 때 나는 그 방이 이두영의 작업실임을 알 수 있었다. 정면에는 책상이 놓여 있었다. 그리고 문이 나 있는 쪽을 제외한 나머지 벽면에 책장들이 세워져 있었다. 책장엔 책들이 별로 없었다. 책상 위는 정리가 잘되어 있어 깔끔했다. 책들은 반듯하게 쌓여져 있었고 낡은 컴퓨터가 놓여 있었다. 컴퓨터의 모니터는 켜져 있었다.

어느덧 나는 책상 앞에 와 섰다. 그리고 천천히 책상 위에 놓인 원고들을 쳐다보았다. 하얗게 비어 있는 장들도 있었고 빽빽하게 글자들이 들어찬 장들도 있었다. 어떤 장은 단 몇 자만 적혀 있는 것들도 있었는데 문득 떠오른 단상들을 적어놓은 듯했다.

나는 천천히 책상 위에 있는 원고들을 살폈다. 그러다가 두툼해 보이는 어떤 원고를 발견했다. 겉표지는 '이두영'이라는 이름 말고는 깨끗하게 비어져 있었다.

나는 무심코 첫 페이지를 넘겼다가 첫 구절부터 그만 아연실색하고 말았다.

믿을 수 없었다!

내가 내 소설에 썼던 구절과 똑같았다. 불안한 마음을 용케 억누르며 천천히 읽어나갔다. 그런데 한 글자도 틀리지 않고 모든 것이 똑같았다. 쉼표와 마침표가 있던 자리까지 같았다. 이런 상황을 어떻게 설명해야 한단 말인가.

나는 급히 표지를 보았다. 표지엔 '이두영'이란 세 글자가 또렷하게 찍혀 있었다. 어떻게 이럴 수가. 이건 있을 수도 없는 일이었다. 비슷한 정도를 넘어서 완전히 똑같았다. 내 두 다리는 후들거렸다.

"당신이 그 소설을 본다고 해도 변하는 건 없습니다."

P의 냉소적인 말이 번뜻 떠올랐다.

내 글을 본 건 그밖에 없다.

그런데 내 앞에 놓인, '이두영'의 이름이 적힌 이 원고는 도대체 무엇이란 말인가.

그때 우연히 창문 쪽으로 시선을 옮겼다. 집 앞에는 차 한 대가 세워져 있었다. 들어올 때는 보이지 않았던 회색 승용차였다. 순간 갑작스레 떠오른 생각 때문에 나는 숨이 막혀왔다. 꿀꺽 침이 넘어갔다. 내가 이 년 전에 타고 다니다가 폐차해 버린 차와 모델이 같은 차였다. 그리고 내 앞에는 내 글과 똑같은 글이 놓여 있었다. 나는 뒤통수가 뻣뻣해 왔다. 그때 난 깨달았다. 누군가 내 뒤에 서 있다는 사실을.

간신히 뒤돌아섰을 때 어떤 중년의 남자가 떡하니 서 있었다.

둥그스름한 얼굴, 고정된 동공, 구레나룻의 덩치 좋은 중년 남자였다. 나는 직감적으로 그가 이두영이라는 사실을 깨달았다.

나는 당황한 나머지 내가 찾아온 이유를 제대로 밝히지 못했다. 하지만 책상에 놓인 원고를 보자 다시 흥분되었다. 나는 원고를 움켜쥔 채 더듬거렸다.

"나⋯ 나는 도대체 이해가 되질 않아요. 여기 적힌 글과⋯ 내 글이 똑같다는 사실에 대해서⋯ 내가 헛소릴 하고 있다고 생각할지 모르지만 내가 말하는 건 분명한 사⋯ 사실⋯⋯."

"이 년 전 그날 밤, 네놈이 저지른 일을 기억하나?"

나는 무슨 터무니없는 소리인가 했다.

나는 긍정도 부정도 못 한 상태로 멍하니 서 있었다. 원고를 쥔 팔이 심하게 떨렸고 입천장이 말라갔다.

이두영은 죽은 듯 고정된 자세로 서 있었다.

나는 뭐라 말할 수 없었다.

그가 조소 띤 미소를 지은 채 나를 노려보고 있었다.

나는 그의 눈길에 숨을 쉴 수 없었다.

그러면서 내 기억은 천천히, 아주 천천히 이 년 전 그때로 돌아가고 있었다. 그날은 바람이 몹시도 불던 밤이었다…….

"이제야 기억이 나는 모양이지. 넌 까마득히 잊고 있었겠지만 난 아니다. 그날 이후로 내 가정은 파탄 났고 아내는 미쳐 버렸지. 웬 줄 아나? 그 자리에 내 아내가 있었으니까. 딸아이를 뒤따라 도로 쪽으로 오고 있었거든. 아이는 먼저 도로 중앙으로 뛰어나갔어. 그런데 순식간에 그런 일을 당한 거였지… 아내는 그때 차 번호를 봤지만 충격 때문에 제대로 기억을 못 해냈어. 그러다가 최근에서야 아내의 기억이 되살아났어. 난 아내가 중얼대는 번호를 들으며 맹세했어. 내 딸을 죽인 그놈을 절대로 경찰에게 넘겨주지 않을 거라고."

나는 쥐고 있던 원고를 바닥으로 떨어뜨렸다.

이두영의 시선이 그 원고를 따랐다.

"복수하려던 상대가 뜻밖에 애송이 작가란 걸 알고 난 구체적으로 어떻게 복수할 건지에 대해서 생각했어."

나는 바닥에 떨어진 원고를 내려다보았다.

"난 예전에 알고 지냈던 P를 사주했다. 내 명령에 따라 P는 네게 전화를 걸어 청탁을 부탁했지. 청탁이 뜸한 너에게 그만큼 좋은 소식도 없었겠지. 예상대로 넌 P에게 원고를 보냈고……."

나는 천천히 고개를 들어 이두영을 바라보았다. 그는 꿈쩍도 하지 않은 채 서 있었다.

"지금은 쓰지 않지만 나도 예전엔 소설 나부랭이들을 끼적거리던 때가 있었다. 그래서 난 작가들이 가장 불안해하고 두려워하는 것이 무엇인지 잘 알고 있었지. 자신만의 상상으로 이루어진 창작품이 알고 봤더니 아류에 불과하다는 사실. 그 사실 앞에 불안을 느끼지 않을 작가는 이 세상에 아무도 없을 거야.”

이두영은 조소를 머금은 채 나를 보고 있었다.

“아직도 의심이 되나? 바닥에 떨어져 있는 글이 정말 네 소설일까 하고.”

나는 긴장했다.

“걱정하지 마. 그건 네 소설이 틀림없으니까. 여기 있는 건 복사본이니까.”

나는 순간 말로는 표현할 수 없는 안도감을 느꼈다.

“그런데 마지막까지도 그게 그렇게 중요한 모양이지?”

그가 비웃었다.

나는 떨리는 한숨을 길게 내쉬었다.

눈 깜짝할 사이였다.

갑자기 바닥이 꺼지면서 나는 아래로 추락했다. 책상까지 같이 떨어졌고 엄청난 굉음과 함께 책상의 모서리에 허벅지를 찍혔다. 고통에 숨이 컥 막혔다.

이두영이 위에서 나를 내려다보고 있었다.

“네가 있을 곳이다. 영원히.”

나는 고통 때문에 일어나지도 못한 채 한 팔을 내뻗었다.

“여기 네 소설과 함께.”

이두영은 아래로 원고를 툭 던졌다. 나는 떨어지는 원고를 붙잡으려 했다. 원고는 내 팔을 맞고 떨어졌다.

위를 봤을 때 이두영은 이미 없었다.

그때 바닥에 난 문이 천천히 닫히고 있었다.

어른은 권력이다

김주호

2014년 동의대학교 문예창작학과 졸업.
2017년 「용서를 그리다」로 〈계간 미스터리〉 신인상 수상. 단편 「금수저의 밀실」 발표.

1

밝은 조명. 어두운 옷차림. 삶과 죽음의 경계를 가르는 소음. 애통한 울음과 호탕한 웃음이 공존하는 낯선 공간.

"아이고, 아이고, 아이고……."

곡소리가 장례식장 안을 가득 메운다. 이따금씩 들려오는 울음소리가 형이 죽었다는 사실을 일깨운다. 애꿎게도 울음소리보다 웃음소리가 더 많이 들린다. 원래 장례식이 이런 건가. 사람들은 형의 죽음을 슬퍼하면서도 재잘거리며 떠든다. 애도하기 위해 찾아와 놓고 사람들과 즐겁게 웃고 떠드는 게 이상하다. 진정으로 형의 죽음을 안타깝게 생각하는 사람이 몇이나 될까.

나는 얼굴도 모르는 사람들의 절을 받는다. 무릎이 살짝 저리다.

종일 무릎을 굽혔다 일어서길 반복했으니 당연하다. 명절이 아니면 보지 않는 친척들이 즐비하다. 생전 처음 보는 사람들도 많다. 알지도 못하는 그들은 나와 부모님을 바라보며 위로의 말을 건넨다. 실감이 나지 않는다. 이런 상황이.

지금도… 나는 지금도 형의 죽음을 크게 인지하지 못한다. 자살, 자살, 자살이라니.

비현실적인 단어가 아닐 수 없다. 뉴스에서만 봐오던 단어. 자살. 대한민국 자살률이 갈수록 높아진다는 말은 듣지만, 주위에서 실제로 자살한 사람은 보지 못했다. 그런데 다른 누구도 아닌 형이 자살을 했다. 온갖 타박에도 꿋꿋하던 형. 나는 놀라움을 금치 못했다. 평소에 자살할 것처럼 행동했다면 이렇게 놀라지도 않았을 거다. 형은 내 앞에서 밝은 미소를 지운 적이 없었다. 유독 아버지의 앞에서는 표정이 달라졌지만, 적어도 쉽게 본인의 삶을 마감할 사람은 아니었다.

자살에 대해서 사람들이 알고 있는 보편적인 상식들이 있다. 자살할 사람은 조금이라도 티가 난다는 것. 하지만 형은 아니었다. 한 번도 형이 극단적인 선택을 할 것이라 생각한 적이 없었다.

이런 내 생각을 배반하듯 형은 오늘 새벽에 죽었다. 세상을 향해 비웃는 것처럼 목을 매달았다. 형을 마지막으로 본 어젯밤. 나는 평생을 살아도 어젯밤의 기억은 잊지 못할 거다. 형과의 마지막 대화. 마지막 기억.

어젯밤, 잠들기 전에 형이 내 방문을 두드렸다. 나는 침대에 걸터앉아 형이 입꼬리를 올리는 걸 똑똑히 바라봤다. 형은 기분이 좋아

보였다. 유원지에 처음 가본 아이가 솜사탕 하나를 꼭 쥔 것처럼. 그리고 말했다.

"모든 것은 어른들의 잘못이야."

나는 형의 말을 이해하지 못했다. 뜬금없는 소리였다. 형은 수수께끼만 남겨두고 방을 나갔다. 무어라 대꾸하지도 못하고 멀뚱히 닫힌 문만 바라보았다. 그게 살아 있는 형을 마지막으로 본 순간이었다. 마지막이 될 줄 알았다면 붙잡았을 텐데. 형, 그게 무슨 소리야? 형, 왜 그래? 형······.

오늘 아침, 본인 방 가운데에 매달려 있는 형을 발견했다. 평소와 같은 아침이었다. 우리는 같은 고등학교에 다녔기 때문에 항상 등교를 같이했다. 나는 1학년. 형은 3학년. 오늘따라 형의 방에서 인기척이 느껴지지 않았다. 이상했다. 등교를 준비하는 학생은 생각보다도 훨씬 분주하다. 나는 형의 방문을 열었다. 나를 반긴 건 축 늘어진 형의 몸이었다. 가만히 매달려 있는 형을 보고 경악했다. 경악으로 일그러진 마음 한구석에 경탄이라는 감정의 씨앗이 돋았다.

간신히 떨리는 몸을 추스르고 부모님께 사실을 알렸다. 부모님은 크게 놀라거나 당황해하지 않았다. 의외가 아니었다. 다른 사람들이 보면 얼마나 놀랍고 부조리하다고 생각할까. 아들이 자살을 했는데 부모는 비명조차 지르지 않는다. 말이 되지 않는 광경. 나는 그 부조리한 광경 속에 발을 딛고 있었다.

아버지가 시체를 밑으로 내렸다. 형의 얼굴은 딱딱하게 굳어 있었다. 나는 차마 형을 더 바라보지 못하고 방을 나왔다. 형언할 수 없는 묵직한 공기에 숨이 멎어버릴 것 같았다. 죽은 사람을 마주하는 건 처음이었다. 열일곱이라는 나이에 마주한 죽음. 그것도 가족이자 내가 가장 의지하는 형의 시체. 단어조차 낯선 시체를 바라볼 용기가 없었다. 나는 매고 있던 가방을 바닥에 던지고 넋을 놓았다.

이후의 일은 일사천리였다. 아버지는 처음부터 이런 일이 일어날 걸 예상하기라도 한 듯 아는 병원에 연락을 취했다. 병원과 연동되어 있는 장례식장으로 형의 시체가 빠르게 옮겨졌다. 이동하는 동안 부모님과 나는 한마디의 대화도 하지 않았다. 모든 장면이 꾸며진 대본을 옮겨놓은 것 같았다.

그 후로 몇 시간이나 지났을까.

조문객은 끊이지 않고 찾아온다. 사람만 바뀔 뿐 행동은 똑같다. 조의금을 내고 절을 하고 위로의 말을 전하고 자리로 가서 앉는다. 아는 사람과 같이 테이블에 둘러앉아 이야기를 나눈다. 형과 전혀 관련이 없는 이야기들. 뜨끈한 육개장을 먹고 술을 곁든다. 시간이 지나고 사람이 모일수록 시끄러워진다. 음악 부호가 하나 생각난다. 뭐였더라. 점점 세게. 아, 맞아. 크레센도.

하루 종일 곡소리를 내며 찾아오는 조문객들과 기계적으로 절을 주고받았다. 대게는 친척들을 포함한 아버지의 지인들이다. 내가 학교에 빠진 이유를 알게 된 친구들이 뒤늦게나마 장례식장을 찾아주었다. 아마도 선생님의 전갈이었으리라. 정신이 없어서 친구들을 제대로 챙기지 못했다. 누가 왔는지도 일일이 머릿속에 넣지 못했다.

그저 '와줘서 고마워, 식사하고 가' 라는 말만 되풀이했다. 친구들은 사정을 이해한다는 듯 나를 측은한 표정으로 바라보았다. 일제히 내 어깨를 토닥여 주고는 빈자리를 찾아갔다. 나는 그들 사이에 섞일 힘도 없이 자리를 지켰다.

드라마나 영화에서나 볼 법한 형사들이 장례식장을 찾아온 것은 자정을 향해갈 즈음이었다. 찾아오는 조문객이 줄어들고 북적이던 사람들이 잦아들고 있었다. 아까 낮에 경찰 조사를 받는다며 어머니가 다녀간 일이 있었다. 절차가 거기서 끝인 건 아닌 모양이다. 나는 자리에 주저앉아 벽에 등을 기댄다. 딱딱한 벽마저 푹신하게 느껴지는 건, 몸이 그만큼 피로하다는 증거다. 다리에 위치한 세포들의 비명. 전이되는 근육통. 약이라도 먹고 싶다.

분위기를 보니 오늘은 더 이상 절을 하지 않아도 될 것 같다. 조용해진 공간이 낯설다.

심장이 요동친다. 나는 형사들을 바라본다.

장례식장에 방문한 형사는 두 명이었다. 두 사람 모두 강인한 인상에 탄탄한 체격을 갖췄다. 보편적으로 형사라고 했을 때 떠올릴 수 있는 전형적인 모습이다. 드라마나 영화를 보면 배불뚝이 형사도 많이 보이던데 현실과는 달랐다. 뚱뚱한 형사는 현장에 오지 못하는 건 아니겠지. 우스운 생각이 들었다.

앞장서서 들어온 남자의 얼굴에는 자잘하게 깔린 흉터가 가득했다. 뭐라도 태울 듯한 눈빛은 당장에라도 나를 잡아먹을 것 같다. 형사라고 하지 않으면 주먹깨나 쓰는 조폭이라고 생각할지도 몰랐다. 하긴, 인터넷에서 본 어떤 글이 떠오른다. 복장을 똑같이 하고 경찰과 조폭을 섞어놓으면 구분하지 못할 거라는 글. 정의와 악은 어쩌면 평행선이 아닌 양끝을 향해 가는 직선이 아닐까. 출발점은 같지만 반대 방향으로 뻗어나가는 직선. …오버다. 사실 어떤 직업군이라도 겉모습만 보고는 구분하기 힘들다.

그런데 한 가지 의문이 들었다. 형은 자살했다. 자살 사건에도 이렇게 많은 조사가 이루어지는 걸까? 더군다나 형사가 직접 찾아올 정도로? 이런 경우는 처음인 데다 사전 지식이 없어서 의문투성이다. 물론 어른들이 해나갈 몫이겠지만.

살면서 경찰을 직접 마주하는 경우도 드물고 한 사건에 개입되는 경우는 더욱 드물다. 더군다나 직계가족의 사건. 사건이라기엔 평범한 자살이지만. 사람의 죽음엔 크고 작은 것도 없고 특별하거나 평범한 것도 없다. 똑같이 봐야 하는 게 맞다. 그래도 이런 유형의 자살은 금방 결론이 나고 조사가 끝날 줄로만 알았다. 무지에서 나오는 착각이었나.

아버지와 형사들이 대면했다. 나는 제자리에서 그들을 바라봤다. 기왕이면 끝까지 거리를 두고 싶다. 저곳에 있기 싫다.

조폭 같은 형사의 입이 열린다. 주위가 조용해진 탓에 대화 소리는 쉽게 들을 수 있었다. 형사의 목소리는 동굴이나 목욕탕에서 말하는 것처럼 낮게 울리는 저음이었다. 묵직한 저음이 귓가에 엷은 진동을 준다.

"죽은 최제호 군의 방에서 일기장을 발견했습니다. 요즘 학생치고는 제법 꼬박꼬박 일기를 썼더군요."

형이 일기를 썼다는 건 알고 있다. 애들도 방학 숙제가 아니면 쓰지 않는 걸 고등학생인 형은 꼬박꼬박 써댔다. 내가 가끔씩 방에 들어가면 일기장을 감추듯 덮었다. 무슨 내용을 쓰냐고 물었지만 형은 답하지 않았다. 같은 학교를 다니는 바람에 모든 스케줄이 동일했으므로 몰래 볼 기회도 없었다. 형은 본인의 일기장만큼은 꽁꽁 숨기며 살았다. 형이 죽은 뒤에야 일기장에 대한 내용을 듣게 되다니. 울컥, 눈물이 솟구친다. 한 번도 보지 못했던 형의 일기.

"일기장에는 대부분 한 가지 내용으로 가득했습니다. 혹시 어떤 내용인지 알고 계십니까?"

형사의 질문에 부모님은 아무런 말이 없다. 마주 선 아버지도, 뒤로 몸을 숨긴 어머니도. 모르는 건지 알면서도 모르는 척하는 건지 모르겠다. 형이 일기를 쓴다는 건 알았을까. 나는 차오르는 눈물을 닦으며 귀를 기울인다. 형사의 뒷말이 심장을 쿡 찔렀다.

"제호 군이 극심한 가정 폭력에 시달린 모양이더군요. 여기 아버님께 말입니다."

아버지의 눈썹이 씰룩거린다. 턱관절이 움직인 것으로 보아 이를 꽉 깨물고 있었다. 힘이 들어간 턱 근육이 볼록해진다. 성질을 부리고 싶어도 형사에게 부릴 순 없으리라. 아니나 다를까, 조폭 같은 형사의 눈빛이 아버지를 녹여 버릴 듯 이글거렸다. 저 눈빛을 잠깐이라도 마주한다는 게 신기할 지경이다. 얼마간의 정적 끝에 아버지가 간신히 말을 되받는다. 힘이 들어간 목소리다.

"내가 술주정을 조금 하긴 했지요. 그냥 가벼운 주정이었을 뿐이고, 가족 간의 사정일 뿐이니 신경 쓰지 않아도……."

형사가 단칼에 말을 자른다.

"그럴 수는 없습니다. 엄연히 사람이 죽은 사건입니다. 만약 제호 군을 죽음까지 내몰게 된 이유가 폭력이라면, 그에 해당하는 사람은 응당 처벌을 받습니다. 설사 가족이라고 할지라도 말입니다."

"……."

"집 냉장고에 남은 소주만 여덟 병이더군요. 거실에도 담가놓은 약술이 네 병이나 있던데. 평소에 집에서도 술을 자주 마십니까?"

형사의 강경한 말투에 내가 다 긴장된다. 말라서 잘 나오지도 않는 침을 애써 삼킨다. 침 넘기는 소리가 폭포수처럼 크게 들리는 착각이 들었다.

아버지는 술을 물처럼 마셨다. 거의 매일. 하루도 거르는 날이 없었다. 그러면서도 건강에 별다른 이상이 없는 게 놀라울 정도였다. 몸에서 받아주니까 퍼붓는 거겠지만 아버지의 음주는 너무 과했다. 덕분에 우리 집 냉장고엔 술병이 마를 날이 없었다.

"내가 술을 얼마나 먹든 무슨 상관인 건지, 참나."

아버지의 신랄한 말투에 형사가 어울리지 않게 웃음을 지었다. 웃음인지 경멸인지 분간이 되지 않았다. 표면은 웃음인데 속은 경멸인가. 아니면 내가 그렇다고 짐작하고 넘어가는 것뿐인가. 피워놓은 향내가 진하다.

"네. 알겠습니다. 술 말고도 드리고 싶은 질문이 하나 더 있습니다."

"뭔데요?"

"가족 관계를 조사해 보니 최제호 군은 두 분의 친아들이 아니더군요? 어릴 때 입양 기록이 있던데 그것과 관련해서 하실 말씀이 있으십니까?"

이번에야말로 핵펀치다. 제대로 뻗은 주먹에 얼굴을 정통으로 맞았다. 소스라치게 놀란 나머지 짧은 탄식이 나왔다. 형이 내 친형이 아니라고? 왜 여태껏 그런 사실을 알지 못했을까. 정말 몰랐다. 상상도 못 했다. 알 방법도 없었고 그런 사실이 숨겨져 있다고 생각한 적 없었다. 지극히 당연한 관계. 형과 동생. 우리는 '우리'였다. 부모님은 왜 고등학생이 된 두 아들에게 그런 말을 하지 않았을까, 아니, 혹시 형은 알고 있었을까. 모르겠다.

부모님의 입장이 이해 가지 않는 건 아니다. 우리의 정신적인 성장을 위해서 숨겼을 가능성이 크다. 괜히 신경 쓸까 봐. 굳이 알 필요 없으니까. 하지만 어떤 이유에서건 형이 내 친형이 아니었단 사실은 충격이다. 더구나 형이 죽고 나서야 알게 되다니. 참 지독한 타이밍이다.

"할 말 없으니까 그만 가쇼. 남의 집 사정이나 파헤칠 시간 있으면 살인사건 검거율이나 높일 것이지."

아버지가 불같이 화를 내며 자리를 피했다. 그 기세는 술을 마시고 형에게 주먹을 휘두를 때와 비슷했다. 의외로 형사는 아버지를 잡지 않았다.

휘두르는 주먹.

자주 맞았던 형. 군말 없이 맞았던 형. 어쩌면, 말을 하지 못했던 형.

나는 여태껏 아버지가 형에게 폭력을 행사하는 걸 두고 보기만 했다. 핑계에 불과하지만, 어차피 내가 바꿀 수 있는 상황이 아니었다. 어린 내가 무슨 힘으로 뜯어말릴 수 있겠는가. 평상시에 매번 그러는 것도 아니었다. 아버지는 술만 마시면 인격이 변했다. 다행히 어머니와 나는 건드리지 않았지만 유독 형에게 갖은 폭력을 일삼았다. 고성을 동반한 주먹과 발길질을 퍼붓고 나서야 안방으로 돌아갔다. 형은 묵묵히 맞으면서 끽소리도 내지 않았다. 나는 그때마다 연고와 수건으로 싼 얼음주머니를 챙겨 형의 방으로 갔다. 형은 아무렇지 않게 웃으며 고맙다고 내 머리를 쓰다듬었다. 하지만 웃음 뒤에 숨겨진 상처를 쉽게 느낄 수 있었다. 그 상처는 걷잡을 수 없이 덧나서 자살에 이르렀다.

친형이 아닌 사람.

왜 항상 형이 타깃인지 알지 못했다. 형 자신도 몰랐을까. 아님 알면서도 모르는 척했을까. 예전에 슬쩍 어머니에게 물어본 기억이 있다. 어머니는 그런 질문은 하지 말라며 발을 뺐다. 그냥 아버지가 술에 취해서 하는 행동이니 눈감으라고 다그쳤다. 가족이고 어른이니까. 어머니는 두루뭉술하게 넘어갔다. 어째서 형이 받는 상처는 생각하지 않았을까. 이해가 되질 않았다. 친자식이 아니라서 그랬나? 본래 기질 탓인가? 아버지에게 직접 물어볼 수도 없는 노릇이다. 물어보더라도 마땅한 대답이 나올 리 없다. 나는 입을 꾹 다물었다.

조폭 같은 형사는 어머니와 대화를 시작했다. 그리고 같이 들어왔던 다른 형사가 내 쪽으로 걸어온다. 다행히도 인상이 선하다. 둥근 얼굴에 선이 연한 이목구비. 순해 보이지만 내면에 뭘 숨기고 있을지 모른다. 가까이 온 형사가 온화하게 웃으며 자리에 앉는다.

"동생 최수호 맞지?"

목소리도 나긋했다.

"네."

"수호 군은 형이 아버지에게 맞는 걸 많이 봤었어?"

그렇다고 대답하려는 찰나, 아버지와 눈이 마주친다. 매섭게 쏘아보는 눈에서 살의가 느껴진다. 왜 밖으로 안 가고 있는 거야. 나는 입술을 깨물며 고개를 저었다. 차라리 형사와 둘만 있었더라면 좋았을 텐데.

"아뇨. 가끔씩 술에 취했을 때……. 그냥 조금 건드렸던 것 같아요."

난 겁쟁이다. 겨우 열일곱밖에 되지 않은 겁쟁이. 있는 그대로의 사실도 말할 수 없다. 형사는 내 말투와 표정에서 무언가 읽은 것처럼 미소를 머금고 내 볼을 톡톡 두드린다. 손이 따뜻했다.

"그럼 수호 군이 맞은 적은 있어?"

"없어요."

"그래, 그렇구나. 하루 종일 고생이 많네."

얘기를 금방 끝낸 형사는 미련 없이 자리를 털고 일어났다. 조폭 같은 형사도 어머니와 얘기를 마친 모양이다. 두 형사 모두 다시 찾아뵙겠다는 말과 함께 장례식장을 나갔다. 한바탕 파도가 휩쓸고 간 듯했다. 조용한 분위기에서 정체 모를 오싹함이 느껴진다. 씻지 못해 번들거리는 얼굴을 쓸어내렸다. 장소가 불편하다. 광활한 공간으로 벗어나고 싶다.

툭. 누군가 어깨에 손을 올렸다. 고개를 들어 보니 사촌 형이 측은한 얼굴을 하고 있었다. 동정하듯 바라보는 눈길에서 진심이 보였다.

"괜찮아?"

형의 물음에 희미하게 웃었다. 괜찮은 척 넘어가야 했다. 사촌 형인 송원우. 원우 형은 명절이 아니어도 몇 번씩 얼굴을 보고 연락도 제법 하는 편이었다. 친구들은 보통 친척들과는 교류가 없다고 하던데 나는 원우 형과 일상적으로 연락을 주고받았다. 평소엔 장난기도 많고 사람이 좀 가벼워 보이는 경향이 있는데 진지할 땐 한없이 진지한 사람이었다.

검은색을 좋아하는 형이라 블랙 코디의 끝을 봐왔지만 오늘처럼 정장을 입은 건 처음이었다. 곧 대학교를 졸업할 만큼 나이를 먹어서인지 잘 어울렸다. 아직도 교복만 입는 내게 원우 형은 어른이다. 감히 빨리 오기를 꿈꿔보는 어른.

원우 형이 얼굴을 들이밀어 속삭인다. 셔츠에서 향내가 난다.

"제호가 자살까지 할 정도로 많이 맞았어? 아님 다른 이유가 있는 거야?"

나도 따라서 볼륨을 낮춘다.

"많이 맞았어요. 아마 다른 이유는 없을 거예요."

"혹시 말이야."

원우 형이 주위를 슬쩍 두리번거린다. 절대 들켜선 안 되는 일을 꾸미기라도 할 것처럼. 아무도 이쪽을 보지 않았다.

"타살의 흔적은 없어?"

"네?"

"쉿. 혹시나 싶어서 물어보는 거야. 제호가 자살한 게 아니라면, 사실을 밝혀줄 적임자가 있거든."

"자살인지 타살인지 어떻게 알아요?"

"그것부터 밝혀달라고 하지, 뭐."

원우 형이 일어서며 손가락을 까딱인다.

"형 말고, 형 친구만 믿어."

장례식장을 나가는 원우 형의 뒷모습이 믿음직스럽다.

송원우는 장례식장을 나오자마자 어둠 속에 있을 유우신을 찾았다. 우신은 차들이 줄 선 주차장에서 걸어 나왔다.

"네 사촌이라고?"

우신이 말했다. 입김이 담배 연기처럼 피어올랐다.

"응. 최제호라고. 이제 열아홉인데 자살했어. 일단 자살이라고 하네. 참 밝은 아이였는데."

"근데 성이 다르네. 외사촌?"

"응. 동생도 하나 있어. 최수호. 방금 보고 나왔는데 얼굴이 반쪽이야. 안 그래도 여리여리한 앤데. 자기 형을 좋아했거든. 따르기도 잘 따랐고. 그런데 한순간에 자살을 했으니 얼마나 충격이 크겠어."

"근데 날 여기까지 왜 부른 거냐?"

틱틱대는 말투와는 다르게 우신의 표정은 진지했다. 은은한 달빛에 비춰진 얼굴엔 심연의 그림자가 끼어 있었다.

"친구로서 첫 사건 의뢰다."

"사건 의뢰?"

"제호가 자살인지 타살인지 밝혀주라. 타살이라면 범인도."

"왜 타살일지도 모른다고 생각하는데?"

"아무리 사람 속은 모른다고 해도 뜻 없이 죽을 애가 아니야. 자살이라니."

"다른 근거는?"

"가정 폭력이 심했어. 외삼촌, 즉 제호의 아버지가 제호를 많이 때렸지. 그것 때문에 자살을 했을 수도 있지만 폭력이 살인으로 번진 걸 수도 있어."

미안하게도 솔직히 구미가 당기지 않았다. 그래도 친구의 진지한 태도를 보며 우신은 알겠다고 답했다.

"그런데 첫 의뢰라니. 두 번째, 세 번째도 있을 것처럼 말한다?"

"사람 일은 모르잖아."

우신이 입술을 실룩였다.

2

4일 만에 등교하는 길은 여러 가지가 달랐다. 겨우 4일이 지났을 뿐이지만, 마치 4년이라도 흐른 것처럼 낯설다. 늘 함께 등교했던 형의 부재가 가장 영향이 컸다. 앞으로는 혼자라는 거에 적응해 나가야 했다. 문득 혼자라는 사실이 크게 와닿았다.

어쩐지 학교의 전반적인 분위기가 어둡다. 건물 전체에 그늘이 드리워진 느낌이었다. 흐린 날씨 탓은 아니었다. 학교 자체에서 뿜어져 나오는 어둠이 머리부터 짓눌러 나를 지배하는 것 같았다. 교실에 들어가고부터 내내 초점 없이 멍하게 앉아 있었다. 옆에 앉은 정우가 나를 걱정스레 바라봤다. 한정우. 정우는 내 가장 오랜 친구다. 초등학교 때부터 고등학교까지 같은 학교 출신이었고, 사는 동네도 쭉 같았다. 정신이 나가 있던 탓에 형의 장례식에 온 친구들을 제대로 기억하지 못했지만 정우만큼은 아니었다. 나는 정우를 보자마자 눈물을 왈칵 쏟았다. 가장 친한, 내 편이 되어줄 사람의 등장은 그만큼 영향이 큰 것이었다. 밀려드는 조문객들을 상대하느라 지친 나를 측은하게 바라보던 정우의 눈에서 진심 어린 걱정을 읽었다.

"좀 괜찮아?"

"응. 걱정해 줘서 고마워."

"오늘, 우리 집에 가지 않을래?"

이슬에 젖은 듯한 정우의 목소리에 고개를 끄덕였다. 형의 자살에 대한 상황을 정우에게 얘기해 볼까. 고개를 저었다. 관두자. 아무리 친한 사이라도 가정 폭력으로 인해 형이 자살했다는 말을 하긴 곤란하다. 정우가 우리 집을 어떻게 생각할까. 특히나 술만 마시면 손찌검을 했던 아버지를.

손바닥으로 이마를 짚었다. 머리가 지끈거린다. 형에 대한 생각은 접어두는 게 좋을 듯하다. 나는 학교가 파하자마자 교실을 재빨리 빠져나왔다. 잠시라도 이런 어두운 장소에 있기 싫었다. 평소와 달리 서두르는 나를 보며, 정우는 무슨 일이냐고 다그쳤다. 내가 별다른 대답을 하지 않자 정우가 어깨를 짚었다. 순간적인 통증에 정우의 손을 쳐냈다. 정우는 잠깐 놀란 표정을 지었지만 아무 말도 하지 않았다. 아마도 형의 죽음에 대한 충격이 커서 정신이 없으리라 생각할 거다.

정우가 사는 아파트는 우리 집에 비해서 족히 두 배는 넓은 곳이다. 어릴 적부터 자주 놀러 갔지만 갈 때마다 새로운 느낌이 드는 신기한 집이기도 했다. 자주 인테리어를 바꾸는 정우 어머니의 특성이

고스란히 담긴 탓이었다. 정우의 어머니는 여러 잡지에 실릴 정도로 유능한 인테리어 디자이너였다. 그래서인지 정우의 집은 다른 집과 비교해서 미적으로 뛰어났다. 인테리어에 대해 전문적으로 모르는 나 같은 사람도 쉽게 알 수 있을 정도였다. 계절마다 색다르게 바뀌는 정우의 집을 보고 있자면 절로 감탄이 나왔다.

엘리베이터가 1층으로 내려왔다. 아침부터 파고들었던 암흑의 물질이 계속 나를 건드린다. 엘리베이터 안은 너무 좁아 답답했다. 정우는 내 이마에 손을 갖다 대어 열을 체크했다. 나는 아픈 건 아니었다. 정말 형의 죽음으로 인해 충격을 받아서일까? 아니면…… 정확한 요인은 알 수 없었다. 심적으로 꿈틀대고 있는 건 맞지만 다양한 생각으로 인해 혼란스러웠다.

엘리베이터가 멈추자마자 정우가 내 손을 이끌고 내렸다. 어지간히도 내가 아파 보이는 모양이다. 정우는 급하게 비밀번호를 누르고 문을 열었다. 넓은 집에는 아무도 없었지만 삭막하기보다는 포근했다.

오래도록 정우의 집을 방문해 왔지만 다른 사람을 보는 경우는 드물었다. 그도 그럴 게 이 집엔 정우와 정우의 어머니 둘만 살고 있었다. 정우에게는 동생이 한 명 있지만, 따로 산 지도 5년이 훌쩍 지났다. 정우의 부모님이 이혼을 했기 때문이다. 오직 두 분의 선택으로 인해서 정우는 동생과 따로 살게 되었다. 정우는 어머니와, 동생은 아버지와 함께. 정우는 부모님이 이혼할 때 울지 않았다고 했다.

푹신한 소파에 앉아 있으니 정우가 고급스러운 잔에 담긴 차를 들고 나왔다. 잔에서는 옅은 김이 안개처럼 피어올랐다. 가만히 잔을 들고 온기를 느끼는데, 정우가 맞은편 소파에 앉아서 광대처럼 웃었다. 항상 내 앞에서 저렇게 웃기 일쑤다. 한 번은 저 얼굴이 가면이 아닐까 하는 어처구니없는 상상도 했다. 슬퍼도 무서워도 외로워도 늘 웃을 수 있는 가면. 실제로 그런 가면이 있다면 얼마가 들더라도 구입할 텐데.

"그거 들었어? 윤주랑 현식이가 자퇴했대."

정우가 말했다. 별로 놀라운 일은 아니었다. 우리 학교 학생들이라면 다 예상한 일이 아니었을까. 차를 한 모금 마셨다. 뜨거운 액체가 미끄러지듯 목덜미를 타고 흘러내린다. 정우는 내 반응을 기다리며 몸을 꼬았다. 나는 잔을 내려놓으며 마지못해 대답했다.

"결국?"

정윤주와 도현식. 둘은 학교에서 유명 인사였다. 겉으로 보기엔 평범하게 사귀는 고등학생 커플이었지만 뒤에서 일이 터지고 말았다. 교제하는 데 문제가 있었는지 종종 학교에 나오지 않기 시작했다. 급기야 둘 다 가출을 하는 사태가 벌어졌다. 소문으로는 선생님도 물론이고 양쪽 부모님들이 둘의 교제를 반대하면서 벌어진 일이라는데, 사실인지는 알 수 없었다. 소문은 백 퍼센트 믿을 수 없으니까.

아무튼 두 사람의 가출은 난감한 결실을 맺고 말았다. 윤주가 임신을 해버린 것이다. 이 일이 퍼지자마자 학교 전체가 술렁거렸다. 두 사람은 전교생들에게 손가락질을 받았고 학교에는 더 이상 나오지 않았다. 끝내 두 사람은 자퇴를 결정한 모양이다. 생각해 보면 어른들의 핍박을 받던 두 사람을, 적어도 우리 학생들은 보듬었어야 했다. 우리라도 이해해 주고 위로했어야 할 일이었는데. 왜 모두가 적이 되어 그들을 몰아냈을까.

정우가 내어준 차를 모두 마셨다. 아침부터 괜스레 두근거렸던 심장이 차츰 진정된다. 나는 거실 한가운데에 걸려 있는 시계를 보았다. 어느새 11시였다. 소파에서 일어나 가방을 맸다. 혼자 가겠다는데 굳이 데려다주겠다고 정우가 나섰다. 나는 그를 겨우 뜯어말리고 아파트를 나왔다. 정우는 한발 물러서며 아파트 입구까지만 배웅했다. 우리는 내일 또 만날 것을 기약하며 헤어졌다. 나는 까만 밤하늘에 박혀 있는 별을 지도 삼아 집까지 걸었다. 오늘따라 별이 많이 보인다.

　집까지는 금방이다. 서늘한 밤바람이 나를 맞이한다. 어두운 집 안은 형이 자살하기 전과 다를 바 없다. 현관문을 열자마자 보이는 건 부엌에서 새어나오는 빛이 전부였다. 강한 유자 향이 나는 건 물론이었다. 익숙한 향을 맡으며 집 안으로 걸어갔다. 향의 정체는 어머니가 항상 취침 전에 마시는 유자차였다. 한 TV프로그램에서 노화 방지에 탁월한 유자차를 취침 전에 마시면 좋다고 방영한 이후로 어머니는 매일 거르지 않고 유자차를 한 잔씩 마시고 잠자리에 들었다. 나도 종종 마셔봤지만 입맛에 맞지 않았다. 어머니는 원래 유자와 상극인 사람이 더러 있다고 손사래를 쳤다.

　"다녀왔습니다."

　부엌에 있을 어머니에게 인사했다. 대답은 없었다. 방으로 들어가 교복부터 벗었다. 몸이 한결 가볍다. 오늘 하루 동안 나에게 들러붙었을 어두운 잔해를 모두 제거하고 싶다. 얼른 욕실로 들어가 물부터 틀었다. 몸에 닿는 따뜻한 물줄기가 몸을 정화시켰다. 거울 속에 비친 보잘것없는 내 몸이 얼룩덜룩하다. 응어리진 불쾌한 감정이 물줄기를 타고 수챗구멍으로 들어갔다. 만족할 만큼 몸을 씻은 뒤 수건을 꺼냈다. 신성한 제물을 모시듯 몸 구석구석을 조심스레 닦았다.

부엌엔 여전히 불이 켜져 있다. 어머니의 인기척은 느껴지지 않았다. 무언가 이상해서 부엌으로 들어갔다. 그제야 어머니가 대답을 하지 않았던 이유를 알았다. 않은 게 아니라 못한 거였다. 떨리는 몸을 진정시키며 자리에 주저앉았다. 어머니는 부엌 바닥에 뻗어 있었다. 고통스럽게 일그러진 어머니의 얼굴로 다가갔다. 입에 거품이 껴 있다. 아직 숨은 붙어 있었다. 머릿속이 복잡했다. 어떡하지. 가슴보다 머리로 먼저 다가온 선택을 했다. 나는 폰을 들어 구급차와 경찰을 각각 불렀다.

테이블엔 어머니가 마셨을 유자차가 담긴 잔이 나뒹굴었다. 식어버린 차가 테이블과 바닥을 적신 채였다. 아직 양이 흥건한 것으로 보아 차를 마신 지 얼마 되지 않았다. 나는 벽에 기대어 사람들이 오길 기다렸다.

누구보다 먼저 집에 도착한 사람은 아버지였다. 아버지는 술에 취해 얼굴이 새빨개져 있었다. 나는 아버지의 소매를 잡아 부엌으로 끌었다. 아버지는 짜증 가득한 얼굴로 무슨 일이냐는 듯 눈을 부라렸다. 부엌으로 가는 동안 발목에 시체를 매단 것처럼 발걸음이 무거웠다. 어머니는 자리 그대로 누워 있었다.

"뭐야… 이 사람이 왜 이래."

형의 시체를 발견했을 땐 담담했던 아버지는, 어머니가 쓰러진 모습을 보고선 입을 쩍 벌리며 동요했다.

마침 시끄러운 사이렌 소리가 들렸다. 밝은 조명이 집 바깥을 맴돌았다. 곧바로 초인종이 울렸다. 맥이 탁 풀려 버려 후들거리는 다리를 이끌고 현관문을 열었다. 지금은 확실히 말할 수 있다. 나는 몸이 아프다. 며칠 전 형의 장례식장에서 봤었던 조폭 같은 형사를 맞이했을 때, 나는 자리에 쓰러지고 말았다.

3

송원우에게서 충격적인 소식을 들었다. 우신은 턱을 괴며 생각에 잠겼다. 최수호의 어머니가 독극물을 마시고 병원에 실려 갔다. 다행히 치사량만큼의 독은 아니었고 시간이 많이 경과된 상태도 아니라서 목숨은 무사했다. 하지만 한 가족 내에서 연속된 사건은 불길한 징조였다.

원우가 맞은편 의자에 앉아 이를 딱딱거렸다. 평소라면 신경 거슬린다고 타박했을 우신이지만 이번엔 가만히 두었다. 대신 몇 가지 질문을 쏟아냈다.

"유자차에 들어 있었다고?"

"응. 정확히 뭔지는 기억 안 나는데, 독극물이 소량 검출되었다고 했어. 어디서 구했는지 누가 넣었는지도 모르고."

"그건 당연하겠지. 그걸 알면 지금 이러고 있을 필요도 없으니까. 그 어머니는 아직 의식불명 상태지?"

"응. 아직 깨어나지 못했다고 들었어. 깨어나면 연락이 올 거야."

"그 동생은?"

"수호는 일단 학교에 갔다더라. 자습은 빠지고 병원에 갈 거래."

"너는 그 친척 가족에 대해서 아는 게 있어?"

"나야 뭐… 사실 수호랑 연락은 조금 하는 것 말고는 잘 모르지. 명절에나 볼까. 어떤 가정사가 있는지는 알 수 없잖아."

우신은 고개를 끄덕이고 자리에서 일어났다.

"어디 가게?"

"일단 가봐야지. 나는 아직 수호라는 애를 못 만나봤잖아."

두 사람은 택시를 잡아탄 뒤 병원으로 향했다. 방금까지 회사에서 업무를 하고 온 후라 우신은 정신적으로 피곤한 상태였지만 집중하려 애썼다. 학교에서 대충 시간이나 때우고 온 원우와는 달랐다.

병원에 도착하자마자 수호의 어머니가 있는 병실을 찾았지만 안으로 들어가는 건 불가능했다. 예상했던 터라 우신은 병원 앞 벤치에 앉아 최수호를 기다렸다. 원우가 캔 커피 두 개를 뽑아 들고 벤치로 왔다. 그리고 조심스레 운을 뗐다.

"가정 폭력이란 거 말이야. 단순하게 끔찍하다는 걸로는 표현이 안 될 정도로 고역인 것 같아."

"너는 당연한 소리를 뒤늦게 내뱉는 경향이 있어."

"말로만 들었지 체감하게 될 일이 없잖아. 공익광고에도 막 나오고 그렇지만, 이렇게 가까운 곳에서 일어나는 일일 줄은……."

원우가 애꿎은 시멘트 바닥을 발로 두드렸다. 친척의 일이니 직접적으로 와닿는 감정이 큰 셈이었다.

십 분쯤 지났을까. 힘없이 터덜터덜 걸어오는 최수호가 보였다. 우신은 감청색 교복만 보고 단번에 그가 최수호라는 걸 알았다. 원우가 소리를 내어 수호를 불렀다. 수호는 사촌 형의 방문에 살짝 미소를 짓더니, 옆에 있는 낯선 사람을 보고 이내 얼굴을 굳혔다. 경계하는 모양이었다. 우신은 최대한 표정을 밝게 해서 경계를 풀려고 했다. 최수호의 긴장이 풀어지지 않는 것으로 보아 효과는 없었다. 딱딱하게 굳은 그의 어깨선은 멀찍이 떨어져서도 눈치챌 수 있을 정도였다.

"몸은 좀 어때?"

원우가 가까이 다가온 수호에게 물었다. 수호는 괜찮다고 겨우 답했다.

"이쪽이 형이 말했던, 믿어도 되는 형 친구야. 인사해."

"안녕하세요."

목소리가 기어들어 갔다. 원래부터 소심한 성격인지 최근의 사건들의 영향 탓인지 알 수 없었다. 우신이 격려 차원에서 어깨를 두드리려는데, 수호가 황급히 몸을 움츠리며 피했다. 순식간에 분위기가 싸해졌다.

"오해하지 마. 수호가 낯을 많이 가려서 그래."

원우가 황급히 말했다.

"괜찮아."

우신의 대답에도 수호는 눈길을 피하며 입을 다물었다. 우신이 마시지 않은 캔 커피를 수호에게 건넸다.

"벤치에 앉아서 얘기 좀 할래?"

수호는 고맙다는 말도 없이 캔 커피를 받아 들고는 벤치에 가서 앉았다. 쌀쌀한 가을바람이 분위기를 읽은 것처럼 그들을 훑고 지나갔다.

"갑자기 사건이 터져서 많이 힘들지?"

"……."

"나도 장례식에 갔었거든. 어떤 이유로든 형이 자살했다면 나는 못 견뎠을 거야. 그래도 수호는 대단하네."

"…저 때문이에요."

"응?"

"형은 저 때문에 죽었어요."

원우가 놀라며 끼어들었다.

"그게 무슨 소리야?"

우신이 가만히 있으라는 의미로 원우의 등짝을 때렸다. 그리고 원우가 했던 말을 그대로 다시 읊었다.

"수호야. 그게 무슨 소리야?"

잠깐 숨을 고르던 수호가 묵묵히 말을 이었다.

"저는 아무것도 하지 않고 보기만 했어요. 형이 그렇게… 아파하는데도… 아무런 도움이 되지 못했어요. 그저 방관만 했어요. 저는, 저는……."

힘겹게 말하는 수호의 목소리에 울음기가 가득했다. 붉게 물든 눈에 눈물이 맺혔다. 금방이라도 울컥 쏟아질 기세였다.

"괜찮아. 네 잘못 아니야. 네가 죄책감 가질 필요 없어. 너도 일종의 피해자니까."

우신은 '일종의 피해자'라는 단어를 쓰며 원우의 눈치를 살폈다. 아무래도 피해자라는 단어가 주는 의미가 너무도 부정적인 탓이었다. 수호를 피해자라고 표현했다는 것은, 그의 아버지를 가해자라고 단언하는 말이었다.

"아무튼 형에 대해서, 혹은 가족에 대해서 조금이라도 얘기해 줄 수 있겠니?"

"아버지가 폭력적이세요."

의외로 빠른 답변이 술술 나왔다.

"특히나 술만 마시면 더 폭력적으로 변했어요. 항상 형을 두드려 팼거든요. 정신 나간 사람처럼……."

"너는 안 맞았어?"

"네. 저는 건드리지 않았어요."

아직 긴장감이 가시지 않아서일까, 아니면 죄책감이 서려 있기 때문일까. 목소리가 미세하게 떨리고 있었다. 형과는 다른 대우. 자살을 할 정도로 맞았던 형과 달리 평탄했던 본인. 당사자만 알 수 있는 죄책감일 거라고 우신은 생각했다. 제삼자는 감히 이해하지 못할 감정이 소용돌이치지 않을까.

우신은 질문을 바꿨다.

"그럼 네가 봤을 땐 형이 자살했을 거라고 생각해?"

"잘 모르겠어요. 형은 절대 약한 사람이 아니었지만, 그러니까 워낙 고통이 컸다면요."

"자살을 했을 수도 있다는 거네?"

"제가 생각할 때는 그래요."

최수호에게서 느껴지던 떨림이 조금은 잦아들었다. 짧은 대화였지만 우신이 느끼는 최수호는 그야말로 어린 소년에 불과했다. 형인 최제호는 어떤 사람이었을까. 병원 앞을 지나다니는 사람들이 물결처럼 지나갔다. 우신은 이를 딱딱거리며 벤치에서 일어났다.

"수호야. 네가 좀 도와줄래? 네 형이 있던 방을 보고 싶거든."

모든 사건은 현장이 우선이었다. 우신은 수호가 사는 집, 특히 죽은 최제호의 방에서 필수적으로 큰 열쇠를 발견하리라 믿었다. 원우마저 몸을 일으키자 수호도 마지못해 주춤거리며 벤치에서 일어났다.

병원에서 집까진 택시로 십오 분 거리였다. 도착한 연미동은 근방에 2층짜리 단독주택이 쭉 나열된 동네였다. 나름대로 중산층들이 거주하고 있는 셈이다. 우신은 잘 정렬된 집들 사이를 뚫고 가는 택시 안에서 눈알을 굴렸다. 수호가 사는 집은 큰 모퉁이를 돌아 정중앙에 있는 갈색 집이었다. 세 사람이 택시에서 내리자 약한 비가 내리기 시작했다.

"요즘 날씨가 너무 오락가락하는데."

원우가 하늘을 보며 탓하듯 말했지만 받아주는 이는 없었다. 앞장선 수호를 따라 집으로 들어갔다. 거뭇한 하늘 못지않게 집 안은 서늘하고 어두웠다. 수호가 얼른 불부터 켰다. 1층이 거실을 중심으로 환하게 밝아졌다. 입구 쪽에 바로 2층으로 올라가는 계단이 있었다. 거실 왼쪽엔 베란다, 오른쪽엔 주방, 안쪽으로 큰방과 화장실이 있었다. 2층짜리 주택임을 감안했을 때 가장 익숙하게 느껴지는 구조였다. 우신은 먼저 부엌으로 갔다. 수호의 어머니가 독극물을 마시고 쓰러진 곳이다.

"수호야. 네가 어머니를 발견했을 당시를 말해줄래?"

우신이 최대한 친절한 말투로 물었다. 가식이 섞여 있는 친구의 말을 들으며 원우는 옆에서 몸을 배배 꼬았다.

"학교를 마치고 집에 왔어요, 아니, 친구 집에 먼저 갔었어요. 거기서 조금 있다가 집으로 왔어요. 아무튼 들어와서 바로 인사를 했는데 조용했어요. 주무시고 있지 않은 이상, 인사를 받으시거든요. 그런데 부엌에 불이 켜져 있는데도 어머니가 아무런 말씀이 없으셨어요."

"바로 부엌으로 들어왔어?"

"아니요. 일단 2층으로 올라갔어요. 방에서 옷을 갈아입고 샤워까지 하고 다시 1층으로 내려왔어요."

"잠깐만. 2층 구조는 어떻게 되어 있어?"

"제 방과 형 방이 하나씩 있고 욕실 겸 화장실이 하나 있어요. 그리고 창고로 쓰는 작은 방이 하나 있고요."

좋은 집이네. 우신은 그렇게 생각하며 수호에게 계속 말을 이으라고 손짓했다.

"1층으로 내려와서 바로 부엌으로 갔어요. 불이 켜져 있었고 어머니가 마시는 유자차 향이 났거든요. 그런데 어머니는 식탁이 아니라 바닥에 쓰러져 있었어요. 잠깐 동안은 어떻게 해야 할지 몰라서 시간을 지체했지만 곧 신고를 했어요."

"그래. 누구나 그런 상황을 맞이하면 어떻게 해야 할지 판단이 안 서지. 구급차를 부른 거구나?"

"네. 경찰도 같이."

우신이 식탁 위에 있는 선반을 찬찬히 훑었다. 특별히 발견한 건 없었다. 냉장고 문을 열었다.

"유자차는 역시 경찰이 가져갔나 보네."

"그렇겠지. 사건 조사를 해야 하니까."

원우가 답했다. 수호는 손을 앞으로 모으며 두 형을 번갈아 보고 있었다.

"2층으로 가보자."

우신은 한걸음에 부엌을 나와 계단으로 향했다. 저벅저벅 계단을 올라가는데 원우와 수호가 뒤따라오고 있었다. 왠지 그 꼴이 우스웠다. 2층에 먼저 다다른 우신이 가장 앞에 보이는 문을 열었다. 잡동사니가 있는 것으로 보아 창고로 쓰는 작은 방이었다. 반대편 문엔 화장실이라는 문패가 달려 있었다. 남은 건 안쪽에서 마주 보고 있는 두 개의 방.

"어디가 네 방이야?"

정확히 묻고 싶은 건 죽은 최제호의 방 위치였지만 일부러 수호의 방을 물었다. 수호가 왼쪽을 가리켰다. 우신은 오른쪽 문을 열고 손을 더듬어 스위치를 찾아 켰다. 깔끔하게 치워진 방이 나왔다. 세 벽면에 침대와 책상, 옷장이 있고 가운데는 비워놓은 공간. 평범한 방이었다. 우신은 교복이 걸린 옷장을 지나쳐 최제호의 얼굴을 찾았다. 책상 위에 놓인 사진에 눈길이 갔다. 사진 속에서 최제호는 동생 수호의 어깨에 팔을 두르며 환하게 웃고 있었다.

"형을 발견했을 당시를 말해줄래? 힘들겠지만 부탁할게."

본질적으로 똑같은 질문이었지만 수호에겐 형이 죽은 상황이 받아들이기 더 힘든 게 분명했다. 어머니보다 형과 더 가까웠을지도. 아니면 이미 죽은 사람과 어쨌거나 살아 있는 사람과의 차이일지도 몰랐다. 수호는 한눈에 봐도 겁을 먹은 표정이었다. 밖에 지나다니는 사람 백 명을 데려와 물어봐도 똑같이 생각할 정도로 창백해졌다. 우신은 조금 진정할 시간을 주기로 했다. 원우가 옆에서 수호의 등을 토닥였다. 몸을 움찔거리는 수호의 표정이 한껏 찡그려졌다.

우신은 최제호의 책상 앞으로 갔다. 책장엔 온갖 교재들과 시집들이 있었다. 시집이 제법 많아서 의아했지만 수능을 준비하는 고등학생이니 그럴 만도 했다. 뭐라도 있을까 싶어 서랍을 꼼꼼히 뒤졌지만 수확은 없었다. 말끔하게 정리된 방. 보통 자살하려는 사람은 그전에 본인의 보금자리를 말끔히 정리한다. 폭력의 수위가 높아져서 실수로 죽인 게 아니라면, 최제호는 자살이 맞지 않을까. 우신이 머릿속을 정리하는 동안 몇 분간의 정체된 시간이 흘러갔다. 수호의 표정이 한결 누그러졌다.

"평소처럼 형의 방문을 열었어요."

수호의 작은 목소리가 고요한 방 안을 채워 나갔다.

"특별히 다를 게 없었어요. 평범한 아침이었는데, 형이 죽어 있었어요. 저는 바로 자리에 주저앉았어요."

살면서 한 번도 보지 못했을 광경. 형이라는 가까운 사람의 죽음. 겨우 십 대 소년이 감당하기엔 너무도 큰일이었다.

우신이 말했다.

"내가 들은 바가 없어서 말인데. 혹시 유서는 못 봤어?"

기묘한 침묵이 시작되었다. 자살이라면 유서가 있을 확률이 높다. 물론 유서를 가장 먼저 발견한 가족 중 누군가가 없앨 가능성도 있었다. 유서 내용이 본인에게 불리할 테니까. 침묵을 깨뜨린 건 원우였다.

"없었대. 장례식장에서 들었어."

우신은 고개를 끄덕이고는 수호와 눈을 마주쳤다.

"형을 마지막으로 봤을 땐 어땠어?"

"그게… 모든 건 어른들의 잘못이라고 했어요. 밤에 자기 전에요. 그러고 형 방으로 돌아갔어요."

"그날은 형이 아버지에게 맞았을까?"

"모르겠어요. 보진 못했어요."

"새벽엔?"

"네?"

"새벽에 형이 이 방에서 아버지에게 맞았다면 소리는 들렸겠지?"

"…네."

"들었어?"

대답하기까지의 공백이 조금 길어졌다. 기억이 나지 않는 걸까, 아니면 대답하기가 곤란한 걸까.

"아니요. 잠에서 깬 적은 없어요."

우신은 수호와 마주 보고 있던 시선을 거두었다.

"그래. 어차피 폭력으로 인해 죽었다면 사인이 달랐겠지. 많이 맞은 건 사실이지만 목숨에 지장이 있었던 건 아닐 거야. 이번 사건은 기본적으로 최제호가 자살을 한 것이 맞다는 전제를 깔고 시작해야 돼. 그게 맞아. 최제호는 새벽에 혼자 자살을 했어. 다만 어딘가에 유서를 남겼을 것 같은데, 그걸 찾아야 돼. 누군가 없애 버렸다면 별수 없지만."

추론보다는 감이었다. 하지만 이 감은 틀리지 않을 거라 생각했다. 우신은 상의도 없이 방을 나섰다. 지금 당장 밟아갈 단계가 떠오르지 않았다. 가느다란 초에 붙여진 불꽃처럼 미약한 갈피는 있었지만 단언하진 못했다.

우신이 집 밖을 나서는 동안 원우가 수호에게 몇 마디를 건네고는 잽싸게 따라붙었다. 다행히도 비는 그쳤다.

"뭔가 알 것 같아?"

원우가 물었다. 우신이 코웃음 쳤다.

"나를 높게 평가해 주는 건 고마운데, 난 신이 아니야. 단서가 있어야 조합이라도 해보지. 뭐, 아주 없었던 건 아니지만."

우신은 원우를 남겨둔 채 택시를 잡아탔다. 혼자 있고 싶었다. 본인이 도출한 답을 재가공해야 했다. 원우에겐 대충 둘러댔지만 이 사건에서 의심스러운 정황들이 보였다, 아니, 제법 많았다고 보는 게 맞을 것이다. 각자의 인생에 주어진 '시간'이라는 건 속일 수 없는 노릇이니까. 우신은 쓸쓸한 입맛을 다셨다.

4

눈을 뜨는 게 힘겹다. 아침이라고 생각되지 않을 만큼의 깜깜한 어둠이 나를 맞이했다. 휑한 토요일. 도저히 주말을 여는 분위기라곤 느끼지 못할 적막만이 집 안을 감싸고 있다. 나는 방을 나와 1층으로 내려갔다. 1층은 베란다를 통해 들어오는 빛이 많아 그런대로 밝았다. 갑자기 밝아진 빛에 눈을 적응시켰다. 부엌에서 달그락거리는 소리가 들리는 듯한 착각이 들었다. 말 그대로 착각이다. 소리를 낼 사람이 없다. 내가 며칠 사이에 봐온 것들이 모두 환영인 듯 사라졌다. 나는, 나는 우두커니 서 있다.

아버지는 방에 있을 거다. 방문을 열면 알싸한 술 냄새가 가득 퍼지겠지. 나는 안방은 거들떠보지도 않고 화장실로 들어가 거울을 봤다. 거울 속에 비친 나는 무척이나 퀭한 모습이다. 형이 죽은 이후로 집이든 학교든 어둡다고만 느꼈는데, 정작 어두운 건 나였다. 그래도 끼니는 꼬박꼬박 챙겨 먹었는데, 며칠 동안 굶은 사람처럼 초췌했다.

대충 씻고 방으로 돌아와 옷을 갈아입었다. 그리고 누가 잡아채기라도 하듯 빠르게 집을 나섰다. 지친 심신을 달래기 위해 정우의 집으로 향했다. 갑갑한 기분을 떨치려고 허겁지겁 달렸다. 복잡한 미로의 유일한 출구를 찾아 헤매이듯이. 지금의 나에게 활로가 되어주는 친구가 필요했다.

부스스한 모습으로 문을 열어준 정우는 아이스크림을 먹고 있었다. 역시나 혼자였다. 정우의 옆으로 가서 들고 있던 숟가락을 빼앗았다. 정우는 순순히 숟가락을 내주었다. 아이스크림엔 초콜릿 크림이 섞여 있다. 나는 그 부분만 솎아내서 퍼 먹었다.

숟가락을 입에 넣은 채 우리 집만큼이나 익숙한 거실을 둘러보았다. 정우와 어머니가 찍은 사진이 액자에 걸려 있다. 예전에는 네 명이 담겨 있었을 가족사진은 여백이 많아 보였다.

오른쪽 베란다에는 가지각색의 화분이 자리 잡았다. 그중 유난히 붉은 꽃잎이 눈에 띄었다. 나도 생기 넘치는 모습이고 싶다. 저 꽃잎처럼. 비에 젖어 눅눅해진 꽃잎은 싫다. 꽃은 항상 파릇파릇한 모습이어야 아름다우니까. 누구나 밝은 미소로 바라보는 꽃잎으로 산다면 얼마나 좋을까. 조심스러운 손길로 어루만지는 고귀한 대상이 되는 기분은 어떨까. 어설프게도 붉은 꽃잎을 시기했다.

바깥 창살 사이로 건물들이 비친다. 순수한 자연은 사라지지만 인공으로 만든 자연은 계속 증가하는 것 같다. 저기 보이는 빌딩숲처럼. 나는 많은 사람들이 속한 저 숲속에 속할 수 있을까. 저 숲에, 나는.

정우가 내 어깨를 짚었다. 너무 혼자만의 사념에 아득히 사로잡혔다. 나는 고개를 흔들고 아무 일도 없다는 듯 정우에게 물었다.

"넌 학교 졸업하면 뭐부터 하고 싶어?"

"그냥 마음 가는 대로 살고 싶은데, 어려울까? 자유롭게 선택해가면서 산다는 게 어떤지 알고 싶어."

정우는 고민도 하지 않고 답했다. 이 질문을 여러 차례 던졌지만 대답은 늘 비슷하다. 정우는 어른에 대한 기대감이 없었다. 세상의 잣대에 휘둘리지 않고 본인이 원하는 선택을 하는 게 꿈이라고 말하기 일쑤였다. 그게 가능할 린 없지만 입 밖으로 내지 않았다. 사실 본인도 잘 알면서 말이라도 희망적으로 하는 게 아닐까. 나이가 어려도 세상이 녹록치 않다는 건 알고 있으니까.

"예를 들면?"

"음……. 자식 생각은 하지 않고 이혼하는 거라든지."

정우의 목소리에 쓸쓸함이 담겨 있다. 거실 벽에 걸린 가족사진이 초라해 보인다. 정우는 그 액자에서 눈을 떼지 않았다.

"술 마시고 아들을 두드려 패는 것도 그렇지."

이번엔 나의 말이었다. 정우는 무슨 소리냐는 듯 눈을 치켜떴다.

"아, 설마 네 형이 죽은 게… 그 때문이야?"

"응."

결국 말하고 말았다. 정우는 절친한 친구니까 괜찮지만 다른 사람들은 어떨까. 가족 중에 자살한 사람이 있고 그 원인은 가정 폭력 때문이란 사실을 안다면 말이다. 나를 동정하며 측은한 눈빛으로 보겠지? 불쌍하게 바라보며 속으로 별생각을 다 할지도 모른다. 여러 가지 성향 중에 유전이라는 건 무시할 수 없을 테니까. 실제 나와는 상관없더라도 사람들은 믿고 싶은 대로 믿겠지.

정우는 더 캐묻지 않고 말을 이었다.

"고등학생이 임신하는 걸 허락하는 거. 나이 들면 그런 것도 쿨하게 넘어가 주고 싶어. 올바른 행동이라고 할 순 없지만 나쁜 행동이라고도 할 수 없잖아. 자기들이 책임만 확실히 지겠다면."

자퇴한 윤주와 현식이 생각났다. 두 사람은 지금쯤 뭐 하고 있을까. 아기는 낳기로 했을까. 아님 최악의 선택을 해버렸을까. 비록 같은 학생끼리도 보듬어주지 못한 그들이지만, 어른의 굴레에 박히진 않았으면 했다.

"어른이면 뭐든 될 것 같잖아. 단지 어른이란 이유만으로도. 위계상으로 어른인 사람들은 전부 권력자야. 우린 권력을 지닌 사람들이 휘두르는 대로만 움직여야 하지. 설사 그게 잘못된 거라도 말이야."

아! 정우의 말에 정신이 번쩍 들었다. 비슷한 문장이 머릿속에서 겹쳤다. 형이 자살하기 전에 내 방으로 들어와서 했던 말.

'모든 것은 어른들의 잘못이야.'

나는 서둘러 자리에서 일어났다. 정우의 말에서 중요한 힌트를 얻었다. 형이 내게 내놓은 문제의 답이었다. 여태껏 문제라고 생각도 못 했다. 왜 마지막 밤에 내 방으로 찾아와 그런 말을 했을까? 그것에 대한 궁금증이 이제야 풀렸다.

"집에 가봐야겠어."

황급히 달려 나가는 나를 정우가 붙잡았다. 순간, 마주한 시선을 피할 뻔했다. 정우의 까만 동공에선 형용할 수 없는 강한 기운이 흘러나왔다. 그 속엔 걷잡을 수 없는 강렬한 호기심이 포함되어 있었다.

"너 지금 되게 불안해 보여. 괜찮은 거야? 집에 같이 가줄게."

괜찮다고 만류했지만 정우는 고집을 꺾지 않았다. 혼자 가겠다는 데도 기어코 우리 집까지 따라왔다. 현관의 구두는 그대로였다. 다행이다. 고요한 집 안에 발을 디뎠다. 벌레 한 마리만 기어 나와도 기겁할 것 같이 조용했다.

곧장 2층으로 올라갔다. 정우는 그래도 인사가 먼저라고 생각했는지 따라 올라오지 않고 안방 쪽으로 갔다. 나는 희미하게 울리는 노크 소리를 들으며 형의 방문을 서둘러 열었다. 시간이 부족했다. 형이 마지막으로 했던 말. 모든 것은 어른들의 잘못이라는 말. 그리고 정우가 말했던, 위계상으로 어른인 사람들은 모두 권력자라는 얘기. 다른 입에서 나온 두 문장이 하나의 답을 가리켰다.

모든 시발점은 형의 자살이었다. 어른. 잘못. 권력. 위계. 부당. 폭력. 여러 개의 키워드가 입안에서 맴돌았다. 여기서 형이 내게 남긴 메시지는 한 권의 시집을 가리켰다. 그동안 책장을 자주 살피며 형과 많은 대화를 나눴다. 직접 꺼내어 읽기까지 했다. 왜 이제야 기억이 떠올랐을까.

가장 아래 책장에서 형이 자주 읽었던 시집 한 권을 꺼냈다.

'어른은 권력이다'.

제목이 끌린다며 무턱대고 구입했던 시집이었다. 형은 이 시집을 꽤나 진지하게 정독하곤 했다. 나는 페이지를 재빨리 넘겼다. 중간쯤 되니 페이지 사이에 꽂혀 있던 종이가 밑으로 떨어졌다. 얼른 주워서 펼쳤다. 누군가 나를 보고 있다면 거짓된 탐욕으로 가득한 표정을 읽을 수 있지 않을까. 시집에서 나온 종이는 내가 그토록 찾았던 형의 유서였다. 지체할 겨를이 없다. 유서를 반듯하게 접어 주머니에 넣고 내 방으로 갔다. 그리고 그때.

"수호야!"

정우의 외침이 온 집 안을 울렸다.

"빨리… 빨리 와!"

1층으로 내려갔다. 정우는 아버지가 있을 방문 앞에서 거친 숨을 몰아쉬고 있었다. 창백한 얼굴은 평소 정우에게서 볼 수 없는 낯빛이었다.

정우에게 다가가 옆으로 비켜서게 했다. 안방으로 들어가자 역한 술 냄새가 코를 찔렀다. 아버지는 침대에 엎드린 채 누워 있었다. 한 손으론 이불을 강하게 움켜쥐고 있었고 다른 손은 배 밑에 깔려 보이지 않았다. 침대 옆 테이블에는 소주 몇 병과 거실에서 가져온 커다란 약술 한 병이 있었다.

침대 앞으로 다가가 아버지의 몸에 손을 갖다 대었다. 더 면밀히 살펴보거나 맥을 짚을 필요는 없었다. 죽어버린 몸은 이상하리만큼 쉽게 알 수 있었다. 정우가 안으로 들어와 내 옆에 섰다.

"괜찮아?"

정우의 큰 손이 내 등을 토닥였다.

"일단 신고부터 해야지."

정우가 폰을 꺼내 신고하는 동안 나는 품속에 넣어뒀던 형의 유서를 꺼냈다. 형사에게 제출해야 할 중요한 증거물이다. 신고를 마친 정우가 내 손에서 종이를 채 갔다.

"이게 뭐야?"

밝은 거실로 나가며 정우가 유서를 읽어 내려갔다. 나는 몇 번이나 본 유서를 곁눈질하며 소파에 앉았다. 종이엔 인쇄된 활자가 제법 길게 적혀 있었다.

〈사랑하는 동생에게〉

식상한 멘트지만, 네가 이 글을 읽을 때면 난 이미 세상에 없을 거야. 너에게 주는 첫 편지가 유서라서 미안해. 참고로 지금은 내가 너에게, 모든 것은 어른들의 잘못이라고 말한 직후야. 지금은 그게 무슨 뜻인지 모르겠지만 나중엔 분명 내 말을 이해하게 될 거야. 내가 없어도 부디 잘살기를 바라. 너는 모르겠지만 나는 너를 무척이나 아꼈어. 내 처지를 비관하면서 너를 미워한 적은 없었어. 그것만큼은 믿어주기를.

나는 항상 이유가 궁금했어. 내가 왜 이렇게 집에서 맞고 살아야 하는 걸까. 솔직히 왜 나만 맞아야 하는지도 추가적으로 궁금했어. 답 없는 문제였지. 실은 단순한 결론이야. 맞아. 나는 가장 밑바닥 계급으로 산 거야.

어른의 권력 아래서 찍소리도 못하고 산 거지. 분풀이용 샌드백으로 전락하면서.

거의 매일 아버지에게 맞으면서 죽고 싶을 만큼 괴로웠어. 죽음을 선택하게 될 정도로 말이야. 어머니는 뻔히 상황을 보고도 항상 모른 척했지. 네가 아무것도 하지 못하는 건 당연해. 넌 어른이 아니니까. 개입할 수 없었으니까.

자살할 결심을 하니 세상이 달리 보이더라. 억울했어. 그때 복수라는 단어가 떠올랐지. 권력을 뒤엎을 수 있는 유일한 복수. 모든 사람은 죽음 앞에서는 평등하니까.

수호야. 머지않아 부모님이 모두 죽을 거야. 너무 놀라지는 마라. 그건 전부 내가 저지른 짓이니까. 너한테는 너무 미안해. 가족이란 울타리 없이 혼자 남게 되니까. 하지만 이해해 줬으면 좋겠어. 내가 매일 맞아가며 고통을 참아내던 걸 누구보다 잘 알 테니까. 부디 내 복수를 눈감아주길.

나는 두 사람을 죽이기 위한 덫을 놓았어. 오늘 새벽, 나는 죽겠지만 내가 놓은 덫이 두 사람을 차례대로 죽이게 될 거야. 사람을 죽이는 건 되게 쉬운 일이야. 우리 주위엔 쉽게 구할 수 있으면서도 절대로 먹어서는 안 되는 것들이 아주 많거든.

그걸 마시게 하는 건 일도 아니야. 어머니가 마시는 유자차? 유리병에 미리 유자를 절여놓으니까 뭔가 넣어놓는 건 쉽지. 아버지는 훨씬 간단해. 본인이 그렇게 좋아하는 약술이 널려 있잖아.

단지 우리 집안의 문제가 아니라 이 세상은 소수 어른들의 세계로 미쳐 돌아가고 있어. 말도 되지 않는 권위주의가 판치고 있지. 나는 그걸 막고 싶지만 아무런 힘이 없고. 그래서 이런 비극적인 죽음을 선택하지만 후회는 안 해. 부디 너는 그렇게 살지 않기를 바란다. 제발 잘 살아라, 수호야.

　—널 사랑하는 형이

　유서를 다 읽은 정우가 경악하며 옆으로 왔다. 내게 내미는 손이 잘게 떨고 있었다. 나는 종이를 받아 들었다.
　경찰들이 집으로 들어오는 건 금방이었다. 이제는 익숙해진 형사의 얼굴이 보였다. 나는 더 이상 그들을 보며 주눅 들지 않았다. 몰려든 사람들이 곧장 현장을 살폈다. 조폭 같은 형사는 내게 다가와 측은한 표정을 지었다.
　"수호 군. 정신없겠지만 몇 가지 바로 물어볼 말이……."
　"네. 물어보세요. 최대한 아는 대로 협조할게요."
　형사의 말을 자르며 당차게 말했다. 정우가 힘을 실어주듯 손을 잡았다.

5

　일주일이 지났다.
　일요일이지만 상쾌하다거나 들뜨는 마음은 조금도 없었다. 유우신은 지난주 이틀에 걸쳐 번복되는 소식에 적지 않은 충격을 받았다. 금요일만 하더라도 수호의 아버지가 제호의 자살에 막대한 책임이 있는 것으로 간주되어 구속될 수 있단 정보를 들었다. 수호의 어머니가 정신을 차렸다는 반가운 소식도 들었다. 물론 안정을 취해야 한다는 이유로 만날 기회는 없었지만 죽지 않은 것만으로도 다행이었다.

그런데 토요일. 그전의 두 소식은 잊어버리라는 듯 연거푸 폭탄이 날아들었다. 우선 수호의 아버지가 사망했다. 우신은 원우에게 이 얘기를 듣자마자 기어코 끝까지 일이 터졌다고 생각했다. 자살과 살인, 이 연쇄적인 죽음의 끝은 한 가정의 몰살이라 여기고 있었다. 그 일이 오지 않길 바랐지만 결국 일어나고야 만 것이다. 장례식은 빠르게 치러졌다.

더 큰 충격을 일으킨 폭탄은 뒤이어 터졌다. 이번 사건의 범인이 한 장의 유서를 통해 밝혀진 사실이다. 수면 위로 드러난 진실은 최제호가 범인이었다. 비록 일차적이긴 하지만 그의 범행은 충분한 사실로 뒷받침되었다. 자살과 살인을 동시에 저지를 법한 명분이 너무도 완벽했던 탓이다. 극심한 가정 폭력을 이기지 못해 자살. 그전에 폭력의 주범이었던 아버지와 방관자인 어머니를 죽일 준비를 했다는 시나리오는 굳이 건드릴 필요도 없이 앞뒤가 맞았다.

"이렇게 사건이 마무리가 된다고?"

목소리에 힘이 빠졌다. 우신은 왠지 모를 허탈감을 느꼈다. 사건이 마무리가 되었는데 개운하지 않은 건 무엇 때문일까. 끝이 좋지 않아서? 답을 내리려고 했는데 예상치 못한 개입에 당황해서? 어느 쪽이든 한 대 맞은 셈이었다.

아니야.

폰을 들었다. 원우에게 전화를 걸었다. 연결되자마자 만나자고 말했다. 고운 말이라기보다 협박에 가까울 정도로 거칠었다.

이대로 결론이 나더라도 내가 할 일은 끝마치겠어.

우신은 곧장 원우를 만나러 갔다. 이쪽의 다급함 정도는 눈치챘는지 원우도 재빠르게 카페로 나왔다.

"그것부터 보자."

다짜고짜 우신이 손을 내밀었다. 손 위로 원우의 휴대폰이 올려졌다. 무언가를 찍은 사진이 켜진 채다.

우신이 화면에 뜬 사진을 확대해서 찬찬히 읽었다. 사진은 최제호의 유서였다. 원본은 사건 조사를 위해 경찰이 가져갔지만 다행히 직전에 사진을 찍을 수 있었다. 수호가 사진을 찍어 원우에게 보내준 것이다.

"나도 읽으면서 놀랍더라."

집중해서 유서를 정독하느라 원우의 말에 대꾸하지 않았다. 우신은 처음부터 끝까지 몇 번이고 꼼꼼히 읽었다. 분명 궁금증을 유발하게 만드는 문장이 있었다. 턱 하고 걸리는 정도까진 아니지만 약간의 위화감이 있었다.

"정갈하게 프린트된 유서라니. 이상하지 않아?"

"글쎄. 보편적으로 생각하면 자필 유서를 쓰겠지만 사람마다 다를 수도 있고……."

우신은 원우의 폰에 있는 유서 사진을 본인의 폰으로 전송했다.

"이제 어쩔 셈이야? 내가 부탁한 건 잊어도 돼."

이 사건에 개입을 하게 된 건 원우의 부탁이다. 하지만 지금 와서 그런 건 아무래도 좋았다.

우신은 턱을 위로 한껏 끌어 올렸다 내리고는 묵직한 저음을 냈다.

"마지막 사건 조사를 해야지."

만날 사람은 두 사람이다. 정신을 차린 지 얼마 안 된 수호의 어머님을 대면하기엔 부담이 커서 제외했다. 우신이 먼저 부른 사람은 수호의 가까운 친구이자 세 번째 사건의 목격자인 한정우였다. 한정우는 가족 외에 개입된 유일한 인물이기도 했다.

원우의 도움으로 연락을 했고 이십여 분이 지나서 한정우가 카페로 들어왔다. 굉장히 인상이 좋고 선하게 생긴 미남이었다. 고등학생답게 풋풋한 어린 느낌은 간직하고 있었다. 우신이 맞은편 의자를 가리켰다. 한정우는 밝게 인사하며 자리에 앉았다.

"반갑다. 이렇게 갑자기 나오게 해서 미안하고."

"괜찮아요. 사건에 대해 조사하신다고 들었어요."

우신이 미리 주문해 놓은 생딸기 스무디를 앞으로 밀었다.

"수호의 아버지가 죽은 걸 네가 발견했다고 들었어."

"네. 맞아요."

"그 당시 상황 좀 자세하게 말해줄래?"

한정우는 잠깐 뜸을 들이다 말을 시작했다.

"저는 수호의 집에 원래 자주 가는 편이에요. 지난주 토요일엔 수호가 먼저 우리 집에 왔었죠. 잠깐 이야기를 하다가 수호가 갑자기 집에 가봐야겠다고 달려 나가는 바람에 저도 따라갔어요."

"무슨 얘기 중이었는데?"

"그냥, 뭐. 어른이 되면 뭘 할까… 그런 얘기였어요. 처음엔 뭐 때문에 급하게 집으로 돌아가려고 한 건진 몰랐어요. 어젯밤에 물어보니 형의 유서가 있는 위치를 알게 되어서 그랬다고 하더라고요."

유서를 찾았다. 궁금증이 한 꺼풀 벗겨졌다. 유서는 당연히 잘 보이는 곳, 이를 테면 침대 위나 책상 위에 있을 줄 알았다. 하다못해 목을 매단 발밑에라도. 그런데 발견되지 않아서 누군가 선수를 친 거라고 추측했다. 제호를 자살로 몰고 갔기에 유서의 내용이 밝혀지면 곤란한 인물일 가능성이 높았다. 그러나 유서 자체가 숨겨져 있었다. 자살한 최제호에 의해서. 누구를 혹은 무엇을 위한 일이었을까.

"수호의 집에 가서는?"

"저는 아저씨께 인사하려고 1층에 남아 있었어요. 수호는 2층으로 먼저 올라갔고요. 아마 그때 형 방에서 유서를 찾았을 거예요. 저는 아저씨 방문을 노크했는데 아무 답이 없었어요. 주무시고 있으면 살짝 문을 여닫는 건 괜찮겠다 싶어서 문을 열었는데… 아저씨가 침대에 엎어져 계셨어요. 그런데 느낌이 이상해서 가까이 다가갔죠."

한정우는 당시 현장으로 돌아간 사람처럼 몽롱한 표정이었다.

"묘한 느낌이라는 게 있잖아요. 그냥 주무시는구나 하고 넘길 수도 있었을 텐데. 이상하게 뭔가 잘못된 것 같은 느낌이 들었어요. 그래서 가까이 가서 살폈는데, 그러니까……."

"아저씨가 죽어 있었다는 거지?"

"네."

"바로 수호를 불렀어?"

"네. 소리쳤죠. 수호가 내려오더라고요. 그때 같이 봤어요. 저는 신고를 하고 수호가 찾아낸 유서를 읽었죠. 음, 그게 다예요."

"그래. 얘기해 줘서 고맙다. 딱 하나만 물어볼게. 솔직하게 답해줬으면 좋겠어."

우신이 눈을 번뜩이며 말했다. '혹시 이런 경우 없었어?'로 시작된 우신의 말은 사소한 상황에 대한 질문이었다. 지금껏 옆에서 가만히 대화를 듣고 있던 송원우의 눈이 의아함으로 커졌다.

"어, 그게."

한정우가 곰곰이 생각하는 행동을 취했다.

"있긴 있었어요. 저는 그게 단순히 놀란 반응이라고 생각했는데."

"오케이. 이만 가도 좋아. 수고했어."

우신이 한정우의 팔을 툭툭 두드렸다. 허리를 숙이며 공손히 인사하고 나가는 한정우를 보며 우신은 만족스러운 미소를 지었다. 원하는 답변을 얻는 데 성공했다.

"최수호는 어디 있어?"

"병원에 있대."

최수호의 어머니가 깨어난 병원. 우신은 즉시 걸음을 옮겼다. 큰길로 나오자마자 손을 뻗어 택시를 잡아탔다.

차량이 많은 탓에 길이 제법 막혔다. 택시가 막힌 도로를 조금씩 전진해 갔다.

"원우야."

"어?"

"하나만 약속해 줘."

"뭔데. 갑자기?"

"가서 우리가 하는 이야기가 끝날 때까지 개입하지 말아줘."

우신이 너무도 진지했기에 원우는 고개를 끄덕일 수밖에 없었다. 그와 함께 지내오면서 무섭도록 진지한 모습을 보이는 경우는 몇 가지뿐이었다. 더불어 병원에서 벌어질 상황도 얼추 간파했다.

택시가 느릿느릿 병원 앞에 섰다. 우신은 요금을 치르고 허리를 탄력적으로 꺾었다. 애꿎게도 날씨가 좋았다.

병원 앞은 한산했다. 일요일이라 북적일 줄 알았는데 의외였다. 우신은 전에 앉았던 벤치로 걸어갔다. 수호가 먼저 나와서 기다리고 있었다. 무릎을 오므린 채 앉아 있는데 어딘가 불안해 보였다. 역시 나이가 어린 건 숨길 수 없다. 며칠 전에도 똑같이 되뇌었던 것. 각자의 인생에 주어진 시간은 속일 수 없다.

원우가 수호의 옆에 앉았다. 우신은 그들 앞에 서서 두 사람을 내려다보았다.

"어머니는 어떠니?"

"식사도 하시고 괜찮으세요."

"너는 어때?"

"저도 괜찮아요."

"아니. 어머니가 괜찮은 게 너는 어떠냐고 물은 거야."

시작부터 스트레이트. 상대방이 어릴수록 단호해질 필요가 있다.

"하나 더 물을게. 유서를 어떻게 찾은 거지?"

"저는… 형이 자살하기 전에 했던 말이 단서였어요. 그러니까, 그게 어떤 시집을 가리키는 말이었거든요. 그 속에 있었어요."

"너도 겨우 찾은 거지? 유서를."

"네? 네. 맞아요. 유서가 어디에 있는지도 몰랐으니까요."

"그게 아니지. 혹시 있을지 모를 유서는 무조건 네가 먼저 찾았어야지. 그래야 바꿔치기가 가능하니까. 그렇지 않니?"

수호의 숨이 가빠졌다. 평정심을 찾긴 힘들어 보였다. 우신이 멈추지 않고 폭주 기관차처럼 쏟아냈다.

　"유서를 읽은 뒤에 든 가장 기본적인 의문점은 이거야. 최제호가 가정 폭력에 고통을 받았던 건 확실해. 괴로움을 이기지 못하고 자살한 것도 맞아. 그런데 말이야. 유서에 적힌 대로 정말 혼자만 맞았던 걸까? 이상하지 않아? 정말 혼자 폭력을 당했다면 동생을 오히려 미워하는 게 정상 아닐까? 정말 복수를 하고 자살을 할 거였다면 부모님과 동생은 동급이지. 최제호 본인이 친자식이 아닌란 걸 알았다면 더더욱."

　"추측이잖아요. 그건."

　"아니. 사실이지. 유서에는 이렇게 적혀 있어. 자신이 왜 혼자 맞았는지 모르겠다고. 이유를 알 수 없다고. 그랬다면 더 이상하지. 전혀 맞지 않는 동생만 감싸면서 잘살라고 유서를 남기는 것 말이야. 같은 피해자도 아닌데. 유서에 남긴 것처럼 어려운 방법 따윈 쓸 필요도 없어. 그냥 집에 불이라도 지르는 게 훨씬 쉬웠을 거야. 안 그래? 이 모순점의 답은 하나야. 가정 폭력의 피해자는 최제호 혼자가 아니다. 바로……."

　"아니에요!"

　수호가 소리쳤다.

　"억측이에요. 저는 맞지 않았어요."

　"내가 처음으로 이상하다고 여긴 때가 언제인지 알아? 너를 주목하게 된 때. 우리가 바로 이 장소에서 처음 만난 거 기억나지? 나는 네 어깨를 두드리려고 손을 뻗었는데, 너는 몸을 움츠리며 피했지.

결코 쑥스러워서 한 행동이 아냐. 학창 시절에 괴롭힘을 많이 당했던 친구가 있어서 알고 있어. 그건 평소에 많이 맞는 사람이 취하는 행동이야."

옆에 있던 사람이 갑자기 팔을 휘두르는 바람에 놀란 나머지 몸을 피하는 것과 의식적으로 막기 위해 몸을 피하는 건 분명한 차이가 있다. 더구나 몸을 움츠리고 팔을 올리는 건 평소 폭력에 노출된 피해자들이 가지고 있는 공통점이다.

"네 친구인 정우에게도 물어봤어. 이와 같은 경험이 없냐고 물었지. 대번에 있다고 하더라. 목이나 어깨에 손을 대면 움찔하고 피하기 일쑤였대. 아니면 인상을 찡그렸다는 거지. 사건 조사를 위해 네 집에 갔을 때도 마찬가지야. 원우가 네 등을 토닥이자 너는 아픈 사람처럼 굴었어. 아마 진짜 통증 때문이었겠지. 내 말이 틀려?"

우신이 수호의 셔츠를 거칠게 잡아챘다. 누가 말릴 새도 없이 셔츠 단추가 튕겨져 나갔고 앞이 뜯어졌다. 확 젖힌 옷 사이로 수호의 왜소한 몸이 드러났다. 어깨와 가슴께가 멍들어 있었다. 더 보지 않아도 몸 구석구석에 얼룩덜룩한 멍들이 있을 터였다. 특히나 등짝이 제일 심하리라.

"허술했던 건 그뿐만이 아냐. 너는 제대로 된 연기를 못했어. 사건에 대해서 얘기할 땐 항상 긴장한 듯 보였지. 말수도 적어지고 말이야. 그런데 아버지의 폭력에 대해서, 혹은 형에 대해서 물어보면 미리 외워둔 것처럼 술술 답했어."

"그런 건……. 그런 건 모두 형의 추리에 불과하잖아요."

"네 어머니가 쓰러진 걸 발견했을 때 잘도 구급차와 경찰을 같이 불렀지? 보통의 사람이라면 그 순간에 똑같은 판단을 내렸을까? 원우 넌 어때?"

갑자기 화살을 돌리는 바람에 원우가 당황했다. 상황이 끝나기 전까지 개입하지 말라더니.

"그래. 나라면 구급차만 불렀을 거야."

원우의 대답이 일반적인 선택이다. 이미 숨을 거둔 사람이 눈앞에 있는 것과 아직 살아 있는 사람이 눈앞에 있는 건 천지차이였다. 우신은 구태여 설명하지 않았다. 대신 남아 있는 잔여물을 쏟아냈다.

"가장 결정적인 증거는 유서야. 수호 네가 조작한 유서는 두 가지 모순을 남겼어. 하나는 앞서 말한 것. 두 번째는 초반에 나오는 문장이야. 제호가 자살하기 전에 너에게 한 말을 이어서 '지금은 그게 무슨 뜻인지 모르겠지만 나중엔 분명 이해하게 될 거야'라는 문장. 유서의 위치는 제호가 일차적으로 남긴 문제였고 그건 특정 시집을 가리키는 거였지."

수호가 약하게 신음을 냈다.

"알아챘어? 그 유서를 정말 최제호가 썼다면 그런 문장은 절대 나올 수 없어. 왜냐하면 문제의 답을 찾아 유서를 찾은 시점에서는 '그게 무슨 뜻인지' 아는 상태이기 때문이야. 네가 거짓 유서를 쓸 당시에는 제호가 했던 말을 전혀 이해하지 못했기 때문에 모순된 문장을 쓰게 된 거지."

잘 버티던 수호가 끝내 무너졌다. 호흡이 가빠지더니 참지 못하고 눈물을 뚝뚝 흘렸다. 이 상황을 어느 정도 예견한 원우는 간신히 울음을 참으며 고개를 옆으로 돌렸다.

기다림이 필요한 순간이다. 장례식에서부터 사건에 개입한 후로 이런 결말을 맞으리라고는 생각지 못했다. 우신은 항상 뒷맛이 쓴 사건들을 통해 비통함을 받아들여야 했다. 미스터리한 이야기 속에 숨겨진 해답을 찾아가는 과정에 대해선 긍정적이지만 꼭 결과물은 씁쓸함만 남긴다. 현재도 마찬가지. 가여운 열일곱의 소년은 본인의 죄로 인해 울고 있다. 환경이 낳은 처절한 범죄를 어떻게 받아들여야 할까.

수호가 흐느끼며 말했다.

"제가… 그런 거 맞아요. 유서는 제가 적은 거고… 거기에 적힌 건 형이 아니라 제가 했어요. 처음부터 계획한 건 아니에요. 하루하루 힘들게 살면서 겨우 버텼는데… 형이 자살해 버렸어요."

"그때 계획한 거야? 최제호를 발견했을 때?"

고개를 끄덕였다.

"죽은 형을 봤을 때, 어쩌면 기회일지도 모른다고 생각했어요. 형이 준 기회. 하지만… 쉽지 않았어요. 제가 어리고 미숙해서겠죠. 네, 저는 어른이 아니니까요. 쓰러진 어머니를 확인했을 때, 아직 숨이 붙은 어머니를 보는데… 복잡했어요. 이대로 더 놔두면 죽을 거야. 하지만 그러지 못했어요. 저는 바로 신고했어요. 생각처럼 안 되더라고요. 유서를 바꿔치기 할 때도 마찬가지였어요. 형의 방에서 유서를 찾고 곧장 제 방으로 가서 미리 출력한 걸로 바꿨는데 정우가 소리쳤어요. 타이밍이 어떻게 그렇게 되는지……. 그때부터 혼란스러워서 시간이 어떻게 지나갔는지, 형사들의 물음에 뭐라고 답했는지 기억도 안 나요. 형이 언급해 준 것만큼 허점투성이였겠죠."

숙연했다. 우신조차 무어라 해줄 말이 없었다. 얼마나 괴롭고 힘들었을까. 형은 자살, 동생은 살인이라니. 최악의 선택을 할 수밖에 없었을 그들의 고통을 누가 받아들여 줄 것인가. 극악의 난제라고 생각했다.

수호가 벤치에서 일어섰다.

"형. 제가 어른이었다면 완벽할 수 있었을까요?"

"아니. 네가 어른이었다면 이런 일이 없었겠지. 하지만……."

설령 어른이라도 완벽할 수 없어. 불량품 때문에 벌어진 사건만 봐도 알 수 있잖아. 우신은 뒷말을 삼켰다.

수호가 뒷주머니에서 종이를 하나 꺼냈다. 우신이 받아 들었다.

진짜 최제호가 자필로 쓴 유서였다.

"버릴 수가 없었어요. 안에 내용을 보고는 더더욱."

다시 한번 울음을 터뜨리는 수호를 보며, 옆에서 간신히 참고 있던 원우도 눈물을 쏟았다.

유서는 특별히 빗나갈 만한 내용을 담고 있지 않았다. 다만 마지막 한 문장이 우신의 동공에 각인되었다. 본인의 자살로 인해 가정 폭력이 수면 위로 드러나면 모든 것이 해결될 거라 믿었던 형의 선물.

—내 동생 수호를 위하여

그녀가 이곳에 온 이유

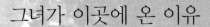

박상민

1992년 대구 출생. 한림대학교 의학과를 졸업하고 현재 한림대학교 성심병원 인턴으로
근무하고 있다. 2016년 「은폐」로 한국추리작가협회 신인상을 수상하며 데뷔했고,
이후 다수의 단편소설을 발표했다.

현재 시각 오후 여섯 시. 그녀는 여전히 벤치에 앉아 있었다. 병원 로비를 빠져나와 주차장으로 향하던 나의 머릿속에 한 가지 의문이 스쳤다.

무슨 사연이라도 있는 걸까?

오늘만 해도 벌써 세 번째였다. 아침 일곱 시, 내가 병원에 도착했을 무렵에도 그녀는 그곳에 있었다. 그때는 병원에 입원해 있는 환자의 가족 또는 지인이라고만 여기고 신경 쓰지 않았다. 그녀를 다시 보게 된 건 오후 한 시쯤이었다. 구내식당에서 점심 식사를 마치고 바깥 공기를 쐬러 나온 그때, 허리를 꼿꼿이 세우고 벤치에 앉아 있는 그녀가 시야에 들어온 것이다. 담배를 꺼내 문 채 한동안 그녀를 바라봤지만 그녀는 미동조차 하지 않았다. 그리고 퇴근하고 병원을 나서는 지금, 그녀는 변함없이 자리를 지키고 있었다. 그녀 이외에 벤치에 앉아 있는 사람이라고는 홀로 도시락을 먹고 있는 노인 환자가 전부였다.

문득 그녀가 이곳에 온 이유가 궁금해졌다. 어쩌면 그녀는 오늘 아침 소중한 사람을 머나먼 곳으로 떠나보내고 홀로 고독의 시간을 가지고 있는지도 몰랐다. 하지만 그럴 가능성은 희박해 보였다. 나에게는 그녀의 옷차림이 어떤 종류의 슬픔과도 동떨어진 것으로 비쳤기 때문이다. 상큼한 연노랑 민소매 셔츠와 육감적인 다리가 훤히 드러난 검정 핫팬츠. 소중한 사람을 떠나보내고 슬픔에 젖은 여인과는 어울리지 않는 야릇한 복장이었다. 비록 한순간이지만 나의 내면에 잠들어 있던 뜨거운 욕정이 솟구쳤다 가라앉았다. 가까이 있지 않아 자세히 볼 수는 없었으나 그녀의 새하얀 어깨가 살짝 위아래로 움직이는 듯했다. 갈피를 잡지 못하고 어정쩡하게 서 있던 나는 잠깐 망설이다 말고 그녀가 앉아 있는 벤치로 발길을 돌렸다. 그리고 천천히 다가갔다. 한 발짝, 두 발짝 조금씩 거리를 좁혀 갈수록 그녀의 옆모습이 차츰 뚜렷해졌다. 마침내 벤치에서 얼마 떨어지지 않은 곳까지 다다랐을 때 나는 걸음을 멈추고 호흡을 가다듬었다.

먼발치에서 봤을 때는 미처 알아차리지 못했는데 그녀는 내가 짐작한 것보다 훨씬 아름다웠다. 앞산 끝자락에 걸린 저녁놀이 그녀의 콧날에서부터 입술에 이르기까지의 우아한 곡선을 아련한 실루엣으로 담아내고 있었고, 등까지 내려온 기다란 머리카락은 그녀의 잘록한 허리 라인을 부각시키고 있었다. 예상치 못한 그녀의 미모에 숨이 턱밑까지 차올랐다. 그녀에게 말을 걸었다가는 작업을 건다는 오해를 받을지도 모른다는 생각에 쉽사리 입술이 떨어지지 않았다. 나는 잠시 숨을 고르기 위해 그녀의 눈길이 닿지 않는 곳으로 뒷걸음질 쳤다. 그녀의 시선은 줄곧 분수대에 고정되어 있었는데 깊은 생각에 잠긴 듯 몽롱한 기운이 눈가에 서려 있었다. 나는 고개를 돌려 분수대를 응시했다. 분수대에서 뿜어져 나오는 물줄기는 수렴과 발산을 반복하며 부드러운 곡선을 그리고 있었다.

그녀는 무엇을 보고 있는 걸까. 어쩌면 그녀의 두 눈은 분수대가 아닌 그 너머의 무언가를 더듬고 있을지도 모른다는 생각이 들었다. 거센 물줄기 속에 마법의 세계로 통하는 문이라도 숨겨져 있는 걸까. 나는 그것이 허황된 생각이라는 걸 알면서도 몸을 이리저리 기울여 분수대 주변을 훑어보았다. 물론 특별한 건 없었다.

심란한 마음을 뒤로하고 그녀에게 말을 붙여보기 위해 벤치로 걸음을 옮겼다. 그녀는 여전히 두 눈을 조그맣게 뜨고 분수대를 바라보고 있었다. 그녀에게 가까워질수록 나도 모르게 시선이 아래쪽으로 향했다. 늘씬하게 쭉 뻗은 그녀의 매끈하고 탄력적인 다리가 나의 눈길을 붙들고는 놓아주지 않은 것이다. 나는 속으로 감탄사를 내뱉으면서 그녀의 곁으로 다가갔다. 동시에 지금까지 맡아보지 못한 은은한 향기가 콧속으로 스며들었다.

누군가 자신에게 접근해 온 기척을 느낀 듯 그녀가 고개를 돌렸다. 나는 당황한 나머지 그 자리에 얼어붙고 말았다. 그토록 마음의 준비를 했음에도 그녀와 눈이 마주치자 가슴이 심하게 요동치기 시작한 것이다. 지금까지는 옆에서만 보았기에 눈치채지 못했는데 그녀의 두 눈은 순정 만화에 나오는 여주인공의 그것과 너무나 닮아 있었다. 수정 구슬처럼 한없이 맑고 동그란 눈, 조금이라도 슬픈 일이 벌어지면 서슴없이 눈물을 쏟아낼 것 같은 눈망울. 그것이 나를 물끄러미 바라보고 있었다. 우리는 입속에 침묵을 머금은 채 서로를 빤히 바라봤다. 정적을 깨뜨린 건 그녀였다.

"왜 그러세요?"

그녀가 경계하는 눈빛을 보냈다. 그녀의 눈에 나는 낯선 침입자에 불과한 모양이었다. 내가 조심스럽게 입을 열었다.

"하루 종일 여기에 앉아 계시는데 무슨 일이라도……."

미처 말을 끝맺지 못하고 머뭇거리자 그녀가 날카롭게 쏘아붙였다.

"그게 왜 궁금하신 거죠?"

그녀의 날 선 눈빛에 나도 모르게 침을 꿀꺽 삼켰다. 전혀 예상치 못한 그녀의 격한 반응이 나를 당혹스럽게 만든 것이다. 그녀가 품고 있을 오해를 풀기 위해 나는 솔직하게 내 소개를 했다.

"저는 이 병원에서 근무하고 있는 의사입니다. 다름이 아니라 아침부터 지금까지 이곳에 계셔서 여쭤보려고 왔습니다."

그녀의 목소리가 한결 부드러워졌다.

"아저씨가 의사라고요?"

"네, 정신건강의학과 레지던트 1년 차 안준호입니다."

그녀가 눈을 치켜뜨더니 자리에서 천천히 일어났다. 마치 이 순간을 기다려 온 사람처럼 그녀의 눈빛에는 간절함이 배어 있었다. 자리에서 일어난 그녀는 앉아 있을 때보다 더욱 눈부셨다. 170㎝는 돼 보이는 늘씬한 키, 황금 비율에 가까운 균형 잡힌 몸매, 적당히 살집이 붙어 있어 보기 좋은 허벅지. 그야말로 환상적이었다. 화끈하게 달아오른 나는 어디에 눈을 둬야 할지 몰라 잠시 머뭇거렸다. 그녀는 그런 시선이 익숙한 듯 여유롭게 미소 짓더니 또다시 물어왔다.

"그럼 지금 퇴근하시는 길이에요?"

나는 무덤덤하게 대답했다.

"네."

순간 그녀의 두 눈이 반짝였다. 자신이 갈구하던 목표를 성취했을 때 보일 법한, 조금은 상기된 표정이었다. 그녀가 왜 그런 반응을 보이는가 하는 의구심이 들었다. 불현듯 눈가에 주름이 가득한 한 아주머니의 얼굴이 머릿속을 스치고 지나갔다. 작년 여름, 병원 앞에서 진을 치고 한 달 동안 단식 투쟁을 벌였던 아주머니. 어쩌면 이번에도 의료사고와 관련된 걸지 모른다는 생각에 나는 고개를 숙이고는 애써 침묵을 지켰다. 함부로 입을 놀렸다가는 낭패를 볼지도 모른다는 불안감이 엄습해 왔기 때문이다. 그녀도 그런 나의 마음을 아는지 더 이상은 말이 없었다. 마치 약속이라도 한 것처럼 우리는 한동안 그렇게 소리 내지 않고 서 있었다. 어떻게 하면 그녀의 부탁을 완곡하게 거절할 수 있을지 적절한 방법을 고심하던 그때 누군가 나의 손목을 붙들었다. 반사적으로 고개를 든 나는 뜻밖의 장면에 얼굴을 붉히고 말았다. 그녀의 가느다란 손가락이 나의 손등을 더듬고 있었던 것이다. 생각지도 못한 전개에 어쩔 줄 몰라 주위를 두리번거리는 나에게 그녀가 쾌활하게 물었다.

"선생님, 저녁 같이 먹을래요?"

"네?"

그녀의 표정에 장난기는 섞여 있지 않았다. 나는 그녀가 무슨 의도로 그런 말을 꺼낸 건지 섣불리 추측할 수 없었다. 이처럼 여자 쪽에서 적극적으로 다가오는 경우는 지금까지 없었기에 얼떨떨했다. 물론 그녀와 같은 미인과 저녁 식사를 함께하는 건 나를 포함한 모든 남자의 로망이겠지만 이번에는 그리 느낌이 좋지 않았다. 그녀가 나 같은 평범한 외모의 남자에게, 단순히 의사라는 직업을 가졌다고 해서 반할 리는 없다. 그렇다면 그녀는 나에게 뭔가 부탁할 일이 있는 것이다. 그것이 무엇일지 나로서는 짐작조차 할 수 없었다.

그녀가 손을 내려놓으며 힘없이 말했다.

"싫으면 말고요."

"그, 그게 아니고……."

한 번도 경험해 보지 못한 낯선 상황에 말까지 더듬고 말았다. 그녀는 세상에서 가장 슬픈 일을 경험한 비극의 여주인공처럼 눈을 내리깔고는 다시 벤치에 앉았다. 왠지 모를 연민이 가슴속에 일었다. 그녀에게 상처를 남겼다는 죄책감이 가슴을 짓눌렀다. 결국 나는 다시 입을 열었다.

"아가씨가 괜찮으시다면… 요 앞에 분위기 좋은 레스토랑이 있는데 거기 갈까요?"

조금 전의 일은 잊은 듯 그녀의 입가에 다시 미소가 감돌았다. 그녀가 자리에서 일어나더니 나에게 다가와 팔짱을 꼈다. 너무나도 자연스러운 그녀의 행동에 나는 잠시 혼란을 느꼈다. 혹시 우리가 예전부터 알던 사이가 아닐까 하는 생각이 떠오른 것이다. 혼자 생각에 잠겨 있는데 그녀가 들뜬 목소리로 말했다.

"아가씨는 연극 대사 같아서 싫어요. 은주라고 불러주세요. 제 이름은 박은주예요."

그녀가 당차게 자신을 소개했다. 어쩌면 그녀는 혼자서 한 편의 연극을 하고 있는 것일지도 모른다는 생각이 들었다. 그녀의 말이나 행동에는 지금까지 봐왔던 많은 여자들과는 사뭇 다른 데가 있었다. 뭐라고 콕 집어서 말하기는 어렵지만 온몸으로 느껴지는 묘한 느낌. 나는 그녀의 반짝이는 두 눈을 응시하면서 낮게 속삭였다.

"박… 은주."

익숙하지 않은 발음이 입안을 맴돌았다. 아무래도 그런 이름을 들어봤거나 말한 적은 없는 듯했다. 역시 그녀는 오늘 이곳에서 나와 처음으로 만난 게 분명했다. 그녀에 대해 가지고 있던 의혹이 조금씩 증폭되었다. 그녀는 초면인 나에게 왜 이렇게 부드럽게 대해주는 걸까. 그녀는 무슨 목적으로 나와 저녁을 함께 먹으려는 걸까.

문득 그녀의 정체가 궁금해졌다.

* * *

레스토랑으로 향하는 내내 그녀는 자신의 몸을 나에게 밀착시켰다. 왼쪽 팔을 통해 지속적으로 느껴지는 부드러운 촉감에 나의 온몸에 전율이 일었다. 실로 오랜만에 맛보는 짜릿한 기분이었다. 처음이자 마지막이었던 여자친구와 헤어진 지도 어느덧 2년. 그동안 매일같이 들이닥치는 환자에 파묻혀 또 다른 이성을 만날 기회가 없었던 것도 사실이다. 그런 나에게 오늘 말도 안 되는 기회가 제 발로 굴러들어 온 것이다. 물론 그녀에게 처음 다가간 건 나였지만 말이다. 나로서는 그녀를 거부할 이유가 전혀 없었다. 그녀가 무슨 이유로 나에게 저녁을 먹자고 했는지는 추측할 길이 없지만, 오늘의 식사 자리를 계기로 그녀와 가까워졌으면 하는 게 나의 솔직한 바람이었다.

병원 건너편의 거리를 걷는 동안 여러 남자의 질투 어린 시선이 느껴졌다. 그들의 시선이 어디로 향하고 있는가는 굳이 확인해 보지 않아도 알 것 같았다. 나는 오랜만에 남자로서의 자부심을 느끼며 당당하게 걸음을 내디뎠다. 그렇게 10분 정도 걸어갔을 때 얼마 전에 오픈한 레스토랑이 눈에 들어왔다. 나는 잠시 멈춰 서서 건물을 올려다봤다. 2층에 위치한 레스토랑의 투명한 유리창 너머로 즐거운 시간을 보내고 있는 남녀의 모습이 선명하게 비쳤다. 가까이에서 그녀의 들뜬 목소리가 들려왔다.

"여기예요?"

돌아보자 그녀의 입가에 만족스럽다는 듯한 미소가 초승달처럼 걸려 있었다. 동시에 지금까지 느껴보지 못한 행복의 물결이 밀려왔다. 나는 네, 라고 대답하고는 그녀에게 얼굴을 보이고 싶지 않아 고개를 반대쪽으로 돌렸다. 그 순간 내 얼굴 위로 떠올라 있을 게 분명한 기쁨과 환희의 표정을 그녀에게 들키고 싶지 않았기 때문이다. 그녀는 내 행동이 이상하다고 느꼈는지 나의 팔을 붙들고는 돌려세우려 했다. 나는 가까스로 감정을 추스른 뒤에야 그녀의 얼굴을 다시 마주할 수 있었다.

레스토랑에 들어서자 어디선가 들어본 듯한 클래식 음악이 잔잔하게 흐르고 있었고, 연인 또는 친구로 보이는 몇몇 쌍의 사람들이 테이블을 사이에 두고 여유 넘치는 표정으로 대화를 나누고 있었다.

우리는 웨이터의 안내에 따라 거리가 훤히 내다보이는 구석진 창가로 걸어갔다.

주문은 그녀의 몫으로 넘겼다. 그녀는 웨이터로부터 건네받은 메뉴판을 한 장씩 넘겨가며 유심히 보더니 갈릭 스테이크를 주문했고, 나 역시 그녀와 같은 메뉴를 주문하는 한편 토마토 스파게티를 추가했다. 웨이터가 기품 있는 동작으로 테이블에서 물러나자 그녀가 화장실에 다녀오겠다며 자리에서 일어났다.

꽤 오래 돌아오지 않는 그녀를 기다리면서 나는 가만히 앉아 크림스프를 떠먹고 있을 수밖에 없었다. 이윽고 스프의 밑바닥이 보이려는 찰나, 화장실에서 걸어 나오는 그녀의 모습이 눈에 들어왔다. 테이블에 연인과 함께 앉아 있던 남자들 가운데 몇몇이 그녀를 비스듬히 쳐다봤지만, 그녀는 '남자 따위는 질색이야' 라는 듯 도도한 걸음걸이로 그들을 지나쳐서 나에게 다가왔다. 심장이 두근거리다 못해 가슴 밖으로 튀어나올 것만 같았다. 그녀가 자리에 앉으면서 조심스럽게 말을 꺼냈다.

"생각보다 줄이 길어서 오래 걸렸네요. 죄송해요."

"아니에요, 별로 안 걸렸어요."

내가 두 손을 내저으며 말하자 그녀가 찡긋 눈웃음을 보냈다. 그러고는 실내가 더운지 한 손으로 살며시 셔츠를 잡고 펄럭였다. 그와 함께 그녀의 연노랑 민소매 셔츠 사이로 아찔한 가슴골이 모습을 드러냈다. 나는 어디에다 눈을 둬야 할지 몰라 애꿎은 크림 스프만 계속해서 떠먹었다. 몹시 민망한 순간이었다.

그런 와중에도 한 가지 의아한 생각이 머릿속을 지나가고 있었다. 평소에 미모가 뛰어난 여자들 앞에서도 담담한 내가 오늘따라 유독 그녀 앞에서 떨고 있다니, 도저히 믿을 수 없었던 것이다. 전 여자 친구와 헤어진 이후로는 결코, 단 한 번도 일어나지 않은 생리적 현상에 나는 내심 동요하면서도 설렜다. 떨리는 가슴을 억지로나마 가라앉히기 위해 의례적인 질문을 던져보았다.

"그러고 보니 은주 씨에 대해 아직 아무것도 모르네요. 은주 씨는 이 근처에 사세요?"

"아니요, 저는 홍대입구역 근처에서 혼자 살고 있어요."

"자취를 하시나 보군요."

"네……."

그녀가 가만히 고개를 끄덕이더니 불쑥 나를 향해 머리를 내밀었다. 내가 어쩔 줄 모르는 눈치로 쳐다보자 그녀는 이런 상황이 재밌게 느껴졌는지 배시시 웃었다. 그녀의 윤기 있는 입술 사이로 지금까지의 목소리보다 한 옥타브 높은 음이 흘러나왔다.

"선생님… 아까 정신과라고 하셨죠?"

"네, 그런데 몇 년 전에는 정신과였는데 이제는 정신건강의학과로 명칭이 바뀌었어요."

"에이, 선생님도 참. 그게 그거죠, 뭐."

그녀가 호들갑스럽게 말하고는 입을 삐죽 내밀었다. 그녀가 의도한 건지는 모르겠으나 그 순간 그런 그녀의 말투와 행동이 꽤나 귀엽게 느껴졌다.

"그런가? 하긴 이름만 달라졌지 하는 일은 언제나 변함없죠."

내가 순순히 인정하자 그녀는 가만히 고개를 끄덕이더니 앞으로 내밀고 있던 몸을 뒤로 젖혀 의자 등받이에 기대었다. 그리고 마치 첫사랑에 빠진 소녀처럼 다소 상기된 얼굴로 나를 올려다보며 말했다.

"그럼 선생님은 주로 무슨 일을 하세요?"

"교수님 회진 때마다 같이 회진 돌고, 환자들 처방 받아 적고, 주치의 맡은 환자들 하루 종일 살피고, 논문 읽고, 케이스 준비하고, 할 일 천지죠."

그녀가 두 눈을 동그랗게 뜨더니 감탄사를 내뱉었다.

"우와, 정말 대단하세요. 그러면 잠잘 시간은 있으세요?"

"휴… 별로 없죠. 다행히 오늘은 제가 당직이 아니라서 일찍 퇴근했지만요."

나를 띄워주는 그녀의 말에 나도 모르게 기분이 들떴다. 그러고 보니 내가 맡은 업무로 누군가에게 칭찬을 받는 것도 참 오랜만이었다. 인턴 때부터 밤을 새는 건 당연한 일이었고 레지던트가 되어서도 환자의 주치의로서 병원에 나의 모든 걸 바치는 게 자연스레 몸에 배어 나 스스로도 내가 하는 일이 그리 대단한 일이라고는 생각지 않게 된 것이다.

한동안 씁쓸한 생각에 잠겨 있는데 선생님, 하고 부르는 소리가 들렸다. 정신을 차리고 보니 그녀가 테이블 건너편에서 호기심 가득한 눈길로 나를 바라보고 있었다. 나와 눈이 마주치자 그녀가 기다렸다는 듯 입을 열었다.

"무슨 생각을 그렇게 하고 계세요? 음식 나온 것도 모르시죠?"

흠칫 놀라 테이블 위로 눈길을 떨어뜨리자 갓 나온 스테이크의 열기가 모락모락 피어오르고 있었다. 아무래도 몇 초 동안 머릿속의 필름이 끊겨 버린 것 같았다. 술을 과하게 마셨을 때나 업무 때문에 24시간 내내 수면을 취하지 못했을 때 가끔 이런 일이 있기는 했지만, 오늘처럼 술 한 모금 안 마시고 멀쩡한 날에 필름이 끊기는 건 흔치 않은 일이었다. 나를 걱정스러운 눈길로 보고 있는 그녀를 안심시키기 위해 서둘러 말을 꺼냈다.

"저도 모르게 멍 때리고 있었네요. 은주 씨, 식기 전에 드세요."

"네."

그녀가 테이블에 놓인 포크와 나이프를 집어 들고는 스테이크를 조금씩 자르기 시작했다. 곧 그녀의 손에 들린 포크와 나이프가 접시 위에서 우아하게 춤추기 시작했고, 그 동작이 어찌나 아름다워 보이던지 나는 내 앞에 스테이크가 놓여 있다는 것도 잊고 그 광경에 몰입했다. 아늑한 조명 아래에서 클래식 음악을 배경으로 부드럽게 움직이는 그녀의 두 손은, 그녀가 여느 여자들과는 다른 부류라는 것을 말해주는 듯했다. 우아하고, 고상하고, 품위 있고, 어쨌든 그런 좋은 단어는 모조리 붙일 수 있을 만큼, 그녀의 동작 하나하나가 세련되어 보였기 때문이다. 점차 잘게 조각나는 그녀의 스테이크를 보고 있는데 불현듯 보랏빛 우울이 마음 깊숙한 곳에서 솟아났다.

역시 나한테는 과분해.

그녀가 지금 내게 보여주는 친절한 행동과 말투가 단순히 선의에서 나온 것이라고 생각해 보려 노력했지만, 그런 생각의 틈새로 자꾸만 삐져나오는 한줄기 욕망이 나를 고통으로 몰아넣었고 잠시도 편안한 마음으로 앉아 있지 못하게 만들었다. 결국, 나는 그녀에게 직접 부딪혀 보기로 결심했다. 더 이상 헛된 희망에 부풀어 있고 싶지 않았다.

"은주 씨, 저한테 부탁하고 싶은 거 말해봐요. 제가 할 수 있는 일이라면 도와드릴게요."

그녀가 고개를 옆으로 갸우뚱하더니 말했다.

"그게 무슨 말씀이세요? 부탁이라뇨……."

"저한테 저녁 같이 먹자고 한 이유가 따로 있을 것 같아서요."

털털한 척 말하면서도 내심 그녀가 아니라고 대답해 주기를 바랐지만 그건 순전히 나의 희망에 불과했다. 처음 그 말을 들었을 때는 무슨 말을 하느냐는 듯 이상한 눈초리를 보내던 그녀가 한숨을 내쉬더니 자신의 속마음을 털어놓기 시작한 것이다.

"무례하게 생각하실까 봐 얘기를 안 했었는데… 선생님은 역시 눈치가 빠르시네요."

실망한 기색을 드러내지 않기 위해 애써 태연한 척 물을 한 모금 마시고는 말했다.

"그거야 처음부터 알아차렸죠. 은주 씨가 뭐 때문에 저 같은 사람이랑 저녁을 먹고 싶어 하겠어요."

그녀의 두 눈이 동그래졌다.

"선생님, 그런 거 아니에요. 저, 선생님 같은 스타일… 그게, 그러니까……."

"……."

"싫지 않아요. 제가 왜 싫어하겠어요. 오히려 좋아하는 편이죠."

애써 아무렇지 않은 듯 웃으며 화제를 돌렸다.

"그렇다면 다행이네요. 그럼… 이제 은주 씨 얘기 들려주실래요?"

그녀가 쥐고 있던 포크와 나이프는 이미 테이블에 가지런히 놓여 있었다. 그녀가 가만히 고개를 끄덕이더니 차분한 어조로 말했다.

"사실… 저는 병원에 입원하고 싶었어요."

"네?"

순간 내 귀가 잘못된 줄 알았다. 그녀의 입에서 흘러나온 예상치 못한 말에 내 의식의 경고등에 빨간 불이 켜졌다. 그녀는 무슨 말을 하고 싶은 걸까.

"오늘도 그래서 병원 앞에서 기다리고 있었던 건데… 역시나 아침 외래 때 교수님은 저한테 아무 문제도 없다고 하더군요."

"그러면 은주 씨한테 좋은 거 아닌가요? 문제가 있는 것보다 없는 게 좋지 않아요?"

그녀가 도리질을 했다.

"그게 아니에요. 저는… 그저 입원하기만을 바랐을 뿐이에요. 그래서 일부러 머리가 어지러운 척하면서 입원시켜달라고 졸랐는데도 신경과 교수님은 그럴 필요가 없다면서 거절했어요. 두 번 세 번 부탁해 봐도 소용없었어요."

혹시 그녀가 나를 놀리고 있을지도 모른다는 생각에 유심히 그녀를 살폈지만 그녀의 얼굴 어디에서도 장난기라고는 찾아볼 수 없었다. 입술을 오므린 채 생각에 골몰한 그녀의 눈빛은 지금까지의 말에 한 치의 거짓도 섞여 있지 않다는 걸 주장하듯 진지해 보였다. 나는 그녀의 말을 믿어보기로 했다.

"그랬군요. 은주 씨가 입원하려는 이유, 저한테 알려줄 수 있어요?"

"음… 제가 입원하려는 이유는……."

그녀가 말을 끝맺지 못하고 입속으로 웅얼거렸다. 그녀의 검은 눈동자가 흔들렸다.

"괜찮으니까 말해봐요. 설마 입원 핑계로 직장에 출근 안 하려는 속셈은 아니겠죠?"

순간 그녀의 입가에 부드러운 미소가 감돌았다. 그녀가 짓궂은 표정으로 말했다.

"딱 걸렸네. 역시 정신과 의사는 못 속이겠네요."

그녀의 유쾌한 성격에 나도 모르게 입가에 미소가 방긋 떠올랐다. 내 앞에서 웃고 있는 그녀는… 이렇게 말하면 과장된 표현일지는 모르겠으나 인간의 외양을 갖춘 천사 같았다. 오랜 시간 병원에 청춘을 바친 나를 격려하기 위해 하늘에서 내려준 선물.

나는 그 선물을 만끽하고 싶었다. 조금이라도 오래 내 가슴에 품고 그것이 전해주는 달콤한 온기를 마음껏 누리고 싶었다. 눈앞에서 천진난만한 미소를 짓고 있는 그녀의 얼굴을 머릿속에 새겨놓고 영원히 지우고 싶지 않았다.

그럼에도 나는 그녀가 나에게는 과분한 여자라는 사실을 망각하지 않으려고 정신을 가다듬었다. 어쩌면 오늘 이후로 다시는 만날 기회가 없을지도 모른다는 불안감을 마음 한구석으로 밀어둔 채 그녀와 대화를 나누겠다고 혼자서 다짐하고 있던 그때 그녀가 시선을 아래로 떨어뜨리더니 입을 열었다.

"선생님, 제가 한국대학교 병원에 입원하는 것… 도와주실 수 있으세요?"

＊　＊　＊

그녀와의 저녁 식사를 마치고 원룸으로 돌아온 뒤로도 나는 한동안 침대에 멍하니 앉아 있어야 했다. 그녀와 함께했던 순간들이 내 머릿속을 비집고 들어와 지독할 정도로 생생하게 반복해서 재생되었기 때문이다. 그녀의 새하얀 얼굴과 목, 조그마한 입술, 아찔한 가슴골, 육감적인 다리, 이 모든 것이 꿈결처럼 나에게 스멀스멀 밀려왔고, 나는 한여름 밤의 꿈에서 헤어나지 못하고 결국 침대 위에 드러눕고 말았다. 헤어지면서 그녀가 내게 마지막으로 했던 말이 자꾸만 귓가에 맴돌았다.

"고마워요, 선생님. 조만간 다시 만날 수 있겠네요."

그녀의 말을 떠올리는 것만으로도 가슴속이 행복으로 젖어들었지만 그와 동시에 불안한 마음이 솟구치는 건 어찌할 도리가 없었다. 그녀에게 괜한 말을 꺼낸 건 아닐까 하는 자책감이 내 목덜미를 쿡쿡 쑤셨다.

한국대학교 병원에 입원하려면 어떻게 해야 하냐고 묻는 그녀에게 나는 몇 가지 방법을 예시를 들어 말해주었다. 정신적인 문제가 없음에도 공황장애나 외상 후 스트레스 장애의 증상을 교수님 앞에서 실감나게 연기하는 방법부터 수면제 수십 알을 입안에 털어 넣는 방법까지. 나로서는 농담 반 진담 반으로 이야기한 것이지만, 그녀는 잔뜩 긴장한 채 나의 말을 하나하나 귀담아 들으면서 수첩에 메모까지 하는 열정을 보였다. 나를 진지한 눈빛으로 응시하며 펜을 놀리고 있는 그녀를 보자 비로소 그녀가 진심으로 내게 그런 질문을 했다는 걸 알 수 있었다.

도대체 무엇 때문일까?

그런 생각이 잠시도 내 머릿속을 떠나지 않았다. 그녀는 그저 자신이 다니고 있는 회사를 잠시 쉬고 싶기 때문이라고 설명했지만, 나는 직감적으로 그녀가 뭔가를 숨기고 있다는 걸 느낄 수 있었다. 수많은 병원을 제쳐두고 굳이 한국대학교 병원에 입원하려는 이유를 물어보았을 때, 그녀가 뜻을 짐작하기 어려운 애매한 미소를 지으며 흐물쩍 넘어간 것이다.

하지만… 그 이유는 조만간 확인할 수 있을 것이라는 기대감이 마음속에서 기지개를 켜며 일어났다. 그녀는 반드시 한국대학교 병원으로 돌아올 것이다. 어떤 방식으로 다시 찾아올지는 알 수 없지만, 어느 날 병원 복도를 거닐다가 그녀와 우연히 마주치는 날이 곧 내게 닥칠 것이다. 상상만 해도 전율이 이는, 그런 희망을 품은 채 나는 베개에 얼굴을 파묻었다. 부드러운 촉감에 온몸을 맡긴 그 순간 나에게 떠오른 단어는 한 가지뿐이었다.

박은주.

그날 밤 나는 계속해서 그 세 글자를 입속에서 웅얼거렸다. 한 번 잠들고 나면 다시는 그 단어가 떠오르지 않을 것처럼 나는 그녀의 이름을 몇 번이나 되뇌었고, 결코 잊어버리지 않을 것이라는 확신이 든 무렵에야 잠속으로 빠져들 수 있었다.

오랜만에 나를 찾아온 꿈같은 하루는 그렇게 지물었다.

*　　*　　*

그녀를 다시 만난 건 이틀 뒤였다.

지하 구내식당에서 급하게 끼니를 해결하고 주요 우울 장애 환자가 있는 603호 병실에 들어서는데 가까이에서 선생님, 하고 부르는 소리가 들렸다. 반사적으로 고개를 돌리자 환자복을 걸친 그녀가 베드에 다소곳하게 앉아 있는 게 눈에 들어왔다. 순식간에 행복의 기운이 온몸으로 번졌다. 그녀와 헤어진 이후로 셀 수 없이 입속에서만 굴러다녀야 했던 세 글자가 바깥으로 튀어나왔다.

"은주 씨……."

어둠에 물들어 있던 그녀의 얼굴이 내 말 한마디에 환하게 밝아졌다. 이틀 전 나를 설레게 만들었던 그 미소는 여전히 내 마음을 흔들어놓기에 충분히 매력적이었다. 그녀의 미소에 취해 그 다음 말을 꺼내는 것도 잊고 있는데 그녀가 말을 걸어왔다.

"선생님, 안녕하셨어요?"

사람의 마음은 언제나 간사한 법이다. 오늘 병원에 출근할 때만 해도 그녀와 다시 만날 수 있을지, 그녀가 대학병원의 외래라는 관문을 뚫고 들어올 수 있을지 근심이 가득했는데, 기다리고 기다리던 그녀가 정작 눈앞에 나타났는데도 고작 이렇게 무딘 반응밖에 내보이지 못하다니. 감정 표현에 서투른 나 자신을 원망하면서 그녀에게 물었다.

"어떻게 한 거예요?"

내 말을 들은 그녀가 입가에 둘째손가락을 갖다 대더니 쉿, 하는 동작을 취했다. 그러고는 고개를 살짝 좌우로 돌려 주변을 살폈다. 그제야 누군가 이런 우리를 본다면 이상하게 여길지도 모른다는 생각에 한 걸음 물러서서 병실 안을 둘러봤지만, 환자들이 모두 커튼 너머에 있어 시야에 들어오지 않았다.

다리를 꼬고 앉아 있던 그녀가 내게 가까이 오라는 손짓을 했고 나는 최면에 걸린 사람처럼 터벅터벅 그녀의 베드로 걸음을 옮겼다. 그녀와 처음 이야기를 나눴을 때만큼 떨리지는 않았지만 여전히 내 몹쓸 심장은 두근거리는 걸 멈출 줄 몰랐다. 그녀에게서는 오늘도 향기로운 냄새가 흘러나왔다. 그렇게 그녀 바로 앞까지 걸어간 그때, 그녀가 커튼 끝자락을 잡더니 그대로 베드 주위로 둘러쳤다. 순식간에 우리는 커튼 뒤에 단둘이 남게 되었다. 당황한 나머지 다시 커튼을 걷으려고 팔을 뻗는데 그녀가 내 팔을 가만히 붙들었다. 그리고 나를 살며시 끌어당겨 자신의 옆자리에 앉혔다. 이틀간 칙칙한 생활을 견뎌오던 내게 그 순간 찾아온 부드러운 촉감은 어떤 달콤한 음식이나 화려한 불꽃놀이보다도 황홀하게 느껴졌다. 나의 어리벙벙한 모습이 재밌게 보였는지 그녀가 쿡 웃었다. 커튼 사이로 병실 조명 불빛이 어슴푸레 새어 들어왔지만, 우리 사이로 내려앉은 미묘한 긴장감과 설렘을 몰아내기에는 불빛의 세기가 터무니없이 약했다. 그녀가 내 귓가에 닿을 정도로 입술을 가까이 가져오더니 속삭였다.

"선생님, 저… 외상 후 스트레스 장애 진단 받았어요. 제법이죠?"

그렇게 말하는 그녀의 두 눈은 빨리 칭찬해 달라고 졸라대는 어린아이의 그것처럼 보였다. 그녀의 입에서 흘러나온 '외상 후 스트레스 장애'라는 단어와 웃고 있는 그녀의 얼굴이 쉽게 연결되지 않아 나는 돌연 혼란스러운 기분에 휩싸였다. 어쩌면 그녀가 정말로 내가 알려준 대로 입원할지도 모른다는 생각은 했으나, 이토록 쉽게 그 목표를 이룰 수 있으리라고는 생각하지 못한 것이다. 나는 조심스럽게 되물었다.

"어떻게 진단 받았는지 물어봐도 돼요?"

그녀가 내 귓가에 대고 작게 대답했다.

"선생님 덕분이에요. 그날 집에 가서 공황장애랑 외상 후 스트레스 장애에 대해서 자료란 자료는 모조리 뒤졌어요. 요즘은 인터넷에 별의별 게 다 있잖아요. 찾다 보니까 공황장애 같은 경우는 죽을 것 같은 공포를 느끼고 가슴이 답답한 증상이 있어서 아무래도 교수님 앞에서는 연기하기가 어려울 거 같더라고요. 그래서 일 분도 고민하지 않고 외상 후 스트레스 장애로 방향을 틀었죠. 충격적인 사건으로는 제가 키우던 강아지가 트럭에 깔리는 걸 직접 목격한 걸로 정했고요."

그녀가 말을 멈추더니 환자복 주머니에서 휴대폰을 꺼냈다. 문자라도 온 걸까 하는 생각을 하며 그녀를 유심히 쳐다보고 있는데 그녀가 휴대폰을 내 쪽으로 내밀었다.

"이거 봐요. 저 나름대로 열심히 공부했죠?"

액정 화면에는 깨알 같은 글씨가 발 디딜 틈 없이 공간을 가득 메우고 있었다. 자세히 보니 외상 후 스트레스 장애의 DSM─V에 의거한 진단 기준이었다. 재경험, 회피, 인지의 부정적인 변화, 과각성 등의 항목을 포함한 기다란 목록을 전공 서적이 아닌 휴대폰으로, 그것도 의학과는 전혀 무관한 그녀를 통해 보니 생경한 느낌이 들었다. 나는 호기심을 참지 못하고 물었다.

"은주 씨, 어느 교수님 외래였어요?"

그녀가 얼른 기억이 나지 않는 듯 허공을 바라보더니 대답했다.

"이주연 교수님? 이었던 거 같아요."

"아, 이주현 교수님 말이군요."

그러자 그녀가 멋쩍은 듯 내 어깨를 가볍게 툭 쳤다.

"선생님, 오늘 기억할 게 얼마나 많았는데 그 정도는 귀엽게 봐줘요. 이래 봬도 여기 있는 내용들은 눈 감고도 줄줄 읊을 수 있을 정도로 어제 종일 공부했단 말이에요. 이제 저도 다른 건 몰라도 외상 후 스트레스 장애에 대해서는 박사 논문도 쓸 수 있을 걸요?"

그녀의 대책 없는 자신감에 나도 모르게 입가에 미소가 번졌다. 그런 나를 본 그녀의 양쪽 볼이 풍선처럼 부풀어 올랐다. 마음 같아서는 저 귀여운 볼을 손끝으로 건드려 보고 싶었지만, 섣불리 그랬다가는 돌이킬 수 없는 관계로 치닫게 될지도 모른다는 불안감에 의식적으로 자제했다. 내가 그녀에게 흑심을 품고 있다는 걸 그녀가 눈치채지 못했을 리는 없지만, 아직은 그런 내 마음을 그녀에게 내보일 단계가 아니었다. 내가 엉큼한 생각을 품고 있다는 걸 아는지 모르는지 그녀는 태평하게 베드 위로 드러누웠다. 그녀는 캠핑장의 텐트 안에 누워 있기라도 한 것처럼 아늑해 보였다.

"이제 마음 편히 쉴 수 있어서 얼마나 기쁜지 몰라요. 이게 다 선생님 덕분이에요."

"글쎄요, 제가 아니었더라도 은주 씨는 무슨 수를 써서라도 이곳에 왔겠죠. 이주현 교수님을 보기 좋게 속일 정도면 연기력이 정말 훌륭하신가 봐요."

그때 커튼 너머에서 부스럭거리는 소리가 들리는 바람에 등골이 서늘해졌다. 혹시 누군가 바깥에서 우리의 대화를 엿듣고 있는 게 아닌가 싶어 커튼의 틈을 살짝 벌려 보았지만 수상한 기척은 느껴지지 않았다. 옆 베드에 누워 있던 환자가 몸을 뒤척이는 듯했다. 나는 안도의 한숨을 내쉬고는 다시 커튼을 제자리로 가져다 놓았다. 그와 함께 등 뒤에서 가느다란 숨소리가 공기를 타고 전해져 왔다. 차마 고개를 돌릴 엄두가 나지 않아 커튼을 정면으로 바라본 채 말했다.

"아무도 없어서 다행이에요. 누가 들었으면 큰일 날 뻔했네요."

1초, 2초, 3초… 속으로 시간을 재며 기다렸으나 그녀의 대답은 들려오지 않았다. 등 뒤에서 그녀가 무슨 행동을 하고 있는지 짐작이 되지 않아, 나는 계속해서 침을 꿀꺽 삼키면서 단단히 각오했다. 돌아보는 순간 눈을 지그시 감고 입술을 내밀고 있는 그녀를 발견하게 될지도 모른다고, 설령 그렇게 되더라도 너무 놀라지는 말자고.

묘한 기대감에 부푼 채 스르륵 고개를 돌리다가 그만 나도 모르게 웃음이 새어 나왔다. 언제 잠이 든 건지 그녀가 눈을 감은 채 쌔근쌔근 숨소리를 내며 자고 있었다. 반쯤 벌어진 그녀의 입술 사이로 포근한 숨소리가 규칙적으로 들려왔다. 어떤 노래보다도 따뜻하고 상큼한 그 소리에 귀 기울이던 나는 문득 지금 나와 그녀가 공유하고 있는 이 베드가 한국대학교 병원이 아닌, 이런 삭막한 공간과는 백 킬로미터 정도 떨어진, 한적한 시골 마을에 놓여 있다면 좋겠다고 생각했다. 그녀와 함께 있는 지금 이 시간만큼은 나를 옥죄던 병원에서 해방되어 자유롭게 날아다니는 바람으로 변한 기분이었다.

조금이라도 더 이곳에 눌러앉아 있고 싶었지만 잠시 후 7층 병동 스테이션에서 호출이 와서 자리를 떠야 했다. 나가면서 마지막으로 살폈을 때 그녀의 볼에는 보조개가 얕게 패어 있었다. 그녀는 기분 좋은 꿈속을 거닐고 있는 모양이었다.

* * *

그날부터 나는 603호 병실의 단골손님이 되었다. 그녀의 주치의라는 명목으로 나는 시간이 날 때마다 틈틈이 그곳을 찾았다. 내가 주치의를 맡은 주요 우울 장애 환자도 그곳에 있었지만 그녀가 입원하게 된 뒤로 내 관심사는 그 환자에서 그녀로 옮겨갔다. 하루는 그녀와 시시껄렁한 수다를 떨고 병실을 나서려는데 그 환자가 왜 자기한테는 말을 걸지 않느냐고 불만을 토로한 적도 있었을 만큼 나는 그녀에게 깊이 빠져 버렸다.

그녀가 603호 병실에 입원한 뒤로 나는 이전에는 경험해 보지 못한 삶을 맛보게 되었다. 지금까지는 아침 출근길에 병원 건물이 먼발치에서 눈에 들어오면 온몸의 힘이 빠져나가고 한숨을 내뱉기 일쑤였다면, 이제 나는 조금이라도 빨리 병원에 도착해서 그녀와 대화를 나누고 싶다는 마음에 발걸음이 빨라지고 온몸에 활력이 돌았다.

그뿐만이 아니다. 그날 이후로 나는 평소에는 귀찮아서 거들떠보지도 않던 면도기를 의국 책상에 소중히 모셔놓고 입가와 턱밑에 조금이라도 검은 새싹이 돋아나면 세면대로 달려가 면도를 했다. 그리고 병원에 들어온 이래로 이틀이 멀다 하고 만났던 절친한 친구, 이를테면 족발, 치킨, 중국집 음식과도 절교했다. 의국 동료들이 그런 나를 신기하다는 눈빛으로 보는 것이 어색하기는 했지만, 그녀 앞에 살이 뒤룩뒤룩하게 쪄서 나타나는 나 자신을 생각하면 식욕이 목구멍에 달라붙으려다가도 금세 달아나 버렸다.

그녀가 내 삶 속으로 소리 없이 걸어 들어온 이후, 나는 지금까지의 나와는 다른 모습으로 새롭게 태어났다.

한편 그녀는 외상 후 스트레스 장애로 Imipramine(삼환계 항우울제의 일종)을 투여받는 동시에 인지 행동 치료를 받고 있었는데, 주치의인 나는 아무런 증상도 없는 그녀에게 '그날의 끔찍한 기억이 여전히 떠오르는지', '사건과 관련된 악몽을 꾸는지'와 같은 무의미한 질문을 매일 던져야 했다. 교수님의 회진을 준비하는 과정에서 환자의 상태를 주기적으로 파악할 필요가 있기도 했고, 603호 병실을 드나드는 환자 및 보호자, 간호사에게 의심의 눈초리를 받지 않으려면 주치의로서의 면모를 보일 필요도 있었던 것이다.

내게서 그런 질문을 받을 때마다 그녀는 마치 실제 환자처럼 얼굴을 일그러뜨리며 키운 적도 없는 골든 리트리버가 트럭에 깔리던 새벽의 일을 생생하게 묘사했고, 그로 인해 6개월이 흐른 지금도 자신을 따라다니고 있는 고통에 대해 줄줄 읊었다. 그러면 나는 그녀의 말을 차트에 기록해 매일 아침 컨퍼런스에서 담당의인 이주현 교수님에게 그 내용을 보고했고 교수님은 어떤 의심도 품지 않고 근엄하게 고개를 끄덕였다.

정신건강의학과 레지던트 2년 차로서 민망한 얘기지만, 매일 오전과 오후에 한 번씩 있는 지루한 회진이 그때만큼 기다려졌던 적이 없다. 회진이 하루에 세 번, 아니, 네 번으로 늘어나도 좋다고 여길 만큼, 그녀가 이주현 교수님의 앞에서 펼치는 혼신의 연기는 언제 감상해도 감탄스러웠던 것이다. 만일 내가 그녀를 병원에서 처음 보았다면 결코 그녀가 거짓말하고 있다는 걸 깨닫지 못하겠다는 생각이 들 정도로 그녀의 목소리 톤이나 억양, 시선, 손짓은 무기력했는데 그럴 때면 교수님은 연민 어린 눈빛을 보내며 가만히 그녀의 어깨를 토닥여 주고는 했다.

교수님의 등 뒤에 서 있는 내게 그 상황을 아무런 동요 없이 지켜보는 건 어려운 일이었다. 한 번은 심각한 표정으로 신음을 내는 그녀를 보다가 웃음이 터져 나와서 회진이 끝나고 교수님에게 면박을 당한 적도 있었는데, 결국 나는 전날 시청했던 예능 프로그램의 한 장면이 떠올라서 그랬다는 한심한 변명을 늘어놓을 수밖에 없었다. 그날 다시 603호 병실을 찾았을 때 그녀는 휴대폰을 쥔 채 다소 불안한 눈빛으로 베드 모서리에 걸터앉아 있었다. 나를 발견한 그녀가 곁눈질로 주위를 살피면서 낮게 불렀다.

"선생님……"

미안한 마음에 그녀와 눈도 제대로 마주치지 못하고 있는데 그녀의 사근사근한 목소리가 들려왔다.

"아까는 얼마나 놀랐다고요. 교수님이 바로 앞에 계신데 등에서 식은땀이 다 났다니까요."

"미안해요, 정말 미안해요."

그 상황에서 내가 꺼낼 수 있는 말은 그것뿐이었다. 그렇게 우리 둘 사이에 기다란 침묵이 파고들려는 무렵 그녀가 말했다.

"선생님이 왜 미안해요. 제가 선생님이었으면 벌써 옛날에 그렇게 웃었을 걸요?"

"……"

"그런데 어떻게 됐어요? 교수님이 뭐라고 하시지는 않았어요?"

고개를 들어 올리자 그녀의 근심 가득한 눈길이 나를 향하고 있었다. 자신의 비밀이 탄로 나는 순간 꼼짝없이 하늘로 되돌아가야 하는 천사처럼 그녀의 두 눈에는 간절한 염원이 담겨 있었다.

"그냥 어제 본 웃긴 장면이 떠올라서라고 둘러댔죠, 뭐. 은주 씨는 걱정 안 해도 돼요."

긴장한 기색이 역력하던 그녀의 표정이 부드럽게 변했다.

"다행이네. 사실 조마조마했거든요. 우리 착한 선생님이 교수님께 자초지종을 털어놓을지도 모른다고 생각하니까 얼마나 가슴이 콩닥콩닥거리던지… 방금 전만 해도 교수님이 뿔난 얼굴로 이곳에 뛰어들어 올 거라고 단단히 각오하고 있었는데… 정말 다행이에요."

그녀가 한시름 놓았다는 듯 입을 헤 벌리고 미소 지었다. 비록 그때 나는 아무런 대답도 하지 않았지만 속으로는 몇 번이나 중얼거렸다. 차마 입 밖으로 꺼낼 수 없는 그 말을.

'나도 다행이에요. 앞으로도 은주 씨를 병원에서 볼 수 있으니까요……'

*　*　*

어느덧 그녀가 입원하고 나서 일주일이라는 시간이 흘렀다. 이주현 교수님의 해외 학회 일정을 위해 워드프로세서 작업을 하던 중 달력을 보고 깨닫게 된 건데 처음에는 그 명백한 사실이 가슴에 와닿지 않았다. 그녀와 보낸 시간이 내게는 일주일은커녕 이틀 정도로 짧게 느껴졌기 때문이다. 그럴 만도 한 게 하루에 그녀와 대화를 나누는 시간이래야 봤자 다 합쳐도 20분이 될까 말까 했다. 당직을 맡은 날에는 별관의 보호병동에 입원해 있는 50여 명의 환자를 밤새도록 살피느라 일반병동의 그녀에게는 갈 생각조차 하지 못했고, 설령 그랬다가 동료나 간호사에게 들통이 나는 날에는 교수님으로부터 온갖 쓴소리를 들을 게 분명해서 어쩔 수 없었던 것이다.

그런데 벌써 일주일이라는 시간이 흘러 버렸다니…….

워드프로세서 작업을 마무리하고 2층 침대에 눕자 어디서 스며들어온 건지 내 머릿속에 뿌연 안개가 깔려 있는 것만 같았다. 오랫동안 침대 위에서 몸을 뒤척이고 나서야 나는 그 안개의 정체를 파악할 수 있었다. 그건 막연한 불안감이었다. 이대로 있다가는 그녀와 더 이상 가까워질 수 없을지도 모른다는, 며칠만 지나면 그녀와 영원히 만날 수 없을지도 모른다는 불안감이 나를 휩쓸었다. 비록 지금 당장은 그녀가 퇴원할 기미를 보이지 않지만 언젠가는 그녀 역시 병원을 벗어나 자신의 삶으로 돌아갈 것이다. 그렇게 된다면 나는 어떻게 되는 걸까…….

생각만 해도 끔찍했다. 그녀와 수다 떠는 것을 낙으로 하루하루를 보낸 나의 비루한 삶에서 그녀마저 사라져 버린다면 내게 남는 건 뭘까. 그런 생각을 떠올리자 말로는 표현할 수 없는 서글픈 기운이 밀려와 그 순간 누워 있던 2층 침대에서 떨어져 버리고 싶은 충동마저 가슴속에 일었다. 그녀가 없는 병원, 그녀의 향기를 맡을 수 없는 하루, 그녀가 존재하지 않는 세상… 나도 모르는 사이에 그녀는 어느덧 내 마음속 가장 깊은 곳에 자리 잡고 있었다. 그런 그녀를 내 마음속에서 몰아내는 게 가능한 걸까.

물론 섣부른 걱정을 하는 건지도 모른다. 설령 그녀가 홀연히 퇴원한다 해도 입원 기록지에 남아 있는 그녀의 연락처와 주소로 마음만 먹으면 언제든 그녀와 연락이 닿을 수 있으니 말이다. 하지만… 그녀가 나에 대해 가지고 있을 감정이 내가 그녀에게 품고 있는 감정과 동일한 것인지 알 수 없었기에 나는 불안감을 떨쳐낼 수 없었다. 나를 볼 때면 입가에 묻어나는 매혹적인 미소가 단순히 반가움에서 나온 건지, 나와 같은 설렘이나 그리움에서 나온 건지, 눈치 없고 아둔한 나로서는 구분할 수 없었다.

한참을 침대에 붙박여 머리를 싸매고 난 후에야 나는 비로소 한 가지 방법을 떠올릴 수 있었다. 어쩌면 곧 내 곁을 떠날지도 모르는 그녀에게 늦기 전에 한 걸음이라도 더 가까이 다가갈 수 있는 방법. 고작 생각일 뿐이었지만 짜릿한 기분이 드는 건 어쩔 수 없었다. 나는 창밖이 빨리 어둠으로 물들기만을 기다렸다.

그날 밤 퇴근 시간이 다 되어서도 나는 정신건강의학과 의국을 나서지 않았다. 당직 일정이 없는 내가 저녁 시간이 훌쩍 넘었는데도 의국 바깥으로 한 발자국도 나가지 않자 그날 당직을 하는 동기가 의아한 눈으로 바라봤지만 나의 심드렁한 얼굴을 보고는 군말 없이 보호병동으로 향했다. 텅 비어 있는 의국 침대에 홀로 누워 있는 것도 그리 내키는 상황은 아닌지라 다음 주에 발표할 환자 케이스의 리뷰를 준비하는 한편, 평소에는 거들떠보지도 않던 웹툰을 오랜만에 보기도 하며 시간을 때웠다.

그렇게 빈둥거리고 있던 내가 자리에서 일어난 건 오후 9시가 가까워질 무렵이었다. 나는 이제 막 겨울잠에서 깨어난 반달곰처럼 느긋하게 책상으로 다가가 면도기를 집어 들었고 세면대 거울 앞에서 구석구석까지 말끔하게 면도를 했다. 그리고 야밤의 데이트를 앞둔 멋쟁이 신사라도 된 것처럼 선물로 받아놓고 쓸 생각도 하지 않았던 라벤더 향의 향수를 셔츠 위로 뿌렸다. 침대에 누워 있었던 탓에 머리 뒤쪽이 눌려 있기는 했지만 그리 티가 나지 않는 것을 위안으로 삼고 의국을 나섰다.

나는 최대한 다른 사람들, 특히 의사들의 눈에 띄지 않기 위해 비상계단을 통해 6층으로 올라갔다. 문을 열자 끼이익 소리와 함께 어둠이 적셔진 공기가 눈으로 달려들었다. 혹시나 하는 마음에 문가에 서서 복도를 곁눈질했지만, 다행히 의사나 간호사의 모습은 어디에도 보이지 않았다. 그저 링거 거치대를 잡은 채 복도를 쏘다니는 환자의 등만이 시야에 잡힐 뿐이었다. 나는 603호 병실을 향해 조심스럽게 한 걸음 한 걸음 앞으로 내디뎠다. 레지던트인 내가 한밤중에 병원 복도를 돌아다니는 것이 이상한 일은 아니었지만, 그 목적이 떳떳하지 않다는 죄책감이 나를 극한의 긴장으로 몰아넣었다.

이윽고 603호 병실 앞에 도착하자 화장실에서부터 두 사람이 이쪽으로 걸어오는 기척이 느껴졌다. 나는 재빨리 문을 열고 병실 안으로 들어갔다. 거친 숨을 내뱉으며 병실 안을 살피던 나는 나도 모르게 맥이 탁 풀려 버렸다. 커튼으로 둘러쳐진 그녀의 베드에서 불빛이 새어 나오지 않았던 것이다. 오후 9시밖에 되지 않았는데 벌써 잠을 청하고 있는 건가, 하는 생각에 나는 괜히 억울해졌다. 그녀를 만나기 위해 밤늦게까지 집으로 돌아가지 않고 기다린 나를 맞이한 건 절망 그 자체였다. 아무래도 하느님께서는 내 편을 들어주실 마음이 손톱만큼도 없는 듯했다.

오늘은 포기하고 내일을 기약해야 하는 걸까…….

그런 우울한 생각을 하던 그때, 문 가까이에서 분주한 움직임이 느껴졌다. 어쩌면 누군가 이곳으로 들어올지도 모른다고 생각하자 나는 문득 불안해져서 주변을 훑어보았다. 쥐구멍에라도 숨고 싶은 기분으로 어둠에 잠긴 병실을 살폈으나 내가 갈 곳은 한 군데뿐이었다. 바깥의 소리가 점차 뚜렷해지는 걸 알아차리고 나는 얼른 그녀의 베드로 걸음을 옮겼다. 이대로 가만히 있다가 동료와 부딪혀서 낯 뜨거운 꼴을 당하는 것보다는 현명한 선택이라고 생각한 것이다. 그렇게 베드를 감싸고 있던 커튼을 조심스럽게 젖히고 그리로 들어간 나는 그제야 작게 한숨을 내쉴 수 있었다.

곧 문이 열리는 소리가 들리더니 정형외과 레지던트 1년 차 인하가 환자에게 주의사항을 당부하는 소리가 병실 안에 울려 퍼졌다. 아마도 환자가 한밤중에 수술 부위의 통증을 호소한 모양이었다. 병실의 공기는 일 분 동안 잠시 떠들썩했지만 이내 무겁게 가라앉았다. 그제야 쥐구멍에서 숨소리도 제대로 못 내고 있던 내게 평화가 찾아왔다. 나는 그때까지 미처 신경 쓸 겨를이 없었던 그녀를 잠시나마 눈에 담기 위해 고개를 돌렸다. 혹시 조금 전의 소음 때문에 잠에서 깨어났으면 어떡할까, 하는 불안감과 그래도 그녀와 대화를 나눌 수 있으리라는 기대감을 동시에 품고.

그런데… 그런 내 눈앞에 전혀 생각지도 못한 광경이 펼쳐져 있었다. 당연히 자고 있을 것이라고 여겼던 그녀가 그곳에 없었던 것이다.

도대체 어디로 간 걸까? 병실 말고 갈 곳이 있기나 한가?

베드에 걸터앉아 그녀를 기다리는 동안 나에게 떠오른 생각은 그뿐이었다. 처음에는 그저 화장실이나 편의점에 간 것이려니 하며 불길한 생각을 떨쳐내려 했지만, 9를 가리키던 시침이 어느덧 10까지 바짝 다가선 걸 보자 내 마음도 덩달아 조급해졌다. 한 시간이 지나도록 그녀가 돌아올 기미는 보이지 않았다. 병실 문이 열리는 소리가 들릴 때마다 불에 덴 것처럼 심장이 뜨거워졌다가 곧 미지근하게 식어버렸고, 또다시 그녀가 들어오기만을 기다리며 가슴 졸이는 시간만이 반복될 뿐이었다. 그렇게 열 번 정도 반복되어서야 나는 결국 그녀를 찾는 걸 단념하고 병실을 빠져나왔다.

6층 복도, 화장실, 비상계단, 병동 로비, 편의점.

이 시간에 그녀가 있을 만한 장소는 모조리 뒤져봤다. 그러나 그녀는 어디에도 없었다. 홀연히 사라진 그녀가 발자국이라도 남겨주었다면 그걸 단서로 뒤따라갈 수 있었겠지만, 그녀는 누군가 자신의 뒤를 추적하는 것이 내키지 않은 듯 발자국을 깨끗이 지워 버린 모양이었다. 일주일 동안 그녀가 입원해 있으면서 남겨놓은 흔적들, 이를테면 그녀 특유의 은은한 향기라든지 그녀에게서 흘러나오는 사랑스러운 기운은 그녀가 지우고 싶어도 쉽게 지워지지 않을 게 분명한데, 하룻밤 만에 사라지다니 나로서는 믿기지 않았다.

그녀에게 전화를 걸어볼까 생각하기도 했다. 사실 마음만 먹으면 입원 기록지에 있는 그녀의 전화번호를 입력하고 통화 버튼을 누를 수도 있었다. 그러면 지금 그녀가 어디에 있는지, 내가 일주일 동안 꿈을 꾼 건지도 단번에 깨달을 수 있었다. 하지만… 그런 나의 사소한 행동이 불러올 파국에 생각이 닿자, 내 머릿속에서 부유하던 위험한 생각은 타고 남은 재처럼 바닥에 내려앉았다. 자신에게 걸려온 낯선 전화번호의 주인이 누굴까 생각하는 그녀의 얼굴, 전화를 건 사람이 나라는 것을 알고 눈살을 찌푸리는 그녀의 표정, 그리고 그 표정에서 묻어나오는 당혹감. 이 모든 것이 내게 호기심을 내보이지 말고 조용히 가슴속에만 묻어두라고 요구하고 있었다. 한참을 고민에 잠겨 있던 나는 결국 그들의 요구를 받아들이기로 했다.

의국으로 돌아가는 길에 다시 한번 603호 병실에 들렀지만 여전히 그녀는 베드에 없었다. 담당 간호사에게 물어볼까 하려다가 관두었다. 간호사들 사이에서 소문은 삽시간에 퍼지게 마련이니까.

병원 바깥을 가득 메우고 있는 후덥지근한 공기를 뚫고 주차장으로 향했다. 한 걸음 한 걸음 내디딜수록 그녀와 조금씩 멀어지고 있다는 생각에 발걸음이 느려졌다. 아직 미련이 남아 있는 나 자신을 원망하면서 바깥을 둘러보았다. 오늘 당직을 서는 의료진의 차량 몇 대가 듬성듬성 주차장에 박혀 있었고, 몇몇 환자들이 보호자와 함께 분수대나 벤치에 앉아 피서 분위기를 한껏 내며 아이스크림을 먹고 있었다. 나와 달리 그들에게는 아무런 걱정거리도 없는 것처럼 보였다.

＊　＊　＊

다음 날 아침 병원에 도착하자마자 6층 병동으로 향했다. 원래대로라면 회진 준비를 위해 내가 맡은 환자가 많은 9층에 먼저 갔겠지만 지금은 그런 것 따위는 중요하지 않았다. 603호 병실로 다가가는 동안 나는 계속해서 주변의 눈치를 살폈다. 혹시 전날 밤 무슨 안 좋은 일이라도 벌어진 게 아닌지, 환자 중 하나가 사라져서 야단이 났다든지, 하는 분위기를 감지하기 위해 정수리 위로 안테나를 뻗어봤지만 감지되는 건 평소와 다를 바 없는 차분하고 가라앉은 공기뿐이었다. 내가 생각했던 분위기와 꽤 딴판이었기에 나는 고개를 갸웃하면서 천천히 병실로 걸어 들어갔다. 아직 이른 아침이라 그런지 텔레비전은 꺼져 있었고 베드마다 쳐놓은 커튼이 열려 있는 곳은 없었다. 그녀의 베드 역시 커튼에 둘러싸여 있어 나는 어떻게 할까 잠시 망설이다가 곧 있을 회진을 준비하러 왔다는 핑계를 대기로 했다. 괜히 목청을 가다듬고는 거울을 보고 옷매무새를 가지런히 정리한 뒤 그녀가 누운 베드의 커튼을 슬쩍 젖혔다. 그 순간 나도 모르게 놀라 엇, 하는 괴상한 소리를 내고 말았다. 베드에 누운 그녀의 눈빛이 나에게 꽂혀 있었던 것이다. 마치 내가 지금 이 시각에 그녀에게 찾아올 것을 예상하고 있었기라도 하듯. 그녀는 방금 잠에서 깼는지 가늘게 하품 소리를 냈고 곧 몸을 일으켰다. 그녀가 손등으로 눈가를 비비면서 말했다.

"선생님, 벌써 오셨어요? 오늘은 꽤 일찍 오셨네요."

마치 어젯밤 아무 일도 없었던 것처럼 그녀의 목소리는 태연했다. 나는 최대한 감정이 드러나지 않도록 덤덤하게 말했다.

"네, 어쩌다 보니 회진 준비를 일찍 하게 됐네요."

그리고 잠시 말없이 그녀를 바라보다가 덧붙였다.

"은주 씨… 괜찮은 거죠?"

순간 눈가를 문지르고 있던 그녀가 동작을 멈췄다. 내가 건넨 말 속에 그녀의 감정을 건드리는 부분이 있었던 걸까. 고개 돌려 나를 보는 그녀의 눈빛에는 평소와 달리 얼핏 조심스러운 기색이 묻어났다. 하지만 곧 그런 기색은 어디론가 사라지고 유쾌한 목소리가 흘러나왔다.

"오늘따라 선생님 같지 않네요."

"네?"

"선생님 얼굴에 '나 오늘 심각하다' 이렇게 빨간 글씨로 써 있어요."

그녀의 엉뚱한 말에 나도 모르게 이마로 손을 가져갔다. 그녀가 쿡쿡 웃으며 내 팔을 툭 쳤다.

"선생님도 참, 어리숙하게. 장난이에요, 장난."

나는 귓불이 달아오르는 걸 느끼며 머리를 긁적였다. 그녀는 나에게서 시선을 거두지 않고 입가에 잔잔한 미소를 띤 채 나를 바라봤는데, 마치 그 순간 내 몸이 투명해져서 그녀가 내 속마음을 훤히 들여다보고 있는 것만 같았다.

'도대체 어제 어디 있었던 거예요?'

조금만 방심하면 금방 입 밖으로 튀어나올 그 말을 억누르기 위해 나는 스스로를 다그치며 물러나려고 했다. 그녀에게 아침 회진 때 찾아오겠다는 말을 하고 나가려는데 그녀가 선생님, 하고 불렀다. 뒤를 돌아보자 그녀가 의아하다는 듯 나를 물끄러미 보고 있었다. 그녀가 눈을 찡긋하더니 말했다.

"선생님, 저 아까 그 질문에 대답 안 했는데요?"

"아, 오늘따라 제가 정신이 없네요. 말씀하세요."

"저… 괜찮아요, 아니, 괜찮을 뿐만 아니라… 정말 행복해요."

그렇게 말하는 그녀의 뺨은 어느새 봉숭아 빛으로 물들어 있었고, 입가에는 행복한 여성에게서만 찾아볼 수 있는 아름다운 미소가 번져 있었다. 그녀를 이토록 행복하게 하는 건 무엇일까, 혹시 어젯밤 병원 밖으로 나갔던 걸까, 하는 의문이 떠올랐으나 그것을 확인할 길은 없어 보였다. 내가 그 자리에서 할 수 있는 건 그저 고개를 끄덕이며 그녀를 바라보는 것밖에 없었다.

회진 때 교수님에게 보고할 내용을 기록하고 커튼을 열어젖히려던 그때 나는 예사롭지 않은 장면을 목격했다. 그녀의 맑은 눈가에서 뭔가가 반짝이더니 또르르 뺨을 타고 흘러내린 것이다. 분명히 그녀는 소리 없이 울고 있었다. 나는 그녀가 우는 이유를 전혀 짐작할 수 없었다.

* * *

그녀가 흘린 눈물은 그날 내내 나를 그림자처럼 따라왔다. 아침

컨퍼런스 때나 회진을 돌 때는 물론이고 환자들의 처방을 내리는 순간에도 그녀의 눈물이 머릿속을 비집고 들어오는 바람에 나는 평소와 달리 업무에 온전히 집중할 수 없었다. 물론 지금까지도 업무 중간중간 그녀의 환한 미소를 몰래 떠올리며 기쁜 마음으로 일을 한 적이 없다고 한다면 거짓말이겠지만 그날따라 유독 그녀의 얼굴이 쉴 새 없이 떠올랐다. 그리고 그럴수록 나는 오늘 아침 내가 보인 어설픈 행동에 대한 자책감 때문에 벽에 머리를 찧어버리고 싶었다. 왜 그때 그녀가 눈물 흘리는 이유를 물어보지 않았던 걸까, 왜 그때 그녀에게 휴지 한 장 건네지 않았을까, 뭐가 그리 바쁘다고 그녀를 뒤로한 채 의국으로 도망쳐 온 걸까, 하는 후회가 번갈아 내 귓전으로, 머릿속으로 흘러들어 왔다. 결국, 나는 시시각각 날카로워지는 두통을 견디다 못해 담배 한 개비를 꺼내 들고 병원 바깥으로 나와 버렸다. 바깥의 우중충한 날씨는 내가 평소의 나답지 않다며, 그런 사소한 행동은 신경 쓸 필요가 없다고 꾸짖는 듯했다. 그러나 담배를 피우고 돌아온 뒤로도 변함없이 그녀는 내 머릿속 지분의 대부분을 차지하고 있었다.

그날 밤 당직이었던 나는 별관의 보호병동 내부를 주기적으로 돌아다니며 위험한 상황이 없는지 점검했다. 이틀 전 혀를 깨물고 자살을 시도한 조현병 환자가 1인실에 입원해 있었기에 시간이 날 때마다 그리로 갔다. 적어도 내가 당직을 서는 동안에는 별 탈이 없기만을 간절히 바라는 것 외에 마땅히 뾰족한 수가 없어 답답했다.

그렇게 오후 10시가 넘었을 무렵, 갑자기 휴대폰이 울렸다. 저장된 번호는 아니었지만 어딘지 익숙한 번호여서 짐짓 일반병동에서 걸려

온 전화려니 하며 받자 내 목소리보다 두 옥타브는 높은 듯한 간호사의 목소리가 고막을 쨍쨍 울려댔다.

—선생님, 빨리 7층 병동 스테이션으로 와 주세요. 지금 당장요!

밑도 끝도 없이 와달라는 그녀의 꾀꼬리 같은 소리에 잠깐 휴대폰을 귀에서 뗐다. 이런 늦은 시각에 정신건강의학과 입원 환자에게 주치의의 도움이 필요한 상황이 벌어졌다는 게 미심쩍기도 했고, 사소한 일로 주치의에게 콜을 무분별하게 해대는 간호사가 종종 있어 일단 확인해 봤다.

"무슨 일인데요?"

—배지수 환자가 또 몰래 편의점 내려가서 마구 먹었나 봐요. 어휴, 지금 화장실에서 토하는데 난리도 이런 난리가 없어요.

배지수 환자라면 사흘 전 신경성 대식증으로 입원한 여자 환자로 입원 당일부터 나의 골머리를 썩게 만든 환자였다. 무슨 생각으로 주문을 한 건지 자신의 병실로 피자 두 판을 배달시켰고, 감시가 소홀한 틈을 타서 모조리 뱃속으로 집어넣어 버리는 바람에 그날 밤새도록 구토를 하고 같은 병실 환자들의 잠을 빼앗아 간 것이다. 나는 휴대폰을 귓가에 댄 채 간호사에게 지시 사항을 알려주며 곧장 일반병동으로 향했다. 그곳으로 걸어가는 동안 내 머릿속에 떠오른 건 말을 걸 때마다 게슴츠레하고 의뭉스러운 눈초리로 나를 노려보는 그 환자의 희멀건 얼굴이었다.

병동 로비로 걸어 들어간 나는 1층에 멈춰 선 엘리베이터를 잡아타고 7층 버튼을 눌렀다. 1, 2, 한 층씩 올라가는 엘리베이터에 무거운 몸을 맡기고 벽에 부착된 거울을 보며 머리카락을 쓸어 넘기는

데 3층에서 멈추는 소리가 들렸다. 이 시간에 환자일 리는 없고 아마 의사나 간호사인 모양이다, 하고 생각한 나는 거울을 보다 말고 정면으로 몸을 돌리고 언제든 인사할 수 있게 문 부근에 시선을 두고 있었다. 이윽고 천천히 문이 열리고 그 틈새로 환자복을 입은 한 여자가 들어섰을 때 나는 온몸을 덮고 있던 잔털이 부스스 일어나는 걸 느꼈다. 불치병 선고를 받기라도 한 듯 고개를 푹 숙이고 있는 그녀는… 박은주였다.

그녀는 엘리베이터 안에 또 다른 사람이 있다는 걸 전혀 눈치채지 못한 건지 아니면 별로 관심이 없는 건지, 이곳에 타자마자 고개를 들지도 않고 몸을 왼쪽으로 틀어 6층 버튼을 누르고는 문 앞에 딱 붙어 섰다. 무슨 일로 3층에 왔는지 호기심이 일어 물으려 했지만 뒤돌아선 그녀의 어깨가 쓸쓸하고 무거워 보여서 입술이 떨어지지 않았다. 오후 회진 때 마지막으로 보았을 때와는 달리 그녀의 긴 머리카락은 어깨 부근에서 초록색 리본으로 묶여 있었고, 거울을 통해 반사된 그녀의 옆얼굴이 전보다 빛깔이 하얗고 갸름해져 있어 화장을 한 건가, 하는 생각이 들었다.

이대로 그녀에게 말을 걸지 않는 것도 왠지 어색해서 그녀에게 한 걸음 다가선 그때 6층에 도착했다는 안내음이 울려 나왔다. 절묘한 타이밍에 끼어든 그 비인간적인 음성에 나는 그녀에게 손을 뻗으려다 말고 제자리로 가져갔다. 문이 열리자마자 어둠 속으로 걸어 들어가는 그녀에게서는 그녀 특유의 쾌활한 기운이 조금도 느껴지지 않았다. 아무래도 오늘 아침 흘렸던 눈물의 여파가 지금까지 그녀를 슬픔 속에 가두고 있는 모양이었다. 그녀의 사정을 정확히 모르는 나로서는 그저 지금의 상황이 답답할 뿐이었다. 고작 하루 만에 완전히 다른 사람으로 변해 버린 듯한 그녀의 모습에, 나는 7층에 도착한 엘리베이터의 문이 열렸다가 닫히는 것도 알아차리지 못하고 우두커니 제자리에 서 있었다.

배지수 환자를 수십 분에 걸쳐 진정시키고 병실로 부축해 옮긴 후에야 7층 병동을 벗어날 수 있었다. 엘리베이터에 오른 내가 버튼을 누르려고 하는데 의지와는 무관하게 둘째손가락이 6층 버튼 위에 포개졌다. 그와 동시에 잠잠하던 엘리베이터가 부웅 소리를 내더니 하강했고, 당황한 나는 가까스로 손가락에 힘을 주어 다시 1층 버튼을 눌렀다.

왜 나도 모르게 6층 버튼을 누른 걸까.

별관으로 걸어가는 동안 나 자신의 행동에 대한 이유를 알아내려 노력했다. 어젯밤 그녀를 만나지 못한 것에 대한 미련 때문일까, 오늘 아침 눈물 흘리던 그녀의 얼굴이 내 머릿속에 잔상으로 남아 있었기 때문일까, 그것도 아니면 엘리베이터를 걸어나가던 그녀의 어깨가 유독 무거워 보였기 때문일까. 어쩌면 그 세 가지가 복합적으로 나의 심리에 작용했을지도 모른다는 데 생각이 닿은 그때, 의식의 저편에서 멀어져 가던 기억 한 조각이 수면 위로 모습을 드러냈다. 이내 나는 지금까지 떠안고 있던 의문을 머릿속 수거함에 집어넣고 다른 의문에 대한 생각을 정리했다.

그녀가 엘리베이터를 탔던 3층은… 수술실과 외과계 중환자실, 보호자 대기실, 강당 등 여러 시설이 있는 곳이었다. 그런데 오후 11시가 가까운 시각에 그녀가 왜 그곳에 있었던 걸까. 평소 그녀의 성격에 비추어 짐작해 봤을 때 어쩌면 그녀는 밤이 되면 지독할 정도로 고요한 병실에서 벗어나 병원 구석구석을 기분 전환 겸 돌아다니는 지도 몰랐다. 그리고 보면 평소 사람들과 수다 떨기를 좋아하고 활동적인 그녀가 저녁 시간 이후에도 같은 자리에 머물러 있는 것이야말로 의아했다. 그런 맥락으로 생각해 보면 어젯밤 그녀가 홀연히 사라진 이유도 막연하게나마 추측할 수 있다. 아마 어젯밤도 그녀는 6층이 아닌 다른 층에 있었거나 병원 뒤뜰을 거닐고 있었으리라. 그리고 그 시각은 오후 9시에서 11시 사이일 것이다. 그 시간 동안 그녀가 어디서 무엇을 했는지는 전혀 알 수 없었지만 그것은 아무래도 상관없었다. 어쨌든 어젯밤 그녀가 사라진 이유를 막연하게나마 알게 되어 다행이라는 마음뿐이었다. 그런데 왠지 시간이 지날수록 가슴 한켠에 붙박여 있던 안도감은 자그마해지고 시커먼 불안감이 부풀어 올랐다. 나는 아직 한 가지 의문이 해결되지 않았다는 걸 깨달았다.

그녀는 왜 눈물을 흘린 걸까.

내 머리로는 도저히 이유를 떠올릴 수 없었다.

*　　*　　*

다음 날 나는 그녀를 전혀 예상치 못한 장소에서 맞닥뜨리게 되었다. 여느 때처럼 지하 구내식당에서 동료들과 점심식사를 하고 있던 그때, 플라스틱 식판에 음식을 담고 있는 그녀가 눈에 들어온 것이다. 지난번에 점심과 저녁 모두 병실에 제공되는 식사로만 끼니를 때운다고 그녀가 말했던 적이 있어 나는 동료들과 대화를 나누면서도 호기심이 일어 그녀를 지켜봤다. 그녀는 어디에 앉아야 할지 몰라 식당 안을 두리번거리더니 내가 앉은 테이블의 코너에 자리가 빈 걸 발견하고 다가왔다. 오늘의 메뉴가 육개장이라 그런지 그녀는 국물이 흘러넘치지 않게 조심조심 걸음을 옮겼는데, 그 모습이 신부 수업을 받는 여인을 연상하게 해 저절로 미소가 지어졌다. 그녀에게 인사를 하기 위해 이쪽으로 다가오는 그녀의 얼굴에 시선을 똑바로 고정하고 있었지만, 기대와는 달리 그녀는 나를 발견하지 못하고 내 앞을 스쳐 지나가 구석진 곳의 의자에 앉았다. 그녀의 건너편 자리는 비어 있었다.

나는 동료들이 식사를 끝마치기만을 기다리며 일부러 천천히 음식을 입안으로 집어넣었다. 어쩌면 지금 이 순간이 그녀에게 자연스럽게 다가갈 수 있는 좋은 기회일지 모른다는 생각이 든 것이다. 다행히 식사를 마친 동료들은 혼자 남아 먹을 테니 먼저 가라는 나의 말에 추호의 의심도 보이지 않았고, 나는 그들이 나가는 것과 동시에 그녀의 건너편 자리로 가서 앉았다. 국물을 떠먹던 그녀는 건너편의 나를 힐끔 올려다보더니 눈을 동그랗게 떴다.

"어? 선생님!"

"마침 은주 씨가 여기 있어서 왔어요. 아까 저쪽에 있었는데."

방금 전 내가 앉아 있던 위치를 손가락으로 가리키자 그녀의 눈동자도 따라왔다. 그녀는 잠깐 그곳을 바라보다가 테이블에 놓인 나의 식판으로 시선을 옮겼다. 이미 꽤 비어 있는 식판을 보며 그녀가 무슨 생각을 할지 짐작이 갔다.

"의국 동료들이랑 같이 먹는데 속도 차이가 너무 나서 저만 뒤처

졌거든요."

"그랬구나. 저번에 레스토랑에서도 늦게 드시더니. 한 가지 음식을 오래 음미하는 미식가 스타일인가 봐요?"

그날 레스토랑에서 스테이크를 늦게 먹은 것이나 오늘 식사를 늦게까지 한 것 모두 같은 이유 때문이었지만 내색하지 않고 대답했다.

"미식가라고 하기에는 제 미각이 그리 발달하지 않아서요. 그냥 제가 좀 느긋한 편인 것 같아요."

그녀가 이해했다는 듯 살짝 고개를 끄덕이더니 젓가락으로 동그랑땡을 집고는 한 입 베어 먹었다. 우물거리는 그녀의 보드라운 입술을 보고 있자니 그때까지 내게 남아 있던 식욕이 한 방울도 남김없이 사라지는 걸 느꼈다. 그녀가 먹는 모습을 가만히 보는 것만으로도 배가 불러왔을뿐더러 그녀와 마주 앉아 있는 지금, 허기진 배를 채우는 행위는 원시적인 문제 그 이상도 이하도 아니게 된 것이다. 결국, 나는 그녀가 식사를 마칠 때까지 식판을 비우지 못했다. 그녀가 앞에 놓인 티슈로 입가를 닦으면서 말했다.

"선생님, 그러고 보니까… 이게 저희 두 번째 식사네요. 그렇죠?"

"그런 셈이죠."

"하긴 지금까지는 매일 병실 안에서만 식사를 했으니까 같이 식사를 하려고 해도 그럴 기회가 없었죠."

그녀로서는 아무 생각도 없이 던진 말이었을지 모르겠으나 그 말을 들었을 때 나는 당장에라도 환호성을 질러대고 싶은 기분이었다. 그녀는 자신이 내뱉은 말이 나의 심장에 뜨거운 불을 지폈다는 걸 아는지 모르는지 태연한 표정으로 나를 바라보고 있었다. 나는 한 걸음 더 앞으로 나아갔다.

"빨리 은주 씨가 퇴원해야 할 텐데……."

그녀의 얼굴에 물음표가 떠올랐다.

"왜요?"

"그래야지 저번처럼 레스토랑에서 식사 같이 할 수 있으니까요."

순간 그녀의 입꼬리가 올라가더니 볼에 얕은 우물이 패었다. 예고 없이 흘러들어 온 미묘한 기류에 우리 둘은 입을 열지 않고 서로를 응시했다. 그녀가 입을 열었을 때는 그녀의 볼에 패어 있던 우물이 사라진 뒤였다. 그녀가 머나먼 고향을 회상하는 듯한 어조로 말했다.

"레스토랑… 안 가본 지도 꽤 됐네요."

"은주 씨가 퇴원하는 날에 기념으로 제가 쏠게요."

그런 말을 아무렇지도 않게 말할 수 있는 남자가 몇이나 될까. 그때 내 심장은 터질 듯이 두근거리고 있었지만 애써 침착하게, 태연하게 말하기 위해 얼굴 근육에 잔뜩 힘을 주고 있었다. 그녀가 그런 나의 불안정한 모습을 눈치챈 건지 희미하게 미소 짓더니 손뼉을 마주쳤다.

"와, 좋아요. 선생님 통이 크시네요."

"그럼 약속한 거예요."

그녀가 천천히 고개를 끄덕였다. 문득 그녀의 환한 얼굴과 어제의 기운 없던 얼굴이 겹쳐졌지만, 그녀를 보고 있으려니 전날 밤의 일에 대해 묻고 싶던 마음은 어디론가 날아가 버렸다. 지금 내게 중요한 문제는 과거가 아닌 현재의 일이었다.

　　　　＊　　　＊　　　＊

　구내식당을 나온 그녀와 나는 나란히 서서 계단을 걸어 올라갔
다. 때마침 로비에서 내려오던 타과 선배들이 그런 우리를 보고 내게
호기심 섞인 눈길을 보냈고 나는 멋쩍은 웃음으로 얼버무릴 뿐이었
다. 이윽고 로비에 도착해 엘리베이터가 있는 곳으로 걸어가던 그때
그녀가 걸음을 멈추더니 나를 불렀다.

　"선생님, 그럼 나중에 병실에서 봬요."

　나 역시 걸음을 멈추고 그녀 쪽을 돌아봤다.

　"은주 씨, 6층으로 안 가요?"

　"저는 가봐야 할 데가 있어서……."

　호기심에 그녀에게 물었다.

　"병원 바깥으로 나가는 거예요?"

　"그건 아니고 3층에 가봐야 해서……."

　그녀의 입에서 튀어나온 3층이라는 단어가 또다시 나를 어젯밤의
엘리베이터 안으로 옮겨놓았고, 내 머릿속에는 그곳에 올라타던 그
녀의 무기력한 모습이 선명한 이미지로 떠올랐다. 눈앞에 있는 그녀
의 입가에는 미소가 번져 있었지만 어쩐지 평소와는 다른 느낌이 물
씬 풍겼다. 비로소 나는 지금까지 풀리지 않던 의문의 해답을 찾은
기분이었다. 아무래도 외과계 중환자실에 그녀의 지인이 입원해 있
는 게 분명했다. 그것 말고는 그녀와 3층을 연결할 수 있는 방법이
없을 테니까.

　"중환자실에 누가 입원해 있으신가 봐요."

나를 바라보던 그녀의 얼굴에 당황한 기색이 떠올랐다.

"네……."

그녀는 내게 살짝 고개를 숙인 다음 뒤돌아 계단을 천천히 걸어 올라갔다. 그 걸음걸이는 어쩐지 평소 그녀의 동작보다 몇 배의 힘이 더 들어간 듯 뻣뻣했다. 홀로 로비에 남게 된 나는 계단을 오르내리는 수많은 환자에 가려진 그녀의 움직임을 눈으로 좇다가, 그녀가 시야에 들어오지 않자 이내 엘리베이터를 향해 걸음을 옮겼다. 하지만 그러는 와중에도 방금 전 그녀의 얼굴에 떠오른 난처한 표정이 마음에 걸려 자꾸만 걸음이 느려졌다. 내가 지금까지 지켜본 그녀는 유쾌한 성격도 그렇지만 여느 여자들보다 시원시원하고 털털한 구석이 있어 그처럼 당황하는 경우가 좀처럼 없었다. 그런데 중환자실에 누가 입원해 있느냐는 내 말에 왜 그렇게 민감하게 반응한 걸까. 나는 그 이유를 헤아릴 수 없었다. 엘리베이터 앞에 서서 로비에 도착하기만을 기다리고 있던 그때 나는 왠지 모를 충동에 휩싸여 계단 쪽으로 걸어갔다. 발걸음이 3층으로 향하는 걸 나조차도 어찌할 수 없었다. 그저 그녀의 일상 가운데 한 부분을 먼발치에서 보는 것만으로도 왠지 그녀를 더 깊게 이해할 수 있을 것 같았고, 요즘 들어 그녀에게서 느껴지는 슬픔의 근원을 내 눈으로 직접 확인하고 싶은 욕구가 마음 밑바닥에 짙게 깔려 있었기 때문이다.

정신을 차렸을 때는 외과계 중환자실 앞에 도착해 있었다. 그 앞의 의자에는 환자를 보러 온 듯한 두 모녀가 담담한 얼굴로 과자를 나눠먹고 있을 뿐 그 외에는 아무도 없었다. 나는 소독약을 손에 짠 뒤 깨끗이 손을 씻고는 중환자실의 출입구로 들어섰다. 자동문이 열리는 것과 동시에 중환자실 특유의 냄새가 밀려왔다. 스테이션을 중심으로 양쪽으로 넓게 펼쳐진 수십 개의 베드를 빠르게 눈으로 훑어보았지만 그녀의 모습은 얼른 눈에 띄지 않았다. 제자리에 멈춰서서 주변을 살피는 내가 이상하게 보였는지 스테이션에 있던 수간호사가 나를 불렀다.

"준호 쌤, 안 들어오고 거기서 뭐 해?"

나의 이름을 듣는 순간 식은땀이 흘러내렸다. 여기 어딘가에 있을 그녀가 들었을지도 모른다고 생각하자 온몸의 털이 곤두서는 것 같았다. 나는 수간호사를 비롯한 스테이션의 간호사들에게 어색한 눈웃음을 날리며 천천히 앞으로 걸어가 오른편으로 틀었다. 마침 그곳에는 내가 주치의를 맡은 젊은 남자 환자가 있었는데, 8층 높이의 건물 옥상에서 떨어져 다발성 골절로 수술을 받은 이후 생긴 섬망 증상으로 일주일 내내 밤마다 고생하고 있는 분이었다. 평소 같으면 점심시간인 지금 그 환자를 찾아오는 일은 결코 없겠지만 지금은 눈속임을 위해 어쩔 수 없었다. 나는 환자를 위해서라면 점심시간도 기꺼이 반납하는 헌신적인 의사 역할을 연기하며, 잠들어 있는 남자 환자의 머리맡에 한동안 머물러 있었다. 그렇게 서 있는 동안에도 내 눈은 그녀를 찾아내겠다는 목적으로 중환자실 안을 이리저리 뛰어다녔다. 그러나 그녀는 어디에도 보이지 않았다. 그제야 나는 그녀가 이곳이 아닌 중증 구역에 있다는 걸 확신했다.

섬망 환자를 뒤로한 나는 인턴과 간호사가 오가는 넓은 통로를 따라 천천히 걸어갔다. 곧 한눈에도 조금 전의 환자들보다 상태가 심각해 보이는 환자들이 모습을 드러냈다. 대부분의 환자가 산소 마스크를 쓴 채 죽은 사람처럼 팔과 다리를 늘어뜨리고 있었고 생기라고는 조금도 느껴지지 않았다. 이곳에 그녀가 있는 걸까, 라는 생각을 곱씹으며 실내를 둘러보던 나의 눈길을 잡아끈 건 한 남자 환자의 손을 끌어안은 여자의 뒷모습이었다. 병원에 있다 보면 익숙해지는 광경이지만 보는 것만으로도 가슴 한켠이 뭉클해지는 아름다운 모습을 물기 어린 눈으로 보던 그때, 정체를 알 수 없는 기시감이 내 안에서 끓어올랐다. 그 여자가 입고 있는 환자복, 그 아래에 숨겨져 있을 좁은 어깨와 잘록한 허리, 부드러운 팔의 곡선. 모든 것이 조금 전 헤어졌던 그녀를 쏙 빼닮았던 것이다. 문득 당혹스러운 눈빛으로 나를 바라보던 그녀의 얼굴이 뇌리를 스쳤다.

호흡이 점차 가빠져 오는 걸 느끼며 뒤로 물러났다. 갑자기 온몸의 감각이 예민해진 건지 그때까지는 들리지도 않던 산소포화도 센서의 알림음이 귓가에 증폭되었고 환자들로부터 배어 나오는 배설물의 악취가 코를 찔러댔다. 그런 나의 모습이 이상하게 보였는지 중환자실 인턴 현지가 내게 다가왔다. 그녀가 나의 얼굴을 유심히 살피며 말했다.

"오빠, 어디 아프세요? 표정이 안 좋아요."

"아니, 잠을 오래 못 잤더니……."

나는 손을 내저으며 중증 구역을 걸어 나왔다. 그녀가 뒤따라오면서 사근사근한 목소리로 말을 붙였다.

"점심시간 끝나지도 않았는데 너무 열심인 거 아니에요?"

"그런가."

여전히 얼떨떨한 기분에서 벗어나지 못하고 있던 나에게 한 가지 좋은 생각이 떠올랐다. 짐짓 아무것도 모르는 척 현지에게 중증 구역을 가리키며 말했다.

"저기 환자 면회 오신 여자분 말이야… 환자복을 입고 있던데……."

내 말을 들은 그녀의 눈이 초롱초롱 반짝였다. 그녀가 곁눈질로 주위를 살피고는 내게 다가와서 속삭였다.

"저분 요즘 SICU에서 유명하신 분이에요. 어찌나 사랑꾼인지 하루에도 몇 번이나 여기 내려와서 저렇게 손만 잡고 있다가 돌아가더라고요. 보기만 해도 얼마나 짠한지……."

현지가 말을 이으려다가 뭔가 생각난 듯 말했다.

"그러고 보니 저분이 PTSD로 여기 입원해 있다고 하던데… 혹시 오빠 환자예요?"

순간 나의 내면을 지탱하고 있던, 희망이라는 이름의 성벽이 무너져 내리는 소리가 들려왔다. 어젯밤 엘리베이터에서 유독 무거워 보였던 그녀의 어깨가 기억 저편에서 되살아났다. 머리가 어질해지는 걸 느끼면서도 내가 동요하는 모습을 그녀가 눈치 못 채도록 가까스로 대답했다.

"응, 안 그래도 여기 왔다가 내 환자가 있는 걸 보고 놀라서……."

현지가 천연덕스럽게 말했다.

"그랬구나. 이거 오빠한테 말해도 될지 모르겠는데요, 제가 SICU 인턴 일주일 전부터 시작했거든요. 그런데 저분 때문에 간호사 선생님들이 매일 골머리를 앓고 있어요."

"왜?"

그녀가 힐난조로 말했다.

"우리 병원, 중환자실 면회 시간이 정해져 있잖아요. 그런데 그분은 면회 시간에 오는 건 물론이고 밤 9시가 넘어서도 찾아와서 들여보내 달라고 떼를 쓰거든요. 감염 안 되도록 조심하겠다고 울고불고 사정하니까 간호사 선생님들도 정에 약해선지 눈 감아줬고요. 이런 거 오빠 하나도 모르고 있었죠?"

"······."

그 이상 현지의 말을 들었다가는 내 육체가 버티지 못할 것 같았다. 이미 돌이킬 수 없는 상처를 입은 내 심장에서는 붉은 피가 멈출 줄 모르고 새어나오고 있었고 호흡은 거칠어지고 있었다. 마음 같아서는 당장에라도 이곳을 뛰쳐나가고 싶었지만 그랬다가는 그녀의 오해를 살 게 뻔했다. 나는 한 번 깊게 숨을 들이마시고는 내뱉듯이 말했다.

"그랬구나. 그럼 다음에 또 보자."

내가 생각해도 이 상황에서 어울리지 않는 말이었으나 금방이라도 숨이 막혀 버릴 것처럼 가슴이 답답해서 가볍게 손만 흔들고는 출입구 방향으로 걸음을 옮겼다. 그렇게 스테이션 앞을 지나가던 그때, 내 안에 쌓여 있던 무언가가 스르륵 녹아내리는 것 같더니 온몸에 힘이 빠졌다. 나는 그대로 자리에 쓰러지고 말았다. 병실 바닥의 차가운 감촉이 바지를 뚫고 전해져 왔지만 일어나고 싶은 생각은 조금도 들지 않았다. 그저 이대로 시간이 멈춰 버렸으면 좋겠다는, 바보 같은 생각만이 머리 한 구석을 맴돌 뿐이었다.

"오빠, 왜 그래요?"

현지가 주저앉은 내 곁으로 다가왔다. 아무렇지 않다는 말을 하려고 입을 벌렸지만 목이 메어 소리가 튀어나오지 않았다. 깊은 물속에 잠긴 듯 몽롱한 가운데 익숙한 목소리가 귓가에 울렸다.

"선생님, 제가 한국대학교 병원에 입원하는 것… 도와주실 수 있으세요?"

멈출 수 없어

양수련

<계간 미스터리>에 단편을 발표하면서 미스터리소설을 쓰기 시작했다. 「현관 앞 방문객」,
「유령작가」, 「G빌라」, 「어떤 킬러」, 「그는 왜 나를 궁지로 몰았을까」, 「그리고 예외는 없다」 등
다수의 단편을 썼으며 KBS 라디오 독서실 드라마로 각색 방송되기도 했다. 소설집 「호텔마마」,
연작소설 「커피유령과 바리스타 탐정」, 장편소설 『도깨비 홍제』, 『은둔여행자』, 『우리 살아온
미스터리한 날들』, 『간이역, 나의 서른다섯』 등. 어른 동화 『용화에서 숨바꼭질하다』,
대중예술입문서 『시나리오 초보작법』, 『시나리오 Oh! 시나리오』 등을 썼고
모바일영화시나리오공모 대상, 제6회 대한민국영상대전 우수상 등을 받은 바 있다.

노파심으로 똘똘 뭉친 담임의 훈육이 끝나가던 그 찰나, 재아는 단거리 선수처럼 부리나케 내게 달려왔다. 아이들이 서둘러 책가방을 어깨에 둘러매고 나가려던 그때였다.

누구보다 빠르게 나갈 것이다. 종례가 시작되기 전부터 도망갈 채비를 끝마친 나였다. 오늘도 따돌리면 그만이다. 재아와 마주치지 않기 위한 무심한 듯 치열한 나의 노력. 빨랐지만 늦었다. 재아는 종례 시간 내내 나의 움직임만 주시하고 있었던 것이 확실하다. 그렇지 않고서야 이렇듯 잽싸게 내 앞을 가로막을 순 없었을 테니까.

"얼굴 보기 진짜 힘드네. 왜 지각한 거야, 오늘? 쉬는 시간엔 왜 또 그렇게 코빼기도 안 보이고… 혼자서 무슨 꿍꿍이로 다니는지 털어놔라, 어서!"

장거리를 뛴 것도 아닌데 재아는 숨을 헐떡거렸다. 그만큼 내 앞을 가로막는 일에 몰두해 있었다는 방증이다. 재아는 태연함과 서운함을 버무려 내 앞에 슬쩍 던져놓았다.

불과 삼 일 전만 하더라도 우리의 관계가 이렇게 되리라고는 미처 생각하지 못했다. 교실에 꿀단지라도 숨겨둔 양 나는 일찌감치 등교했다. 다이어트를 한다며 아침을 거르고 등교하는 반장과, 반장의 책가방을 들어주기 위해 따라오는 똘마니를 제외하면 내 등교 순위는 일 등이었다.

내가 하는 일은 창문가에 붙어서 재아의 등교를 지켜보는 것이고 교실로 들어오면 둘도 없는 친구처럼 격렬하게 반겨주는 것이었다. 우리는 자갈 굴러가는 소리를 학교 곳곳에 흘리며 껌딱지처럼 종일 붙어 다녔다.

그랬는데…… 그 일련의 상황이 바뀌는 데에는 그리 긴 시간이 소요되지 않았다. 불과 한 달. 변심은 나였다. 천둥이 치고 벼락이 땅에 꽂히듯 순식간에 벌어진 일이었다.

나는 오늘도 1교시 수업종이 울리는 때에 슬그머니, 그리고 잽싸게 내 자리에 안착했다. 쉬는 시간이 되면 교실에 불이라도 난 것처럼 재빠르게 탈출을 시도했다. 내 안의 의문이, 아니, 나의 생각이 정리되는 그때까지 재아와 마주하는 일은 없어야 했다. 다행스럽게도 내 자리는 교실 출입문과 가까운 곳이었고 재아의 자리는 창문가였다.

재아를 피하는 일은 내 의지대로 되지 않았다. 아이들이 다 빠져나간 교실. 재아와 나, 단둘이 남았다. 그 와중에도 조금만 더 재게 움직였더라면 재아를 피할 수 있었을 텐데, 하는 아쉬움을 지우지 못한 채였다. 그랬더라도 지금과 같은 상황을 모면하기는 글렀을지 모른다.

재아는 사력을 다해 내 움직임의 틈을 비집고 들어왔으니까. 학업 성적 외에, 그것도 고작 몇 등의 차이지만 내가 재아를 능가하는 것은 딱히 없다. 재아는 한번 마음먹은 일은 해내고야 마는 성질이고 웬만한 일들은 늘 나를 앞질러서 했다. 종례가 끝나고 도망치려는 나를 앞서 떡하니 막아선 것만 봐도 알 만한 일이다.

내가 피하고 싶어 하는 만큼 재아는 나와 대면할 짬을 예의 주시 했다. 작정한 이상, 내가 재아의 가시거리를 벗어나는 일은 불가능했 는지도 모를 일이다. 나와 얘기를 해야 한다는 재아의 집념이, 피하 고픈 나의 의지보다 더 강력하게 작용했을 것이 틀림없으니까.

"며칠 전부터 속이 계속 안 좋아. 어제도 잠 한숨 제대로 못 잤 어… 위경련인가 봐."

나는 최대한 고통스럽다는 듯이 배를 틀어쥐고 말했다.

"나는 또 네가 날 피해 다니는 줄 알고 오해했잖아. 근데, 많이 아파?"

아픈데 어떻게 매일 그렇게 수업을 듣고 있었냐고 따져 물어도 할 말은 없지만 재아는 그냥 넘어가 주었다. 아프다는 내 말에 서운 함을 뒤로했다. 그보다 더 중차대한 용무가 내게 있어서였겠지만.

나는 어떻게 하면 조금이라도 더 빨리 이 자리를 모면할 수 있을 까, 온통 그 생각뿐이었다. 아프다는 것은 처음부터 핑계에 불과했 고, 재아의 본론이 나오기 전에 이 자리를 떠야 했다.

"수업이고 뭐고 병원부터 갔어야 하는 거 아냐? 그렇게 아픈

데……."

이맛살을 찌푸린 재아는 걱정된다는 듯이 나를 바라보았다.

"그렇지 않아도 지금 갈 거야."

"혼자 갈 수 있겠어? 같이 가줄까?"

"아, 아니. 그리고 학원 선생님이 날 좀 보자시네. 병원 들러 학원 가자면 시간이 없어서 나 먼저 갈게."

나는 핑계거리를 늘어놓고는 냉큼 돌아섰다. 그러나 끝내 피할 수는 없었다. 이제껏 내가 피하고자 했던 그 일이 내가 발걸음을 떼기도 전에 벌어졌다.

"여쭤는 봤어? 아빠는 뭐라고 하셔?"

재아는 나를 찾은 자신의 목적을 내 귀에 정확히 찔러 넣었다. 그럼 그렇지. 내게 총알처럼 뛰어온 이유가 그거지. 씁쓸한 웃음이 나의 입가로 먹물처럼 번졌다.

재아가 지금 궁금해하는 것이 무엇인지 나는 잘 안다. 내가 종일, 아니, 삼 일 동안 대답하고 싶지 않아 사력을 다해 피해 다닌 그것. 오혁재란 사람에 대해 아빠에게 확인해 봤냐는 그 말을 듣지 않기 위해서였다.

나는 거짓의 고통을 소리와 몸부림으로 옮겼다. 재아의 물음은 내 거짓 고통 속에 묻혔다. 재아의 질문이 무엇이든 나는 '나중에'라는 말로 잘랐다. 잰걸음으로 교실을 먼저 빠져나왔다. 배를 틀어쥐는 연기에 어깨는 굽었고 불편한 걸음걸이로 교문을 나섰다. 혹시라도 재아가 지켜보고 있을까 봐서.

뒤도 돌아보지 않은 채, 나는 한참을 무작정 내뺐다. 학원에 이르러서야 건물 뒤에 숨어 뒤를 살폈다. 혹시라도 뒤따라왔으면 어쩌나 싶었지만 재아의 모습은 보이지 않았다. 그렇게 재아를 따돌렸고 마음은 편치 않았다.

오혁재. 그는 오래전에 이미 사망한 사람이었다. 그런 사람을 어쩌자고 내게 확인을 바라는 것인지 도통 모르겠다. 재아의 의도도 알 수 없지만 아빠의 태도는 왠지 석연찮았다.

"아빠, 오혁재란 사람 알아요?"

나는 순진하게도 물었다.

"…처음 듣는 이름인데, 넌 그 이름을 어디서 들었니?"

"재아라고 내 단짝인데……."

스스럼없이 말을 이어가던 나는 아빠의 기색이 어둡게 변하는 것을 지켜봐야 했다. 심장이 쿵, 떨어지는 소리가 내 안에서 들렸다. 등골이 오싹해진 것은 그다음이었다. 이때까지만 해도 나와 아빠의 관계가 이상하게 꼬이게 될 줄은 전혀 예상하지 못했다.

"너 이제 곧 고등학생 된다. 괜히 질 나쁜 친구들과 쓸데없이 어울려 다니는 거 아니지?"

아빠의 윽박은 부드러운 것 같으면서도 단호했다. 당신의 평정심을 유지하려고 무지 애를 쓰고 있다는 것도 티가 났다. 식사 중이던 아빠는 수저를 다시 입에 물었고 나를 외면했다.

나의 혼란과 고민은 그때부터였다. 아빠의 침묵은 소름이 돋았고, 아빠의 반응을 그대로 재아에게 전할 수도 없었다. 나만 모르는 그 무엇이 아빠와 오혁재, 아니, 아빠와 재아 사이에 있는 것만 같아서

찜찜하고 또 불쾌했다.

내가 전학 온 그 첫날에 재아는 내게 닥칠 모든 것을 예감하고 있지 않았을까. 친구 하나 없는 전학생인 내게 친구가 되어주겠다고 했던 것도 이런 순간을 기대했기 때문은 아니었을까. 반 친구들에 대해 이러쿵저러쿵 늘어놓는 내게 맞장구를 쳐주고 뒤로는 내 뒤통수를 칠 기회를 엿보고 있던 것은 아니었을까.

나의 복잡한 심사가 지나간 시간들을 곱씹게 했다.

그날. 우리의 위험한 놀이가 시작된 바로 그날 말이다.

재아는 교문을 나설 때까지 일장 연설을 늘어놓았다. 종례 때마다 지겨운 훈화와 훈시를 거르지 않는 담임에 대해서 말이다. 단벌의 옷차림과 유난히 짧은 헤어스타일은 물론 수시로 눈을 깜빡이는 버릇에 이르기까지 주도면밀하게도 꼬집었다. 재아답지 않았다.

그런 얘기는 새 학교와 낯선 친구들 사이에서 잘 적응하지 못한 내가 하는 게 덜 이상했다. 담임의 흉을 보자는 것인지, 안쓰러운 마음을 드러내자는 것인지 나로서는 좀 헷갈리는 험담이기도 했다. 그렇다고 재아의 말허리를 자르거나 반박하지는 않았다. 재아가 하는 말을 끝까지 듣고만 있었다.

담임의 스타일과 버릇을 재아가 어떻게 할 수 있는 일이 아닌 것처럼 재아의 투덜거림 또한 내가 어찌할 수 있는 일은 아니었다.

"노인네도 아니면서 담탱이는 뭔 놈의 노파심이 그렇게나 많냐? 허구한 날, 한 얘기 하고, 또 하고……. 지겹지도 않나? 담임이 입만 뻥긋해도 이젠 하품부터 나와. 지겨워 죽겠다, 그놈의 잔소리!"

담임의 훈화는 일단 시작되면 노파심으로 번졌다. 샛길로 새는 경우도 많아 끝을 모르고 길어졌다. 그러자면 재아는 달관한 듯 혼자서 꼼지락거리는 일을 반복했다. 턱을 고이거나 머리카락을 꼬거나 앉아서 온몸의 주리를 트는 그런 일들 말이다. '내 말, 허투루 들으면 안 된다. 종례는 이것으로 끝!' 고구마를 먹은 듯 답답함만 더하는 담임의 지루한 훈계가 끝나기 무섭기 재아는 생기를 되찾았다.

"우리 할머니도 저 정도는 아닌데, 담탱이는 별나도 한참 별나."

"하이에나 같은 녀석들이 교실에 득시글한데, 담임이라고 걱정이 안 되겠어? 어쩌면 우리가 무서울지도 모르지. 잠시만 관심 안 두면 무슨 일을 저지를지도 모르겠고… 매일 어르고 달래고, 담임이 할 일이잖아."

불평불만은 내 몫이었는데 재아가 투덜거리자 담임의 편을 들고 있었다.

"도발적이네. 그거, 아주!"

"뭐가?"

내가 반문했다.

"하이에나 득시글한 교실! 그거, 말이야. 내 맘에 아주 쏙 들어!"

다른 아이들 같으면 화를 내거나 시비를 걸었을지 모른다. 자신들을 하이에나에 비교하다니 불쾌하다고 내게 레이저 눈빛을 쏘아붙였을 것이다. 재아는 종잡을 수 없다. 단짝인 나조차도 재아의 반응을 예상하는 일은 어려웠다. 조금 전까지만 해도 담임의 험담을 가득 늘어놓던 재아였다. '하이에나 득시글한 교실'이라는 말 하나에 언제 그랬냐는 듯, 재아의 관심은 엉뚱한 곳을 향해 또 튀었다.

담임이 노인네 같다고 흉을 보지만 내가 아는 한 노인네 같은 언행은 재아가 더 많이 했다. 할머니와 단둘이 살아서 그런지 재아의 말과 행동은 제 할머니의 것을 상당량 닮았다. 초등학교를 다니기 전부터 함께 살았다고 하니, 재아가 할머니의 말투를 뒤집어쓰게 된 것은 지극히 자연스러운 일일 터였다.

어쨌거나 노인의 언행을 닮은 재아와 나는 닮은 듯 또 다른 아이였다. 어쩌면 아주 많이 딴판으로. 가정환경도, 공부도, 외모도, 성격도 평범한 나와는 달랐다. 가끔은 무슨 생각을 하는지 재아의 머릿속이 궁금하기도 했다. 그럼에도 불구하고 우리는 그럭저럭 잘 통하는 친구다. 내 쪽에서 재아에게 맞춰주고 있는 것이라고. 그래서 친구 관계가 유지되는 것이라고 조금은 거만한 생각도 하면서.

재아가 들으면 말도 안 되는 소리라고 반박할지도 모르겠지만 우리는 단짝친구다. 언제부터였냐면 내가 전학 온 다음 날부터, 그게 아니라면 그다음 날부터일 것이 틀림없다. 재아의 존재를 인지하는 데에 시간이 좀 걸렸고, 재아는 내 이름을 들은 그 순간부터 나와의 운명을 감지했다. 재아의 고백이었다.

형사인 아빠의 새로운 발령. 그것은 우리 가족의 이사를 의미했다. 중학생인 나의 전학도 함께 말이다. 몇 년씩 봄방학을 전후로 이뤄지는 이사가 내게는 우리 가족이 공동 운명체라는 걸 실감하게 만드는 것이기도 했다.

겨울이 끝날 무렵, 봄을 마중하듯 우리 가족은 여러 차례 그렇게 이사를 다녔다. 열다섯 살이 된 올해의 이사는 특별했다. 운명의 단짝 재아를 만나는 행운을 얻었으니까.

두 달이 지난 지금 시점에서도 그 생각에 변함이 없냐고 묻는다면, 글쎄다. 운명? 그런 게 진짜 있을까? 하지만 이것 하나만은 분명하다. 내 앞에 어떤 일이 펼쳐지게 된다면 거부할 수 없는 힘이 작용하고 있다고 의미를 부여하게 된다는 것이다. 재아의 고백을 들은 순간이 그랬다. 세상에 둘도 없는 우정을 쌓고 평생의 짐을 나눠질 각오를 마다하지 않았다.

우리는 극적인 것을 과하게 즐기는 열다섯이다. 누군가를 좋아하게 된다면 그것은 전생으로부터 건너온 인연이 이승에서 닿은 것이며, 나를 괴롭히는 애가 있다면 신조차 외면한 가혹한 시련이 내게 주어졌다고 소설 속의 가련한 주인공을 자처하게 된다는 것이다. 열다섯이 마주한 일들은 극적인 것들로 뭉쳐 있다. 또 그래야 마땅했다. 우리의 열다섯을 따분하고 시시하게 보낼 순 없으니까.

그래서였을 것이다. 재아와의 놀이가 가져올 위험을 감지하지 못한 채 나는 당장의 흥미로움에만 빠져들었다. 열다섯의 심장을 쫄깃쫄깃하게 만들어줄 사건을 기다리고 있었던 것인지도 모를 일이었다.

재아와 함께라면 나의 심장은 충분히 쫄깃해졌다. 소소한 일도 대단한 것으로 둔갑시켜 나를 들뜨게 만드는 특별한 재주가 재아에게 있었다. 시든 콩나물처럼 있다가도 몇 날 며칠 물만 먹은 콩나물처럼 금방 쌩쌩해지는 것은 일도 아니었다.

이랬다 저랬다 웬 변덕이냐고 핀잔하는 아이들도 더러는 있었다. 들쑥날쑥 종잡을 수 없는 재아가 나는 좋았다. 별것 아닌 일로도 나를 깔깔거리게 만들었다. 정작, 재아는 나른한 태도로 시큰둥했지만 말이다.

"재아야. 나, 궁금한 게 하나 있는데……."

내가 다니는 영어 학원에 다다랐을 때였다. 재아는 학원 앞에까지 나를 따라왔다. 아니, 데려다줬다.

"뭔데? 꾸물대지 좀 말고 시원하게 질러 버려! 친구 사이에 못 할 말이 뭐야?"

재아의 날 선 눈빛이 내 얼굴에 날아와 박혔다. 이상하게도 말문이 쉽게 열리지 않았다. 내게 한 걸음 더 바투 다가온 재아가 나의 말을 짜낸다.

"뭔데?"

"…실은 반장에 관한 얘기야."

나는 재아의 눈치를 보며 조심스럽게 속삭였다.

"반장? 반장이 너한테 뭐라고 해?"

"아니."

나는 궁금했다. 그것도 상당히 많이. 우리 반의 대다수가, 아니, 전부가 반장의 말이면 고분고분 따랐다. 어떤 때는 담임의 말보다 아이들에게 더 잘 먹혔다. 남학생은 물론 여학생들 사이에서도 반장의 인기는 높았고 식을 줄도 몰랐다.

반듯한 성격이 깐깐하게 여겨질 만도 한데, 반장에 대한 아이들의 태도는 늘 호의적이었다. 남학생들은 반장을 먼저 돕지 못해 안달했다. 여학생들이라고 다르지 않았다. 반장과 친해지기 위해 뒤로 온갖 선심을 베풀었다. 머리핀이나 립스틱 등을 선물하는 것은 기본이며 생일날에는 초대 손님 1순위에 반장의 이름을 올렸다.

거기서 빠져 있는 아이는 전학 온 나와 1학년 때도 반장과 같은 반이었다는 재아뿐이었다. 그게 뭐 이상하다는 것은 아니다. 이상한 일은 그 똑 부러지는 반장이, 누구의 제재도 받지 않는 반장이 재아만 보면 어물어물, 흐물흐물해진다는 사실이다.

재아를 보는 내 눈에 비친 반장은 어딘가 모르게 비굴했다. 심할 때는 굴욕감을 느끼는 것 같은 생각마저 들게 했다. 반장이 왜? 이해되지 않는 일이었다. 반장은 내게도 부러움의 대상이었다. 공부 잘해, 얼굴 예뻐, 말은 또 얼마나 청산유수로 잘하는지 모른다. 그런 반장이 재아의 말 한마디, 작은 몸짓 하나에도 전전긍긍한다는 게 말이 되지 않았다.

"반장이 너한테 뭐 잘못한 거 있어?"

"뚱딴지같이 그게 뭔 소리야? 내가 반장한테 실수를 했으면 했지, 반장이 나한테?"

재아는 기도 안 차했다.

"다른 애들은 안 그러는데 반장이 너만 보면 유독 이상하게 군단 말이지. 뭔가 있지 않고서야 그럴 리가 없잖아. 둘 사이에 비밀 같은 거 없어?"

"없어!"

재아는 단박에 내 말을 잘랐다. 손사래까지 치며 비밀 따위는 절대 없다고 완강하게 부인하니 더 캐물을 수도 없었다. 내 의구심만 부풀 뿐이었다.

반장은 담임 앞에서도 할 말을 또박또박 다 하는 아이였다. 교실에서 재아의 존재감은 거의 없다. 그럼에도 반장한테 눈을 내리뜨게 만드는 괴력을 발휘하는 아이는 엉뚱하게도 재아였다. 싸움을 잘하는 것도 아니고 반장을 기죽일 만한 것은 그 무엇도 갖고 있지 않음에도 말이다.

내가 아는 한 재아는 반장의 기선을 한 방에 제압하는 아이였다. 교실 청소나 학급 일에 부역이 필요한 때에 재아는 반장의 한마디 말로 열외되었다.

"재아는 할머니를 도와야 하니까, 그냥 가도 좋아."

반장 나름의 명분은 있었다. 그 호의를 재아가 좋아했느냐면 그건 또 아니었다. 반장의 결정에 자신의 의견을 말하진 않았지만 나는 느낄 수 있었다. 재아를 감싸고 도는 반장으로 인해 아이들 사이의 균열이 일기도 했다. 그 일로 아이들의 눈총을 감당해 내야 하는 것은 온전히 재아의 몫이었다.

재아가 동네 마트 앞에서 간식거리를 파는 할머니의 일을 돕게 된 것은 어쩌면 반장 때문인지도 모를 일이었다. 재아가 할머니와 둘이 산다는 사실 또한 반장으로 인해 모두가 아는 일이 되어버렸다. 남의 가정사를 떠벌린 반장과 한바탕 입씨름이 오갈 만도 했다. 나라면 내 가족사를 아이들 앞에서 아무렇지 않게 말해 버린 반장을 미워했을 것이다.

학교가 파하면 재아는 반장의 배려 아닌 배려를 받으며 동네 마트로 향했다. 옥수수와 떡을 파는 할머니의 곁에서 장사를 도왔다. 이상한 것은 재아도 마찬가지였다. 불운한 가정사를 감출 만도 한데 그러지 않았다. 재혼한 엄마와 이미 세상을 떠난 아빠에 관해 재아는 아이들에게 먼저 알렸다. 동네 마트에서 떡 파는 할머니와 단둘이 산다고 말한 것도 재아가 먼저일지 모를 일이었다.

"넌 화도 안 나? 반장이 멋대로 네 일에 대해 감 놔라 배 놔라 하는데."

"사실인데 뭐. 그리고 난 결핍 많은 지금의 생활이 좋아. 역경이 빠질 수 없는 주인공의 삶을 살고 있다는 확실한 증거잖아."

재아를 이해한다는 게 가끔은 어렵기도 했다. 부모가 있고 언니나 오빠, 동생이 있는 그런 평범한 가족이 아니라서 다행이라고 말할 때는 정말이지 이해 불가다. 그럼에도 그런 역발상들이 재아를 특별하게 여기게 했고 신뢰할 수 있는 멋진 친구라 믿어 의심치 않았다.

재아는 자신의 사생활에 관한 한 거칠 것도 없이 투명했다. 내게 뭔가를 숨길 재아는 아니라고 넘기려 해도 내 뒤통수가 당기는 것은 어쩔 수 없다. 재아는 도통 모르겠다, 였고 의구심 어린 내 눈길에 재아는 화사한 얼굴로 놀이를 제안했다.

"무슨 놀이냐면 말이야. 숨겨진 조각을 찾아내는 놀이야. 다른 누군가와 아주 특별한 관계를 맺게 되는 놀이라고 하는 게 더 어울릴지도 모르지. 암튼, 놀라운 경험의 순간을 맛보게 될 것이라고 장담해."

재아는 신나 보였다.

지나간 시간에 깃든 비밀을 찾는 놀이. 그것은 과거의 문을 열고 어둠에 불을 밝히는 일처럼 여겨졌다. 누군가의 과거를, 특히 감추고 싶은 어둠의 역사를 찾아내는 것이어서 내 호기심이 발동한 것은 두말할 필요도 없었다.

남의 과거를 들춰서 뭐 하겠다는 것인지, 불온한 생각이 스쳐 갔지만 나는 이미 그 놀이에 현혹되어 있었다. 내가 좋다고 고개를 끄덕이자 재아가 빙그레한 웃음을 날렸다.

영어로 진행되는 수업은 따라가기 버겁고, 수업 내내 나는 '흑역사 놀이'에 대한 생각을 지우지 못했다. 할머니의 곁에서 옥수수를 팔고 있을 재아를 떠올리며 홀로 피식거렸다. 강사의 말은 귓등으로 흘려들었다.

다음 날, 점심시간이었다. 나는 도서관의 서가 사이를 잠복하고 있는 형사처럼 몸을 숨기고 다녔다. 주변에 사람이 없는데도 홀로 첩보전을 찍어댔다. 내 곁눈질은 스무 걸음 정도 떨어져 있는 사서를 향했다.

"어렵지 않겠어? 우리가 알아내야 할 사람이 사서 선생님이라면?"

나는 책장 하나를 사이에 두고 서 있는 재아에게 말했다.

"그런 거 아니거든."

"그럼, 나를 왜 여기로 부른 건데?"

"조용하잖아. 애들도 별로 없고."

"뭐라고!"

화들짝한 내 목소리가 도서관 내에 울렸다. 데스크를 향해 있던 사서의 고개가 우리에게 향했다. 나는 얼른 내 입을 틀어막았다. 조심 좀 하라는 재아의 눈길이 내게 날아왔다. 나는 무음으로 '미. 안. 해'를 전달했다.

"…담탱이는 어때?"

잠깐의 정적이 지나간 후였다. 재아는 무심히도 담임을 입에 올렸다.

"담임한테 관심 있었어? 오우, 몰랐는데……."

"이성적인 관심을 말하는 거라면 도로 넣어둬라. 난 말이야, 내 사춘기를 지배하는 담탱이가 어떤 사람인지 좀 더 정확히 알고 싶은 것뿐이거든. 담탱이도 사춘기 시절을 지나왔을 텐데, 우리를 전혀 이해 못 하잖아. 뭐는 안 된다. 이것도 안 된다. 저것도 안 된다. 매일 고리타분한 얘기들뿐이지. 고압적이고 강압적이고… 암튼 마음에는 안 들어."

"그거야, 당연히 선생님이니까."

"선생님이라고 다 그렇지는 않지. 이건 뭐, 적당해야 받아주지. 우리는 고작 열다섯이야. 온통 하지 말라는 것뿐이면 우린 뭘 하면서 열다섯을 누려야 하는데?"

"좀 그렇긴 하다. 하지만 담임 별명이 걱정 인형인 걸 보면 우리가 너그럽게 이해해 줘야지."

나는 손으로 입을 막은 채 키득거렸다.

"열다섯이면 벼룩이야. 어디로 튈지 모른다고… 호기심을 좇아 어슬렁거리는 광야의 하이에나. 뭐든 다 경험해 봐야 되는 열다섯이지. 아무렴!"

재아는 네 발 짐승의 흉내를 내가며 서가 틈을 어슬렁거렸다.

우리의 탐색 대상이 사서가 아니라면 기껏해야 반 아이들 중 한 명일 것이라고 생각했는데, 담임을 들고 나와 나는 잠깐 당황했다. 담임을 만나기 이전의 시간들을 떠올린다는 것은 무리였다. 담임의 현재 모습이 아닌 다른 모습이 좀처럼 떠오르지 않았다.

담임의 과거, 그것도 어둠의 역사. 그런 것이 과연 있을까? 의문을 던지던 그 순간, 나는 담임의 과거가 몹시도 궁금해졌다. 지금의 상태를 보자면 자랄 때부터 애늙은이 같은 샌님은 아니었을까. 성인군 자처럼 도덕적인 얘기만 늘어놓다가 따돌림을 당하지 않았을까. 친구도 없이 방구석에 혼자 틀어박혀 공부만 한 것은 아니었을까. 그런 시간들이 쌓이고 쌓여 끝내는 지금의 모습이 됐을 것이라고 나는 어설픈 추론을 재빠르게 했다.

"저 나이 먹도록 담탱이 노릇을 했는데, 아무 일도 없었다면 그게 더 이상한 거다, 너. 오지랖 훈장질을 하는 데는 다 뭔가 이유가 있겠지. 담탱이한테 비단 같은 역사만 있었을 것이라는 착각은 일찌감치 버리는 게 실망을 덜 하는 지름길이다."

재아는 삶이 다 닳은 노인처럼 굴었다.

"담임의 어두운 과거를 먼저 찾아낸 사람이 이기는 거네, 맞지?"

"더 크고 어두운 역사를 찾아내는 사람이 이기는 거지. 여름방학 전까지!"

"이기면?"

"상대방 소원 들어주기!"

재아와 나는 머리를 맞대고 서로의 주먹을 맞댔다. 담임의 어두운 과거를 놓고 흥정했으며 의미심장한 미소를 서로 나눴다.

담임의 과거를 찾아내서 뭘 어떻게 하겠다는 생각 같은 것은 없었다. 은밀하고도 파괴적인 유혹이 나를 사로잡았을 뿐이고 기분은 적잖이 고조되어 있었다. 조금은 사악하다는 생각이 들기도 했지만 괘념치 않고 달려들었다. 한번 불붙은 마음은 결과를 염두에 두지도 않았다. 그야말로 어디로 튈지 모르는 한 마리의 벼룩이었고 호기심에 굶주린 하이에나였다.

도서관에서의 비밀 결의 후, 담임은 종일 내 가시거리 안에 놓였다. 누구와 얘기를 나누고 언제 화장실에 가는지 어떤 음료를 자주 마시는지 등이 내 휴대폰 카메라에 잡혔다. 담임이 종례 시의 훈화만 긴 것이 아니라 실없는 소리도 길게 곧잘 한다는 것을 나는 그로써 알게 됐다.

여학생들에게는 시간 할애를 잘해도 여선생들과 말을 섞는 일은 또 형식적이었다. 담임에 대해 내가 몰랐던 것들이 하나둘씩 실체를 드러냈고 알아가는 일은 생각보다 더 흥미진진했다.

나의 학교 생활은 하교 때까지 수업은 뒷전이고 담임을 관찰하고 탐색하는 일로 채워졌다. 아이들이 담임에 대해 말이라도 옮길라치면 나도 모르게 귀를 쫑긋 세웠다. 담임은 2년 전에 이혼해 혼자가 됐으며 헤어진 아내는 초등학생인 딸을 데리고 몇 개월 전에 재혼을 했다는 소문이 아이들 사이에서 공공연하게 나돌았다.

근거 없는 소문만은 아닐 터였다. 아무튼 나의 하루하루는 그렇게 담임에 관한 정보들로 채워졌다. 순수한 관심에서 빚어진 것일지라도 감시하듯 누군가를 탐색하는 일은 옳지 않다. 불온한 의도가 숨어 있다면 더욱이. 나의 낮은 학교 내에 떠도는 소문으로, 나의 밤은 인터넷에 올라온 검증 안 된 정보들을 서치하며 도덕 불감증에 서서히 물들어갔다.

담임의 뒤를 쫓는 일도 점점 노골적이 되어갔다. 교실에서, 교무실로, 또 교직원 식당으로, 도서관으로. 재아와 있는 시간은 상대적으로 줄어들 수밖에 없었다. 이상한 점은 내가 신경을 안 써서가 아니라 당연히 있어야 할 곳에서조차 재아는 없을 때가 많았다.

놀이는 나 혼자만 즐기고 있는 듯했다. 그렇더라도 상관은 없었다. 때가 되면 내 앞에 나타나 그간의 얘기를 듣고 싶어 할 테니까.

"우리, 진짜 오랜만에 보는 것 같지 않아?"

느닷없이 나타난 재아가 내 어깨에 팔을 두르고 말했다.

내가 담임을 쫓는 동안 재아는 어쩌면 내 뒤를 쫓고 있었던 것은 아닐까. 학교는 파했지만 탐색 대상인 담임을 교무실에 남겨둔 채, 영어 학원으로 발길을 돌리려니 차마 떨어지지 않아 서성대던 차였다.

"학원 가기 정말 싫다. 땡땡이치고 수다나 실컷 떨면 좋겠다. 학원 안 가도 뭐랄 사람 없으니 넌 좋겠다."

"지랄 염병. 호강에 겨워 요강에 빠진다더니, 딱 그 짝이네. 좋겠다고? 학원은 내가 가고 마트엔 네가 갈래?"

아차. 나는 금방 꼬리를 내렸다. 잘못했다고 한 번만 봐달라고 서툰 애교를 떨었다.

"노력이 가상하여 한 번은 봐주지만 두 번은 곤란해. 그나저나 맡은 일은 진척이 좀 있나? 홍길동처럼 동에 번쩍 서에 번쩍 했으니 뭔가 알아낸 정보가 분명 있을 테지?"

재아는 영화에 등장하는 콜롬보 형사의 말투를 흉내 냈다.

약속한 여름방학이 되려면 멀었고 나는 그동안 알아낸 것들을 말하고 싶어 입이 근질근질했다. 결국, 학원은 가지 않았다. 패스트푸드점은 한산했으나 나는 굳이 구석 자리로 재아를 데려갔다. 은밀한 얘기를 나누기에 딱 좋은 그런 자리로 말이다.

"아빠한테 용돈을 좀 받았거든."

내가 쏜다는 말에도 재아는 시큰둥했다. 놀이터로 가자는 걸 마다하고 억지로 끌고 와서 그런가. 나는 내켜하지 않는 재아를 구슬려 햄버거 세트를 주문했다. 재아는 먹을 생각도 없이 탁자 위에 놓인 햄버거를 쳐다보기만 했다.

햄버거를 한 입 크게 베어 문 내가 왜 안 먹느냐는 눈짓을 보내자 재아는 마지못해 먹기 시작했다. 재아의 태도가 신경 쓰이기는 했으나 나는 그동안의 일을 털어놓는 것에 바빴다.

"처음엔 별게 없더라고⋯⋯. 그런데 말이야, 지난 화요일 3교시가 끝났을 때였어. 담임이 교무실 문 앞에서 어쩔 줄 몰라 하는 것 같더니만 어디론가 막 뛰어가지 않겠어. 나도 뒤따라갔지. 담임이 어디로 갔는지 알아?"

"어디로 갔는데?"

"체육관!"

"체육관?"

"네가 생각해도 이상하지? 나도 그때 그랬어. 담임은 국어잖아. 체육관에 갈 일이 뭐가 있겠어. 행사가 있었던 것도 아닌데⋯⋯. 몰래 숨어서 지켜봤지. 아니나 다를까 그곳에 웬 여자애가 있더란 말이지. 그 여자애를 담임이 끌어안지 뭐야. 우리 반 애는 아닌 것 같고⋯⋯. 암튼, 둘의 분위기가 수상쩍었어. 수업 종이 울리는데도 움직일 생각도 없이 그러고 있더라니까."

내가 당시의 상황을 세밀하게 말로 옮겼다. 목격자인 내 감정까지 더해져 체육관에서의 일이 교장의 귀에 들어가기라도 하면 담임이 당장의 징계를 면치 못하는 일생일대의 사건이 될 터였다.

교무실이나 상담실이었다면 그런가 보다 넘어갔을지 모를 일이다. 빈 체육관에서 단둘이 만나 포옹까지. 그게 포옹이었는지 위로의 몸짓이었는지는 분간하기 어려웠지만 나로서는 실로 고개가 갸우뚱해지는 일이었다는 것만은 분명했다. 그러나 재아는 내 말을 집중해 듣지 않았다.

내 딴에는 중차대한 사건의 목격담을 털어놓느라 심장이 쫄깃한데 재아는 멍한 눈길로 허공을 보고 있었다.

"담임이 여자애를, 그것도 부둥켜안았다는데 어떻게 놀라지도 않아? 나는 뭔가 흑막이 있다고 보는데……."

"그냥 한번 안아준 것일 수도 있지."

"뭐라고? 그냥 한번 안아줘? 담임도 남자야. 여자와 남자가 아무도 없는 체육관에서 단둘이, 그것도 서로 끌어안았는데 아무것도 아니라고? 이건 미성년자 착취야. 선생이 자기 학교 여학생을……. 생각만 해도 끔찍해."

나는 진저리를 쳤다.

"그만 가자."

재아는 먹다 만 햄버거를 탁자 위에 내려놓고 일어섰다.

"내 말을 안 믿는 거야?"

나의 새된 목소리가 튀어나왔다.

"믿어. 그리고 담임도 믿어."

"뭐라고?"

"담탱이에 관한 소문은 전혀 듣지 못한 모양이네."

소문이라면 나도 들었다. 담임이 이혼남이라는 것 말이다. 하지만 그것은 대수롭지도 않은 일 아닌가. 그것이 전부가 아니다. 나는 재아의 태도에서 그 이상의 소문이 있다는 것을 직감했다. 재아는 끝내 함구했다.

내가 알아보면 되지, 뭐. 그러나 전학생인 내게 담임에 관한 속 깊은 얘기를 전해줄 아이는 없었다. 내가 들을 수 있는 것은 고작해야 학교 안에서 벌어지는 그렇고 그런 얘기들이 전부였다. 그것도 내가 전학을 온 뒤로 벌어진 일들이었다. 나는 결국 재아에게 백기를 들었다.

"일 학년 때도 지금의 담탱이가 내 담임이었거든."

나도 아는 얘기다. 재아는 곧 내가 알지 못했던 얘기를 꺼내 들었다. 담임에 대해 재아는 많은 것을 알고 있었고 얘기는 실로 놀라웠다. 설마 그랬을까, 하면서도 나는 재아의 얘기에 푹 빠져들었다.

담임은 내가 생각했던 것과 달리 고지식하고 더 순해 빠졌다, 아니, 멍청했다. 시쳇말로 '북한의 김정은도 무서워하는 중2'라는데 아이들이 무서워서 그랬나 싶기도 했다.

"바보가 따로 없군. 장난이나 치는 그런 애들 말을 담임은 왜 그렇게 쉽게 믿었던 건데?"

담임의 어리석음에 듣는 내가 다 짜증이 났다.

"육 년 전쯤에, 담탱이한테 기막힌 사건이 벌어졌었거든."

"기막힌 사건?"

"그래, 기막힌 사건! 말 같지도 않은 애들 말에 휘둘리는 담탱이가 어리석고 멍청한 사람처럼 보이겠지. 하지만 그게 또 전부는 아냐. 그 사건이 있고 나서부터 그렇게 변한 거니까. 우리 학교 애들은 거의 다 아는 얘기지."

나만 모른다는 뉘앙스를 풍기는 재아의 말에 나는 자존심이 상했다. 담임이 맡고 있던 여학생이 모텔에서 시체로 발견됐다는 사실에는 뜨악했다.

"그 여학생은 거기에 왜 갔는데?"

재아한테 끌려가고 있다는 느낌이 들었지만 그것은 중요하지 않았다.

"그거야 나도 모르지. 중요한 건 그 여학생이 담탱이한테 전화를 했다는 거지. 모텔로 와달라고. 담임은 장난치지 말라고 야단친 게 다였어. 그리고 그다음 날, 그 여학생이 시체가 되어 모텔에서 발견됐지. 믿기지 않겠지만 진짜야. 중요한 건 전날 밤, 그 모텔에서 무슨 일이 있었는지 아무도 모른다는 거야."

"그게 언제 있었던 일이야?"

"담임이 우리 학교로 오기 전의 일이지. 그땐 여고에 있었는데 거기 있던 여학생이라고 하던데. 그 사건이 있고 나서 떠밀리다시피 여기로 왔다는 말이 무성해. 담임이 애들 말에 바보처럼 휘둘리기 시작한 것도 아마 그때부터일걸…… 자살을 막을 수도 있었는데 그러지 못했다는 죄책감에서 벗어나지 못했을 거야. 암튼, 그 소문이 우리 학교 내에도 암암리에 퍼졌고 담임의 트라우마를 시험하는 애들도 있었다는 거지."

"사람의 상처를 그런 식으로 이용하다니 너무한 거 아냐?"

나는 씩씩거렸다. 화가 치밀어 올랐다.

"더 웃긴 건 뭔지 알아? 거짓말을 한다는 게 뻔히 보이는데도 담임이 전혀 의심을 안 한다는 거야. 체육관에서 만난 여학생도 그런 애들 중 하나일 거야, 아마도."

담임을 둘러싼 흉흉한 얘기는 거기서 끝나지 않았다. 학생들의 장난에 휘말린 담임은 교장에게 불려가 징계를 면치 못하는 상황에까지 이른 것이다. 이상한 것은 학생들이 퍼뜨린 불온한 소문을 교장으로부터 듣게 들었을 때, 담임이 변명하지 않았다는 것이다.

학생과 모텔을 들락거린다거나 집 나온 여학생을 데려다 동거를 한다거나 하는 소문이 사실이냐는 말에 담임은 침묵했다. 진위 여부를 확인해야 했지만 교장은 풍문의 당사자가 된 것만으로도 징계 사유는 충분하다고 여겼다.

"가출한 여학생에게 잘 곳을 제공한 것이라고, 모텔에 간 건, 안 오면 죽을지도 모른다는 협박을 받아서였지만 담임은 끝내 말하지 않았지. 징계를 당하고 싶은 사람처럼 굴었다니까."

재아는 담임의 험담을 늘어놓던 때와는 달리 안타까움을 실었다. 듣는 나로서도 답답하기는 마찬가지였다. 학생들의 장난에 정나미가 뚝 떨어져서 학교를 관두고 싶었던 것은 아닐까. 그렇더라도 교사로서의 명예는 회복해야 했다. 담임은 명예를 지키는 일에 수동적이었고 자신을 둘러싼 모든 일에 체념한 사람처럼 굴었다.

징계는 피할 수 없는 수순으로 접어들고 담임을 징계의 위기에서 구해낸 것은 아이러니하게도 학생들이었다. 선생을 궁지로 몰아넣고 멋대로 소문을 퍼뜨리고 다니던 학생들은 선생의 미련한 침묵에 지고 말았다.

해고가 결정됐을 때, 학생들은 교장실에 떼로 몰려갔다. 소문의 허위를 밝히는 것은 물론 교장 앞에 무릎을 꿇고 사죄했다. 자신들이 쳐놓은 덫에 걸려든 것뿐이라고. 교장은 할 수 없이 이런 일이 다시 귀에 들리면 그땐 선생과 학생 모두에게 징계를 내릴 것이라는 경고를 하고서야 모든 것을 원점으로 돌렸다.

"현재까지는 그럭저럭 버티고 있는 거지만 풍전등화 같아. 그런 일이 또 터지지 말란 법이 없으니 그땐 교장이 붙잡아도 담탱이가 학교를 떠나고 말걸."

체육관에 본 장면 따위는 하얗게 지워졌다. 담임을 해고의 위기로까지 몰고 간 학생들의 무책임한 행동에 욕을 잔뜩 퍼부었다. 사람마다 천직이란 게 있다면 담임은 천생 선생일 수밖에 없었다.

담임의 과거는 내게 더 이상 흥밋거리가 되지 못했다. 그래도 반장이 재아를 남다르게 대하는 이유만큼은 꼭 알고 싶었다.

"전혀 몰라? 의심 가는 일이 있을 거잖아. 끝까지 말 안 해주면 친구도 뭣도 아냐."

나는 절반의 서운함과 절반의 협박을 담았다. 재아는 겁내지 않고 되레 까르르 웃음을 터뜨렸다.

"오우, 무서워 죽겠네. 그런데 소원을 들어줘야 할 사람은 내가 아니라 수아 너란 말이지. 이번 놀이에서 진 사람은 너거든."

"애초부터 불공평한 게임이었어. 네가 나보다 이 학교를 더 오래 다녔고 나보다 아는 친구들도 훨씬 많고, 무엇보다 담임에 대해 이미 넌 다 알고 있었잖아?"

나도 순순히 물러나고 싶은 마음은 없었다.

"인정!"

재아는 군말 없이 시원하게 대꾸했다. 나의 추궁에도 반장에 관한 얘기는 에둘렀다. 내가 자꾸 쪼아대니, 짐짓 억울한 표정으로 나를 쳐다봤다. 말하지 않겠다면 내게도 방법은 있다. 재아에 대한 섭섭함은 나도 모르게 밀려들었고 잠시, 잠깐 배신감에 사로잡히는 것도 어쩔 수 없었다.

"모르겠다는 그 말, 당장은 믿어주지."

나는 하얀 치아를 드러낸 채로 웃었다. 나중에 후회할 일이 생길지 모른다는 부연도 빼놓지 않았다. 재아와 반장 사이의 일을 내가 직접 알아볼 작정이었다. 그들 사이에 무엇이 숨어 있는지, 어떤 일이 있었는지를.

담임의 과거를 탐색하는 놀이를 통해 재아에게 내가 얻어 배운 게 있었다. 한번 뿌리내린 생각은 절대로 뒤로 가지 않는다는 사실 말이다. 내게는 재아와 반장의 일이 그랬다. 그 끝에 무엇이 기다리고 있을지 알 수 없지만 나는 마주할 각오가 되어 있었다. 재아가 끝까지 감추고 싶은 것이라면, 그리고 결국 내가 그것을 알아낸다면 단짝인 재아를 잃게 될지도 모른다는 생각은 하지 못한 채였다.

머릿속에 깃든 생각은 꼬리에 꼬리를 물고 자라났다. 나중에는 주머니를 뚫고 나온 송곳처럼 감출 수도 없는 그 무엇이 되어버렸다.

나는 반장이 가입한 밴드, 단체 대화방, SNS 등을 분주히, 그리고 샅샅이 훑고 다녔다. 재아는 SNS를 하지 않았지만 그렇다고 SNS의 주인공이 되지 말란 법도 없었다. SNS 없이는 단 하루도 그냥 넘어가지 않는 아이들이었다. 누군가는 재아에 관해 글을 쓸 것이고 쌓인 감정만큼 그 찌꺼기들이 SNS를 떠돌고 있을 것이 분명했다.

나는 빛바랜 흔적들을 헤집으며 쓰레기통을 뒤지듯 아이들의
SNS를 뒤졌다. 반장과 얽힌 재아에 관한 것이라면 더욱 혈안이 되
어 단서와 추측을 짜 맞췄다. 나의 시간들이 SNS를 탐색하는 일에
바쳐졌다. 그랬음에도 특별한 것을 찾아낼 수 없음에 짜증이 올라
왔다. 이대로 관둬야 하는 하나 싶던 순간이었다.

전민구의 SNS에 올라온 사진. 어떻게 하다가 전민구의 SNS까지
흘러들어 갔는지 알 수 없었다. 쉴 새 없이 마우스를 움직인 무심한
찰나에 가 닿은 곳이다. 전민구는 몰라도 옆모습의 반장을 나는 한
눈에 알아봤다.

반장은 찍히는 줄도 몰랐을 그런 종류의 사진이었다. 반장의 단정
한 단발머리는 지금이나 일 년 전이나 가발을 쓴 것처럼 똑같았다.
반장의 사진이 왜 전민구의 SNS에? 의구심이 드는 것도 잠시, '내
가 찍었다!' 라는 글이 모든 것을 설명했다. 그리고 전민구가 올린 글
과 사진에 달린 댓글들은 당시의 상황을 짐작케 하고도 남았다.

—에라이, 이 스토커 자식아~
—네깟 놈이 감히! 난, 이 사랑, 반댈세!
—죽었다 깨어나도 너한테 관심 없다. 연아는 내 거다. ㅋㅋ
—자식들, 침 흘리기는… 그래 봐야 니들은 자동 삭제 될 운명!!!!
—헉! 지워질 수 없어.
—레즈비언이라는 소문이…….

그 아래로 더 많은 댓글이 달려 있었지만 내 눈은 거기서 멈췄다.
그 아래로 '거짓말. ㅋㅋㅋ' 이란 댓글이 있었지만 전혀 들어오지 않

았다.

"여자를 좋아한다는 거야?"

그 순간, 재아가 내 머릿속을 스치고 간 것은 당연했다. 그간의 일들이 조금은 이해가 될 것도 같았다. 반장이 재아를 좋아하는 것이라면 말이다. 그렇다고 다른 의혹이 전혀 없는 것은 아니었다. 재아가 반장을 좋아했다면 훨씬 이해가 빨랐을 것이다. 그 반대라면 나로선 고개를 갸웃거릴 수밖에 없었다.

그 둘이 얘기를 나누는 것은 고사하고 함께 있는 것을 나는 본 적이 없다. 재아와 항상 붙어 다닌 쪽은 나였으니까.

일 년 전에는? 내가 전학을 오기 전에는? 그랬다. 반장과 재아가 단짝이었을 가능성 또한 없지 않았다. 내가 재아와 어울리게 됨으로써 본의 아니게 그들 사이에 내가 끼어들게 된 것인지도 모른다. 그렇다면 나를 보는 반장의 싸늘한 눈초리가 어디서 오는 것인지 짐작도 된다.

전민구의 SNS에 올라온 사진과 댓글로, 내 머릿속은 온갖 상상과 추측으로 부풀었다. 단서들을 현재의 상황과 짜 맞췄다가 지우기를 반복했다.

중간고사를 치르는 동안에도 멈추지 않았다. 내 생각이 어느 정도 가닥을 잡아갈 즈음이었고 나는 재아의 확인을 받아내고 싶었다.

중간고사를 치르는 동안 재아는 매번 꼴찌로 교실을 나왔다. 더 붙들고 있어봐야 성적이 좋아지는 것도 아닌데 재아는 주어진 시간을 모두 쓰고서야 나왔다. 나는 복도에서 재아가 나오기를 기다렸다.

"이번에도 마지막이네. 시험은 어땠어? 쉬웠어?"

"쉬운 건 하나도 없어. 내가 하는 것이 무엇이든 내겐 매번 암벽을 오르는 것과 같아. 그러는 넌, 쉬웠니?"

"그래 봐야 일 등은 아니잖아, 너나 나나. 근데, 왜 매번 끝까지 앉아 있는 거야? 대충 하고 나오면 될 것을."

"시험에 임하는 나의 최소한의 예의? 뭐, 그런 거라고 해두지."

재아는 쓴웃음을 머금었다. 재아의 말발을 당해낼 재간이 내겐 없다. 하기는 중독적인 말발 때문에 내가 재아를 좋아하는 것이겠지만. 그리고 그 순간이었다. 반장이 재아를 좋아했을 수도 있겠구나, 싶은 생각이 솟았다.

"내가 전학 오기 전에는 누구랑 어울렸어?"

나는 대수롭지 않은 투로 물었다. 대놓고 여자를 좋아하냐고 묻기는 껄끄러웠다.

"글쎄. 특별히 친한 친구는 없었던 것 같은데."

"그래도 한 명쯤은 있었을 거잖아. 반장하고는 일 학년 때 같은 반 아니었어?"

"뭐가 궁금한 건데?"

"전민구랑 반장이랑 어떤 사이였어? 둘이 사귀었어?"

재아의 눈초리가 변한 것은 그때였다. 고작 이름을 꺼냈을 뿐인데 반응은 민감했다. 내 시선을 뭉개는 재아는 재게 앞서서 걸어갔다. 전민구가 반장을, 반장이 재아를, 재아가 민구를 서로 해바라기한 것은 아니었을까. 그 짧은 틈에도 내 추측은 가지를 쳐나갔다. 그 와중에도 재아를 바짝 쫓아 걸었다.

앞서 걷던 재아가 느닷없이 걸음을 멈추고 휙 돌아서는 바람에 부딪혀 넘어질 뻔했다.

"어떻게 안 거야, 전민구에 대해서?"

"그냥 우연히, 우연히 알게 됐어."

나를 노려보는 재아는 거짓말인 줄 다 안다는 표정이었다.

"혹시, 내 뒤를 캤니?"

"아, 아니. 내가 왜?"

나는 뻔뻔스럽게도 둘러댔다.

"세상에 비밀이란 게 어디 있겠어. 당장은 감추려고 들어도 언젠가는 부초처럼 떠오르는 게 비밀인데……."

나는 뜨끔했다. 다른 이들의 뒤를 캐는 것은 우리의 놀이라고 해도 재아의 뒤를 캐는 일만은 하지 말았어야 했다. 적어도 내가 재아를 단짝으로 여겼다면 말이다. 내 입에서 전민구의 이름을 듣게 된 재아는 더는 감추지 않았다. 지난날을 허심탄회하게 털어놓았다.

"내가 여자를 좋아한다고 소문을 퍼뜨리고 다녔어, 전민구가. 반장이 내게 신경 쓰는 것을 보고는 나를 떼어놓으려고 한 거야. 내가 레즈비언이란 소문이 나면서 반장도 내게 거리를 두더군. 그러고는 자기가 무슨 내 천사라도 되는 양, 애들한테 주입시키기 시작했어. 본인은 아니라지만 다른 아이들이 나를 불쌍한 아이로 여기도록 한 거야. 반장이라는 지위를 이용해서……."

"왜?"

"반장이 나를 좋아했으니까."

"정말이야?"

"어디까지 가나 두고 볼 생각이었어. 나도 반장이 하는 걸 구경만 했어. 참기 힘들었지만 반장과 아이들이 노는 꼴을 그냥 지켜본 거야. 한번 묵인하고 넘어가니까 그게 또 습관이 되더라고."

재아는 썩은 미소를 지었다. 그러고는 무서우리만치 차갑게 나를 바라봤다. 그래서였다. 재아가 우리의 놀이를 새로 제안했을 때 나는 고개를 내저었다.

"아빠들에 관한 건데? 그래도 관심 없어?"

재아는 자신에 대해 캐고 다닌 것에 심한 유감을 드러내며 말했다.

"너네 아빠, 돌아가셨다며?"

"그렇다고 과거가 없는 건 아니잖아. 내 아빠는 돌아가셨고 네 아빠는 살아계시니 네가 더 유리하겠네."

나는 의아한 얼굴로 재아를 건너다보았다. 내 아빠가 형사라는 것은 전학 온 첫날에 담임이 말한 터여서 모두가 아는 사실이었다. 재아라고 모를 리 없는데 형사의 과거를 파헤치자고 나서니 그 속을 도통 알 수 없었다.

"우리 아빠, 형사야. 그런 게 있을 리 없잖아."

"그러니까 해보자고. 이번엔 네가 이기는 게임이 되겠지."

재아는 꿀릴 것도 없는데 못 할 이유가 뭐냐는 식이었다. 나는 거절하지 못했다. 그랬다가는 아빠의 명예가 손상될 것만 같았다. 재아는 선뜻 대답하지 못하는 나를 뚫어져라 응시했다. 하겠다고 어서 말해, 압력을 넣고 있었다.

나는 왠지 두려웠다. 내가 모르는 아빠의 숨은 과거가, 남들은 몰라야 하는 비밀이 있는 것은 아닌지 또 모를 일이다. 하지만 나는 형사인 아빠를 누구보다 믿는다. 안 좋은 일에 연루되거나 죄가 될 만한 일을 저질렀다면 아빠는 지금의 형사가 되어 있지 않았을 테니까. 그랬음에도 놀이를 흔쾌히 받아들이는 일만은 어려웠다. 재아의 입에서 나온 '아빠'가 나를 겨냥한 말 같아서.

"자신이 영 없는 모양이네."

재아의 입 꼬리가 비릿하게 올라갔다. 특유의 비웃음이 재아의 얼굴에 내걸렸다. 더는 머뭇거릴 수 없었다. 무슨 속셈인지 알 순 없지만 나는 재아의 제안을 받아들였다.

"그래, 하자. 해."

"이번엔 대신, 찾아내는 사람이 지는 걸로 하자."

"뭐라고? 그게 말이 된다고 생각해?"

"그거야 두고 보면 알겠지."

재아의 규칙은 이상했다. 찾아내는 사람이 지는 것이면 아무것도 안 하면 되는 일이 아닌가. 승부가 나는 일도 아니고 하나마나한 놀이였다.

재아는 몇 발자국을 앞서 떼더니 곧 나를 향해 뒤돌아섰다. 그러고는 내게 바짝 다가섰다. 내 교복의 먼지를 손등으로 터는가 싶더니 나의 어깨에 손을 얹고 빙그레한 웃음을 머금었다. 재아는 아까와는 달리 매우 흡족한, 만감이 교차하는 듯했다.

"어디서부터 시작하는 게 좋을까? 음……. 오혁재란 이름에서부터 출발하는 게 좋겠군."

"그게 누군데?"

"누군지는 네가 알아봐야지, 이제부터!"

"알아내는 사람이 지는 거라며? 그냥 가만히 있으면 이기는 건데, 내가 왜?"

"알아보든 말든 그건 네 자유야. 네 마음처럼 되길 바라지만 그게 네 생각대로 될까? 어쨌든 우리의 놀이는 지금부터 시작된 거야."

재아는 내게 번쩍 든 손을 흔들고는 내달렸다. 할머니가 있는 동네 마트로 간다는 것은 확인하지 않아도 뻔한 일이다. 이번에야말로 재아가 내게 숨기고 있는 것이 무엇인지 알아낼 작정이었다. 아빠에 관해서는 그 무엇도 알아내지 않을 것이다.

내 작심은 오래가지 못했다. '오혁재' 때문이었다. 오혁재가 대체 누구야? 의문을 품게 된 그 순간에 나는 아빠에 관한 과거의 문을 연 것이나 다름없었다. 재아가 오혁재를 입 밖으로 꺼내지 않았다면 우리의 놀이는 거기서 끝났을 것이다. 아무것도 하지 않은 채로 이번 엔 내가 놀이에서 이겼을 것이다.

시위를 당긴 활처럼 오혁재는 화살이 되어 집요하게 나를 괴롭혔다. 내 호기심을 부추겼고 묻지 않고는 배길 수 없는 그 무엇이 되어 버렸다. 아빠와 무슨 관계라도 있나? 아빠의 과거가 붉은 핏물처럼 내 안으로 흘러들었다. 아빠의 지난날이 나의 뇌를, 내 가슴을 옥죄 듯 파고들기 시작했다.

그것은 시작에 불과했고, 그것이 불러올 엄청난 파장을 미처 알지 못했다.

"아빠, 오혁재가 누군지 알아?"

나는 잠복 근무가 있다며 잠시 집에 들러 옷을 갈아입고 저녁을 먹는 아빠에게 물었다. 별일이야 있을라고. 하지만 내 생각은 짧았다. 아빠가 숟가락을 거칠게 식탁 위에 내려놓았다. 전에 없던 행동이어서 나는 적잖이 놀랐다. 온몸이 경직된 채로 아빠를 응시했다.

"그게 누군데? 아빠가 알아야 되는 사람이니?"

아빠는 나를 슬쩍 한번 보더니 평정심을 되찾으려 애쓰는 듯했다. 아빠의 등에선 냉기가 뿜어져 나왔고 나는 잠깐의 혼란을 경험해야 했다. 그리고 알았다. 아빠는 오혁재를 알고 있다. 그러나 내게 말해주지 않을 것이다.

나의 놀이가 거기서 멈췄더라면, 나를 덮친 섬뜩함에 제압당해 내 스스로 물러섰더라면 좋았을지 모른다. 알아내면 지는 놀이임에도 나는 그럴 수 없었다.

오혁재를 입에 올린 그때에 나는 이미 선을 넘었고 위험을 떠안았다. 재아는 이런 상황이 벌어질 줄을 미리 알고 있지 않았을까. 엎어진 물처럼 입 밖으로 나오고 나면 주워 담을 수도, 멈출 수도 없을 것이라는 것을.

"아빠가 혹시 알지도 모른다고 생각했어요. 모르는 사람이었네."

나는 모자란 아이처럼 한껏 웃음을 지어 보였다.

어딘가 모르게 미심쩍은 아빠는 내 머릿속에서 떠나지 않았다. 인터넷의 검색 기능은 내게 참으로 유용했다. 인물 정보에 올라온 동명의 오혁재는 물론 기사나 게시물에 달린 동명이인의 수는 적잖았다. 내가 찾아야 할 오혁재가 누구인지 형사의 딸답게 나는 본능적으로 알아차렸다.

십 년은 묵은 기사였고 그 안에 등장하는 오혁재는 자신의 아내를 살해한 살인범이었다. 헉! 나는 둔기로 심장을 얻어맞은 듯했다. 재아가 말한 오혁재가 이 남자가 틀림없다고 확신한 데에는 이유가 있었다. 아내를 살해하고 자살한 남자의 사건에 담당 형사의 이름이 함께 거론된 것이다. 민지혁 형사, 나의 아빠였다.

살인범을 잡는 건 형사가 하는 당연한 일이잖아. 살인을 저질렀으면 벌을 받아야지 자살? 아내가 다른 남자를 만나면 헤어지면 그만이지. 앞뒤 없이 흉기나 휘두르는 남자를 누가 좋아하냐고. 기사를 본 나는 두려움을 떨어내듯 혼자 중얼거렸다.

민지혁 형사의 인생에 흠집을 낼 만한 사건 따위는 될 수 없다. 그러함에도 나를 보던 재아의 비릿한 웃음은 지워지지 않았다. 아빠의 노여움과 맞물려 내게 석연찮은 기운을 불러들였다.

거리 두기는 당연한 귀결이었다. 아빠도, 재아도 마주하고 바라보는 일은 어려웠다. 무심한 척 그들을 에둘렀고 첨예하게 그들을 예의 주시했다. 데면데면 구는 나를 아빠는 참아내지 못했다.

"아빠가 거칠게 행동해서 놀랐지? 실은 아빠도 놀랐어. 내가 왜 그랬는지 모르겠다."

"……?"

나는 눈만 깜빡거렸다. 아빠가 무슨 말을 하는지 도통 모르겠다는 말간 얼굴을 하고서였다.

"아빠는 말이다. 우리 수아가 밝은 세상에 있길 원해. 인생을 살다 보면 안 좋은 일에 휘말리거나 경험하게 될지도 모르지만 아빠는 네가 되도록 꽃길만 걸었으면 해. 좋은 사람들과 어울렸으면 해."

"아빠는요? 아빠는 어떤 세상에 있는데요? 어떤 사람들과 어울리는데요?"

나는 앙다문 입술을 겨우 떼고 물었다.

"아빠는, 아빠는 말이야. 네가 행복하게 살길 원해. 우리 가족 중 누군가는 궂은일을 해야만 얻어질 수 있는 거라면, 아빠는 그 일을 마다하지 않을 거야. 아빠가 엄마와 너를 얼마나 사랑하는지 잘 알잖니?"

나도 안다. 아빠가 속해 있는 곳은 좋은 사람들로만 이루어져 있지 않다. 형사가 된 그때부터 아빠는 음지와 양지를 오가는 사람이다. 아빠가 살인자의 이름 하나에 왜 그토록 흔들렸는지 알 수 없다. 하지만 선량한 이들에게는 한없이 너그럽고 정의를 위해 행동하는 사람이 아빠라는 것을 나는 안다.

"미안해요, 아빠."

나는 코끝이 찡해져서 아빠의 품에 안겼다. 오혁재는 살인자일 뿐이고 아빠는 살인범을 감옥에 보낸 것뿐이다. 거기에 어떤 흑막이 있지 않다. 나를 괴롭히던 먹구름은 그렇게 걷혔다.

나는 학원 인근에 있는 떡볶이 집에서 보자고 재아에게 수업 중 쪽지를 보냈다. 재아가 알았다는 수신호를 보내왔다.

오혁재, 그 이상의 이야기를 알아내는 사람이 지는 게임. 내가 알아낸 게 무엇인지는 알 수 없다. 졌는지 이겼는지도 나는 알 수 없다. 중요하지도 않았다. 나는 그 무엇도 더 알려고 들지 않았다. 알고 싶지도 않았다. 우리의 놀이는 끝나지 않았지만 끝난 것이나 다름없었다.

"아픈 건 다 나았어?"

떡볶이 집의 탁자를 차지하고 앉은 재아가 걱정했다는 듯이 물었다.

"신경성 위염이래. 약 좀 먹었더니 말짱해졌어."

가끔은 거짓말도 위력을 발휘한다. 도망치고 싶은 마음에 둘러댄 배앓이가 진짜로 아프기 시작했고 병원에서 처방해 준 약을 며칠간 먹고 나서야 배 속이 편해졌다. 어쩌면 아빠에 대한 의혹과 내 안의 갈등이 사라진 다음부터일지 모르겠다.

"다행이다. 그럼 이제 우리 얘기를 좀 해볼까?"

수아는 떡볶이를 입에 물고 진즉에 묻고 싶었던 우리의 놀이에 관해 운을 뗐다.

"아내를 죽인 살인자에 왜 그렇게 관심이 많은 건데? 그리고 자살했다며 그 살인범……. 비겁해. 사람을 죽여놓고 그것도 자기 아내를……."

재아의 얼굴이 굳는 걸 느꼈지만 나는 개의치 않고 내 말만 내뱉었다. 재아가 참지 못하고 서슬이 퍼래 소리친 것은 그때였다.

"네가 뭘 안다고 아무 말이나 막 지껄여?"

"컥!"

입으로 들어갔던 떡볶이가 내 목에 걸렸다. 컥컥거리는 나는 재아를 쳐다보았다. 벌겋게 상기됐을 나의 얼굴과 눈빛은 말할 것도 없다. 금방이라도 질식할 것 같은 나를 앞에 두고도 재아는 걱정의 기색은 조금도 내비치지 않았다.

"오혁재는 살인자가 아냐. 우리 아빠는 엄마를 죽이지 않았어!"

재아는 재아대로 상기되어 있었다.

"켁!"

목에 걸렸던 떡볶이가 튀어나왔다. 그러나 상기된 내 낯빛은 좀처럼 가라앉지 않았다. 내가 아는 한 재아의 부모는 이혼했다. 아버지는 교통사고로 돌아가셨고 엄마는 재혼했다. 재아가 할머니와 사는 건 그런 연유다. 모든 것은 거짓말이었다.

"내가 목격했어. 우리 엄마를 죽인 그 살인자! 목격자인 내 말을 듣고도 네 아빠는 묵살했어. 왜, 왜냐고? 다른 사람이 범인이라는 증거를 찾지 못했거든. 사건을 종결하는 데에만 급급했지. 그깟 실적 때문에, 고작 그깟 승진 때문에……."

"…헉!"

재아의 가족사가 민낯을 드러냈다. 살인범 오혁재가 재아의 아버지였다니. 내가 받은 충격은 컸다. 목에 걸린 떡볶이도 없는데 나는 질식할 것처럼 숨이 막혔다.

"그보다 더한 진실을 말해줄까? 누가 됐든 범인이 정해져야 다른 사람들이 안심을 할 테니까. 정의를 구현하겠다고 말로는 떠들면서 뒤로는 지들 편한 대로 주먹구구식으로 사건을 끼워 맞췄지. 운 좋은 살인범이 지금, 어디서 뭘 하고 있을지 알고 싶지 않아?"

"그만, 그만해!"

"겨우, 이 정도로 갖고 뭘. 민 형사님 덕분에 난 엄마를 죽인 살인범 아빠를 뒀고 그 아빠마저 잃었지. 네 아빠가, 내 아빠를 죽인 거야, 결국은."

"아냐, 다 거짓말이야!"

재아의 말은 다 거짓이다. 아빠가 그럴 리 없다. 죄 없는 사람을 죽음으로 내모는 그런 사람이 아니다, 아빠는. 나는 두피 밑으로 손가락을 집어넣고 머리통을 쥐어짬에도 재아가 뭔가 단단히 오해하고 있는 것이라고 철썩같이 믿었다.

"내가 충격을 받아서 아빠가 그런 사람이라는 것을 믿고 싶지 않아서 거짓말을 하는 거라고……. 네 아빠는 내 말을 전혀 믿지 않았어. 내 말을 조금만 믿어줬더라면 내가 아빠를 잃는 불행까지 감당해야 하는 일은 벌어지지 않았을 거야. 나한테도 아빠는 네 아빠 못지않게 아니, 훨씬 더 좋은 분이었거든."

사실이 아니다. 나는 고개만 절레절레 흔들었다. 자신의 엄마를 죽인 살인자의 얼굴을 직접 봤다는 재아의 말까지 묵살하지는 못했다. 오혁재를 아느냐고 물었을 때, 냉철하기만 한 아빠가 잠시 이성을 잃었던 순간을 나는 기억하고 있었다.

열다섯은 충동적이고 극적인 것을 즐기는 나이니까. 전학 이후, 내내 붙어 다녔으면서 나는 재아의 속내를 들여다보는 일에는 둔감했다. 민감했더라면 재아의 가족사를 내가 알았을 수도 있을까. 역시나 알 수 없었을 것이다.

내가 전학 온 그날을 두고 재아는 피할 수 없는 운명이라고 낙인찍었다. 좀 더 깊이 생각해 봤어야 했다. 운명적인 만남이 어디 그리 쉬운 일인가 말이다. 또한 그것이 긍정적인 것만을 의미하지 않는다는 것을 깨달았어야 했다.

재아는 어둡고 긴 터널을 홀로 건너와 지금, 내 앞에 있다. 그동안 나를 곁에 두고 재아는 어떻게 버텼을까. 자신의 아빠를 죽음으로 내몬 사람이 내 아빠고, 난 그 딸인데……. 나였다면 처음부터 믿낯의 감정을 폭발시키지 않았을까. 웃는 낯으로 원수의 딸을 대할 수는 없었을 것이다. 아무리 잘 감춘다고 해도 송곳처럼 악감정들이 삐져나오고 말았을 것이다.

나를 단짝으로 두고 지금과 같은 때가 오기를 인내하며 기다렸던 것은 아닐까. 내가 받을 충격이 극에 달하는 이 순간을 노렸겠지. 의구심은 또 있었다. 자신이 목격한 살인범을 쫓지 않고 재아는 왜 하필 형사인 내 아빠에게 화살을 겨누게 되었을까 하는 것이었다.

"민지혁. 그 이름을 내가 어떻게 잊겠어. 내 엄마를 죽인 그자도 용서할 수 없지만 내 말을 묵살한 네 아빠를 더 용서할 수 없었어. 네 아빠는 그러면 안 되잖아. 정의를 구현해야 되는 사람이잖아. 내가 아무리 어린애였더라도 내 말을 귀담아들어 줬어야지. 눈앞의 이익에 눈멀어 가볍게 행동하면 안 되는 거잖아. 민수아, 네가 민지혁의 딸만 아니었다면 우린 좋은 친구가 됐을지 몰라. 어딘가 모르게 통하는 구석이 있었거든. 그래서 내 놀이에도 걸려든 것이겠지만"

철썩! 내 손이 재아의 뺨을 향해 날아갔다. 재아는 얻어맞은 뺨을 어루만지는 행동도 하지 않았고 자신의 분을 키우는 일도 더는 하지 않았다. 재아 특유의 비릿한 웃음을 내 얼굴에 던졌을 뿐이다.

재아는 광기와 허탈, 그 사이에 존재했다.

"네가 이겼어!"

이런 상황에서 그런 말을 할 수 있다니 재아는 역시 나를 능가했다. 내가 이겼다고? 그것은 나를 향한 재아의 저주였다. 처음부터 하는 게 아니었다. 내 미래를 우려하는 담임의 일이고 함께 수학하는 친구의 일이고 내 단짝과 내 가족의 일이며 결국은 모두 나의 일이었다. 내가 감당해야만 하는 그런 일.

하지만 또다시 그날로 돌아간다고 해도 나는 재아의 제안을 거절하지 못할 것이다. 공부가 따분하고 담임의 훈장질이 지겨운 열다섯의 무료함을 분지를 수 있는 건 그리 많지 않을 테니까. 작당하는 일에는 적잖이 고취되고 미지의 일들이 호기심이란 이름으로 우리의 주리를 틀어댈 것이니까.

재아는 시베리아 냉기를 내게 남기고 사라졌다. 나는 학원으로 가지 않았다. 그렇다고 집으로 갈 수도 없었다. '네가 이겼어' 재아가 그 말을 한 순간 나는 패배했다. 알 수 없는 부끄러움에 시달렸다.

나를 벼랑 끝에 세운 재아를 원망할 마음은 없었다. 벚꽃처럼 화사하기만 했던 우리의 시간들이 비에 젖었고 땅에 떨어졌고 추하게 짓이겨졌다.

나는 귀가 시간을 훌쩍 넘겼음에도 거리에 있었다. 어둡고 음침한 거리. 움직이는 것들이 공포로 다가오는 시간이었다. 나의 행방을 찾는 엄마의 전화에 이어 아빠의 전화가 수차례 이어졌다.

죄도 없는 사람을 아빠가 죽음으로 내몰았다. 그런 일은 있을 수 없다. 서릿발 어린 재아의 웃음이 내 등골을 파먹고 아무 일도 없었던 것처럼 아빠를 볼 자신은 없었다. 생각도 없이 집 앞에 이른 발걸음에 나는 다시 뒷걸음질을 치기 시작했다.

마치, 괴물이 내 집에 살고 있기라도 한 것처럼 뒤돌아섰고 내달렸다. 불빛이 비치고 있었지만 생경했다. 내가 드나들던 집이 아니다. 학교와 집 그 사이에서 나는 갈 곳을 잃었고 방황은 끝이 보일 것 같지도 않았다.

그때였다. 나를 부르는 누군가의 목소리가 환청처럼 들려왔다.

"집에 안 들어가고 여태 여기서 뭐 해?"

추리닝 차림의 담임이었다. 얼이 빠져 있는 나를 걱정스러운 눈길로 바라보고 있었다. 그 순간, 나는 왜 그랬을까? 썩은 미소가 절로 지어졌고 심사는 배배 꼬였다. 생각지도 않았던 말이 불쑥 내 입술을 뚫고 튀어나왔다.

"누구예요, 그 여자아이? 그날, 체육관에서 선생님이 껴안고 있던 그 여학생… 모른다고 잡아떼지 말아요. 제가 이 두 눈으로 똑똑히 봤거든요. 둘이 키스하는 거."

"그러니."

담임은 놀라지 않았다. 이골이 난 일처럼 피식 웃었을 뿐이다. 심술은 나도 모르게 터졌다. 일을 키울 생각은 아니었음에도 담임을 향한 나의 조롱은 뒤틀린 심사의 발로였다. 종로에서 뺨 맞고 한강에서 눈 흘긴다더니 내가 딱 그 짝이었다.

담임은 말을 더 잇지 않았다. 내 앞을 조용히 지나갔다. 자신을 따라오라는 듯 손짓을 하고서였다.

"제가 지금, 장난하는 거 같아요? 당장에라도 교장한테 쫓아가 말할지도 몰라요. 선생님을 위해 나서줄 애들은 이제 없어요."

"잘됐네."

담임의 대답은 무미건조했지만 뒤따라 나온 한숨은 막막했다.

"어떻게 되든 상관없다는 건가요? 겁 안 나요?"

나는 담임의 길을 가로막고 말했다.

"겁나냐고? 못이 박힌 판을 걷는 것처럼 고통스럽고 아파."

나를 건너다보는 담임은 종례에 훈계를 늘어놓던 그런 모습이 아니었다. 심연의 나락에 빠진 듯했다. 담임의 텅 빈 동공으로 가로등 불빛이 스며들었을 때, 나는 터질 듯한 심장을 느꼈다. 어둠을 뚫고 나온 영롱한 물방울이 담임의 뺨을 달려 유성처럼 순식간에 사라졌다.

"그날이 아직도 생생해. 여학생 하나가 내게 전화를 했지. 살고 싶다는 간절함이었는데 내겐 말썽만 피우는 성가신 존재였거든. 그래서 묵살했지."

"선생님이 죽으라고 한 건 아니잖아요."

"다 내 책임이지. 내가 외면한 순간, 그 아이는 삶을 잃은 거야. 덮고 싶은데, 잊고 싶은데 생생해. 봉인한다 해도 뚫고 나오는 건 시간의 문제일 거야. 내 자신이 어디로 휩쓸려 갈지 모르겠어."

담임은 황망한 시선을 내게 꽂았다. 그러고는 재아와 나의 놀이를 입에 담았다. 비밀은 아니었다. 자랑스럽게 남에게 떠벌일 얘기도 아니었다. 담임은 우리의 놀이에 대해 얼마나 알고 있는 걸까.

집에는 여전히 들어가고 싶지 않았다. 나는 조용히 담임의 뒤를 따랐다.

"민 형사님은 요즘 어떻게 지내는지 궁금하네."

담임의 혼잣말인지 내게 들으라고 한 말인지는 알 수 없었다. 다만, 담임과 아빠가 안부를 주고받을 정도의 친분이 있다는 것이 놀라웠다. 재아의 아빠가 자살했고 그 배경에 민 형사가 있다는 것을 담임은 알까.

갑자기 등줄기가 송연해졌다. 잘만 지탱하고 있던 내 다리가 비틀거렸다. 몸통이 가닥을 잡지 못해 자빠지려던 찰나였다. 담임이 나를 붙잡았다. 내 몸은 담임의 팔에 걸려 활처럼 휘어졌다.

"괜찮니?"

"…괜찮아요."

"편의점에서 뭣 좀 살 건데 같이 갈래?"

"…네."

담임은 나를 바로 세우고, 민망해하는 내게 따라오라는 손짓을 다시 했다. 편의점으로 들어간 담임은 김밥과 라면, 떡볶이, 과자 등을 손에 잡히는 대로 바구니에 담았다. 담임이 좋아하지도 않는 메뉴들을 바구니 가득 담았을 때 눈치챘어야 했다. 그 많은 것들이 나를 위한 것만은 아니라는 것을.

언젠가 담임의 뒤를 쫓아 도달한 막다른 길. 그곳에 당도하고서야 알았다. 담임의 집 안에서 들려오는 목소리가 웅성웅성했다. 그곳에는 집으로 돌아가지 못한 아이들과 집에 가기 싫은 아이들, 그리고 돌아갈 수 없는 아이들로 북적거렸다.

재아는 그곳에 있었다. 담임과 재아가? 언제부터? 나는 알 수 없는 배신감에 사로잡혔다. 나만 빼놓고 저들끼리 무슨 얘기를 주고받았을까를 생각하니 견딜 수 없었다.

나와의 일을 담임에게 몽땅 까발려 버린 것은 아닐까. 그것도 재아 자신의 편에 유리하게 각색되어 전했을 것이 분명했다.

뜻하지 않은 곳에서 나와 마주친 재아는 가방을 주섬주섬 챙겼다. 담임이 봉투에 가득한 간식을 들어 보였다. 재아는 안타깝지만 안 된다는 듯이 고개를 내저었다.

"밤늦게 돌아다니면 뱀 나온다고 할머니가 일찍, 일찍 다니라고 했는데……. 아마 지금, 눈 빠지게 저를 기다리고 계실 거예요. 걱정하느라 잠도 못 주무시고."

"언제부터 담임의 집을 네 집처럼 드나든 거야?"

나는 꼬였다. 그것도 아주 심각하게. 나 몰래 그들이 만나고 다녔으며 나만 소외시켰다는 사실에 분개했다. 담임과 재아가 나눴을 얘기들이 하나둘씩 떠오르기 시작하자 견딜 수 없었다.

질투심. 그것은 적잖이 나를 당황시켰다. 내 안에 그런 마음이 있을 리 없다고 여기면서도 나는 다른 감정을 찾지 못했다. 생각은 머릿속에만 머물지 않고 내 몸 밖으로 자연스레 흘러나왔다.

"비켜!"

재아는 앙칼졌지만 나를 제치지는 못했다. 하이에나 같은 열다섯 사춘기의 분기가 내게 장전된 상태였고 누구도 나를 막을 수 없었다. 많은 아이들이 담임의 집을 제 집처럼 드나들었을 것임에도 나는 처음이었다. 재아는 업신여기듯 나를 내려뜬 눈으로 쳐다봤다. 그 시선이 내 자존심에 생채기를 냈음을 두말할 것도 없다.

"선생님도 아시죠? 재아 아빠가 재아 엄마를 죽인 살인자라는 거요. 재아는 믿고 싶지 않는 눈치지만 재아 아빠가 왜 자살을 했겠어요? 자기 아내를 죽이고 자기 딸이 살인자의 딸로 평생의 멍에를 지고 살아야 되니까. 늦게나마 정신을 차린 거죠. 교도소에서 자살한 걸 보면 그래도 양심은 있는 거죠. 안 그래요?"

"그만하지 못해!"

재아가 핏대를 세우며 말했으나 상황을 주워 담기엔 늦었다.

"선생님은 재아와 나, 둘 중에 누구의 말을 믿어요? 아니다, 살인자의 딸과 형사의 딸 중에 누구를 더 신뢰해요? 왜 그렇게 멍청하게 쳐다보기만 해요. 재아와 나, 둘 중에 어느 쪽인지, 선생님 학생이 묻잖아요."

뭐든 물어뜯어 놓고 봐야 직성이 풀리는 한 마리의 굶주린 하이에나. 그곳에 민수아는 없었다. 그들이 보는 나는 재아의 단짝도 아니고 민지혁 형사의 딸도 아니다. 시험 성적을 걱정하는 학생도 아니고 담임의 얌전한 제자는 더욱 아니었다. 다들 얼빠진 얼굴로 나를 바라봤다.

"종례 시간엔 진절머리 나게 말을 많이 하더니, 왜 아무 말도 못 하세요?"

"민수아, 너……."

담임은 자신의 감정을 억누르고 나를 불렀다. 나는 아랑곳하지 않았다. 담임에게 가까이 다가갔고 재차 물었다.

"살인자의 딸과 형사의 딸 중 누구냐고요, 대체?"

홍성택을 찾아라

윤자영

추리소설 쓰는 생물 선생님. 학교에서 배운 과학 지식을 활용하여 추리소설을 쓰고 있다.
2015년 〈계간 미스터리〉에서 「습작소설」로 신인상을 수상하며 등단했다. 단편소설
「피 그리고 복수」로 제2회 엔블록 미스터리 걸작선에 당선되었고 동 단편소설이 KBS 라디오
문학관에서 방송되었다. 발표한 작품으로는 장편소설 『십자도 시나리오』, 장편 전자책으로
『사건의 탄생』, 『살인 게임』, 학생들과 함께 쓴 추리소설집 『해피엔드는 없다』를 펴냈다.
단편으로는 「시험지 빼돌리기 대작전」, 「육개장 전쟁」, 「외계인의 최후」 등이 있다.

1

충남 보령경찰서 박수만 팀장은 단목도에 내리며 손수건을 꺼내 코를 막았다. 사건 현장인 섬 전체에 퍼져 있는 냄새는 시체가 썩는 냄새였다. 더욱이 날씨까지 무더워 시체 썩는 냄새는 코가 아닌 피부의 땀구멍으로 파고 들어오는 것 같았다. 같이 파견된 수사관들도 마찬가지 이유에서 인상을 찌푸릴 수밖에 없었다.

살인사건은 하루에도 몇 건씩 일어난다. 하지만 두 명 이상을 죽이는 대량 살인은 아니다. 몇 시간 전 충청남도 천수만에 있는 섬 단목도에서 여섯 명이 사망하는 사건이 발생하였다.

단목도는 무인도로 크지 않은 섬이고, 섬에는 예전 안기부에서 쓰던 건물이 있었다. 시체는 이 건물에서 4구, 건물 밖에서 2구가 발견되었다. 시체들은 각기 다른 방식으로 죽어 있었고, 몇몇 시체는 육안으로 보아도 살인임을 직감할 수 있을 정도로 온몸이 상처와 피로 뒤덮여 있었다. 가장 먼저 만난 시체는 선착장 옆 갯바위에 쓰러져 있던 남자다. 여름이라 그런지 부패가 진행되어 피부에는 곤충류의 유충이 보였다. 또한, 시체의 입가에 피가 묻어 있어 살인인지 사고인지, 사망 이유는 부검을 해야 알 수 있을 것 같았다.

건물 안에 있던 시체들은 확실히 살인으로 보였다. 먼저 세미나실 안에는 온몸에 피 칠을 한 두 남자가 나란히 앉아 있었다. 얼굴에 상처와 흉기로 당한 흔적도 있었다. 더군다나 손에는 수갑이 채워져 몸의 자유를 뺏은 것이 누군가에 의한 살인임이 분명하였다. 지하실에는 온몸을 결박당한 시체가 있었다. 마찬가지로 침대에 피가 흥건한 것이 누군가에 의한 살인처럼 보였다. 방에서는 목을 맨 시체가 있었다. 건물 안에서 타살된 시체들이 많이 발견되어 타살 쪽에 의심이 들었다.

마지막 시체는 산꼭대기에서 발견되었다. 시체의 모습은 처음 갯바위에서 발견된 시체와 비슷해 외상은 전혀 없었다. 다만 눈에 핏발이 선 것이 굉장한 고통이 있었던 것으로 보였다.

이렇게 지옥 같은 상황에도 수사 진행에 있어 긍정적 신호는 시체들이 옮겨지지 않고 죽은 모습 그대로 있다는 것이다. 그리고 무엇보다도 가장 큰 희소식은 생존자가 있다는 것이다. 유일한 생존자는 건물의 한 방에서 발견되었는데 외상이 심했고, 의식불명 상태로 발견되어 급히 보령중앙병원으로 이송되었다.

박수만 팀장은 서쪽으로 넘어가는 태양을 보면서 담배를 피웠다.

담배를 피우지 않고는 기분 나쁜 냄새 때문에 버틸 수가 없었다. 장마가 끝나갈 즈음의 더위와 높은 습기로 작은 섬 단목도의 피비린내는 더욱 심해지고 있었다.

단목도에서 초기 조사가 끝난 박수만 팀장은 지옥의 섬 단목도에서 나와 보령중앙병원으로 이동하였다. 수사 본부에서 생존자 조사 업무를 맡겼기 때문이었다. 생존자는 흉흉한 사건의 내막을 알고 있는 중요한 인물이라 VIP만 모신다는 꼭대기 층에 입원한 상태였다.

박수만 팀장은 심호흡을 한차례 한 후 9층 버튼을 눌렀다. 승강기를 타고 9층에 내리자 경비를 서는 지구대 경찰이 경례를 했다. 손을 대충 올려 답하자 경찰은 복도 벽 쪽으로 붙으며 안쪽을 가리켰다. 복도를 지나 끝에 있는 병실로 들어가자 먼저 온 이장우 형사가 소파에 앉아 있었다. 이장우는 팀장이 온 것도 모른 채 책처럼 생긴 무언가를 정신없이 보고 있었다.

"이장우! 책 읽을 여유가 있나?"

이장우는 자리에서 일어나 절도 있게 경례를 했다.

"팀장님 오셨습니까?"

박수만은 이장우가 들고 있는 책으로 시선을 돌렸다.

"뭐야, 그건?"

이장우는 들고 있던 책을 박수만에게 건넸다. 책 위에는 잔혹한 사건의 참상을 전하듯 핏자국이 군데군데 묻어 있었다.

"이게 말입니다. 저기 누워 있는 오민수가 몸에 지니고 있었던 겁니다. 옷 안쪽에 옷감을 덧대어 숨기고 있었어요. 제가 대충 읽어보았는데 오민수가 일기 형식으로 섬에서 있었던 일을 쓴 것 같습니다."

"그럼 아주 중요한 단서잖아? 이 일기에서 범인을 특정하고 있나?"

"아니요. 정확히는 알 수 없습니다. 다만 오민수는 일기에서 사건의 범인을 '홍성택' 이라고 했습니다."

"뭐 홍성택? 홍성택이라는 인물이 범인이라고?"

"글쎄, 그것은 그렇다고 하기에는… 아무튼 설명하자면 길어요. 직접 읽어보시는 것이 이해가 쉬울 겁니다."

"홍성택이라……."

박수만은 일기장을 차르르 넘겨봤다. 그리고 시선을 침상 위에 누워 있는 유일한 생존자로 향했다. 생존자도 죽을 고비를 넘겼는지 한쪽 팔에는 깁스를 하고 있었고, 몸 군데군데 크고 작은 상처로 뒤덮여 있었다.

"저기 누워 있는 유일한 생존자 이름이 오민수인가?"

"네, 지니고 있는 지갑에서 신분증을 확인했습니다. 다른 팀에서 오민수 씨 가족에게 연락을 하는 중일 겁니다."

"상태가 심각해 보이는데 의사는 뭐라나?"

"보기와는 달리 별거 아니랍니다. 팔이 하나 부러졌고, 몸 군데군데에 크고 작은 상처와 타박상이 있는데 격투로 생긴 것 같다고 합니다. 많이 다치긴 했지만 생명이 위험하거나 하는 큰일은 아닌 듯합니다. 의사 말이 저 사람의 가장 큰 문제는 영양실조라고 말하네요. 아마 푹 쉬고 나면 깨어날 것이라 합니다."

"영양실조라고?"

박수만은 들릴 듯 말 듯하게 혼잣말하더니 이장우를 보며 말했다.

"한데 자네 점심은 먹었나?"

이장우는 병실을 지키느라 여태 식사를 못 했는지 배를 문지르며 웃었다.

"그럼 자네는 점심이나 천천히 먹고 들어와. 그동안에 난 이것을 읽어보지."

박수만은 일기장을 올려 흔들었다. 박수만이 번복이라도 할까 봐 이장우는 빠르게 경례를 붙이고 밖으로 나갔다. 박수만은 일기장을 찬찬히 읽고자 냉장고에서 캔 커피를 하나 꺼내 소파에 앉았다.

일기장 겉면에는 핏자국이 선명했다. 단목도에서 무슨 일이 있었던 것이냐?

일기장의 핏자국이 가슴을 뛰게 했다. 박수만은 커피를 따서 한 모금 마시고 긴장되는 손길로 일기장의 첫 장을 펼쳤다.

* * *

둘째 날 오후.

내 이름은 오민수. 나이 41세. 직업은 작가다. 직업이 작가라서 많은 글을 쓰지만 이런 상황에서 글을 쓰게 될지 몰랐다. 아니, 쓰고 싶지 않다. 하지만 예감이 이상해서 이렇게 펜을 든다. 혹시 내가 죽는다면 경찰에 진범을 알리고자 함이다.

범인의 이름은 홍성택이다. 아니, 본명이 아닐 수도 있지만, 홍성택이라 불리는 사람은 이번 사건과 분명히 관련이 있을 것이다. 지금부터 내가 왜 홍성택이라는 사람을 의심하는지 글로 쓰겠다.

나의 의심을 이해하기 위해서는 우리가 왜, 여기, 천수만 한가운데 있는 외딴섬에 모여 있는지 배경을 알 필요가 있다.

우리는 지금 금연—다이어트 프로그램에 참여 중이다. 인터넷에서 금연과 다이어트를 동시에 할 수 있는 프로그램이 있다고 해서 거금 이백만 원을 들여 프로그램에 참여했다.

지금 글을 읽고 있는 당신은 우리가 말도 안 되는 프로그램에, 더군다나 이백만 원이라는 돈을 들여 참여하나 의심을 하겠지? 하지만 당신이 여러 번 금연을 시도해 봤거나 고도비만이라면 이해할 것이라 믿는다. 나는, 아니, 이 프로그램에 참여하는 사람은 모두 흡연자이면서 고도비만이다.

어느 날 인터넷에서 금연과 다이어트를 동시에 진행하는 프로그램을 발견하였다. 한 가지도 힘든데 금연과 다이어트를 동시에 할 수 있다니 두 가지 모두 여러 차례 실패한 나도 거금을 투자하게 되었다.

프로그램 참여자는 다섯 명, 진행자는 두 명 해서 총 일곱 명이 섬으로 들어왔다. 진행자 김상사는 여기 단목도가 무인도라서 금연과 다이어트를 진행하기 좋은 장소라 선택했다고 한다.

하지만 어젯밤에 아무도 예상하지 못한 일이 일어났다.

참가자 중 한 명인 박일호가 자신의 방에서 목을 매고 자살한 것이다. 당시에는 놀라서 정신이 없었지만 지금 안정을 찾은 상태에서 생각해 보니 자살에 몇 가지 의문이 든다. 박일호는 자신의 양쪽 운동화 끈을 풀어 두 끈을 이었다. 그리고 벽에 박혀 있는 못에 그 끈을 묶고 자신의 목을 맸다.

대부분의 사람들은 목을 매 자살한 시체를 본 적 없을 것이다. 나도 흉측한 모습으로 죽은 박일호를 보고 그 자리에서 주저앉고 말았다.

처음에는 시체를 처음 봐서 놀라기도 했고, 목을 맸으니 의례 자살했으려니 생각했다. 하지만 내가 기억하는 박일호의 시체는 분명 발이 땅에 닿아 있었다.

목을 매어 자살하는 사람의 발이 땅에 닿아 있다니 정말 이상하지 않은가? 줄에 목이 졸리면 극심한 고통이 찾아올 것이고, 그러면 무의식이라도 죽지 않기 위해 일어설 것이다. 어떤 누가 다리가 땅에 닿는데 죽기 위해 몸에 힘을 뺄 수 있을까? 이건 자신을 죽이는 살인이나 마찬가지다.

나의 마음속에서 의심의 씨앗이 뿌려졌다. 의심이 싹트니 의심이 꼬리에 꼬리를 물었다.

그것만이 아니다. 자살하는 상황이 적절하지 못하다. 앞에서도 설명했듯이 지금 우리는 일주일에 이백만 원이나 하는 금연—다이어트 프로그램에 참여하고 있다.

이런 특정 프로그램을 참여하는 도중 자살하는 사람이 있을까? 자살은 대단한 결심이 필요하다. 영화에서 보면 목을 매 자살하는 사람은 의식을 치르듯이 혼자만의 공간에서 목욕을 하고 의관을 갖춘다. 어디서 들었는데 죽었어도 자신의 깨끗한 모습을 보이기 위해 그런다고 했다. 저 박일호처럼 추리닝 차림에다 이런 프로그램 도중은 절대 아닐 것이다.

여기까지는 나도 박일호의 죽음을 '살인'의 의미로 생각하지는 않았다. 단지 박일호가 죽은 모습과 상황에 의문이 들었을 뿐이다.

나는 이런 의문을 금연—다이어트 프로그램 진행자, 본인을 김상사라고 소개한 김 실장에게 말하기 위해 그의 방으로 찾아갔다. 노크를 하기 위해 손을 들었는데 그때 방 안에서 말소리가 들렸다. 왜 그때 그렇게 행동했는지 모르겠지만 나는 귀를 문에 갖다 댔다. 김상사는 누군가와 전화 통화를 하는 것 같았다.

—…빨리… 사람… 홍성택 씨가… 여기… …있다고?

목소리가 작아 잘 들리지 않았다. 하지만 내 귀에 정확하고 분명히 들린 말이 있다. 그것은 바로 사람 이름.

홍. 성. 택.

이 사람의 이름을 듣고는 가슴속에서 무언가 소용돌이쳤다. 나의 모든 신경이 아드레날린을 뿜어내는지 온몸이 심장처럼 뛰었다.

나는 주변을 살피며 내 방으로 돌아왔다.

침대에 누워 눈을 감고 지난 일을 생각했다. 분명 김상사는 오리엔테이션에서 프로그램의 진행을 위하여 휴대폰을 가져오지 말라고 했다. 심지어 본인 휴대폰도 가져오지 않는다고 했다. 이유는 금연과 다이어트를 동시에 성공하기 위해 포기하고 싶어도 포기 못 하는 상황을 만들기 위해서라고 말했다.

참가자가 포기해도 휴대폰이 없다면 무인도 밖으로 나갈 수 없다. 밖으로 연락할 방법이 없기 때문이다. 일단 프로그램을 시작하면 프로그램 기간인 일주일은 죽으나 사나 금연—다이어트를 해야 했다. 휴대폰은 탈출의 열쇠로 프로그램 성공을 위해서는 반드시 통제되어야 한다고 김상사 본인이 침을 튀기며 열변했었다.

그런데… 그럼에도 불구하고 김상사는 휴대폰을 가지고 있었다. 거짓말을 한 것이다. 그리고 이름이 김상사라니 누가 들어도 가명을 쓴 것임을 알 것이다. 월남에서 돌아온 새까만 김상사도 아니고…….

떨리는 심장은 쉬이 안정되지 않는다. 누가 다시 죽을 것 같은 예감이 든다. 범인은 홍성택! 아니면 홍성택과 관련 있는 인물!

나의 예감이 틀리길 바란다. 누군가 더 이상 희생되지 않길 바랄 뿐이다. 만약 다음 희생자가 나오고, 내가 다음 희생자가 아니라면 일기를 통해 상세히 밝히도록 하겠다.

2

"여… 여기는 어디……."

20시간 만에 오민수가 깨어났다. 이장우 형사는 의사를 부르러 밖으로 나가고, 박수만 팀장은 앉아 있던 소파에서 일어나 오민수에게 다가갔다.

"저는 보령경찰서 형사 박수만입니다. 당신 이름이 오민수가 맞나요?"

오민수는 고개를 들어 박수만의 얼굴을 힐끗 보더니 고개를 힘겹게 끄덕였다. 박수만은 사건의 내용이 상세하게 쓰여진 오민수의 일기를 들었다.

"이 일기장은 오민수 씨가 작성한 것이 맞나요?"

그때 의사와 간호사들이 병실로 들어왔다. 박수만은 묻고 싶은 것이 많았지만, 일단은 뒤로 물러섰다. 간호사는 오민수에 연결되어 있는 기계의 이것저것을 체크했고, 의사는 오민수에게 이름을 묻는 등 일상적인 질문을 했다.

오민수는 기력을 회복했는지 의사의 질문에 곧잘 대답하였다. 젊은 의사는 청진기를 빼더니 박수만에게 미소를 보이며 말했다.

"모든 수치가 안정적입니다."

"그럼, 퇴원해도 된다는 말입니까?"

"아니요. 팔 골절도 있고, 군데군데 상처도 있으니 입원은 더 해야 합니다. 다만, 흉측한 사건의 관련자라니 조사 같은 것은 할 수 있을 겁니다."

박수만이 고개를 끄덕이자 의사와 간호사는 빠르게 병실을 빠져나갔다. 오민수는 그동안 자신이 가지고 있던 의문이 궁금했는지 박수만에게 서둘러 말했다.

"형사님, 홍성택은 찾았나요?"

박수만은 긴 얘기가 될 것을 예상했는지 탁자 의자를 끌어다 침상 앞에 두고 앉았다. 이장우도 뒤쪽 탁자에 앉고는 수첩을 꺼내 들었다.

"다시 묻겠습니다. 이 일기장은 당신이 작성한 것이 맞습니까?"

오민수는 쓸데없는 것을 묻는다는 듯이 성한 손을 들어 가로저었다.

"당연하—"

손을 젓던 오민수의 팔에 수갑이 채워져 있었다. 곧이어 다리를 들었는데 팔과 마찬가지로 오른쪽 다리에 수갑이 채워져 침상 난간에 묶여 있었다. 팔다리를 움직일 때마다 탕탕 하고 쇳소리를 냈다. 오민수의 눈이 커지며 항의했다.

"이게 뭐죠? 난 범인이 아니에요. 범인은 홍성택이란 인물이라고요."

"아, 진정하시죠. 아직 사건의 내막을 모르고, 오민수 씨가 유일한 생존자라서 이런 조치를 취한 겁니다. 일종의 절차니 이해해 주시기 바랍니다."

오민수는 기분 나쁜지 손에 채워진 수갑을 보다가 박수만에게 시선을 돌렸다.

"홍성택은 찾고 있나요?"

"그렇습니다. 홍성택이란 이름을 가진 사람도 찾고 있고, 사건이 일어난 단목도에도 경찰이 파견되어 현장 감식과 수사를 진행하고 있습니다."

"아마 홍성택은 제가 처리했을지도 모르죠. 그 사현호란 놈이 마지막이었으니—"

"잠깐!"

박수만은 오른 손바닥을 보이며 오민수의 말을 끊었다.

"오민수 씨가 작성한 일기는 저도 모두 읽었습니다. 그것보다 다시 처음부터 이야기해 주시겠습니까? 금연—다이어트 프로그램이라고 썼던데 그것부터 시작하죠."

긴 이야기를 시작하려는지 오민수는 몸을 반쯤 일으켜 큼지막한 베개에 몸을 기댔다. 그러고는 그날을 상상하는 듯 창문 밖 풍경을 보는 눈의 동공이 커졌다.

"인터넷에서 금연과 다이어트를 동시에 해준다는 광고를 보았어요. 제 몸을 보세요. 고도비만이에요. 번번이 실패했지만 다이어트라면 안 해본 것이 없어요. 더군다나 담배도 끊게 해준다니 저는 그 프로그램을 참여해 보기로 했죠. 물론 저와 비슷한 사정의 참가자는 모두 다섯 명이었어요."

3

금연—다이어트 프로그램 참가자 다섯 명을 실은 낡은 봉고차는 서해안고속도로를 시원하게 달렸다. 두 시간쯤 달렸을까? 서해대교를 건넌 봉고차는 이내 홍성 IC를 빠져나갔다.

짝짝짝.

자신을 김 실장이라고 소개한 프로그램 운영자는 손뼉을 쳐서 참가자들의 시선을 자신에게 모았다.

"지금 홍성 IC를 빠져나왔습니다. 이제 우리의 목적지에 거의 다 온 것이죠. 오리엔테이션에서도 말씀드렸지만 우리 프로그램의 가장 큰 열쇠, 휴대폰은 가져오지 않으셨죠?"

어제 서울의 한 사무실에서 프로그램에 대한 오리엔테이션이 있었다. 김 실장은 프로그램의 설명과 함께 휴대폰을 가져오면 안 되는 이유를 침을 튀기며 열변하였다.

"마지막으로 다시 한번 강조합니다. 절대 휴대폰은 안 됩니다. 여러분 자신을 보십시오. 모두 고도비만으로 다이어트란 다이어트는 모두 해봤을 겁니다. 돼지라는 별명은 이제 친근하기까지 하죠. 거기에 담배까지 피우다니 최악입니다. 마음을 단단히 잡으세요. 이제 여러분은 스스로 탈출할 수 없는 무인도에 들어가게 될 겁니다."

무인도라는 말은 오리엔테이션에서도 들었지만 사람들의 마른침 삼키는 소리가 들렸다. 김 실장은 겁먹은 사람들의 얼굴에 만족하는지 작은 미소를 보이며 말을 이었다.

"식사는 끼니때마다 두유 한 개가 제공됩니다. 이 두유는 우리 업체에서 특수하게 제작한 것으로 공개할 수는 없지만 금연과 다이어트에 효과가 있는 특효 비법이 포함되어 있습니다. 그렇기 때문에 무인도에서 일주일 동안의 프로그램을 견디면 달라진 여러분을 만날 수 있을 겁니다. 그리고 약속한 대로 달라지지 않으면 참가비를 돌려 드리겠습니다."

인터넷 광고에도 나와 있지만 처음 몸무게의 15% 감량을 보장한다고 되어 있었다. 물론 이것은 참가자가 휴대폰, 담배, 기타 음식을 가져오지 않은 경우에 해당된다. 규칙을 어기면 금연—다이어트에 실패해도 참가비를 돌려준다는 조항이 무효가 된다.

오민수는 김 실장의 말에 고개를 끄덕였다. 다른 사람들도 말을 잘 알아들었는지 고개를 끄덕였다. 참가자들이 말을 잘 들어 만족했는지 김 실장의 입꼬리가 올라갔다.

"좋습니다. 우리가 가려는 섬의 이름은 단목도입니다. 충청도의 안면도는 세로 방향으로 긴 섬으로, 육지인 충청남도 서부 면과 큰 만을 만들죠. 바로 천수만인데요. 그 한가운데 섬이 하나 있어요. 육지에서 약 3킬로미터 떨어져 있죠. 지금은 무인도지만 예전 5공화국 시절에는 여기에 안기부 건물이 있었어요. 섬에는 아직도 안기부 건물이 남아 있습니다. 버려지다시피 한 건물을 제가 금연—다이어트 사업을 위해 임대받았습니다. 우리는 거기서 생활하게 될 겁니다."

김 실장은 손가락으로 창문을 가리켰다. 창문으로는 작지만 항구가 보였다.

"이제 남당항에 다 왔네요. 내릴 채비를 하세요."

운전자는 봉고차를 남당항 한쪽 공터에 주차했다. 남당항에는 작은 고깃배들이 어깨동무하듯 정박해 있었고, 멀리 방파제 끝으로 빨간 등대와 하얀 등대가 보였다. 참가자들은 정겨운 항구 모습을 봐서 그런지 봉고차 안에서의 긴장한 모습이 서서히 사라지고 있었다. 김 실장은 경치를 감상하는 참가자들에게 소리쳤다.

"자, 섬에 가면 더 멋있는 경치를 감상할 수 있습니다. 일정을 위해 빨리 가야 하니 어서들 따라 오세요."

봉고차를 운전한 신 부장과 김 실장은 큰 배낭을 메고 있었다. 참가자 다섯 명은 자신의 짐을 주섬주섬 들더니 둘의 뒤를 따랐다. 미리 이야기가 되었는지 김 실장은 출항 준비 중인 작은 고깃배에 다가갔다.

"선장님, 안녕하세요? 떠날 준비됐나요?"

얼굴이 새카맣게 그을린 선장은 일행을 둘러보며 말했다.

"왔어유? 준비는 다 됐지유. 어여 올라들 타유."

김 실장은 큰 배낭을 벗어 배 위로 던지더니 가벼운 몸놀림으로 갑판으로 올랐다. 김 실장을 선두로 참가자들은 하나둘 갑판 위로 올라갔다. 작은 통통배였지만 고도비만의 참가자들은 올라가기 쉽지 않았다. 일행이 모두 오르자 선장은 조타실 창문으로 고개를 빼고 소리쳤다.

"총 일곱이니 양쪽으로 나누어 벽에 기대유. 오늘 파도는 높지 않지만 배의 난간이 낮아 떨어질 수 있으니까유."

김 실장은 가운데 앉더니 참가자들에게 앉으라고 지시했다. 참가자들도 우물쭈물 양편으로 나뉘어 배의 낮은 난간에 기댔다. 경적을 한 번 울리고는 배는 통통거리며 바다를 향해 나아갔다. 통통거리는 엔진 소리와 파도를 가르고 나아가는 배는 사람들에게 기쁨을 선사했다. 오민수도 눈을 감고 짭조름한 바다 냄새를 받아들였다. 간만에 평화로운 마음을 느껴 눈을 감고 오감을 열어 자연을 만끽했다.

짝짝짝.

김 실장은 다시 손뼉을 쳤다. 참가자들의 시선이 모이자 자애로운 미소를 지으며 말했다.

"여러분 혹시 담배 가져오신 분 계시나요?"

오민수는 쓸데없는 질문이라고 생각했다. 실패해도 돈을 돌려받지 못하는데 누가 그런 미련한 짓을 할까?

김 실장은 더욱 편안한 미소를 지으며 말했다.

"프로그램의 시작은 섬에 도착했을 때입니다. 그러니 지금 꺼내놓으시면 규칙을 어긴 것이 아니에요. 괜히 섬에서 들켜 얼굴 붉히는 일이 없었으면 좋겠습니다."

오민수는 속으로 김 실장의 쓸데없는 생각을 비꼬며 참가자들을 보았는데 무려 세 명이 손을 들었다.

"좋습니다. 지금부터 마지막 담배를 피우겠습니다. 하지만 저 섬에 도착하는 순간 담배는 일절 안 됩니다."

생각지도 못한 허락에 참가자들은 혹시 함정일까 눈치를 보았다. 그런 것을 눈치챘는지 봉고차 운전을 한 신 부장이 자신의 담배를 꺼내 물고는 불을 붙였다.

참가자들은 신 부장의 담배 연기에 이끌려 모두 담배를 물었다. 오민수도 옆 사람에게 담배를 빌려 물고는 연기를 허파 깊숙이 빨아들였다. 바다의 소금 냄새는 머리를 맑게 했고, 담배의 니코틴은 근육을 이완시켰다. 다른 참가자들도 마찬가지인지 서로 알고 지낸 사람들처럼 서로를 보는 표정이 한결 부드러워졌다. 마찬가지로 담배를 피우던 김 실장은 담배 연기를 뱉으며 말했다.

"좋아요. 여러분들은 금연과 다이어트를 동시에 하려고 참가비로 무려 이백만 원을 투자하셨습니다. 실패 시 돈을 돌려 드린다고 했는데 오리엔테이션에서도 말씀드렸다시피 그건 규칙을 잘 지켰을 때입니다. 저 섬에 도착하는 순간부터 제 지시를 잘 따라야 합니다."

김 실장은 신 부장이 메고 온 가방에서 사각형 두유를 꺼내더니 흔들었다.

"섬에 도착하면 담배는 금지되고, 식사는 이 두유뿐입니다. 그러니 지금 담배를 실컷 피우세요. 섬까지 가는 데 약 20분가량 소요되니 지금부터 간단히 자기소개를 할까 합니다. 저부터 다시 소개하겠습니다. 제 이름은 김상사입니다. 여러분은 김 실장이라고 부르시고요. 나이는 30세, 금연과 다이어트를 동시에 할 수 있는 프로그램을 개발한 장본인입니다. 하하하."

김 실장은 자랑스러운지 손바닥으로 자신의 가슴을 두 번 쳤다.

그러고는 자신의 오른쪽에 앉아 있는 신 부장을 가리켰다.

"여기는 제 일을 도와주시는 신 부장님입니다. 신 부장님, 직접 소개하시죠?"

신 부장은 피우던 담배를 손가락으로 튕겨 바다로 던지고는 입에 남아 있는 연기를 내뿜었다.

"이름은 신익재이고, 나이는 28살입니다. 이번 프로그램에서 식사 준비나 청소 등 자질구레한 업무를 맡고 있습니다. 잘 부탁드립니다."

신 부장의 말이 끝나자 김 실장은 자신의 왼쪽에 있는 오민수를 바라보았다.

"오민수 님이었죠? 먼저 소개하시고, 이어 반시계 방향으로 돌아 가며 소개하죠."

오민수는 피우던 담배를 바닥에 비벼 껐다.

"반갑습니다. 제 이름은 오민수, 나이는 41세입니다. 그리고 웹상 에서 글을 쓰고 있습니다. 앉아서 글만 쓰다 보니 에너지 소비를 하 지 못해서 그런지 이렇게 살이 찌게 되었습니다. 모두 금연과 다이어 트에 성공했으면 좋겠습니다. 잘 부탁합니다."

오민수는 고도비만이다. 학창 시절에는 100kg이 넘지는 않았는데 대학교를 졸업하고 본격적으로 글을 쓰기 시작하면서 100kg을 돌파 하였다. 고도비만으로 항상 눈치를 봤는데 여기서는 그럴 필요가 없 다. 금연—다이어트 프로그램에 참가한 모두 100kg이 넘는 고도비 만이기 때문이었다.

오민수는 차례를 넘기고자 옆자리의 젊은이를 보았다. 젊은이는 담배를 끌 생각이 없는지 여전히 담배를 들고 말했다.

"저는 대학생이에요. 지금은 휴학했지만요. 나이는 22세고, 이름은 조근삼입니다. 다들 똑같은 상황이겠지만 전 체중 때문에 군 신체검사에도 5급 제2국민역이 나왔어요. 처음에 군대에 안 간다니 기뻤지만 그것이 제 상황을 더 나쁘게 만들었어요."

조근삼은 분노를 식히려는 듯 담배를 다시 한 모금 깊이 빨았다.

"그런 놈들을 친구라고 생각하지도 않았지만 같은 과 애들이 저를 왕따시켰어요. 군 면제를 받은 것이 배가 아파 그랬을 겁니다. 아무튼 그것을 못 견디고 결국 휴학을 했죠. 휴학하고 할 일이 있나요? 먹고 게임하고, 먹고 게임하고 날이 갈수록 살은 더욱 쪘어요. 결국 새벽에 게임하다 쓰러져 병원에 실려 갔습니다. 심장부정맥이래요. 병원에서 살 안 빼면 죽을 수도 있다고 해서 이번 프로그램을 참여하게 된 겁니다. 이번에 정말 살 빼고, 담배도 끊을 겁니다."

조근삼은 담배를 끊을 거라면서 투실투실한 손에 끼어져 있는 담배를 다시 입으로 가져갔다. 죽기 직전까지 갔으면서 계속 담배를 피우는 것이 의지박약이라고 광고하는 것 같았다. 오민수는 속으로 혀를 찼다. 그것을 아는지 모르는지 조근삼은 실실 웃으며 살집 많은 손에 끼워져 있는 짧아진 담배를 연신 입으로 가져갔다.

다음은 머리카락이 반쯤 센 사람이었다. 생각이 부족한 것인지 항상 격식을 차리는 것인지 이런 프로그램에 어울리지 않게 양복을 입고 왔다.

"난 평생 동사무소에서 공무원으로 있다가 엊그제 제대했소. 매일 앉아서 업무를 해 그런지 살이 이렇게 쪘지 뭡니까? 마누라가 살 빼고 담배 끊지 않으면 이혼이라고 해서 여기 왔소. 아차차, 내 정신

좀 봐. 나이는 59세, 이름은 사현호요."

살이 쪄서 그렇겠지만 볼살이 축 처져서 얼굴에 심술보가 가득 내려와 있는 인상이다. 평생 사람과 얼굴 맞대는 공무원 생활을 해서 그런지 작은 눈으로 서글서글 웃었다. 눈이 작아진 것도 심술보가 내려온 것도 모두 살이 문제였다. 오민수는 자신도 늙으면 저런 사악한 얼굴로 변할까 두려워 고개를 절레절레 흔들며 갑판 위에 있는 담뱃갑에서 담배 한 개비를 빼 물었다. 마지막이라 생각하니 담배가 절제되지 않았다. 참가자들 역시 같은 생각인지 줄담배를 피워 대고 있었다. 사현호 옆 젊은 남자가 자신의 차례임을 인지하고 들리지도 않는 목소리로 말했다.

"저는 박일호예요. 나이는 33세, 저는 소개할 만한 것도 없어요. 그냥 패스할게요."

박일호는 성격이 내성적인지 짧은 소개 후 다시 담배를 깊게 빨아들이며 먼 바다를 보았다. 공무원 사현호가 오지랖인지 말을 걸었다.

"직업이 뭔가? 직업 있을 것 아니야?"

먼 바다를 보던 박일호의 시선이 사현호에게 돌아왔다.

"직업이 있다면 평일에 여기 오겠어요?"

"허허, 그도 그렇군."

박일호는 다시 먼 바다로 시선을 돌렸다. 이제 마지막 남자다. 여기 참가자들은 모두 고도비만이었지만 마지막 남자는 '초' 자를 붙여 초고도비만이라고 해야 할 정도로 살이 쪘다.

"제가 마지막이군요. 제 이름은 이성민. 나이는 38세입니다. 다들 마찬가지겠지만 체중 때문에 결혼도 못 하고, 아니, 여자를 한 번도 못 만나봤네요. 히히."

이성민은 자신의 남산만 한 배를 팡팡 쳤다.

"저의 배 속에는 거지가 들어 있거나 머릿속에는 식탐, 식욕 유전자가 있는 것 같습니다. 다이어트를 많이 해봤는데 이놈의 식탐, 식욕 때문인지 매번 실패합니다. 이번에는 도망도 못 간다니 꼭 살을 빼서 돼지를 벗어나고 싶어요."

이성민은 본인을 돼지라고 하면서도 웃었다. 체중 때문에 평생 놀림을 받았을 텐데도 밝은 성격이다. 그렇게 참가자들의 자기소개가 끝나니 저 멀리 섬이 보였다. 김 실장은 다시 박수를 쳤다. 이건 힘내라는 박수였다.

짝짝짝.

"다들 좋습니다. 그런 각오로 임하신다면 분명히 다이어트와 금연에 성공하실 겁니다. 저기를 보세요. 단목도가 보입니다. 지시만 잘 따르신다면 저기서 여러분들은 환골탈태할 것입니다. 우리 모두 파이팅을 외쳐볼까요?"

김 실장은 손을 앞으로 내밀었다. 참가자들도 하나둘 손을 모았고, 모두의 손이 모였을 때, 힘찬 파이팅이 바다로 울려 퍼졌다.

4

이튿날 아침, 이상한 괴성 소리에 오민수는 잠에서 깼다. 분명 자신은 기사가 되어 몬스터와 결전을 치루고 있었다. 최후의 칼날을 몬스터의 심장에 찔러 넣었을 때, 몬스터는 괴성을 질렀다. 그 괴성에 눈을 뜬 것이다. 작고, 칙칙한 방이 눈에 들어온다. 꿈이구나.

복도에서 소란스러운 소리가 났다. 너무나 생생한 꿈이라 생각했는데 괴성 소리는 아마 밖에서 들려온 것 같았다. 실제에서 들리는 소리와 꿈이 오버랩되었나 보다. 침상에서 내려와 복도로 나가자 박일호의 방문 앞에 사람들이 모여 있었다.

"뭡니까?"

오민수도 빠르게 다가가 사람들을 헤치고 박일호의 방에 들어갔다. 박일호가 벽에 걸려 있었다. 얼굴은 보랏빛으로 물들어 있었고, 무릎은 반쯤 구부리고 있어서 서 있는 것인지 앉아 있는 것인지 모를 모양새였다. 바지에는 오줌을 지렸는지 불쾌한 냄새가 콧속을 파고들었다.

오민수는 충격에 머리에서 어찔한 느낌을 받았다. 동시에 다리에 힘이 풀려 박일호가 매달린 반대편 벽에 기대 주저앉고 말았다.

김 실장과 신 부장도 방으로 들어오더니 누구한테 할 것도 아닌 욕설을 퍼부었다.

"이런 망할."

"에잇 씨발. 여기서 뒤지고 지랄이야. 이런 망했다."

신 부장이 다가가 시체를 만지려고 하자 김 실장이 말렸다.

"신 부장! 내버려 둬!"

"무슨 소리예요? 아직 숨이 붙어 있나 확인해야지요."

"자네는 저 얼굴을 보고도 모르겠나? 이미 죽었어. 괜히 건들어서 의심 사지 말자고. 경찰이 와서 조사할 때까지 그냥 두자고."

신 부장도 보랏빛으로 물들은 박일호의 얼굴을 보더니 고개를 살짝 끄덕였다. 김 실장은 돌아서 참가자들에게 말했다.

"자, 여러분, 어서 나갑시다. 나가서 어제 모였던 세미나실로 모이세요. 박일호 씨는 자살했어요. 괜히 여러분의 지문 등 증거가 남으면 나중에 경찰 조사에서 곤란함을 당하실 겁니다."

김 실장의 말에 사람들은 밖으로 나갔고, 주저앉아 있는 오민수에게도 신 부장이 와서 팔을 부축했다.

오민수가 세미나실로 들어오니 참가자들이 테이블에 앉아 있었다. 오민수도 의자를 하나 빼서 앉았다. 언제 밖으로 나갔는지 창문 밖을 보니 신 부장이 담배를 피우고 있었다.

'금연 모임에서 담배 피우는 모습을 보이다니 사람들 염장 지르는 것도 아니고… 아닌가? 박일호가 자살했으니 이제 프로그램은 끝나는 것인가?'

오민수는 프로그램이 끝나면 담배를 하나 얻어 필까 생각했지만, 방금 전에 본 시체 때문인지 담배 피우고 싶은 마음이 생기지 않았다. 그냥 머리가 울리고 힘이 없었다. 김 실장은 끼고 있던 팔짱을 풀고 테이블로 다가왔다.

"자, 여러분, 오전에 계획되어 있던 등산 일정을 중단합니다. 지금부터 자유 시간을 가지세요. 저는 신 부장과 앞으로 이 위기를 어떻게 극복할지 의논하겠습니다. 하지만요. 아까도 말씀드렸습니다만 괜히 박일호 씨 방으로 가서 증거를 남기는 짓을 하지 말기 바랍니다."

대학생 조근삼이 부끄러운 듯 손을 들었다.

"배고픈데 오늘도 두유를 먹나요? 아니면 일정을 멈춘다면 다른 음식을 먹게 되나요?"

어제 12시쯤 섬에 도착 후 점심, 저녁식사를 두유 한 개로 때웠다. 그리고 오후에는 산책과 가벼운 운동을 하였기 때문에 몸에는 열량이 극도로 부족한 상태였다. 사람들마다 평소 먹는 양을 생각한다면 지금은 나무껍질도 씹어 먹고 싶은 상태였다. 오민수도 자신의 배를 손으로 문질렀다. 하루만인데도 배가 벌써 홀쭉해진 것 같았다. 오민수도 다른 먹을 것을 기대하고 김 실장을 보았다. 하지만 김 실장은 고민스러운 얼굴이었다.

"죄송해요. 현재는 먹을 것이 두유밖에 없습니다."

김 실장이 찬장에서 두유 네 개를 꺼내 테이블에 올리자 너도 나도 할 것 없이 두유에 빨대를 꽂았다.

"그럼 저는 신 부장과 대책을 논의할 테니 일단 각자 방에서 쉬세요."

* * *

셋째 날 오전.

일기를 더 이상 쓰지 않기를 바랐지만 그럴 수 없게 되었다. 나의 가슴을 떨리게 하던 일이 실제로 벌어졌다. 이성민이 어젯밤에 죽었다. 아침에 산책하던 사현호가 갯바위에 쓰러져 있던 것을 발견한 것이다. 이성민의 입 주변에는 피가 묻어 있었다.

신 부장의 만류에도 난 이성민의 시체에 다가가 자세히 살폈다. 혹시나 외상이 있는지 나뭇가지로 머리카락을 들춰보고 옷도 들춰

보았다. 특별한 외상은 보이지 않았다. 외상 없이 피를 토하고 죽었다니 죽은 이유를 생각하기도 싫다.

독살이다. 박일호의 죽음 이후 생겨난 나의 예감과 예상은 공상이 아니라 현실이 되었다. 단목도에 들어와서 두 밤을 잤지만 꿈에서도 불안한 현실을 알리는지 밤새도록 괴물 몬스터와 혈전을 벌인다. 괴물 몬스터는 현실에서 살인범일 것이다.

꿈은 살인범을 찾아내서 싸우라는 것일까?

좋다. 그럼 누가 범인일까?

역시 가장 의심되는 사람은 김상사. 어제 저녁 김 실장과 이성민은 작은 일로 크게 다투었다. 먹을 것이 문제였다.

김 실장은 박일호가 죽고 나서도 우리에게 두유만 제공했다. 섬에 들어오고 나서 우리가 먹은 것이라곤 두유 다섯 개뿐이다. 나도 눈앞이 빙글거릴 정도로 배고픔에 지쳐 있었다. 본인 스스로 식탐 유전자가 있다는 이성민이 먼저 폭발했다.

이성민은 어제 저녁 모임에서 참가비 반납도 필요 없고, 금연—다이어트 프로그램을 포기할 테니 다른 먹을 것을 달라고 하였다. 이성민 자신이 말한 식욕, 식탐 유전자가 강하게 발현된 것 같았다. 하지만 김 실장은 단호하게 거절했다. 그럼 두유 하나로 못 버티겠으니 두유를 더 달라고 했다. 김 실장은 처음부터 개인이 먹을 양이 정해져 있으니 참으라고 했다.

이성민은 김 실장 당신이 먹는 음식을 달라고 날뛰었다. 굶주린 돼지의 발광이었다. 김 실장은 주먹을 뻗었다. 굶주린 돼지도 주먹을 뻗어봤지만 슬로우 비디오로 보일 뿐이었다. 돼지는 날렵하고 근육

질인 김 실장에게 상대가 되지 않았다. 얼굴에 주먹을 몇 차례 맞고 쓰러진 이성민은 통증이 있는지 얼굴을 감싸고 있다가 이내 일어서 세미나실을 빠져나갔다.

그 뒤 이성민의 행동은 정확히 알 수 없으나 그는 낚시를 하려고 한 것 같다. 시체가 발견된 갯바위 옆에서 낚싯대가 발견되었다. 낚싯대는 낡고 오래된 것으로 보였는데, 원래 이 건물, 안기부에서 일하던 사람들이 취미로 하던 것을 이성민이 발견한 것 같았다. 분명 배고픔이 극에 달한 이성민은 물고기라도 잡아서 배를 채우고자 했을 것이다.

자, 이성적으로 생각하자. 과연 누가 범인일까? 나의 머릿속에서 떠나지 못하는 이름이 맴돌았다.

홍성택…….

그리고 휴대폰을 가져오고 거짓말을 한 김상사…….

홍성택＝김상사.

첫 번째 희생자인 박일호가 죽었을 때, 핸드폰으로 밖에 연락할 수 있었다. 하지만 김 실장은 그러지 않았다. 김 실장, 즉 김상사가 홍성택이고 범인인 것이다.

어제 상황은 이랬을 것이다. 배고픔에 먹을 것을 달라고 발광한 이성민은 건물을 돌아다니다가 어디선가 낚싯대를 발견하고, 물고기라도 잡아먹으려고 갯바위로 간다. 김 실장은 이성민이 갯바위에서 낚시하는 것을 발견하고는 이성민을 죽이려고 한다. 물론 이성민을 죽인 이유는 알 수 없으나 먹을 것에 독을 탄 후, 낚시하는 이성민에게 다가가 아까 폭력을 행사해서 미안하다면서 먹을 것을 준다. 식탐 대마왕 이성민은 의심도 없이 덥석 받아 먹고는 독에 중독되어 피를 토하면서 죽었겠지……

이 가설이 가장 가능성이 있어 보인다. 하지만 난 이성적인 사람이다. 무인도라고 했지만 혹시 섬에 제3의 인물이 있는 것도 가정해봐야 한다.

지금 김 실장이 세미나실로 모이라고 소리친다. 먼저 제3의 인물을 찾자고 말해봐야겠다.

5

오민수는 자신의 이야기에 입이 타는지 마른침을 삼켰다.

"형사님, 물 좀 부탁해요."

뒤에서 보던 이장우가 냉장고에서 500밀리리터짜리 생수를 하나 꺼내 건넸다. 오민수는 갈증이 심했는지 물을 벌컥벌컥 마셨다. 박수만 팀장은 기다렸다가 궁금증이 생겼는지 물었다.

"그런데 오민수 씨. 저는 이해되지 않는 부분이 있어요."

오민수는 반쯤 마신 생수통을 박수만 팀장에게 건넸다.

"형사님, 무엇이 이해되지 않죠?"

"가장 먼저 그런 이상한 프로그램에, 더군다나 200만 원이나 내야 하는 행사에 선뜻 참여한다는 것이 이해가 되지 않습니다."

오민수는 박수만의 몸을 위아래로 훑었다.

"형사님은 뚱뚱해 본 적이 있나요?"

박수만은 고개를 좌우로 흔들며 말했다.

"뭐, 강력계 형사는 운동을 많이 하니 살이 찔 리 없죠."

"그럼 이해하지 못할 겁니다. 돈이 문제가 아니에요. 우리들은 살을 뺄 수 있다면 악마에게 영혼이라도 팔 수 있답니다."

박수만은 그래도 이해하지 못했는지 고개를 갸웃거리며 수첩을 이리저리 펼쳤다. 오민수는 알고 있다. 박수만의 표정은 '음식을 적게 먹으면 될 것'이라는 표정이었다.

"형사님은 담배를 피우시나요?"

"담배는 피웁니다."

"금연을 시도해 보셨나요?"

"특별히 끊으려고 하지는 않지만 마누라 때문에 시도는 해봤습니다."

"며칠을 참아보셨나요?"

박수만은 곰곰이 생각하는 듯하더니 말했다.

"삼 일 정도입니다."

"그런데 왜 다시 피웠죠?"

"스트레스 때문입니다. 범인을 잡지 못하고, 위에서 닦달을 해대는 바람에 다시 담배를 물게 되었죠."

오민수는 원하는 대답이 나와서 그런지 씨익 웃었다.

"저도 담배를 피워 알고 있습니다. 과체중인 사람에게는 음식이 담배예요. 스트레스를 받게 되면 다시 먹게 됩니다. 후회해도 소용

없죠."

박수만은 조금이라도 이해했는지 고개를 희미하게 끄덕였다.

"그런데 형사님. 그 김상사의 이름은 본명이 맞습니까?"

박수만은 뒷자리의 이장우 형사를 보았다.

"어떻게 신원 파악은 모두 됐나?"

"네, 참가자들의 신원 파악은 끝났습니다. 김상사는 본명이 맞습니다. 김상사뿐만 아니라 섬에 있었던 일곱 명 모두 본명이 맞습니다."

오민수는 누구든 한 명은 본명이 홍성택일 것이라 생각했었다. 김상사가 본명이라니 허무한 표정을 지었다.

"들었죠? 그럼 계속 이야기를 들려주시겠어요? 김 실장이 세미나실로 모이라고 했을 때부터입니다."

오민수는 다시 창가로 눈을 돌려 이야기를 시작했다.

"이성민의 시체가 발견되고 점심쯤 김 실장이 사람을 모았어요."

이성민의 시체가 발견된 이후, 시간은 점심쯤 됐을까? 김 실장의 호출로 사람들은 세미나실에 모였다. 프로그램 참가자들은 배를 곯아 그런지 초췌해 보였고, 김 실장은 약간 화가 난 표정이었다. 자신이 기획한 프로그램에서 두 명이 죽었으니 당연한 표정이겠지만 말이다.

김 실장은 두유를 세 개 꺼내 테이블 위에 올렸다. 오민수는 지금 사람이 두 명이나 죽었는데 두유를 내미는 것에 화가 나서 항의라도 하고 싶었지만, 두 건의 살인에 유력한 용의자를 굳이 건들 필요가 있겠냐는 생각이 들어 가만히 있었다. 그냥 곁에서 계속 관찰하기로 하고 두유 하나를 들고 왔다. 그때 사현호가 화가 났는지 큰 소리로 말했다.

"아니, 김 실장 장난하나?"

김 실장도 지지 않고 짜증 내는 목소리로 대답했다.

"뭔데요! 뭐가 문제인데요?"

"아침을 걸렀으니 아침 몫까지 두유 두 개를 줘야 할 것 아닌가?"

어이가 없는 질문이었다. 역시 돼지다운 발상이었다. 김 실장도 어이가 없는지 입에서 헛 하며 바람 빠지는 소리가 났다. 그러더니 찬장으로 가서 두유 세 개를 더 꺼내와 테이블에 올렸다.

오민수도 사현호의 행동이 황당하기 그지없었지만 자신의 몸이 빨래가 마르듯 계속 말라가는 것 같아 두유 두 개를 단숨에 먹어치웠다.

사현호와 조근삼도 마찬가지 마음이었는지 두유를 게걸스럽게 먹어치웠다. 사현호는 들고 있는 두유 팩에서 빈 빨대 빠는 소리가 들리자 바닥에 내려놓고는 말했다.

"김 실장! 프로그램은 중지된 거요?"

김 실장은 다소 까칠한 목소리로 대답했다.

"사람이 둘이나 죽어나갔는데 당연하죠. 돈은 돌려줄 테니 걱정 말아요."

"헤헴. 난 돈 얘기를 하는 것이 아니야. 프로그램이 끝났다면 빨리 집으로 돌아가야 하지 않겠소?"

김 실장은 잠시 난감한 표정을 지었다. 무슨 말을 할지 많이 생각하는 것 같았다.

"모두 아시다시피 핸드폰이 없어 밖으로 연락할 방법이 없어요.

우리가 타고 들어온 배가 약속한 날짜에 들어오기로 했어요. 그때까지 기다릴 수밖에 없어요."

오민수는 속으로 코웃음을 쳤다. 분명 전화 통화하는 소리를 들었구만 연락을 할 수 없단다. 하지만 모두 김상사의 거짓부렁을 믿는 눈치다. 집에 가지 못 한다니 사현호의 표정이 일그러졌다.

"그럼 우리가 섬에 들어오고 이틀 밤을 잤으니 네 밤을 더 자야 한다고? 프로그램에 이런 일이 벌어질 예상은 없었나?"

김 실장은 그냥 짜증이 나는지 인상을 구길 뿐 대답하지 않았다. 사현호 옆의 대학생 조근삼이 걱정스러운 말투로 말했다.

"그럼 남은 일정 동안 계속 두유를 먹어야 한다는 거예요? 배고파요. 다른 먹을 것을 주세요."

조근삼의 말에 짜증이 폭발했는지 김 실장이 두 손으로 책상을 내려쳤다.

"그만! 그저 먹을 것 타령만 할 뿐이지. 그러니 평생 돼지로 살지."

김 실장의 말에 조근삼은 주눅이 들었지만 돼지라는 소리에 기분이 나쁜지 사현호가 발끈했다.

"말조심하게. 돼지라니? 자네도 그 돼지들 때문에 돈 벌어먹고 사는 것 아닌가?"

"웃기는 소리 마쇼. 돼지 영감."

"뭐라고? 이 머리에 피도 안 마른 놈이."

사현호는 자리를 박차고 일어서 김 실장의 멱살을 잡았다. 김 실장도 마찬가지로 멱살을 잡고 주먹을 들어 올렸다.

"그래, 어제 이성민도 개 패듯이 패더니 나도 때리겠다고? 그래.

쳐봐."

분위기가 심상치 않아지자 신 부장은 사현호에게서 김 실장의 몸을 떼어냈다. 오민수도 사현호를 진정시켰다.

"선생님, 진정하세요. 이제 죽으나 깨나 나흘을 더 같이 지내야 하는데 서로를 괜히 자극하지 말자고요."

사현호는 씩씩거렸지만 오민수의 말을 인정했는지 창밖을 보며 화를 식혔다.

오민수는 김 실장을 의심하기 전에 먼저 일기에 적었던 제3의 인물이 존재하는지 확인하고 싶었다.

"김 실장님, 이 섬에 다른 사람은 없나요?"

김 실장은 흥분하던 모습을 가라앉히고 의자에 앉았다.

"뭐라고요?"

"이 섬에 우리 말고 다른 사람이 있냐고요?"

오민수는 김상사의 반응을 유심히 살폈다. 김상사가 범인이라면 속으로 뜨끔할 것이다. 표정 변화를 잘 살펴야 한다.

"갑자기 왜 그런 질문을 하시죠?"

김상사는 목소리가 다소 날카로웠으나 그것은 사현호와의 드잡이 때문에 그럴 것이다. 오민수는 자신이 이번 사건에 의심을 가지고 있다는 것을 김 실장에게 어필하고자 했다. 난 박일호의 죽음을 알고 있다고 범인인 확률이 가장 높은 김 실장에게 말할 필요가 있다.

"박일호 씨 말입니다. 목을 매 자살했는데 뭔가 이상하지 않나요?"

자살한 박일호 이야기가 나오자 모두의 시선이 집중되었다.

"목을 매서 자살했는데 발이 땅에 닿아 있었어요. 그게 상식적으로 말이 됩니까? 영화에서 보면 목을 줄로 매면 발광하잖아요. 그만큼 고통스럽다는 겁니다. 발이 땅에 닿으면 일어서면 그만이에요."

사람들의 생각이 깊어졌는지 눈알만 굴릴 뿐이었다. 말 없는 긴장감이 싫었는지 김 실장이 반문했다.

"몸무게가 무거워서 죽은 후 흘러내려 왔을 수도 있잖습니까?"

예상된 질문이었다. 오민수는 바둑의 노타임처럼 틈을 주지 않고 바로 받아쳤다.

"시체가 무거워서 높이 매달지 못했을 수도 있죠."

살인을 암시하는 말을 하자 김 실장의 눈이 커졌다.

"말도 안 돼요. 그럼 오민수 씨는 박일호를 누군가가 죽였다는 겁니까?"

"그냥 목을 매고 다리가 땅에 닿았다는 것에 의심이 들 뿐입니다."

김 실장은 자리에서 벌떡 일어났다.

"오민수 씨는 괜한 말로 사람들에게 겁주지 마세요. 살인범이 섬에 있다니요."

오민수는 용의 눈알을 마지막에 그려 넣듯이 회심의 일격을 던졌다.

"섬에 우리가 아닌 다른 살인범이 있다면 오히려 다행인 겁니다."

오민수의 말뜻은 다른 살인범이 섬에 없다면 우리 중에 범인이 있다는 말이었다. 그 뜻을 이해한 김 실장은 온몸에 힘이 빠진 듯이 의자에 털썩 앉았고, 참가자들도 김 실장과 마찬가지로 그 뜻을 이해했는지 서로의 눈치만 보았다. 오민수는 자신의 의심이 모두에게 전달된 것 같아 한시름 놓았다. 그리고 고뇌하는 김 실장에게 '내가 의심하고 있으니 더 이상의 살인은 그만둬라'라고 경고한 것 같아 기분이 좋아지기까지 했다.

신 부장이 주머니에서 담배를 꺼내 불을 붙이고는 담뱃갑을 테이블 위에 던져 올렸다. 사현호와 조근삼은 체념했는지 거의 동시에 담배로 손을 가져갔다. 담배를 한 모금 빨던 사현호는 담배를 비벼 끄며 침을 뱉었다.

"카악 퉤~ 담배 맛이 왜 이리 역겨워?"

조근삼도 마찬가지였다.

"사람이 죽어서 그런가? 담배가 역겹네요."

그러고 보니 오민수도 담배 피우고 싶은 생각이 들지 않아 이상했다. 김 실장은 두 참가자를 무심히 보다가 시선을 오민수에게 돌렸다.

"자, 그럼 오민수 씨 당신의 생각은 무엇인가요? 이런 말을 한다는 것은 해결책도 있다는 것이겠죠? 이제 우리는 무엇을 해야 하나요?"

오민수는 자리에서 일어서 창가로 갔다. 그리고 손가락을 들어 밖을 가리켰다.

"일단 섬에 제3의 인물이 없는지 확인부터 합시다. 다행히 섬이 작으니 오래는 걸리지 않을 겁니다. 건물 뒤 뒷산은 해발 100m 정도 되고 사람이 숨을 수도 있으니 올라가 볼 필요가 있습니다. 그리고 이곳 안기부 건물도 샅샅이 뒤져봐야 해요. 안기부 건물이라 지하실부터 지상 1층, 2층까지 비밀 장소가 많은 곳일 겁니다. 철저히 뒤져야 합니다."

"좋아요. 일단 섬에 제3의 인물이 있는지 확인을 합시다. 저와 신 부장이 건물 내부를 뒤질 테니 세 분이 산에 올라갔다 오세요."

오민수는 두 팔을 겹쳐 엑스 자 모양을 만들었다.

"불가합니다. 건물 내부는 우리가 보겠습니다."

"왜요? 우리를 못 믿는 겁니까?"

오민수는 대답 대신 그냥 씩 웃었다. 김 실장은 기분이 나쁜지 얼굴이 서서히 붉어졌다.

"서… 설마… 우리를 의심하는 것은 아니죠?"

오민수는 손사래를 치고는 한발 물러서 중재안은 내놨다.

"그럼 그쪽 두 분이 서로 갈라지세요. 우리도 나누겠습니다. 그러면 공평하겠죠?"

"좋습니다. 그럼 누가 어디를 맡을까요?"

그때 사현호가 말했다.

"난 산으로는 절대 못 가네. 먹은 것이 없어서 그런지 눈앞이 빙글빙글 돌아."

조근삼도 산에 가기 싫은지 물 타기를 했다.

"저도요. 도저히 산에 갈 수 없다고요."

김 실장이 둘을 보고 혀를 찼다. 그리고 사현호를 힐끗 보며 말했다.

"그럼 난 산으로 갈게요. 영감탱이랑 한 공간에 같이 있기 싫네요."

"뭐라고?"

오민수는 괜한 분란이 또 일어나는 것을 막기 위해 사현호를 막아섰다.

"좋습니다. 조근삼 씨께는 죄송하지만 산으로 가주세요. 제가 실내를 맡겠습니다."

조근삼이 울 것 같은 표정을 지었다.

"왜요?"

사실 오민수는 산에 올라갈 힘은 있었다. 먹지는 못했지만 몸의 지방들이 타서 에너지를 내는지 힘이 부족하지는 않았다. 하지만 제3의 범인이 있다면 숨을 곳이 많은 실내가 맞을 것이고, 범인이 무슨 장치를 만들었을 수도 있기 때문에 면밀히 조사할 필요가 있었다. 조근삼에게는 미안하지만 어쩔 수 없었다.

"장유유서입니다."

"그렇지. 대한민국에서는 당연히 장유유서지."

사현호가 껄껄 웃으며 거들었다. 자신이 제일 연장자이기 때문에 앞으로도 써먹으려 동조하는 것이다.

그렇게 김 실장과 대학생 조근삼이 뒷산으로 가고, 신 부장과 사현호, 오민수는 건물 내부를 수색하기로 결정했다. 김 실장과 조근삼이 건물 밖으로 나가자 셋은 지하실로 내려갔다. 옛 안기부 건물이라 그런지 지하에는 비밀스러운 공간이 많았다. 어떤 방은 고문실이었는지 사람을 묶어두는 침상부터 각종 고문 기구, 수갑 등이 있었다. 이렇게 지하 1층부터 2층까지 샅샅이 뒤졌지만 제3의 인물이나 함정 같은 것은 찾을 수 없었다.

수색을 시작하고 1시간쯤 지났을까? 김 실장의 얼굴이 백지장처럼 변해서 건물로 뛰어들어 왔다. 김 실장은 급하게 뛰느라 숨이 찼는지 크게 소리치고는 바닥에 벌렁 누웠다.

"모두 어디 있어? 여러분 큰일 났어요."

건물 내를 수색하던 셋은 김 실장의 급한 목소리에 서둘러 입구로 내려왔다. 신 부장이 달려가 바닥에 누워 있는 김 실장을 부축해 앉혔다. 김 실장은 흐트러진 눈빛으로 오민수를 바라보았다.

"죽었어! 조근삼이 죽었어요."

＊　＊　＊

셋째 날 오후.

내가 이 일기장에 처음 썼던 우려가 점점 현실이 되어간다. 아니, 이제는 실제 상황이 되었다. 세 번째 죽음, 살인이 일어났다. 김 실장과 뒷산을 조사하러 나간 조근삼이 죽었다.

나는 아까 회의에서 박일호의 죽음에 의문을 제기하면서 제3의 인물이 섬에 있는지 확인하자고 제안하였다. 김상사와 조근삼은 산으로, 나머지 셋은 건물을 조사하기로 하였다. 조사가 시작된 후 1시간가량이 흘렀을 때, 김 실장 혼자 돌아왔다. 그는 조근삼이 산에서 죽었다고 했다. 우리는 즉시 산으로 올라갔다. 거의 정상에 누워 있는 조근삼은 괴로운지 얼굴이 일그러져 있었다. 눈에 그물처럼 퍼져 있는 핏발이 당시의 고통을 보여주는 듯싶었다.

나의 무서운 상상이 현실이 되었다. 단목도에 제3의 인물은 없었다. 건물을 샅샅이 뒤졌고, 조근삼의 시체를 만나러 산에 올라갈 때에도 난 주위를 유심히 살폈다. 정상에서는 섬 전체가 한눈에 보였기 때문에 만약 사람이 숨어 있다면 눈치챘을 것이다.

아까 산에서 김 실장은 자신이 의심받는 것이 두려운지 버벅거리며 자신을 변호했다. 김 실장의 말로는 조근삼이 산에 힘겹게 오른 후 바닥에 벌러덩 눕더니 가슴을 쥐어짜면서 이내 죽었단다. 사람이 그냥 죽다니 누가 그 말을 믿을까?

이제 유력한 용의자는 김 실장이다. 다른 사람이 범인이 될 수 있을까? 아마 가능성은 있겠지만 그 확률 비교는 의미가 없을 정도다.

김 실장은 첫날 밤에 박일호를 교살하고, 둘째 날 밤에는 이성민을 독살했다. 좀 전에는 수법을 알 수 없으나 산에서 조근삼을 죽인 것이다. 핏발 선 조근삼의 눈이 김 실장을 바라보고 있었다. 나는 억울하게 죽은 조근삼이 범인을 알려주는 느낌을 받았다.

조근삼을 어떻게 죽였을까? 전혀 외상이 없는 것으로 보아 이성민과 같은 독살이겠지. 서서히 죽는 독을 먹였을지도 모른다. 그럼 독은 어떻게 넣었지?

앗! 우리가 매일 먹을 수밖에 없는 두유에… 아니다. 두유는 모두 먹었는데 나와 사현호는 멀쩡하잖아. 아니, 맞아. 독이 발동되는 무언가가 있을 수도 있겠지. 이것도 김 실장에게 기습적으로 물어봐야겠다.

이제는 동기를 찾아야 한다. 왜 김 실장은 우리를 죽이려고 할까? 아직은 알 수 없다. 다섯 중 하나를 죽이려고 하는데 범행을 숨기려고 여럿을 죽일 수도 있고, 그냥 뚱뚱한 사람들에게 혐오감이 있을지도 모른다. 아니면 단순 사이코패스일지도 모르는 일이다. 섬에서 다섯을 죽여 역사적으로 위대한 살인범으로 남으려고 그럴지도 모른다. 동기는 좀 더 철저히 알아볼 필요가 있다.

어설픈 프로그램을 이용하여 사람들을 모은 후에 아무도 접근, 탈출할 수 없는 무인도로 모아놓고 하나씩, 하나씩 죽인다. 어떡하지? 어떻게 반격을 하지?

일단 표면상으로는 김 실장, 신 부장이 한편이고, 나와 사현호가 한편이다. 격투로 이기기는 불가능하다. 늙은 돼지 두 마리와 젊은 늑대 두 마리의 대결일 뿐이다.

희망은 단 하나, 김 실장 단독 범행이라면 신 부장을 우리 편으로 끌어들이는 수밖에 없다.

창밖을 보니 사위는 어두워지고 비가 추적추적 내리고 있었다. 서쪽 하늘에는 먹구름이 잔뜩 낀 것이 밤새 퍼부을라나 보다. 날씨가 김 실장에게 유리해지는 것일까? 완전한 어둠이 내리면 또 누군가를 죽이려 하겠지? 저녁 시간에 신 부장을 빨리 내 편으로 끌어들여야겠다.

6

박수만 팀장은 오민수의 이야기를 들으며 궁금증이 생겼다.

"오민수 씨는 첫 번째 죽음, 그러니까 박일호가 목을 맸을 때, 김 실장이 전화 통화하는 소리를 들었다고 했죠?"

"그렇습니다."

"그럼 그때 사람들에게 김 실장이 휴대폰을 가지고 있다는 것을 말하고 빨리 신고를 했으면 됐잖아요. 왜 신고하지 않았죠?"

오민수는 형사의 말에 당시를 생각해 보았지만 왜 그 생각을 못 했는지 기억나지 않았다.

"잘 기억나지 않네요. 아마 사건이 본격적으로 시작되지 않았기 때문이겠죠."

"좋습니다. 첫 사망은 그렇다고 칩시다. 두 번째 사망, 이성민이 죽었을 때는 심각성을 깨닫고 신고했어야 하지 않나요?"

오민수는 형사가 자신을 의심하고 있는 것 같아 기분이 나빠졌다.

"형사님, 혹시 저를 의심하는 것은 아니죠?"

"그냥 의문이 들어섭니다. 저라면 당연히 신고했겠다 생각해서요."

"부검은 끝났나요? 박일호, 이성민, 조근삼은 살해당한 것이 맞죠?"

"부검은 아직입니다. 시체가 많아 부검이 오래 걸리는군요. 다시 묻겠습니다. 이성민이 죽었을 때, 왜 신고하지 않았죠?"

"저도 왜 그 생각을 못 한지 알 수 없네요. 아마 일단 무인도에 갇혀 있다는 생각이 너무 강했고, 살인이라고 생각하니 범인을 잡아야겠다는 생각만 했어요. 그래서 밖으로 나갈 생각은 하지 못했나 봐요. 그리고 김 실장이 통화한 것은 휴대전화가 아니었어요."

오민수는 섬에서의 일을 계속 말하기 시작했고, 박수만도 말릴 생각이 없는지 의자에 등을 기댔다.

남아 있는 넷은 세미나실에 모여 테이블에 말없이 앉아 있었다. 자연스레 편이 나뉘었다. 김 실장과 신 부장이 나란히, 오민수와 사현호가 나란히 앉아 서로를 마주 보게 되었다. 오민수가 뿌린 살인이라는 씨앗이 싹이 트고 자라서 서로를 의심스러운 눈으로 흘낏흘낏 쳐다보는 등 미묘한 심리전으로 대치하고 있었다.

오민수는 김 실장의 부자연스러운 행동과 말을 이끌어내기 위하여 식량 문제를 먼저 꺼냈다.

"김 실장님, 이제 여기는 통제 불능 지역입니다. 프로그램도 끝났고요. 우리에게 먹을 것을 주세요."

"저기 수납장에 두유가 있으니 실컷 드시죠."

"우리는 두유를 말하는 것이 아닙니다. 당신도 두유를 먹고 있나요? 당신들이 먹고 있는 음식을 말하는 겁니다."

김 실장의 얼굴에 난감한 표정이 서렸다. 사현호도 배가 고픈지 목소리를 높였다.

"아니, 프로그램이 끝났다면서 왜 먹을 것을 주지 않는 거야. 당장 자네가 먹는 음식을 가져와."

"그건……."

신 부장도 의아한지 김 실장에게 말했다.

"김 실장님, 일단 나흘 밤을 더 자야 하니 우리가 먹을 음식과 남은 두유를 나누어 먹자고요."

김 실장은 대답이 없었다. 오민수는 강하게 압박하려 목소리의 볼륨을 조금 높였다.

"김 실장님, 우리를 굶겨 죽이려고 합니까?"

김 실장은 커진 눈으로 오민수를 보았다. 오민수는 독살의 의혹도 해결하고자 몰아붙였다.

"두유에 독이라도 넣었습니까? 밥을 나눠 먹고, 당신도 두유를 먹으면 되지 않습니까?"

화가 서서히 올랐는지 김 실장의 이마가 빨갛게 물들었다.

"뭐라고요? 설마 지금 나를 의심하는 겁니까? 저들을 내가 독살했다고요?"

"그럼 두유를 한번 먹어보던가?"

김 실장은 씩씩거리며 일어서 찬장에 있는 두유를 하나 꺼내 와 단숨에 빨더니 빈 팩을 바닥에 내던졌다.

"이제 됐나요?"

김 실장의 강한 태도에 약간이나마 변호가 되었는지, 사현호와 신 부장은 부담스러운 시선으로 오민수를 바라보았다. 그래도 오민수 는 자신감이 넘쳤다. 비장의 무기, 전화 통화를 엿들은 패가 있기 때 문이었다. 이제 분위기가 무르익은 것 같아 오민수는 엿들은 전화 통화 이야기를 시작했다.

"좋습니다. 두유에 독은 없는 것으로 인정합니다. 그럼 다음 의문 을 말씀드리죠. 첫날 밤에 박일호가 죽은 후 자살에 대한 의문 사항 을 말하러 저는 당신 방으로 갔었죠. 노크를 하려는데 방에서 말소 리가 들렸어요. 귀를 문에 가까이 하자 누군가와 이야기하는 소리가 들렸습니다. 분명 누군가와 통화하는 소리였어요. 김 실장님은 원활 한 프로그램 운영을 위하여 본인도 휴대전화를 가져가지 않는다면 서 휴대전화는 왜 가져왔죠? 해명을 해보시죠?"

김 실장의 인상이 구겨졌다. 신 부장도 이 사실을 몰랐는지 김 실 장을 바라보는 눈빛이 심상치 않았다. 분위기가 다시 불리해지는 것 을 느끼자 어깨를 늘어뜨리며 낮은 목소리로 말했다.

"모두 오해하지 마세요. 휴대전화가 아니에요. 그것은 무전기입니 다. 우리가 타고 온 낚싯배의 선장과 연락하는 무전기예요."

"무전기라도 바뀌는 것은 없습니다. 경찰에 연락하라고 선장에게 말했어야죠."

사현호가 주먹으로 책상을 쳤다.

"이런 씨발, 뭣들 하고 있어? 세 명이나 죽었어. 무전기가 있다면 빨리 경찰에 연락하자고."

김 실장은 그래도 움직이지 않고 있었다. 보다 못한 신 부장이 말했다.

"뭐 하십니까? 무전기가 있다면 빨리 경찰에 연락해야죠."

김 실장은 고개를 천천히 들었다.

"믿기지 않겠지만 아까 연락을 시도했는데 연락이 안 됩니다. 아마 날씨가 흐려져서 그런가 봅니다. 원래도 고물이었어요. 잘 터지지도 않아서 첫날 연락에 애를 먹었습니다."

셋은 일어서 김 실장의 방으로 우르르 몰려갔다. 사현호가 무전을 시도했다.

"들리나요? 여기는 단목도입니다."

치… 칙…….

"여기는 단목도, 어부 나와라."

치… 치…….

무전기에서는 일정한 잡음만 나올 뿐이었다. 사현호는 몇 번을 시도하다가 열이 받았는지 무전기 송신기를 바닥에 내던졌다.

오민수는 김 실장의 방을 둘러봤다. 안기부 시절 개인 방으로 쓰여서 그런지 구조는 자신이 배정받은 방과 비슷했다. 아마 모든 참가자의 방이 비슷할 것이다. 협탁 위에 즉석 밥과 통조림이 보였다. 오민수는 무전은 포기하고 음식들을 챙겨 다시 세미나실로 가자고 했다.

세미나실로 오자 여전히 지은 죄가 있어서 그런지 김 실장은 고개를 숙이고 있었다. 신 부장은 창밖의 비바람을 보며 담배를 연신 피워댔다. 오민수는 김 실장의 뒤로 가서 섰다. 축 처진 김 실장 어깨를 두 손으로 지그시 눌렀다.

"김 실장님, 첫 번째 사망 사고가 났을 때, 왜 경찰에 연락하지 않았나요?"

"두려웠습니다. 제가 계획한 프로그램에서 사람이 죽어서 이를 먼저 수습하고자 했어요. 무전기로 어부를 통해 아는 변호사와 연락을 취한 겁니다."

오민수는 김 실장의 말에 홍성택이 생각났다.

"그 변호사 이름이 홍성택입니까?"

김 실장은 아니라고 고개를 가로저었다. 하지만 김 실장이 당연히 거짓말을 하는 것이라 판단했다. 아직 홍성택을 말할 순서는 아니라고 판단하고는 다른 의문을 말했다.

"근데 김 실장님, 이런 프로그램을 운영하려면 여러 돌발 상황이 있었을 텐데 전에는 이런 상황이 없었나요?"

"처음입니다."

"네?!"

"당신들이 개발된 프로그램의 처음 참가자라고요."

처음이라는 말에 신 부장 또한 놀란 표정을 지었다. 신 부장도 처음인지는 몰랐었나 보다. 이제 신 부장도 우리 편으로 끌어들일 수 있을 것 같다. 오민수는 승기를 가져온 것 같아 자신감 넘치는 말로 사람들에게 말했다.

"자, 그럼 처음부터 다시 짚어봅시다. 첫날 밤에 박일호가 자살

또는 누군가에게 교살당했어요."

사람들을 둘러보자 모두 수긍하는지 말이 없었다.

"둘째 날 밤에는 이성민이 바닷가에서 죽어 있었죠. 입가에는 피가 묻어 있었습니다. 사인이 무엇일까요?"

사현호가 손가락을 들며 말했다.

"입에서 피를 흘렸다니 독살이 아닐까?"

오민수는 손가락을 튕겨 '딱' 소리를 내며 맞장구 쳤다.

"저도 그렇게 생각합니다. 달리 독살밖에 생각할 수 없죠. 그런데 두 번째 피해자가 독살당했다면, 달리 말해 이성민을 독살한 살인자가 있다는 것이죠. 그 살인자에 의해 박일호도 자살이 아닌 교살당한 것이 더 이치에 맞지 않을까요?"

오민수는 탐정이라도 된 것처럼 주변을 서성거리며 잠시 뜸을 들였다.

"자, 그럼 누가 이 둘을 죽였을까요?"

오민수의 말에 세 명은 서로의 얼굴만 볼 뿐이었다. 오민수는 손가락으로 김 실장을 가리키며 말했다.

"그날 밤 음식을 달라던 이성민을 당신은 어떻게 했죠?"

자신을 살인자로 취급해 화가 났는지 김 실장이 의자를 박차고 일어섰다.

"이런 미친, 장난하지 마쇼. 그때 상황은 때려서라도 정리를 했어야 했습니다."

오민수도 지지 않고 자신의 생각을 계속 펼쳤다.

"세 번째 피해자 조근삼은 당신과 같이 있을 때 죽었지요. 죽은 조근삼의 핏발 선 눈은 살인자를 향했던 것이 아닐까요? 여러분, 살인자가 한 명이라면 그것은 말 안 해도 누군지 알 수 있습니다."

김 실장은 화가 머리끝까지 올랐는지 테이블을 뒤집어 버렸다.

"이런 미친놈아! 날 살인자로 몰아? 당신, 아니, 당신들 모두 미쳤어. 진짜 머리에 문제가 생긴 거야."

옆에서 듣고 있던 사현호가 수갑을 꺼내 들며 의자에서 일어섰다. 아까 건물을 수색할 때 고문실에 있던 것을 가져왔을 것이다.

"누가 미쳐? 당신이 살인자가 아니라면 순순히 이걸 차줘야겠어. 물론 우리들의 안전을 위해서 말이야."

"이런 돼지 새끼들! 진짜 머리가 돌았네."

"막말하지 말게나!"

사현호가 예상과 달리 강하게 나와 금방 김 실장을 제압할 수 있을 것 같았다. 오민수도 자리에서 슬며시 일어서 싸움을 위해 어깨를 풀었다. 일 대 이로 대치된 형국이었다. 김 실장도 둘은 무서운지 신 부장에게 참전을 독려했다.

"신 부장, 뭐 해! 이 새끼들 막아야지."

신 부장도 긴장한 얼굴을 하고 있었지만 대치된 상황을 바라볼 뿐 움직이지 않았다. 아마 오민수의 추리를 곱씹고 있을 것이다. 그런 신 부장을 보고 오민수는 힘이 솟아났다.

'좋아, 신 부장은 표면적으로 중립을 지키려고 하고 있어. 이대로 연쇄살인범을 잡아버리자.'

발을 서서히 움직이며 김 실장에게 다가갔다. 김 실장의 방심을 유발하려 자극적인 말을 꺼냈다.

"연쇄살인마 김상사. 왜 우리들을 죽이려고 하지?"

"이런 씨부럴. 돌았어. 진짜 머리가 돈 거야."

"이름도 김상사가 뭐야. 분명히 가명이지?"

김상사는 테이블 옆 의자를 하나 들었다.

"이런 돼지 새끼들. 오지 마! 진짜 죽여 버린다."

김상사가 테이블 의자를 들었다 한들 무섭지가 않았다. 오민수의 몸속에서는 이상하리만큼 힘이 솟아올랐다.

"오호, 죽인다고? 진심이 나왔군. 하지만 쉽지는 않을 거야. 당신은 유명한 연쇄살인마가 되고 싶은가 본데, 천재 탐정 오민수가 탄생했으니 포기해!"

"씨발 놈들아."

김상사는 의자를 둘에게 던졌지만 의자는 둘 사이로 지나갈 뿐이었다. 와장창 부서지는 의자를 본 사현호가 오민수를 불렀다.

"어이, 오민수. 이 수갑을 받게나. 저놈은 순순히 잡히려고 하지 않으니 우리도 실력 행사를 하자고."

사현호는 수갑을 오민수에게 던지더니 주머니에서 작은 단도를 꺼냈다. 마찬가지로 고문실에서 본 나이프였다. 사현호도 자신감이 넘치는지 입에서 미소가 보였다.

"이 살인자 새끼, 움직이면 내 칼에 죽는 거야. 순순히 수갑을 차시지."

오민수도 왼손에 수갑을 쥐고 주먹을 불끈 쥐었다. 김 실장은 맨손으로는 안 되겠는지 재빨리 싱크대에서 절굿공이를 찾아왔다. 짧지만 무게감이 있어 맞으면 큰 부상을 입을 수도 있을 것 같았다.

"미친놈들아, 난 살인자가 아니야. 그리고 대가리 깨지기 싫으면 가만히… 헛."

김 실장의 강력한 경고가 끝나기도 전에 사현호가 달려들어 갔다. 오른손에 든 칼이 김 실장의 복부를 노리며 힘차게 들어갔다. 하지만 아무리 아드레날린이 뿜어지고 자신감이 넘쳤어도 과체중은 어쩔 수 없었다. 몸무게가 많이 나가서 그런지 오민수의 눈에도 사현호의 움직임은 슬로우 비디오처럼 보였다. 하나씩 당하면 큰일이라서 오민수도 바로 따라 들어갔다.

김 실장은 사현호의 칼을 날렵하게 피하고는 절굿공이를 휘둘렀다. 절굿공이는 사현호의 얼굴을 쳤지만, 기절할 정도의 치명타는 아니었다. 그 틈을 봐서 오민수는 몸을 날려 태클을 걸었다. 오민수의 태클은 성공해 둘이 뒤엉켜 바닥으로 쓰러졌다.

"이런 미친놈들!"

"누가 미친놈이야? 사현호 선생님, 빨리 오세요."

오민수는 텔레비전에서 본 UFC 경기를 생각하며 주먹을 뻗었다. 정타는 아니더라도 오민수의 주먹에 타격감이 실려 왔다. 하지만 젊은 근육질에는 당할 수 없었다. 처음에 오민수가 좋은 포지션을 가졌지만 김 실장은 다리를 들어 오민수의 목을 감싸 뒤로 당겼다. 오민수가 뒤로 넘어지자 김 실장은 재빨리 오민수의 몸에 올라타 상위 포지션을 잡았다. 이번에는 오민수가 바닥이었다. 김 실장의 코와 입에서도 피가 흘러나왔다. 그것 때문에 흥분했는지 오민수의 얼굴로 주먹을 마구 내뻗었다. 별이 번쩍번쩍거렸다.

"억! 도… 도와줘, 윽!"

언제 왔는지 광대뼈에서 피를 흘리는 사현호가 칼을 들고 왔다. 김 실장은 때리는 데 정신없는지 사현호를 보지 못했다. 사현호는 김 실장의 허벅지에 칼을 찔러 넣었다.

"악!"

김 실장의 단말마 비명 소리가 울렸다. 이제 상황이 끝났다고 생각했는데 김 실장은 일어섰다. 자신의 허벅지에 박혀 있는 칼을 보더니 실실 웃었다.

"흐흐, 미쳤어. 이런 미친놈들, 날 죽이려고 해?"

김 실장은 다리를 절룩거리며 사현호에게 갔다. 사현호는 김 실장의 얼굴을 향해 주먹을 뻗었지만 김 실장의 주먹이 더욱 빨랐다. 김 실장의 강철 주먹을 몇 방 맞더니 뒤로 쓰러졌다. 넘어진 모습 그대로 움직이지 않는 것이 기절한 것 같았다.

오민수는 기회를 봐서 몸을 일으키려 했지만 넘어지면서 팔을 잘못 접질렸는지 팔에서 통증이 몰려왔다. 기절한 사현호를 확인한 김 실장은 뒤로 돌았다. 다리에 칼이 그대로 박혀 있었다. 절룩거리며 오민수에게 다가왔다. 오민수도 이제 모든 전의를 상실했다. 김 실장은 오면서 바닥에 있던 절굿공이를 들었다.

한 걸음, 한 걸음 다가올 때, 이제 죽었다고 생각했다.

"당신들은 약 때문에 머리에 문제가 생긴 거야. 가만 놔두면 날 죽이겠지? 그러니 원망 말라고."

김 실장이 절굿공이를 높이 들었다. 오민수는 이제 죽음이다 생각하고 눈을 질끈 감았다.

퍽!

충격은 없었다. 눈을 뜨자 김 실장이 바닥에 누워 있었다. 신 부장이 가세한 것이다. 신 부장은 떨어져 있던 수갑을 들고 가서 김 실장에게 채웠다.

"뭐… 뭐야, 신 부장도 이러기야?"

신 부장은 말없이 김 실장을 벽 쪽으로 끌고 가더니 벽에 있는 단단해 보이는 파이프에 나머지 수갑 한쪽을 채웠다.

어느새 깨어났는지 사현호가 김 실장에게 다가가 얼굴에 주먹을 날렸다.

"이 살인자 새끼. 감히 나를 죽이려고 해?"

어느 정도 화가 해소되었을 즈음 신 부장은 사현호를 말렸다. 무방비 상태에서 맞아 그런지 김 실장의 얼굴에는 보라색 멍이 올라왔다.

"신 부장, 저 무기를 회수해야 하지 않을까?"

"무슨 무기요?"

"김 실장 허벅지에 박혀 있는 칼 말이야. 저걸 뽑아서 우리를 다시 공격한다면 위험하다고."

신 부장은 수긍했는지 고개를 끄덕였다. 사현호는 칼의 손잡이를 잡고 힘껏 뽑았다. 칼을 뽑자 피가 넘쳐 나왔다. 칼이 마개 역할을 했었나 보다. 신 부장은 자신의 옷을 찢어 피가 나오는 허벅지에 강하게 묶어 지혈해 주었다.

* * *

넷째 날.

섬 생활 4일째 아침, 큰일이 두 가지 벌어졌다.

첫 번째는 김상사가 죽었다. 어젯밤 격투로 김상사를 제압한 후 한 손에 수갑을 채워 세미나실에 있는 파이프에 남은 수갑을 채웠다.

김 실장은 우리가 계속 미쳤다고 했다. 자신이 두유에 금연 약을 넣어 우리가 미친 거란다. 하지만 내 생각은 변함이 없다. 사람을 미치게 하는 약도 없거니와 설령 그런 약이 있더라도 약을 실제 넣었다면 본인이 두유를 마실 리 없으니까 말이다.

즉석 밥과 통조림뿐이었지만, 우리는 오랜만에 식사다운 식사를 하고 각자 방으로 가서 죽은 듯 잤다. 격투와 긴장감이 해소돼서 그런지 아침까지 잤다. 여전히 악몽을 꿨지만 말이다.

그렇게 아침에 일어나 세미나실에 가보니 김 실장이 죽어 있었다. 바닥에 피가 흥건한 것이 칼에 찔린 허벅지에서 피가 계속 나와 과다출혈로 죽은 것 같았다. 어차피 본인이 저지른 일도 있으니 자업자득이다.

두 번째 큰일은 사현호가 남아 있는 식량의 70%를 먹어치웠다는 것이다. 어젯밤에 셋은 구조가 오는 날을 계산하여 식량을 적절히 통제하기로 하였다. 절제된 양의 즉석 밥과 통조림으로 저녁 식사를 하고 각자의 방으로 들어갔다.

식량을 먹어치운 사현호의 말로는 새벽에 배가 고파서 본인 몫에서 즉석 밥 한 개만 더 먹으려고 했는데 정신을 차려보니 저렇게 먹은 후였단다.

신 부장은 대노하여 사현호에게 욕을 하였고, 남은 음식의 반을 가져갔다. 난 사현호의 행동에 별로 놀라지 않았다. 왜냐하면 음식에 대해서는 나도 그런 경험이 있기 때문이다. 난 아이스크림를 30개나 먹은 적도 있었다. 하지만 여기는 알아서 생존해야 하는 정글! 사현호의 행동은 용납할 수 없었다. 당연히 남은 음식은 나의 것이다. 신 부장이 남은 음식의 반을 가져간 것은 그것을 말하는 것이다.

다행히 죽은 사람들 몫의 두유가 있었다. 사현호는 다시 두유로 남은 시간을 보내야 한다.

오늘이 나흘째니 세 밤을 더 자야 한다. 나는 생존의 계획을 세웠다. 남아 있는 즉석 밥과 통조림은 세 개씩, 하루에 한 개씩 먹고, 부족한 열량은 두유로 버티기로 계획을 세웠다.

나는 하루 종일 방에서 보냈다. 먹은 것이 없어 괜한 에너지를 사용하고 싶지 않았고, 사현호와 신 부장과 마주치고 싶지 않았다. 유력한 용의자 김 실장이 죽었지만 아직도 머리 한 구석에서 의문이 올라왔다.

홍성택의 존재. 김 실장이 통화했던 홍성택은 누구란 말인가?

* * *

다섯째 날 오전.

며칠째 실제 같은 악몽을 계속 꾼다. 난 꿈에서 살인자와 마주친다. 살인자의 얼굴을 보았지만 눈코입이 흐릿하다. 마치 불투명 유리 뒤의 모습이었다.

"이 연쇄살인마!"

"크크크."

"당신이 사람들을 죽였어?"

"그렇다."

"당신은 김상사인가?"

살인자는 고개를 좌우로 흔들었다.

"그럼 누구야?"

"그건 네가 찾아내야지."

"신 부장이야?"

살인마는 기분 나쁘게 웃을 뿐 대답이 없다.

"설마 사현호?"

살인마는 더 높은 톤으로 비웃었다.

"도대체 네 이름은 뭐야?"

"당신이 그렇게 찾는 홍성택이지."

"그래, 홍성택! 연쇄살인범 홍성택!"

그렇게 밤새도록 살인범 홍성택과 격투를 했다.

유력한 용의자인 김 실장이 죽었지만 계속 꿈에서 경고를 해준다. 왠지 모를 불안감에 밤새 사건을 다시 곱씹어봤다. 첫 번째 박일호의 교살부터 생각했다. 누군지 모르지만 범인 홍성택은 박일호를 교살하고 자살처럼 꾸민다. 과체중인 박일호를 제대로 매달지 못해 발이 땅에 닿은 형태이다. 두 번째는 배고픔에 미쳐 있는 이성민을 독살했다. 그때 이성민은 독이 들어 있어도 음식을 먹을 기세였으니 쉬운 살인이 되었겠지? 세 번째 제물은 조근삼. 외상이 없고 눈에선 핏발 역시 독살이 유력하다. 유력한 용의자 김 실장이 죽었지만 꿈에서의 경고. 혹시 김상사도 희생자? 순간 난 살인에 대한 규칙을 발견하고는 경악했다. 아직 사건이 끝나지 않은 것이다.

첫 번째 희생자 박일호.

두 번째 희생자 이성민.

세 번째 희생자 조근삼.

네 번째 희생자일지도 모를 김 실장, 김상사.

나는 희생자들의 이름에서 무언가 규칙을 발견했다. 희생자는 이름에 들어간 숫자 순서로 살해당했던 것이다.

박일호의 '일(1)' 이성민의 '이(2)' 조근삼의 '삼(3)' 김상사의 '사(4)'

그리고 내 이름에는 오(5)가 들어간다. 다음 차례는 나 오민수인 것이다. 이제 범인은 날 죽일 것이다. 대책을 세워야 한다. 아니, 범인이 누군지부터 추리하자.

깊이 생각해야 한다. 둘 중 누가 진범이지?

사현호, 신 부장인 신익재.

찾았다. 이름을 가만히 보고 있자 답이 바로 떠올랐다.

진범은 사현호. 신익재의 이름을 영어로 바구면 Sin Ik Xea. 이니셜을 따면 SIX 바로 여섯 번째 희생자라는 얘기다.

어쩐지 남아 있는 음식의 70%를 먹더라니. 그래, 맞아! 그건 핑계고 세미나실에 묶여 있던 김상사를 완전히 처리해 버리기 위해 그랬을 거다.

분명 김 실장의 상처는 신 부장이 지혈을 했고, 우리가 즉석 밥으로 식사할 때, 두유에 약을 탔다느니 하는 헛소리를 지껄였다. 그런데 아침에 죽어버리다니 어쩐지 이상했다.

그리고 아무리 상황이 안 좋았다 쳐도 칼로 사람을 찌르다니…

그리고 이런 상황을 예상이라도 했는지 지하실에서 칼과 수갑을 챙기는 것이 어쩐지 이상했다. 그래 범인은 사현호가 맞다.

홍성택…….

다시 일기장의 앞으로 가서 보니 다음과 같이 쓰여 있었다.

…빨리… 사람… 홍성택 씨가… 여기… …있다고?

홍성택이 있다고? 김 실장은 변호사에게 전화했다고 했다. 그 말이 사실이라면 김 실장은 변호사에게 무엇을 부탁했을까? 김 실장도 첫 번째 살인이 일어났을 때, 나와 같이 위화감을 느껴 참가자들의 뒷조사를 시키지 않았을까?

조사에서 사현호란 사람은 사실 본명이 아니라 가명을 쓴 것이고, 본명은 홍성택이었던 것이다. 홍성택은 나처럼 뛰어난 추리를 가진 사람을 예상하고 자신의 이름에 사(4)를 넣은 가명을 쓴 것이다.

가능성이 있는 이야기다.

빨리 신 부장을 만나 내가 찾아낸 범행 순서를 말하고 우리 둘이 연합해야겠다. 빨리 진짜 연쇄살인마 사현호, 아니지, 홍성택을 처치해야 한다.

7

오민수는 복도의 동태를 살피려고 방문에 귀를 댔다. 자신의 감각

을 극대화로 끌어내어 마치 복도를 보는 듯한 느낌을 받았다. 낮 11시
가 되자 누군가 밖으로 나가는 소리가 났다. 낮은 포복으로 창가로 가
서 살짝 눈을 내놓고 창문을 보았다. 사현호가 바닷가로 걸어갔다. 오
른손에는 김상사를 찔러 죽인 나이프를 들고 있다. 역시 사현호가 홍
성택이고 연쇄살인범인 것이다. 이때가 기회다 싶어 복도로 나와 신
부장의 방문에 노크했다.

똑똑똑

안에서도 신중히 생각하는지 아무 대답도 없었다.

"접니다. 오민수."

안에서는 아무 대답 없었지만 문 앞에 와서 고민하는 신익재의 모
습이 느껴졌다.

"신 부장님, 제가 새로운 패턴을 알아냈어요. 문 좀 열어봐요."

딸깍

문이 열리자 오민수는 서둘러 방 안으로 들어갔다. 그리고 자세
를 낮게 해서 창문으로 밖을 살폈다. 사현호는 멀리 산책 갔는지 보
이지 않았다. 그리고 신 부장의 방을 둘러보았다. 책상 위에 즉석 밥
과 통조림 빈 통만 뒹굴고 있었다. 겨우 반나절밖에 지나지 않았는
데 나머지 식량을 모두 먹어버리다니, 계획도 없고 인내심이 부족하
다고 생각되었다.

"신 부장님, 벌써 남은 식량을 다 먹어버렸나요?"

"뭐 가만 놔두면 사현호 씨가 분명히 훔쳐갈 것 같아서 먹어버렸
습니다."

"그래도… 아직 버텨야 할 시간이 많은데. 어쩌려고……."

"한데, 밖에서 새로운 패턴을 알아냈다고 하지 않으셨나요?"

"맞아요. 일단 앉죠."

오민수는 식량 문제는 나중에 생각하기로 하고 이름에 들어간 숫자와 죽은 사람의 순서를 말했다. 신익재의 영어 알파벳이 SIX가 나온다는 말에 신 부장의 얼굴도 긴장이 서렸다.

"신익재의 재는 J인데 X는 조금 비약적이지 않나요?"

"영어로 실로폰이 뭡니까? 자일로폰이에요. X자로 시작하죠."

신 부장도 어쩔 수 없는지 고개를 끄덕였다.

"그럼 이제 어떡하죠?"

"우리 둘이 힘을 합쳐야죠. 제가 팔을 다쳤지만 우리 둘이 힘을 합친다면 돼지 같은 영감탱이 하나를 감당 못 하진 않을 겁니다."

신 부장도 각오를 다지는지 눈에 힘을 줬다.

"어제 건물 지하에서 고문실 기억나죠? 거기 수갑이나 몸을 감금할 장치는 많은 것 같으니 그것으로 일단 제압해 놓읍시다."

신 부장은 고개를 천천히 끄덕였다.

"지금 영감탱이가 밖으로 나갔으니 먼저 지하실에 가서 장비를 챙깁시다."

둘은 일어서 밖으로 나갔다. 지하실로 내려가는 계단이 있는 중앙 홀에 가자 사현호가 나이프를 들고 서 있었다. 어제 김 실장을 죽음으로 몰고 간 피 묻은 나이프였다. 사현호는 칼을 엄지와 검지로 잡고는 진자처럼 살살 흔들었다.

"뭐야? 왜 둘이 같이 나오는 건가?"

오민수는 한발 늦었나 싶어 속으로 아차 했다. 사현호는 우리들을 방에서 끌어내기 위해 밖으로 나가는 척 연기한 것일까?

"할 이야기가 있어서 그럽니다. 그나저나 사현호 씨, 왜 칼을 들고 그러십니까?"

사현호는 흔들던 칼을 멈추고 오른손으로 꽉 쥐었다.

"너무 배가 고파서 눈이 돌아갈 지경이야. 그래서 밖에 좀 나갔지. 뭔가 사냥할 거라도 있나 해서 말이야."

"그래서 뭔가 찾으셨나요?"

"없어. 섬이 작아서 그런지 어떠한 동물도 살지 않아. 그래서 말인데 두유는 먹어도 간에 기별도 안 가니 자네들이 가져간 음식을 내줘야겠어."

오민수는 신 부장을 보았다. 신 부장은 이런 상황을 예상하고는 남은 음식을 먹어치웠는지 아무튼 부러웠다.

"여기 신 부장은 다 먹어치웠고, 제 것은 방에 있습니다."

"그래? 자네 것이라도 모두 가져오게나. 다치기 싫다면 말이야."

"좋아요. 방에 가서 가져오겠습니다. 진정하세요."

오민수는 자신의 방으로 들어와 협탁 위의 즉석 밥과 통조림을 집었다. 왠지 아까운 마음이 들었다. 한 개씩 숨길까 생각했지만, 사현호를 완전히 제압하는 것이 중요하니 모두 가져가기로 했다. 음식에 절제력이 없는 사현호는 분명 약점을 보일 것이다.

오민수는 즉석 밥과 통조림을 가지고 중앙 홀로 나왔다. 예상했던 대로 음식을 보자 사현호의 얼굴이 환해졌다.

"자, 음식을 바닥에 천천히 바닥에 내려놔. 그러면 다치는 사람은 없을 거야."

"좋습니다."

오민수는 신 부장에게 격투를 준비하라는 눈짓을 보내고는 음식을 공중으로 던졌다. 예상대로 사현호는 허둥지둥 음식을 주우려 허리를 굽혔다.

"지금이에요."

오민수와 신 부장이 동시에 뛰어나갔다. 오민수는 한쪽 팔을 다쳐 나머지 한 팔로 사현호의 칼을 든 손을 잡았고, 신 부장은 사현호의 얼굴을 향해 혼신의 힘을 실은 발길질을 하였다.

제압은 성공했다. 발길질 단 한 방에 기절했는지 사현호는 의식이 없었다.

"됐네요. 기절했어요. 지하실로 데려가 침상에 묶어둡시다. 제가 한쪽 팔이 불편하니 가벼운 다리 쪽을 들게요."

사현호를 옮기면서 계속 놓쳤다. 한쪽 팔에는 힘이 전혀 들어가지 않았기 때문이다. 힘을 주려 해도 통증이 계속 몰려오는 것이 부러지거나 금이 갔을 것이다. 신 부장이 힘을 주라며 툴툴댔지만 어쩔 수 없다. 둘은 낑낑거리며 겨우 지하실로 데려갔다. 100킬로그램의 거구를 옮기기 쉽지 않았다. 지하실의 고문실에는 정신병자를 묶어두는 침상이 여러 개 있었다. 그 옛날 안기부에서 사용하던 것일 테다.

"저쪽 침상에 묶어두죠."

둘은 사현호를 힘겹게 침상에 올렸다.

"저는 팔이 이러니 신 부장님께서 벨트로 꽉 묶어주세요."

신 부장은 고개를 끄덕이더니 가슴 쪽 벨트부터 조이기 시작했다. 신 부장이 사현호를 묶는 데 정신이 팔리자 오민수는 주위를 둘러보

앗다. 한 손으로 들기 딱 좋은 쇠 파이프가 있어 조용히 들었다.

오민수는 신 부장 뒤로 천천히 다가갔다. 신 부장은 열심히 사현호의 몸을 결박하고 있었다. 오민수는 쇠 파이프를 꽉 쥐고는 하늘 위로 들었다. 만약 한 방에 기절하지 않는다면 내가 죽을 수도 있기 때문에 뒤통수를 향해 있는 힘껏 내려쳤다.

퍽!

신 부장은 억 소리도 내지 못하고 바람 빠지는 풍선처럼 바닥에 쓰러졌다.

* * *

다섯째 날 오후.

드디어 내가 승리자가 되었다. 난 살았다.

아까 신 부장과 함께 사현호를 제압했다. 멍청한 사현호는 먹을 것에 정신이 팔렸다. 다이어트 프로그램에 참여하면서 식탐을 그리 통제하지 못하다니 당해도 싸다.

그리고 난 신 부장, 신익재도 제압했다. 처음에는 그럴 생각이 없었는데 사현호를 끌고 지하실로 내려가다 보니 또 다른 생각이 들었다.

만약에 김 실장이 말한 홍성택이 신 부장이면 어떡하지?

김상사는 살인의 순서에 우연히 편승된 것이고, 숫자 살인이 계속된다면 어떻게 될까? 만약 범인이 신 부장이고 숫자 살인대로 박일호, 이성민, 조근삼 다음 차례가 사현호라면 그다음 차례는 내가 된다. 한쪽 팔을 못 쓰는 지금이라면 쉽게 당하기 십상이다.

사실 섬에 들어와 내가 부쩍 똑똑해진 것을 느꼈다. 머리의 회전 속도는 슈퍼컴퓨터처럼 빨라졌고, 돼지 같은 몸뚱이에서 나오는 행동도 과감해졌다. 옛날처럼 당하고만 사는 돼지가 아니었다. 아니, 다이어트 효과가 있었는지 배도 홀쭉해졌고 꽤나 근사한 모습이 되었다.

옆을 보니 쇠 파이프가 눈에 들어왔다. 신 부장에게 사현호를 묶으라고 하고는 쇠 파이프를 조용히 들었다. 조용히 신 부장에게 다가가 있는 힘껏 뒤통수를 내려쳤다. 실패는 곧 나의 죽음이라고 생각하고, 젖 먹던 힘을 다했다.

신 부장은 둔탁한 소리와 함께 바닥에 쓰러졌다. 성공이었다. 힘들었지만 신 부장을 사현호가 누워 있는 침상 옆 칸에 올려서 몸을 결박했다.

범인은 둘 중 하나, 둘을 제압했으니 깨어나면 홍성택이 누군지만 밝히면 된다. 지금은 팔도 아프고 피곤하니 식사를 하고 자야겠다. 아직 섬에 있어야 할 시간이 있으니 일단 체력을 회복해야겠다.

8

오민수는 간지럽히는 햇빛에 눈을 떴다. 차고 있는 시계를 보니 오전 11시가 다 되어갔다. 지난 며칠 정신적, 육체적 스트레스가 심해서 죽은 듯 잠에 취했나 보다. 몸을 일으키는데 부러진 팔의 통증이 몰려와 절로 신음 소리가 났다. 온몸도 팔과 마찬가지로 근육통이 심했다.

"그래도 연쇄살인마 홍성택을 찾아야겠지?"

오민수는 자신의 방을 나와 지하실로 가려다 멈췄다.

"연쇄살인범을 잡으려면 체력이 있어야지. 먼저 식사를 하자."

오민수는 먼저 식사를 하기 위해 세미나실로 발걸음을 옮겼다. 이제 두 끼 분 식사가 남았고, 내일이면 배가 들어오기 때문에 충분히 버틸 수 있을 거라 생각했다. 이제는 보기도 싫은 두유지만, 아직 꽤 많은 두유가 있어 버티기에는 충분했다.

세미나실 문을 열고 안으로 들어갔다. 문득 식탁 위를 보니 어제 둔 즉석 밥과 통조림의 빈 통만 보였다. 위화감에 뒤를 돌아보자 사현호가 쇠 파이프를 내려치고 있었다. 오민수는 본능적으로 눈을 감았다.

퍽!

눈을 감고 있었는데 별이 번쩍 보였다. 앞머리에서 심한 통증이 느껴졌지만 정신은 잃지 않았다. 다시 쇠 파이프가 내려오는 것이 보여 빠르게 뒷걸음쳐 피했다.

사현호는 양손에 수갑을 차고 있었고, 양손으로 쇠 파이프를 들고는 검도 자세를 취했다. 오민수는 팔이 부러져 하나를 쓰지 못했지만 수갑을 차고 있는 사현호도 두 손을 같이 움직여야 하니 같은 입장이었다.

주위를 둘러보자 어제 김상사가 쓰던 절굿공이가 있었다. 아쉬운 대로 절굿공이를 집어 들었다. 둘은 각자의 무기를 들고 대치 상태로 들어갔다.

"사현호, 당신이 홍성택이지?"

사현호는 순간 황당한 듯한 눈빛이었지만 이내 날카로운 눈빛으로 변했다.

"홍성택이 누구야?"

"누구긴 누구야. 이번 단목도에서 일어난 연쇄살인의 범인이지."

사현호도 자신감이 넘치는지 흘흘 웃었다.

"흐흐, 연쇄살인범은 당신이잖아. 신 부장도 네가 죽였던데?"

신 부장이 죽었다는 말에 오민수는 깜짝 놀랐다.

"신 부장이 죽었다고?"

"모른 척하기는. 아침에 일어나 몸을 묶었던 벨트를 풀고, 옆에 누워 있는 신 부장을 흔드니 아무 기척이 없었어. 귀밑에 손가락을 대보니 맥박이 없더군. 내가 죽이지 않았으니 오민수 당신이 죽인 것이겠지."

"그래, 죽었단 말이지? 그럼 범인은 당신이 맞아. 어제 내가 쇠 파이프로 한 대 쳐 기절시키고는 침상에 묶었지. 분명 그때는 숨을 쉬고 있었어. 그런데 죽었다니 당신이 죽이고 나에게 뒤집어씌우려고 하는군."

"웃기지 마. 당신은 교묘한 말로 우리들을 이간질했어. 어제 신 부장이 나를 공격한 것도 네가 얼토당토않는 말로 꾀어 그랬을 거 아니야?"

"이간질은 사현호 당신이 더했지! 나이 많다고 반말하면서 분위기를 흐리고, 사건이 해결된 시점에서 식량의 70%를 먹어치워 위화감만 조성했잖아."

오민수는 주위를 둘러봤다.

"여기 남은 음식도 당신이 먹어치웠지?"

사현호는 잠시 난감한 표정을 지었다.

"흐흐, 그래. 네 몫의 식량을 내가 맛있게 먹었지. 두유도 다 먹어 치웠어."

오민수는 이제 굶어야 한다는 생각을 하니 분노가 치밀었다. 가슴속에서 솟아오르는 분노를 더해 소리쳤다.

"사람이 이렇게 죽었는데 밥 생각이 나냐? 이 늙은 돼지야!"

사현호도 지지 않고 같이 소리쳤다.

"누가 돼지야? 넌 거울도 안 보냐? 돼지 새끼야!"

"입 닥쳐! 홍성택!"

솟아오르는 분노에 오민수는 절굿공이를 쳐들고 달려갔다. 사현호도 쇠 파이프를 들었다. 그렇게 서로의 몸을 때리고 맞았다. 어느새 무기는 손에서 놓치고 진흙탕 싸움이 되었다. 돼지 두 마리가 분노로 엉켜서 서로를 때려댔다.

그래도 젊다고 오민수가 체력이 조금 더 있었다. 사현호는 이윽고 모든 체력을 다 썼는지 바닥에 대자로 누웠다. 오민수는 크게 심호흡을 하며 바닥에 있는 쇠 파이프를 들었다.

"이런 영감탱이. 내 귀중한 식량을 먹어?"

오민수는 사현호에게 천천히 다가가 쇠 파이프를 하늘 높이 들고는 사현호의 몸통을 세게 내려쳤다.

퍽!

충격이 컸는지 사현호는 괴상한 비명을 질렀다.

"악! 그… 그만……."

"이런 돼지 같은 영감탱이. 그저 밥 생각밖에 없지. 감히 내 밥을 먹어?"

다시 쇠 파이프를 들고 사현호의 복부를 내려쳤다. 복부를 맞은 사현호는 컥 소리와 함께 피를 토했다.

"미… 미안……."

"좋아. 밥은 그렇다고 치고, 네가 홍성택 맞지?"

사현호는 말할 힘도 없는지 고개를 힘겹게 가로저었다.

"그렇게 계속 거짓말할 거야? 이제 당신과 나 둘밖에 남지 않았어. 그러니 범인은 당신밖에 더 있어?"

"나… 난 모… 라."

"모르쇠로 해도 소용없어."

오민수는 쇠 파이프를 들고 다시 몸통을 내려쳤다. 사현호는 기절했는지 별 반응이 없었다. 돌아서려다 비어 있는 즉석 밥과 통조림 캔을 보자 분노가 다시 솟아올랐다. 오민수는 다시 돌아 이제는 반응하지도 않는 사현호에게 쇠 파이프를 휘둘렀다.

* * *

여섯째 날.

저 멀리 서쪽 바다로 해가 넘어가고 있다. 이제 섬에서 마지막 밤이 찾아오고 있는 것이다. 미친놈들이 판치는 살육의 현장이었지만 난 최후의 승리자가 되었다.

신 부장이 사현호의 결박을 약하게 했는지 벨트를 풀고 나와 나의 귀중한 음식을 다 먹어치웠다. 그러고는 세미나실에 숨어 있다가

비겁하게 뒤에서 덤벼들었다. 사현호에게 쇠 파이프로 선빵을 당했지만 다행히 기절하지 않아 맞서 싸울 수 있었다.

정말 힘겨운 격투 끝에 사현호를 제압했다. 한쪽 팔은 부러졌는지 움직일 수 없고, 쇠 파이프로 온몸을 맞은 덕분에 몸 군데군데 멍투성이, 피투성이다.

움직이지 못하는 사현호를 묶어놓을 수갑을 더 찾기 위해 지하실로 내려갔다. 침상에 신 부장이 묶여 있었다. 사현호의 말대로 정말로 죽었는지 흔들어보고 귀를 입에 가까이 했지만 정말 죽어 있었다. 내가 처음 묶었을 때는 분명 숨을 쉬고 있었다. 분명 저 악귀 사현호가 죽였을 것이다.

책상에 널려 있는 수갑을 몇 개 가지고 다시 세미나실로 갔다. 누워 있는 사현호를 끌고 벽 쪽 김 실장의 시체가 앉아 있는 곳에 나란히 앉혔다. 수갑을 꺼내 파이프에 채웠다. 둘이 사이좋게 앉아 있는 것 같아 보기 좋았다. 나는 피곤이 극에 달해 방으로 가서 그대로 잠이 들었다.

이제 섬에서의 생존자는 나뿐이다. 저녁에 다시 사현호를 신문하려 가보니 움직이지 않았다. 바가지에 물을 받아 얼굴에 뿌렸다. 그래도 움직이지 않았다. 사람이 그렇게 쉽게 죽을지 몰랐다.

하지만 이건 정당방위다. 사람 다섯 명을 죽인 연쇄살인범에 맞서서 싸웠기 때문에 정당방위가 성립된다. 내일 경찰이 오면 모든 것을 증명해 주겠지.

그렇게 잤는데 졸음이 온다. 다시 침대에 누워 눈을 감았다. 먹을 것이 하나도 없으니 배가 들어오는 내일까지 잠들어 있으면 좋겠다.

9

단목도에서 여섯 명이 죽은 사건의 수사도 마무리되고 있었다. 사건 발생 일주일이 지나고 다시 박수만 팀장과 이장우가 오민수의 병실로 찾아왔다. 오민수도 기력을 많이 되찾았는지 투실투실한 얼굴에 개기름이 흘렀다.

오민수는 자신의 결백이 증명되었을지 궁금해 몸을 일으켰다.

"형사님 오셨어요? 수사의 결과가 나왔나요?"

"뭐, 거의 밝혀졌다고 봐야지요."

박수만은 같이 온 이장우 형사와 함께 의자를 끌어다 앉았다. 박수만은 무엇부터 말해야 할지 고민하는 듯하다가 가슴 주머니에서 종이를 꺼내 오민수에게 보였다.

"오민수 씨를 살인 및 폭행 치사 혐의로 현 시간부로 구속하겠습니다. 법원에서 정식으로 영장을 발부받았습니다."

박수만은 이어 미란다원칙을 말했고, 이장우에게 눈짓을 보내자 양손 및 다리에 추가로 수갑을 채웠다.

"형사님, 수사가 제대로 된 건가요? 제가 사현호를 죽인 것은 정당방위였다니까요?"

"자, 그럼 지금부터 수사 결과에 대해 말씀드리겠습니다."

박수만은 수첩을 꺼내 관련 부분을 넘겼다.

"먼저 시체 부검 결과를 말씀드리죠. 첫 번째 피해자인 박일호는 자살이 맞습니다. 운동화 끈에 의한 경동맥 압박 이외의 다른 외상과 흔적은 찾을 수 없었습니다."

오민수는 변명하듯 말했다.

"목을 매 자살하는 사람이 땅에 다리가 닿을 수 있나요?"

"목을 매 자살하는 사람 절반 이상이 땅에 다리가 닿습니다. 심지어 엉덩이가 닿은 시체도 발견되죠."

오민수는 이해할 수 없다는 표정이 지었다.

"이해가 되지 않겠지만 우울증에 걸린 사람은 대부분 그렇다는 겁니다. 박일호는 고도비만 때문인지 우울증을 치료받은 전력이 있었어요. 박일호는 내성적인 성격이었다고 당신이 말했었죠? 우울증이었습니다. 가족에게 물어보니 자살 미수가 몇 번 있었다고 하더군요."

오민수는 고개를 가로저을 뿐 아무 말도 하지 않았다. 박수만은 계속 자신의 수첩을 보며 말했다.

"다음 두 번째 피해자 이성민은 복어 독 중독으로 사망하였습니다. 이성민 옆에 낚싯대가 있었죠? 불행하게도 낚시 초보자인 이성민에게 처음 잡힌 물고기가 하필이면 복어였습니다. 고기에 대한 상식이 없었던 이성민은 당신의 일기에 쓰인 대로 배고픔에 거의 미친 상태로 복어를 뜯어먹었습니다. 그리고 복어 독에 중독되어 죽은 거지요. 부검 결과 이성민의 위에서 복어의 살점이 발견되었습니다. 그리고 이건 참고로 얼굴에 묻은 피는 당신의 일기대로 김상사에게 맞아 생긴 상처에서 나온 것입니다. 입안에서 찢어진 상처가 발견되었습니다."

오민수는 안달이 났는지 떨리는 목소리로 바로 되물었다.

"조근삼은 어떻죠? 김상사가 죽인 것이 맞죠?"

"그는 심근경색이었어요. 조근삼은 원래 심근경색이 발병했었다고 했습니다. 갑자기 등산을 하는 등 여러 가지 이유에서 다시 심근경색이 발병한 것이죠."

오민수는 충격을 받았는지 입을 앙다물었다.

"당신의 일기대로 네 번째 피해자 김상사는 과다출혈이 맞습니다. 운이 좋지 못한 거죠. 하필이면 나이프가 허벅지 대동맥을 손상시켰고, 칼을 뽑자 혈관을 막아주는 것이 없어 피를 흘렸고, 과다출혈로 사망에 이른 것이죠."

"정말 모든 것이 우연이라니 믿을 수가 없습니다."

"그것보다 다섯 번째 피해자인 신 부장 즉, 신익재의 사망 원인은 무엇일까요?"

오민수는 조금의 희망이라도 찾으려는지 박수만의 입술을 바라보았다.

"신익재는 뒤통수 충격에 의한 뇌출혈로 사망했습니다. 다른 외상이 없던 것으로 보아 당신이 쇠 파이프로 후두부를 친 것이 직접적인 사망 원인이었습니다."

오민수는 억울한지 호소하듯 말했다.

"그때는 분명히 살아 있었다고요."

"맞습니다. 출혈은 서서히 이루어졌고, 그렇게 밤새도록 방치한 것이 사망에 이르게 한 것이죠. 여기서 당신에게 폭행 치사 혐의가 주어집니다. 그리고 마지막 피해자 사현호는 내장 파열로 사망했습니다. 당신이 쇠 파이프로 몸통을 내려쳤을 때, 갈비뼈가 부러졌고 부러진 뼈가 폐를 찔렀습니다. 더 이상 방어할 수 없는 상대를 쇠 파이프로 때려 죽음에 이르게 하여 여기에 살인을 적용합니다."

오민수는 주먹을 부르르 떨었다.

"말도 안 돼! 모두가 우연이었고, 나의 과대망상이었다고요? 그럼 홍성택은 누구예요?"

"자, 진정하시고. 하나 더 설명이 필요하겠군요. 당신 혈액검사에도 나왔지만, 두유를 먹지 않은 신 부장을 제외한 모든 사람의 혈액에서 챔픽스가 검출되었어요."

오민수는 궁금한지 허공을 바라보던 시선을 박수만에게 돌렸다.

"당신의 일기장에도 써 있지만, 김 실장이 두유에 약을 탔다고 하면서, 그것 때문에 당신들이 미쳤다고 했잖아요. 그 말이 사실이었습니다. 챔픽스는 흡연 억제 물질로 전문의약품입니다. 의사에게 처방받아야 살 수 있죠. 이 챔픽스가 두유에서도 발견되었습니다. 김 상사는 금연—다이어트 프로그램을 개발했다고 했죠? 아마 금연을 위해 당신들 몰래 두유에 챔픽스를 녹여 주입했을 겁니다. 챔픽스의 금연 효과는 뛰어나지만 부작용으로 우울증과 정신 이상을 유발할 수 있어요. 아, 당신 매일 이상한 악몽을 꿨다고 일기에 적었었죠?"

오민수는 대답하지 않았지만 긍정의 눈빛을 박수만에게 보냈다.

"챔픽스 복용 후 가장 많은 이상 증세는 생생한 꿈이라고 합니다. 당신은 악몽으로 꾼 것이죠."

박수만은 오민수의 얼굴을 한번 확인하고는 다시 수첩으로 눈을 돌렸다.

"프로그램에 참석한 당신들은 고도비만으로 항상 우울감에 사로

잡혀 있죠. 그중 원래 우울증이 심했던 박일호가 챔픽스의 효과로 자살한 겁니다. 아까 말했듯이 조사 결과 박일호는 우울증 치료 전력과 자살 미수가 있었고, 김상사와 신익재는 병원에서 챔픽스를 처방받더군요."

오민수는 섬에 있는 동안 담배가 생각나지 않은 이유나 참가자들이 담배 맛이 이상하다는 말을 했던 게 떠올랐다.

"챔픽스 과다 복용으로 당신도 이성적인 판단을 하지 못하고, 가상의 인물 홍성택을 만들어 거기에 집착을 한 겁니다. 우연히 피해자의 이름에 숫자가 들어간 것이며, 신익재의 영어 이니셜을 SIX로 끼워 맞추는 등 모든 것을 살인으로 연결한 것이죠."

오민수가 흥분해서 발버둥 쳤다. 침상의 난간에 걸린 수갑이 덜컹거리는 소리를 냈다.

"분명히, 들었어. 홍성택이라고 분명히 들었단 말이야. 홍! 성! 택!"

이장우가 일어서 오민수의 몸을 강제로 눕혔다.

"당신의 일기에 쓰인 대로 우리는 김상사가 그때 연락한 변호사를 찾았어요. 실제 변호사였습니다. 변호사는 김상사가 프로그램 중 자살 사건이 일어났는데 도움을 요청했다고 했습니다. 빨리 단목도로 들어와 피해를 최소화할 수 있는 해결책을 달라고 했는데 괜히 끼어들기 싫어서 거절했다고 했습니다. 그리고 변호사는 홍성택이라는 인물을 전혀 모른다고 했습니다."

"그럴 리 없어. 내 귀로 똑똑히 들었단 말이야."

박수만은 자리에서 일어섰다. 자신의 죄를 뉘우치지 못하는 오민수에 화가 났는지 얼굴이 붉어졌다.

"당신이 홍성택이야. 당신의 상상 때문에 더 이상 죽지 않아도 될 네 명이 죽었어. 이제 챔픽스의 효과도 없어졌을 테니 이성적으로 잘 생각해 봐!"

"아니야. 홍성택은 분명히 있다고. 내가 분명히 들었단 말이야."

박수만과 이장우는 보령병원 밖으로 나왔다. 박수만이 담배를 꺼내 물자 이장우가 불을 붙였다.

"정말 특이한 사건이네요."

박수만은 담배를 깊이 빨고는 허공에 연기를 뱉었다.

"다시 가봐야겠어."

"예? 어디를요?"

"단목도. 저들이 간 방법으로 다시 따라가 보자고."

"팀장님은 홍성택이라는 인물이 마음에 걸리시는군요?"

"맞아. 같이 가보겠나?"

"그래야죠."

둘은 기차를 타고 홍성역에 내렸다. 오민수의 말대로 남당항에 가서 고깃배로 가볼 예정이었다.

"여기 홍성역에서 남당항으로 어떻게 가지? 대중교통은 없을 텐데."

"글쎄요. 택시를 타야 하지 않을까요? 저기 매점에서 물어보시죠."

박수만과 이장우는 기차역 한쪽에 있는 매점으로 갔다. 매점에는 얼굴에 주름이 깊게 파인 노파가 텔레비전으로 예능 프로그램을 보고 있었다. 왠지 귀가 잘 들리지 않을 것 같이 생겨 이장우가 큰 소리로 물었다.

"사장님, 단목항을 가려는데 어떻게 가야 해요? 콜택시가 있나요?"

노파는 귀가 잘 들렸나 보다.

"아이구 시끄러워. 나 귀 안 먹었어."

노파은 텔레비전 옆에서 명함 하나를 꺼내 건넸다.

"콜택시를 불러. 여기서는 홍성택시를 타면 돼."

박수만은 명함을 받아 들었다. 명함에는 '홍성택시'라고 쓰여 있었고, 아래 전화번호가 적혀 있었다. 박수만은 명함을 보자 큰 충격이 쓰나미처럼 몰려왔다.

"찾았다! 홍성택!"

박수만은 기쁜지 만세를 불렀다. 매점의 노파는 그런 박수만을 힐끔 보더니 다시 텔레비전으로 눈을 돌렸다. 박수만은 휴대전화를 꺼내 김상사와 통화했던 변호사에게 전화를 걸었다. 박수만은 몇 가지 묻더니 이내 전화를 끊고는 함박웃음을 지어 보이며 이장우에게 명함을 보였다.

"뭐예요? 뭘 찾아냈습니까?"

"자, 오민수는 김상사가 '홍성택 씨'라고 말한 것을 들었다고 했지? 김상사는 변호사에게 섬으로 오라고 했어. 자세한 방법을 알려 줬던 거야. 변호사는 정확히 기억하지 못하지만 홍성역에서 택시를 타라고 했다고 하는군. 아마 이렇게 말하지 않았을까?"

"기차를 타고 홍성역에서 내려 홍성택시를 타고 단목항으로 오세요."

늪

장우석

2014년 〈계간 미스터리〉 봄호에 「대결」로 등단. 단편 「안경」, 「파트너」, 「방해자」, 「영혼샌드위치」, 「가로지르기」, 「인멸」, 「폐지수거인」을 발표했다. 고등학교 교사이며 일반인을 위한 교양 수학 도서 『수학멘토』, 『수학』, 『철학에 미치다』, 『수학의 힘』을 출간했다.

벨이 울렸지만 대답 소리는 들리지 않았다. 벨 소리는 이윽고 노크 소리로 바뀌었다. 문틈으로 미세하게 빛이 나오고 있는 걸로 봐서 실내에 사람이 있는 게 분명했다. 하지만 아무런 인기척도 느껴지지 않았다. 두 방문객은 눈빛을 교환한 후 문을 두드리기 시작했다. 문이 흔들리며 안으로 조금 밀려 들어갔다. 잠겨 있지 않았던 것이다. 빛이 들어가자 실내 모습이 눈에 들어왔다. 거실 중앙에서 천천히 흔들리는 인간 샹들리에의 모습. 난장판이 된 거실 한가운데 매달린 시체가 괘종시계의 초침 소리에 맞춰 공중을 돌고 있었다. 얼굴 한쪽에 피를 뒤집어쓴 채, 두 눈을 감고 공중에 떠 있는 시체의 아래쪽에 또 다른 시체의 발이 놓여 있었다. 비명 소리가 복도를 가득 채웠다.

"수학을 잘하고 싶은데 기초가 부족해서 걱정이에요."

입학 첫날부터 담임에게 질문을 하는 건 흔치 않은 일이다. 주관식은 임수련을 찬찬히 살펴보았다.

"이제 시작하니까 열심히 하면 될 거야. 어떤 부분이 걱정이니?"

"함수하고 도형 부분이… 좀 심각해요."

"그 부분은 누구나 어려워해. 그보다 수련이가 수학 성적을 올리려 하는 의지를 가지고 있다는 사실이 중요한 거지."

"그렇기는 한데요……."

수련은 답답하다는 표정을 지었다.

"저… 고등학교니까 시험문제가 중학교보다 많이 어렵겠죠?"

관식의 입에서 웃음이 나왔다.

"확실히 중학교 때보다는 좀 어려울 거야. 고등학교니까 말이다. 하지만 점수는 노력한 만큼 받는 거잖니. 그러니까 미리 걱정하지 말고 지금부터 열심히 하면 돼."

"예."

수련은 풀이 죽은 목소리로 대답하며 일어섰다. 관식은 조용히 문을 열고 총총히 나가는 수련의 뒷모습을 바라보았다.

두 달이 지났다. 중간시험이 끝나고 성적표가 배부되면서 교복이 군청색에서 하얀색으로 바뀌었다. 교사들은 서서히 긴장 모드로 들어갔다. 교복 색깔이 바뀌는 초여름은 잠재되어 있던 갈등이 표출되는 시기다.

"드릴 말씀이 있어요."

수련이 다시 교무실로 관식을 찾아온 것은 성적표가 배부된 지,

삼 일 후였다.

"음, 앉아라."

관식은 접이식 의자를 펼쳐서 공간을 만들어주었다. 수련은 조심스럽게 앉았다. 흐뭇하게 웃음 짓는 관식의 귀에 떨리는 목소리가 들어왔다.

"저… 아무래도 안 될 거 같아요."

"뭐가?"

"작년도 입학 성적 보니까 우리 학교에서 의대 진학한 언니가 모두 3명이던데… 전교 40등으로 의대는 무리겠죠?"

관식은 천천히 서류를 놓으면서 짐짓 말했다.

"이 녀석아. 앞으로 고3이 되기까지 얼마나 많은 시간이 있는데 벌써부터 되니 안 되니 하면서 힘 빼면 못 써요."

수련은 입을 꼭 다문 상태로 자세를 바꾸지 않고 관식을 바라봤다. 소심하면서도 고집스러운 표정이었다. 뭔가 할 말이 있는 듯했다. 수련의 팔목에 감긴 토시가 관식의 눈에 들어왔다. 연노란색의 짧은 토시가 양 손목을 감싸고 있었는데 수련은 한 손으로 다른 쪽 토시를 쓰다듬고 있었다.

"선생님, 제가 열심히 노력하면 의대에 갈 수 있을까요?"

관식은 수련을 지그시 바라보며 입을 열었다.

"내 말 들어봐. 우리 학교가 전국에서 상위 5퍼센트에 들어가는 학교인데 넌 거기서 상위 10퍼센트잖니? 그러니까 수련이 넌 우리나라 고등학생 중 상위 0.5퍼센트라는 이야기야. 200명 중에 한 명 안쪽이지. 평균적인 시각에서 보면 아주아주 상위 성적이니까 스스로에게 자부심을 좀 가졌으면 좋겠다."

수련의 눈빛이 관식의 입에 머물러 있었다.

"의대를 목표로 열심히 공부하는 건 좋아. 하지만 그 학과가 아니면 안 된다는 생각은 하지 말기 바라. 꼭 의대에 가지 않더라도 자기를 실현하고 타인을 돕는 직업은 많으니까 말이다."

수련의 입이 실망한 듯 삐죽거렸다.

"그건 안 가는 게 아니고 못 가는 거죠."

"의대를 원하지 않는 아이들도 있지 않겠니?"

관식의 목소리에 조금 힘이 들어갔다. 하지만 수련의 입 모양은 바뀌지 않았다.

"혹시… 의대에 간 선배들 내신 성적을 알 수 있을까요?"

관식은 한숨을 쉬며 노트북을 열어 내부 네트워크 경로를 찾아들어갔다. 키보드를 몇 번 두드리자 최근 몇 년간 의대에 입학한 졸업생들의 내신 성적, 대학명, 수능 성적 기록이 화면에 나타났다. 관식은 이름을 지우고 내신 성적 자료만을 추린 다음, 인쇄 버튼을 눌렀다. 자료를 받아서 교무실을 나가는 수련의 눈이 빛났다. 의대에 합격한 선배들의 선별된 자료를 받은 것만으로 반쯤 의대에 발을 걸친 기분인 듯했다.

"진지한 학생이네요."

맞은편에 앉아 있던 오진호가 말을 걸었다.

"1학년 때부터 저렇게 열정적으로 진로를 준비하는 학생은 거의 없잖아요. 저 친구, 수업 시간에도 아주 적극적이거든요. 발표도 다른 아이들과 수준이 달라요. 생명과학 관련해서 읽은 책도 많고요."

관식은 웃으며 대답했다.

"너무 진지해서 탈인 것 같지만요."

오후 수업 시작을 알리는 종이 울렸다. 오진호는 기지개를 켜며 자리에서 일어섰다. 관식도 3학년 수업이 있었다. 둘은 사이좋게 교무실을 나섰다.

책상 위에 수학 문제집이 펼쳐져 있었지만 수련의 눈은 허공을 바라보고 있었다. 낮에 통화했을 때 엄마 목소리는 평소와 조금 달랐다. 혹시 담임이 엄마에게 무슨 말을 했을까? 수련의 입에서 작은 한숨이 나왔다. 탁상시계가 열한 시를 가리키고 있었다. 쓸데없는 생각하느라 문제 풀 시간을 날렸다. 수련은 천천히 토시를 벗어서 책상 위에 놓았다. 한 손으로 블라우스를 벗으며 다른 손으로 옷걸이에서 셔츠를 집을 때 방 바깥에서 도어록 소리가 리드미컬하게 들렸다. 수련은 신속하게 블라우스를 벗고 티셔츠에 머리를 넣으면서 방을 나갔다. 책상 위에 놓인 거울에 시퍼렇게 멍든 등이 흉물스럽게 비쳤다.

노크를 하자 '네' 하는 대답이 들려왔다. 관식은 문을 열고 들어갔다. 화사한 보랏빛 원피스를 입은 하지은이 어질러진 탁상을 정리하고 있었다. 타원형의 탁상 위에는 여기저기 펼쳐진 필기구들과 크레파스 잔여물들이 지저분하게 흐트러져 있었다. 하지은은 살짝 얼굴을 들어 '오셨어요' 하고는 과자와 사탕 부스러기를 접시에 담아 개수대로 들고 갔다. 관식은 가방을 귀퉁이에 있던 쿠션 앞에 놓고 탁상 정리를 도왔다. 정리는 곧 끝났다. 하지은은 생수와 녹색 음료가 든 유리컵을 두 손에 들고 와 탁상 위에 사뿐히 놓았다.

"페퍼민트 음료예요. 피곤이 확 날아갈걸요."

"음료 광고 카피 같은 말씀을 하시네요. 하하."

녹색 음료는 상큼한 박하 향과 적당한 단맛을 담고 있었다. 관식은 한 번에 컵을 비웠다. 관식의 맞은편에 하지은이 앉았다.

"휴～ 지난 중간고사에서 부정행위를 한 3학년 아이가 있었잖아요."

대부분의 교사들이 잘 알 정도로 성적이 좋은 학생이어서 관식도 기억하고 있었다.

"서로 시간이 맞지 않아서 계속 미루다가 오늘 드디어 상담을 마쳤네요."

하지은은 뜨뜻미지근한 표정을 짓고 있었다.

"영어 시험이 마지막 날인 줄 알고 있었대요. 시험 날짜를 착각한 거죠. 전날 깨닫고는 커닝 페이퍼를 만든 모양이에요."

"……."

"후회를 많이 하더라고요. 실력이 있는 친구니까 내신을 포기하더라도 수능에 최선을 다하면 진학에 문제는 없을 거예요."

관식은 손목시계 안쪽 버클에 쪽지를 숨기고 시험을 보던 그 옛날의 기억을 떠올렸다. 감독 교사 몰래 버클에서 쪽지를 꺼낼 때 콩닥거리던 가슴……. 학창 시절에 부정행위로 처벌받는 것이 긴 인생에서 그리 나쁜 일은 아닐 것이다. 문득 수련의 손목을 두르고 있던 토시가 떠올랐다. 수련이가 같은 상황이라면 어떻게 할까? 성적에 대한 집착이 강한 아이다. 자신에게 실망한 나머지 시험을 포기할까? 아니면 열심히 커닝 페이퍼를 만들어 토시 안에… 숨길까? 실없는 생각에 웃음이 나왔다. 하지은이 고개를 갸우뚱하며 관식을 쳐다보고 있었다. 관식은 헛기침을 한 번 한 후, 입을 열었다.

"상의드릴 일이 있어서 왔습니다."

건축가였던 아빠는 한 달에 절반 이상을 집에 들어오지 않았다. 일 때문이었겠지만 그것만이 이유가 아니란 건 어린 수련도 느낄 수 있었다. 수련이 아주 어렸던 시절을 제외하면 아빠와 엄마가 다투지 않은 날은 손꼽을 정도였다. 아빠는 지방 출장이 잦았고 조그마한 무역 회사 경리 직원이었던 엄마도 늦게 들어오는 날이 많았다. 수련은 혼자서 엄마가 차려놓은 밥을 먹고 카드놀이를 하다가 잠들곤 했다. 피곤에 지친 몸을 이끌고 집에 돌아온 엄마는 가끔 수련에게 아빠가 나쁜 놈이며 다른 여자와 살림을 차렸다는 말을 해댔다. 엄마에게서 아빠를 뺏어간(엄마의 표현에 따르면) 여자의 직업은 의사였다. 좋은 대학을 나오지 못하면 변변치 못한 직업을 전전하며 끊임없이 상처받고 살아갈 수밖에 없다는 것은, 굳이 엄마가 말해주지 않아도 수련은 이미 터득하고 있었다. 가족이었던 아빠와 할머니에게도 엄마는 무시당하고 살았으니까. 수련이 초등학교 5학년이 되고 얼마 후, 아빠와 엄마는 헤어졌다. 이제 아빠는 없는 거야. 엄마가 웃으며 말한 며칠 후, 할머니가 다녀갔다. 수련은 문 뒤에 숨어서 엄마와 할머니가 큰 소리로 싸우는 것을 보았다. 할머니는 얼마 못 되어 돌아가셨다. 택시에서 하차하다가 미끄러져서 바닥에 머리를 찧었다고 했다. 엄마는 전부터 알고 지내던 변호사의 소개로 법률사무소의 경리 일을 시작했다. 그즈음부터 폭행이 시작되었다.

"어서 와."

하지은은 활짝 웃으며 수련을 맞았다. 수련은 어색한 미소를 머금은 채 천천히 상담실 안으로 들어왔다. 커다란 교사용 책상 뒤편의 유리창을 통해 교정에 서 있는 나뭇잎들의 푸른빛이 반사되어 들어오고 있었다. 멍하게 서 있는 수련의 귀에 하지은의 목소리가 들렸다.

"아무 데나 편하게 앉아. 그보다 상담실이 처음일 텐데 음료수라도 마실래?"

하지은은 수련의 대답을 기다리지 않고 창가 쪽 벽에 붙어 있는 부스로 들어갔다. 수련은 책상 끄트머리 쪽으로 걸어가서 검은색 의자를 빼고 비스듬하게 앉았다. 땅에 사뿐히 내려앉는 고양이 같았다. 곧 하지은이 생수와 분홍색 액체를 담은 유리컵 두 개를 들고 부스에서 나와 테이블 위에 컵을 놓으며 수련의 왼쪽에 앉았다. 수련은 책상 위에 시선을 박은 채, 왼쪽을 쳐다보지 않고 있었다.

"오늘 점심 메뉴 뭐였어?"

수련은 잠에서 깬 듯 고개를 들어 하지은을 쳐다봤다. 짧은 단발머리에 경쾌한 몸놀림. 편안하면서도 긴장감이 느껴지는 보이시한 목소리.

"스파… 게티요."

잠시 수련을 쳐다보던 하지은은 창문 쪽으로 고개를 돌리며 말했다.

"후후, 수련이는 스파게티가 별로인 모양이구나."

"…예?"

수련은 움찔하면서 하지은 쪽으로 몸을 돌렸다.

"어떻게 알았냐고?"

하지은은 수련에게 장난스럽게 말하며 탁자 위로 손을 뻗었다.

"오늘 첫 손님이라 특별히 알려주지."

물을 마시는 하지은의 목젖이 살짝 도드라져 보였다. 투명한 컵이 탁 소리를 내며 탁자 위에 놓였다.

"스파게티나 볶음밥이 나오는 날은 점심시간 종이 치자마자 급식실로 뛰어온 아이들로 줄이 밀리는 거 나도 알아. 인기 메뉴니까. 보통 때보다 식사 시간이 훨씬 많이 걸려서 4교시 시작하고 교실에 들어가는 아이들도 꽤 된다는 얘길 들었거든."

수련은 진지한 표정을 짓고 있었다. 하지은의 표정이 더없이 진지했기 때문이다.

"그런데 지금은 급식 시작한 뒤 고작 15분이 지났어. 광속으로 달려갔다면 모를까 스파게티를 기다렸다가 다 먹기에는 너무 이른 시간이야. 그리고 난 수련이가 급식실로 뛰어가는 걸 상상할 수 없어. 확장된 동공에 벌어진 입을 하고서 급식실로 쿵쿵거리며 뛰어가는 건 너하고 안 어울리니까."

"풋!"

수련의 입에서 웃음이 새어 나왔다.

하지은은 첫눈에 수련이 무방비 상태임을 알아보았다. 수련이 양팔에 두른 짧은 토시는 하지은의 확신을 강화시켰다. 수련도 언니 같고 또 어찌 보면 오빠와도 같은 중성적 매력의 하지은이 싫지 않앉다. 수련은 일주일에 두 번씩 상담실에 드나들었다. 월요일과 목요일 오후에 짧으면 삼십 분, 길면 한 시간씩 면담을 했다. 성적과 진학에 대한 고민으로 시작한 상담이었지만 일상적인 취미 생활에 이르기까지 대화가 이어졌다. 수련은 초등학교 고학년 때부터 시작한 글쓰기 취미가 있었다. 노트에 습작한 단편소설도 세 편이나 있었다. 쑥스럽게 자신이 만든 이야기를 들려주는 수련과 흥미진진한 표정으로 이야기를 듣는 하지은의 얼굴 사이의 거리가 조금씩 가까워졌다. 면담이 끝나면 하지은은 수련을 꼭 안아주었다.

관식의 마음 한구석에서는 걱정이 이전보다 커지고 있었다. 수련을 상담실에 연결해 준 게 잘한 일일까? 상담을 하면서 진학과 관련해서 조언을 얻을 수도 있다는 관식의 말에 수련은 고개를 끄덕였었다. 이후에 관식에게 오지 않는 걸로 봐서 상담이 잘 진행되는 것 같다. 하지만……. 관식은 한숨을 쉬며 자리에서 일어났다. 창문 쪽을 제외한, 세 벽에 놓인 화이트보드에는 그림들이 맥락 없이 그려져 있고 군데군데 낙서 같은 문장들이 보였다. 학생들이 상담 받는 동안에 편안하게 쓴 것 같았다. 관식은 천천히 훑어보았지만 딱히 수련이를 떠오르게 하는 낙서나 그림은 없었다. 그때 전화벨이 울렸다. 관식은 잠시 고민하다가 책상으로 다가가 수화기를 들었다.

"상담실입니다."

─주 선생님, 저예요.

하지은이었다.

─교육청 셔틀버스가 늦게 나오는 바람에 조금 늦을 거 같아요.

20분 정도만 더 기다려 주세요, 선생님.

"괜찮으니까 서두르지 말고 천천히 오세요, 하 선생님. 상담실 벽에 재밌는 낙서가 많아서 전혀 지루하지 않습니다."

전화를 끊은 관식은 커피를 끓였다. 일과 중에 출장을 갔다가 다시 학교로 복귀하는 기분을 관식은 잘 알고 있다. 머그잔을 들고 의자에 앉을 때, 책 한 권이 눈에 들어왔다. 책상 위에 책이 몇 권 없는 것도 의외였지만 낡았으면서도 정갈한 느낌의 분홍색 커버로 장식한 책은 왠지 주인이 소중하게 모시고 있다는 느낌이 들었다.

호기심을 못 이긴 관식은 책을 뽑아서 열어보았다. 생의 한가운데. 관식 또래 나이의 학창 시절에 유행하던 독일 문학가의 수필이었다. 문학소녀였군. 관식이 미소를 지으며 책장을 넘길 때, 사진 하나가 떨어져 나왔다. 관식은 얼른 주웠다. 고등학생 정도로 보이는 앳된 하지은이 친구와 함께 포즈를 취하고 있는 사진이었다. 체육관에서 찍은 듯, 두 사람 모두 도복을 입고 있었는데 태권도복과는 좀 달라 보였다. 검은 띠인 걸로 봐서는 상당히 오래 수련한 것을 알 수 있었다. 소중한 친구에게 선물 받은 책인 듯 사진 뒷면에 친구의 이름과 날짜가 적혀 있었다. 하지은에게서 느껴지는 명랑함과 강인함의 배경을 알게 된 기분이었다. 나중에 기회를 봐서 무슨 운동을 했는지 한번 물어봐야겠다. 관식은 사진을 조심스럽게 끼워 넣고는 책을 원래 위치에 놓았다.

잠시 후 문이 열리며 하지은이 들어왔다. 하얀 스니커즈를 신은 가벼운 복장이었다. 하지은은 '많이 기다리셨죠'라고 하면서 거울 앞으로 다가오더니 냉장고를 열어 사기그릇 위에 남아 있는 사과 한쪽을 집어서 입에 넣었다. 냉장고 옆에 놓인 커피메이커의 유리 기둥 바닥에는 찌꺼기만 조금 남아 있었다. 관식이 머그잔을 들고 하지은에게 다가갔다.

"아직 입에 대기 전이니까 괜찮아요."

하지은은 관식이 나눠 준 커피에 뜨거운 물을 탔다. 즉석 아메리카노가 만들어졌다. 살짝 맛본 하지은은 컵을 흔들며 과장된 웃음을 지었다.

"와우, 괜찮은데요."

관식이 고개를 끄덕이고는 바로 본론으로 들어갔다.

"수련이 어떤 거 같아요?"

하지은은 컵을 들고 천천히 관식의 옆자리로 옮겨 와 앉았다.

"생각보다 자기 이야기도 잘하고 밝아요."

관식의 얼굴이 환해졌다. 방과 후에 수련이 문제로 할 얘기가 있다는 하지은의 연락을 받고 걱정했던 차라 더 그랬다. 입에서 '휴' 하는 숨이 작게 흘러나왔다.

"진작 하 선생님께 상의드릴 걸 그랬네요. 수련이가 성적에 비정상적으로 집착하는 것 같아서 걱정했거든요. 하하."

빈 상담실에 관식의 웃음소리가 울렸다. 하지은은 고개를 갸우뚱하며 컵을 내려놓았다.

"조금 문제가 있어요."

관식의 웃음이 멈췄다. 하지은은 자신의 손목을 가볍게 치며 말했다.

"수련이 손목에 토시 하고 있는 거 보셨죠?"

"예."

그래서 그게 뭐? 라는 듯한 모습으로 대답하는 관식을 하지은은 잠시 쳐다보았다. 하지은의 표정을 보는 순간, 관식의 머릿속이 반짝했다.

"설마……."

"맞아요. 자해한 상처예요."

순식간에 모아지는 관식의 미간을 보며 하지은이 손을 가볍게 흔들었다.

"손목에 상처가 있는 아이들은 생각보다 많아요. 주 선생님."

하지은은 식어버린 커피를 한 모금 마시고는 다시 입을 뗐다.

"습관적으로 자기 손목을 긋는 아이들도 꽤 있거든요. 자기가 만족할 때까지 자기 몸을 훼손하는 거죠."

"……."

"하지만 수련이는 다른 케이스 같아요. 자기 상처를 감추려고 토시를 사용했잖아요. 습관성 자해 학생은 오히려 타인에게 자신의 상처를 보여주며 관심을 유발하려고 애쓰는 경우가 많으니까요."

"그럼 수련이는……."

하지은은 대답 대신 관식에게 A4 용지를 내밀었다. 소견서라는 제목의 한 페이지짜리 문서였다. 제목 아래쪽 끄트머리에 날짜와 학번, 이름이 표기되어 있었다.

"검사 결관가요?"

문서를 아래쪽으로 훑으며 관식이 물었다. 하지은은 고개를 끄덕이며 말했다.

"검사는 어제 했어요. 가장 일반적인 MMPI로요."

소견서는 생각보다 짧았다. 자기 결정성이 부족하고 우울증 소견이 보인다는 내용이었다.

"수련이 어머님을 만나보셔야 할 것 같아요."

하지은은 관식을 정면으로 바라보며 말했다.

"상황이 생각보다 심각해요, 선생님."

심각하다는 건 조금 전 이야기로 관식도 알고 있다. 아이가 자기 손목에 칼질을 하는 게 가벼운 일은 아니니까. 관식은 안경을 밀어 올렸다.

"자세히 말해주세요."

하지은은 관식의 책상 위에 있는 생수병을 들어 한 모금 마셨다.

"수련이가 초등학생 때, 부모님이 이혼한 거 같아요."

부모의 이혼 사항은 생활기록부에 기록되지 않기 때문에 학생이나 부모가 말하지 않는 한 담임이 알 수 없다.

"으음……."

"보호자인 어머니는 아마 수련이의 자해를 알고 있을 거예요. 수련이가 집에서 토시를 하고 다닐 리도 없거니와 만약 하고 있다면 확인하지 않았을 리 없으니까요. 우리도 이미 알아버린 상처를 말이에요."

지당한 말이다. 하지은의 말이 이어졌다.

"수련이 어머니가 수련이 성적에 집착하시는 것 같아요."

남편과 헤어지고 홀로 아이를 양육하는 어머니들 중 자녀에게 집착하는 사람들이 더러 있다. 게임에 빠져 성적이 바닥인 고2 딸에게 그따위로 하려면 차라리 나가서 몸을 팔아 돈이라도 벌어 오라며 내쫓은 어머니 이야기가 기억났다.

"수련이가 그렇게 말했나요? 엄마 때문에 난 상처라고."

하지은은 고개를 저었다.

"중간고사 성적이 엄마 기대에 미치지 못했고 그래서 슬프다. 힘들 때는 혼자 집에서 이것저것 하며 시간을 보낸다고만 했어요. 엄마가 일이 있어 늦게 들어오는 게 좋다고도 했고."

관식은 하지은과 수련 사이에 많은 대화가 있었을 거라는 생각이 들었다. 하지은은 한숨을 쉬며 말을 이어갔다.

"토시를 하고 다니는 건 두 가지 모순된 의미를 동시에 함축하고 있어요. 이 상처를 타인에게 보이고 싶지 않은 마음과 다른 누군가가 내 토시 안에 있는 상처에 관심을 가져주기를 바라는 마음."

관식은 하지은이 작성한 소견서를 바라보며 생각에 빠졌다. 수련의 어머니가 수련의 자해에 책임이 있을 것이라는 하지은의 생각에는 동의한다. 그렇다면 우선 그녀가 담임의 소환에 응할지부터가 의문이다. 이런저런 핑계를 대며 오지 않을 수도 있고, 또 학교에 온다고 해도 사실 확인과 설득은 결코 쉽지 않는 과정이 될 것이 분명하다. 머리가 지끈 아파왔다. 관식을 물끄러미 바라보던 하지은이 말했다.

"수련이 어머님 상담은 저와 같이하셔야 돼요."

관식은 고개를 끄덕였다.

지하철이 천천히 흘러들어 오고 있었다. 손목시계를 보니 여섯 시가 조금 지났다. 하지은은 가방을 앞으로 돌려 메고 문 앞에 섰다.

학교 부적응 학생 두 명의 릴레이 면담을 끝내고 예산 집행 내역 작
성도 끝냈지만 마음은 가볍지 않다. 학생들 면담 중에도 마음은 수
련에게 가 있었다. 다행히 학생들이 눈치채지 못했다. 이런 상황을
위해서 상담 교사가 됐지만 막상 접하고 보니 냉정하기가 쉽지만은
않다. 내일은 수련이 어머님을 만나는 날이다. 아동 폭력에 관한 법
이 바뀌어 학생의 부모나 주변인들에 의한 지속적 폭력을 인지한 경
우 교사는 관계 기관(경찰이나 아동 학대 신고 센터)에 신고 의무가 부여
된다. 위반한 경우 범법 행위로 처벌받게 된다. 하지만 현실은 그리
간단치 않다. 가해자가 피해자의 부모이다 보니 피해자인 학생이 적
극적으로 피해 사실을 이야기하지 못한다. 자신을 키워준 부모를 배
신한다는 심리적 부담감과 또 폭력에 순치된 심리 상태 등으로 나중
에 피해자가 사실을 부인하는 경우도 많다. 담임인 주관식의 말에
따르면 수련이 어머니는 예상과는 달리 금방 면담 요청에 응했다고
한다. 하지은의 미간이 모아지며 눈에 힘이 들어갔다. 지하철이 멈추
고 객실 문이 열리기 직전 투명한 유리에 얼굴이 비쳤다. 세련된 차
림의 차도녀 속에 가녀린 여고생이 겹쳐 보였다. 찰나 동안 하지은은
웃었다.

엄마는 목이 타는 듯 정수기에서 물을 한 모금 따라 마신 후, 천
천히 다가왔다. 고등학교 입학 후 처음 보여준 성적표였다. 2등급.
89퍼센트에 딱 걸렸네. 학원에서 남자애들하고 노닥거리느라 즐거
운가 봐? 아니라고 말하려는 순간 주먹이 날아들었다. 퍽. 왼쪽 뺨
이었다. 등이 의자에 맞닿아 있었기 때문에 뒤로 나자빠지지는 않았

다. 고개를 숙인 채, 두 손으로 입과 뺨을 감싸야 했다. 곧 허리 쪽으로 발길질이 날아들었다. 바닥에 쓰러졌다. 엄마는 다시 정수기 쪽으로 갔고 그 틈에 몸을 최대한 웅크렸다. 머리와 배를 보호하기 위해서다. 그때 식탁 쪽에서 벨소리가 들렸다. 엄마는 말없이 이쪽을 흘겨보면서 폰을 열었다. 여보세요? 정중하고 여유로운 목소리. 10분 후, 방에서 다시 나온 엄마의 손에는 야구방망이가 들려 있었다. 중간고사는 그렇게 끝났다.

마지막 강의가 끝난 직후라 그렇지 않아도 좁은 학원 복도는 학생들의 발걸음으로 분주했다. 수련도 천천히 입구 쪽으로 걸음을 옮겼다. 상담 선생님은 담임처럼 뻔한 이야기를 하지 않았다. 내 속마음을 아는 것처럼 느껴져 더 편안했다. 그래서 손목도 보여줬다. 사실 선생님이 이미 알고 있는 것 같아서 별로 긴장하지도 않았지만……. 성적과 진로에 대한 고민을 나누었을 뿐, 딱히 엄마 이야기를 자세히 하지는 않았다. 하지만 왠지 상담 선생님이 눈치챈 것 같다. 별문제는 없을 것이다. 엄마가 매를 들기는 해도 평소에 잘해주고 또 내가 잘되라고 그러는 거니까……. 그래도 욕설은 싫다. 정말 싫다. 수련은 얼굴을 찡그리며 토시를 어루만졌다.

이번 주 토요일쯤에는 백화점에 가게 될 것이다. 수련은 갖고 싶은 운동화를 머릿속으로 그리며 학원을 빠져나왔다.

"바쁘실 텐데 이렇게 와주셔서 감사드립니다."

"아이 일인데 당연히 와야죠."

강지숙은 허리를 깊이 숙였다. 여자치고는 상당히 큰 편인 하지은과 비슷한 체구였다. 옆에 서 있던 하지은이 살짝 미소를 보이며 의자를 권했다. 지숙은 의자에 앉으며 핸드백과 함께 들고 있던 책을 탁자 귀퉁이에 자연스럽게 내려놓았다. 레비스트로스의 『슬픈 열대』. 테이블 위에 놓인 책 표지를 바라보는 하지은의 입안에서 비린 내가 올라오며 구토감이 일었다. 지숙이 입을 열었다.

"학기 시작하면 찾아뵙는다고 늘 생각하면서도 선생님 연락이 오고서야 뵙게 되네요."

저음이면서도 또렷한 음색.

"아니. 별말씀을……."

관식이 손가락 마디를 주물럭거리며 하지은 쪽을 쳐다보았다. 지숙은 하지은을 잠깐 쳐다보고는 다시 관식에게로 고개를 돌렸다.

"우리 수련이 성적이 별로라서 죄송합니다. 제가 좀 더 신경을 쓰겠습니다."

목소리 톤에 변화가 없다. 하지은은 컵을 들어 물을 한 모금 마신 다음, 관식을 쳐다보았다. 관식이 입을 열었다.

"어머님이 어떻게 여기실지 모르지만 수련이 성적은 좋은 편입니다. 학습 태도도 좋고요. 교실에 들어오는 여러 선생님들이 태도가 좋다고 칭찬하는 학생 중 하나입니다."

지숙의 입가에 엷은 웃음이 나타났다가 사라졌다. 관식은 W여고의 전국 고교 등위와 서울 소재의 인기 사립대학들이 인정하는 내신 비교 우위 등을 설명했다. 요는 현재 수련이는 전국 기준으로 상위 0.5퍼센트 이내의 우수한 학생이라는 이야기였다. 1학년 때 수련이 레벨 성적의 학생들이 노력해서 성공한 케이스들도 말해주었다.

당신 딸은 충분히 우수하고 좋은 태도까지 가지고 있다. 이대로 계속하면 원하는 것을 이룰 수도 있다. 그러니 너무 걱정하지 마라. 그리고 아이를 닦달하지도 마라. 설명 속에 깃든 메시지를 알아들었는지 지숙은 몇 번이나 고개를 끄덕였다. 관식도 아빠 미소를 띠며 지숙과 눈을 맞추었다. 하지은은 속이 탔다. 이 정도로 끝내고 보낼 생각이었다면 애초에 학교에 부를 이유가 없다.

"오늘 어머님을 모신 이유는 수련이 관련해서 좀 여쭙고 또 확인해 볼 게 있어서입니다."

갑작스러운 하지은의 인터셉트에 관식과 지숙 둘 다 고개를 돌렸다.

"확인… 이라고요?"

하지은이 종이 한 장을 내밀었다. 수련의 심리 검사 결과지였다. 관식에게 보여준 것과 같았지만 하지은의 소견이 보다 상세히 덧붙여져 있었다. 지숙은 말없이 받아서 음미하듯이 천천히 읽어 내려갔다. 마지막까지 읽은 지숙은 소견서를 하지은에게 돌려주었다. 하지은은 소견서를 받아서 세 사람 모두 볼 수 있게 테이블 중앙에 놓았다. 지숙이 낮은 목소리로 물었다.

"그래서 확인하고 싶으신 게 뭐죠? 상담 선생님."

자신을 학교로 부른 게 누군지 알겠다는 말투였다. 하지은이 대답했다.

"고등학생이면 누구나 진학에 대한 희망과 압박을 어느 정도 받고 극복해 가며 성장합니다. 자연스러운 과정이죠."

"……."

"검사 결과를 보시면 아시겠지만 수련이는 희망보다는 압박이 압도적인 상황입니다. 꼭 하지 않으면 안 된다는 의무감이 강하게 작용하고 있는 거죠. 이런 압박은 보통······."

하지은은 관식을 살짝 쳐다보았다. 관식은 표시 나지 않게 고개를 끄덕였다.

"자신이 자신에게 부과하는 것보다는 외부에서 들어오는 경우가 대부분입니다. 친구나 선배보다는 주변 어른들, 특히 부모에 의한 압박이 가장 많죠."

지숙의 눈이 『슬픈 열대』 쪽으로 향했다. 하지은은 부드럽게 말했다.

"어머님, 혹시 수련이 성적에 대해서 많이 강조하셨나요?"

지숙이 하지은의 눈을 쳐다보며 말했다.

"안 그러는 부모가 있을까요?"

관식의 입에서 '으음' 하는 신음 소리가 나왔다. 하지은이 어쩔 수 없다는 듯이 말했다,

"어머님, 수련이가 손목에 감고 있는 토시에 대해 물어보신 적 있으세요?"

지숙은 의아한 듯 고개를 갸우뚱했다.

"수련이가 학교에서 토시를 하고 다니는 모양이죠?"

이번에는 하지은의 얼굴에 뜨악한 표정이 나타났다. 하지은은 컵을 들어 냉수 한 모금을 마신 다음, 천천히 말했다.

"그럼 수련이 양쪽 손목 안쪽에 나 있는 칼자국에 대해서도 모르시겠군요."

지숙은 눈을 동그랗게 뜨고 말했다.

"칼자국이라니… 무슨 이야긴가요?"

놀란 표정과는 달리 목소리는 차분했다. 하지은은 아랫입술을 깨물고 천천히 대답을 밀어내었다.

"수련이가 손목에 자해를 한 것 같습니다. 어머님이 모르신다고 하니 오늘 모시기를 잘한 것 같네요."

"수련이가 열어서 보여주던가요?"

"손목의 토시가 이상해서 상담 도중에 제가 물어보았습니다. 대답 대신 풀어서 보여주더군요. 손목에 많은 칼자국이 있었습니다. 최근에 생긴 상처를 포함해서요."

"……"

"심리검사는 그 이후에 한 것이고요."

잠깐 뜸을 들이고는 지숙이 입을 열었다.

"아까 확인하고 싶다고 하신 게 손목에 있는 그 상처를 말한 건가요?"

하지은이 '예' 하며 고개를 끄덕였다.

"확인차 모신 겁니다. 수련이 상태에 대해 의논도 해야 하고요. 수련이를 주변 어른들이 합심해서 도와줘야 하는 상황이라고 판단해서입니다."

하지은은 정중하면서도 분명하게 말했다. 지숙이 다시 물었다.

"그래서… 수련이는 상처에 대해 뭐라고 말을 하나요?"

하지은의 양미간이 좁아졌다.

"검사 결과에도 나와 있지만 성적에 대한 수련이의 심리적 압박감은 다른 친구들보다 많이 심각합니다. 이미 우울증 초기 증세가 나타나고 있고요."

하지은은 가볍게 호흡을 가다듬었다. 관식이 끼어들었다.

"입학한 다음날부터 의대 진학한 선배들 성적을 자기 내신 성적과 비교하고 있습니다. 물론 보기에 따라서는 공부에 대한 열의로 봐줄 수도 있겠습니다만……."

지숙은 눈을 크게 뜨고 관식을 바라보았다.

"자해를 하는 행동과 함께 생각해 본다면 위험한 상태라는 겁니다."

"다시 말해서."

하지은이 정색을 하고 말했다. 지숙의 눈이 하지은 쪽으로 다시 돌아갔다.

"수련이는 지금… 공부를 하고 있는 게 아닙니다. 정서적으로 말입니다."

지숙이 날카롭게 말했다.

"애한테 공부를 과도하게 시킨다고 뭐라고 하시더니. 이젠 또 공부를 하고 있는 게 아니라니. 그게 무슨 말이죠?"

'학대당하고 있는 겁니다'라는 말이 하지은의 입에서 나올 뻔했다. 관식이 하지은을 제지하며 말했다.

"수련 어머님, 지금 하 선생님 말씀은……."

"그러니까 이렇게 되는 건가요? 엄마가 공부를 지나치게 강요해서 딸이 자해를 했다. 하기 싫은 공부를 억지로 하느라 우울증이 걸릴 정도니까 이후로 딸에게 공부를 강요하지 마라."

너무나 직설적인 표현에 관식은 말문이 막혔지만 하지은의 목소리는 오히려 더 커졌다.

"그걸 확인하려고 모신 겁니다. 수련이 어머님, 스스로 그렇게 말씀하실 정도로 수련이에게 의대 진학을 강조하셨나요? 아니, 하고 계시는 건가요?"

지숙의 입가에 보일 듯 말 듯하게 미소가 걸렸다.

"강남의 여느 엄마들 수준으로 공부를 강조한 것뿐입니다. 의대 진학은 수련이가 초등학생 때부터 간직해 온 꿈이고요."

지숙은 하지은의 눈을 마주 보았다.

"그보다 수련이가 선생님께 무슨 말을 했는지 여쭤봐도 될까요?"

"……."

"혹시 누가 자신에게 나쁜 짓을 했다고 하던가요?"

하지은은 목을 가다듬었다. 관식은 한숨을 내쉬었다.

"보여 드린 검사 결과지에도 나와 있듯이 학습에 대한 스트레스를 이야기한 것뿐입니다."

오늘의 만남은 수련이의 심리 상태를 알리고 어머니의 성적에 대한 강조가 딸에게 큰 짐이 될 수도 있다는 사실을 공유하기 위해서임을 다시 말씀드린다. 관식의 차분한 설명 말미에 지숙의 폰이 울렸다. 지숙은 액정을 보고는 여유 있게 닫았다. 살짝 미소를 머금고 있었다.

"우리 수련이가 좋은 선생님들을 만난 것 같네요."

당황해하며 서로를 쳐다보는 두 사람을 앞에 두고 지숙은 『슬픈 열대』를 집어 들었다.

"죄송하지만 지금 급한 일이 있어서 오늘은 여기까지 듣겠습니다. 관심 가져주셔서 감사드립니다."

관식은 엉거주춤 일어서며 고개를 숙이는 지숙을 마주 보았다. 하지은은 그대로 앉아 있었다.

"손목의 상처⋯⋯."

지숙이 문을 열고 나가며 말했다.

"살펴보겠습니다."

지숙을 쳐다보는 하지은의 숨소리가 커졌다.

실내에 바람은 한 조각도 느껴지지 않았지만 유리컵 속의 물은 마주 보고 앉아 있는 두 사람의 마음을 대변하는 듯 이리저리 흔들렸다. 관식이 입을 뗐다.

"어떻게 생각하세요, 하 선생님."

하지은은 분한 듯 '휴' 하고 숨을 내쉬었다.

"딸이 자해를 했다는 이야기를 듣고 저렇게 밋밋하게 반응하는 경우는 없어요. 대화 진행 중에 도망치듯 내빼는 것도 그렇고요."

관식은 동의한다는 표정을 지었다.

"저도 그렇게 생각합니다. 여기까지 듣겠다니⋯ 허 참."

하지은은 머리를 쓸며 말했다.

"심리검사 결과와 손목 상처는 서로 연결되어 있어요. 그 메시지를 공유하고 대책을 논의한다는 게 오늘 만남의 기본 콘셉트였죠. 그런데 그 여자⋯ 아니, 수련이 어머님은 수련이 상태에 대해서 한마디도 묻지 않았어요. 오히려 주 선생님과 제가 수련이 손목의 상처를 알게 된 경위를 물었죠."

"흠⋯⋯."

관식이 눈썹을 찌푸렸다. 상황 공유와 대책 수립 말고도 학교에서 상황을 알고 있다고 넌지시 알리는 것도 오늘 만남의 중요한 목적이었다. 하지만 강지숙의 행동은 예상 밖이었다. 그리고 자연스러웠다. 어쩌면 학년이 바뀔 때 늘 있어왔던 일이 아닐까 하는 생각이 들었다. 작은 관심과 비겁한 방치 속에서 계속되는 학대. 관식의 목소리가 커졌다.

"오늘 이후로 수련이 태도에 조금이라도 이상이 보이면 가정방문을 할 예정입니다. 하 선생님도 함께해 주셔야죠?"

하지은은 왼손 주먹을 꽉 쥐며 고개를 끄덕였다.

제법 늦은 시간이었지만 토요일 밤이라 백화점 지하 식품관은 인산인해를 이루고 있었다.

"딸, 이것 좀 먹어보세요."

지숙은 조그만 종이 상자를 호들갑스럽게 흔들어대며 수련에게 손짓했다. 수련은 좁은 복도를 한걸음에 달려와 동그란 문어 구이를 입으로 받아먹었다.

"맛있어?"

왼손으로 수련의 백팩을 열며 지숙이 물었다. 수련은 힘차게 고개를 끄덕였다. 지숙은 종이 가방 하나를 수련의 백팩에 구겨 넣은 다음, 종이 가방들을 수련과 나눠 들고 지하철로 통하는 통로 방향으로 걸어갔다. 식품관 끄트머리에서 지하철 입구 쪽으로 가는 넓은 통로는 명품 로드이다. 종이 백을 양손에 든 채 단체로 고급 옷가지와 지갑 파트를 기웃거리는 중국인들을 지나치니 고가의 명품 시계

들이 위용을 뽐내며 진열되어 있었다. 까르띠에, 샤넬, 롤렉스……. 지숙은 한숨을 쉬었다. 자신의 가방 속에 들어 있는 『슬픈 열대』에 어울리는 브랜드들. 은은한 호박색 테두리의 유리 케이스에 들어가 있는 롤렉스의 가격은 이천만 원을 넘어가고 있었다. 점원이 부드러운 미소를 지으며 고개를 숙였다. 늦가을 비가 추적추적 내리던 밤에 처음으로 만났던 얼굴이 떠올랐다. 자신만만한 표정으로 단어를 골라가며 이혼만이 가장 합리적인 해결책임을 설득하던 얼굴. 사용하는 단어와 억양으로 지숙을 잘근잘근 씹으며 자신의 명품 인생을 입으로 보여주던 여자. 심호흡과 헛기침, 그리고 소극적 비웃음 끝에 큰 소리 한번 제대로 내지 못하고 나와 버린 지숙 자신이었다. 말썽쟁이 아들을 하나 달고 있다고 들었다. 난 이렇게 혼자서 내 딸을 훌륭하게 키우고 있는데……. 지숙은 눈웃음으로 점원에게 응답하며 모퉁이를 돌았다.

값만 비싸지 맛은 별로다. 고급 와인은 맛이 시큼하면서도 끝 맛이 살짝 달다던데 이건 떫기만 하다. 백화점 점원의 말을 믿는 게 아니었다. 하지은은 와인을 한입에 털어 넣고 냉장고를 열어 맥주병을 꺼냈다. 병 따는 소리가 경쾌하게 실내를 때렸지만 마음은 유쾌하지 않았다. 백화점에서 우연히 본 광경 때문이었다. 하지은의 집에서 거리가 먼 백화점이었지만 오랜만에 연락 온 친구가 근처에 사는 관계로 함께 저녁 식사를 했다. 백화점에 들른 겸에 지하 식품관에서 찬거리를 구입했다. 좋아하는 떡과 부침개의 포장을 기다리던 하지은의 눈에 지숙이 들어왔고 곧이어 수련이 잡혔다. 웃는 얼굴로 함께 문어 튀김을 먹는 수련과 지숙은 어디서나 볼 수 있는 친근한 모녀의 모습이었다. 말을 걸어볼까 서서 망설이는 사이에 모녀는 손을 꼭 잡고 사람들이 많은 통로 쪽으로 바삐 걸어갔다. 손에 종이 백을 주렁주렁 든 채로.

수련은 엄마 때문에 손목에 칼로 자해를 하는 아이다. 교복 속 여기저기에 크고 작은 멍들도 있을 게 분명하다. 하지은은 한숨을 쉬었다. 스톡홀름 증후군. 인질이 자신을 구속하고 있는 가해자에게 심정적으로 동조해 가해자가 원하는 방향으로 행동하는 심리 현상. 가해자에게는 자기 합리화의 기재가 되면서 피해자와의 결속이 더욱 강해지는 악순환의 무서운 틀로 작동한다. 확인이 필요하다. 맥주잔을 탁자에 놓은 순간, 속이 울렁거렸다. 잊었다고 생각할 때쯤이면 늘 다시 떠오르는 얼굴. 눈과 코, 입이 따로 움직이며 다가오고 있었다. 하지은은 거실 바닥에 주저앉아서 먹고 마신 것을 게워내기 시작했다.

"어머, 운동화 예쁘네. 잘 어울린다."

새 신발이 어색한지 수련은 다리를 모은 채로 쑥스러운 미소를 짓고 있었다. 맞은편에 앉아 있는 하지은은 하얀 바지에 분홍색 가운 차림이었다.

"잘돼가니?"

"그럭저럭… 요."

"그럭저럭이면 안 되지. 교실 생활은 어때?"

하지은은 수련의 어깨를 툭 치며 자리에서 일어났다. 수련은 표정

변화 없이 식수대로 걸어가는 하지은을 바라봤다.

"좋아요. 친구들과도 많이 친해졌고… 또……."

하지은은 박하 음료와 콜라를 받침대에 받쳐 들고 수련의 옆으로 천천히 옮겨왔다.

"담임 선생님도 잘해주시고……."

관식이 이전보다 더 관심을 가지고 수련을 체크하고 있을 것이다. 하지은은 수련이 좋아하는 박하 음료에 빨대를 꽂아 수련 앞에 놓았다.

"다행이구나. 담임 선생님이 좋은 분이고 친구들도 친절하지만 무엇보다 수련이가 많이 노력해서 그런 거야."

"……."

수련은 하지은 앞에 놓인 콜라가 생소한 듯 검은 액체 표면에서 소리 없이 터지는 거품을 뚫어지게 쳐다보았다. 늘 투명한 생수를 마시던 하지은이다.

"아 이거. 속이 안 좋아서. 난 콜라를 한 모금 마시면 속이 좀 내려가거든."

하지은의 대답에 수련이 잠시 눈을 깜박이고는 말했다.

"콜라는 원래 존 팸버튼이라는 미국인 약사가 소화제로 개발한 음료예요. 그러니까 속이 안 좋을 때 드시는 건 나쁘지 않은 선택이에요. 그래도 많이는 별로니까 조금만 드세요."

하지은의 입에 미소가 걸렸다.

"수련이 상식이 보통이 아니구나. 콜라 발명자 이름까지 기억하고 말이다. 하하."

아이를 속이는 게 마음이 아프지만 어쩔 수 없다. 하지은은 콜라 컵을 살짝 입에 댄 뒤 내려놓았다.

"공부 쪽은 어때? 기말고사 준비는 잘돼가니?"

수련의 표정이 어두워졌다.

"수학이… 문제예요."

"수학의 어떤 부분이 힘들어?"

하지은이 고교 시절 가장 좋아했고 또 자신 있었던 과목이 수학이었다. 주어진 자료를 잘 조합해서 이미 가지고 있는 지식과 연결하여 마침내 원하는 미지량을 구해냈을 때의 유쾌함은 경험해 본 사람만이 이해할 수 있다. 단순 명료함과 상상력의 조화가 지닌 미학에 취해 수학과나 물리학과로 진학할까도 생각했다. 하지만 자신과의 약속이 먼저였다. 아이들을 돕는 현장 상담 전문가가 되어야 했다. 특히나 가정 문제로 정서적 어려움을 겪고 있는 학생들 말이다. 사실 상담도 수학과 다르지 않다. 학생의 비극적 현실이라는 자료를 전문 지식과 연결시켜 학생의 정상적 삶이라는 답을 이끌어낸다. 답을 구하는 과정에 고통과 인내가 따른다는 점도 유사하다.

"이전에 풀리던 수준의 문제들이 잘… 안… 풀려요."

"……"

"문제가 잘 읽히지 않아요."

너무 긴장돼서 숨이 막히겠지.

"기말시험이 얼마 안 남았으니 긴장돼서 그런 거야. 고등학교 수학 시험에 적응하는 시간이 필요해. 시험 직전에 시간을 정해놓고 풀어내는 연습을 하는 것도 도움이 될 거야. 의대에 진학한 선배들도 자기 나름대로 연습하고 적응하는 시간을 가졌단다. 수련이가 정상적인 과정을 거치는 중이니까 걱정하지 말고 꾸준히 연습하면 돼."

하지은은 콜라가 가득한 컵을 천천히 돌리며 말을 이었다.

"엄마가 별다른 말씀은 없으셨니? 수련이 학교생활이나 공부 스트레스 관련해서 뭘 물어보신다거나 말야."

수련은 인형처럼 표정의 변화 없이 창문 쪽을 쳐다보고 있었다.

"아뇨. 특별한 말씀은… 없으셨어요."

부자연스러운 극존칭. 또 구토가 올라왔다.

"그럼 최근에 엄마와 학교생활에 대해 이야기한 적은 있니?"

"바쁘셔서요. 그냥… 기말고사 목표치와 공부 계획표 보여 드린… 정도예요."

딸을 확실히 지배하고 있다는 자신감일까? 백화점에서 본 장면이 떠올랐다. 하지은이 작게 한숨을 쉬며 자리에서 일어설 때, 오른손에 닿은 컵이 미끄러지며 검은 탄산 액체가 순식간에 수련의 교복 상의를 덮쳤다. 수련은 화들짝 놀라며 자리에서 일어섰지만 교복 상의 오른편 가슴과 등 쪽은 이미 콜라를 흡수한 후였다. 하지은의 손을 벗어난 컵이 바닥에 쨍 소리를 내며 떨어졌다.

"이를 어떻게 하니? 미안해, 수련아. 교복이 다 젖어버렸구나."

수련은 멍하니 입을 벌린 채, 깨진 컵을 쳐다보고 있었다. 하지은은 두 손을 허리에 잡고 잠깐 생각하더니 고개를 끄덕이며 말했다.

"선배들이 졸업하면서 기부하고 간 교복이 생활지도부 창고에 있을 거야. 상의 몇 벌 가져올 테니 여기서 잠깐 기다리렴."

물론 옷은 미리 준비해 두었다. 하지은이 문을 열 때 수련이 머뭇거리며 말했다.

"저… 선생님 여기서… 갈아입나요?"

상담실 안쪽 끄트머리에는 상담자가 쉴 수 있는 작은 방이 하나 붙어 있다. 릴레이 면담을 하는 막간에 하지은이 잠시 눈을 붙이는 방이기도 하다. 하지은은 미소가 가득 담긴 눈짓으로 안쪽을 가리키며 말했다.

"저 방에서 갈아입으면 돼."

상의를 갈아입은 수련이 상담실에서 나가자마자 하지은은 안쪽 방문을 열고 들어가 문 쪽 사각지대에 미리 숨겨놨던 스마트폰을 가지고 나왔다. 노트북이 있는 책상 앞으로 가면서 하지은은 마음속으로 되뇌었다. 없어야 한다. 아니, 있어야 한다. 없어야 해. 아니, 있어야 해. …있을… 거야. 자동 촬영된 동영상을 열어보는 하지은의 손이 떨고 있었다. 화면 속에서 수련은 문을 등지고 창 쪽을 향해 젖은 교복을 벗고 있었다. 상의가 벗겨지고 맨살과 함께 등 전체에 지도처럼 펼쳐진 멍 자국이 드러났다. 누런 멍 자국 위에 다시 생긴 시커먼 멍들. 손으로 맞아서는 결코 생길 수 없는 상처. 하지은의 눈에 굵은 망울이 맺혔다.

"제가 수련이하고 이야기해 보겠습니다."

침통한 표정으로 관식이 입을 열었다.

"수련이 어머니를 만나기 전에 수련이에게 이 문제를 학교에서 어떻게 생각하고 있으며 얼마나 심각한 문제인지, 그리고 어떤 방식으로 해결하는 게 좋은지를 말해주고 동의를 얻는 절차가 선행되어야 합니다."

하지은은 입술을 깨물었다.

"제가 수련이를 설득해 볼게요. 말씀하신 대로 이 문제는 수련이 동의가 절대로 필요한 사안이라 조심스럽게 접근해야 할 듯해요. 수련이가 동의하면 어머니를 소환하죠. 주 선생님은 그때 도와주세요."

"그래도 담임인 제가……."

하지은이 말을 가로챘다.

"많은 사람이 알기를 원치 않을 거예요. 최대한 부담을 주지 않으면서 수련이를 설득할 필요가 있어요."

관식은 고개를 저었다.

"손목의 칼자국과 온몸에 난 멍 자국은 차원이 다른 문제입니다. 하 선생님. 이건 심각한 가정 내 폭행이에요. 우리가 맘대로 할 수 있는 일이 아닙니다. 관계 기관에 보고해야 하는 일이라고요."

하지은이 자리에서 일어났다. 천천히 심호흡을 하더니 컵에 물을 한 잔 받아 와서 다시 자리로 돌아왔다.

"제가 상담 교사인데 그걸 모르겠어요? 문제는 수련이가 그 여자… 아니, 자기 어머니에게 정신적으로도 꽉 잡혀 있다는 거죠. 수련이가 우릴 도와주면 수련이 어머니는 형사처벌까지 갈 수도 있어요. 수련이가 그걸 감수할 수 있을지 의문이에요."

하지은은 관식에게 얼마 전에 백화점 식품관에서 우연히 본 장면을 이야기했다. 지극히 정상적인 모녀의 역할을 연기하던 두 사람 이야기를 듣던 관식은 고개를 끄덕였다.

"그런 일이 있었군요."

"생각보다 많은 부모들이 자녀를 학대해요. 문제는 학대를 하면서도 그게 학대라는 자각을 하지 못하고 있는 거죠. 자신의 학대를 정당한 훈육이나 체벌 정도로 가볍게 생각하는 거예요. 알면서도 자기 합리화를 하는 측면도 있고요. 학대한 후에는 선물이나 쇼핑, 외식 등을 하면서 털어내는 거죠. 일요일에 목욕탕에 가서 때를 밀어내듯이⋯⋯. 이 패턴이 오랜 시간 작동하면서 하나의 안정된 구조를 이루게 돼요."

첫 만남에서 본 지숙의 당당한 모습이 관식의 머릿속에 떠올랐다. 하지은은 남은 냉수를 한입에 털어 넣고 말했다.

"지금 수련이에게는 엄마의 폭행보다도 성적이 더 중요해요. 성적만 오르면 모든 게 해결되니까. 엄마의 폭행도. 대학 진학도. 친구들과 선생님의 인정도. 모두 얻는 거죠."

폭행에 적응해 버린 가녀린 영혼. 웃음소리가 들렸다. 창문 쪽으로 고개를 돌린 관식의 눈에 뭔가가 들어왔다. 하얀색 셔틀콕이 좁은 창문 틈에 낀 채로 공중에 떠 있었다. 관식은 창문 쪽으로 걸어가 셔틀콕을 집어서 바깥으로 던졌다. 휙 하고 날아온 셔틀콕을 학생들이 다시 쳐내며 랠리가 재개되었다. 휘파람 소리와 박수 소리가 들렸다. 관식은 하지은 쪽으로 고개를 돌리며 말했다.

"하 선생님이 수련이를 잘 설득해 주세요. 진술서 형태로 기본적인 사실 기록을 받아놓는 것도 필요할 듯합니다."

하지은은 입을 꼭 다문 채 고개를 끄덕였다.

"과거의 수치스러운 일을 그대로 받아들이세요. 그 당시 나의 역량으로는 할 수 있는 최선이었으니까요. 절대 후회하지 마세요, 자존감을 가지고 내 역량을 키우는 데 집중해야 합니다."

도서관 2층 객실이 열기로 후끈거렸다. 젊은 강사와 중년의 수강생들이 미묘한 조화를 이루고 있었다. 강사는 좌석 오른쪽 끄트머리에 팔짱을 끼고 앉아 있는 지숙 쪽으로 눈길을 돌렸다.

"삶의 크기는 기쁨의 크기이지 자유의 크기가 아닙니다. 자유는 인간의 관념이 만들어낸 허상이에요. 누구도 현실에서 자유로울 수 없습니다. 하지만 누구라도 기쁨을 누릴 수는 있죠."

지숙이 손을 들었다.

"기쁨과 기쁨이 부딪혀 갈등을 일으키면 어떻게 하나요?"

젊은 강사는 만족스러운 웃음을 지으며 지숙을 향해 고개를 끄덕이더니 화이트보드에 결합과 해체라고 썼다. 그런 다음, 다시 수강생들에게 몸을 돌렸다.

"아주 좋은 질문입니다. 질문하신 수강생께서는 스피노자 철학의 핵심을 꿰고 계신 것 같네요. 결론을 먼저 말씀드리면 기쁨과 기쁨은 결코 갈등을 일으키지 않습니다. 아니, 일으킬 수 없어요."

지숙은 턱을 내밀고 강사의 입을 바라보았다.

"기쁨은 그 본질상 서로 결합되고 확장됩니다. 갈등을 일으키고 서로를 해치는 건 슬픔이죠. 관계의 해체야말로 슬픔의 본질이기 때문입니다."

강의는 9시 정각에 종료되었다. 제본된 두꺼운 철학책을 품에 감싸 안고 구립 도서관 정문으로 나오는 지숙의 입가에 엷은 미소가 걸렸다. 이번 교양 강좌는 특히나 마음에 들었다. 슬픔을 주는 인간과

과감히 결별하고 기쁨을 키워라. 이 얼마나 단순하면서도 감동적인 메시지인가. 하지은의 역삼각형 얼굴이 눈앞에 어른거렸다. 상담실에서 눈을 치뜨고 자신을 올려다보던 얼굴. 지겨운 스토커의 얼굴. 슬픔과 해체의 얼굴. 담임은 어수룩하고 선해 보이던데 그 상담 선생이란 년이 애를 부추겨 문제를 일으키고 있다. 수련의 중학교 2학년 때의 담임처럼 말이다. 지숙은 지하철역으로 걸어가며 스마트폰 배경 화면을 열었다. 수련이와 지숙 자신이 팔을 엇갈려 잡고 코믹한 표정을 짓고 있었다. 지숙은 결심했다. 수련이 고교 생활을 시작한 지 고작 몇 달밖에 지나지 않았다. 귀찮은 인간을 떼어내고 새로 시작할 수 있다. 전학을 생각해 봤지만 거주지 이전을 해야 하고 무엇보다 피곤한 미꾸라지들을 또 만나지 말란 법이 없다. 자퇴하고 독서실과 집에서 공부한다. 정시에는 수능 성적만 들어가니까 어차피 내신 성적은 있으나 마나다. 모의고사 시험지를 구해 정기적으로 전국 등수를 체크할 수 있으니 내신에 신경 쓰지 않고 수능에만 집중할 수 있다. 고등학교 졸업장은 검정고시로 따면 된다. 훨씬 효율적이고 안전한 방법이다. 지숙의 입가에 미소가 돌았다. 왜 진작 이 생각을 못 했는지 의아할 정도다. 철학자의 말. 자신의 기쁨에 충실하라. 지하철이 들어오고 있었다. 수련은 잘해낼 것이다. 의대에 진학하고 필요한 과정을 성공적으로 거쳐 의사 가운을 입을 것이다. 앞만 보고 열심히 달려오는 저 열차처럼……. 중간에 이탈하지 않게 밀어주고 관리하는 건 지숙 자신의 역할이다. 혼자서 엄한 아버지와 자애로운 어머니의 역할을 해왔다. 가끔 그 역할이 지나친 적도 있지만 지숙의 본마음은 수련을 향한 사랑뿐이다. 수련도 그 점은 잘 알고 있다. 문득 그 얼굴이 떠올랐다. 되지도 않는 억양 흉내에 역겨운 싸구려 향수 냄새를 풍기며 사람을 지그시 내려다보던 얼굴. 인간의 교양이 뭔지도 모르고 돈으로 사람을 구워삶을 줄만 아는 하찮은 년. 그런 위선자 년의 꾐에 빠져 자신과 수련을 버린 쓰레기의 얼굴과 함께. 환풍 통로로 불어오는 시원한 바람이 두 얼굴을 찢어버렸다. 철학자의 말. 후회하지 마라. 지하철이 도착하고 객실 문이 열렸다.

수련은 손목을 내려다보았다. 우울감 때문에 긋기 시작했던 손목이지만 이제는 긋지 않으면 우울감이 쌓인다. 손목 속 깊은 곳에서 칼을 살짝 비틀어 보았다. 손목 위로 새빨간 그림이 문신 새겨지듯이 그려졌다가 순식간에 사라졌다. 수련은 피를 닦은 마지막 탈지면을 쓰레기통에 버리고 책상 앞에 다시 앉았다. 손목 색깔이 검붉게 변해가고 있었다.

상담 선생님께 손목을 보여주는 게 아니었다. 엄마가 욕할 때는 싫지만 그래도 다른 엄마들처럼 잘해줄 때는 잘해주신다. 체벌하는 건 내 성적이 약속한 등수에 못 미칠 때뿐이다. 어쨌건 약속을 지키지 못했으니까 내 잘못도 있다. 선생님은 엄마를 고발하려고 한다. 고발하면 엄마와 떨어질지도 모른다는데……. 내 몸에 있는 멍 자국을 봤다고 말했다. 엄마가 한 것 아니냐고……. 증거를 잡으려고 내가 옷을 갈아입게 했다고 말했다. 내게 미안하다고 했지만 왠지 선생님이 무서워졌다. 선생님은 나를 이해해 주고 도와주신 분이다. 앞으로도 도와주겠다고 한다. 선생님을 좋아하지만 엄마와 떨어지는 건 싫다. 엄마는 내가 없으면 안 된다. 난 엄마 인생에 마지막 남은 희망이니까. 아아, 어떻게 해야 좋을지 모르겠다.

…내가 공부만 잘하면 모두 해결된다. 의대에 진학하기만 하면……. 하지만 자신 없다. 수학 점수는 아무래도 1등급을 못 받을 거 같다. 엄마가 늘 말했다. 원인 없는 결과는 없다고. 행복에도 당연히 대가가 있어야 하는 것 아닐까. 스님들이 절에서 수행할 때 높은 스님이 몽둥이로 때리는 것과 비슷한 거다. 이 정도 고생은 당연한 거고 엄마는 날 도와주는 거라고 선생님께 말했다. 지금처럼 선생님과 엄마가 함께 날 도와주는 게 더 좋다고도 말했다. 내가 나태하지 않게, 그리고 자신감을 가지고 공부에 전념할 수 있게 말이다. 선생님은 날 끌어안고 울었다.

현관문이 열리는 소리가 들렸다. 수련은 왼쪽 팔을 내린 후, 펼쳐 놓은 참고서 쪽으로 고개를 돌렸다. 아직 열 문제가 더 남았다. 수련은 머리를 좌우로 두어 번 흔든 후, 문제를 풀기 시작했다.

"수련이가 교실에 안 보이네요. 결석인가요?"
이영호가 머그잔을 들고 싱긋 웃으며 말했다.
"늘 중앙에서 반짝거리던 녀석이 안 보이니… 좀 허전하네요. 하하."
관식은 어색하게 웃으며 고개를 끄덕였다.
"그러고 보니 요 며칠 동안 주 선생님께 질문하러 오지도 않던데……. 녀석, 한 학기도 끝나기 전에 힘이 다 빠져 버린 모양이네요."
이영호는 냉장고를 열어 건강 음료 농축액 두 팩을 꺼내 관식에게 하나 건네준 뒤 자기 자리로 돌아갔다. 이영호는 자리에 앉으면서 혹시 수련이가 나중에 생명공학 관련 학과로 진학한다면 추천서를 써 줄 용의가 있다는 등의 말을 했지만 관식의 귀에는 들어오지 않았다. 지숙이 조금 전에 수련의 자퇴 서류를 제출하고 갔기 때문이다. 건강상의 이유라고 했다. 고등학교는 의무교육이 아니므로 마음먹으면 자퇴는 쉽게 할 수 있다. 여유 있는 미소로 자퇴 서류를 내밀던 지숙의 얼굴을 쳐다보며 관식은 굴욕감과 경멸감을 동시에 느꼈다.

"하 선생님. 접니다. 오후에 잠깐 뵙고 싶은데 괜찮으세요?"

—오후 시간에 면담이 모두 잡혀 있어서 방과 후에나 가능해요. 무슨 일이세요?

관식은 잠깐 뜸을 들이고는 수화기에 입을 대고 조용히 말했다.

"수련이가 조금 전에… 음… 자퇴서를 냈습니다. 자세한 얘기는 만나서 하죠."

두 사람의 숨소리가 빈 교무실을 가득 채우고 있었다. 하지은이 입술을 다문 채 앞을 노려보고 있었고 관식은 옆에서 투명한 물컵을 매만지며 생각에 잠겨 있었다. 하지은의 입술이 씰룩였다.

"휴대폰을 압수당한 게 분명해요."

아침에 수련이로부터 연락이 오지 않은 이유가 그거였나. 관식이 물었다.

"수련이와 대화하면서 뭔가 이상한 점은 못 느끼셨나요?"

하지은은 휴 하고 한숨을 쉬더니 수련과의 대화 내용을 상세히 말했다. 관식은 중간중간 고개를 끄덕이며 들었다.

"실패였어요. 엄마에게 폭행을 당하며 공부하는 게 자신의 미래를 위해 마땅히 받아들여야 할 고통이라고 생각하는 단계로 확실히 들어섰어요."

"흐음……."

"주 선생님도 짐작하시겠지만 자퇴의 목적은 제가… 아니, 우리가 수련이를 더 이상 만나지 못하게 하려는 거예요. 이제……."

어쩌면 내신 성적에 대한 걱정으로 고통받는 일은 줄어들 수도 있겠다는 생각에 관식은 씁쓸한 웃음을 지었다.

"가해자와 피해자 둘만 남게 되는 거죠."

가해자와 피해자……. 관식은 하지은의 말에 대답하지 않고 자리에서 일어나 창문 쪽으로 걸어갔다. 낮에서 밤으로 가는 길목. 태양은 강렬한 빛을 내놓으며 모습을 감추고 있었다.

"어쩌면."

관식이 고개를 돌렸다.

"우리가 성급했던 건지도 모르겠습니다."

하지은이 관식을 쳐다보았다.

"하 선생님 말대로 수련이가 어머니와 일체화되어 있다면 당국에 신고한다고 해도 어머니의 학대를 부인할 가능성이 있습니다. 게다가……."

하지은의 미간이 좁아지며 입꼬리가 한쪽으로 올라갔다. 관식은 계속 말을 이었다.

"혹여 강제로 딸과 떨어지는 상황이 되었을 때, 이 정도로 행동력이 있고 자기 확신에 찬 사람이라면 딸에게 무슨 짓이든 할 수 있을 거라는 생각도 들고요."

하지은은 단호하게 고개를 저었다.

"폭력에 노출된 학생을 구하는 건 아무리 빨라도 늦는 거예요. 선생님. 수련이가 완전히 노예가 되기 전에 구해내야죠. 무슨 말씀이세요?"

관식은 동의한다는 표정을 지었다.

"맞아요. 다만 방법에 있어서 조금 신중할 필요가 있다는 뜻입니다."

하지은은 답답하다는 표정을 지었다.

"지금 수련이에게는 우리밖에 없어요."

관식은 고개를 저었다.

"우리가 잊고 있었던 사람이 있습니다. 가장 먼저 대화했어야 할 사람일 수도 있죠. 이혼하고 다른 가정을 이루고 있다고는 하지만 수련이 아버지는 이 상황을 알아야 할 이유가 분명합니다. 개입할 이유도 확실하고요."

하지은은 목에 뭐가 걸린 듯 기침을 두어 번 했다.

"일단 수련이 아버지를 만나볼 생각입니다. 만나서 도움을 요청하든 아니면 필요한 정보를 얻든 간에 수련이 문제를 해결하는 물꼬가 될 수 있습니다."

"도움이 되지 않을 거예요. 수련이는 아버지를 세상에서 가장 미워하거든요."

엄마를 멸시하고 결국 자신까지 버린 아버지가 개입한다면 수련이는 더 엄마 품으로 숨을 수 있다는 하지은의 주장에 관식의 목소리가 커졌다.

"그래도 수련이의 친아버집니다. 이 상황을 알리고……"

"선생님은 부모에게 학대당한다는 게 어떤 건지 잘 모르시는 것 같네요."

하지은은 멍한 얼굴로 자신을 쳐다보는 관식을 뒤로한 채, 교무실을 나갔다.

수련이 아버지 연락처를 알아내는 것은 쉽지 않았다. 수련이가 다녔던 초등학교로 연락해서 겨우 번호를 알아냈다. 담임 중 한 명이 수년이 지난 교무 수첩을 보관하고 있었던 것이다. 부모가 이혼하기 전의 수련이 담임이었을 것이다. 전화를 걸었지만 받지 않았다. 수련이가 고교를 자퇴했으며 관련해서 상의드릴 일이 있다는 내용의 문자를 보냈지만 하루가 지나도록 소식이 없었다. 휴대폰 번호가 바뀌었을 가능성도 있었다. 관식은 식어버린 커피 잔을 이리저리 돌렸다. 어둠이 깔리기 시작했다. 수련이 아버지의 무응답보다도 하지은의 마지막 말이 계속 머릿속을 맴돌며 관식을 불편하게 했다. 생각이 날개를 뻗치려는 순간, 구내 전화벨이 울렸다. 관식은 수화기를 들었다.

"예, 하 선생님. 아직 퇴근 안 하셨군요."

—어제는 죄송했어요. 제가 좀 흥분했던 것 같아요, 선생님.

언제 그랬냐는 듯 밝고 은은한 목소리. 관식의 마음 한구석에서 안도감이 자리를 틀었다.

"별말씀을. 그러잖아도 전화드리려고 했습니다. 수련이 아버지가 연락이 안 되네요. 아무래도……."

—가정방문해요, 우리.

소풍이라도 가자는 말투다.

—지난번에 그러기로 했잖아요. 수련이 신상에 이상 징후가 보이면 가정방문하기로요. 자퇴야말로 확실한 사유죠.

관식은 더 이상 수련의 담임이 아니다. 하지만 안부차 방문하는 것까지 문제 될 건 없다. 수련이를 만나서 상태를 확인한다. 어쩌면 집 안에서 학대의 증거를 확보할 수도 있을 것이다. 물론 지숙이 두 사람을 집 안에 들여줄지 의문이지만 말이다.

"좋습니다. 오늘 바로 갈까요?"

수화기를 내려놓은 관식은 식은 커피를 한입에 털어 넣고 자리에서 일어났다.

번화한 거리에서 그리 멀지 않은 곳에 위치한 깨끗하고 아늑한 느낌이 드는 조용한 건물이었다. 관식은 근처 편의점에서 사온 음료수 박스를 한 손에 든 채 연립주택 입구로 들어갔다. 하지은은 말없이 관식을 뒤따라 들어갔다. 계단의 폭이 좁아 둘이 동시에 올라갈 수 없었다. 뒤따라 올라오는 하지은의 숨소리가 거칠었다. 한 층에 3세대가 부채처럼 펼쳐져 있었다. 수련의 집은 왼쪽이었다. 관식이 벨을 누르려고 할 때 중앙 집의 문이 열리며 노파가 나왔다. 관식과 하지은이 미소 지으며 인사를 했다. 노파는 두 사람을 본체만체하면서 천천히 계단을 내려갔다. 관식은 고개를 돌리고 잠깐 심호흡을 한 뒤 벨을 눌렀다. 반응이 없었다. 문틈으로 미세하게 빛이 나오고 있는 걸로 봐서 실내에 사람이 있는 게 분명했다. 하지만 아무런 인기척도 느껴지지 않았다. 하지은이 수련의 이름을 부르며 문을 두드리기 시작했다. 문이 흔들리며 안으로 조금 밀려 들어갔다. 잠겨 있지 않았던 것이다. 관식과 하지은은 눈빛을 교환했다. 관식이 고개를 끄덕인 후, 문을 천천히 열었다. 빛이 들어가자 실내 모습이 눈에 들어왔다. 거실 중앙에서 천천히 흔들리는 인간 샹들리에의 모습. 난장판이 된 거실 한가운데 매달린 지숙의 몸이 괘종시계의 초침 소리에 맞춰 공중을 돌고 있었다. 얼굴 한쪽에 피를 뒤집어쓴 채, 두 눈을 감고 공중에 떠 있는 지숙의 아래쪽에 수련의 발이 놓여 있었다. 수련은 벽에 머리끝을 댄 채 천장을 바라보는 모습으로 누워 있었다. 하지은의 비명 소리가 복도를 가득 채웠다.

"나와줘서 고마워."

늦은 밤이었지만 카페는 사람들로 북적거렸다. 관식과 다형은 비교적 한가해 보이는 3층 구석의 일렬로 된 좌석에 옆으로 나란히 앉아 있었다. 다형은 웃으며 고개를 가로저었다.

"사건 담당인 남기정 경위님과는 같은 부서에서 일한 적이 있어서 잘 알아요. 그리고 무엇보다 W여고는 제가 교생으로 근무한 경험이 있는 학교잖아요."

선다형 경장. 사범대 4학년 재학 시절에 관식의 지도를 받은 교생. 다형은 경찰의 길로 진로를 변경한 후에도 가끔 소식을 전해왔다. 스승의 날에는 관식을 찾아오기도 했다.

"하지은 선생님은 병가를 내셨다고 들었어요."

일주일이 지났지만 하지은은 출근하지 않고 있었다. 관식의 전화도 받지 않았다. 관식은 눈을 한 번 감았다 뜨면서 다형을 쳐다봤다. 다형이 마른기침을 몇 번 하고는 수첩을 열었다.

"그럼 시작할게요. 우선 창문이나 문 쪽에 침입 흔적이 없어요. 금품도 집 안에 그대로 있고요. 그러니까 그날 현장을 목격하고 신고하셨던 두 분과 피해자 이외에 다른 사람의 흔적은 전혀 없는 거죠."

"……."

"물론 누군가 아는 사람이 들어와서 저지른 짓일 수도 있어요. 아파트 단지가 아니라서 건물 진입로 쪽에는 방범 카메라가 없었고 지하철 방향으로 나가는 큰 도로 쪽에만 한 대 설치되어 있었는데 건물로 들어올 수 있는 길이 세 방향이나 있어 딱히 방범 카메라 조사가 큰 의미는 없었어요. 확인 결과 특이 사항도 없었고요. 집 안에 누가 들어온 걸 본 별다른 목격자도 현재로선 없고요. 무엇보다도……."

관식의 입에서 한숨이 나왔다.

"두 사람의 몸에 난 흔적이 중요해요. 우선 강지숙은 목을 매단 상태에서의 질식사, 임수련은 누워 있는 상태에서의 목 눌림에 의해 질식사예요. 강지숙 머리의 상처는 현장에 있던 다리미에 의한 것으로 밝혀졌는데 다리미 손잡이 부분에 임수련의 지문이 있었어요. 사건 당일 여자들끼리 싸우는 소리를 들었다는 옆집 할머니의 증언도 확보했고요."

학대의 종착점에서 이루어진 딸 살해, 그리고 자살. 관식은 물었다.

"수련이는 어머니의 폭력에 순화되어 있었어. 그런 수련이가 다리미를 휘두르면서 반항하는 게 가능할까?"

다형이 수첩을 뒤적이면서 대답했다.

"경찰청 자문 심리 전문가에게 문의해 봤는데 과거에 유사한 사례가 있었다고 해요. 이번 사건처럼 살인으로까지 이어지진 않았지만요. 학대당하던 자녀가 청소년기를 거치면서 조금씩 반항의 계기를 만드는 경우가 종종 생기는 거죠. 상담 기록에 따르면 임수련이 학교와 상담 선생님을 무척 좋아했다고 하니까 강지숙의 강제 자퇴 조치가 반항의 계기로 작용한 것으로 보여요. 오히려 이 사건으로 임수련이 친엄마인 강지숙의 폭력에 완전히 순화되지 않은 상태였다는 걸 알 수 있어요."

자퇴를 둘러싸고 생긴 갈등. 어머니의 폭행에 길들여진 고등학생 딸. 일방적 자퇴 강요라는 강수에 그동안 누적된 분노가 폭발해서 어머니에게 저항. 예상치 못한 딸의 저항에 분노한 어머니가 딸의 목을 졸랐고 딸이 사망하자 스스로 목을 매다. 그날 하지은이 교무실을 나가면서 했던 말이 떠올랐다. 선생님은 부모에게 학대당한다는 게 어떤 건지 몰라요. 관식은 주먹을 움켜쥐었다. 빌어먹을…….

1층 중앙에서 연인으로 보이는 커플이 음료를 사이에 둔 채, 정답게 대화를 나누고 있었다. 아래쪽을 쳐다보던 관식은 다형 쪽으로 고개를 돌렸다.

"다른 가능성은 정말 없는 거야?"

다형은 고개를 저었다.

"지금으로선 없어요."

"으음……."

수련의 몸에 나타난 학대 증거와 하지은의 상담 기록, 그리고 사건 현장의 정황과 증언을 종합해 보면 자연스럽게 결론이 나온다. 1층의 커플이 자리를 비우자 창가 쪽에 앉아 있던 두 사람이 재빨리 자리를 옮겨왔다. 계속 노리던 자리였는지 둘은 밝게 웃었다. 빼닮은 외모로 보아 모녀 같았다. 다형은 입술을 살짝 깨물며 말을 이었다.

"조금 애매한 부분이 있기는 해요. 제 생각이지만요."

관식이 다형 쪽으로 머리를 돌렸다.

"애매한 부분?"

다형은 관식에게 자신의 손톱을 들어 보였다.

"교살당한 피해자는 보통 손톱 아래쪽에 저항 흔을 남기는 법이거든요. 가해자의 살점 같은 것 말이에요. 그런데 기록을 보면 임수련의 손톱에는 저항의 흔적이 없어요."

관식은 말없이 다형을 쳐다봤다. 다형은 수첩을 손가락으로 툭 쳤다.

"뭐 저항 흔이 아예 없다고 말할 수는 없겠네요. 살점 대신 아주 미세한 섬유 조각이 몇 점 나왔다고 되어 있으니까."

관식이 잠시 생각하고는 말했다.

"수련이 어머니가 입고 있던 옷에서 나온 섬유 조각이었겠군."

여름이다. 더구나 실내다. 짧은 상의를 입고 있었을 텐데 옷의 섬유 조각만 할퀴었다는 것이 이해되지 않는다. 관식의 표정을 읽은 다형이 말했다.

"상의가 아니라 하의였어요. 강지숙이 입고 있던 바지."

"……"

"그러니까 강지숙이 임수련을 눕혀놓은 상태에서 자신의 두 다리로 팔을 옴짝달싹 못하게 바닥에 고정시킨 후 목을 조른 거예요. 숨이 막혀오는 고통 속에서 임수련이 할 수 있는 저항은 겨우 손가락

끝으로 강지숙의 바지를 긁는 게 다였을 거예요. 손목 정도만 자유롭게 움직일 수 있었을 테니까요."

관식의 머릿속 어딘가에 불이 켜졌다. 다형이 말을 이었다.

"여자 둘이 사는 집 안에 야구방망이와 아령이 있었어요. 키도 크고 몸집이 좋은 강지숙이 평소에 딸을 지속적으로 학대한 것으로 보여요. 임수련의 일기장에는 어머니가 자신을 쓰러뜨린 다음, 움직이지 못하게 발로 목을 눌렀다는 기록도 있어요."

관식이 물었다.

"수련이 목에 나 있는 손가락 흔적이 어머니 것과 일치했어?"

다형이 고개를 저었다.

"상체를 밀착시킨 채, 팔목을 교차해서 누른 거 같아요. 그러니까……."

다형은 수첩을 덮으며 말했다.

"레슬링이나 유도의 조르기처럼 한 거죠."

차가운 물이 구릿빛 피부 위로 콸콸 쏟아지고 있었다. 하지은은 욕실에 선 채로 거울을 마주 보았다. 거울에 비친 얼굴이 평상시의 모습을 되찾아가고 있었다. 학교에 사직서를 제출할까도 생각했지만 생각을 바꿨다. 여기서 포기할 순 없다. 어떻게 살아온 인생인가. 하지은은 새하얀 타월을 꺼내 몸을 닦고 또 닦았다.

억측일 수도 있다. 아니, 억측이어야 마땅하다. 그런 일이 일어났을 리 없기 때문이다. 하지은 선생이 도대체 무엇 때문에 그런 일을 저지른단 말인가. 폭력에 중독된 어머니의 자녀 살해와 뒤이은 자살이 비극이기는 하나 논리적으로는 차라리 정합적이다. 관식은 컵을 들어 물을 한 모금 마셨다. 비릿했다. 22살의 여름, 산속에 처박힌 훈련소에서 잔디 고르기 작업 중 잠시 쉬면서 마셨던 냉수 맛이 생각났다. 몸이 얼어붙을 정도로 시원하면서 갈증을 더 자극하던 맛. 살아 있는 물의 맛을 처음 느껴본 순간이었다. 지금처럼 한여름이었고 머리 위에는 푸른 하늘이 여유 있게 땅을 내려다보고 있었다. 한 모금만큼의 생명. 한 모금만큼의 희망. 버거운 수학 문제 해결의 경험에 따르면 이제 마지막 한 스텝이 남았다. 단순하면서도 어려운 스텝.

남녀를 불문하고 누구나 학창 시절에 태권도나 유도를 배울 수 있다. 어쩌면 강지숙도 유도나 주짓수를 배웠을지 모르는 일이다. 상담실에서 본 강지숙의 후리후리한 키와 단단해 보이는 체구가 머릿속에서 그려졌다. 남은 냉수를 한입에 털어 넣었다. 차가운 액체가 식도를 타고 넘어가다가 어딘가에 걸렸다. 다시 떠올랐다. 귀에 들어온 순간부터 떠나지 않는 그 말. 사건이 발생하기 전에 이미 시작된 퍼즐. 수련과 강지숙, 그리고 하지은의 얼굴이 어지럽게 뒤섞이며 관식의 머릿속을 맴돌았다.

—그게 정말이에요?

"그래."

휴대폰 건너편에서 다형의 놀란 표정이 보이는 듯했다.

—확인해 볼 필요가 있겠네요. 남 경위님께 바로 연락드릴게요.

"그전에……."

관식은 잠시 뜸을 들였다.

"먼저 의논할 일이 있어. 부탁할 것도 있고."

—……

다형의 말대로 남 경위가 그것만 확인해 보면 간단히 밝혀질 수 있는 일이다. 관식은 휴대폰을 쥔 채, 의자에서 일어나 방 주위를 천천히 돌기 시작했다.

"음. 우선 적어도 내가 아는 하 선생은 그런 짓을 할 사람이 아냐. 안 지 얼마 되지는 않지만 상담 교사로서 부족함이 없는 사람이거든. 내가 부끄러움을 느낄 정도로 학생에게 헌신적이야."

단정하지 마세요, 선생님. 다형의 목소리가 침묵이라는 선을 타고 휴대폰으로 전달되어 왔다.

"맘에 걸리는 게 있어."

—말씀하세요.

지금의 가설이 사실이라면 수사가 정교하게 진행되는 과정에서 경찰도 결국 진상을 파악할 것이다. 확실히 그럴 것이다. 관식은 서 있는 상태에서 책상 위에 한 손을 얹었다. 십여 년 전 졸업한 아이 하나가 생일 선물로 준 탁상용 시계 위에 누워 있는 돼지 인형이 윙크하고 있었다. 관식의 호흡이 빨라졌다.

"수련이가 자퇴한 당일, 하 선생이 나한테 제안을 했었어. 그 엄마를 가정 폭력과 아동 학대로 신고하자고."

—선생님……

"난 거절했어. 수련이 아버지에게 연락하자고 하면서 말이야."

—상식적인 판단을 하신 거예요.

"그런 게 아냐, 다형아."

관식의 목소리가 방 안에 울렸다. 이사 온 이후 방에서 난 가장 큰 소리였다.

—그런 게 아니라뇨? 그게 무슨…….

"하 선생은 화를 냈어. 그리고 다음 날 나와 같이 현장에 간 거야."

—…….

"나한테 부모에게 학대당하는 게 어떤 건지 잘 모르는 거 같다고 소리를 지르면서 나갔거든."

잠시 동안의 침묵에 이은 혼잣말과 한숨.

"다형아."

—아까 부탁할 게 있다고 하셨죠? 무슨 부탁인지 알겠어요.

관식은 휴대폰을 꼭 움켜잡았다.

"하 선생님 인적 사항이 필요해요."

회색 빛깔 이심전심의 결과를 알려줄 한 장의 서류는 학교 본관 1층의 행정실 캐비닛에 있다. 지금 가면 창문 쪽으로 몰래 침입할 수 있을 것이다.

"30분 후 다시 전화할게."

휴대폰을 내려놓은 관식은 간이 옷장을 활짝 열었다.

"커피 맛있네요. 쓰지도 않고 달지도 않고……."

관식이 머그잔을 놓으며 말했다. 하지은은 굳은 표정을 한 채 말 없이 앞을 응시하고 있었다. 관식은 말을 이었다.

"제가 오늘 하 선생님을 방문한 이유는 두 가지입니다. 우선 선생님이 잘 계신지 확인하고 싶었고, 또 하나는 꼭 여쭤보고 싶은 게 있어서입니다. 그러니 선생님이 도와주셔야 돼요."

"전 괜찮아요. 곧 학교로 복귀할 예정이고요. 그러고 보니 혼자 이것저것 고민하면서 연락도 못 드렸네요. 죄송해요. 주 선생님. 이렇게 오시게 해서요."

하지은은 두 손으로 머그잔을 잡은 채 눈을 내리깔고 혼잣말하듯 웅얼거렸다. 관식은 고개를 끄덕였다.

"잘 계시다는 건 눈으로 확인했으니 질문을 해야겠네요. 아니, 그전에 제 이야기부터 할게요."

"……."

"제 눈에 비친 하 선생님은 유능함 그 자체였습니다. 수련이와의 첫 만남에서 선생님은 자해 사실을 알아냈죠. 곧바로 육체적 학대의 증거도 잡았고요. 전 선생님의 능력과 학생에 대한 애정에 감탄했습니다."

"상담 교사로서 제 할 일을 한 것뿐이에요."

또랑또랑하면서도 이전보다 느려진 말투. 여유가 생긴 걸까. 하지은은 고개를 들어 관식과 눈을 맞추었다. 관식은 의자에서 일어나 천천히 창가로 걸어갔다. 후두둑 소리와 함께 큼지막한 빗방울이 창문을 때리고 있었다. 관식이 창밖을 바라보며 말했다.

"하 선생님 집으로 걸어오는 동안에 끊임없이 스스로에게 물어봤습니다."

"뭘 물어보셨는지 궁금하네요."

놀랍도록 차분한 목소리. 관식이 하지은 쪽으로 몸을 돌렸다.

"저와 함께 두 사람을 발견한 그날 이전에 수련이 집을 방문한 적이 있으신가요?"

"없어요."

관식은 호주머니에서 휴대폰을 꺼냈다.

"사건 담당자는 아니지만 경찰에 아는 사람이 있습니다. 도움이되는 이야기를 해주더군요."

관식이 휴대폰 버튼을 누르자 경쾌한 멜로디가 실내에 울려 퍼졌다. 입을 꼭 다문 채로 관식을 노려보던 하지은은 멜로디가 세 번째 반복되자 휴대폰을 가져와 잠금을 풀고 메시지를 열었다. 한 장의 사진이 천천히 화면 위로 떠올랐다. 사진을 본 하지은이 휴대폰을 바닥으로 떨어뜨렸다. 관식은 두 눈을 감았다.

"결국 밝혀질 일입니다. 경찰은 바보가 아니니까요. 하 선생님 스스로 말해주세요. 사진에 나온 바지, 본인 옷이죠?"

"......"

"수련이가 유도의 조르기 형태로 사망했다는 경찰 관계자의 이야기를 들었을 때 제 머릿속에 떠오른 사람은 하 선생님이었습니다. 사건 발생 전 상담실에서 우연히 보게 된 한 장의 사진 때문이었죠."

하지은은 표정의 변화 없이 관식을 바라보고 있었다.

"하지만 그건 무리한 상상이었습니다. 무엇보다도 하 선생님이 수련이를 해칠 이유가 없기 때문입니다. 아니, 사건과 가장 멀리 있는 분이라고 봐야 합니다. 그래서 전 불합리한 그 상상을 접으려고 했습니다. 그런데 한번 든 의심은 쉽사리 지워지지 않더군요. 제 머릿속을 계속 돌아다니는 무엇이 있었어요. 그게 뭔지 마침내 알게 되니까 사건이 전혀 다르게 보이더군요. 그래도 직접 확인을 해야 했습니다. 그리고 조금 전에 하 선생님이 사실로 확인해 주었습니다."

관식은 숨을 한 번 내쉰 다음 말을 이어갔다.

"아파트 단지가 아니라서 입구에 방범 카메라가 없었고 집 안으로 들어갈 때 목격자가 없었다는 점은 운이 좋았다고밖에 말할 수 없는 부분입니다. 그런 운에 수련이가 평소에 학대를 당했다는 증언과 증거가 겹쳐 진상이 가려진 거죠."

관식에게 바라보는 하지은의 눈에서 뭔가가 빠져나가고 있었다.

"엄마. 엄마……."

문을 열고 들어온 수련은 백팩을 맨 채로 바닥에 쓰러져 있는 지숙에게 달려갔다. 좁은 거실 바닥은 지숙의 머리에서 흘러나온 피로 흥건했다. 미친 듯이 지숙의 몸을 흔들어대던 수련의 눈에 피 묻은 다리미가 들어왔다. 뒤이어 벽에 등을 댄 채 바닥에 앉아 있는 하지은이 보였다.

"선생님이 엄마… 이랬어요?"

"…수련아."

"엄마… 죽은 거예요?"

정신이 퍼뜩 돌아왔다. 저 여자는 죽었다. 죽어 마땅하다. 과거를 함부로 입에 올려 날 모욕했기 때문이다. 하지은은 천천히 일어났다. 수련의 눈에 불꽃이 보였다.

"저 사람은 네 엄마 자격이 없어."

"선생님이 엄마 죽였어요?"

수련은 하지은을 노려보며 뒷걸음을 했다. 하지은은 고개를 저었다.

"아니야. 수련아, 내 말 좀 들어봐."

"거짓말."

고양이가 장난감을 채듯 하지은은 수련 앞으로 튀어나갔다. 수련은 황급히 입구 쪽으로 몸을 돌렸지만 발을 떼는 순간, 하지은의 다리에 걸려 넘어졌다. 하지은은 수련의 손을 비틀어 두 다리 밑으로 고정시켰다. 수련은 몸을 뒤틀었지만 자유로운 것은 입밖에 없었다. 비명을 지르는 수련의 입에서 거품 포말이 튀어나왔다. 하지은은 한 손으로 수련의 입을 막았지만 수련은 악을 썼다.

"우리 엄마 살려내."

하지은의 입이 기괴하게 틀어졌다. 수련은 더 말할 수 없었다. 하지은의 두 팔뚝이 십자형으로 수련의 목을 누르기 시작했기 때문이다. 나른해지며 눈물이 핑 돌았다. 숨 막힘으로 두 손을 버둥거리는 수련의 두 눈에 하지은의 얼굴이 보였다. 하얗다 못해 푸른빛이 도는 두 눈. 뭔가를 중얼거리는 입. 하지은은 온몸의 체중을 두 팔에 실어 수련의 목을 눌렀다. 반대편에서 지숙이 꿈틀대며 깨어나고 있었다.

하지은은 눈을 감았다. 관식은 아랑곳하지 않고 계속 말했다.

"자신을 구하기 위해 달려왔고 폭행까지도 감수한 선생님을 비난하며 어머니를 옹호하는 수련이를 보고 선생님은 극심한 혼란과 배신감을 동시에 느꼈을 겁니다. 그리고… 정신을 차려보니 수련이가 바닥에 누워 숨을 쉬지 않았습니다. 선생님은 당황했습니다. 죽일 생각까지는 없었을지도 모릅니다. 그때 기절했던 강지숙이 몸을 뒤틀며 깨어나고 있었습니다. 신음 소리를 내며 바닥을 버둥거리는 강지숙이 눈에 들어오자 선생님은 생각했습니다. 이 모든 게 강지숙의 학대 때문에 벌어진 일이다. 죽어 마땅한 사람은 강지숙 당신이다. 수련의 죽음에 대한 책임도 강지숙 당신에게 있다고 말입니다. 두 사람의 체구가 유사했던 것도 선생님의 결심을 부채질했습니다. 강지숙의 목을 매달고 수련이의 흔적이 담겼을지 모르는 바지를 바꿔 입힌 후, 다른 흔적들을 모두 정리한 선생님은 조용히 현장을 떠났습니다. 그리고 다음 날 제게 가정방문을 제안했죠. 여기까지 틀린 부분이 있나요?"

하지은은 천천히 바닥에 주저앉았다.

"…어떻게……."

"알았냐고요? 제게 진상을 알려준 사람은 하 선생님 본인입니다."

하지은은 입을 반쯤 벌린 채, 관식을 쳐다봤다. 관식은 하지은을 물끄러미 바라보다가 고개를 돌리며 말했다.

"한 소녀가 있었습니다. 소녀가 초등학교 2학년 때, 어머니의 가출로 아버지와 함께 생활하기 시작합니다. 하지만 아버지의 거듭된 폭력으로 소녀 또한 가출을 반복하게 되죠. 지옥 같았을 7년이 그렇게 지나갑니다. 중학교 1학년 2학기 중간고사를 앞둔 날 밤, 소녀는 집에 불을 지르고 아버지가 중상을 입습니다. 소녀가 소년원에 송치되어 있는 동안 아버지는 뺑소니로 사망합니다. 이후 사회복지센터의 도움으로 소녀는 고교에 진학하게 되고 모범생으로 변신하여 대학 진학에도 성공합니다. 대학에서 심리학을 공부하고 전문 상담사

자격증을 획득하죠. 자신처럼 학대당하는 학생들을 도울 생각이었을 겁니다."

하지은의 눈에 눈물이 차올랐다. 관식은 또박또박 천천히 말했다.

"선생님은 부모에게 학대당한다는 게 어떤 건지 몰라요. 그날 교무실을 나가면서 하 선생님이 제게 한 말입니다. 그건 수련이 이야기가 아니었습니다."

"……."

"그 말을 진짜 의미를 안 순간, 모든 게 설명되더군요. 하 선생님이 수련이에게 보인 호의. 강지숙에게 가졌던 과도한 적대감, 그리고 수련이에게 느꼈을 배신감까지 모두 다 말입니다. 하 선생님은 수련이에게서 자신의 과거 모습을 봤던 겁니다."

하지은이 두 손으로 얼굴을 감싸고 통곡하기 시작했다. 관식은 하지은을 한참 동안 바라봤다. 학대당한 상처를 극복했다고 스스로 생각하며 열심히 살아왔지만 내담자를 통해 소환되는 끔찍한 기억에 시달리며 내면의 분노를 키워온 슬픈 영혼. 하지은에게는 더 이상 스스로를 해칠 자아조차 남아 있지 않았다.

"다행이에요. 자수를 해서요."

"다형이가 부탁을 들어줘서 그렇게 된 거잖아. 기다려 줘서 고마워."

1층의 샹들리에 아래쪽 자리는 여전히 인기였다. 한 커플이 나가자 어디선가 쏜살같이 다른 커플이 자리를 채웠다. 다형은 라떼 거품을 빨대로 툭툭 치며 말했다.

"이 사건은 주 선생님이 해결하신 거예요. 공식적으로는 뭐 경찰이 한 거지만요. 그나저나… 가정에서의 아동 학대 폐해가 생각보다 심각하다는 것을 이번 사건을 통해 다시 알게 됐어요."

어린 시절의 학대는, 특히 가정의 학대는 영혼을 파괴한다. 그리고 그 결과는 가공할 사건으로 귀결될 수 있다. 하지은은 이를 극단적으로 보여주었다. 수련을 목을 조르면서 내면의 상처를 극복하지 못한, 아니, 극복할 수 없는 하지은 자신의 과거를 살해하려 한 건지도 모른다. 이유야 어떻든, 하지은의 살인 행위는 결코 용서받을 수 없다. 관식은 감은 눈을 떴다.

"다형아. 그 왜, 교생 실습할 때 상담에 관심 있다고 하지 않았나?"

"와, 그걸 기억하세요?"

관식은 뒷머리를 긁으며 쑥스러운 표정을 지었다.

"맞아요. 그래서 지금 청소년부에 있는 거고. 그런데 그건 왜 물으세요?"

라떼가 밑바닥을 보였다. 관식은 입도 대지 않은 아이스커피를 다형 쪽으로 밀어주었다.

"상담학을… 공부할까 봐. 실제 사례들도 또, 사람들도 좀 소개해주고 말이야. 학생뿐 아니라 성인들 문제까지 확장해서 보고 싶어. 경우에 따라서는 범죄자들도 만나야 할지도 몰라. 도와… 줄 거지?"

다형이 미소 지으며 아이스커피에 빨대를 꽂았다. 관식도 힘차게 웃으며 고개를 끄덕였다.

비즈니스 관계

정가일

2000년 〈굿데이스포츠신문〉 신춘문예 소설 당선, 2001년 〈불교신문〉 신춘문예 동화 당선,
2017년 소설 『신데렐라 포장마차』 출간, 2017년 소설 『신데렐라 포장마차』
한국추리문학상대상 수상

남자는 잘생겼다.

너무 마르지도 않았고 너무 뚱뚱하지도 않았다. 보기 싫은 큰 근육 대신에 몸을 움직일 때마다 날렵한 잔 근육이 순간적으로 드러났다가 사라졌다. 중후해 보이는 검은색 뿔테 안경에 왁스를 발라 올백으로 넘긴 검은 머리 덕분에 두상이 좋은 이마가 시원하게 드러났다. 삼십 대 초반으로 보이지만 중년 남자처럼 여유 있는 몸가짐을 가지고 있었다. 통이 넓은 반바지에 흰색 티셔츠를 입고 있었지만 사무실에서 몸에 잘 붙는 양복을 입고 일하는 모습을 본다면 많은 여자들이 가슴을 두근거릴 것이 분명했다.

남자의 모습은 남편을 닮았다. 지금 같은 패배자가 아니라 그녀가 십여 년 전 처음 만났을 당시의 패기 넘치고 당당한 멋진 수컷의 모습…….

남자가 다가왔다.

여자는 두근거리는 가슴을 진정시키려고 깍지 낀 양손을 꽉 움켜 잡았다. 어느 나라 사람일까? 중국인? 일본인?

걷는 발에 부주의했던 그녀가 의자 다리에 걸려서 살짝 비틀거릴 때 남자는 재빨리 여자의 팔을 잡아주었다. 울퉁불퉁한 핏줄이 들어선 단단한 팔뚝이었다.

"괜찮으세요?"

남자가 낮고 차분한 목소리로 물었다. 뜻밖의 한국말에 여자는 기분이 좋아졌다. 그녀가 좋아하는 톤의 목소리였다. 덩치에 비해 톤이 높아서 돌고래를 연상시켰던 남편의 목소리와 달리 들을 때마다 등 뒤쪽을 간질이는 듯한 낮은 베이스 톤이었다.

"감사해요."

여자가 우아하게 사례하자 남자는 입을 다문 채 살짝 웃어 보였다. 여자는 그 순간 '쿵' 하고 가슴이 뛰었다. 부드러운 인상에 헤프게 웃거나 위압적이지도 않았다. 지나치게 굽실거리지 않는 모습이 오히려 인상적이었다. 한마디로 남자는 줄타기를 하는 사람처럼 완벽한 균형을 이루고 있었다.

"좋은 하루 되세요."

남자는 살짝 고개를 숙이고 볼이 붉어진 여자를 뒤로한 채 호텔 바깥쪽으로 나가 버렸다. 대기하고 있던 택시에 올라타서 순식간에 사라져 버리는 그 뒷모습을 여자는 한참 동안 쳐다보았다. 여자는 남자를 다시 만나고 싶어졌다.

여자가 남자를 다시 만난 것은 다음 날 오전이었다.

리조트 수영장 파라솔 아래에서 벤치에 누운 채 코코넛 음료를 마시고 있던 여자의 눈에 수영장 반대편 테이블에 앉아 노트북 자판을 두드리고 있는 남자의 모습이 보였다. 그녀가 상상하던 멋진 비즈니스맨의 모습이었다. 오늘은 반바지 대신에 마로 만든 편안한 바지와 흰색 와이셔츠를 입고 있었다. 하얀색이 정말 잘 어울리는 사람이었다. 남국의 밝은 햇빛 아래 그는 스스로 빛을 내는 것처럼 빛나 보였다. 그가 살짝 인상을 찌푸리며 고개를 들었다. 면도가 잘된 부드러운 턱선 아래 불거진 목울대가 남자다워 보였다. 여자는 자기도 모르게 얼굴이 화끈거려서 차가운 음료수를 들이켰다. 손등으로 땀을 닦아 내린 남자가 다시 노트북 컴퓨터의 자판을 두들겼다. 망설이던 여자가 용기를 내어 웨이터를 불렀다. 자신이 마시던 코코넛 음료와 같은 것을 남자에게 전해달라고 부탁하자 웨이터는 코미디언 같은 과장된 웃음으로 엄지를 척 하니 세워 보였다. 여자는 자기도 모르게 인상을 찌푸렸다. 웨이터는 그녀가 싫어하는 모든 것을 가지고 있었다. 헤픈 웃음에 중년……. 모든 것이 자신의 전 남편을 떠올리게 했다.

그녀의 전남편은 타고난 사기꾼이었다.

그가 처음부터 그랬던 것은 아니다. 명문대를 나와 대기업에서 일하다가 그만두고 나와서 야심차게 자신의 사업을 시작했다. 하지만 믿었던 선배에게 당해 투자 사기로 감옥에 갔고, 그 안에 있던 2년 동안 그는 완전히 새로운 세상에 눈을 떴다. 감옥은 대학의 정반대에 위치한 교육기관이다. 수많은 억울한 사람들에게서 그는 자신이 실패한 이유를 알게 되었다. 너무 정직해서였다! 전쟁터 같은 이 살벌한 세상에서 자신의 패를 내보이며 움직이는 것은 죽여달라고 비는 것과 같다! 자칭, 타칭 교수라고 불리는 위대한 사기꾼이 그에게 한 말이었다. 교수의 말 한마디, 한마디가 복음처럼 머릿속에 새겨졌다.

감옥에서 출소한 남편은 완전히 다른 사람이 되어 있었다. 그는 유령 회사를 세워 사람들에게 솔깃한 사업 아이템을 내세워 투자금을 받아내기 시작했다. 좋은 머리가 다른 쪽으로 빛을 발하는 순간이었다.

그는 끊임없이 새로운 사업 아이템을 만들어 사람들의 투자금을 끌어들였다. 네트워크 마케팅, 나노 기술, 비트 코인까지……. 사람들은 홀린 것처럼 그의 회사에 돈을 투자했고 그는 여름 해변의 모래밭이 물을 빨아들이는 것처럼 끊임없이 그 돈을 빨아들였다.

남편의 사기극은 사계절의 변화 같은 순환 사이클을 가졌다.

그는 사람들에게 투자받은 돈을 자신이 외국에 세운 페이퍼 컴퍼니에 투자한 것처럼 꾸며서 돈을 빼돌리고, 다른 투자금으로 이익을 배분한다. 실제로 이익을 보자 사람들은 광분해서 더 많은 돈을 그에게 투자한다. 그는 다시 더 많은 이익을 배당하고 사람들은 행복한 단꿈을 꾸기 시작한다. 하지만 그 꿈은 금방 악몽으로 바뀐다.

어느 날 갑자기 그의 회사는 파산 신청을 하고 문을 닫아버린다. 사람들은 걱정과 분노로 아우성치지만 모든 것은 벚꽃 시즌처럼 한순간에 끝나 버린다. 영원할 것 같은 영롱한 봄날은 가고 결코 오지 않을 것 같은 매서운 겨울이 시작된다. 큰 손해를 입은 사람들은 회사 대표를 경찰에 고발하고 청와대에 탄원하지만 달라지는 것은 없다.

이때를 대비해서 자신은 한 번도 표면으로 나가지 않고 바지 사장들을 대표로 내세운 남편은 자신도 피해자 코스프레를 한다. 당연히 투자자들은 사장을 고소한다. 길고 지루한 법정 다툼 끝에 사장은 감옥에 수감된다. 하지만 이미 모든 투자금은 사라졌고 바지 사장은 사기가 아닌 투자 실패로 삼 년 정도의 짧은 수감 생활 끝에 모범수로 출소한다. 이제 법적으로 죗값을 치른 그는 면죄부를 받고 당당하게 밖으로 나온다. 남편은 빼돌린 투자금 중 그의 몫을 지급하고 다시 새로운 사업을 시작한다.

이런 순환 사이클이 끝없이 계속되었다.

바지 사장들은 전직 기관장이나 한물간 연예인 등으로 계속 바뀌어 나갔다. 남편은 점점 더 많은 돈을 벌었고 점점 더 교활해졌으며 점점 더 비굴해졌다. 비록 돈은 벌었지만 자신의 힘이 아닌 사기였기에 남편은 속에서부터 조금씩 무너져 가고 있었다. 매일 밤 그는 술에 취해서 자신이 처음에 투자했던 '중력 부력 융합형 발전기'라고 써진 서류를 보며 혼잣말을 해댔다.

"어디서부터 잘못된 거지? 내가 왜 이렇게 된 거야?"

꼬리가 길면 밟힌다고 남편은 작은 실수 때문에 검찰 조사를 받게 되었다. 공교롭게도 그것은 그의 첫 번째 감옥 생활과 관계된 일이었다. 남편에게 사기 수법을 전수했던 '교수'라고 불린 유명한 사기꾼이 검찰 수사를 받으면서 형량 거래를 위해 자신의 제자에 대한 일을 떠벌인 것이다. 검찰은 즉시 남편의 뒷조사를 시작했고 오래지 않아서 그의 범죄 사실을 밝혀냈다. 남편은 대부분의 재산을 다른 사람의 명의로 돌려놓고 자신은 파산 신청을 한 상태로 재판을 받고 감옥에 수감되었다.

남편이 재산을 빼돌린 명의가 바로 그녀의 것이었다.

두 사람은 철저한 비즈니스 관계였다.

사장과 비서로 처음 만난 두 사람은 열 살이 넘는 나이 차이에도 불구하고 서로가 통하는 것을 알았고 그 즉시 물질적 연인 사이가 되었다. 두 사람은 혼인신고는 하지 않은 채 실질적인 부부로서, 사업 파트너로서 십 년이 넘는 기간을 살아왔다. 그 기간 동안 그녀의 고충은 이만저만이 아니었다. 사기꾼의 가족으로 사는 것은 전쟁터에서 사는 것처럼 가혹한 일이었다. 남편은 혹시라도 정보가 새어 나갈까 봐 그녀에게 친구도 만나지 못하게 했고 가족과도 연락을 끊게 했다. 외부 출입도 최소한으로 줄이고 마트 출입도 일주일에 한 번으로 제한했다. 은행이나 금융 기관도 철저하게 못 가도록 통제했다. 인터넷과 휴대전화도 막았다. 그녀는 그렇게 창살 없는 감옥 속에서 십여 년을 살아왔다. 몇 번이나 도망칠 생각을 했지만 남편이 뒤를 봐주는 조폭들 때문에 그럴 수도 없었다. 남편은 한 달에 한두 번 잠깐 얼굴을 비쳤지만 누군가는 항상 그녀를 감시하고 있었다. 보통 사람은 꿈도 못 꿀 강남의 넓은 아파트도 그녀에게는 화려하게 장식된 새장일 뿐이었다.

그녀는 몇 번이나 자살을 꿈꿀 정도로 심신이 피폐해졌다. 병원에서 조울증 진단을 받았지만 남편은 코웃음을 쳤다.

"네가 한 게 뭐 있다고 정신병이야? 네가 나만큼 힘들어?"

여자는 입을 다물었다. 남편은 더 이상 믿을 수 있는 사람이 아니었다. 이제 그녀가 의지할 것은 술과 수면제뿐이었다.

그렇게, 절대 감옥에는 안 갈 것 같던 무서운 남편이 재판에서 5년의 중형을 선고받자 그녀의 생각이 근본적으로 바뀌었다. 처음 만났을 때만 해도 모든 것이 멋져 보이던 남편은 근 몇 년간 부쩍 늙고 약해졌다. 이제 남편에게 싫증이 난 그녀는 자신의 명의로 되어 있던 남편의 재산을 모두 처분하고 조용히 한국을 떠나기로 결심했다.

계좌를 해지하겠다는 말을 듣고 찾아온 증권사 담당자가 남태평양 여행을 제안하며 비행기 표를 내밀었다. 오성급 호텔까지 예약해주었다. 고양이 같은 말투로 여직원이 권했다.

"일단 좀 쉬시고 다시 돌아와서 말씀하시죵~"

여자는 오만한 얼굴로 호의는 받겠지만 다녀와서 계좌를 정리하겠다고 선언했다.

대리인을 통해 감옥 안의 남편에게 이별을 통보하자 그는 미친 듯이 화를 냈지만 속수무책이었다. 남편과 함께 조폭들도 잡혀서 수감되었기 때문에 이제 그녀를 구속할 사람은 아무도 없었다. 수족이 모두 잘린 늙은 거인을 피해 마침내 황금 새장을 벗어난 여자는 남태평양의 휴양지에서 우아하게 새 인생을 축하하기로 했다.

남자의 앞에 음료를 내려놓은 웨이터가 여자 쪽을 손으로 가리켰다. 남자가 그녀를 알아보고 가볍게 고개를 숙였다. 그러고는 다시 노트북을 보며 자판을 두드렸다. 여자는 조금 실망했다. 하지만 한

편으로 자신을 무시하는 듯한 그 시크한 태도에 가슴이 두근거렸다. 저 남자는 언제 나한테 말을 걸어줄까?

그녀의 기다림은 그렇게 오래가지 않았다.

오 분쯤 뒤에 남자는 노트북과 음료수를 들고 그녀에게 다가왔다. 가슴이 두근거렸다.

"안녕하세요?"

여자는 너무 반가운 척하지 않으려고 애쓰며 큰 모자챙을 살짝 들어 올렸다.

"네, 안녕하세요."

남자가 부드럽게 웃는 얼굴로 여자를 내려다보았다. 그의 큰 키에 가려진 햇빛이 그녀의 몸에 그림자를 드리웠다. 평소에 운동을 많이 하고 선천적으로도 볼륨이 있어서 몸매에는 자신이 있었지만 여자는 조금 부끄러워져서 타월로 다리를 덮었다. 하지만 완전히 덮지 않고 다리 옆선은 그대로 드러나게 했다. 그녀는 남자를 잘 알고 있었다. 여자가 귀여운 손짓으로 옆 의자를 가리키자 남자가 의자에 앉았다. 군살 하나 없는 남자는 의자에 앉을 때도 거의 소리가 나지 않았다.

"어제는 고마웠어요."

여자가 수줍게 말했다.

"아뇨. 다친 데는 없으신가요?"

남자가 듣기 좋은 목소리로 말했다.

"덕분에요. 그런데 여기 쉬러 오신 거 아닌가 봐요? 좀 긴장하신 것 같은데……. 여기까지 와서 일만 하세요?"

"그렇게 보이나요? 사실은 쉬러 왔는데 회사에서 일이 터졌어요. 어제까지 정신이 없었네요."

"고생하시네요."

"회사원이 다 그렇죠, 뭐. 아무리 싫어도 할 일은 해야죠."

웃는 남자의 얼굴에 쓸쓸함이 스쳤다. 여자도 직장 생활을 해봤기에 잘 알고 있었다.

"무슨 일 하세요?"

"펀드매니저입니다. 증권사에서 투자 고문을 맡고 있죠."

"펀드매니저치고는 몸이 좋으시네요?"

"이 직업이 의외로 힘쓰는 일이 많아서요."

여자는 속으로 만세를 불렀다. 이 남자에게 투자 건으로 미끼를 던질 수 있다!

"어머, 잘됐네요. 안 그래도 투자할 곳을 찾고 있었는데……."

"아, 그러세요? 쉬러 왔다가 고객님을 만날 줄은 몰랐네요?"

남자가 그녀를 보고 살짝 웃었다. 하얀 이가 기분 좋게 빛났다.

"이전 펀드매니저가 시원찮아서 막 해고한 참이거든요."

여자가 무심한 듯 한마디 던졌다.

"같이 점심 식사 어떠세요? 멀지 않은 곳에 랍스터 잘하는 곳을 압니다."

여자는 너무 싸 보이지 않으려고 애쓰며 말했다.

"기름진 건 싫은데……."

남자가 다시 미소를 지었다.

"그럴 리가요? 유명한 해산물 바비큐 집인데 맛은 제가 보증하겠습니다."

두 사람은 삼십 분 뒤에 호텔 앞에서 만나기로 하고 헤어졌다. 여자는 오랜만에 설레는 마음으로 이것저것 옷을 꺼내 입어보았다. 어느 것도 마음에 들지 않았지만 가장 우아하면서도 섹시한 짧은 미니 원피스에 긴 시스루 치마를 입고 화장도 다시 고쳤다. 그러다 보니 시간은 어느새 삼십 분을 훌쩍 넘겨서 거의 한 시간이 다 되어버렸다. 처음부터 너무 늦지 않았나 싶어서 조금 걱정하며 엘리베이터에서 내리자 바로 앞에서 굳은 얼굴로 서 있는 남자를 발견했다.

"죄송해요. 많이 기다리셨죠."

"네, 많이 기다렸습니다."

남자가 눈을 가늘게 뜨고 여자를 보며 말했다.

"하지만 기다린 보람이 있네요."

싱긋 웃는 남자의 모습에 여자는 다시 얼굴이 붉어졌다.

택시를 타고 삼십 분쯤 달려 도착한 해변의 해산물 레스토랑은 현지 원주민의 문화에 미국 문화가 융합된 독특한 특색을 가진 곳이었다. 홀 중앙에서 온몸에 문신을 새긴 덩치 큰 원주민이 야자로 만든 숯불에 여러 가지 해산물을 굽고 있었다. 그 이국적인 모습을 보는 것만으로도 즐거워졌다. 남자는 능숙한 영어로 주문하며 간간이 여자의 의견을 물었다. 남자의 배려에 영어를 잘 못하는 그녀도 마음이 편해졌다.

"혹시 해산물이나 갑각류 알레르기 있으세요?"

여자는 고개를 저었다.

"싫어하시는 해산물은?"

"없어서 못 먹죠."

가난한 집안 다섯 남매 중 셋째였던 그녀는 성인이 되기 전까지 생선 한 마리를 온전히 먹어본 적이 없었다. 집을 떠나서 혼자 살게 된 뒤에 가장 좋은 일은 형제들 눈치 안 보고 생선을 혼자서 독차지할 수 있다는 것이었다. 그 영향 때문인지 그녀는 생선을 통으로 먹지 않으면 생선을 먹은 기분이 들지 않았다.

여자의 이야기를 들은 남자가 빙긋 웃으며 주문을 마쳤다.

시원한 아이스티로 목을 축이고 오래지 않아서 각종 해산물을 담은 큰 접시가 도착했다. 이 식당의 메인인 거대한 랍스터가 여왕처럼 한가운데 엎드려 있었다. 남자가 접시에 손을 뻗으려다가 휴대폰 카메라 어플을 켜는 여자를 보고 멈췄다. 여자가 여러 각도로 십여 장의 사진을 찍을 동안 남자는 메뉴판을 펼쳐보며 참을성 있게 기다려 주었다. 마침내 촬영을 마치고 휴대폰을 내려놓자 남자는 바로 랍스터를 정리해서 그녀의 접시에 담아주었다. 대접받는 기분에 그녀는 공주처럼 우쭐해졌다. 그의 서비스는 과하지도 않고 모자라지도 않았다. 언제나 그녀가 필요한 순간에 적절하게 도움을 주었다. 덕분에 그와 함께하는 식사는 편하고 즐거웠다. 남자는 재미있는 이야기를 많이 알고 있었고 나이에 어울리지 않게 풍부한 사회 경험을 가지고 있었다.

"실례지만 지금 나이가 어떻게 되세요?"

여자가 묻자 '제가 몇 살로 보이세요?' 라고 남자가 되물었다.

"글쎄요, 서른 살보다는 많고 마흔 살보다는 어려 보이네요."

"그럼 그게 제 나이죠. 잘 봐주셔서 감사합니다."

남자가 맥주잔을 내밀자 여자도 잔을 들어 건배했다.

'그대의 눈동자에 건배!' 따위의 말은 없이 남자는 잔을 부딪쳤다. 하지만 그런 말을 했어도 멋있어 보였을 것 같았다.

즐거운 식사 시간이 순식간에 끝나 버렸다. 여자는 밀려 올라오는 트림 때문에 입을 가렸고 남자는 못 본 체했다.

"벌써 시간이 이렇게 됐네요. 소화도 시킬 겸 해변에서 산책 어떠세요?"

남자의 제안에 여자는 반가워하지 않으려고 노력했다.

"바쁘실 텐데 괜찮으세요? 저 혼자 가도 되는데……."

"혼자서요? 절대 안 됩니다!"

남자가 잘라 말했다.

"휴양지라도 현지인들 중에 가난한 사람도 많습니다. 여기 사람들은 미국 돈 천 불만 주면 살인사건이 일어나도 모른 체한대요. 그들한테는 큰돈이죠!"

"어머, 그럼 어쩔 수 없네요."

여자는 못 이기는 척 자리에서 일어났다. 남자는 현금으로 계산을 마치고 여자를 해변으로 에스코트했다.

신발을 벗어 들고 뜨겁고 부드러운 모래를 맨살에 느꼈다. 이곳의 해안은 보통 모래가 아니라 작은 자갈인 것으로 유명했다. 작은 자갈들이 발바닥을 지압하듯 간질여서 자기도 모르게 몸이 움찔움찔 움직였다. 몸에 닿는 햇살이 따갑게 느껴질 때 남자가 상의를 벗어서 그녀의 어깨에 걸쳐주었다.

"감사해요."

남자는 말없이 웃었다.

두 사람은 해변을 따라서 천천히 걸었다. 파도 치는 소리, 부드러운 바람, 하늘을 나는 갈매기 소리까지 모든 것이 완벽했다. 한 가지, 남자의 손을 잡을 수 없는 것이 조금 아쉬웠다.

"저쪽에 약간 높은 해변 보이세요?"

남자가 가리킨 곳에는 다른 곳보다 조금 높은 모래언덕이 있었다.

"여기는 조수 간만의 차가 커서 밤이 되면 해변 대부분이 물에 잠기죠. 그런데 저기만 섬처럼 남아 있답니다. 여기서는 저 모래밭을 '연인의 섬'이라고 부른답니다. 하지만 지금은 안전 문제로 폐쇄되었다네요."

"아쉽다! 꼭 가보고 싶어요. 꼭!"

"기회가 있겠죠. 꼭!"

활짝 웃는 남자의 가지런한 이가 하얗게 빛났다.

택시를 타고 호텔로 돌아와 엘리베이터 앞까지 배웅하며 남자가 말했다.

"오랜만에 마음이 편했습니다."

"저도 즐거웠어요."

"그럼, 쉬세요."

남자가 가볍게 고개를 숙여 보이고는 돌아섰다. 여자는 갑자기 허전해졌다. 싸게 보이지 않으려고 노력했지만 순간적으로 자제심을 잃었다.

"저, 오늘 저녁 시간 되세요?"

남자가 천천히 고개를 돌렸다.

"제가 저녁에는 일 때문에 나가야 돼서……."

여자는 실망한 표정을 감추려고 애썼다.

"모처럼 말씀해 주셨는데 죄송합니다."

"아니요, 바쁘신데… 그럼, 안녕히……."

여자는 급하게 엘리베이터 버튼을 눌렀다. 문이 닫히며 그녀의 마음도 닫혔다.

그때였다. 갑자기 엘리베이터의 문이 다시 열리며 남자가 싱긋 웃는 얼굴로 물었다.

"혹시, 와인… 좋아하세요?"

저녁 아홉 시쯤, 두 사람은 호텔의 와인 바에서 다시 만났다. 노타이의 편안한 정장 차림으로 스툴 앞에 앉아 있는 남자를 본 순간 여자는 심장이 요동쳤다. 남자는 몸매가 그대로 드러난 빨간색 원피스 차림의 여자를 눈부신 듯 쳐다보았다.

테이블에 마주 앉은 두 사람에게 나비넥타이를 맨 소믈리에가 다가와 메뉴를 내밀었다.

"좋아하는 와인 있으세요?"

"특별히 없어요. 그냥… 부탁드릴게요."

여자가 고개를 젓자 남자가 예의 우아한 영어로 주문했다. 무슨 '몽블랑'이니 '오르되브르'니 복잡한 프랑스 말을 그는 잘도 알고 있었다.

"사실, 저 와인은 잘 몰라요. 어떻게 먹는 건지 알려주시겠어요?"

"물론이죠."

소믈리에가 바구니에 담긴 와인과 디켄터를 테이블에 올려놓았다. 와인을 디켄터에 따르고 숙련된 솜씨로 흔든 뒤에 와인 잔에 따라주었다. 활성화된 와인 입자가 화악 퍼지며 콧속을 자극했다. 부드러운 기포가 생긴 와인을 한입 베어 물자, 적당한 단맛이 도는 쌉쌀한 액체가 혀 전체를 붉게 물들이고 목구멍으로 넘어갔다. 삼키기 아까운 맛이었다. 안주로 나온 각종 치즈는 지방의 담백한 고소함으로 와인에 없는 감칠맛을 더해 와인이 떠난 입속의 빈자리를 모자람 없이 채워주었다. 와인과 치즈의 궁합은 세련된 안주인과 여유 있는 남편처럼 환상의 궁합을 이루었다. 부부가 입속에서 모차르트의 반주에 맞춰 끊임없이 왈츠를 추는 느낌이었다. 남자의 안내대로 와인과 치즈를 맛본 여자는 새로운 맛의 세계에 눈을 떴다.

"이게 뭐죠? 세상에… 이런 맛이……."

마트에서 파는 싸구려 와인과는 맛의 차원이 달랐다. 그녀가 싸구려 와인을 싫어하는 이유는 마시고 난 뒤에 혀끝에 남는 기분 나쁜 알싸함 때문이었다.

"아, 잘 아시네요. 혀가 아주 민감하신가 봐요. 그건 방부제 맛입니다."

남자가 조금 놀란 표정으로 말했다.

"방부제요?"

"네. 마트에서 파는 헛개차 같은 것도 마시고 나면 혀끝이 싸해지죠. 방부제를 많이 넣어서 그런 겁니다."

"하지만 그 와인은 프랑스산이었어요. 유럽은 기준이 엄격하잖아요?"

"프랑스 사람들도 방부제 많이 씁니다. 기준이 엄격하다는 건 바꿔서 말하면 너무 많이 쓰니까 못 하게 막는 거 아닐까요?"

여자는 웃으며 고개를 끄덕였다. 이 사람과 같이 있으면 매순간이 마술처럼 즐거워진다.

"처음이에요. 와인이 이렇게 맛있다는 거… 전에는 몰랐거든요."

"도움이 되어서 기쁩니다."

남자가 살짝 미소를 지었다. 보는 사람의 기분을 좋게 하는 미소였다.

"사실 저, 와인은 잘 몰라요. 전 소주파거든요."

여자의 말에 남자의 표정이 굳어졌다.

"소주라면 전국 팔도 소주 맛을 다 알아요. 일본 소주에 중국 소주, 터키 소주까지 냄새만 맡아도 다 알거든요."

아무도 없는 빈 집에서 그녀는 매일 혼자 소주를 마셨다. 그 덕에 소주에 도가 터버렸다.

"진작 말씀하시지, 사실은 저도 소주파거든요."

남자가 활짝 웃으며 말했다. 가지런한 이빨이 보기 좋게 드러났다.

'아, 저 이빨에 깨물려 봤으면' 하고 여자는 간절히 바랐다.

"자리를 옮기실까요? 옆, 일본 식당에 좋은 소주가 있거든요."

남자의 말대로 자리를 옮긴 두 사람은 일본 주방장이 바로 잡은 신선한 생선회와 튀김, 따끈한 국물을 안주로 가고시마 명물이라는 고구마 소주를 마셨다. 몸이 노곤하게 풀리며 그녀의 혀도 풀렸다. 남자는 주량이 센지 많이 마셨는데도 전혀 흐트러지지 않았다.

"술, 쎄시네여~"

여자가 혀 꼬인 목소리로 말했다.

"저는 원래 술을 못 마십니다. 지금은 조금 나아졌지만 처음 영업 뛸 때는 접대하다가 금방 술에 취해서 쓰러져 버렸죠. 제가 불쌍했던지 술집 아가씨가 자기들이 쓰는 방법을 알려주더군요. 술을 입에 머금고 있다가 물수건에 뱉던지 물을 마시는 척하면서 물 잔에 뱉으라는 거였죠. 그 덕분에 살았습니다. 나중에는 술이 세지면서 그럴 필요가 없었지만요."

남자는 여자의 잔에 술을 따라주며 말했다.

"지금도 뱉고 있는 거예요?"

"그럴 리가요? 이 피 같은 술을……"

남자는 호탕하게 웃으며 다시 이야기를 이어갔다.

"그 할머니 여배우, 연예계의 대모라고 불리던 분이거든요. 그분한테 돈을 많이 벌게 해줬죠. 투자금의 두 배가 넘는 돈을 벌어줬으니 얼마나 좋았겠어요. 그런데 그 할머니가 가시면서 저한테 감사하다며 종이 쪽지 한 장을 주시더라고요. 아무것도 없고 XXX호텔, 803호, 12시라고만 써져 있었죠. 호기심에 그 호텔로 갔더니 주말 드라마에 나오는 여배우 ○○○이 방 안에 속옷 차림으로 앉아 있는 거예요."

"그래서요? 그 여배우하고……?"

"글쎄요……."

남자가 웃으며 얼버무렸다. 여자는 조금 기분이 상했다. 이 나이에 질투를 한다는 것이 유치해 보여 더 샐쭉해졌다.

"그런데 좀 이상하시네요? 투자 자문이라면서 왜 돈 이야기를 안 해요?"

남자는 잔잔한 눈빛으로 한동안 여자를 쳐다보았다.

"같이 있으면 너무 편해서 일 이야기는 하고 싶지 않네요. 일은 다음 기회에… 괜찮죠?"

남자의 말에 여자는 갑자기 기분이 좋아졌다. 이 사람은 돈이 아니라 여자로서 자신에게 호감이 있는 것이다! 이 남자와 같이 있으면 롤러코스터를 탄 것처럼 심장이 오르락내리락했다.

어느덧 밤이 깊어졌다. 달빛도 없는 검은 밤바다는 무심한 파도 소리만 철썩대고 있었다.

한껏 기분이 고조된 여자는 남자의 말 한마디 한마디에 웃음을 터뜨렸다. 술김에, 힘들게 살았던 어린 시절, 어린 나이에 만난 전남편 이야기까지 다 털어놔 버렸다. 남자는 표정에 변화도 없이 묵묵히 들어주었다.

"너무 제 얘기만 했네요. 저… 좀 주책이죠?"

눈가를 촉촉이 적신 채 여자가 말했다. 남자는 말없이 미소를 지으며 그녀의 손을 잡아주었다. 망설이던 그녀도 그 손을 마주 잡았다. 남자의 손이 이상하게 차가웠지만 기분은 좋았다.

많이 취한 두 사람은 식당을 나와서 엘리베이터로 올라갔다. 그녀가 자신의 방 앞에서 발을 헛디뎌 비틀거리자 남자가 재빨리 그녀의 팔을 붙잡았다. 마치 두 사람이 처음 만났을 때처럼……

"아직도 긴장하셨네요? 근육이 뭉쳐 있어요."

여자가 웃으며 말했다.

"당신 앞에서는… 긴장이 되네요."

여자를 쳐다보며 남자가 안경을 벗었다.

여자는 그가 키스할 거라는 사실을 알고 있었지만 막을 생각은 털끝만큼도 없었다.

두 사람의 입과 입이 만났다. 더 이상 말이 필요 없었다. 여자의 몸이 부르르 떨렸다. 이런 자극을 너무나 오래 잊고 살았다. 한참 동안 열정적인 입맞춤이 이어졌다. 두 사람의 입술이 별개의 존재인 것처럼 뻔뻔스럽고 직설적으로 서로를 탐했다. 여자가 등 뒤로 손을 뻗어 카드를 문에 대자 삐빅 하는 작은 소리와 함께 문이 열렸다. 여자가 남자의 눈동자를 쳐다보며 문고리를 잡고 문을 열었다. 남자가 손을 놓았다.

"늦었네요."

여자는 남자도 원한다는 것을 느낄 수 있었다. 하지만 남자는 진정하고 뒤로 한 걸음 물러났다.

"오늘 감사했어요. 그럼……"

여자는 방으로 들어가서 문을 닫고는 그 문에 기대서서 숨을 몰아쉬었다. 비록 방 안에 들어오지는 않았지만 남자도 쉽사리 발길을 돌리지는 못하는 것 같았다. 문 너머로 그의 기척을 느낄 수 있었다.

똑똑.

누군가가 문을 두드렸다. 남자였다. 문을 열어야 하나? 여자는 고민했다.

"내일 다시 뵐 수 있다면 좋겠네요. 그럼, 편한 밤 되세요."

조금 뒤에 복도를 걷는 발소리가 멀어지고 띵 하는 엘리베이터 소리가 들렸다.

여자는 그대로 침대 위로 몸을 던졌다. 사방에서 꽃잎이 흩날리는 느낌이었다. 얼마 만에 느껴보는 설렘인가? 모든 것이 너무나 완벽했다. 여기서 더 행복해지면 심장이 터져서 죽을 것 같았다. 여자는 오랫동안 잠들지 못했다.

하지만 다음 날은 오전 내내 남자를 볼 수가 없었다.

일찍 일어난 그녀는 혹시나 하는 마음에 조식 뷔페 식당에도 가보고 라운지, 수영장에도 가보았지만 남자의 모습은 보이지 않았다. 그러고 보니 남자의 방이 어디인지도 모른다는 것을 깨달았다.

입맛이 없어서 아침도 거르고 계속 여기저기를 헤매고 다녔지만 남자는 끝내 보이지 않았다. 점심도 넘어가지 않았다. 평소에 자기 요리를 열심히 먹어주던 여자가 한두 입 먹는 둥 마는 둥하고 신경질적으로 냅킨을 던지자 콧수염을 기른 이탈리아 셰프가 직접 달려와 그녀에게 이유를 물었다.

"어제 너무 마셔서……."

라고 둘러대고 떠나는 여자에게 셰프는 '숙취에는 도피오(진한 에스프레소)와 토마토 스프가 최고예요!' 라고 외쳤다. 하지만 오늘은 그런 그의 열정마저도 밉살스러웠다.

오후에도 남자를 찾아 호텔 이곳저곳을 헤매던 여자는 마침내 손을 들고 프론트 데스크로 향했다. 직원에게 OOO 씨가 아직도 투숙 중인지 묻자, 놀랍게도 직원은 오늘 새벽에 이미 체크 아웃했다고 대답했다. 여자는 뒤통수를 맞은 느낌이었다. 어젯밤의 그 웃음, 그 뜨거운 입술은 뭐였단 말인가?

여자의 나쁜 습관은 기분이 안 좋을 때 알코올에 기대는 것이었다. 이 알코올 의존증은 남편이 언제 잡혀갈지 몰라 두려움에 떨며 살아오던 지난 십 년간 생긴 습관이었다. 여자는 홧김에 어제 갔던 일본 식당에서 빈속에 고구마 소주를 마시기 시작했다.

"흥! 자기 없으면 누가 술 못 마시나?"

차갑게 식힌 술잔에 따른 단맛이 도는 차가운 소주를 홀짝이며 여자는 혼잣말을 중얼거렸다.

"내가 십 원 한 장이라도 자기한테 투자할 줄 알고? 흥! 어림없다."

혼잣말 역시 오랜 세월 친구도 없이 외롭게 지내면서 생긴 습관이었다. 여자는 자기 모습이 정신병자 같을 거라고 생각했다. 갑자기 끊었던 담배가 너무 간절했다. 여자가 종업원에게 담배를 달라고 했지만 호텔 안은 금연이라는 말만 돌아왔다.

"돈 줄게! 담배 한 갑만 사와!"

한국말로 외치는 그녀를 종업원은 멀뚱멀뚱 쳐다보기만 했다. 그때였다. 프론트 직원이 식당으로 와서 그녀를 찾았다.

"한참 찾았습니다. 손님을 기다리는 사람이 있습니다."

여자는 갑자기 술이 확 깨는 느낌이었다. 혹시 그 남자가?

"프론트로 가보시죠."

여자는 휘청거리는 다리로 몸의 중심을 잡으려고 애쓰며 직원을 따라서 프론트로 갔다. 말쑥한 정장에 모자까지 쓴 현지인 쇼퍼(리무진 운전기사)가 나무 조각상처럼 벽 한쪽에 서 있다가 그녀에게 깍듯이 고개를 숙이고 편지 한 장을 건네주었다. 친절한 태도에도 불구하고 그의 얼굴은 가면처럼 표정이 없었다.

〈급한 일이 생겨서 이른 아침에 다른 도시로 왔습니다. 다행히 일은 잘 끝났어요. 너무 서둘러 오느라 말씀도 못 드렸네요. 어제 해변에서 봤던 연인들의 섬을 빌렸습니다. 쇼퍼를 보낼 테니까 와주시겠어요? 보고 싶습니다.〉

여자는 다시 심장이 터져 버릴 것 같았다.

쇼퍼가 '그럼, 가실까요?' 하고 말했지만 그녀는 편지를 내던지며 '십 분만 기다려요' 하고 방으로 뛰어올라 갔다. 기다림에 익숙한 쇼퍼는 낮게 신음하고 편지를 주워 든 뒤에 다시 나무 조각상처럼 무표정한 얼굴로 벽 앞에 섰다.

샤워를 하고 옷을 갈아입고 새로 화장을 하느라 거의 한 시간이 다 되어서야 내려온 그녀를 쇼퍼는 불평 한마디 없이 무표정한 얼굴로 리무진으로 안내했다. 직접 뒷문을 열어서 그녀를 차에 타게 한 뒤에 문을 닫고 운전석에 올라 부드럽게 차를 몰기 시작했다. 여자는 술을 깨기 위해서 노력했다. 내려오는 길에 카페에 들러 받아온 진한 에스프레소를 마시며 손으로 가볍게 얼굴을 때렸다. 그래도 술이 깨지 않자 차창을 열고 시원한 바람을 얼굴로 맞았다. 조금 술이 깨는 느낌이었다.

"필요하시면 차 안에 술과 음료가 준비되어 있습니다."

쇼퍼가 단추를 누르자 작은 바가 밑에서 솟아올랐다. 각종 술과 음료가 종류별로 구비된 미니바였다. 여자가 필요 없다며 격렬하게 손을 흔들자 쇼퍼는 다시 바를 집어넣었다. 그리 먼 길을 달린 것도 아닌데 여자는 초조해서 심장이 폭발할 것 같았다. 그런 그녀의 눈앞에 어제 남자와 거닐었던 해변이 다가왔다.

해가 거의 수평선에 닿고 있었다. 따갑던 햇살은 부드러운 노란빛에서 강렬한 오렌지색으로 바뀌고 있었다. 해변으로 밀려드는 파도가 점점 더 높아지면서 자갈 해변이 바닷물에 잠기고 있었다. 어제 점심을 먹었던 식당을 지나치면서 리무진은 속도를 줄이더니 해변가에 정차했다. 쇼퍼가 차에서 내려 문을 열어주었다. 그녀의 눈앞에 하얀 섬처럼 보이는 자갈 모래 둔덕이 보였다. 언제 준비했는지 작은 나무 테이블과 음식, 와인까지 준비되어 있었다. 밀려오는 감동에 목이 메었다. 그토록 오랜 세월, 바라고 바라던 일이 눈앞에 펼쳐져 있었다.

밤이 되면 다른 모래사장은 모두 물에 잠기고 이곳만 섬처럼 떠 있어서 이곳을 연인들의 섬이라고 부른다고 남자가 말했었다. 안전 문제로 폐쇄됐다고 했는데 어떻게 준비했을까? 그녀는 사방을 두리번거리며 남자를 찾았지만 그의 모습은 보이지 않았다. 갑자기 외로워졌다. 자기 혼자만 무인도에 남겨진 느낌……. 지난 십 년간 집에 갇혀서 남편만 기다리던 자신의 모습이 겹쳐지며 무섭고 우울해졌다. 문득, 도로가에 정차한 차에 앉아 있는 쇼퍼를 보았지만 그는 벽에 그려놓은 그림처럼 무표정했다.

해가 거의 다 바다 속으로 가라앉고 밤이 시작되기 직전, 조명이 켜지며 테이블 주위가 환해졌다. 바닷물이 사방으로 들이차며 이제 그곳은 진짜 섬처럼 느껴졌다. 그녀는 자신이 이대로 혼자 남겨지는 것 같아 무서워졌다. 그때서야 자신이 너무 취했고 무방비한 상태라는 것을 깨달았다. 돌아갈까? 그녀는 다시 쇼퍼에게 눈길을 돌렸다.

그때였다.

해변 쪽에서 누군가가 철벅철벅 물속을 걸어왔다. 그 남자였다. 그의 손에 들린 꽃다발을 보고 여자는 눈물이 왈칵 치솟았다.

"제가 좀 늦었죠?"

남자의 말에 여자가 눈물을 참으며 말했다.

"아니요. 딱 맞춰 왔어요."

이 낙원 같은 해변 위, 두 사람만의 무인도에서 로맨틱한 저녁… 상상도 못 해본 낭만적인 밤이었다. 사기꾼 남편의 뒷바라지를 하며 결혼 신고도 못 하고 숨죽여 살아온 십여 년을 한꺼번에 보상받는 느낌이었다.

남자가 그녀를 위해서 음식 접시의 뚜껑을 열었다. 그 안에는 생선이 한 마리 통째로 들어 있었다. 울컥하는 마음에 눈물이 맺혔다. 그는 기억하고 있었다!

"맛있기로 소문난 열대어예요. 이걸 안 먹으면 이 섬에 와본 게 아니라네요."

남자가 포크와 나이프로 능숙하게 생선살을 발라내서 여자의 접시에 옮겨주었다. 생선은 그 자체도 맛있었지만 크림 소스와 함께 환상적인 궁합을 이루어냈다. 입안 가득 그 농후한 풍미를 느끼다 보면 목구멍으로 넘어가는 것이 아쉬워질 정도였다. 남자가 여자의 글라스에 와인을 따라주었다. 여자는 낮에 마신 술 때문에 처음에는 거절했지만 받기만 하라는 남자의 말에 결국 잔을 들었다. 즐겁게 울고 웃으며 식사를 하다 보니 어느새 그녀는 다시 와인을 마시고 있었고 순식간에 병이 비어버렸다.

"정말 너무했어요. 난 당신이 가버린 줄 알았다고요."

여자가 혀가 꼬인 소리로 투정을 부렸다.

"죄송해요. 놀라셨죠?"

남자가 웃으며 사과했다.

"하지만 제가 그냥 떠날 수는 없죠. 당신이 여기 있는데……."

여자는 다시 가슴이 뛰기 시작했다. 어쩌면 이 사람, 고백을 할지도 모른다. 그런데 이상하게 머리가 무겁고 어지러웠다. 너무 마셨나 보다 하며 몸을 일으키려다가 그녀는 중심을 잃고 테이블 위로 쓰러졌다. 몽롱한 상태에서 이상한 환청처럼 남자의 목소리가 골을 울렸다.

"사실은… 고백할 게 있어요."

아, 그가 고백하려고 한다. 어서 일어나야지! 하지만 마음뿐, 몸은 젖은 나무토막처럼 무겁기만 했다.

"아, 그대로 있어요. 졸린 게 당연하죠. 와인에 수면제를 넣었거든요."

"수면… 제?"

여자는 그 말을 이해할 수 없었다.

"당신도… 마셨는데?"

"당연히 뱉어냈죠. 기억나요? 술집 아가씨가 알려준 방법?"

남자가 냅킨을 들어 보였다. 하얀색 냅킨이 온통 보라색으로 물들어 있었다. 석양 때문에 잘 안 보였다.

"왜… 왜?"

여자는 이유를 알 수가 없었다. 조금 전까지 자기한테 그렇게나 잘해주던 남자가 왜 갑자기 돌변했을까?

'아!'

그때서야 그녀의 머릿속에서 한 사람이 떠올랐다.

"당신, 남편이… 보낸… 거야?"

그녀가 이를 악물며 물었다.

"아니, 그건 아니에요."

남자는 굳은 표정으로 고개를 저었다.

"그럼, 왜……?"

"당신이 나를 해고했기 때문이지!"

남자가 테이블을 쾅 하고 내려치며 조금 격앙된 목소리로 외쳤다.

"나는 당신 남편 자금을 관리하던 펀드매니저야! 그런데 당신이 나를 해고했어! 회사는 난리가 났지. 중요한 고객을 날렸으니까! 그런데 그것보다 더 큰 문제가 있었어! 내가 당신 돈을 다 날려 버렸거든! 내 이름으로 무슨 비트코인 회사에 투자했는데 어느 날 문 닫고 파산 신청을 했더라고! 고의 부도지!"

그것은 남편이 쓰는 수법과 같았다! 그녀는 이 기막힌 우연을 믿기 힘들었다.

"나한테 남은 선택지는 두 가지였어! 자살하거나 당신을 찾아오는 거였지. 당신이 살거나, 내가 살거나……."

남자가 접시와 의자, 테이블 등을 차례로 집어 들어 바다를 향해 던졌다. 아직 반 이상이나 남은 생선 요리 접시도 그대로 바다 속으로 던져졌다. 새벽이면 모든 것들이 바다로 쓸려가 버릴 것이다.

"우리가 그냥 비즈니스 관계로 남아 있었다면 좋았을 텐데……. 나도 이러고 싶지는 않아. 하지만 아무리 싫어도 할 일은 해야지."

남자가 자신에게 다가오려 하자 여자는 마지막 힘을 쥐어짜서 해변 쪽으로 기어갔다. 그곳에는 쇼퍼가 있다! 그에게 도움을 요청하면 된다. 술과 약에 취해서 비틀거리며 일어나서 여자는 해변으로 걸어갔다. 조금 전까지 완벽한 낙원이던 섬이 순식간에 한 치 앞도 안 보이는 지옥으로 변해 있었다.

"걷기 힘들지? 수면제는 아주 소량만 넣었어. 아마 부검해도 검출하기 힘들걸……. 아, 검출돼도 상관없어. 당신이 의사한테 처방받은 수면제하고 같은 성분이니까!"

여자는 비틀거리며 물속으로 걸어 들어갔다. 차가운 바닷물이 정신을 깨워주길 기대했지만 허리 아래는 그냥 무지근한 둔통만 남아 있었다. 걷고 있다는 자각이 없었다. 철벅, 철벅하는 물소리만 자신이 물 위를 걷고 있다는 사실을 알려주었다. 마지막으로 조명을 집어 들어 바다로 던져 버린 남자가 여자를 향해 다가왔다.

"어디로 갈 거지? 응? 다시 감옥 같은 방으로 돌아갈 거야?"

물속을 걷던 여자가 넘어졌다. 생각보다 물은 깊었고 자갈 바닥은 미끄러웠다. 여자가 허우적거리며 일어났지만 남자가 뒤에서 여자의 머리를 잡아 물속에 처넣었다.

"진짜 감옥이 어딘지 알아? 바로 마음속이야!"

여자는 발버둥을 치며 저항했다. 이렇게 죽기는 싫다. 너무 억울하다.

"마음에 자유가 없으면 어떤 낙원에 있어도 감옥이나 마찬가지야!"

여자는 외쳤다. 당신 죄, 용서할게! 아니, 돈 더 줄게! 나 그거 말고도 돈 많아!

하지만 그 말들은 결코 수면 밖으로 올라오지 못했다.

그녀의 간절한 마지막 시선이 리무진 앞에 서 있는 쇼퍼를 향했다. 그는 물끄러미 이쪽을 쳐다보고 있었다. 못난이 인형처럼 무표정한 얼굴로……

마지막 한숨이 그녀의 입에서 거품처럼 빠져나갔다. 허우적거리던 손발에 힘이 빠지고 동작이 잦아들었다. 이윽고 사지가 축 늘어진 여자의 몸은 불린 미역처럼 물 위를 떠다니며 파도에 따라 이리저리 휩쓸려 갔다. 남자에게 잘 보이려고 입은 하늘거리는 치마 주변으로 해파리 떼가 몰려들었다.

철벅철벅 물을 건너온 남자가 리무진에 올라타자 쇼퍼는 시동을 걸고 차를 출발시켰다. 남자는 운전석 사이의 칸막이를 올리고 가방에서 수건을 꺼내 몸을 닦은 다음 새 옷으로 갈아입었다. 양복을 입고 젖은 머리를 뒤로 빗어 넘기자 그는 원래처럼 세련된 모습으로 돌아와 있었다. 남자는 휴대폰을 꺼내 어딘가로 전화를 걸었다.

"처리했어. 그 계좌 정리해!"

—넹, 수고하셨습니당.

밝지만 감정이 없는 젊은 여자의 목소리가 대답했다.

"내일 점심은 그 이태리 식당 예약해 줘. D그룹 오 상무하고 미팅 있어."

남자는 몇 가지 업무를 더 지시하고 전화를 끊었다. 그러고는 바로 전화기의 전원을 끄고 심 카드를 꺼내서 두 손가락으로 구부려 차창 밖으로 던져 버렸다.

쇼퍼는 칸막이 너머 앞쪽에서 묵묵히 운전만 했다. 비즈니스 관계인 두 사람 사이에는 쓸데없는 대화가 필요 없었다.

한참 동안 밤길을 달린 리무진이 공항에 도착하자 남자는 쇼퍼에게 지폐 뭉치를 내밀었다.

"해 뜨면 경찰에 신고해!"

돈뭉치를 받아 든 쇼퍼가 고개를 끄덕였다. 남자는 작은 캐리어를 들고 그대로 청사 안으로 들어가 사람들 사이로 묻혀 버렸다.

쇼퍼는 돈뭉치를 꺼내서 세어보았다. 정확히 미화 천 불이었다.

그에게는 큰돈이었다.

쇼퍼는 조각처럼 무표정한 얼굴로 천천히 시동을 걸고 차를 출발시켰다.

포도주의 다이아몬드

조동신

2010년 단편 「칼송곳」으로 제12회 여수 해양문학상 소설 부문에서 대상을 수상하며 등단했으며, 이후 한국추리작가협회에 가입하여 활동 중이다. 2012년 제1회 아라홍련 단편소설 공모에서 가작, 2017년 제2회 테이스티문학상 공모에서 우수상, 2017년 제3회 부산 음식 이야기 공모에서 동상을 수상한 바 있다. 발표한 작품으로 단편 「포인트」, 「프레첼 독사」, 「오클라」, 「클루 게임」, 「철다방」, 「보화도」, 「크리스마스의 왕」, 「금남의 구역」, 「불이 필요해」, 「해골 술잔」, 「절벽 위의 불」, 「용의 발자국」 「검은 학 날아오르다」, 「기내 서비스에 포함되는 것」, 「등패」, 「발록에크맥」, 「류엽면옥」, 「새우가 세상에 없다면」, 「상어 호수」 등과, 장편 「까마귀 우는 밤에」, 「내시귀」, 「금화도감」, 「필론의 7」 등이 있다.

"윤경식 탐정님이 이런 일에는 최고라고 들었습니다. 그러니, 제발 부탁드립니다."

보석상 주인은 나와 조대현을 번갈아 보며 말했다.

나는 벽에 걸린 탐정 자격증을 보았다. '윤경식' 내 이름 석 자가 박혀 있었다. 그렇다. 이곳은 내 탐정 사무소다. 인사동 한 전통찻집의 구석에 있는 방을 빌려서 쓰고 있기는 하지만.

삼촌이 내 명의로 돈을 빌리는 바람에 나는 큰 빚을 졌다. 그때, 조대현은 자신이 그 빚을 다 갚아주는 대신 나를 자신의 노예 비슷한 것으로 삼았다.

그가 한 일은 탐정이었다. 사립탐정법이 통과되기 전에도 그는 변호사를 도우며 탐정 일을 했고, 나중에는 경찰에서 자문 요청이 들어올 정도로 수많은 미제 사건을 해결했다. 좌우간, 탐정법이 통과

된 후 그는 정식으로 탐정 사무소를 차리기로 했다.

조대현은 나더러 탐정 아카데미에 들어가 민간 조사원 과정을 듣고 자격증을 따라고 했으며, 나는 그 덕에 팔자에도 없는 탐정 사무소 소장이 되었다. 말이 좋아 소장이지, 나는 조대현의 지시대로 뭐든 해야 했고 돈도 받지 못했다. 속칭 바지 사장이 된 셈이다.

조대현이 그렇게 한 이유는, 자신은 키가 150㎝에 몸무게는 35㎏이기 때문에 탐정 자격증을 따기도 곤란하고, 고객들에게 믿음을 주기 어렵기 때문일 것이다. 탐정 일이 거친데 그렇게 왜소한 사람에게 사건을 맡기려는 사람은 없을 테니까. 물론 그가 직접 그렇게 말하지는 않았지만, 나는 그렇다고 믿는다.

그건 그렇고, 이번 사건은 조금 복잡했다.

종로에 있는 큰 보석상에서 10억 원이 넘는 가치가 있는 대형 다이아몬드가 도난당하는 사건이 일어났다.

며칠 뒤, 범인이 잡혔다. 놀랍게도 그의 정체는 보석상 주인의 친구의 아들인 서한길이었다.

"정말, 그 녀석이 우리 집에 와서, 결혼할 여자가 생겼다며 예물 반지를 좀 보여달라고 했습니다. 그러다가, 얼마 전에 입수한 다이아몬드도 볼 수 있느냐고 해서 한번 보여줬죠. 친구 아들이니까요. 그런데, 그 녀석이 틈을 봐서 진짜랑 가짜를 바꿔치기한 겁니다. 정말 어떻게 이럴 수가 있는지……!"

보석상 주인은 비통해하며 말했다. 서한길은 어렸을 적부터 모범생이고 성적도 우수해 자기 자녀들에게도 본받으라고 몇 번이나 말했는데, 그가 그런 짓을 했다는 사실에 놀랐다며 말이다.

"빚을 졌으면, 차라리 내게 솔직히 말하고 돈을 몰래 빌리든지 해도 됐을 텐데 말입니다! 대체 왜……!"

서한길은 수의대를 나왔지만 의사 면허증 따는 데 실패하고, 동물병원에서 아르바이트를 하면서 지내고 있었는데, 어느 날 일이 나고 말았다.

"그놈의 도박이 사람을 그렇게 망가뜨린 겁니다."

"네?"

"한길이는 도박한 적 없어요. 그런데 알고 보니까, 그 애한테 애인이 생겼답니다. 이름은 이진경이라고 하는데, 정말 끔찍했어요. 그 아버지가 도박 중독자랍니다. 그러니 한길이네 집안에서도 그 여자를 반대했죠. 도박 중독자랑 사돈 맺을 수는 없잖습니까."

이진경 아버지의 도박 중독은 심각했다. 어느 날, 서한길의 신용카드까지 훔쳐서 거액을 대출받았고 그 돈을 모두 도박장에서 써버렸다. 그 때문에 서한길은 의사 국가고시를 앞두고 신용 불량자가 되고 말았다.

"그러다가, 그 이진경이란 여자가 결국 업소에 나갈 지경까지 이르렀답니다. 그런데, 어느 날 정두수라는 사람이 걔한테 나타나서 나한테서 보석을 훔치라고 했대요. 가짜 다이아몬드까지 준비해 와서요. 그래서 결국 그러기까지 한 거죠. 다이아몬드가 보험에 들어 있으니 내가 손해 보지는 않을 거라고 생각하고요. 대체 그게 말이 되나요?"

경찰에서 수사를 했지만, 정두수라는 사람을 찾을 수는 없었다. 서한길이 만든 가공인물일 것 같았다. 하지만 그는 끝까지 다이아몬드를 숨긴 장소를 말하지 않았고 처음 진술을 철회하지 않았으며, 결국 단독 범행으로 감옥에 갔다. 이진경의 집을 수색해도 훔친 보석은 나오지 않았다.

"그러면, 혹시 서한길이 그 보석을 벌써 사채업자들에게 넘기지 않았을까요?"

가만히 듣고만 있던 조대현이 말했다.

"그랬는지, 아닌지는 모르지만, 10억짜리 다이아몬드를 장물아비에게 넘기면 많이 받아야 1억 정도일 겁니다. 거기다, 커다란 다이아몬드는 일련번호가 다 있어서 금방 추적이 되기 때문에 쉽게 팔 수도 없어요. 그 녀석이 바보짓을 한 거죠. 아마 그걸 판 돈을 들고 애인이랑 외국으로 도망치려고 했을 겁니다."

"우리가 서한길 씨를 면회해서 물어봐도 될까요?"

내가 물었다.

"그건 힘듭니다. 그래서 탐정님들을 찾아온 거예요. 그 아이가 죽었습니다."

"네?"

나는 놀라고 말았다.

"그 애가 견과류 알레르기가 굉장히 심하거든요. 그런데 그날, 동료 죄수가 자기 사식을 같은 방에 있던 죄수들에게 전부 돌렸죠. 제주도 기름떡이라고 아십니까?"

제주도의 전통 떡 중 하나인 기름떡은 반죽을 기름에 지진 뒤 설탕을 묻힌 떡이다. 그날 사식을 받은 죄수가 공교롭게도 제주도 출신이고 떡집 아들이었다.

"그런데 그만, 땅콩기름으로 그걸 지졌다는군요."

"저런!"

"늦은 밤이라서 어떻게 하지도 못하고 죽었답니다. 그게 바로 어제 일입니다. 거참, 그 아이랑 정도 많이 들었는데, 하지만 지금 저는 그 다이아몬드를 찾아야 합니다."

"혹시, 타살은 아닐까?"

서한길의 장례식장으로 가는 길에, 내가 조대현에게 물었다. 탐정 생활을 하다 보니 무슨 사건이 일어나도 의심부터 하는 버릇이 생겼다. 하지만 조대현은 한심하다는 투로 말했다.

"그럴 확률은 거의 없어. 서한길이랑 같은 방에 떡집 아들이 갈 걸 누가 알았고, 그 떡에 땅콩기름 쓴다는 걸 그렇게 금방 알았겠냐? 거기다 사인에도 의심할 바는 없다고 했잖아."

물론 교도소에서 죄수가 죽은 데에 책임을 면하기 위해 은폐했을 가능성도 없지는 않지만, 조대현의 말이 옳았다.

서한길은 그 교도소에 간 지 얼마 되지도 않았다. 그런데 그에게 직접도 아닌 다른 죄수에게 사식을 줘서 살해하기는 극히 어려울 뿐 아니라, 설령 그렇다고 해도 서한길과 같은 방 쓰는 죄수들에 관해 조사하는 데에도 많은 시간이 걸릴 것이다.

"여기가 어디라고 와!"

갑자기 들려온 목소리가 내 생각을 중단시켰다.

"얼굴도 두껍지, 이게 다 네년 때문인 거 알아?"

탐정 생활에 이제 나도 도가 튼 모양인지, 이젠 자식 잃은 어머니의 그것임도 눈치챌 수 있었다.

"네년 때문에, 우리 애가 도둑질을 하고, 죽기까지 했단 말이야! 그것도 감옥에서!"

그 자리에 있던 여자가 누구인지 금방 알 수 있었다. 그녀의 이름은 이진경이었다. 그녀 역시 눈물을 흘리고 있었다. 하긴 서한길의 부모나 가족들로서 그녀가 좋게 보일 리는 만무했다.

"저년 죽여 버릴 거야!"

곧 장례식장은 아수라장이 되었다.

"그래도, 우리 일은 그럭저럭 빨리 진행되겠는데? 어떻게 저 아가씨를 찾아야 할지 생각 중이었는데 말이야."

조대현은 팔꿈치로 나를 쿡 찔렀다. 나는 무슨 뜻인지 알 수 있었다. 내가 아주 싫어하는 일 중 하나를 해야 한다는 뜻이다.

"이봐요!"

"뭐야, 당신?"

"이 여자 빚 당신이 갚아줄 겁니까?"

내가 말했다.

"오냐, 빚쟁이한테 늘 쫓기다가, 그러다가 내 아들까지 그렇게 만들었지?"

그다음에는 물건이 그녀는 물론 나에게까지 날아왔다. 처음에는 음료 캔, 그리고 음식 접시까지, 뜨거운 육개장은 피해야 한다. 나는 서둘러 이진경의 손을 잡다시피 하면서 밖으로 끌고 나왔다.

"누, 누구세요?"

이진경이 내게 물었다. 검은 옷을 입은 채 슬픈 얼굴을 하고 있는 그녀는 얼굴형도 갸름하고 하얀 데다가 몸매도 날씬하였다. 서한길이 한 번에 반할 만했다.

"누구시냐고요."

"아, 저는 탐정입니다."

내가 신분을 밝히자마자, 그녀의 얼굴이 확 달라졌다.

"혹시, 보석상에서 보낸 건가요? 그, 보석 찾아달라고? 그렇다면, 말도 하지 마세요!"

"네?"

그녀는 눈물짓기 시작했다.

"다들 그러잖아요! 오빠가 저 때문에 다이아몬드를 훔쳐서 저한테 줬다고요! 전 그걸 받은 적이 없어요!"

"아, 그렇습니까?"

"뭐가 아, 그렇습니까예요? 좌우간 저는, 다이아몬드가 어디 있는지 몰라요! 안 그래도 빚쟁이 때문에 죽겠는데!"

"그런데, 개를 기르시나요?"

나는 별수 없이 딴 이야기를 꺼냈다.

"뭐예요?"

"보니까 옷에 개털이 많이 붙어 있네요."

"갠지, 고양인지 어떻게 아세요?"

"제가 고양이 알레르기가 있어서, 그거라면 당장 재채기가 확 났을 겁니다. 속에 있던 게 다 튀어나올 정도죠! 그리고 고양이라면 발톱으로 매달린 자국 같은 게 옷에 나 있겠죠."

나는 벌레를 잡는 새처럼 빠르게 몸을 움직이며 재채기를 하는 흉내까지 냈다. 물론, 내게 고양이 알레르기는 없다. 일부러 이렇게 과장된 행동을 하면서 친근감을 형성하려 하는 것이다. 그러자 그녀는 웃고 말았다. 조대현은 한심하다는 표정으로 나를 보았다.

"참, 안타까우시겠습니다."

"아, 네……."

"몇 가지만 여쭤봐도 될까요? 서한길 씨가 자수하기 전에 만난 적 있나요?"

조대현이 물었다.

"경찰에도 다 말했는데… 공범으로 몰리기까지 했어요. 하지만, 저는 몰라요. 한길이 오빠는 저한테 자기가 당분간 어디 가 있어야 된다면서 강아지를 맡겼어요. 이거예요."

그녀는 스마트폰 사진을 꺼내 보이며 말했다. 서한길과 그녀, 그리고 강아지가 같이 찍혀 있었다. 품종은 시추였다. 그 덥수룩한 털만 봐도 금방 알 수 있었다.

"아니, 이거 목걸이에 이름이 있는 것 같은데, 뭔가요?"

"랭스요."

"랭스? 도시 이름 아닌가요?"

랭스는 프랑스 샹파뉴 지방에서 가장 큰 도시 중 하나로, 샹파뉴, 흔히 샴페인이라 불리는 거품 포도주가 만들어진 곳이다.

"강아지 이름이에요. 오빠가 포도주 마니아였거든요. 그것 때문에 유럽에 포도주 투어를 다녔어요. 특히 샴페인… 아니, 샹파뉴를 좋아해서 강아지 이름까지 그렇게 붙였죠."

"하하하."

분위기가 조금 누그러지자, 나는 살짝 웃었다.

그녀는 사진을 몇 장 더 보여주었다. 서한길은 집 안에 와인용 냉장고는 물론 에티켓(와인 라벨) 스크랩북에 코르크 수집품까지 꼼꼼히 두고 있었다. 샴페인도 여러 종류가 있었다.

"보기보다, 오빠가 깊이 알고 있었어요. 사실 샹파뉴랑 비슷하게 만든 거품 포도주도 많은데 오빤 그걸 다 구분하더라고요. 저한테도 에티켓 스크랩북이랑 코르크를 몇 개 맡겼어요. 붙잡히기 전에 저한테 '포도주의 다이아몬드를 없애야 해'라고 했어요."

"저런."

"오빠랑 둘이서 포도주 한잔하던 때가 지금도 그리워요, 바보! 내가 뭐라고, 내가 뭐라고 그런 짓을……!"

그녀는 다시 울기 시작했다.

"진짜 사랑인 건가. 사랑을 위해선 뭐든 할 수 있고, 다른 건 생각하지 않는 거."

그녀와 헤어진 후, 조대현이 말했다. 나는 조금 기가 막혔다. 그가 사랑을 이야기하는 일은 정말 드물었다.

"하지만 그런 식으로 한다면 세상에 법이나 사유재산이란 건 필요 없겠지. 아무리 그렇다고 남의 것을 훔치다니."

조대현은 혼잣말하듯 중얼거린 후, 내게 몸을 돌렸다.

"서한길이 자수하기 전까지 뭘 했대?"

"주변을 정리했다는데? 병원도 그만두고, 그리고… 아, 맞다. 자기가 잘 아는 와인 바 주인에게 갔다고 했어."

"뭔데?"

"간호사도 아는 데래. 자기 수집품인 포도주를 거기에 헐값에 매각했다고 하더라."

"그래?"

서한길은 포도주 마니아라고 했다. 그런데 애인의 빚을 갚는 데 보태기 위해 그것까지 모두 팔아버렸다.

"그리고 '포도주의 다이아몬드' 라니, 그게 뭘까?"

내가 물었다.

"일반적으로는 주석(酒石)을 말해."

"주석?"

"포도에는 여러 가지 산성 성분이 있는데, 그중 하나가 주석산이야. 포도주를 만들 때 그게 칼륨이랑 결합하면 결정체처럼 코르크에 달라붙거나 병 바닥에 가라앉. 그게 보석처럼 반짝이기 때문에 '포도주의 다이아몬드' 라고 불려. 그래서 주석산염이 맞는 말이지만 주석이라고 부르지. 오래 묵은 포도주일수록 주석이 많은데 무해하지만 제거하는 편이 좋아, 무식 씨."

조대현의 머릿속은 지식의 화수분이나 마찬가지인 모양이다.

"하지만, 서한길이 그런 뜻으로 한 말은 아니겠지?"

"말이라고 하냐."

"그렇구나. 참, 정말 공범이 있었을까?"

내가 조대현에게 물었다.

"내가 보기엔 있었을 것 같다. 만약 서한길의 단독 범행이고, 다이아몬드를 빼돌린 채로 붙잡혔다면, 나라면 차라리 이진경에게 줘

버렸을 거야. 그런데 그러지 않았다는 건, 이진경이 혼자서 그걸 들고 튈지도 모른다고 의심해서 그랬거나, 아니면 공범이 그녀를 해칠지도 모른다고 생각해서일 거야."

"하긴, 그렇겠네?"

"아무래도, 서한길은 다이아몬드를 어딘가에 숨겼고 그걸 찾을 수 있는 단서를 이진경에게 맡겼을 거야. 그 사람에게 목돈이 필요하다면 지금은 이진경 외에 다른 이유가 없다고 했으니까."

"그럼, 공범도 그 여잘 감시하고 있을 수 있잖아?"

나라면 다이아몬드를 이진경에게 넘겼을 것이다. 하지만 아직도 그 사채업자들이 그녀의 집에 찾아가서 돈을 내놓으라고 하고 있으니 그렇지는 않을 것이다.

"그렇다면, 그 개한테 단서가 있다는 말인가?"

내가 말했다.

나는 보석상 주인에게 전화해서 물어보았다. 보석상 주인은 자신이 직접, 서한길의 유족들과 함께 그의 집을 뒤져보았다고 했다. 하지만 어디에서도 그 보석을 찾을 수 없었다. 그런데 이상하게도, 그 집이 엉망진창이었다고 했다. 그 '공범'이 그곳을 뒤지느라 그렇게 되었을 수도 있다.

나와 조대현은 서한길이 단골로 다니던 와인 바로 갔다. 그는 이곳의 주인에게 자신의 포도주를 모두 헐값에 팔았다고 한다.

"아, 네, 반갑습니다."

와인 바의 주인인 표석준이 나왔다.

"급전이 필요하다고 자기가 가진 포도주를 전부 저한테 헐값에 처분했죠. 그 친구가 도박이나 마약 같은 것 때문에 돈을 쓸 사람이 아닌데 왜 그랬을까 했는데, 결국 그렇게 된 거군요. 거참, 안타깝죠."

"그거 말고 다른 건 없나요?"

내가 물었다.

"이게 있긴 합니다만……"

표석준은 마치 초콜릿 상자처럼 생긴 것을 들고 왔다. 거기에 모아둔 것들은 포도주병 코르크였다.

"그 친구가 만든 코르크 컬렉션입니다. 밑에 설명도 있죠? 그리고 이건 에티켓을 모아둔 책입니다. 자수하기 전에 저한테 이것들을 맡겼어요. 자기가 나올 때까지만 맡아두고 있으래요. 자기 집에 관리해 줄 사람이 없으니 제가 맡는 게 좋겠다고요."

에티켓 스크랩북을 보자, 서한길이 꼼꼼한 성격임을 알 수 있었다. 에티켓 외에 그 포도주가 만들어진 농원의 사진, 포도주 구입한 날짜와 장소까지 모두 잘 기록해 놓았다.

"와인 바라면, 서한길 씨가 혹시 다른 사람이랑 같이 오거나 했을 수도 있는데 누구 기억하십니까?"

"그 여자분이랑도 오고, 친구들도 있고, 혼자 올 때도 많았습니다."

"그래요……."

"하긴, 자기 강아지한테까지 포도주 이름을 붙일 정도로 마니아였죠?"

내가 말했다.

"하하하, 그렇습니다."

표석준은 껄껄 웃었다.

"온 김에 한잔하시겠습니까?"

"아닙니다."

조대현은 금방 사양했다. 한잔해도 좋겠지만, 사실 조대현은 술을 전혀 마시지 못한다. 마시면 곧 쓰러진다. 내가 놀릴 기회가 그때뿐이기도 하지만, 그러면 내가 그를 업고 다녀야 하기 때문에 오히려 부담만 커진다. 혹 떼려다 혹 붙이는 격이다.

다음 날이었다. 나는 조대현의 지시대로 우선 이진경을 찾아갔다. 만약에 공범이 서한길의 집에서 이미 다이아몬드를 찾아냈다면 이 사건을 해결하기는 힘들겠지만, 조대현의 말대로 그 랭스라는 강아지의 몸에 그 보석이 있을지도 모른다.

강아지의 몸에 보석을 숨긴다면, 첫 번째는 개 목걸이다. 두 번째는 개의 몸속이다. 서한길이 정식 수의사는 아니어도 수의학과 출신이니까 충분히 수술하여 숨기기도 가능할 것이다. 거기다 시추는 털이 덥수룩해서 조금 깎는다고 해도 눈치채기 힘들다.

"대체, 이게 어떻게 된 거야!"

갑자기, 짜증 섞인 소리가 나왔다.

"아니, 이게 뭐냐고! 내가 그깟 개새끼 하나 훔쳐다 얼마나 받는다는 거야!"

"아빠 뭐예요? 한길이 오빠가 준 돈도 몽땅 날려놓고!"

이진경의 목소리였다.

"그래도, 내가 그게 보신탕 끓여서 몇 인분이나 나온다고 강아지를 팔아먹었다는 거냐?"

잠시 후, 중년 남자 한 명이 화를 내며 나왔다.

"어떤 얼간이가 너 때문에 도둑질까지 했겠냐!"

이진경이 그 남자를 쫓아 나왔다.

"저기, 무슨 일인가요?"

내가 물었다.

"당신은 뭐요?"

"아, 전……."

"혹시, 경찰입니까? 어젯밤에 누가 우리 집에 들어와서 개새끼를 훔쳐 갔는데, 내가 그랬다고 얘가 화를 내지 뭡니까!"

"아빠가 정말 아니에요?"

이진경이 그를 쫓아 나왔다가 나와 눈이 마주쳤다.

"아니, 그 개가 없어졌나요?"

"네!"

이런, 어쩐지 불안하다 했는데, 나는 서둘러 그 집 안으로 뛰어들어갔다. 이곳은 낡은 연립주택 2층에 불과하다. 만약 누구든 나쁜 마음만 먹는다면 사다리만 걸쳐도 얼마든지 들어갈 수 있을 것이다.

"개가 짖는 소리는 못 들으셨나요?"

"그게, 수술을 해서……."

"이런."

연립주택이나 아파트에서 강아지를 기를 때는 이웃집에 소음 피해가 가지 않도록 성대 수술을 하곤 하지만, 사실 따지고 보면 이도 동물 학대라 할 수 있다. 그런데 이런 상황에서는 오히려 개가 짖는 편이 도움이 되었을 텐데, 큰 낭패였다.

"그 개한테, 추적 장치 같은 건 없었습니까?"

"있었어요."

이진경은 스마트폰을 들어 보이며 말했다. 요즘은 애완동물을 잃어버리지 않기 위해 목걸이에 추적 장치를 달곤 한다. 스마트폰 앱을 통해 그 신호를 따라갈 수 있다.

"그런데, 탐정님은 여기 웬일이세요?"

이진경은 문득 생각이 들었는지 나를 보며 말했다.

"아, 별건 아닙니다. 서한길 씨가 그쪽에게 맡겼다는 그 에티켓 스크랩북을 보고 싶어서요."

"거기에 뭐가 있나요? 좌우간, 일단 강아지 찾는 거 도와주시면 보여 드릴게요."

"원 참, 스크랩북 있어봤자 돈도 안 되는데!"

그녀의 아버지의 혼잣말인지 모를 말을 뒤로하고, 이진경과 나는 스마트폰 신호를 따라 밖으로 나갔다.

잠시 후, 나와 그녀는 그 추적 장치 신호 가까이 갈 수 있었다. 그 발신기가 쓰레기통에 있었다는 점이 문제였지만.

"이런!"

범인 역시 조대현과 비슷한 생각을 한 모양이다. 우선 개목걸이를 풀어 확인하고는, 목걸이는 버렸다. 목걸이에는 '랭스'라는 글자가 적혀 있었다.

"어, 어떻게 된 걸까요?"

"우선, 도움을 청하죠."

나는 조대현에게 연락하면서 주변을 살펴보았다. 그런데, 낯익은 동네였다. 근처를 둘러보니 표석준이 하는 와인 바가 보였다.

'혹시, 그 사람이?'

범인이 랭스를 병원으로 데려가 엑스레이를 찍어서 다이아몬드를 찾아내려 하지는 않을 것이다. 의사가 경찰에 알릴 수도 있기 때문이다. 틀림없이, 개를 죽여서 몸속을 뒤지려고 할 것이다.

나는 혹시나 해서 표석준의 와인 바로 가보았다. 이른 아침에 와인 바의 문이 열려 있을 리는 없었지만, 그 안에서 쿵 소리가 났다.

"으, 응?"

"설마!"

"이 개새끼, 거기 안 서냐!"

표석준의 목소리가 들렸다. 나는 바 문을 열려고 했지만 잠겨 있었다.

"표석준 씨! 경찰입니다! 잠깐 얘기 좀 할 수 있나요?"

이건 경찰 사칭죄지만, 잘못하면 그가 개를 죽일 수도 있다. 그러자 안에서 금방 소리가 멈췄다.

"이런 빌어먹을!"

그가 문을 확 밀어젖히고는 뛰어나왔다.

"래, 랭스!"

이진경이 바 안으로 들어가고, 나는 표석준을 쫓아갔다.

"뭐, 뭐야, 경찰이라더니!"

"표석준 씨, 당신이 서한길의 공범이었군요?"

그는 주먹으로 대답을 대신했다. 그는 샌님 스타일인 나를 만만히 본 모양이었지만, 나도 거친 범인들과 몇 번 붙어본 적 있다. 나는 왼팔로 그의 주먹을 밀어내며 오른쪽 주먹을 그의 턱에 명중시켰다.

"억!"

내 주먹에 맞은 그는 잠시 물러났지만, 곧 쓰레기통에서 빈 유리병을 하나 꺼내 내게 휘두르기 시작했다.

"이러다간, 죄만 가중됩니다! 유리병까지 들었으면 살인미수도 된다고요!"

"오지 마!"

유리병을 피해, 나는 그의 무릎을 빠르게 찼다. 무릎을 제대로 걸어차인 그가 휘청거림과 동시에 나는 그가 병을 들고 있던 손을 잡아 비틀었다.

"소가 뒷걸음질하다가 쥐 잡았네."

조대현이 한마디 했다. 하긴, 이번에는 운이 따랐다. 표석준이 바로 서한길의 공범이었다. 알고 보니 그 역시 최근에 장사가 잘되지 않아서 돈이 부족했다.

그는 서한길이 보석상 주인의 친구 아들이고, 또한 최근 애인의 문제 때문에 곤란해 자신이 아끼던 포도주를 헐값에 파는 모습을 보고 범행을 계획했다. 그래서 일부러 가짜 다이아몬드를 구해 서한길을 부추겨서 범행을 하도록 했다. 그런데 잘못해서 잡히기라도 하면 자신에 대해 자백할까 봐 곤란했기 때문에, 일부러 변장하고 서한길에게 접근해 현금을 보여주면서 보석을 훔쳐 오기만 하면 돈을 나눠 주겠다고 했다. 그 때문에 서한길은 공범에 대해 이진경에게 알려주지도 못했다.

얼마 후 표석준은 서한길을 배신하려고 했지만, 이를 알아차린 서한길이 선수를 치고 말았다. 하지만 다이아몬드를 돌려주거나 하면 애인이 빚을 갚을 수 없고, 그렇다고 애인을 찾아가거나 하면 이를 감시하던 표석준이 다이아몬드를 빼앗을 염려가 있었다. 그래서 그것을 일단 숨겨놓기로 했다.

"서한길 그 새끼가, 다이아몬드를 독차지하려고 했어요!"

표석준은 이를 갈며 말했다.

"그렇군요."

"조대현, 하지만 네 말은 틀린 것 같은데?"

사건 담당 형사가 말했다.

"네?"

"엑스레이 찍었는데 개 몸속에서도 다이아몬드는 나오지 않았는데? 그래서 개의 털을 조금 깎아서 다이아몬드가 숨겨진 장소를 문신으로 새겼을 수도 있다고 했잖아? 시추는 털이 많아서 그렇게 해도 눈에 띄지 않으니까."

조대현은 개 목걸이, 개 몸속도 가능성 있지만, 개의 털을 깎고 몸에 메시지를 적었을 수도 있다고 했다. 실제로 노예의 머리를 깎아서 비밀 편지를 적은 뒤 머리카락이 다시 자라기를 기다렸다가 편지 전달자에게 보낸 적도 있다.

"그래요?"

보석상 주인이 서한길의 집을 뒤지기 전에 먼저 간 사람 역시 표석준이었다. 거기다 내가 와인 바에서 서한길의 강아지인 랭스 이야기를 하자, 그 역시 그 강아지에게 다이아몬드가 숨겨져 있을 거라 생각하고 이진경의 집에 침입하기까지 했다. 나중엔 랭스의 배를 가르려 했지만, 다행히 그 전에 내가 잡을 수 있었다.

문제는, 다이아몬드의 행방이 여전히 묘연하다는 점이다.

"그렇다면, 역시 '포도주의 다이아몬드'가 중요한 건가……."

조대현은 잠시 생각했다.

"그래, 그렇구나."

"응?"

"간단한 걸 놓치고 있었네."

"뭘?"

"개의 이름이 '랭스'라고 했잖아."

"랭스?"

"포도주의 다이아몬드란 게, 주석산염, 즉 침전물을 말하는 거잖아? 이건 붉은 포도주보다는 흰 포도주에 더 많이 나타나거든. 와인의 다이아몬드를 없애란 건 그 주석산염을 없애란 뜻이지. 특히 샴파뉴는 침전물이 더 많지. 샴파뉴도 흰 포도주의 한 종류고."

"응? 그게 무슨 소리야?"

"샴파뉴는 숙성할 때 코르크를 한 번 빼고 침전물을 제거한 다음에 다시 막아서 숙성시켜야 될 정도거든. 그리고 강아지 이름이 '랭스', 랭스는 샴파뉴의 명산지, 그렇다면 무엇을 말하겠어?"

그제야 나도 알 수 있었다. 서한길은 랭스에서 사 온 샴파뉴의 코르크 안에 다이아몬드를 숨겼던 것이다. 샴파뉴는 터지는 것을 방지하기 위해 철사로 코르크를 감으니 그렇게 해도 쉽게 눈에 띄지 않을 것이다.

우리는 얼마 후, 서한길이 이진경에게 맡긴 코르크 컬렉션 안에서 오래된 랭스산 샴파뉴의 그것을 찾아 반으로 쪼갰다. 그러자, 코르크와는 어울리지 않을 정도의 영롱한 빛깔이 그 안에서 터지듯 나왔다. 10억 원짜리 다이아몬드치고 크지는 않았지만, 투명도가 매우 높아서 그만한 가치가 있는 모양이었다.

"한길이 오빠가 왜, 이런 짓을……!"

이진경은 눈물부터 보였다.

"아, 그게, 그, 다이아몬드요?"

갑자기 다른 목소리가 들렸다. 이진경의 아버지였다. 그가 언제 들어왔을까. 그는 그 다이아몬드를 보자 눈을 자동차 헤드라이트라도 되는 것처럼 반짝였다.

"저, 탐정님들, 죄송하지만, 그거 그냥 못 찾았다고 하면 안 될까요?"

이진경의 아버지가 우리에게 달려들 듯 말했다.

"네?"

"아빠, 그게 무슨……!"

이진경이 눈물에 젖은 얼굴을 들며 말했다. 그러나 그녀의 아버지는 아랑곳 않고 이야기를 계속했다.

"단도직입적으로 말씀드릴게요. 그걸 저한테 주시고, 보석상 주인에게는 찾지 못했다고 하는 겁니다. 사례금은 제가, 그 보석상 주인보다 더 드릴게요! 보석상 주인은 부자고, 그 다이아몬드는 보험에도 들어 있을 테니까 괜찮잖아요. 그런데 우리 집, 지금 빚 때문에 아무것도 못 합니다. 제가 아는 전당포에 맡기면 그걸 돈으로 바꿀 수 있을 겁니다. 제발 적선하시는 셈 치고, 좀 부탁드립니다."

나는 기가 막혔다. 집에 빚이 생겨서 자신뿐 아니라 딸도, 딸의 애인의 인생까지 망가지게 한 원흉이 그런 요구를 하다니, 도박 중독자의 눈에는 눈앞의 돈과 도박판 외에는 보이지 않는다더니, 정말이었다.

"돈을 더 주신다니, 솔깃하긴 하지만 어떻게 하죠?"

조대현이 말했다.

"네?"

"벌써 보석상 주인이 저기 문 앞에 와 있어서요. 그리고 경찰에다가도 설명해야 하는데, 그랬다가는 저까지 쇠고랑 찹니다. 그리고, 적선은 자기 돈으로 해야지 남의 걸로 하나요?"

"아, 아니, 그게……."

조대현은 돈을 굉장히 밝히기는 하지만, 범인이나 사건 관계자에게 매수되는 일은 절대 없다. 나 역시 이진경의 아버지에게 보석을 넘길 생각은 없었다.

"내, 내 다이아몬드!"

보석상 주인과 형사들이 금방 그 아파트로 들어왔다.

"윤경식 탐정님, 정말 대단하시군요!"

보석상 주인은 감격에 겨워, 떨리는 손으로 다이아몬드를 받아 들었다.

사건마다 안타깝지 않았던 적이 없지만, 이번 사건도 마찬가지였다. 도박에 빠진 아버지 때문에 완전히 파탄이 나버린 집안, 그 집안의 여자와 사랑에 빠지는 바람에 성실하던 수의대생이 범죄자가 되었고, 죽기까지 했다.

"대체 원, 그렇다고 도둑질을 하다니, 그것도 한두 푼도 아니고……."

"우리가 그런 데까지 참견할 바는 아니지."

조대현은 말을 마치고는 찻물을 다시 끓이기 시작했다.

이진경의 집은 앞으로도 계속 사채업자에게 시달릴 것이다. 그러려면 사람이 도박이나 이런 데에 빠지지 말아야 하는데, 이진경의 아버지에게서는 조금의 반성의 기미조차 보이지 않았고, 오히려 찾아낸 다이아몬드를 자신에게 달라고까지 했다.

"사건 관계자들한테 그렇게 일일이 다 신경 쓰지 마셔. 그리고, 이진경이라고 했나? 그 여자도 박복하긴 하네. 어떻게 그런 아버질 뒀나 몰라."

조대현이 웬일로 동정하는 투로 말했다.

"하지만, 그 사람한테 우리가 다이아몬드를 넘겨서 그 사람이 그걸 돈으로 바꾼다고 해도, 그 돈을 받는 순간 그 사람이 갈 곳이 어디겠냐? 설마 사채업자한테 가서 빚을 갚거나 우리한테 오겠어?"

"그래."

나도 동의하지 않을 수 없었다.

문득, 그리스 신화의 에리식톤이라는 사람 이야기가 생각났다. 그는 큰 부자였지만 신의 나무를 베는 바람에 끝없는 허기에 시달리는 저주를 받아, 전 재산을 음식 사는 데 쓰고 결국 자신의 딸까지 노예로 팔아 음식을 사 먹었다고 한다. 그게 신화에서만 일어나는 일은 아니었던 모양이다.

해피해피 애니멀

한이

장르를 넘나들며 만여 권의 책을 읽고서야, 자신이 아는 것이 없다는 것을 깨달은 둔재(鈍才).
살아야 하는 이유를 찾기 위해 근근이 살아가는 중. 현재 한국추리작가협회에서 지독하게
게으른 회원으로 활동 중이다.

인간이 다른 동물보다 우수한 사고 기관을 지녀
더 우수하게 사고하는지는 모르지만,
그렇다고 다른 동물은 사고 기관을
고이 모셔두고만 있다고 믿는 것은 터무니없다.
—스티븐 워커

만남

유난히 따뜻한 봄이었다.
봄이라기보다는 초여름이라고 불러야 할 정도로 낮 기온이 올라
가 있었다. 근래 보기 드물게 미세 먼지가 적은 맑은 하늘이었다.

이런저런 답답한 일들이 겹친 고아린은 점심식사 대신 미니 벨로를 조립해서 우이천 변으로 향했다.

그녀의 동물 병원에서 우이천 변까지는 도보로 오 분, 자전거로는 일이 분밖에 걸리지 않았다.

아린은 비탈길을 내려가 자전거용 도로로 접어들었다.

그녀는 미니벨로 페달을 힘주어 밟았다.

따뜻하면서 건조한 바람이 얼굴을 스치고 지나갔다. 아무리 따뜻하다고 해도 봄은 봄이었다. 한여름의 축축하고 후텁지근한 바람은 아니었다.

볼을 스치는 바람에 조금은 기분이 나아졌다.

아린은 산책을 하거나 마스크를 쓰고 운동을 하고 있는 사람들을 스쳐 지나갔다. 그러다가 코카 스페니얼의 목줄을 잡고 걷고 있는 여자를 보자 아침에 건물주와 나눴던 대화가 다시 떠올랐다.

—같은 업종이 아니라니까.

아린이 세 들어 있는 건물주 여자가 말했다.

"아니, 일 층에 저희 동물 병원이 있는데 이 층에 애니멀 테라피 센터를 세 주시면 어떻게 해요."

아린이 전화기에 대고 볼멘소리를 했다.

—글쎄, 걱정할 필요 없다니까. 내가 세 들어올 남자한테 다 알아 봤어. 동물 병원하고는 전혀 겹치는 부분이 없대.

"그러잖아도 월세 내기도 빠듯한데……."

학교를 졸업하고 다른 동물 병원에서 일하다가 언니의 도움을 받아서 겨우 개업한 병원이었다.

　처음에는 좋아하는 동물들에게 도움을 줄 수 있다는 생각에 행복했다. 하지만 현실은 만만치 않았다. 월세, 전기세에 새로 나오는 기자재까지 들여놓으면 현상 유지에도 빠듯할 지경이었다. 그러던 차에 수리 중인 이 층에 애니멀 테라피 센터가 들어온다는 소식을 듣게 된 것이다.

　―아유, 저번 북 카페 나가고 이 층이 공실이 된 지 육 개월이 넘었잖아. 손해가 이만저만이 아니었다니까. 들어온다는 사람이 나타나서 얼마나 다행인지 몰라.

　아린은 그 손해의 상당 부분을 다른 입주자들의 월세 인상으로 메꿨지 않느냐고 말하고 싶었지만 속말은 삼키는 것이 현명하다고 판단했다.

　"언제 들어온대요?"

　―이미 계약은 했으니까 수리 끝나는 대로 며칠 내로 들어올 거야.

　아린은 속으로 짧은 욕을 뱉었다.

　이미 계약까지 마친 상태니 그녀의 항변은 아무런 의미가 없었다.

　"그러면 월세라도 좀 깎아……."

　―갑자기 급한 전화가 들어오네. 꼭 받아야 되는 전화라, 미안! 업종 겹치는 것 없다니까 걱정하지 말고.

　"여, 여보세요!"

　아린이 소리쳤지만 이미 전화는 끊어져 있었다.

　'도대체 어떤 놈이 들어온다는 거지?'

　불경기라 민감할 수밖에 없는 문제였다.

광운초등학교 부근에 도착했을 때 사람들의 소란스러운 소리가 바람을 타고 들려왔다. 어렴풋이 여자의 비명 소리도 들린 것 같았다.

다리 밑에서 사람들이 모여서 웅성거리고 있었다.

아린은 호기심에 미니벨로의 브레이크를 잡았다.

"어머머! 저 사람 왜 저래?"

한 여자가 새된 비명을 질렀다.

"깽, 깨갱, 깨개갱."

사람들의 웅성거림 사이로 강아지가 고통에 겨워 우는 소리가 들려왔다. 놀란 아린은 미니벨로를 내팽개치고 원을 그리고 있는 사람들의 틈을 파고들어 갔다.

원 안쪽에서는 오십 대로 보이는 중년 남자가 목줄을 쥐고 있는 누런 진돗개를 발로 차고 있었다. 아직 채 다 자라지도 않은 강아지였다.

퍽, 퍼억.

중년 남자의 발이 강아지 여기저기에 꽂히는 소리가 끔찍하게 들렸다.

"똥개 새끼가 왜 아무 데나 똥을 퍼질러 싸고 지랄이야?"

남자가 벌겋게 달아오른 얼굴로 소리를 질렀다.

강아지는 남자의 발길질을 벗어나려고 했지만 목줄이 잡혀 있어서 도망가지도 못했다. 그저 끼끼거리며 남자의 발길을 몸으로 받아내고 있을 뿐이었다.

"동물 학대 아냐?"

"누가 신고 좀 해!"

사람들이 저마다 한마디씩 거들고는 있었지만 막상 남자의 행동을 막으려는 사람은 아무도 없었다.

"이게 지금 뭐 하는 거예요?"

아린이 사람들의 원을 뚫고 들어가 강아지를 감싸 안으며 말했다.

"이년은 또 뭐야?"

남자가 눈을 부라리며 소리쳤다.

그런 그의 입에서 술 냄새가 진동했다.

아린은 품에 안은 강아지가 공포에 질려 바들바들 떨고 있는 것이 느껴졌다. 그러자 분노가 치밀어 올랐다.

"이거 엄연히 동물보호법 제8조에 위반되는 사항이에요. 1년 이하의 징역이나 천만 원 이하의 벌금을 물 수도 있는 범죄라고요."

"내가 주인이라 훈련 좀 시키겠다는데 네가 뭔데 개소리야?"

"놓으세요! 어디가 다쳤는지 정밀 검사를 해봐야 한단 말이에요."

아린이 날카롭게 쏘아붙이며 강아지를 품속으로 끌어당겼다. 그러나 남자가 목줄 끝을 단단히 틀어쥐고 있어서 줄만 팽팽해졌을 뿐 더 이상 끌려오지 않았다.

"네가 뭔데?"

"요 앞 동물 병원 수의사예요."

수의사라는 말에 남자의 표정이 변했다.

"놔! 얘는 괜찮아! 놓으라니까!"

남자가 잡아끌었지만 아린은 목줄을 놓을 수가 없었다.

"이게 정말!"

실랑이가 길어지자 남자가 손을 번쩍 들어 아린을 후려치려고 했다. 아린은 강아지를 더 바짝 끌어안으면서 끔찍한 충격에 대비해 몸을 긴장시켰다.

예상했던 충격은 일어나지 않았다.

아린과 중년 남자 사이를 한 젊은 남자가 가로막고 서 있었다.

183㎝ 정도의 키에, 여기저기 구멍이 뚫린 흰 티에 같은 색 반바지를 입고 있었고 맨발에 패스파인더 쪼리를 신고 있었다. 얼굴에는 도통 속이 보이지 않는 검은색 선글라스를 끼고 한쪽 어깨에는 어울리지 않는 은색 털 뭉치를 매달고 있었다. 집이 어딘지 몰라도 지나치게 편안한 차림새였다.

'여기가 한여름 해변이야?'

남자를 보고 아린이 처음 든 생각이었다.

"이건 또 뭐야?"

중년 남자가 화가 잔뜩 나서 술 냄새를 풍기며 소리쳤다. 새롭게 등장한 해변남은 아무런 대꾸도 없이 아린의 품에 안겨 있는 강아지를 쓰다듬었다.

중년 남자가 입에 담을 수 없는 욕을 해댔지만 해변남은 그저 강아지만 사랑스럽게 쓰다듬을 뿐이었다.

부드러운 손길로 강아지를 어루만지면서 남자가 무언가 알아들을 수 없는 말을 속삭였다. 마치 아린이 안고 있는 강아지와 대화를 나누듯이.

"끼잉, 끼이잉."

아린의 품 안에 있던 녀석의 떨림이 천천히 가라앉았다.

아린은 새삼스럽게 남자를 올려다보았다.

선글라스에 가려 눈을 볼 수는 없지만, 우뚝한 콧날에 날카로운 턱 선을 가진 미남형의 얼굴이었다. 거기에 꾸준히 운동을 했는지 날씬하면서도 근육의 힘이 느껴지는 몸을 갖고 있었다.

"최근에 이 녀석 집으로 이사를 왔군?"

해변남이 중년 남자를 향해 굵고 듣기 좋은 저음의 목소리로 물었다.

"뭐, 뭐라고?"

중년 남자가 당황하며 되물었다.

"예전에는 아빠, 엄마, 아들, 자기까지 넷이 살았는데 이젠 당신하고 딸이 들어와서 식구가 더 많아졌대. 그래서 불안해하고 있어."

"무슨 소릴 지, 지껄이고 있는 거야? 이래 보여도 경찰 생활만 이십 년 동안 한 몸이야. 어디서 사기를 쳐?"

호기롭게 목소리를 높이기는 했지만 중년 남자는 눈에 띄게 당황하고 있었다.

"새로운 집주인을 대하는 당신의 태도가 공손한 것을 보니 형님 댁으로 딸을 데리고 들어갔나 보군. 그런데 당신이 이 녀석을 싫어하네. 이 녀석이 당신 눈치를 살살 보고 있어."

해변남이 강아지를 가리키면서 말했다.

"하하! 이런 미, 미친놈을 봤나. 지금 강아지 새끼가 그걸 다 얘기해 줬다는 거야?"

중년 남자는 자신도 모르게 해변남의 말이 맞음을 인정하고 있었다.

"그렇다니까. 나는 동물의 말을 들을 수 있거든."

주변에서 세 사람의 해프닝을 흥미롭게 바라보던 구경꾼들 사이에 감탄의 목소리가 터져 나왔다.

'자기가 닥터 두리틀이야, 뭐야?'

아린은 해변남의 말에 어처구니가 없었다.

"왜 이 사람이 너를 싫어하니?"

해변남이 아린의 품에 있는 녀석을 향해 질문을 던졌다.

그러자 강아지가 고개를 틀어 물기가 촉촉한 눈으로 해변남을 바라보았다. 어떻게 보면 강아지가 남자의 질문에 반응한 것 같은 모습이었다.

"아, 그렇구나. 이 남자 딸이 너를 만지면 자꾸 기침을 하는구나."

해변남이 고개를 끄덕이며 말했다.

"그, 그걸 어떻게……?"

중년 남자는 이제 술이 확 깬 표정이었다.

"상황을 보니 간단하군. 당신은 피치 못할 사정이 생겨서, 뭐 사업을 말아먹었다거나 그랬겠지. 형님 댁으로 들어왔는데, 당신 딸이 형님 집에서 기르는 요 녀석 때문에 알레르기로 고통을 겪는군. 얹혀사는 주제에 차마 버리라고는 말 못 하고, 벙어리 냉가슴 앓듯 하다가 녀석 똥까지 치우게 생겼으니, 술김에 분풀이나 실컷 하자, 죽으면 어쩔 수 없고 살면 분이라도 풀리겠지 하는 심정으로 때리고 있었던 것 아냐?"

해변남이 속사포처럼 가차 없이 말을 쏟아냈다.

"아, 아냐!"

중년 남자는 마치 귀신이라도 본 것처럼 손사래를 쳐댔다. 급기야 목줄을 놓고 정신없이 내달리기 시작했다.

그는 이리저리 비척거리면서도 용케 넘어지지 않고 제방을 넘어 사라졌다.

아린은 일단 학대받은 강아지를 정밀 진찰하기 위해서 미니벨로 앞 바구니에 조심스럽게 옮겼다. 강아지는 바구니 속에서 몸을 웅크리고 자리를 잡았다.

"당신 정말 동물의 말을 들을 수 있어요? 마술사처럼 어떤 트릭이 있는 거 아니에요?"

아린은 무심하게 걸음을 옮기려는 해변남을 향해 다급하게 질문을 던졌다.

그러자 빽 하는 시끄러운 울음소리와 함께 남자의 어깨에 있던 은색 털 뭉치가 움직이며 그녀를 향해 고개를 돌렸다. 아린이 어깨 장식으로 생각했던 것은 살아 있는 페럿이었던 것이다. 녀석은 족제비를 닮은 눈을 반짝거리며 아린을 빤히 쳐다보았다.

"진짜 동물의 말이 들리냐고요."

아린이 다시 한번 물었다.

동물은 말 못 하는 갓난아이와 같다.

어디가 아픈지 스스로 말하지 못하기 때문에 치료 시기를 놓치는 일도 잦고, 치료 자체도 몇 배나 어렵다.

아린은 어쩔 수 없이 생명을 이어주지 못했던 많은 동물들을 떠올렸다.

그럴 때마다 그들이 하는 말을 알아들을 수 있다면 얼마나 좋을까 하는 이뤄지지 못할 헛된 바람을 담고는 했었다.

아린은 혹시나 하는 간절한 소망을 담고 남자를 바라보았다.

남자는 뭘 당연한 것을 묻느냐는 듯 고개를 끄덕였다. 그리고 몸을 돌려 긴 다리로 성큼성큼 걸음을 옮겨 사라졌다.

아린은 어쩐지 남자와의 만남이 오늘로 끝나지 않을 것 같은 예감이 들었다.

사건

"짜증 나!"

아린은 언니인 고아라가 사온 피에르 아메르 마카롱을 우적우적 씹으면서 말했다. 지금 그녀에게는 칼로리 따위는 안중에도 없었다.

두 사람은 해피해피 애니멀 동물 병원 원장실에 앉아 있었다.

"뭐가 그렇게 짜증이 나는데?"

아라는 동생이 사온 아이스 아메리카노를 한 모금 빨아들이며 묻다가, 대답을 듣기도 전에 환성부터 질렀다.

"이 집 커피 맛있다!"

"맛있지? 모퉁이 돌아서 있는 분나 마프라트 카페에서 사 온 거야. 거기 주인 아저씨가 국제 바리스타 자격증이 있더라고. 커피 맛이 좋기로 소문이 나서 근처에서 소규모로 하는 작은 카페 주인들이 로스팅한 원두 사러 많이 와. 아니지, 지금 그게 중요한 게 아니잖아, 언니!"

아린은 언니를 향해서 소리를 빽 질렀다.

항상 그랬다.

언니와 함께 있으면 아린은 언제나 그녀의 페이스에 말려들고 말았다. 그도 그럴 것이 오밀조밀하고 귀여운 인상의 아린과는 달리 언니는 신장이 174㎝에 이목구비도 큼직큼직한 서구형 미인이었다. 거기에 팔다리도 길쭉길쭉했는데, 평소에는 늘 심드렁하고 나른한 표정을 짓고 있었다.

하지만 뮤지컬 무대에만 올라가면 사람이 완전히 달라졌다. 거침없는 몸짓과 표정, 노래로 카리스마를 뿜어냈다.

덕분에 한국 뮤지컬 여배우 중에서도 몇 손가락에 꼽히는 독보적인 배우가 되었다.

요즘에는 2차세계대전 당시에 활약했던 유명한 이중 스파이 역을 맡아서 열연을 펼치고 있었다. 오늘은 더블 캐스팅된 다른 배우가 공연하는 날이라 연습실 가는 길에 잠시 들른 참이었다.

"그래, 그래. 알았어. 말해봐. 뭐가 짜증이 나는지."

"며칠 전에 자전거 타다가 만난 이상한 남자 얘기는 했지? 동물의 말을 알아듣는다고 구라를 치던 남자 말이야"

"구라인지 진짜인지는 모르는 거지."

아라가 나른한 표정으로 빨대로 아이스 아메리카노를 빨아들이며 말했다.

"100% 뭔가 트릭이 있을 거야. 언니는 강아지가 그렇게 자세하게 자신에 대해 말해줬다는 게 믿겨져?"

"세상에 이런 일이 같은 거 보면 엄청 신기한 일이 많던데?"

"그거야 반은 소설이고. 어쨌든 그 남자를 다시 만났어. 이 건물에서."

"네 병원에 온 거야?"

"아니. 이 층에 애니멀 테라피 센터를 낸 뻔뻔스러운 작자가 바로 그 인간이었어. 애니멀 커뮤니케이터라고 거창한 이름도 붙였더라고."

"재밌겠다! 지금 한번 올라가 볼까? 아무 동물이나 하나 데리고 올라가서 진짜 동물 말을 알아듣는지 시험해 보자!"

"언니! 남은 속상해 죽겠는데!"

"일단 한번 시간을 갖고 지켜봐. 족발집도 골목에 하나 있는 것보다 여럿이 몰려 있을 때 더 잘되잖아. 둘이 같이 있어서 시너지 효과가 있을지도 모르잖아."

"말을 해도 꼭. 동물 병원하고 족발집하고 같아?"

"영업하는 입장에서야 다를 게 뭐가 있어."

"그렇긴 한데. 그래도 그 남자는 어쩐지 사기꾼 같고 싫어. 아니, 사람이 동물 말을 알아듣는다는 것이 말이 돼?"

"참, 우이천 변에서 주워 온 강아지는 어떻게 됐니?"

나른한 표정을 짓고 있던 아라가 갑자기 화제를 돌렸다. 어려서부터 그녀의 화법에 익숙해진 아린은 이 층 남자에 관한 대화는 이미 끝이 났다는 것을 느꼈다. 언니에게 불현듯 그 남자에 대한 호기심이 다시 생기지 않는 이상은.

"어제 학대하던 남자가 와서 찾아갔어. 술김에도 내가 동물 병원을 한다는 얘기는 기억했는지 여기저기 수소문해서 찾아왔더라고. 술 안 마시니까 멀쩡한 사람이었어. 몇 번이나 잘못했다고 사과하더니 치료비 내고 데리고 갔어."

"흠… 다행이네."

아라가 심드렁하게 대답했다.

그러고는 예의 맥이 풀린 것 같은 나른한 태도로 돌아가더니, 무슨 생각을 하는지 알 수 없는 눈빛으로 간간이 커피만 홀짝였다.

아린은 언니에게 전생이 있다면 분명히 고양이였을 것이라고 생각했다. 본인이 호기심이 일어나는 것 외에는 어떤 것에도 관심 없는 태도, 선천적인 유연함, 소심한 것 같다가도 대범하게 행동하는 모습 등 아라는 고양이와 닮은 점이 많았다.

아린 자신은 아무래도 강아지 쪽이었다.

"저, 원장님."

원장실 문이 열리고 수의 테크니션으로 일하고 있는 은경이 머리를 삐죽이 들이밀었다.

"무슨 일?"

아린이 물었다.

"저 손님이 찾아왔는데요."

"그런데?"

어딘지 모르게 은경의 태도에서 쭈뼛거림이 느껴졌다.

아린은 어떤 진상 고객이 찾아왔나 생각했다. 손님들 중에 그런 사람들이 있었다. 기껏 수술해서 살려놨더니 수술비가 반려 동물을 새로 사는 것보다 비싸다면서 지불을 거부하는 사람들.

오늘만큼은 진상 손님을 상대할 기분도, 체력도 아니었던 아린은 눈빛으로 은경이 알아서 처리하라는 메시지를 보냈다. 그러나 그것은 그녀의 바람일 뿐이었다.

"아무래도 꼭 원장님이 보셔야 할 것 같은데요."

"그래? 그럼 진료실에서 뵐까?"

"아니, 그럴 필요 없어요."

낯선 목소리가 들리면서 누군가가 은경의 뒤에서 비죽이 몸을 드러냈다.

초등학교 1, 2학년 정도 되어 보이는 소녀였는데, 단발머리를 하고 입술을 야무지게 다물고 있었다. 소녀는 제 몸통보다 커 보이는 핑크색 이동장을 들고 있었다.

아라는 소녀를 힐끗 보더니 별로 흥미가 없는 듯 원장실 책장에 꽂혀 있는 책등을 의미 없이 훑었다.

"어떤 동물 친구가 아파서 왔니? 친구는 캐리어 안에 있니?"

일단 진상 손님이 아니라는 것에 안도한 아린은 소녀에게 눈을 맞추며 물었다.

"보스는 여기 있어요."

소녀가 핑크색 이동장을 향해 눈길을 주면서 말했다.

"보스? 그게 친구 이름이니?"

"네, 제 고양이 친구예요."

"어디가 아파?"

"아픈 데는 없는데 곧 죽을 거예요."

"그게 무슨 말이야?"

"살인 누명을 썼거든요. 선생님, 우리 보스 살인 누명 좀 벗겨주세요."

소녀의 말에 아린은 황당한 표정을 감출 수 없었고, 아라는 장난감을 발견한 고양이처럼 눈을 반짝였다.

소녀의 이름은 곽소희였다.

아린은 우선 소희를 원장실 의자에 앉히고 은경을 시켜서 시원한 자몽 주스를 갖고 오게 했다. 소희는 목이 말랐는지 얼음이 동동 떠 있는 주스를 단숨에 들이켜고 탁 소리 나게 잔을 내려놓았다.

"암컷이지?"

아린이 책상 위에 놓아둔 이동장을 가리키면서 소희에게 물었다.

이동장 안에는 흰색과 갈색, 검은색 털이 뒤섞인 삼색 고양이 한 마리가 불안정한 표정으로 바깥을 두리번거리고 있었다. 특히 왼쪽 눈 부근이 검은 털로 뒤덮여 있어서 언뜻 보면 안대를 하고 있는 것 같았다.

"어, 선생님이 그걸 어떻게 아셨어요?"

"삼색 고양이는 대부분 암컷이란다. 가끔 수컷이 있기도 하지만 아주 드물어."

"역시 선생님을 찾아오길 잘한 거 같아요."

아린의 말에 소희가 신뢰의 눈빛을 보내며 말했다.

아린은 소희의 시선이 부담스러웠지만 일단 자초지종을 들어보기로 했다.

"어떻게 된 일인지 설명해 주겠니?"

"얼마 전에 어떤 아줌마가 옥상에서 떨어진 벽돌에 맞아서 병원에 갔는데요, 너무 많이 다쳐서 죽었대요. 근데 사람들이 벽돌을 떨어뜨린 것이 우리 보스래요. 그래서 아빠가 케이지에 넣어두었거든요."

"그런데 왜 죽게 됐다는 거야?"

"아줌마들이 집에 찾아와서 사람 죽인 고양이니까 안락사시켜야 한다고 막 얘기하고 갔어요. 밤에 엄마하고 아빠가 얘기하는 거 들어 보니까 어쩔 수 없겠다고 그랬어요. 근데 진짜 우리 보스가 그런 거 아니에요. 그러니까 선생님이 꼭 보스의 누명을 벗겨주셔야 해요."

"보스가 늘 집에만 있었니?"

아라가 흥미롭다는 표정으로 물었다.

"그건 아니에요. 가끔 어딜 갔다 오는지 털이 더러워질 때가 있어요."

"흠, 그렇다는 것은 일단 보스가 용의 선상에서 완전히 제외되는 것은 아니라는 것이군."

아라가 어딘지 모르게 연극적인 대사 톤으로 말했다.

"언니!"

아린이 다급하게 소리쳤다. 그렇잖아도 사랑하는 고양이와 헤어질까 불안한 어린 소녀에게 혹시 상처가 되지 않을까 하는 생각이었다.

"저기 연습실 갈 시간 되지 않았어?"

"응? 아직 시간 넉넉한데?"

고아라가 능청스럽게 대답했다.

그제야 아린은 뮤지컬만큼이나 좋아하는 언니의 취미가 무엇인지 떠올랐다.

미스터리.

그녀는 미스터리 마니아였다.

어려서부터 셜록 홈스와 아르센 뤼팽이라면 사족을 못 썼고 지금까지도 한국에 번역되는 온갖 추리소설과 만화, 드라마까지 두루두루 꿰고 있었다. 심지어 다음으로 공연하는 뮤지컬 작품이 전설적인 추리소설 창시자인 에드거 앨런 포의 삶을 그린 작품이었다. 언제나 일상에서 미스터리한 사건과 마주치는 것이 꿈인 사람이었는데 그것이 현실로 벌어진 것이다.

아린은 잘못하면 언니의 엉뚱한 행동에 휘말릴 수도 있다는 불길한 예감이 들었다.

"아무리 그렇다고 해도 밖에 다녔다는 것만으로 보스가 범인이라는 증거는 안 될 것 같은데?"

아린이 말하자 아라가 냉큼 덧붙였다.

"범인이라는 것은 맞지 않지. 사람이 아니니까. 범묘(犯猫)라고 해야 하나?"

"어떤 아저씨가 벽돌이 떨어지고 나서 옥상에 있는 보스를 봤다고 했어요."

소희가 말했다.

"그럼 그 아저씨 증언 때문에 보스가 범인으로 지목된 거네?"

"범묘!"

"언니! 그만 좀 해."

아린이 언니를 향해 낮게 으르렁거렸다. 하지만 정작 당사자인 소희는 모든 상황을 얘기했으니 수의사 선생님이 알아서 해결해 줄 것이라고 믿는지 태연자약한 표정이었다.

"선생님, 이거 먹어도 돼요?"

소희가 책상 위에 먹다 남은 마카롱을 가리키며 물었다.

"먹어, 먹어."

아린이 허락하자 소희는 마카롱을 집어 들고 입술을 오물거리면서 맛있게 먹기 시작했다. 아린은 이 난감한 상황을 어떻게 풀어야 할지 고민이었다.

잠시 생각을 정리한 아린이 입을 열었다.

"그런데 소희야, 사실 선생님이 하는 일은 아픈 동물 친구들을 치료해 주는 일이거든. 보스가 어디가 아프면 선생님이 돌봐줄 수 있지만, 누명을 벗겨주는 일은 선생님이 할 수 있는 일이 아니야. 그건 경찰 아저씨들이 할 일이지."

"그렇지만 경찰 아저씨들은 제 얘기는 듣지도 않는단 말이에요!"

소희가 울먹이면서 말했다.

아린은 어떻게든 아이를 도와주고 싶었지만 방법이 없었다. 목격자까지 있다면 거의 확정적인 상황이었다.

"그러니까 부모님께 부탁드려서 아줌마들을 설득하자고……."

"이 층 있잖아."

아린이 채 말을 끝마치기도 전에 아라가 말했다. 아라의 눈동자는 흥분으로 반짝거리고 있었다.

"응?"

"위층 애니멀 커뮤니케이터라는 남자. 그 사람한테 데리고 가보자. 그 사람이 이 용의묘(容疑猫)하고 얘기를 나눠보면 확실히 알 수 있지 않을까? 어쩌면 '할아버지의 명예를 걸고' 진범이 누구인지 알아낼지도 모르지."

"그 사기꾼은 안 돼!"

아린이 결사적으로 반대했다. 하지만 그것은 역시 언니의 실행력 앞에서 부질없는 몸부림에 불과했다. 그녀는 이미 한 손에는 이동장, 다른 손에는 소희의 손을 잡고 원장실 밖으로 나서고 있었다.

이 층의 애니멀 테라피 센터는 생각했던 것과는 다르게 심플하다 못해 황량했다.

가장 넓은 공간에는 상담을 위한 탁자와 소파가 있고, 출입문 정면으로 모니터만 있고 명패도 없는 책상이 하나 덩그러니 놓여 있을 뿐이었다. 개업한 집에서 흔히 볼 수 있는 화분 하나 없었다.

대신 벽면을 차지하고 있는 책장에는 빼곡하게 책들이 꽂혀 있다 못해 바닥까지 켜켜이 쌓여 있었다.

자칭 동물의 말을 알아듣는다는 남자는 며칠 전에 만났던 때와 다를 바 없는 옷차림을 하고 선글라스를 낀 채 소파에 길게 누워 있었다. 키가 커서 무릎 아래는 소파 밖으로 비어져 나와 달랑거렸다. 책을 읽다 잠들었는지 가슴에는 페이지가 펼쳐진 책이 책등을 위로 한 채 놓여 있었다.

아라는 대뜸 남자가 누워 있는 맞은편에 앉아 탁자에 이동장을 소리 나게 내려놓았다. 충격을 받았는지 이동장 안의 보스가 가르릉 소리를 냈다.

그러자 남자의 옆구리에서 꼬물꼬물 은색 털 뭉치가 나타나더니 잰 다리를 놀려 사무실 어딘가로 사라졌다.

아린은 그것이 지난번 남자의 어깨에 앉아 있었던 페럿이라는 것을 알아보았다.

"일어나요, 애니멀 트랜슬레이터 씨!"

아라가 우렁찬 목소리로 소리쳤다.

역시 뮤지컬 배우답게 발성 자체가 달랐다.

"누구?"

그제야 잠에서 깨어난 남자가 소파 맞은편에 앉아 있는 낯선 여자를 향해 물었다. 그러고는 시야를 돌려 소파에 앉은 소희와 그 뒤에 서 있는 아린까지 확인했다.

"그런데 누구시죠?"

남자의 질문에 아린은 기가 막혔다.

분명히 이사 올 때 어색하지만 인사를 나누기도 했고, 지난번 우이천 변에서 있었던 일에 대해서도 얘기를 나눴건만 마치 처음 보는 사람처럼 누구냐고 묻고 있는 것이다. 아무리 그녀의 얼굴이 조금 평범하게 생겼다고는 하지만 모욕적이 아닐 수 없었다.

"아래층 동물 병원 수의사예요. 이분은 언니, 이 아이는 손님이고요."

아린은 한마디씩 씹어뱉듯이 말했다.

"아! 미안해요. 사람 얼굴을 잘 기억하지 못해서. 그런데 수의사님이 무슨 일로?"

"당신이 정말 동물과 커뮤니케이션을 할 수 있다면 당신의 능력이 필요한 일이 있어서요."

"할 수 있다면?"

"그래요. 당신이 진짜로 할 수 있다면."

"흐음, 뭐 비슷하게 생각하는 사람들이 많아서 상관없습니다. 그래, 요 녀석은 어떤 문제가 있기에 저를 믿지도 않는 수의사님을 이 층까지 올라오시게 만든 거죠?"

남자의 비아냥거리는 말투에 아라는 속이 부글부글 끓어올랐다. 그사이 남자의 질문에 아라가 신이 나서 보스의 상황을 설명하려고 했다.

"그러니까 여기 이 녀석이……."

"잠깐, 언니."

아린이 다급하게 언니의 설명을 막고 나섰다.

"왜?"

"이 사람이 진짜 동물과 대화할 수 있는 능력이 있다면 아무런 사전 정보 없이 알아낼 수 있어야 하지 않아? 언니가 미리 설명해 주면 일종의 힌트가 될 수 있다는 거야."

"흐음, 그것도 일리가 있네. 당신 이름이 뭐예요?"

남자는 대답 대신 탁자 밑에서 명함을 꺼내 아라에게 건넸다.

앞면에는 '손시현/애니멀 커뮤니케이터'와 간단한 연락처가, 뒷면에는 '잃어버린 동물 찾기, 죽은 반려 동물과의 교감 나누기, 동물들의 이상 행동 상담' 등의 업무 항목이 적혀 있었다.

"아저씨가 우리 보스 말을 알아들을 수 있어요?"

소희가 초능력을 가진 히어로를 만난 것처럼 들뜬 말투로 물었다.

"글쎄, 될 때도 있고 안 될 때도 있어서."

시현이 대답했다.

"흥! 벌써 도망갈 구석을 만들어놓는군요? 언니, 더 들을 필요 없어."

"가만있어 봐, 애. 시현 씨, 할 수 있어요?"

남자가 고개를 끄덕이며 대답했다.

"저는 동물의 소리를 내거나 그들의 언어를 사용하는 것이 아닙니다. 직관적으로 교감을 나누는 것이죠. 보스와 제가 나누는 교감이 반드시 찾아오신 목적과 관련이 있다고는 장담 못 합니다. 그것이 어떤 그림이 될 수도 있고, 좋아하는 먹이의 맛이나 냄새가 될 수도 있습니다. 운이 좋으면 어떤 단어의 형태가 될 수도 있겠죠. 그런 의미로 될 때도 있고, 안 될 때도 있다는 겁니다."

"그럼 일단 해봐요."

아라가 몸을 앞으로 굽히며 채근했다.

"비용은 누가 내는 거죠? 이 꼬마가? 아님 수의사님이?"

시현이 소파에 등을 기대며 물었다.

아린은 능글맞은 미소를 짓고 있는 남자가 점점 더 싫어졌다.

"보수가 얼만데요?"

아라가 물었다.

"백만 원."

시현이 심드렁하게 말했다.

"네? 뭐라고요? 백만 원? 언니, 내려가자. 이런 사기꾼 얘기 더 들을 필요 없어."

남자의 말에 화들짝 놀란 아린이 아라의 팔을 잡아끌었다. 하지만 아라는 동생의 팔을 뿌리쳤다.

"좋아요. 내가 내죠."

"언니!"

"대신! 정말 보스와 교감을 나눴다는 확실한 증거가 있어야 돼요. 만약 그렇지 않다고 느낀다면 한 푼도 지불하지 않겠어요."

"그렇게 하시든가요."

"그 뭐냐, 소통을 하려면 캐리어에서 꺼내야 하나요?"

아라가 물었다.

"그러면 더 좋겠죠."

시현의 말에 따라서 소희가 캐리어 문을 열고 삼색 고양이 보스를 밖으로 꺼내놓았다.

이동장 밖으로 나온 녀석은 눈을 반만 뜬 채 꼬리와 몸을 둥글게 말고 있었다. 소희가 녀석의 몸통을 잡고 있었지만 빠져나가고 싶은지 몸을 꿈틀거렸다.

"잠깐만요. 보스가 다른 사람이 만지는 것을 싫어해서요."

소희가 녀석을 끌어안으며 말했다.

아라와 아린은 시현이 어떻게 할 것인지 집중해서 바라봤다.

시현은 쓰고 있던 선글라스를 벗어서 앞섶에 걸었다.

처음으로 시현의 맨 얼굴을 본 아린은 옅은 신음 소리를 흘렸다. 짙고 선명한 눈썹 아래 맑고 투명한 갈색 눈동자가 있었다. 아린이 지금까지 봤던 그 누구보다 진한 갈색 눈동자였는데, 그러면서도 탁기 하나 없이 맑았다. 대충 흘러내리는 곱실거리는 긴 머리, 갸름한 턱 선, 우뚝한 콧날이 묘한 분위기를 느끼게 했다.

'역시 사기꾼 같은 얼굴이네.'

시현은 아무런 말 없이 가만히 보스를 지켜보았다.

그러다가 손을 뻗어 소희가 붙들고 있는 녀석을 잡았다.

그의 손에서 벗어나고 싶어 몸을 꿈틀거리던 녀석은 잠시 뒤 움직임을 멈추고 가만히 있었다. 처음 이동장에서 나왔을 때 웅크리고 있던 것과는 확연하게 다른 태도였다. 시현은 녀석을 마치 아기를 안듯이 엉덩이를 받쳐 안고 얼굴을 내려다보면서 턱 밑을 살짝살짝 긁어주었다. 그러자 녀석이 기분 좋은 가르릉 소리를 냈다.

"어, 보스는 진짜 남한테 잘 안 가는데."

소희가 녀석의 모습이 신기한 듯 말했다.

세 사람이 나타났을 때부터 시종일관 무표정하던 시현의 얼굴에 극적인 변화가 나타났다.

그는 보스를 내려다보며 희미한 미소를 짓고 있었다.

'저런 표정도 지을 줄 아네?'

아린은 속으로 중얼거렸다. 시현의 표정 변화가 너무 급격해서 냉동인간이 순식간에 해동이 된 것 같은 느낌이었다.

시현은 보스의 턱이나 귀 뒤, 이마를 쓰다듬으면서 뭐라 알 수 없는 소리를 중얼거렸다.

옹알이하는 갓난아기에게 끊임없이 말을 건네는 아기 엄마 같았다. 보스 녀석도 뭐라는지 알 수는 없지만 계속해서 기분 좋은 표정으로 가릉가릉거리고 있었다.

그렇게 한참 동안 녀석과 교감을 나누던 시현이 드디어 입을 열었다.

"보스가 집에서 제일 좋아하는 곳은 냉장고 위구나?"

"맞아요! 맨날 그 위에 올라가 있어요."

소희가 맞장구를 쳤다.

"집에서 키우는 고양이의 95%는 냉장고 위를 좋아할걸요?"

아린이 냉소적으로 냉큼 말을 받았다.

시현은 힐끗 그녀를 바라보고는 별일 아니라는 듯 계속해서 말을 이었다.

"아기 때부터 분양받은 것이 아니라 길고양이를 데려온 거지?"

"어떻게 아셨어요? 비 오는 날 고양이 소리가 나서 아빠랑 차 밑을 봤더니 보스가 울고 있었어요. 그래서 제가 아빠를 졸라서 집으로 데리고 온 거예요."

"누군가가 참치 캔을 따서 비닐 위에 놓아둔 것을 먹어본 기억이 있는 모양이야. 쓰레기봉투를 뜯은 기억도 있고. 첨엔 다른 새끼들도 있었는데 이 녀석만 운 좋게 너에게 발견되었구나."

"지금 심리 상태는 어때요?"

아라가 중간에 끼어들어 물었다.

"글쎄요. 뭔가 불안하고 의기소침해 있군요. 무엇인가 마음대로 되지 않는 것이 있는 것 같아요."

"호호, 맞아요! 누명을 썼으니 당연히 그렇겠죠!"

아라가 박수를 치며 말했다.

"언니, 그건 고양이 좀 키워본 사람이라면 녀석이 하는 행동을 보고 누구라도 추측할 수 있는 거야. 고양이들이 꼬리를 말고 웅크린 채 눈을 반만 뜨고 있다면 뭔가 심리적으로 불안한 상태라고."

아린이 답답한 마음에 열변을 토했다.

"최근 요 녀석이 뭔가 잘못한 일이 있니?"

시현이 아린에게는 눈길도 주지 않은 채 소희에게 물었다.

"보스가 한 게 아니에요!"

소희가 물기 섞인 목소리로 대답했다.

"그건 어떻게 알았죠?"

아라가 물었다.

"항상 자유롭게 지냈는데 최근에 케이지에 갇혀 지내고 있군요. 그래서 답답하고 화가 많이 난 상태예요."

"또 다른 얘기는 안 해요?"

질문을 던지는 아라는 이미 애니멀 커뮤니케이터에게 푹 빠진 것 같았다.

"녀석이 자주 가던 곳이 있어요. 집 밖인 것 같은데. 햇볕 냄새도 나는 것 같고 바닥이 따뜻하고 약간 그늘이 있는 곳이에요. 녀석은 그곳에서 불어오는 바람을 맞으며 낮잠을 자는 것을 아주 좋아했어요. 어딘가 좀 높은 곳 같은데… 잠깐만요. 좀 더 물어보고요."

시현이 투명한 갈색 눈으로 보스를 그윽하게 내려다보았다.

세 사람은 목적은 달랐어도 시현의 행동 하나하나에 모든 신경을 집중하고 있었다.

야옹, 야옹.

보스가 어느 때보다 잦은 울음을 뱉었다.

"아! 어딘가의 옥상 같아요. 녀석이 낮잠을 자던 곳은… 태양열 집열판 밑이군요."

야아옹!

시현의 말에 맞장구라도 치는 듯 녀석이 긴 울음을 뱉어냈다.

"고양이들은 행동반경이 그렇게 넓지 않아서 집에서 멀지 않은 곳일 가능성이 큰데. 혹시 어딘지 알겠니?"

아라가 소희를 향해 물었다.

소희는 아무런 말도 없이 고개를 끄덕였다.

"거기가 어디니?"

"우리 집 옥상이요. 벽돌이 떨어진 곳이에요."

낮은 목소리로 말하는 소희의 얼굴이 창백했다.

기묘한 일행이 길을 걷고 있었다.

하얀 의사 가운을 걸치고 인상을 찌푸리고 있는 여자, 훤칠한 키에 누구라도 뒤를 돌아보게 만들 정도로 선명한 이목구비를 가진 아름다운 여자, 흰색 티에 흰 린넨 바지를 입고 검은 선글라스를 쓴 채 핑크색 이동장을 들고 있는 키 큰 남자, 금방이라도 울음을 터뜨릴 것 같은 표정의 어린 소녀.

전혀 가족이라고 생각할 수 없는 기이한 조합에 길을 걷던 사람들이 그들을 힐끗거리며 지나쳐 갔다.

그들 가운데 길을 앞장서는 사람은 제일 작은 소녀였다.

옥상에 대한 자세한 묘사를 들은 후 시현에 대한 아라의 평가는 확신으로 바뀌었다. 그녀는 동생의 만류에도 불구하고 보스의 사연을 자세히 들려준 후 현장 검증을 해야 한다며 소희를 앞세워 모두를 끌고 나온 것이다.

횡단보도를 건너 골목으로 들어서자 조밀한 주택가에 어울리지 않는 대형 교회가 나왔다.

교회에서 왼쪽으로 꺾어 들어가다가 피자 조각처럼 생긴 주차장에서 오른쪽으로 방향을 틀어 야트막한 언덕길을 올랐다.

동네 주민이 아니라면 도무지 알 수 없는 샛길이었다.

다세대주택 앞에 감나무 두 그루가 골목까지 가지를 늘어뜨리고 있었다.

회색 차 지붕 위에서 통통한 검은 고양이 한 마리가 앞발을 몸속에 숨긴 채 눈을 감고 낮잠을 자고 있었다.

길고양이를 돌보는 사람이 골목에 있는지 사료와 물이 모퉁이에 놓여 있었다.

"아직 멀었니?"

아라가 물었다.

"거의 다 왔어요."

소희가 침울하게 대답했다.

내리막길을 내려가자 중간쯤에 소희의 집이 있었다. 골목 양쪽이 거의 비슷비슷하게 생긴 4, 5층짜리 빌라들이었다. 빌라와 빌라 사이가 약간의 틈밖에 없이 거의 다닥다닥 붙어 있었다.

"소희야, 안녕?"

소희의 일행이 지나갈 때 일 층 주차장에서 놀고 있는 한 소년이 커다란 밴드를 붙이고 있는 손을 들어 인사를 건넸다. 소희보다 한두 학년 높아 보이는 소년이었다.

소희는 소년을 아는 척도 않고 지나쳤다.

머쓱했던지 소년은 혼자 하고 있던 일로 돌아갔다.

이동장 안에서 보스가 날카롭게 울어댔다. 시현은 이동장을 눈앞으로 들어 올려 보스의 상태를 확인했다. 녀석은 꼬리의 털을 바짝 세우면서 계속해서 하악거렸다. 시현은 가만히 녀석의 움직임을 지켜봤다.

그사이 아린은 소년이 무엇을 하고 있는지 슬쩍 봤다. 소년은 반창고를 붙인 손에 든 나뭇가지로 벽 틈에 난 개미 구멍을 쑤시고 있었다. 구멍을 쑤셔서 개미가 나오면 발로 짓이기고 있었다.

"아는 아이니?"

아린이 소희에게 물었다.

"옆 빌라 오빠예요. 예전에는 씽씽이도 같이 타고 그랬는데 요즘에는 같이 안 놀아요. 엄마가 어디 가서 맨날 혼자 있어요."

소희가 퉁명스럽게 말하면서 옆 빌라의 유리문을 열고 안으로 들어갔다.

도어록이 고장 났는지 걸쇠가 걸리지 않도록 노란색 테이프로 감아놓고 있었다.

빌라는 한 층에 두 집으로 나뉘어져 있었다.

4층 층계참에서 소희가 자기 집이라며 402호를 가리켰다.

5층은 집주인이 살고 있는지 한 집이 사용하고 있었다. 주거 공간을 끝으로 반 층을 더 올라가니 옥상으로 나가는 문이었다.

"엄마는 위험하다고 혼자서는 옥상에 못 올라오게 하세요."

소녀의 안내에 따라서 나머지 세 사람은 옥상으로 올라갔다.

옥상 문이 있었지만 항상 열려 있는 것 같았다.

제일 먼저 눈에 띈 것은 가정용 태양열 집열판이었다. 아마도 빌라 가운데 어떤 세대에서 심야 전기로 사용하는 모양이었다.

옥상은 지저분했다.

항아리들, 쓰다 만 벽돌, 무너진 평상, 비닐로 덮어놓은 자재들,

빨랫줄, 낡은 파라솔 등이 여지저기 뒹굴고 있었다. 잡동사니 틈에서 퀴퀴한 냄새가 나고 있었다.

야옹, 야아옹!

이동장 속에서 보스가 안절부절못하며 앙칼지게 울어댔다.

"보스! 조용히 해!"

소희가 날카롭게 명령했지만 보스의 울음은 좀처럼 멈추지 않았다. 오히려 이동장 안을 빙글빙글 돌면서 몸부림쳤다.

"벽돌이 떨어진 곳이 어디였니?"

아라가 묻자 소희는 옥상 가장자리를 가리켰다.

세 사람은 누구랄 것도 없이 그곳으로 걸음을 옮겨 아래를 내려다보았다. 옥상 가장자리에는 빙 둘러서 시멘트 담이 있었지만 높이가 40cm 정도밖에 되지 않아 유명무실한 상태였다.

주차장과 출입구 바로 위였다.

"과연 5층 높이라 잘못 맞으면 위험하겠는걸?"

아래를 내려다본 아라가 중얼거렸다.

세 사람이 아래를 내려다보고 있을 때 인기척이 들렸다.

"누구요?"

오십 대 후반으로 보이는 통통한 아줌마가 옥상으로 발을 내디디며 물었다.

"안녕하세요?"

소희가 허리를 접으며 인사를 했다.

그때까지도 보스는 앙칼진 울음을 울어대고 있었다.

"어, 소희구나. 위험하게 여긴 뭐 하러 올라왔어? 그놈의 사람 죽인 고양이도 있었네. 아우, 끔찍해! 얼른 데리고 들어가!"

아줌마가 신경질적으로 소리쳤다.

"보스가 한 일이 아니라고요!"

소희도 지지 않고 대들었다.

"옆집 애기 아빠가 다 봤다는데 어린것이 아직도 이러고 있네. 도대체 누굴 닮아서 이렇게 고집이 세. 고양이니까 아직도 살아 있는 거야! 사람으로 치면 사형이야, 사형!"

"흑, 흑, 흑, 보스가 한 게 아니라고요."

급기야 소희가 울음을 터뜨렸다.

"소희야, 보스 데리고 얼른 집으로 들어가. 조금 있다 들를게."

아린이 얼른 시현의 손에서 이동장을 빼앗아 소희의 손에 들려주면서 등을 떠밀었다. 소희는 이동장을 꼭 끌어안고 눈물을 뚝뚝 흘리면서 옥상을 내려갔다.

"아우, 소름 끼쳐. 그런데 댁들은 누구신데 남의 집 옥상에 올라왔수? 지난번처럼 방송국에서 나오셨나?"

아린은 순간적으로 머리를 굴렸다.

자칭 동물의 말을 듣는다는 남자와 유명 뮤지컬 배우보다는 수의사인 자신의 신분이 가장 설득력 있을 것 같다는 생각이 들었다.

"근처 동물 병원의 수의사예요. 여긴 같이 온 사람들이고요."

아린이 말했다.

"아이고, 그러시구만! 제발 이놈의 고양이들 좀 어떻게 해주시오. 옥상 바로 아랫집이라 옥상에 개미 새끼 하나만 지나가도 아는데 최근에는 고양이들이 집회를 여는지 쿵쾅쿵쾅 시끄러 죽겠더니 결국 이 사달이 나지 않았겠수. 참, 그 얘기는 알고 온 거죠?"

아줌마의 얼굴은 지금 당장에라도 '그 얘기'를 하고 싶어 안달이 난 표정이었다.

아린은 아줌마의 말이 길어지기 전에 얼른 안다고 대답했다. 하지만 아줌마의 입을 막기에는 역부족이었다.

"근데 진짜 무서운 게 뭔지 아시오? 고양이가 벽돌을 던져 죽인 여편네가 동네에서 극성맞기로 아주 유명했거든."

"어떻게요?"

시현이 처음으로 입을 열어 물었다.

"벽에 쓰레기봉투라도 갖다 놓으면 다 헤집어서 어떤 집인지 찾아내 그 집 앞을 쓰레기 천지로 만들어놓지를 않나, 애들이 골목에서 시끄럽게 논다고 포악질을 하고, 괭이 새끼들이 발정이 나서 애기 울음소리로 울어대면 돌을 집어 던지고는 했지. 얼마 전에 새끼들이 맞아서 죽어 있던 것도 그 여편네 짓이라는 소문이 파다했수. 그러니까 옛말에도 '재수 없는 놈은 고양이 꼬리를 밟아도 호랑이로 둔갑한다' 더니 고 영악한 것이 어둠이 슬금슬금 내리기 시작할 때 그 여편네를 상대로 복수를 한 게 아니고 뭐겠수. 요물은 요물이야."

쉴 새 없이 말을 뱉어낸 아줌마는 퉁퉁한 몸을 부르르 떨더니 길고양이 척결을 당부하고는 옥상을 내려갔다.

"애니멀 통역가 씨는 아무런 생각이 없어요? 혹시 범행 장면이 떠오르거나 하지는 않아요?"

아라가 흥미가 많이 가신 표정으로 물었다.

시현은 선글라스를 끼고 있어서 생각을 알 수 없는 표정으로 고개를 저었다.

"쳇, 뭔가 시시하네. 하다못해 동네 고양이들을 다 불러 모으고 '범행을 저지른 것은 너다' 하고 추리 쇼라도 펼칠 줄 알았더니. 늦어서 연습실로 가야겠다. 보수는 약속했으니 동생한테 계좌번호 알려줘요. 입금해 줄 테니까."

시현이 고개를 주억거렸다.

아린은 언니를 타박하려다가 나중으로 미루고 따라서 소희의 집으로 내려갔다. 시현은 그녀가 옥상에서 내려온 뒤에도 한참 동안 옥상 이곳저곳을 살피며 그곳에 머물렀다.

해결

다음 날, 어둠이 내려앉는 시각 아라, 아린, 소희는 다시 옥상에 모였다. 이번에는 소희의 부모님도 함께였다. 모든 것은 시현의 요청에 의한 것이었다.

모두들 영문을 모르고 어리둥절해 있었다.

"언니는 어떻게 온 거야?"

"어떻게 알았는지 핸드폰 문자로 보내준 백만 원 잘 받았다면서 돈값을 할 테니까 오라고 하던데?"

"번호는 나한테 졸라서 알아간 거고. 도대체 무슨 꿍꿍이야? 문자를 보낼 테니 자기가 시키는 대로 하라니."

아린이 투덜거렸다.

모두들 예의 옥상에 서서 시현의 연락이 오기만을 초조하게 기다렸다. 그러는 사이 어둠이 내려 주변이 어슴푸레해졌다.

우웅.

아린의 스마트폰이 떨렸다.

문자를 확인한 그녀는 이동장에서 고양이를 꺼내서 옥상 시멘트 난간에 올려놓았다. 고양이는 아무런 두려움도 없이 유유하게 난간에 걸터앉아 주변을 훑어보더니 폴짝 난간에서 뛰어내렸다.

아린은 고양이를 불러서 다시 캐리어 안으로 집어넣었다.

잠시 뒤, 계단을 올라오는 소리가 들리면서 세 사람이 모습을 드러냈다.

선글라스를 앞섶에 걸친 시현, 어제 빌라 앞에서 마주쳤던 소년, 소년의 손을 잡고 있는 중년 남자였다.

소희의 부모와 중년 남자는 구면인지 어색하게 인사를 건넸다.

"이게 다 무슨 일이죠?"

중년 남자가 어리둥절한 표정으로 물었다.

"그러게 말입니다. 저도 딸아이가 졸라서 나오긴 했습니다만."

소희 아빠가 말했다.

"바쁘신데 이렇게 오시게 해서 죄송합니다. 최근 이 옥상에서 있었던 불행한 일의 진상을 알아보고자 이렇게 모이시라고 한 겁니다."

시현이 사람들의 시선을 집중시키는 중저음의 목소리로 말했다.

"뭐야? 진짜 추리 쇼야?"

아라가 흥분해서 속삭였다. 오늘 그녀는 평범한 트레이닝복 차림이었는데도 사람들의 시선을 끄는 것은 어쩔 수 없었다. 증거로 소희 아빠와 중년 남자가 그녀를 힐끔거리고 있었다.

"먼저 소희야, 왜 요즘 이 친구하고 잘 놀지 않는 거지?"

시현이 사내아이를 가리키면서 물었다.

소희가 쭈뼛거리더니 대답했다.

"우빈이 오빠 아빠가 우리 보스가 벽돌을 떨어뜨린 범인이라고 그랬단 말이에요."

"그럴 것이라고 짐작했어. 고맙다. 그럼 우빈이 아버님께 여쭙죠. 그날 소희네 고양이를 보신 것이 확실하신가요?"

"그, 그렇소. 경찰한테도 분명히 그렇게 진술했소."

"네, 경찰에 지인이 좀 있어서 당시 우빈 아버님의 진술을 들을 수 있었습니다. 아버님은 이렇게 말씀하셨죠. '벽돌이 떨어지고 난 후 옥상 난간에서 삼색 고양이가 사라지는 것을 목격했다. 나는 서둘러 고양이를 잡으러 옥상으로 뛰어 올라갔지만 사라지고 없었다'."

"그게 뭐가 이상하단 말이오?"

"보통 눈앞에서 사람이 다치면 119나 다른 사람들을 부르는 것이 먼저 아닐까요?"

"하도 괘씸해서 그랬소. 그래도 옥상까지 올라가서 고양이를 놓치고 난 후 내려와서 119에 신고한 사람이 바로 나요."

"그 시간이 얼마나 되었죠?"

"글쎄, 모르겠소. 한 5, 6분?"

"사건을 목격한 시간은 오늘과 비슷한 시간대죠?"

"맞아요. 119가 오고 소란이 일어나서 모두들 나와봤으니까 기억해요."

소희 엄마가 나섰다.

"방금 길에서 제가 옥상에 있던 고양이를 묘사해 달라고 했을 때 뭐라고 하셨죠?"

"검은 고양이라고 했소."

"수의사 씨, 캐리어에서 아까 고양이를 꺼내 주시죠."

시현의 말에 아린이 고양이를 꺼냈다. 아린의 품에서 가르릉거리며 기분 좋은 울음을 우는 녀석은 짙은 회색을 띠고 있었다.

"어슴푸레한 어둠 속에서, 옥상에서 순식간에 사라진 고양이의 털색이 세 가지라는 것을 알아본다는 건 거의 불가능한 일입니다."

"그게 어쨌단 말이오? 난 분명히 봤단 말이야!"

우빈이 아빠가 고함을 질렀다.

"물론 당신이 고양이를 본 것은 맞죠. 하지만 디테일한 부분은 우빈이에게 물어보고 안 것이 아닌가요?"

"도, 도대체 무슨 개소리야?"

"당신이 본 것은 옥상에서 벽돌을 들고 있던 아들이 고양이와 싸우다가 벽돌을 떨어뜨리는 모습이었소. 가끔 당신 아들이 옆집 옥상에 올라가서 놀곤 했다는 것을 알고 있었던 건지도 모르지. 어쨌든 아들이 떨어뜨린 벽돌에 사람이 맞고 쓰러지는 것을 본 당신은 일단 옥상으로 뛰어 올라갔소."

"그렇다면 119가 가고 다시 사람들과 옥상으로 올라갔을 때 아무도 없었다는 것은 어떻게 설명할 거요?"

"그거야 간단하지. 어떻게든 아들을 감춰야 한다는 생각에 다급해진 당신은 아들을 안고 당신 빌라로 건너뛴 거요. 워낙에 다닥다닥 붙어 있어서 성인 남자라면 충분히 가능한 일이오. 궁여지책으로 고양이에게 모든 것을 뒤집어씌우면 되겠다는 생각에 특징을 아들에게 물었겠지. 그리고 무심결에 삼색 고양이라는 것을 그대로 말해 버리고 만 거요."

"흥! 그거야 다 당신 추측이지 어떻게 증명할 건데?"

우빈이 아빠가 악에 받쳐 소리를 질렀다.

시현이 재빠르게 팔을 뻗어서 우빈이를 낚아챘다. 그리고 손등에 붙이고 있는 커다란 밴드를 떼어냈다.

"수의사 씨, 아이의 상처를 좀 봐주겠소?"

아린이 주머니에서 펜 라이트를 꺼내 상처를 비췄다. 아이의 손등은 아물어가고 있기는 했지만 날카롭게 할퀸 상처가 몇 줄인가 나 있었다.

"어떤 동물의 발톱에 의한 상처예요."

아린이 말했다.

"뭐 하는 짓이야?"

우빈 아빠가 달려들었지만 시현의 손에 막혀 더 이상 다가오지 못했다.

"이게 증거요. 우빈이를 할퀸 보스의 발톱에 분명히 당신 아이의 DNA가 남아 있을 거요. 간단한 검사만 하면 모든 것이 밝혀지는 것은 시간문제일 테고."

그 말이 결정적이었다.

우빈이 아버지는 아들을 끌어안고 흐느끼기 시작했다.

"나, 나는 그냥, 아들을, 지키고 싶었을 뿐이야. 아내도 떠나고 아들마저 떠나면 난… 안, 안 돼! 이 어린것에게 살인자라는 꼬리표를 붙일 수는 없어. 그냥 사고였다고. 망할 놈의 고양이 때문에 일어난 사고!"

아빠가 빗나간 부정으로 울부짖을 때 아들은 공허한 눈동자로 알 수 없는 곳을 응시하고 있었다.

옥상에 적막이 찾아왔다.

우빈이 아빠는 미성년자이기 때문에 처벌은 없을 것이라는 설득을 듣고서 아들의 손을 잡고 자수하러 갔다.

"근데 시현 씨는 그걸 다 어떻게 안 거야?"

아라가 흥분이 채 가시지 않은 목소리로 물었다.

"보스가 알려줬어요."

시현이 말했다.

"말도 안 돼!"

아린이 콧방귀를 꼈다. 그녀가 알아채지 못한 꼼수가 있을 것이다.

"한 가지 궁금한 게 있는데 보스는 왜 우빈이를 공격했던 걸까?"

아라가 물었다.

시현이 잠시 옥상에서 사라졌다가 보스를 안고 올라왔다. 그리고 보스를 바닥에 풀어놓았다. 그러자 보스가 비닐로 덮여 있는 자재 더미로 쏜살같이 달려가 틈바구니 사이로 사라졌다.

잠시 후 낑낑거리는 소리와 함께 무엇인가를 물고 나와 시현의 앞에 내려놓았다.

그것은 이미 죽어 있는 새끼 고양이였다.

어른 주먹 정도 될까 말까 한 크기였다.

그렇게 보스는 세 번을 더 왕복해서 세 마리의 새끼 고양이 시체를 더 꺼내왔다. 그리고 그들의 털을 핥으며 구슬프게 낑낑거렸다.

"결국 사람이나 동물이나 새끼를 지키려고 하다가 벌어진 일이라는 거네."

아린과 함께 저녁을 먹고 동물 병원으로 돌아가는 길에 아라가 말했다. 시현의 부탁으로 꺼내 왔던 회색 고양이를 돌려놓기 위해서였다. 시현은 볼일이 있다며 먼저 돌아갔다.

바람이 선선했다.

바람에는 물이 오르기 시작한 나뭇잎 냄새가 섞여 있었다.

"그러게. 그런데 언니, 그거 알아? 보스는 중성화 수술을 받았다는 거. 그렇지 않으면 발정기마다 시끄러워서 빌라에서 키울 수 없어."

"뭐? 그럼 제 새끼들도 아니라는 거야?"

"그럴 가능성이 커. 새끼를 낳고 어미가 죽었던지 버렸던지 했겠지."

갑자기 내려앉은 침묵에 두 사람은 한동안 말없이 걸었다.

먼저 침묵을 깨뜨린 것은 아라였다.

"이젠 애니멀 커뮤니케이터 씨를 믿을 수 있게 됐어?"

"글쎄, 조금은? 하지만 여전히 미심쩍어. 다시 생각해 보니 처음 우빈이를 봤을 때 보스가 유난히 공격적이고 위협하는 목소리를 냈거든. 마치 적을 대하는 것처럼. 그 사람이 그런 동물의 신호를 읽는 데 특출한 재주가 있는지도 모르지. 그걸 그럴듯하게 직관적 교감이라고 포장하는지도."

"호호, 범인을 잡는 것보다 너를 납득시키는 게 더 힘들겠다. 그럼 보지도 않고 옥상에 태양광 집열판 같은 것이 있다는 것을 정확하게 묘사한 것은 어떻게 설명할 건데? 주변 빌라를 둘러봐도 집열판은 그 빌라밖에 없던데."

아린은 말없이 스마트폰을 꺼내 SNS에 올라온 동영상 하나를 재생시켰다.

케이블 뉴스 화면이었다.

앵커는 살인 고양이라는 자극적인 말을 써대며 소식을 전하고 있었다. 앵커가 화면에서 사라지고 빌라 이름이 모자이크 처리된 영상이 나왔다. 잠시 후 태양광 집열판이 또렷이 보이는 옥상 영상이 화면을 가득 채웠다.